KB131601

九雲夢

구운몽

구운몽

어느 소녀의 사랑 이야기

1

글 **전유림**
기획 **세시소프트** 감수 **공나연**

위즈덤하우스

"너한테는 아무 일 없을 테니 걱정하지 마.

무슨 일이 있더라도 내가 널 꼭 지켜줄게."

"아가씨가 가장 힘들고 슬프실 때도 아가씨는 혼자가 아니에요.
제가 항상 아가씨를 지켜드리기 위해 여기에 있으니까요."

……검고 긴 머리칼. 긴 흉터가 있는 외안.

분명히 특별한 외양이었지만 그보다는 그 사람에게 풍기는

싸늘한 그림자에 심장이 덜컥 내려앉는 것 같았다.

"그래. 그게 낭자의 의도인가?
나와 하룻밤을 보내는 것?
원한다면 못 해줄 거야 없지······."

"이래봬도 크면서 점점 더
단단한 얼굴로 변할 겁니다."

"사내처럼 꾸미고 왔다 해서 내 모를 줄 알았느냐!
네가 방금 연주한 곡은 여자들이 악기를 배울 때 익히는 것이다.
너는 필시 여자 악사로구나!"

학이 지나간 자리로 마법처럼 한 남자가 눈에 들어왔다.
소박한 정자에 앉아 홀로 대금을 부는 그 남자에게서
눈이 부실 정도로 고결한 품위가 느껴졌다.

우아하고 늘씬하게 짜인 저 몸의 동작 하나하나가,
아름다우면서도 무인으로서의 호승심을 끓어오르게 했다.

양소유

천인국에 있는 한적하고 평화
로운 화주성의 작은 마을에 살고
있는 소녀. 언뜻 평범해 보이지만
사실은 신선의 딸이다. 당차고 끼
도 있고 재주도 많고 스스로 나름
귀엽고 예쁘다고 생각하고 있지
만, 연애 경험은 전무하고 친구라
고는 채윤밖에 없는 외로운 인생
을 살아왔다.

하룻밤 사이에 갑작스럽게 닥
친 불행과 위기 속에서 앞날에 꽃
밭이 펼쳐질지 불바다가 펼쳐질
지는 모두 그녀의 손에 달렸다.

진채윤

소유의 유일한 친구이자 가족과 같은 존재. 소유의 아버지가 소유를 채윤네에 맡기고 선계로 떠나면서 한식구처럼 지내게 된 소유를 언제나 아끼고 따뜻하게 보살펴왔다. 화주성 성주의 부관인 아버지가 반역 모의에 연루되면서 갑자기 행방이 묘연해진다.

이소하

선왕의 외동아들로 난양대군이라 불린다. 10년 전, 갑작스레 승하한 선왕의 뒤를 이어 그의 숙부가 왕위에 오르면서 모든 것을 잃고 왕세자의 자리에서 물러나게 되었다. 별궁에 갇혀 지낸 지 10년, 한 소녀를 만나면서 멈춰 있던 그의 운명의 톱니바퀴가 다시 돌기 시작한다.

월

천하의 바람둥이에 한량. 천인국 제일의 도시인 낙양성의 성주를 부친으로 두고 있으며 백란의 이복형이다. 차기 성주로 기대받던 몸이지만 어느 날 관직을 팽개치고 술과 풍류에 빠져 살기 시작했다고 한다. 그가 갑자기 변한 이유는 아무도 모른다.

백란

낙양성 성주의 막내 아들로 월과는 이복형제 사이. 모든 이들의 사랑과 관심을 독차지하며 자라온 덕분인지 티끌 하나 없이 해맑고 천진난만하기 그지없다. 하지만 겉모습만으로는 알 수 없는 부분도 존재하는 듯한데.

손청운

대대로 천인국 왕실을 지키고 충성을 바치던 무인 집안의 자제로 훤칠한 키에 대나무처럼 꼿꼿하고 절도 있는 바른 생활 사나이. 별궁에 갇혀 있는 난양대군 소하의 호위무사이다.

정경원

천인국의 명문가 정 승상 댁의 막내 아들. 13세에 과거에 장원 급제하였으나 어린 나이에 관직에 오르는 것을 반대하는 할아버지의 뜻에 따라 백수로 몇 년을 유유자적 보내고 있다.

해랑

화주성에 난리가 일어나던 날, 물에 빠진 소유를 구해준 남자. 동해를 다스리는 용왕이다. 하지만 용왕이라는 지위에 비해 자신감이 무척 부족한 듯한데, 그 이유는 무엇일까.

심연

화주성 길거리에서 우연히 마주친 남자. 눈에 난 상처, 무표정한 얼굴, 짧게 내뱉는 한마디 말에는 차가운 기운만이 감돈다. 나타났다가도 홀연히 사라지는 그의 정체는 아무도 알 수 없다.

차례

제1장

꿈꾸는 소녀

"채윤!"

버드나무 가지가 강물에 끝을 담그고 흔들렸다.

한여름의 만화방창한 강가에는 치자꽃 향기가 그윽했다. 푸른 강에서 불어오는 바람이 소녀의 머리칼을 버들가지처럼 푸르게 적셨다. 흰 저고리에 푸른 치마를 입고 붉은 반비를 덧입은 소녀는 기운차게 다시 외쳤다.

"채유운, 채윤아!"

낭랑한 목소리가 물가를 짜랑짜랑하게 울렸다. 소녀는 주위를 둘러보며 고운 아미를 찌푸렸다.

"아이 참, 얘가 어딜 간 거람?"

눈에 보이는 모든 것이 햇살 아래 찬란했다. 소녀는 곧 눈을 가늘게 뜨고 이마에 손그늘을 만들었다. 물고기 비늘처럼 햇살을 조각내 튕기는 물결은 은처럼 맑았다. 소녀의 새하얀 소매가 구름처럼 너울거렸다.

"채윤아!"

아무도 없는 것처럼 조용한 강가에서 다시 한 번 큰 바람이 불어 버들잎이 나부꼈다. 순간 폐부 가득히 느껴진 따스한 방향에 소녀는 눈을 살짝 감았다. 물가의 창포 잎은 스스로 빛을 내는 가장자리에 금빛 선을 띠었다.

그때였다.

누군가의 온기와 시원한 그림자가 갑자기 엄습해 소유는 저도 모르게 눈을 동그랗게 떴다. 그러나 눈을 가린 손 때문에 시야가 여전히 어두웠다. 부드럽고 낮은 목소리가 목 뒤에서 속삭였다.

"누구게?"

"아하하."

소녀는 웃음을 터뜨렸다. 자신에게 이런 장난을 칠 사람은 세상에 단 한 명밖에 없다.

"채윤이구나!"

"정답이야."

이윽고 소녀의 시야가 밝아지며 키 크고 다정한 청년의 얼굴이 눈에 들어왔다. 청년, 채윤은 쿡쿡 웃으며 물었다.

"나를 왜 그렇게 애타게 찾고 있었어, 소유?"

"왜긴, 네가 안 보이니까 그랬지. 조금 있으면 점심땐데."

이미 내외할 나이가 지났지만 그런 것을 신경 써본 적은 없었다. 소유는 채윤 없이 식사하는 것이 싫었고 채윤 또한 그런 그녀를 마다하지 않았다. 소유에게 한 번도 부덕을 강요해본 적이 없는 그의 아버지 또한 두 사람의 의사를 존중했다.

어머니가 돌아가시고 아버지가 선계로 떠나실 때, 다른 집에 맡겨졌으면 어땠을까? 소유는 자신이 신선의 딸이라는 것을 반신반의하고 있었다. 아무튼 아버지가 떠난 것은 무척 오래전이었고 또래 아이들은 아무도 그녀의 신분을 믿지 않았다. 어쩌면 정말로, 저자에서 말하는 것처럼 그녀는 단순히 버려진 아이일지도 몰랐다. 아버지가 지상과의 연이 다한 신선이었다는 말은 사람 좋은 채윤의 아버지가 지어낸 말로, 아버지는 그저 아이를 감당하지 못하고 떠나버린 사람이 아닐까.

그리고 그때 만약 채윤의 집에서 그녀를 맡아주지 않았다면…….

소유에게 채윤이 없는 삶이라는 것은 아주 기묘한 개념이었다. 하루의 모든 순간마다 소유는 그와 함께했고 세상은 그로 이루어져 있었다. 그가 없다면 어떻게 되었을까? 지금까지 살아올 수 있었을 리 없다.

"미안해. 생각할 것이 좀 있었어. 부르는 소리도 못 들었네."

다행히 채윤은 지금 그녀의 옆에 있었다. 가끔 저렇게 혼자 생각에 빠져 있을 때가 있지만. 소유는 웃으며 물었다.

"무슨 생각을 그렇게 깊이 했어?"

"흠."

채윤은 잘생긴 얼굴을 내리깔고 고민하는 표정을 지었다. 소유는 깔깔 웃었다.

"알았다. 다미 만두를 어떻게 한번 먹어볼까, 하는 궁리였지?"

"만두?"

채윤은 눈썹을 들며 어처구니없어 했다. 그리고 곧 그녀를 보고 빙긋 웃었다.

"너, 허기가 많이 졌구나?"

허기가 지기도 했지만, 그녀가 일부러 저 북쪽 다미국의 이름을 꺼낸 것에는 다른 이유도 있었다.

혹시 그가 먼저 말을 꺼낼까 해서 잠시 기다렸지만 채윤의 얼굴은 변하지 않았다. 소유는 눈웃음을 지었다.

"그게 아니라, 채윤이 네가 요즘 계속 다미국에 대한 책을 읽고 있었잖니."

채윤은 정말로 놀란 듯 눈썹을 살짝 들었다.

"그걸 어떻게 알았어?"

"전에 네가 읽다 만 책이 서탁에 놓여 있기에 조금 읽어봤어. 거기에 다미 만두라는 음식이 있다고 쓰여 있던걸."

"응."

소유의 명랑한 말에 채윤은 다시 평소와 같은 미소를 지었다.

"만두는 다미국의 대표적인 음식이라더라."

"응. 벼가 자라기 힘든 지역이라 그런 걸까?"

"그렇지 않을까?"

채윤은 소유에게 앉으라는 손짓을 했다. 소유는 너른 바위에 편안하게 앉았고 채윤은 그 아래의 푸른 잔디에 털썩 엉덩이를 댔다. 그의 가슴팍에서 한 쌍의 옥 장식이 물결처럼 반짝였다.

"그림도 있던걸. 쇠고기를 잔뜩 넣어 아주 맛있다면서? 말을 꺼내니까 정말 허기가 진다. 당장 다미국에 가고 싶을 정도야."

채윤의 눈이 따뜻하게 반짝였다.

"다른 내용은 안 읽어봤니?"

소유는 동그랗고 맑은 눈을 깜박였다.

"네가 읽던 건데 내가 멋대로 들춰볼 수는 없잖아. 아, 하지만 다미국의 수도가 눈 덮인 산 위에 있다는 내용은 본 것 같아. 온통 새하얀 눈으로 뒤덮인 세상이라니, 생각만 해도 황홀하던걸. 다미국에 가면 꼭 꿈속에 있는 것 같지 않을까?"

그녀의 미소를 보고 채윤은 잠시 고개를 숙였다.

"넌 여길 떠나고 싶은 거야?"

"그런 건 아니야."

그녀는 도리질을 쳤다. 채윤과 함께하는 이곳의 생활을 두고 떠난다니 말도 안 된다. 다미 만두를 억만 개 준다고 해도 그럴 생각은 없었다.

"하지만 바깥세상 구경은 조금 하고 싶어."

"그건 그렇지."

이윽고 채윤도 동의했다. 그는 금세 장난기 어린 미소를 지었다.

"그럼 다미국에 갈 때는 무조건 나와 함께 가는 거야. 약조하는 거다, 응?"

"왜?"

기뻐졌지만, 소유는 그렇게 물었다. 채윤은 왜 다미국에 대한 책을 읽고 있었을까? 그러나 채윤은 여전히 책에 대한 설명은 없이 웃기만 했다.

"너 혼자 보내면 걱정되니까."

"걱정할 게 뭐 있니. 그리고 우리 둘이 언제까지나 항상 붙어 있을 수는 없잖아."

"난 항상 네 곁에 있고 싶은걸."

화들짝 놀라 가슴이 빠르게 뛰었다. 소유는 채윤의 얼굴을 한동안 멍하니 바라보았다. 채윤은 그녀의 이마에 내려온 머리칼을 가만히 치워주며 낭랑한 목소리로 읊조렸다.

"내가 무슨 생각을 하고 있었냐고 했지? 네 생각을 했단다."

"거짓말."

이미 이렇게나 장성했다. 주위에서는 두 사람의 혼담 이야기를 노골적으로 꺼냈고, 소유는 요즈음 채윤이 부쩍 생각에 빠져 있는 것 또한 성장의 일환이 아닐까 하고 있었다. 그런데도 그녀의 생각을 했다고?

기쁘면서도 믿기 힘들었다. 소유의 눈길에 채윤은 쓴웃음을 지었다.

"거짓말 아니야. 어제 우리가 쓴 시를 다시 읊어보고 있었는걸."

"어제 물가에 낙서한 건데 아직 남아 있을 리가 없잖아."

또래 여자아이들이 흔히 배우는 바느질이나 요리, 부덕과 규중처자의 도 따위를 배우지 않은 대신 소유는 채윤과 함께 어려서부터 글공부를 해왔고 둘이 함께 시를 짓는 것은 숨 쉬는 일이나 마찬가지였다. 채윤은 누구나 칭찬할 만큼 솜씨가 좋았고 소유 또한 마찬가지였다.

채윤은 막대기 하나를 주워 땅에 금을 그으며 말했다.

"난 전부 다 기억하고 있으니까 괜찮아."

"얘는, 그걸 어떻게 다 기억해."

어제 읊은 시는 한두 수가 아니었다. 옛 고시에서 차운한 것은 물론이고 자유로운 형태의 시까지도, 어쩐지 경쟁이 붙어 하루 종일 글을 지은 것이다. 그러나 채윤은 아까처럼 부드러운 눈빛으로 소유를 보며 속삭였다.

"정말이야. 어제 것만이 아니야. 네가 여기 와서 제일 처음 썼던 글자까지 기억하는데?"

"그게 몇 년 전 일인데."

소유는 결국 까르르 웃음을 터뜨렸다.

"나도 기억이 안 나는 걸 너는 기억하고 있다고?"

"당연히 기억하지."

채윤의 시선은 따뜻하고 어쩐지 간지러웠다. 소유는 가슴속에서 싹이 움트는 것 같은 기분에 괜히 키득거렸다.

"아, 나도 생각났어. 우리 가족이 여기로 이사 왔던 날이지? 여기에서 네가 시를 외고 있는데 내가 다가가서는 '네가 채윤이니?' 하고 물었었잖아."

"응."

채윤은 눈가에 웃음을 띤 채 시선을 내리깔았다. 그러고는 나무 막대로 바닥에 소유의 이름 석 자를 반듯하게 썼다.

양. 소. 유.

"내가 네 이름을 물어보니까 모래밭에 네 이름을 쓰기 시작했지. 기억나?"

"그러고 나서 채윤이 네 이름도 썼던 것 같은데? 이렇게."

소유는 채윤의 나무 막대를 자연스럽게 채어가서 채윤의 이름을 썼다.

진. 채. 윤.

그녀의 글씨는 채윤의 것처럼 반듯하지는 않았지만 힘이 있었다. 채윤은 쿡쿡 웃었다.

"물론 그게 그림이 아닌 글씨였다는 건 한참 들여다본 다음에야 알았지만."

"내가 글씨를 못 쓴다고 놀리는 건 아니지?"

소유는 장난스럽게 화난 표정을 지었다가 금방 또 웃음을 터뜨려 버렸다.

"그래도 그 나이에 글자를 안다는 게 얼마나 대단한 거였는데!"

"게다가 쓸 줄 아는 게 우리 두 사람 이름밖에 없었다는 것도 그땐 몰랐지."

"글공부 시작한 지 얼마 안 됐을 때였단 말이야. 그 정도 쓸 줄 알면 굉장한 거라면서 네가 칭찬해줬잖아."

채윤은 그녀를 똑바로 바라보고 눈부신 듯 웃었다. 그는 항상 그녀를 그런 식으로 보았다.

"이젠 다 기억나나 보네?"

소유는 고개를 끄덕이고 채윤에게 나무 막대를 돌려주었다.

"응, 다 기억났어. 그러고 보니 10년이 넘었구나."

"우리가 처음 만난 때부터 따지면 12년이나 됐어."

그랬다.

12년 전의 채윤과의 추억은 떠올라도 그때는 옆에 있었을 아버지와 어머니는 잘 기억나지 않았다. 소유는 후후 웃고 강물을 보았다.

"나는 그때도 지금도, 너와 시를 짓는 시간이 제일 좋아. 오늘도 시 지을까?"

"아직 식사하려면 조금 남았으니까 한 수씩만 짓고 가자."

채윤은 상냥하게 동의했다. 그는 잠시 눈을 감았다가 반색하며 그녀를 보았다.

"지금 생각난 건데, 이런 건 어떨까?"

"뭔데?"

소유는 한쪽 손에 뺨을 괴고 눈을 반짝였다. 채윤은 헛기침으로 목소리를 가다듬고 매끄럽게 이야기했다.

"과거를 보러 길을 떠난 한 선비가 이 마을을 지나게 됐어. 그리고 수양버들, 응, 저런 큰 수양버들에 말을 매어놓고 잠시 쉬던 중에 마을에서 가장 어여쁜 규수를 보게 된 거야."

흥미로운 시작이었다. 소유는 웃으며 농을 던졌다.

"저 버드나무에 말을 매고 마을에서 가장 어여쁜 규수를 만났다면 필경 나를 본 거네."

채윤도 말에 웃음기를 섞었다.

"그래. 그래선지 선비는 규수에게 한눈에 반하게 됐어. 그런데 사실은 규수도 선비에게 마음이 끌리고 있었지 뭐야."

"둘이 서로 보자마자 정을 느꼈다고? 정말로 그럴 수 있을까?"

모르는 사람인데? 소유는 상상이 되지 않아 고개를 갸웃했다. 채윤은 여전히 웃음기 섞인 목소리로 대답했다.

"운명의 상대라면 가능하지 않을까?"

"운명의 상대라. 채윤이 네가 그런 걸 믿는 줄은 몰랐어."

어릴 때 읽은 이야기에 자주 등장한 단어였다. 소유는 문득 궁금했다. 채윤에게는 그녀가 모르는 생각이 얼마나 많아졌을까? 그녀 자신이 그런 것처럼, 서로가 모르기를 간절히 바라고 마는 그런 부끄러운 소망도 품을까?

"채윤아. 너는 운명의 상대라고 생각되는 이를 만난 적이 있어?"

"아마도."

그는 지금까지와 별반 다르지 않은 어조로 대답했다. 깜짝 놀란 것은 소유 쪽이었다.

"정말이니? 언제? 누군데?"

"비밀이야."

채윤은 아무렇지도 않게 웃었다. 소유는 어쩔 수 없이 서운해 한숨을 쉬었다.

"항상 나와 같이 있었으면서 언제 그런 상대를 만난 거야? 장난이지? 응?"

"장난 아니야."

그의 목소리는 실로 진지했다. 소유는 안달이 나 몸을 낮추고 그의 눈을 들여다보았다.

"누군데? 가르쳐줘."

그러나 그는 속이 들여다보이지 않는 알쏭달쏭한 미소만 지었다.

더는 그가 이 이야기를 하지 않으리라는 것을 알고 소유는 마음을 가다듬었다. 그녀 본인도 이 사실을 받아들일 시간이 필요했다.

"그래, 아무튼 서로의 운명의 상대를 만나게 된 규수와 선비가 버드나무를 사이에 두고 서로의 마음을 확인했다는 이야기지? 그러면 '양류사'를 지으면 되겠구나."

"응."

채윤은 잘했다는 듯 고개를 끄덕였다.

"내가 먼저 한 구절을 읊을 테니 그다음에 네가 하고 싶은 대로 그 뒤를 이어줘. 알았지?"

"알았어."

버드나무 수풀 따라 버들잎 유아하니

참으로 오늘의 버들잎은 유아했다. 소유는 미소를 지으며 읊었다.

직녀가 손수 짠 푸른 베로구나

채윤은 눈을 감고 몸을 좌우로 천천히 움직이기 시작했다.

실바람에 헝클어진 연심 갈피를 못 잡으니

두근, 두근, 하고 심장이 고동쳤다. 소유는 호수에 버들잎 하나가 떨어지는 것을 보았다. 물결이 곱게 퍼지며 햇살에 반짝였다.

잔물결 치는 수면 위 버들 이파리만 둥둥

노래는 막힘없이, 서로가 입을 다물기도 전에 이어졌다.

바람아, 실버들 함부로 흐트러뜨리지 마라
내 님이 말 매고 앉아 쉴 그늘 바로 이곳이니
춤추듯 흔들리는 저 가지마다
임 향한 이 마음 청청하게 맺혔도다
흐르는 강물이 임의 발길 잡으라 속삭이는데
청운지사의 그 큰 뜻을 내 어찌 막을쏘냐
철없는 봄 구름 다시 피어오를 적에
눈처럼 흩날리는 버들개지 보러 오시나이까
그리운 님의 모습, 그림자로나마 볼 수 있게
달빛 아래 저 물결 위에 남겨두고 가소서

노래하는 채윤의 얼굴을 앞으로 얼마 동안이나 더 볼 수 있을까.

이 성 밖에 꿈처럼 근사한 세상이 있다는 것을 알면서도 소유는 그런 생각에 머뭇거리게 되는 것이었다.

❋

점심 식사는 언제나처럼 먹음직스럽고 정갈하게 차려져 있었다. 자리에 앉으며 채윤은 시비에게 물었다.

"아버지는 어디 계세요, 장 씨 아주머니?"

오늘은 등청하지 않는 날인데도 이 집의 주인이자 채윤의 아버지 인 진 부관이 자리에 보이지 않았다. 아주 옛날부터 이 집에서 일해 온 시비는 웃으며 대답했다.

"주인 어르신께선 아침에 출타하시고 아직 안 돌아오셨어요. 도련 님과 아가씨 먼저 식사를 드셔야 할 것 같아요."

채윤과 소유는 거의 동시에 인상을 썼다.

"자주 출타하시고 한밤중에나 들어오시니……. 요즘 아버지가 많 이 바쁘시네요."

하녀의 표정도 살짝 바뀌었다.

"예에. 성주님께 무슨 일이 있으신가봐요."

채윤의 아버지는 이 화주성 성주의 바로 아랫사람이니 성주에게 무슨 일이 있다면 당연히 바쁠 터였다. 게다가 예전에는 조정에서 어사를 지내며 선대왕을 모신 적도 있는 사람이라 그 실력을 비할 데가 없었다.

소유는 시비의 설명에 납득하고 식사하려다가 채윤의 얼굴을 보 고 멈칫했다. 그의 아버지가 바쁜 시기는 지금까지 간혹 있곤 했는 데 채윤의 표정이 유독 좋지 않았다.

"채윤, 왜 그러니? 왜 그렇게 멍하니 있어."

하녀도 도련님의 얼굴을 보고는 얼른 손을 저었다.

"음식이 식겠어요. 얼른 드세요."

"네."

그 말에 퍼뜩 정신이 든 듯 채윤의 눈에 빛이 돌아왔다. 그는 고개를 끄덕이고 수저를 들었다.

관아에서 일하며 먹는 음식은 아무래도 집에서 차리는 익숙한 상만 못할 터였다. 소유는 문득 안쓰러운 마음이 들어 제안했다.

"아저씨는 그러면 또 관아에서 식사하시겠네. 내일부터는 우리가 아저씨께 점심을 좀 가져다드릴까? 정성이 담긴 집 음식이 아무래도 낫지 않겠어?"

"역시 우리 아버지 생각하는 건 소유 너밖에 없다."

채윤은 그 말에 활짝 웃었다. 소유는 기분이 들뜨고 안심되어 평소처럼 종알거렸다.

"물론 음식은 채윤이 네가 장만해야 하는 거 알지? 난 손재주도 없고 서투르잖니. 대신 내가 옆에서 보조는 할게."

굳이 견주자면 채윤의 음식 솜씨가 소유보다 나았다. 생각하던 것이 무엇이든 소유의 농담이 잘 들은 모양이었다. 채윤은 웃으며 수저를 들어 식사하기 시작했다.

병풍과 길상문으로 장식한 방은 부강했던 선왕 시대의 취향이었지만 진 부관은 결코 집안 살림에 사치를 부리지 않았다. 대신 조정에서 오래 일했던 만큼 이곳 화주 사람들이 보기에 진씨 저택은 대단히 고상하고 서울의 세련된 맛이 있었다. 새겨놓은 것 하나 없어도 우아하고 늘씬하게 빠진 수저로 식사하는 모습 또한 시골에서 보기 힘들게 조용하고 품위 있었다.

익숙하게 시중을 들던 시비는 잠시 자리를 비웠다가 식사가 거의 끝날 무렵 돌아와 채윤에게 고했다.

"도련님, 사람이 다녀갔어요. 주인 어르신께서 이 풀색 꾸러미를 윤 부관님 댁으로 가져다 달라고 하시네요."

"왜 그 사람이 가져가지 않고요?"

소유는 고개를 갸웃했다. 시비는 들고 있던 꾸러미를 보여주며 자기도 모르겠다는 얼굴을 했다.

"글쎄요. 중요한 물건 아닐까요?"

"아, 그럼 또 나갔다 와야겠네요."

채윤은 수저를 내려놓았다. 소유도 얼른 참견했다.

"아저씨 심부름이면 나도 갈래."

"너도 같이 나갈래?"

채윤은 반가운 얼굴로 그녀를 보았다. 소유는 얼른 마지막 고기 산적을 입에 넣고 고개를 끄덕였다.

"응! 심심하던 차에 잘됐어."

시비가 건네준 꾸러미는 아무래도 문서 같았다. 소유는 일어나 꾸러미를 보며 신기해했다. 채윤의 웃던 얼굴은 문서 꾸러미를 잠시 보다가 도로 어두워졌다. 그녀는 눈을 깜박였다.

"왜? 신경 쓰이는 구석이라도 있어?"

"아냐, 아무것도 아니야."

그러나 그의 감정을 잘못 읽기에는 서로가 함께 보낸 세월이 너무 길었다. 소유는 눈을 가늘게 떴다.

"아무것도 아니긴. 이 안에 든 게 뭔지 궁금해하고 있는걸."

"전혀 안 궁금한데?"

"거짓말."

소유는 샐쭉 웃었다. 성에서 쓸 문서라면 딱히 궁금할 만한 내용이 없을 텐데 웬일일까.

"얼굴에 궁금하다고 쓰여 있어, 얘."

결국 채윤은 슬쩍 웃었다.

"그런가?"

"그래."

"그럼 걱정 반, 호기심 반이라고 해두자."

호기심이라는 말도 의아하지만 걱정이라니? 소유는 더 묻고 싶었지만 채윤은 그냥 그대로 일어섰다. 소유는 고개를 갸웃거리며 그를 따라갔다. 어차피 정말로 알아야 할 일이라면 나중에 캐물어도 될 터였다.

저잣거리를 가로지르는 큰길을 건너 채윤은 골목 앞에 멈춰 섰다. 요즘 들어 부쩍 흉흉한 소문이 돌아서인지 저자에 나온 사람은 많지 않았다. 소유는 그것을 내심 다행으로 여기며 채윤에게 말했다.

"이 바로 안이지? 난 여기서 기다릴게. 다녀와."

"같이 들어가서 인사를 드리지 않고?"

채윤은 약간 난처한 얼굴이었지만 그녀를 말리지는 않았다. 그녀는 활짝 웃으며 고개를 저었다.

"내가 안 들어가는 게 나아. 천천히 와. 난 구경 좀 하고 있을게."

그녀가 들어간다면 괜히 분위기만 이상해질 것이 뻔했다. 채윤은 뭔가 말하고 싶은 얼굴이었지만 그녀가 손짓하자 조용히 몸을 돌려 골목 안쪽으로 사라졌다.

안 들어가는 게 낫다.

그 안쪽으로 그와 함께 가지 못하는 것은 아쉬웠지만, 소유는 자신이 한 말을 한 번 되씹으며 골목 담벼락에 기댔다. 푸른 하늘에 흰 구름이 흘러갔다.

아무도 들어오지 않는 골목에서 잠시 하늘과 담을 보며 바람 냄새를 맡고 있는데 어디선가 야옹, 하는 새된 소리가 어렴풋이 들려왔다. 고양이? 소유는 주위를 흘긋 둘러보았다.

야오옹.

"웬 고양이지?"

어느 샌가 새끼 고양이 한 마리가 담벼락을 타고 다가와 소유를 내려다보고 있었다. 그 사랑스러운 눈망울과 새하얀 털을 보고 소유는 미소를 지었다.

"이리 온."

그다지 기대하지 않고 뱉은 말인데 고양이는 주위의 튀어나온 기왓장 따위를 밟고 내려와 소유에게 다가왔다. 그녀의 발치에 따뜻한 머리통을 비비는 감각에 소유는 자리에 잠시 쪼그려 앉았다.

"귀여워라. 이렇게 하얀 고양이는 처음 보네."

고양이는 소유가 뻗은 손에 놀랍게도 스스로 다가왔다. 그 작은 두 발이 오른손 손등에 닿자 기분이 아주 좋아졌다. 소유는 고양이를 살살 쓰다듬으며 연신 감탄했다.

"정말 예쁘게도 생겼구나. 어쩌면 이렇게 털이 희고 착하니? 이렇게 깨끗한 걸 보니 누가 기르는 아이겠구나?"

야오옹. 새끼 고양이는 기분 좋은 목소리로 울었다. 소유는 고양이가 계속 자신의 곁을 맴돌아 신기했다.

"아이, 정말 애교가 많구나, 어머, 지금 나한테 뽀뽀해준 거니? 내가 좋아?"

그 말대로 고양이는 소유의 손등에 입을 맞추고 머리를 비볐다. 소유는 즐겁게 고양이를 더 쓰다듬으려고 팔을 뻗었다. 야오옹. 그러나 고양이는 이제 흥미를 잃었는지 몸을 돌려 골목을 나서는 방향으로 걷기 시작했다.

"야옹아, 어디 가니?"

새끼 고양이인데도 민첩한 걸음은 여느 다 큰 고양이 못지않았다.

소유는 저도 모르게 후후 웃으며 그 뒤를 따라갔다.

"어디 가아?"

고양이는 순식간에 골목을 빠져나가더니 그대로 내달렸다. 소유는 어쩔 줄 모르며 뒤를 따르다가 이내 그 고양이가 안겨드는 사람을 보고 걸음을 멈췄다.

검고 긴 머리칼, 긴 흉터가 있는 외안. 분명히 특별한 외양이었지만 그보다는 그 사람에게 풍기는 싸늘한 그림자에 심장이 덜컥 내려앉는 것 같았다. 고양이를 안은 사내도 그녀를 바라보며 거리에 그대로 섰다.

사내의 창백한 피부는 마치 산 사람이 아닌 듯 차갑게만 보였다. 먹자줏빛의 긴 옷에 수놓인 붉은 꽃도 도저히 장식으로는 보이지 않았다. 그의 감정 없는 눈빛이 마치 속을 꿰뚫어보는 것만 같았다.

의미 모를 두려움에 몸이 서서히 떨리기 시작했다. 소유는 그제야 고양이의 눈이 양쪽 모두 새빨갛다는 것을 알았다.

"누구……?"

왜 이쪽을 그런 눈으로 바라보는 것일까. 왜 이곳에 있는 것일까.

한참 후에야 차갑게 식은 손가락이 떨리며 주위의 소리가 들려왔다. 소유는 거리의 사람들이 그와 그녀를 힐끔거리며 피해 가고 있다는 사실을 깨달았다. 누가 그러지 않을까. 그는 가까이해서는 안 될 사람일 뿐더러, 알아서도 안 되는 사람이었다.

그녀는 겨우 목소리를 짜내 물었다.

"혹시… 고양이 주인이세요?"

검은 머리의 남자는 대답하지 않았고 소유는 기껏 짜낸 용기가 방금의 그 한마디로 모두 사라졌다는 것을 깨달았다. 그녀는 천천히 걸음을 돌렸다. 그리고 도망치듯 달음질쳤다.

"아……!"

무예를 익힌 그녀가 평소에는 할 리 없는 실수였다. 제 발에 걸려 넘어진 것이다. 그녀는 부끄러워 얼굴이 빨개지는 것을 느끼며 주위를 살폈다. 검은 머리의 남자도 시선을 내리깔고 그녀를 바라보고 있었다. 무안했다. 소유는 무언가에 지고 싶지 않은 마음에 괜히 화를 냈다.

"바로 앞에서 사람이 넘어졌으면 일으켜 세워줘야 하는 것 아닌가요? 그렇게 보고만 있는 것 아니에요."

발끝까지 그녀를 가득 채우고 있던 뻣뻣함은 실수 덕분에 간신히 조금 풀렸다. 본인이 한 말을 어떻게 수습할지 고민하다가 충동적으로 사내의 흰 손을 잡았다. 그러나 곧 깜짝 놀라며 그 손을 도로 뿌리쳤다.

사내는 그녀에게 화도 내지 않았다. 여전한 무표정, 꿰뚫어보는 시선. 소유는 떨리는 입술로 사과했다.

"미안해요. 손이 너무 차가워서 놀랐어요."

마음대로 잡아놓고 마음대로 뿌리쳤으니 사내가 실은 분노하고 있다고 해도 이상할 것 없었다. 그러나 소유는 사내가 그런 감정을 가지고 있는지조차 의심이 들었다. 만졌을 때 그의 희고 찬 손은 미동조차 없었다. 낯선 여자가 살갗에 닿았을 때 움찔하지도 않는 사내에게 그런 일반적인 감정이 있을까?

사내는 사과에도 대답이 없었다. 소유는 비척비척 일어나 몸을 돌렸다. 사내는 그녀가 멀리 돌아가는 다른 길로 접어들 때까지도 그 자리에서 움직이지 않았다. 고양이는 언제 어디로 갔는지 사라지고 없었다.

한참 다른 곳에서 시간을 보내다가 슬쩍 거리를 보니 아까의 사내는 떠났는지 보이지 않았다. 소유는 속으로 안도하며 원래 채윤을 기다리던 골목으로 돌아갔다. 그때 옆에서 짜랑짜랑한 목소리가 그녀를 불렀다.

"거기 못난이 아니야?"

"여기까지 어쩐 일이냐?"

덜 짜랑짜랑하고 더 짓궂은 목소리가 따라붙었다.

이 녀석들 때문에 혼자 나다니기가 힘들었다. 소유는 한숨을 쉬고 자신에게 용기가 돌아왔는지 확인해보았다. 그리고 자신을 부른 목소리가 들려온 쪽을 보았다.

동네의 짓궂기로 유명한 아이들 무리가 비실비실 웃으며 그녀를 보고 있었다. 아직 관례를 치를 나이도 되지 않아 흰 베옷만 입고 있기는 했지만, 이곳 화주성에서 이 아이들에게 한번씩 당하지 않은 사람이 없을 정도였다.

제일 말 잘하는 주근깨 여자아이가 썩 나서서 턱을 들었다.

"고귀한 신선의 따님께서 이런 하찮은 곳에는 오늘 무슨 일로 나오셨담?"

도움을 청할 곳은 없었다. 소유는 마음을 굳게 먹고 눈을 부릅떴다.

"너희 그만하지 못하겠어?"

"너희 그만하지 못하겠어? 푸하하."

머리통이 약간 짱구인 꼬마가 말을 따라 하며 웃었다. 통통하고 눈이 큰 사내아이도 같이 웃음을 터뜨렸다.

"화났냐? 화났냐?"

짱구 꼬마가 신이 나서 말을 이었다.

"네 잘나신 아버님을 뵈려면 어디로 가야 되냐?"

"너희 누나한테 무슨 말버릇이니? 그리고 우리 아버지는……."

"할 말 없지? 너희 아버지 다른 곳에서 새장가 든 거 다 아는데."

"되게 부잣집 아낙네하고 살림 차렸다더라."

대체 아이들이 저런 말은 어디서 배워오는 걸까? 아니다. 저잣거리에서 장사하는 사람들이 하는 말을 듣고 따라하는 것이니 화를 낼 것도 없었다. 그러나 참으려던 소유의 마음을 짱구 꼬마가 닥닥 긁었다.

"그런데 그 아낙네가 새끼 딸린 건 싫다고 해서 널 버린 거잖아."

아이들이 깔깔 웃었다. 지나가던 어른들 중에도 말리는 사람이 없었다. 소유는 배 속에 불을 당긴 듯 머리가 확 뜨거워지는 것을 느꼈다. 통통한 사내아이가 거드름을 피우며 거들었다.

"나라도 그러겠다. 아, 나는 그 얘기도 들었어. 얘네 아버지는 얼굴값 하느라고 요즘도 이 계집 저 계집 만나고 다닌다더라!"

소유는 저도 모르게 빽 소리쳤다.

"우리 아버지는 그런 사람 아니야! 정말로 신선이라 선계로 돌아가신 거라고!"

"우리 아버지는 그런 사람 아니래. 하하하! 정말 웃긴다. 아니긴 뭐가 아냐?"

"거짓말 좀 작작 해, 이 거짓말쟁이야!"

거짓말쟁이, 거짓말쟁이! 아이들은 작정하고 원을 만들어 빙글빙글 돌며 노래했다. 거짓말쟁이, 신선의 딸은 무슨! 바람이 나서 도망갔단다! 거짓말쟁이, 거짓말쟁이!

소유는 소용이 없다는 것을 알면서도 그 노랫소리보다 크게 고함쳤다.

"아니야!"

용모가 아름다웠던 아버지가, 소유가 다섯 살 때 이곳 화주로 오자마자 성 안 백성들의 관심을 끌었다는 것은 들어서 잘 알고 있다. 저런 헛소문도 할 일 없는 사람들이 재미로 구시렁거리는 것뿐임도 알고 있다. 하지만.

"얘들아, 안녕?"

소유가 주먹을 꽉 말아쥐는데 부드러운 목소리가 아이들에게 말을 걸었다. 그녀는 깜짝 놀라 고개를 돌렸다.

"채, 채윤이네?"

돌림노래가 뚝 끊은 듯이 사라졌다. 아이들은 채윤의 등장에 약간 겁을 집어먹은 것 같았다. 그러나 채윤은 꾸짖는 대신 상냥하게 물었다.

"다들 여기서 뭐 하고 있었니?"

통통한 사내아이는 당황한 얼굴로 재빨리 대답했다.

"다 같이 놀고 있었지."

"응. 사이좋게 얘기하면서 놀고 있었어."

짱구 꼬마도 잽싸게 부연했다. 채윤은 몸을 굽혀 아이들 하나하나의 눈을 보고 웃었다.

"정말이지?"

소유는 약이 올라 소리를 빽 질렀다.

"아니야! 쟤들이 또 날 놀렸어!"

채윤은 몸을 굽힌 채 눈을 동그랗게 뜨고 소유를 보았다. 주먹이 부들부들 떨렸다. 한참 어린애들 상대로 이런 말을 하는 건 유치하다는 것을 알지만.

"우리 아버지가 다른 여자랑 눈 맞아서 도망갔대잖아!"

분해서 입이 멈추질 않았다. 떨리는 소유의 입술을 보고 채윤의 미소가 살짝 옅어졌다. 짱구 꼬마가 발끈했다.

"네가 자꾸 말도 안 되는 거짓말을 하니까 그러잖아! 너희 아버지가 신선이면 나는 나라님이겠다!"

거짓말쟁이, 거짓말쟁이. 아이들이 지은 노래의 곡조가 귓가에서 맴돌았다. 눈시울이 뜨거워진 소유가 다시 무슨 말을 하기 직전 채윤이 짐짓 놀란 표정을 지었다.

"얘들아, 그건 참말이야. 그분이 선계로 돌아가시는 걸 나도 똑똑히 봤는걸?"

아이들의 눈이 동그래졌다. 짱구 꼬마가 새된 목소리로 물었다.

"뭐? 진짜로 봤어?"

채윤은 후후 웃었다.

"그럼. 내가 뭐 하러 거짓말을 하겠어."

하늘에서 내려온 구름을 타고 저 멀리 날아갔다는 이야기를 아이들이 믿을 리가 있을까. 소유는 본인이 생각하면서도 비참해졌다. 주근깨가 있는 여자아이가 얼른 소유와 채윤의 얼굴을 번갈아가며 보았다.

"정말?"

"그럼, 정말이지."

채윤의 목소리에는 누구나가 믿을 수밖에 없는 힘이 있었다. 아까 기세가 등등했던 것이 거짓말처럼 짱구 꼬마는 기가 죽었다.

"채윤이가 그렇다면 다 사실이겠지?"

"으응. 우리는 그냥 어른들이 그렇게 말하기에."

아이들은 어느새 채윤의 주위를 둘러싸 얌전히 고개를 끄덕였다. 채윤은 헛소문을 가지고 사람을 놀리면 안 된다며 아이들을 타일렀고 아이들은 금세 소유를 다시는 놀리지 않겠다는 약속까지 했다.

"알았어. 잘못했어."

"다시는 안 놀릴게."

"앞으로는 그러면 안 되는 거다?"

"응."

아이들의 약조를 하나하나 받아낸 채윤은 그 조그만 머리통들을 쓰다듬으며 일어섰다. 그는 햇살처럼 웃으며 소유에게 얼굴을 돌렸다.

"소유, 애들도 다시는 안 그러겠대. 그러니까 마음 풀고……."

더는 참을 수가 없었다. 소유는 그대로 몸을 돌려 자리를 벗어났다.

사람들은 그녀를 좋아하지 않았다.

출신 모를 고아인데다 아버지가 신선이라는 배포 큰 거짓말까지 해댄다고 생각하면 그럴 만도 했다. 그리고 그런 사람들은 예외 없이 채윤을 좋아했다. 소유가 하는 모든 말을 거짓말이라고 생각하던 사람들도 채윤의 말은 모두 참말이라며 믿었다.

채윤의 잘못이 아니었고 그를 가족으로서 사랑했지만 그가 있을 때와 없을 때, 사람들이 그녀를 대하는 태도의 차이를 보면 서글펐다.

소유는 무릎을 끌어안고 어둡게 눈을 내리깔았다. 얼굴은 온통 눈물로 젖어 이제 닦기도 포기한 연후였다.

"채윤을 두고 와버렸네……."

어차피 여기밖에 올 곳도 없으면서. 어차피 여기서 또 만날 거면서. 뭐 하러 걱정하게 그런 식으로 뛰쳐나온단 말인가.

소유는 자신의 행동에 어이가 없으면서도 조금 전에는 도저히 참을 수가 없었다고 스스로를 다독였다.

"소유!"

그래, 이렇게 만날 거면서.

달리 갈 곳이 없는 그녀의 발길이 향할 곳은 어차피 버드나무가 있는 강가뿐이었다. 채윤은 그녀의 이름을 부르며 달려와 숨을 몰아쉬었다. 소유는 일부러 그를 올려다보지 않았다.

"혼자, 헉, 그렇게 달려가버리면 어떻게 해?"

"미안해……."

기어들어가는 목소리가 나왔다. 채윤은 한껏 걱정스러운 얼굴을 하며 그녀의 옆에 털썩 주저앉았다.

"괜찮아? 애들이 또 무슨 말을 했기에 그래."

눈물이 울컥 솟았다.

"너는 거짓말쟁이다, 너희 아버지는 너를 버리고 도망갔다. 항상 듣던 말 그대로야. 하지만 들을 때마다 속상한걸."

큼지막한 눈물방울이 쉴 새 없이 뺨을 타고 흘렀다. 이미 턱도 목도 소매도 다 젖어버린 지 오래였다. 지금까지 그녀가 이렇게까지 격렬하게 반응하는 것을 잘 보지 못한 채윤은 놀란 얼굴로 달랬다.

"내가 다시 가서 혼내주고 올까?"

소유는 고개를 세게 저었다.

"싫어!"

아이들은 어른의 말을 듣고 와 반복할 뿐이다. 그런 아이들을 혼내서 무엇 할까.

소유는 어깨를 들썩이며 가늘게 말을 이었다.

"사실은, 흑, 그 애들 말이, 다 맞을지도, 모르잖아. 흑, 신선의 딸이라니. 내가 생각해도 어처구니가 없는걸."

인간 여자를 사랑했던 신선이 지상과의 연이 다해 어쩔 수 없이 자신의 유일한 딸을 친구에게 맡기고 떠났다는 이야기는 너무 터무니없다. 떠도는 소문이 훨씬 현실적이었다. 그런데도 자신이 거짓말쟁이가 아니라고 할 자격이 있을까.

그냥 그렇게 믿고 싶었던 것 아닌가?

소유는 소리 없이 조금 더 훌쩍였다. 채윤은 그녀의 눈물을 닦아주며 어쩔 줄 몰라 했다. 그의 소매와 따뜻한 손이 다정해 더 울음이 나왔다. 속에 담고 있던 말도 함께 터져 나왔다.

"사실은, 흑, 우리 아버지가 너희 집에, 으흑! 날 버리고 갔다는 소문이, 흑, 사실일지도 몰라. 아저씨도, 흑, 내가 불쌍해서 거둬주신 거고."

말도 안 되는 이야기를 지금까지 믿고 있었던 건 그저 자신이 특별하기를 바라서였을지도 모른다. 소유는 무예도 악기도 글도 자신 있었지만, 사람들에게는 출신 모를 고아라는 것이 더 중요했다. 그것이 싫어서 자신의 출신이 누구에게도 뒤떨어지지 않는다고 고집스레, 억지스레 믿고 있었던 건지도 모른다.

그런 자신이 비참하고 속상해서 그녀는 채윤의 손을 밀어내고 무릎에 얼굴을 묻었다. 곧 채윤이 그녀의 어깨를 옆에서 꼭 끌어안아 주었다.

그는 담담한 목소리로 그녀의 이름을 불렀다.

"소유."

그녀는 대답하지 않았지만 그는 짧게 웃고 말을 이었다.

"네가 설령 신선의 딸이 아니라고 해도 그게 뭐가 중요해? 네가 내 소중한 친구라는 건 변하지 않는걸."

가슴속이 녹아내리는 것만 같았다.

채윤, 채윤. 소유는 속으로 그의 이름을 읊조렸다. 누구나 채윤을 좋아하는 것은 당연했다. 그가 하는 말은 이렇게나 참으로 들린다. 그녀가 저도 모르게 눈을 들어 그를 보자 채윤은 해사하게 웃으며 놀렸다.

"아, 얼굴 빨개졌다. 너무 울어서 그런대요. 우리 울보."

바보 같으니. 소유는 일그러진 웃음을 터뜨렸다. 채윤은 문득 손을 뻗어 다시 그녀의 눈물을 닦아주며 속삭였다.

"소유, 괜찮아. 너는 뭐든지 잘하잖아. 얼굴도 어여쁘고, 글도 잘 짓고, 악기 연주도 뛰어나잖아."

눈물이 조금씩 멎었다. 소유도 손을 움직여 눈물을 훔쳐냈다. 젖은 손으로는 눈물이 잘 닦이지 않았지만 그대로 두는 것보다는 나았다.

그녀는 빙긋 미소 짓고 평소의 자신이라면 무슨 대답을 했을지 고민했다. 답은 금방 떠올랐다.

"역시 나를 알아주는 건 채윤밖에 없구나."

"그리고 힘도 아주 세잖아."

"아하하."

무예는 정말로 즐거웠다. 소유는 웃음을 터뜨렸다. 채윤의 얼굴이 조금 더 가까이 다가와 목에 닿았다.

아.

"총명해서 하나를 배우면 열을 알고 한 번 배운 건 결코 잊지 않지. 재치 있고 야무지고. 소유, 네가 얼마나 특별한 사람인지 알면 신선의 딸이라는 게 참말이라는 걸 알 수 있을 텐데."

가슴속에 둔중한 충격을 받고 소유는 젖은 눈을 깜박였다. 아주 어릴 때는 같이 목욕을 한 적도 있다. 하지만 철이 들고 나서 그와 이렇게 가까이 몸을 맞대본 일이 있었던가?

"소유, 앞으로 살다 보면 있는 그대로의 널 받아들여주는 사람들을 많이 만날 수 있을 거야. 그러니까 너무 속상해하지 마."

저 속삭이는 목소리.

"네가 정말로 특별하고 소중한 존재라는 걸 알게 되는 순간부터 누구나 널 인정하고, 아껴주고, 그리고 사랑해줄 테니까."

버드나무의 초록색 잎이 은을 바른 비늘처럼 반짝이고 산들바람은 강물에 파도를 만들었다. 소유는 어쩐지 진정된 마음으로 채윤에게 똑같이 속삭여 물었다.

"하지만 지금 여기서 날 믿어주는 사람은 채윤, 너뿐인걸. 평생 동네 놀림거리나 돼서 정인도 못 만들고 나 혼자 살게 되면 어떡해?"

채윤은 쿡쿡 웃었다. 그 소리가 귀를 간질여 코끝이 같이 가려웠다.

"그럼 나랑 쭈욱 함께 살면 되지."

그는 그런 말을 참도 쉽게 한다. 소유는 눈을 깜박이며 조심스레 되물었다.

"어떻게?"

"이렇게 매일 이야기를 나누고, 시를 짓고, 책 읽고, 악기 연주도 하고. 그렇게 지내면 되잖아."

갑자기 모든 게 바보처럼 느껴졌다. 소유는 한참 웃었다. 채윤은 빙그레 웃으며 그녀를 끌어안았던 팔을 거두었다.

아마도 한참 운 다음이라 가능했을 테지만, 소유는 용감하게 눈을 반짝이며 자신 있는 미소를 지었다.

"나 때문에 채윤이 너까지 노총각이 되겠다는 거야? 그러면 안 되지. 그래, 내가 스무 살이 되기 전에 어떻게든 정인을 만나서 시집도 갈게."

채윤의 표정이 기묘해졌다.

"너는 어떤 사람하고 혼인하고 싶은데?"

후후. 둘은 동시에 소리 내 웃었다.

오랫동안 하고 싶은 말이 있었지만 간지럽고 부끄러웠다. 그 언젠가, 때가 무르익고 모든 것이 확실해지면 전할 수 있을까. 소유는 친구의 맑은 눈을 들여다보며 장난스러운 미소를 지었다.

"얼굴은 옥 같고, 목소리는 낭랑하고, 훌륭한 집안의 자제면서 평생 동안 나만 사랑하고 첩은 절대 들이지 않는 선비님. 글재주는 당연히 있어야 하고 무예도 뛰어나야 해. 품은 뜻이 깊고도 넓어서 바다를 담을 수도 있고 악기를 연주하면 초목이 감동해서 우는 정도는 돼야지."

말이 이어질수록 채윤의 얼굴이 웃지 못해 참는 듯 일그러졌다. 그녀가 진지하게 말하는 것인지 아닌지 고민하는 모양이었다.

그가 조금 고민하는 것도 괜찮다. 소유는 킥킥 웃었다. 채윤은 그녀가 장난을 쳤다는 쪽으로 결론을 내렸는지 쓴웃음을 지었다가 문득 걱정스러운 표정을 보였다.

"그런데 어떡하지? 나는 네가 여길 떠나면 너무 슬퍼서 앓다가 죽어버릴지도 모르는데."

소유는 깜짝 놀랐다. 농담을 하는데 왜 그런 말이 나온단 말인가?

"그게 무슨 소리야, 채윤아. 네가 죽긴 왜 죽어?"

"만일……."

채윤의 쓴웃음이 짙어졌다.

"응?"

소유는 그가 하고 싶은 말이 뭔지 궁금해 채근했다. 그러나 그는 도로 쓴웃음을 지우고 고개를 저었다.

"아무것도 아니야."

"왜 말을 하다 말아. 궁금하잖아."

어쩐지 안달이 났다. 소유는 채윤의 얼굴을 빤히 쳐다보며 계속 졸라댔다. 몇 번이나 캐묻자 채윤은 머뭇거리며 입을 열었다.

"별거 아냐. 만일 이 세상에 네가 없다면 나는 존재할 수 없다고."

소유는 볼을 부풀렸다. 말도 안 되는 소리다.

언젠가 그녀도 그도 혼인을 할 테고, 그러면 결국은 떨어져서 살아야 할 것이다. 그리고 먼 훗날 할머니 할아버지가 되었을 때는 자식과 손자들이 잔뜩 있을 것이다. 그러면 채윤에게 소유는 그저 어릴 때 같이 자란 친구 이상은 아니게 될 텐데.

본인이 한 생각이지만 그런 가정을 했더니 기분이 몹시 상했다. 소유는 가슴속이 욱신거려 인상을 썼다가 웃었다.

"농이지? 이번에는 안 속을 거야. 뭘 부탁하려고 그런 말까지 해?"

채윤은 가벼운 미소를 지었다. 역시 장난이었다. 안도하면서도 왠지 계속 기분이 나빠 소유는 일부러 활짝 웃고 화제를 돌렸다.

"그러고 보니 채윤이 너. 아까 꼬맹이들한테 거짓말했지?"

그 말에 채윤은 눈썹을 들었다.

"너희 아버지가 선계로 가시는 모습을 봤다고 한 거?"

흥, 역시 바로 드러난다. 너무 큰 거짓말이라 본인도 계속 기억하고 있었나 보다. 소유는 씩 웃었다.

"응. 채윤답지 않게 그런 진지한 표정으로 거짓말을 하다니, 나도 깜박 속아 넘어갈 뻔했어."

이번에는 채윤이 항의할 차례였다. 그는 눈썹을 더 높이 들었다.

"나도 사람이니까 원래도 거짓말 정도는 하는 걸?"

그게 무슨 말인가. 소유는 고개를 저었다.

"지금 한 말이야말로 거짓말이지? 채윤은 나에게 거짓말한 적이 지금까지 한 번도 없잖아."

"지금은 아니지만 앞으로 너에게 거짓말할 상황이 생길지도 몰라."

앞으로. 아까 아팠던 가슴을 생각하니 그 말이 싫었다. 소유는 입을 비죽거렸다. 채윤은 그녀를 보다가 눈을 내리깔았다. 그의 입술에서 가벼운 한숨이 나왔다.

그의 표정이 어두워지는 것을 보니 적이 걱정이 되었다. 소유는 큰 마음을 먹고 요즈음 생각해왔던 질문을 던졌다.

"무슨 걱정되는 일이라도 있어?"

채윤은 금세 내리깔았던 눈을 그녀에게 향했다.

"아, 신경 쓰이는 일이 있어서 나도 모르게 그만. 미안해."

"신경 쓰이는 일?"

소유는 고개를 갸웃했다. 채윤은 눈을 잠시 다른 곳에 두었다가 진지하게 설명했다.

"…아버지가 걱정돼서. 요즘 집에 낯선 사람이 자주 오가는 거 너도 봤지?"

"딱딱한 표정을 하고 입 꾹 다물고 다니는 사내들 말이지?"

"응, 맞아. 대체 무슨 일이 있는 건지 신경이 쓰여."

그 분위기는 그녀도 느끼고 있었다. 그래서 요즘 자꾸 멍한 얼굴을 했구나. 소유는 채윤이 어두운 표정을 하는 것이 싫어 자신이 생각하는 가장 좋은 조언을 했다.

"그럼 역시 아저씨께 직접 여쭤보는 게 좋지 않을까?"

"하지만 우리가 알아도 어떻게 할 수 있는 일이 아닌 것 같아."

"왜?"

채윤의 얼굴은 약간 더 어두워졌다. 그러나 그는 금방 다시 그녀를 보고 안심시키려는 듯한 미소를 지었다.

"너한테는 아무 일 없을 테니 걱정하지 마. 무슨 일이 있더라도 내가 널 꼭 지켜줄게."

바람에 버들잎 한 장이 날아와 한들한들 내려앉았다.

무슨 일이 있더라도 지켜주겠다고? 혼자에게만 아무 일 없는 것은 의미가 없었다. 소유는 채윤이 없는 세상을 상상할 수 없었고, 그가 얼굴을 찌푸리는 세상은 싫었다.

그녀의 얼굴을 보고 채윤은 늘 그랬듯이 상냥하게 물었다.

"내 얼굴에 뭐가 묻었어? 뭘 보고 그렇게 웃는 거야?"

"바보. 네가 우울한 얼굴을 하고 있으니까 그렇지. 내가 웃으면 너도 웃잖아."

채윤은 후후 웃었다. 소유는 다시 기분이 좋아져 그의 어깨를 두드렸다.

"응, 그렇게 웃어줘. 솔직히 요즘 너 많이 이상했어. 멍하니 있을 때도 있고 혼자서 생각에 잠겨 있을 때도 많고. 아까처럼 잘 웃다가도 갑자기 어두운 표정을 짓기도 하고."

그녀가 두드린 어깨를 채윤은 신기한 것이라도 보듯이 한참 쳐다 보았다. 그리고 그녀에게 눈을 가늘게 접으며 웃어 보였다.

"역시 너에겐 못 당하겠다."

"그럼. 그러니까 무슨 일인지 말해줄 수 있으면 말해줘. 너무 궁금 하고 걱정돼."

"사실……."

그의 눈이 씁쓸하게 호수를 보았다.

"요즘 성 밖 상황이 좋지 않다고 해."

"응, 모든 상황이 예전과 같지 않다는 얘기는 나도 들었어."

강대하고 부귀했던 선대왕 시절과 달리, 금상今上인 초왕이 즉위 하고 나서 점점 이 나라의 살림은 나빠지고 있었다. 소유는 조정에 대해 아는 것이 없었지만, 나랏일을 하는 어른들뿐 아니라 저잣거리 에서도 사람들이 수군거리는 말을 듣지 않을 수가 없었다. 확실히 장터는 매일 점점 더 한산해졌고 물가가 자꾸 올랐다. 아버지가 떠 날 즈음인 10년 전, 천인국은 지금보다 훨씬 살기 좋았다던데.

무엇보다 출신이나 신분에 관계없이 능력을 인정받을 수 있었던 옛날과 달리 요즘은 뇌물이 없으면 어디에도 갈 수 없다는 말이 공 공연했다. 예전에는 신분을 초월해 높은 관직에 오르거나 큰 재산 을 모을 수도 있었으며 길에 굶주리는 사람이 없었다던가. 소유는 그 말을 전부 믿지는 않았지만 그녀도 현실을 보고 느끼는 것이 있 었다.

"요즘 나라 살림이 풍족하지 않아서 조정에서 요구하는 세금이 계 속 늘어나고 있다며? 장 씨 아주머니도 전에 그래서 아저씨한테 두 냥을 꾸어가셨잖아. 수도인 장안에는 굶어 죽는 사람이 많다는 이야 기가 파다해."

채윤은 오히려 놀란 듯 눈을 다시 강물에서 뗐다.

"그런 소리는 누구에게 들은 거야?"

"손님들 드릴 차를 들고 아저씨 방에 갔다가 문 앞에서 우연히 들었어. 내가 혹시 괜한 얘기를 들은 거니?"

"정말 별걸 다 기억하는구나."

"그럼 안 돼?"

놀리는 것 같아 소유는 일부러 톡 쏘았다. 채윤은 쓴웃음을 짓고 고개를 저었다.

"그건 아니야. 다만 뭐든지 기억한다는 건 괴롭고 슬픈 일도 다 기억한다는 거잖아."

"하지만 즐거웠던 시간을 떠올리면 행복해지기도 하는걸?"

채윤과 함께 자라온 시간은 몇 번을 떠올려도 행복했다. 소유가 자랑스럽게 한 말에 채윤은 고개를 끄덕였다.

"그건 그렇지. 내가 괜한 소리를 했네."

"혹시 다미국에 대한 책도 마음에 걸리는 게 있어서 찾아본 거야?"

그는 한숨을 쉬고 이야기를 해주었다.

다미국과 천인국 사이의 국경에 요즘 들어 분쟁이 잦다는 것, 어쩌면 다미국과 전쟁이 일어날지도 모른다는 것, 징병에 대해 걱정하는 사람들과 군사비로 인한 세금의 증가, 설산에서 살아온 강인한 유목민 병사들과의 전쟁에서 어느 정도의 승률을 점칠 수 있을까 하는 걱정.

다 듣고 나자 소유는 마음이 무거워져 채운과 마찬가지로 한숨을 쉬었다.

"성 밖은 정말 복잡하고 시끄러운 일로 가득하구나. 여기와는 전혀 딴판이야. 언제까지나 이곳에서 평화로운 일상을 보낼 수 있다면 얼마나 좋을까?"

❋

"불!"

"불이야!"

소유는 침상에서 눈을 떴다. 아침이 아닌데도 깨어날 만큼 집안이 부산했다.

"물 가져와!"

이상하게 주위가 밝았고 창호지를 바른 창문 바깥이 붉게 너울거렸다. 어딘가에서 타는 냄새도 났다. 갑자기 제정신이 돌아와 소유는 벌떡 일어났다. 불인가? 집에 불이 난 걸까? 그리고 보니 어렴풋이 눈앞이 매캐하다.

일단 방 밖으로 나가야 할 것 같아, 그녀는 습관대로 검만 쥐고 뛰쳐나왔다. 입이 떡 벌어졌다. 저택이 불길에 휩싸여 있었다.

"으아악!"

새빨간 불, 시꺼먼 연기. 큰 기둥이 자꾸 무너졌고 일꾼들은 되는 대로 물을 퍼부었지만 이미 저택을 사르는 불의 기세는 걷잡을 수가 없었다. 다리가 덜덜 떨리고 머릿속이 하얘졌다. 소유는 주위에서 채윤의 얼굴을 찾았다.

"채윤!"

모두의 얼굴이 불 그림자 때문에 붉었다. 소유는 굳은 다리를 억지로 떼며 사람들 사이를 뛰어 다니며 직접 채윤을 찾기 시작했다.

"채윤! 채윤, 어디 있어?"

그가 혹시라도 아직 집 안에 있다면? 끔찍한 가능성에 목이 타는 듯 말랐다. 소유는 잠시 연기 때문에 콜록거리다가 하염없이 눈을 굴렸다. 그때 누군가 그녀의 어깨를 꽉 잡았다.

"소유!"

가슴이 녹아내리는 것 같았다. 소유는 안도감에 숨을 헐떡이며 채윤을 돌아보았다. 불 때문에 채윤의 얼굴도 붉었다.

"여기 있었구나, 소유!"

"지금 나왔어. 아저씨는? 안에 사람들 더 있어?"

"모르겠어."

채윤은 이를 악물고 고개를 저었다. 억장이 무너지는 기분으로 소유는 얼굴을 일그러트렸다. 아무리 사람들이 열심히 물을 가져다 날라도 지금의 기세를 보니 저택이 주저앉는 것은 시간 문제였다.

"그럼 어떡해? 빨리 찾아봐야지!"

채윤은 그러나 다시 고개를 저었다.

"누가 집에 불을 질렀어. 일단 너는 피해."

한 번도 본 적 없는 바다의 파도가 바로 저럴까. 불길은 눈부시게 포효했다. 소유는 어안이 벙벙해 발을 동동 굴렀다.

"누가 집에 불을 질렀다니? 마적이라도 쳐들어왔다는 거야?"

세금을 내지 못하고 도망친 백성들이 마적 떼가 되어 다른 선량한 백성들을 죽이고 재산을 빼앗는다는 말을 들은 적이 있었다. 요즘은 놀랄 만한 일도 아니었다. 채윤도 걱정 가득한 얼굴로 대답했다.

"모르겠어."

문득 시야가 깜박였다. 잠시 잦아드나 싶던 불꽃이 작열하며 솟아올랐다. 물을 옮기는 사람들, 도망치는 사람들, 다친 사람들, 쓰러지는 사람들……. 모든 그림자가 희화된 비극처럼 현실성 없이 너울거렸다. 연기 때문에 주위가 잘 보이지 않았다. 그때 낯선 사내들의 목소리가 그림자 속에서 쉭쉭거렸다.

"집 안을 샅샅이 뒤져라. 진 부관을 찾아라! 어서!"

이미 마적이 집 안에 들어온 것일까. 아무리 어릴 때부터 무예를 익혔다지만 이 상황에 몇 명인지도 모를 적과 맞서 싸우는 것은 너무나 승률이 낮은 도박이었다. 소유는 창백해진 채윤의 얼굴을 보았다. 그 또한 좀 전의 목소리를 들은 것이 틀림없었다.

"아저씨를 찾고 있나 봐."

제 입으로 말하자 괘씸한 생각이 들었다. 이곳이 누구의 집인지 알면서 들어왔단 말인가? 채윤의 아버지가 얼마나 백성들을 생각하는지 알지도 못하면서? 소유는 분노해 검을 꽉 쥐었다. 채윤이 얼른 속삭였다.

"아버지는 내가 모시고 갈게. 정원에 있는 비밀 통로 알지? 성 밖으로 나가서 버드나무 아래 숨어서 기다려. 곧 따라갈 테니까."

비밀 통로는 집 안에서도 채윤과 채윤의 아버지, 그리고 소유만 아는 가장 비밀스러운 이야기였다. 소유는 반사적으로 고개를 저었다. 이럴 때 채윤과 떨어질 수는 없었다.

"싫어! 너랑 같이 있을래."

그러나 채윤은 단호하게 고개를 저었다.

"어서 가! 금방 따라갈 테니까 걱정하지 마. 그리고 혹시 내가 안 오면 낙양으로 가."

낙양은 채윤의 외가가 있는 곳으로, 몇 년 전까지만 해도 1년에 한 번씩 채윤은 혼자 그곳에서 오래 머물다 오곤 했다. 소유는 질겁해 도리질했다.

"말도 안 되는 소리 하지 마! 네가 왜 안 온다는 거야. 너 안 올 생각 하고 가는 거면 나랑 같이 있어."

그가 낙양에서 뭘 하라는 건지도 소유는 이미 짐작하고 있었다. 낙양성 성주의 아들이자 채윤이 낙양에서 좋은 지기가 되었다는 그이를 찾아 몸을 의탁하라는 의미일 것이다. 채윤은 항상 소유가 얼굴조차 본 적 없는 그 남자를 높이 평가하며 무슨 일이 있거든 꼭 그를 찾으라고 하곤 했다. 하지만 그럴 수는 없었다.

"소유!"

채윤의 얼굴이 크게 일그러졌다.

"나 정말로 널 금방 따라갈 거야. 안 가겠다는 이야기가 아니야. 소유야, 소유야, 지금 우리 이럴 시간 없잖아. 응? 나 아버지만 찾아서 얼른 갈게. 응?"

익어버릴 것만 같은 바람이 불었다. 불꽃을 받은 채윤의 창백한 얼굴은 꼭 낯선 가면 같았다. 그의 가슴팍에 단 한 쌍의 옥이 그 바람을 타고 휘날렸다. 시간이 없다는 그의 말은 옳다. 하지만 어째서, 어째서.

어째서 만약을 말하는 거야.

"나는 절대로 낙양성에 안 갈 거야. 왜냐하면 네가 안 오는 일은 없을 테니까."

"소유……."

채윤의 미간에 주름이 잡혔다. 그의 안타까운 표정을 똑바로 올려다보며 소유는 다짐했다.

"너는 나한테 거짓말 안 해. 그러니까 이번에도 나는 네 말을 믿을 거야. 채윤아. 너는 꼭 나를 금방 따라올 거야. 그렇지?"

그래야만 했다. 채윤은 고개를 끄덕이고 몸을 돌려 달려갔다. 어지러운 연기와 어둠, 그리고 바삐 움직이는 사람들 때문의 그의 모습은 곧 잘 보이지 않게 되었다. 소유는 악을 썼다.

"조심해! 다미국에 같이 놀러 가기로 한 거 잊지 마!"

"응, 약속할게!"

생각보다 훨씬 먼 곳에서 채윤의 시원한 대답이 돌아왔다. 이제 집을 포기한 사람들이 하나둘 도망쳤다. 소유는 떨어지지 않는 발걸음을 돌려 뛰었다.

정원의 비밀 통로를 타고 잠시 이동하자 시끄러운 소리도, 불길의 뜨거움도 느껴지지 않았다. 소유는 혹시 채윤의 발소리가 들리지 않을까 해서 가끔 머뭇거리다가도 몸에 익은 대로 빠르게 달렸다. 마적들은 어떻게 되었을까? 이렇게 큰일이 났는데, 화주성이 다 깨어나는 것은 아닐까? 성에 제대로 신고는 되었을까?

버드나무가 늘어진 강가에 도달한 것은 금세였다. 강을 보자 살짝 욕지기가 났다. 소유는 버드나무 그늘에 몸을 숨기고 물 냄새를 맡지 않으려 애썼다. 항상 물이 두려웠지만 채윤이 함께 있어서 이곳이 집처럼 느껴지곤 했다. 채윤은 어디쯤까지 왔을까? 혹시 진 부관을 찾는 데 시간이 걸려서 아직 못 오고 있는 것은 아닐까?

역시 돌아가서 그를 찾고 싶었다. 채윤을 두고 오다니 정신이 어떻게 된 것이 틀림없었다. 채윤의 약속을 믿지만 혹시 사람 손이 부족하면 어떻게 할까. 소유는 초조해져 검을 다시 꽉 쥐었다. 그때 누군가 어둠 속에서 고함쳤다.

"계집애를 찾았다! 쥐새끼처럼 혼자 도망쳤어!"

모골이 송연해졌다. 소유는 다가온 곡도의 반달 모양 날을 본능적으로 막았다. 모습을 드러낸 사내는 온통 검은 옷을 입고 있었다. 마적이 아니면 저런 차림을 할 리가 없다.

하지만 어떻게? 저 비밀 통로가 어디로 이어지는지 아는 사람은 가족을 제외하면 성주뿐이다. 일개 마적 떼가 어떻게 알고 그녀를 찾아왔을까? '찾아왔다'는 것 자체도 이상하다. 어느 마적 떼가 일부러 집안의 가술을 추적해 끝까지 공격한단 말인가.

당황하는 사이에 이번에는 다른 방향에서 곡도가 날아들었다. 소유는 긴 검집으로 곡도를 빗겨내고 검을 뽑았다. 달빛을 받은 검이 스산하게 빛났다.

"제법 하는데."

두 번째로 나타난 마적이 인상을 쓰고 말했다. 소유는 화가 나 눈에서 불꽃이 튀는 것 같았다.

"괘씸한 것들. 선량한 백성들의 고혈로 살아가면서 부끄럽지도 않으냐?"

두 마적은 씩 웃었다. 동시에 양쪽에서 칼이 날아들었다. 소유는 한쪽 손으로는 검집을, 다른 손으로는 검을 쥐고 둘 모두를 튕겨냈다. 그리고 춤추듯 한쪽의 품으로 파고들어 검집을 세게 휘둘렀다.

"큭!"

나무로 만든 소유의 검집은 제법 단단했다. 차마 검으로 사람을 벨수는 없어서 한 선택이었지만 잘 먹힌 모양이었다. 지금까지 이놈들이 죽였을 사람들을 생각해보면 검으로 목을 벨까 하는 생각이 안 든 것도 아니었지만, 그녀는 그렇다고 해서 당장 제 손으로 사람을 죽이고 싶지는 않았다.

크게 얻어맞은 마적은 신음하며 비틀거렸다.

"이것이!"

다른 마적이 화를 내며 덤벼들었다. 그러나 겁먹을 솜씨는 아니었다. 소유는 검집을 쥐고 덤벼드는 사내의 명치를 푹 찔렀다. 제가 덤벼들던 힘에 그대로 당한 마적은 눈을 허옇게 까뒤집으며 바닥에 뒹굴었다. 킥킥 하고 숨 막혀 괴로워하는 소리가 들렸지만 거기까지는 그녀가 알 바 아니었다.

소유는 머리를 쥔 마적의 목에 검 끝을 들이대고 준엄하게 호령했다.

"말해! 네놈들이 이곳을 어떻게 알지? 가솔과 내통한 게냐? 여긴 누가 또 알고 있지?"

마적은 이를 갈며 그녀를 노려보았다. 아직도 채윤이 오는 기색은 없었다. 소유는 검집으로 마적의 머리를 다시 한 번 세게 내리쳤다.

픽!

"으윽!"

"말햇!"

집안 사람들이 모두 무사할 거라는 생각은 들지 않았다. 게다가 그 거대한 화염. 화재를 생각하자 가슴속이 꼭 쥐어 터뜨리듯 답답해 졌다. 소유의 분노한 얼굴을 보고도 마적은 입을 뗄 생각이 없는 것 같았다.

그때 비수가 날아왔다.

"흐윽!"

비수는 그녀의 몸을 맞추지는 않았지만 섬뜩한 감촉과 함께 팔을 스치고 지나갔다. 소유는 소름이 돋는 것을 느끼며 등을 나무에 눌렀다. 혀를 차는 소리와 함께 또 한 명의 사내가 몸을 드러냈다.

"두 놈이 계집애 하나를 이기지 못해 이게 무슨 꼴이냐?"

"두, 두목!"

호흡 곤란에서 벗어난 것인지 아까 구르던 마적이 반가운 목소리를 냈다. 소유는 두목의 눈을 차갑게 쏘아보았다. 걸음걸이만 보아도 만만치 않다는 것을 알 수 있었다.

"담이 큰 계집아이로구나."

"더러운 네놈들에게 내가 겁먹고 떠는 꼴이 보고 싶으냐?"

기죽지 않은 척 그렇게 소리치긴 했지만 소유는 솔직히 속으로 절망했다. 2 대 1도 어려운 일인데 3 대 1이라니. 심지어 두목은 다른 두 마적을 신경 쓰면서도 이길 수 있을 정도로 만만해 보이지 않았다.

여기서 죽는 걸까? 화가 나고 배 속이 뜨거워졌다. 동시에 발끝과 손끝은 차차 얼음처럼 굳었다. 소유의 얼굴을 본 두목은 씩 웃었다.

"어차피 뒈질 것, 실컷 허풍을 부리든 위세를 떨든 상관없지."

검집으로 두 번을 얻어맞은 남자는 침을 탁 뱉으며 욕설을 지껄였다.

"모가지를 떼어주마."

"너희 따위에게 죽을 운명이 아니다."

소유는 최선을 다해 비웃으며 양손의 검과 검집을 꽉 쥐었다. 두목이 비수를 다시 날림과 동시에 마적 두 명이 곡도를 휘둘렀다.

채앵!

"크흑!"

손이 찢어지는 통증이 아릿했다. 조금이라도 주저하면 바로 목숨이 날아갈 판이었다. 소유는 몸을 최대한 숙여 비수를 피하고 곡도를 막아냈다. 그러나 바로 두목이 자기 허리춤의 검을 뽑아 그녀의 목을 노렸다.

"하압!"

이렇게 죽을 수는 없었다. 소유는 몸을 급격히 앞으로 빼서 두목과의 간격을 좁혔다. 그리고 검을 있는 힘껏 휘둘렀다. 아까 명치를 맞았던 마적이 비명을 지르며 넘어갔다.

죽지는 않았을 것이다. 소유는 두근두근, 목에서 울리는 고동을 모른 체하며 숨을 가다듬었다. 그리고 그대로 달려 도망치려 했다.

"어딜!"

두목은 재빨리 그녀를 따라잡아 검을 내리쳤다. 소유는 몸을 피하려다가 순간 자신의 발밑이 그대로 무너져 내리는 것을 느꼈다.

"아……!"

슴부덩. 차가운 강물이 그녀의 뒤통수와 귀와 뺨을 차례로 잡아먹었다. 소유는 소름이 돋아 발버둥 쳤지만 그럴수록 점점 더 깊은 곳으로 빠져들고 있다는 기분이 들었다. 헤엄 따위는 칠 수도 없었다.

살려달라고 외치려 해도 일그러진 공기 방울만이 보글보글 올라갈 따름이었다. 숨이 막히고 두려웠다. 차갑고 검은 물이 그녀를 놓아주지 않았다.

'채윤!'

소유는 속으로 그의 이름을 불렀다. 이럴 줄 알았다면 그냥 채윤과 함께 있을 것을. 그와 함께였다면 마적이 셋이 아니라 설령 넷이라 하더라도 이길 수 있었을 텐데.

문득 시야에 찬란한 빛이 들며 낯선 이의 얼굴이 보였다. 죽을 때가 되어 신선인 아버지가 돌아온 것일까? 소유는 발버둥 치던 것도 잊고 멍하니 그의 얼굴을 보았다. 낯선 이는 비취처럼 푸른 머리칼을 드리우고 상냥하게 웃었다. 그 아름답고 섬세한 얼굴은 요소요소 기이하리만치 완벽했다.

신선의 동자? 옥으로 만든 조각?

그의 웃음을 보며 그녀는 정신을 잃었다.

몸을 감싼 편안한 느낌에 영영 눈을 뜨고 싶지 않다는 기분이 들었다.

따뜻하고 포근한 기분, 달빛처럼 온화하면서도 밝은 빛. 코끝을 간질이는 그윽한 향기가 났다. 한여름에 맡는 연꽃의 향기였다.

소유는 어안이 벙벙해서 눈을 떴다. 눈앞에는 정신을 잃기 전 보았던 얼굴이 있었다.

"기침하셨습니까?"

그렇게 말한 이는 골격이나 나지막한 목소리로 보아서 사내인 것 같았지만 생김새가 지금까지 그녀가 본 어느 여자보다도 아름다웠다. 등 뒤로 타래를 길게 늘어뜨린 푸른 머리칼이 산들바람에 가볍게 일렁이고 똑같이 새파란 눈이 총명하고 상냥하게 반짝였다. 그는 그녀에게 손가락이 길고 우아한 손을 내밀었다.

소유가 그 손을 잡지 않은 채 놀라워하자 그는 영롱한 눈을 가늘게 뜨며 걱정스러운 표정을 지었다. 이제 보니 그녀는 커다랗고 붉은 연꽃 속에 누워 있었다.

"괜찮으시어요, 아가씨?"

"당신은 아까 꿈속에서 봤던……."

이렇게 깨어나서도 보이니 꿈이 아니었던 것일까? 하지만 그의 옷은 그녀가 한 번도 본 적 없는 특이한 모양이었고 푸른 머리칼도 희한했다. 소유가 눈을 깜박이자 그는 빙그레 웃었다.

"실례지만 공자는 누구신가요? 그리고 여기는 어디인지요?"

푸른 머리의 남자는 손을 거두고 그녀에게 정중히 고개 숙여 절했다.

"저는 해랑이라고 합니다, 아가씨. 그리고 여긴 용궁이랍니다."

"해랑……."

눈도 머리도 푸른 그 남자에게 잘 어울리는 이름이었다. 그의 머리칼이 다시 바람에 나부껴 파도처럼 일렁였다. 소유는 멍하니 그 이름을 읊조리다가 깜짝 놀랐다.

"용궁이라니요?"

해랑은 그 질문에 쑥스러운 표정을 지었다.

"여긴 정말로 용궁이랍니다. 아가씨께서 물에 빠져 정신을 잃으신 동안 예로 모셔왔습니다."

주위를 둘러보니 과연 오색의 산호와 커다란 진주로 장식된 커다란 기둥 사이로 작은 물고기 떼가 헤엄치고 있었다. 소유는 연꽃의 매끈한 꽃잎을 잡고 꽃송이 바깥의 풍경을 바라보았다. 문득 수정 구슬처럼 영롱하게 반짝이는 물거품이 그녀의 귓가를 스치고 지나갔다.

"정말로……."

"예, 용궁이랍니다. 아름답지요?"

해랑은 그 물거품보다 더 아름다운 미소를 지으며 그녀가 연꽃 밖으로 나와 설 수 있게 도와주었다. 신기하게도 눈이 따갑거나 숨이 막히지 않았다. 땅에서 생활하던 때와 다른 것이라고는 보다 그윽하고 청명한 향기가 가볍게 떠돌고 있다는 것뿐이었다.

소유가 있는 곳은 옥좌가 있는 커다란 방으로, 모든 것이 푸르고 고요했다. 소유는 해랑의 손을 놓고 그에게 물었다.

"공자께서 저를 구해주신 건가요?"

조용히 웃는 것을 보니 맞는 모양이었다. 소유는 고개 숙여 인사했다.

"감사합니다."

"당연히 제가 해야 할 일인걸요."

거기까지 인사하고 나자 덜컥 정신을 잃기 전의 일이 떠올랐다. 채윤이 아저씨와 함께 그녀를 뒤따라 비밀 통로 끝에 도달했다면 지금 그는 위험에 처해 있을 터였다. 소유는 퍼뜩 놀라 해랑에게 말했다.

"해랑 공자, 저를 다시 돌려보내주세요! 제 친우가 위험에 빠져 있어요. 한시가 급합니다."

푸른 눈썹이 안타깝게 모였다.

"아가씨, 죄송하지만 지금은 보내드릴 수가 없답니다."

"어째서요? 혹 채윤이가, 제 친우가 어찌되었는지 알고 계십니까?"

그녀가 물에 빠지자마자 이렇게 구해주었으니 어쩌면 채윤에 대해서도 알지 몰랐다. 그러나 절망적이게도 해랑은 풀이 죽어 고개를 저었다.

"저는 물 밖 세상 일은 잘 알지 못합니다. 하오나 지금 지상으로 나가시는 건 너무 위험해서 도저히 아가씨를 보내드릴 수가 없습니다."

"공자, 물 밖 세상 일에 대해 모르신다면서 어떻게 위험하다는 것만 알 수가 있으십니까? 어서 저를 보내주세요. 제 친우의 위험은 제게 닥친 위험이나 같답니다."

"송구스럽습니다. 하지만 아가씨는 이곳에 계셔야 합니다. 위험한 곳으로 모실 수는 없어요."

그의 태도는 마치 입을 다문 조개처럼 단호했다. 소유는 애가 탔지만 해랑은 분위기를 바꾸려는 듯 상냥하게 제안했다.

"아가씨, 부디 이곳에 머물러주시지요."

그러나 그렇다고 해서 얌전히 시간을 보낼 수는 없었다. 소유는 눈물을 그렁거리며 원망스럽게 그를 채근했다.

"아무리 위험해도 하는 수 없습니다. 있던 곳으로 돌려보내주세요. 이렇게 부탁드립니다."

"아가씨……."

그녀가 고집을 부리자 난처해진 모양이었다. 해랑은 가슴 아픈 얼굴로 그녀를 보았다. 그 눈빛이 어쩐지 무척 편안하고 고마워 그녀는 기묘한 기시감을 느꼈다. 그를 본 적이 전에도 있었던가?

하지만 전에 용궁에 온 일이 있을 리는 없었다. 소유는 문득 자신의 뺨 옆을 스쳐 날아가는 물거품을 쫓아 손을 들었다. 그러다가 손이 해랑의 뺨을 스쳤다. 옥처럼 매끈한 뺨은 그야말로 인간 세상의 것 같지 않았다.

"죄송합니다, 공자. 하지만 일이 워낙 급박하여……."

소유가 사과하고 계속 설득하려는데 해랑은 그녀의 손이 자신의 뺨을 스친 순간부터 대경실색한 얼굴이 되었다.

"지, 지금……."

어째서 저렇게까지 놀란단 말인가. 소유는 급한 와중에도 이상해서 눈을 깜박였다.

"정말 죄송합니다, 공자. 혹 어디 다치신 곳이라도."

"어, 얼굴에……!"

해랑은 그대로 몸을 돌리고 고개를 푹 숙였다. 손톱이 닿은 것 같지는 않은데 어째서 저러는 것일까. 소유는 놀라 두어 걸음 걸어 해랑의 얼굴을 가까이에서 보려 했다. 그러나 그는 그대로 본인의 얼굴을 두 손으로 가렸다.

"아… 아가씨, 참으로 송구합니다……!"

그녀가 잡기도 전에 그는 그대로 달려나가 모습을 감추어버렸다. 소유는 어안이 벙벙하고 답답해 그 자리에 우뚝 서 있었다. 그러다가 혹시 물 안이면 몸이 뜨지 않을까 위를 향해 몇 번 뛰어올라보았다.

헤엄을 칠 때의 요령이랍시고 귀동냥해두었던 것들을 시험해보았지만 몸은 지상에서와 똑같이 바닥에 붙어 있었다. 그녀는 안타까워하며 방 밖으로 나섰다.

구슬로 된 주렴과 유리 난간은 이야기 책 속 풍경처럼 호화로웠다. 소유가 있었던 곳은 거대한 두 층짜리 전각이었고 밖으로 나오니 온 세상이 한없이 넓었다. 시야에 들어오는 모든 것이 푸르러 기이하면서도 이곳이 물속이라는 실감이 들었다.

어디로 가야 할까. 소유는 이 신기한 경험을 채윤에게 무척 말해주고 싶었지만, 그것은 그를 무사히 구한 다음에 생각할 문제였다. 얼마 동안이나 기절해 있었던 것일까?

"소유 아씨, 귀한 분께서 어찌 이리 밖을 헤매고 계십니까?"

해랑보다 더 굵으면서도 앳된 목소리가 그녀를 불렀다. 소유는 멋모르고 뒤를 돌아보았다가, 사람 키보다 더 큰 보랏빛 문어가 사람 옷을 입고 있는 꼴에 깜짝 놀라 헛바람을 삼켰다. 문어는 사람처럼 총명한 눈으로 빙긋 웃고 정중하게 인사했다.

"실례했사옵니다. 소인은 용궁에서 용왕님을 모시는 문 상서라 하옵니다."

"소인은 어 시랑이라 하옵니다."

이번에는 몸집이 더 작은 오징어가 다가와 뒤이어 인사했다. 용궁에서는 문어와 오징어도 말을 할 수 있는 것일까. 소유는 그들의 모습이 영 낯설었지만 웃으며 답했다.

"처음 뵙겠습니다, 두 분 대감."

"필요한 게 있으시다면 뭐든 분부만 하십시오."

"아씨는 용왕님께서 소중히 하시는 귀한 몸이시니 부디."

문 상서와 어 시랑은 삼가는 몸짓으로 친절하게 말했다. 그러고 보니 용궁이니 용왕도 있을 것이다. 소유는 머뭇거리며 물었다.

"그 용왕님이라는 분이 혹 아까 제가 뵌 해랑 공자이신지……."

어 시랑이 하하 웃었다.

"용왕님께서 수줍음을 많이 타셔서 아씨께 제대로 말씀드리지 못하신 모양입니다."

"예, 해랑 님께서 바로 이곳 동해를 다스리는 용왕님이시옵니다."

문 상서의 설명에 소유는 고개를 끄덕였다.

"예에. 그런데 두 분, 육지로 돌아가려면 어찌해야 하는지 혹 아시는지요?"

친절했던 두 대감의 얼굴이 어두워졌다.

"밖으로 나가시는 일은 해랑 님의 윤허가 있어야만 가능하옵니다."

"하지만 제 친우가 위험에 빠져 있는데 해랑 공자께서 저를 보내지 않겠다 하시니, 제가 어찌 가만히 있겠습니까?"

어 시랑이 안타까운 표정으로 그녀를 달랬다.

"물 밖의 일은 소인들이 잘 모르옵니다. 하오나 용왕님께서 아씨를 물 밖으로 모실 수 없다 하심은 반드시 이유가 있을 것이옵니다."

"해랑 님께서는 안전을 위해 아씨를 이리 모셔온 것이오니 모쪼록 잠시만, 잠시만 참고 머물러주시옵소서."

그녀에게는 여기서 바다 생물들과 입씨름할 시간이 없었다. 소유는 결국 화가 나 소리를 버럭 질러버렸다.

"이유가 무엇이든, 제 목숨보다 중요한 사람들이 위험에 빠져 있습니다! 어찌 참고 머물라 하십니까?"

두 대감은 어이쿠, 하며 놀라 물러섰다. 소유는 미안한 마음이 들었지만 한시라도 바삐 돌아가야 한다는 생각에 그들을 빤히 쳐다보았다. 문 상서가 고개를 저었다.

"그리 말씀하시면 해랑 님께서 가슴 아파하실 것이옵니다."

어 시랑도 거들었다.

"부디 아씨 자신을 먼저 생각해주시옵소서."

"하지만⋯⋯!"

물 밖이 위험하다는 것은 채윤이 위험한 상태에 빠졌다는 뜻일 것이다. 그런데도 도저히 보내줄 생각이 없어 보이는 그들의 태도에 소유는 그만 자리에 주저앉고 말았다.

"채윤이⋯ 채윤이 위험해요. 그 애가 홀로 곤경에 빠져 있는데 제가 어떻게 편안히 있겠습니까⋯⋯!"

울음을 터뜨리는 그녀의 모습에 두 대감은 어쩔 줄 몰라 하며 옆에서 계속 달래는 말을 했다. 그러나 소유의 귀에는 들어오지 않았다.

용궁의 시동은 소유를 백옥 난간과 진주껍데기 모양 침대가 있는 훌륭한 방으로 안내해주었다. 혹 나갈 방법이 없을지 시동에게도 물었지만 해랑의 허락 없이는 나갈 수 없다는 두 대감의 말은 정말인 모양이었다. 시동은 자신은 그런 것을 잘 모른다며 정중하게 그녀의 시중을 들고 가버렸다.

시간이 지나니 용궁에도 밤이 찾아왔다. 하릴없이 침대에 누워 눈을 감아보기는 했지만 잠은 오지 않았다. 시동이 아까 가져다주었던 신비하고 정갈한 밥으로 배를 채우고 편안한 옷을 입었는데도 그랬다.

대체 어떻게 해야 채윤이 있는 곳으로 돌아갈 수 있을까?

채윤은 어떻게 되었을까?

이렇게나 시간이 흘렀는데 채윤과 마적 떼가 그 자리에 그대로 있을 리는 없다. 분명히 어떤 종류의 결말이 났을 테고 소유는 그 결말이 병사들이 마적을 무사히 진압하고 가솔들도 모두 건강한 것이길 바랐다. 나쁜 놈들, 비밀 통로를 아는 걸로 봐서 처음부터 작정하고 쳐들어온 것이 틀림없다.

집안일을 보는 사람들은 모두 아주 오랫동안 한솥밥을 먹어온 이들이다. 성급히 배신할 만한 사람은 없었다. 소유는 마음이 답답해 한숨을 몇 번이나 쉬고 몸을 이리저리 굴렸다.

문득 밤의 먹물 같은 어둠을 가르고 피리 소리가 들렸다.

투명하면서도 찬란하고, 웅대하면서도 소박한 심상이 담긴 연주 솜씨는 보통이 아니었다. 아니, 소유는 그녀와 채윤에게 악기를 가르친 선생조차 이 정도의 연주를 하는 것을 들은 일이 없었다. 곡조 또한 처음 듣는 것이었다.

까닭도 출처도 모르는 곡인데 어쩐지 눈물이 나오며 마음이 편안해졌다. 소유는 이끌리듯 잠자리에서 일어나 파문이 수놓인 비단 신을 신고 방을 나섰다.

음악이 들려오는 곳은 멀지 않았다. 처음 해랑과 만난 커다란 방이었다. 황금 조각을 이어 만든 장식이 물결에 서로 스치며 별빛 같은 광채를 뿌렸다. 다가갈수록 피리의 소리는 심금을 울렸다. 꼭 가슴속에 직접 말을 거는 것만 같았다.

해랑은 그 커다란 방의 옥좌에 앉아 홀로 피리를 불고 있었다.

새하얗고 매끄러운 옥피리는 멀리서 보기에도 보물이었다. 작고 짧은 물건인데도 해랑은 가늘고 긴 손가락으로 솜씨 좋게 다루었다. 자유자재로 높아졌다가 웅장하게 내리깔리는 소리를 들으면 그만한 피리에서 저렇게나 다양한 소리가 나온다는 것이 기이하게 느껴질 지경이었다.

아름다운 악곡은 소유가 저도 모르게 숨을 들이켜자 아쉽게 끊겼다. 해랑은 소유가 있는 쪽을 보았다. 아니, '본 것 같았다'고 해야 옳을 것이다. 그는 용궁의 뭇 짐승들의 모양새를 본뜬 기괴한 가면을 쓰고 있었으므로.

소유는 저도 모르게 빙긋 웃었다.

"안녕하세요, 해랑 공자. 제가 방해를 한 모양이네요."

"다, 다다다다……!"

해랑은 벌떡 일어나 옥좌가 놓인 단상에서 내려왔다. 그리고 소유에게서 세 걸음 정도 떨어진 자리로 순식간에 다가오더니 우물쭈물하며 말했다.

"당치도 않은 말씀이세요, 아가씨. 방해라뇨. 아가씨의 마음이 혹 편해지실까 하여 연주한 거랍니다."

소유는 내심 감동을 받았다. 이름도 모를 그 곡은 정말로 그녀를 편안하게 해주었다.

"감사합니다, 공자. 곡의 이름이 뭔지 여쭈어도 될까요?"

"예. 그럼요, 아가씨. 제가 연주한 곡조는 '영영화'라 해서 인간 세상에서는 이미 맥이 끊어진 노래랍니다."

과연 들어본 적이 없는 이름이었다. 소유의 감탄하는 얼굴을 보고 해랑은 가면 속에서 웃음소리를 냈다.

"아가씨만 원하신다면 여기 계시는 동안 연주법을 가르쳐드릴게요. 선계의 곡조이니 배워두시면 쓰실 일이 반드시 있을 것이어요."

해랑이 연주한 곡이 아주 마음에 들었으므로 그의 제안은 반가웠다. 그러나 그보다 선계의 곡조라 하니 떠오르는 것이 있어서 소유는 잠시 머뭇거렸다. 해랑은 갑자기 불안해진 듯 물었다.

"어찌 그러셔요, 아가씨?"

"해랑 공자, 갑자기 이런 말씀 외람되지만… 용왕이라 하시니."

"예, 아가씨. 뭐든 여쭈십시오."

해랑은 피리를 허리춤에 꽂고 그녀를 옥좌로 데려갔다. 그 자리에 앉으라는 그의 손짓에 소유는 당황해 손을 저었다.

"아니에요. 어찌 제가 옥좌에 앉겠어요?"

"그냥 의자일 뿐입니다. 아가씨를 세워둘 수는 없으니 부디 앉아서 편안히 말씀하셔요."

몇 번이나 사양해도 해랑의 간곡한 권유를 이길 수는 없었다. 소유는 하는 수 없이 옥좌에 앉아 해랑을 올려다보았다. 그의 가면은 아래에서 올려다보니 더 우스웠다.

"저어, 해랑 공자."

"예, 아가씨."

"이것 또한 외람되지만… 그 가면은 왜 쓰고 계신가요?"

"아, 이것 말씀이십니까."

해랑은 부끄러운 듯 얼굴을 살짝 돌렸다.

"참으로 송구스럽기 그지없습니다. 아가씨께 추한 제 얼굴을 보여드렸던 것이 지금 생각해도… 제가 그만 가면을 쓰고 있는 줄 알고 감히 아가씨 앞에 나섰으니."

"예에?"

방금 추하다고 한 건가. 소유는 어이가 없었다. 누가?

"해랑 공자, 대체 뭐가 추하다고 하신 건가요?"

"저, 저어, 입에 올리기도 참으로 민망하오나… 제가 이리 추하게 태어나 그만 많은 분을 불쾌하시게 하는 모양입니다. 해서 평소에는 이렇게 가면을 쓰고 있사온데… 아아, 어떤 말로도 변명이 되지 않겠지요……!"

아무래도 제대로 들은 모양이었다. 소유는 웃으며 고개를 저었다. 용궁의 대신들과 일꾼들은 모두 어류의 얼굴과 사람의 얼굴이 조금씩 섞인 모양새였는데 그중 딱히 미인이라 할 만한 생김새는 없었다. 해랑은 대단한 미남인데 왜 자신을 그리 생각할까.

"해랑 공자께선 옥 같은 미남자이신데 어찌 얼굴이 추하다 하셔요. 오히려 공자를 본 신하들이 아름다움에 정신이 팔리는 바람에 나랏일을 소홀히 하여 가면을 쓰셨다면 믿겠어요."

"아가씨, 어찌 그런 말씀을 하십니까. 제게는 너무나도 어울리지 않는 말씀을 하시니 농이 심하십니다."

해랑은 당황한 듯 떨면서도 낭랑한 목소리로 우겼다. 소유는 고개를 갸웃하며 해랑의 가면을 벗겼다. 가면 안에는 낮에 보았던 섬세하고 잘생긴 얼굴이 있었다.

"아가씨! 아, 제 얼굴을 보지 마셔요. 아가씨께 불쾌감을 드릴까 두렵습니다……."

가면이 벗겨지자 해랑은 금세 얼굴을 연꽃처럼 새빨갛게 붉히며 두 손으로 가렸다. 소유는 그의 두 손을 뗐다. 저항할 수 있을 텐데도 그는 순순히 힘을 빼고 따랐다.

"제 눈을 보셔요, 해랑 공자."

해랑의 눈에 눈물이 글썽였다. 소유는 그의 푸른 눈과 시선을 맞추고 빙긋 웃었다.

"하나도 추하지 않아요. 저는 해랑 공자처럼 아름다운 분을 처음 보는걸요."

"아, 아아아아……!"

그는 이윽고 눈물을 흘리기 시작했다. 그녀는 당황해서 얼른 그에게 가면을 돌려주었다.

"죄송합니다, 공자. 제가 억지로 가면을 빼앗아 마음이 상하셨지요?"

하긴 가면까지 쓰고 다닐 정도라면 많은 사정이 있었을 텐데 함부로 가볍게 말을 한 것 같았다. 소유가 놀라 허둥거려도 해랑은 가면을 받지 않고 계속 눈물을 흘렸다. 그는 한참 동안이나 고운 입술을 떨다가 간신히 말을 꺼냈다.

"그, 그그그그리 상냥한 말씀은… 처음 들어봅니다. 아가씨는 어찌 이리도 마음씨가 고우신지…….

"기이한 일도 다 있네요. 용궁이라 그렇습니까?"

이런 실랑이를 벌인다는 것이 너무 우스워 소유는 잠시 소리 내서 웃었다. 그녀는 용궁이라는 단어를 입에 올리자 조금 전 물으려던 것이 떠올라 목소리를 가다듬었다. 해랑은 여전히 상기된 얼굴이었지만 이번에는 가면 없이 똑바로 소유의 눈을 보며 말을 기다렸다.

"공자, 저… 용왕이시니 혹 선계와도 연이 있으신가요? 선계는 참으로 존재하는 곳인가요?"

"예에, 아가씨. 물론 선계는 참으로 존재하는 곳이고, 저도 가끔 드나듭니다."

소유의 질문이 의외였는지 해랑의 눈이 약간 커졌다. 소유는 어떻게 물으면 좋을까, 단어를 조금 골라서 속삭여 물었다. 평생, 어쩌면 이런 질문을 할 수 있는 사람을 기다려왔던 건지도 몰랐다.

"하시면… 혹 제 아버지에 대해서도 알고 계신가요?"

"예, 아가씨. 물론 알고 있지요."

해랑이 웃으며 한 대답에 심장이 쿵쿵 뛰었다. 소유는 오랫동안 쌓여온 감정이 갑자기 휘몰아쳐 어쩔 줄을 몰랐다. 그녀는 간신히 확인했다.

"제 아버지는 정말로 신선이신가요?"

"그럼요, 아가씨. 선계에서도 이름이 널리 알려진 분이시랍니다. 어찌 그런 것을 물으십니까?"

울컥. 이번에는 소유의 눈에 눈물이 차올랐다. 부끄럽거나 기뻐서가 아닌 세월의 한이 가득한 눈물이었다. 해랑은 안쓰러워하는 얼굴로 소매를 들어 소유의 눈가를 가만히 눌렀다. 매끄럽고 부드러운 옷자락에 짠 눈물이 스며들었다.

겨우 오열을 참아낸 소유는 허탈한 웃음을 터뜨리며 감사했다.

"감사합니다, 공자. 어느 날 저를 홀로 두고 모질게 떠난 분이니, 그분이 신선이라는 말도 거짓이 아닐까 생각했어요."

"그럴 리가요. 지상과의 연이 다해 떠나셨지만 아가씨를 많이 사랑하셨습니다."

그가 어떻게 그런 것까지 알까.

그러고 보면 처음 볼 때부터 해랑은 그녀에게 무척 친절했다. 동해의 용왕이 어떤 지위인지는 몰라도 아무 이유 없이 사람을 구해주고 이렇게 위로해주기까지 할 이유는 없을 터였다.

저의 아버지와 원래 알던 사이이기 때문일까? 궁금해져 소유는 해랑을 바라보며 물었다.

"해랑 공자, 우리가 전에도 만난 적이 있나요?"

그 질문에 해랑은 빙긋 웃었다. 수줍게 상기되어 부드럽게 웃는 그 얼굴은 마치 꽃이 피어나는 것 같았다.

"이곳에서는 처음이랍니다."

"이곳에서, 라고요?"

그야 소유는 용궁에 와본 것도 처음이니 이곳에서는 처음일 것이다. 전에 만난 적이 있냐는 질문에 어째서 그렇게 알쏭달쏭한 대답을 하는 것일까.

소유는 갸웃거리다가 내친김에 낮에 하던 대화를 잇기로 했다. 이대로 자러 갈 수는 없었다.

"공자, 이제 시간이 흘러 밤이 되었어요. 이만 저를 지상으로 돌려보내주세요. 마적 떼도 이제는 물러갔을 겁니다. 채윤이 어찌 되었는지 꼭 알아야겠습니다."

"아가씨."

웃고 있던 해랑의 얼굴이 난처해졌다. 그는 슬픈 표정으로 소유의 앞에 무릎을 꿇었다.

"아가씨, 채윤이라는 분은 아가씨께 무척 소중한 분이시겠지요. 아가씨의 원대로 해드리고 싶은 마음이 한이 없으나 아직은 아니 됩니다. 아직은 바깥이 너무 위험해요. 아가씨가 정 원하신다면 안전해진 연후에 얼마든지 밖으로 모시겠으니, 부디 지금은 여기 계셔주십시오."

푸른 눈에 다시 물이 차오르기 시작했다. 소유는 그 얼굴에 대고 아무 말도 할 수가 없었다.

낮에는 기화요초를 보러 너른 바다를 산책하거나 해랑과 함께 아름다운 궁방에서 신선의 곡조를 배우고, 밤에는 편안한 침상에서 깊은 잠에 드니 순식간에 며칠이 흘렀다. 온갖 진귀한 의복, 음식, 집에도 금세 익숙해졌고 오로지 좋을 대로만 하는 일상이 반복되었다. 그대로 사흘을 보냈는지, 30년을 보냈는지도 모를 지경이었다.

기이한 술법에라도 걸린 것처럼 지상으로 당장 돌아가고 싶던 마음이 서서히 흐려졌다. 그러던 어느 날, 해랑은 소유와 함께 정원을 거닐다 말고 말을 꺼냈다.

"아가씨, 지상이 고요해졌습니다."

마침 눈앞에 풀잎처럼 조그맣고 가는 것이 어른거리며 다가와 그것이 무언가 궁금하던 차였다. 소유는 어린 물고기가 까불러 오는가 싶어 눈을 가늘게 뜨며 무심하게 대꾸했다.

"그러면 어떻게 되나요?"

해랑은 곧장 대답하지 않고 그가 자주 그러듯 머뭇거렸다. 조그만 것은 고작해야 한 뼘이나 되어 보였다. 가늘고 칼날 같고 몸을 교묘하게 굽히는 모양새가……

"아가씨."

소유는 문득 목이 메 망연히 섰다. 그것은 상한 버들잎이었다.

이제 깨달았다. 어쩌면 이렇게나 아무렇지도 않게 지낼 수 있었을까! 그녀는 해랑을 보고 물었다.

"이제 떠날 시간인가요?"

"예."

해랑의 푸르고 긴 속눈썹이 아래로 처연하게 내리깔렸다. 그 덕분에 정말로 편안히 지낼 수 있었다. 소유는 진심을 담아 인사했다.

"그간 정말로 감사했어요, 해랑 공자. 어찌 감사를 드리면 좋을지 모르겠어요."

"감사라뇨, 아가씨. 제가 당연히 해야 하는 일인걸요."

그는 쓴웃음을 짓고 물었다.

"아가씨, 그간 용궁에서 머무시며 편안하셨나요?"

"예, 공자. 무척 편안했어요."

이곳의 누구나가 그녀를 아씨라 부르며 그녀의 편안한 생활을 위해 최선을 다해주었다. 정말로 과분할 만큼.

해랑은 뺨을 살짝 붉히며 기쁘게 웃었다.

"아가씨가 그리 말씀해주시니 제 마음이 좋아요."

"제게는 과분한 대접을 해주셨으니 저야말로 감사해 몸 둘 바를 모르겠어요."

"아가씨……."

그의 복숭앗빛 뺨이 조금 더 붉어졌다. 해랑은 웃음이 맺힌 얼굴로 머뭇거리다 물었다.

"아가씨, 정히 용궁이 편안하셨다면 계속 예 머물러주시면 아니 되겠습니까?"

소유는 이미 그가 그런 제안을 할지도 모른다고 생각했다. 이 아름답고 친절한 동해의 용왕이 왜 이렇게까지 자신에게 친절한지 짐작할 수는 없었지만 고마울 따름이었다.

하지만 머물 수는 없는 일이었다. 소유는 고개를 젓고 미소 지어 보였다.

"친우가 안전한 것을 확인하고 집안이 안정되면 꼭 다시 이곳에 찾아올게요."

집안사람들은 지금쯤 어떻게 지내고 있을까. 화주성에서 진 부관이 가진 인망이 있으니 밥을 못 얻어먹지는 않겠지만 대단히 불편할 것이다. 그리 생각하니 지금까지 용궁에서 홀로 편하게 지낸 자신이 부끄러워졌다. 소유는 해랑의 얼굴에 화색이 도는 것을 보고 다시 웃었다.

"참말이십니까?"

"예에. 다시 뵈러 오려면 또 물에 빠져야 하나요? 저는 헤엄을 치지 못해 불안하네요."

"저를 생각하며 이 피리를 부시면 언제든 제가 가겠습니다."

해랑은 그의 허리춤에 꽂고 있던 흰 옥피리를 소유에게 건넸다. 신이한 소리를 내는 그 피리가 용궁에서도 귀한 보물임을 이미 알고 있었다. 소유는 극구 사양했다.

"지금까지 해주신 것만으로도 과분한데 어찌⋯⋯."

"받으시지요. 아가씨께 드리고 싶습니다."

그는 마음이 약한 것 같아도 한번 마음을 정한 일에 대해서는 고집이 셌다. 어쩔 수 없이 소유는 피리를 받아 쥐었다.

"고맙습니다, 공자. 꼭 소중히 간직할게요."

돌아가면 채윤에게 바로 불어 보여야지, 하는 생각이 들자 소유는 조금 들떴다. 해랑은 쓸쓸하게 웃었다.

"아가씨, 아가씨께서 이곳에 영영 머무실 수 없다는 것은 저도 알고 있습니다. 아직은 인간 세상에 계셔야 하는 분을 어찌 제가 욕심을 내겠어요? 다만 조심, 또 조심하셔야 합니다."

"고마워요. 꼭 그럴게요."

소유는 깊이 고개를 숙였다. 해랑은 그보다 더 깊이 고개를 숙였다가 그녀에게 손을 내밀었다.

"지상으로 모시는 것은 제 힘으로 어렵지 않게 해낼 수 있는 일이니 부디 두려워 마시고 눈을 감으세요. 눈을 뜨셨을 때는 원래 계시던 곳일 것입니다."

소유는 해랑의 손을 잡고 살짝 눈을 감았다.

곧 눈앞이 환해졌다.

눈을 떴을 때 소유는 과연 강가의 큰 버드나무 아래에 누워 있었다. 주위는 밝았고 마적 떼는 흔적도 보이지 않았다. 혹 모든 것이 꿈은 아니었을까 하고 눈을 깜박이는데 손에 든 옥피리가 보였다.

꿈이 아니었다. 누워서 용궁의 단꿈을 기억할 때가 아니었다. 소유는 얼른 일어나 채윤의 집을 향해 걷기 시작했다.

저잣거리로 접어드니 뭔가 수군거리던 사람들이 이쪽을 쳐다보왔다.

"정말 그런 일이 있었어?"

"희한한 일이야. 끔찍하기도 하지."

어쩐지 이상했다. 이전에도 거리에 나서면 사람들의 불쾌한 시선을 받는 천덕꾸러기였지만 오늘은 마치 귀신이라도 보는 것처럼 다들 물러서고 인상을 찌푸렸다. 무슨 일 때문일까? 마적 떼가 습격했을 때 사라졌다가 이제 와서 돌아온 것이 이상해 보여서일까.

그런 짐작이 들자 무척 불안해졌다. 집은 어떻게 되었을까. 채윤은 어디에 있을까. 또 진 부관은? 우선은 저택으로 돌아가는 길이지만 돌아간 곳에 아무도 없다면 성으로 가보아야 하는 것일까?

걸음이 점점 바빠졌다. 평소 그녀를 자주 놀리던 주근깨 있는 여자아이가 눈을 동그랗게 뜨고 이쪽을 쳐다보았다. 소유가 고개를 갸웃했다. 아이는 잠시 소유와 눈을 마주치고 있다가 얼굴이 새파래져서 비명을 질렀다.

"으아아아아악! 귀신이다!"

귀신이라니. 소유는 걸음을 멈추고 혼을 냈다.

"귀신이라니, 산 사람에게 그리 말하면 못써. 아무리 내가 싫어도 그렇지 너무하는 것 아니니?"

아이는 고개를 저으며 뒤로 두 걸음 물러섰다.

"말도 안 돼. 다들 네가 죽었다고 했는데!"

마적 떼가 쳐들어온 날 그대로 사라졌으니 죽었다고들 생각할 수도 있었을 게다. 소유는 사람들의 시선이 평소보다 훨씬 따가운 이유를 아이에게 묻기로 했다.

"무슨 일이 있었기에 내가 죽었다고 생각했니?"

거기까지가 아이의 참을성의 한계인 모양이었다. 아이는 고개를 젓고 그대로 돌아서 줄행랑을 쳤다.

가슴속이 불안하게 일렁였다. 소유는 뛰다시피 채윤의 집을 찾았다. 뚝, 하고 머리에 물방울이 하나 떨어졌다. 비가 오려는 모양이었다.

순식간에 하늘에 어두운 먹구름이 들어차고 찬 장대비가 쏟아졌다. 소유는 머리를 가릴 새도 없이 자신이 자라온 집 앞에 섰다.

그것은 이미 집이 아니었다.

온통 새까맣게 불타고 모든 지붕이 무너진 폐허였다. 그을리고 무너진 나무 기둥은 비에 젖어 번질거리며 차갑고 싸늘하게 그녀의 앞을 막아섰다. 어디가 어디인지를 알려면 상상력을 한껏 발휘하여 기억을 더듬어야 할 정도로 완전한 폐허 廢墟.

소유는 숨이 차고 기가 막혀 문짝이 떨어진 대문 안으로 헤치고 들어갔다. 그리고 여기저기 굴러다니는 무너진 목재와 돌, 망가진 장독대 따위를 성큼성큼 건너 안채 쪽으로 가려고 했다. 안채로 들어가는 문은 아예 굳게 잠긴 채 그대로 새까맣게 타 버석거렸다.

목이 탔다. 소유는 불안을 억지로 누르며 소리쳤다.

"채윤아! 아저씨!"

돌아오는 대답은 없었다. 먹을 칠한 것처럼 새까만 하늘에서 내리는 비 때문에 얼굴이 흠뻑 젖었다. 무슨 소리가 들려 혹시, 하고 돌아보았더니 쥐 두어 마리가 잽싸게 달려갔다.

분통이 터졌다. 대답이 없을 것을 알았지만 소유는 소리쳤다.

"다들 어디 갔어요? 채윤아, 대답해!"

부엌을 뒤지고, 사랑채를 뒤지고, 그나마 반쯤은 형태를 유지하고 있었지만 역시 많이 타버린 행랑채를 열어보고……. 저택에서 갈 수 있는 모든 방과 곳간을 열어보았지만 역시 사람은 없었다. 엉망으로 더럽혀지긴 했지만 아직 쓸 수 있는 가재도구가 남아 있는데 이상한 일이었다. 설령 다들 남의 집에 신세를 지고 있는 상황이라 해도 가재도구를 가지러 오가기는 해야 할 것 아닌가?

그때 다시 부스럭부스럭 하는 소리가 나더니 대문 쪽에서 아이들이 꺄악꺄악 비명을 질렀다. 마침 잘 된 일이었다. 소유는 아이들 쪽으로 날듯이 다가갔다. 머리가 짱구인 아이에게 아까 마주쳤던 주근깨 있는 아이가 을렀다.

"거봐, 내가 말했잖아. 오지 말자고 했잖아!"

왜? 어째서? 소유는 어쩔 줄 몰라 하며 아이들에게 물었다.

"얘들아, 이게 어떻게 된 거야? 우리 가족들은 다 어디로 갔니?"

머리가 짱구인 아이는 부들부들 떨며 아주 중요하다는 듯 물었다.

"너, 너는 귀신이냐? 사람이냐? 그것부터 밝혀라!"

"왜 아까부터 귀신 타령이야! 채윤이는 어디 있어? 그것부터 좀 가르쳐줘."

그녀의 태도에 아이들의 창백했던 얼굴에 조금 생기가 돌아왔다. 비교적 뒤에 숨어 소유의 그림자를 살피던 통통한 남자아이가 나서 물었다.

"일주일 동안 어디에 갔다가 이제 오는 거야? 채윤네가 이렇게 됐는데."

일주일? 그렇게 오랜 시간이 지났다고?

어쩔 수 없었다고는 해도 용궁에서 보낸 시간이 분해졌다. 소유는 손이 차가워지는 것을 느끼며 설명했다.

"집에 불이 났을 때 채윤이 위험하니까 먼저 도망치라고 했어. 그래서 도망치다가……."

물론 이 자리에서 용궁에 다녀왔다는 말을 하면 아이들에게서는 절대로 진실을 들을 수 없을 것이다. 통통한 아이는 부아가 치민 얼굴을 했다.

"비겁하게 혼자 도망쳤어?"

의외로 머리가 짱구인 아이가 통통한 아이의 팔을 쳤다.

"도둑이 들었는데 당연히 도망을 쳐야지, 그럼!"

"채윤은 어디 있니? 아저씨는? 다들 무사해?"

아이들은 잠시 침묵했다.

그 침묵이 뭔가를 시사하는 것 같아 미칠 것처럼 답답해졌다. 소유
는 황망해 말없이 아이들이 진정하기를 기다렸다. 머리가 짱구인 아
이가 불편한 얼굴로 설명해주었다.

"그날 밤에 동네 사람들이 죄다 모여서 불을 끄려고 했는데… 이
미 불이 집 전체에 번져서 끌 수가 없었어. 새벽에 간신히 불길이 잡
혀 어른들이 들어왔을 때는 이미…….

"이미?"

숨을 쉴 수가 없었다. 소유는 놀라 채근했다.

머리가 짱구인 아이는 차마 말을 맺지 못했다. 주근깨가 있는 아이
가 대신 풀이 잔뜩 죽어서 말했다.

"그때는 이미 다 죽었다고, 어른들이 그랬어."

"…뭐?"

다리가 덜덜 떨렸다. 지나가던 비였는지 소나기가 그쳤지만 오히
려 지금 심장이 더 차갑게 굳은 것처럼 느껴졌다. 소유는 그러지 않
고는 견딜 수 없어 따졌다.

"다 죽었다고? 채윤도? 아저씨도?"

아이들은 도리질을 쳤다.

"다 불에 타서 누가 누군지는 모르겠대."

"진 부관 나으리만 마, 마패하고 같이 발견돼서…….

마패라면 진 부관이 선대왕 때 어사로서 하사받은 물건을 말하는
것일 터였다. 진 부관이 무엇보다 아끼는 옛 영광의 상징이었다. 소
유는 입을 막았다. 토악질이 올라왔다.

새하얗게 질린 그녀의 얼굴을 보고 주근깨 있는 아이가 얼른 끼어들어 말을 보탰다. 아이들의 얼굴에 지금까지 그녀를 향한 적이 없었던 동정이 일었다.

"어른들이 그러는데 채윤이는 안 죽었을지도 모른대. 송장 중에 없는 것 같대."

그 말에 겨우 감각이 돌아왔다. 소유는 연거푸 물었다.

"정말이니? 정말 채윤은 살았다는 거지?"

"그건 나도 모르지만 어른들이 그랬어. 채윤은 항상 푸른 옥 장식을 달고 다니잖아. 그런 옷을 입은 사람은 없었다고……."

아이들이 갑자기 시끄러워졌다.

"그래서 어른들이 채윤이를 찾자고 했는데."

"성주님이 와서 장사를 지내자고 했어."

"너도 채윤도 다 죽었을 거라고, 합동 장례나 후하게 치러주라고."

점점 손과 발에 피가 도는 느낌이 돌아왔다. 소유는 분노를 느끼며 되물었다.

"장례를 벌써 다 치렀다고? 나는 이렇게 살아 있는데? 채윤이도 살아 있을지도 모르는데?"

"전부 불에 타버렸으니까 확인할 길이 없었어. 성주님도 그러시니까……."

"도적들도 못 잡았어. 불을 끄느라고 정신이 없는 사이에 다 도망 갔대."

아이들은 바닥의 물웅덩이를 찰박찰박 밟으며 소유에게 다가왔다. 아이들의 눈에는 하나같이 공포와 분노와 동정이 어려 있었다. 그 시선이 마치 지금의 이 현실을 받아들이라고 하는 것 같아 못내 견디기 어려웠다.

"어른들이 그러는데, 이번에 이상한 점이 한두 가지가 아니래."

"화주성에 황 씨네 집도 있고 방 씨네 집도 있는데 채윤네 집에만 처들어왔다고."

"황 씨네 집이랑 방 씨네 집은 여기서 가깝고 훨씬 크고, 돈을 쌓아 놨다고들 하는데."

"그리고 채윤네에 불이 났을 때가 밤이잖아. 그때 성문이 열렸대."

"남문을 통해서 급히 말을 몰아 나간 무리가 있다고, 채윤네 집하고 뭐 관련이 있는 거 아니냐고."

남문. 화주 남쪽에 있는 도시 하면 낙양부터 생각이 났다. 누군가 그날 낙양으로 향한 것일까? 소유는 크게 심호흡했다. 머리가 어질 어질하고 온몸에 힘이 빠졌지만.

"채윤이 죽었을 리가 없어."

지금은 그렇게 선언해야만 했다.

아이들의 얼굴이 일그러졌다. 몇 명은 훌쩍거렸고 몇 명은 소유의 손을 잡아주었다. 그런 식의 호의를 채윤이나 가솔들 외에게서 받는 것은 처음이니 우스운 일이었다. 모든 것을 잃은 지금 와서야 마을 아이들의 위로가 주어지는 것은 무슨 노릇일까.

생각해보면 그날 밤 군이 진 부관을 찾던 것도, 소유를 일부러 따라온 것도, 마적이라는 자들이 일반적인 농기구 따위가 아니라 곡도를 휘두른 것도 모두 이상했다. 게다가 진 부관을 분명히 찾아갔을 텐데 옆에 마패를 두고 왔다니. 절대로 재산을 노린 도적의 소행이 아니었다.

진 부관에 대한 원한일까? 청렴하고 백성들을 생각하는 진 부관에게 이렇게까지 원한을 품는 일반 백성이 있다고 생각하기 어려웠다. 그렇다면 조정에서 온 사람들일까? 최근 드나들던 낯선 남자들 때문에 채윤이 불안해하던 것이 떠올랐다. 예전의 정적政敵?

진 부관을 아끼고 신뢰하여 뭐든 논의하던 성주가 일주일 만에 장레까지 다 치러버렸다는 것도 이상했다. 아이들 말처럼 이상한 점이 한두 가지가 아니었다.

소유의 얼굴을 보던 주근깨 있는 아이가 조심스레 물었다.

"너는 이제 어떻게 할 거니?"

소유는 고개를 단호하게 저었다.

"당연히 채윤이를 찾아야지."

살아 있다면 그 또한 물론 소유를 찾고 있을 터였다. 아이들이 입을 모아 물었다.

"어딜 가서?"

"채윤의 행방을 찾을 만한 곳이 있어?"

"그날 밤 낙양 쪽으로 간 사람들이 있다면서. 낙양에 채윤을 아는 사람이 있으니 그자들에 대해 알아봐달라고 해야겠어."

그것 말고는 단서가 없었다. 소유의 말에 머리가 짱구인 아이가 단호한 얼굴로 말했다.

"그럼 우리 집 말을 빌려줄게, 타고 가."

주근깨가 있는 아이도 허리에 차고 있던 귀주머니를 떼 소유의 손에 쥐어주었다.

"이건 여비로 써. 내가 세뱃돈하고 용돈 모아놓은 거야."

"얘들아. 그런 건 못 받아."

머리가 짱구인 아이의 집에 있는 말은 그 집에 없어서는 안 되는 중요한 가축이었고, 주근깨 소녀 난영이는 구두쇠로 유명했다. 소유는 어린애들의 마음 씀씀이에 감동하면서도 차마 받아들일 수가 없어 고개를 저었다. 그러나 주근깨가 있는 아이는 눈을 똑바로 치뜨고 또박또박 말했다.

"어른들도 괜찮다고 하실 거야. 우리 다 채윤을 좋아하니까. 대신 돌아올 때는 꼭 채윤을 데려와야 해. 약조하는 거야!"

머리가 짱구인 아이도 동의했다.

"맞아. 우리 집 말은 원래 조세를 못 내서 뺏길 뻔했는데 진 부관 나으리가 도와주셔서 아직 있는 거란 말이야. 그러니까 채윤이 말이나 마찬가지야."

누구나 채윤을 사랑한다. 소유는 채윤의 얼굴이 떠오르자 목이 메고 힘이 생겼다. 그녀는 결국 고개를 끄덕였다.

"알았어. 꼭 채윤을 찾아올게. 고마워, 애들아."

아이들은 자기들도 채윤을 찾는 데 필요한 뭔가를 가져다주겠다면서 뿔뿔이 달려갔다. 혹시 가져갈 만한 것이 있을까 해서 소유는 집안을 천천히 다시 돌아보았다. 집에 값나가는 물건이 많지는 않았지만 집사의 방 쪽에서 행랑 머슴들에게 주려던 새경이 몇 푼 나왔고, 채윤의 어머니가 아주 옛날에 쓰던 방에서는 옥가락지와 은비녀가 나왔다. 소유의 방은 다 타서 입을 옷 한 벌 남은 것이 없었다.

억지로 여행 짐을 싸는 사이에 머리가 짱구인 아이가 말을 몰고 왔다. 소유는 찾은 새경을 일단 전부 아이에게 쥐어주었다.

"고마워. 일단 이거 얼마 안 되지만 말 없는 동안 보태서 쓰시라고 어른들 드리고, 가락지는 난영이 주렴."

비녀는 떠나기 전 진 부관의 무덤에 올릴 생각이었다. 그의 아내가 쓰던 물건을 마음대로 남에게 줘버리는 것에 대한 사죄의 표시이자, 저세상에서 부부가 만나 행복한 시간을 보내라는 기원의 의미로.

이쯤 되면 아이들의 마음에 대한 은혜는 갚았을 것이다. 머리가 짱구인 아이는 갑자기 훌쩍거렸다.

"저기, 소유야. 그동안 놀려서 미안해."

"이제 와서 무슨."

놀리지 말랄 때나 얌전히 그만둘 것이지. 그러나 돌아보면 거짓말쟁이다, 버리고 간 자식이다, 했던 그런 놀림이 모두 아주 옛적의 일처럼 느껴졌다. 해랑에게 아버지가 정말로 신선이라는 확언을 듣고 왔기 때문인지도 모른다.

'사실이 아님'을 명확히 아는 말에는 이렇게나 힘이 없다. 소유는 아이의 짱구머리에 손을 얹고 약간의 원한을 담아 세게 흐트러트렸다.

"앞으로는 어른들이 좀 수군거린다고 사람한테 고대로 가서 놀리면 못쓴다. 사과한다고 다 받아주는 것도 아니고, 사과한다고 놀린 게 사라지는 것도 아니니까 처음부터 놀리지 마. 알았지?"

"응, 흑, 알았어."

다른 아이들이 돌아오기 전에 얼른 떠나는 것이 좋을 것 같았다. 소유는 아이에게 진 부관의 무덤이 어딘지 묻고 말에 올랐다.

하늘에서 천천히 구름이 걷혔다.

제2장

낙양의 보석과 장안의 꽃

쉴 새 없이 말을 몰아 한참 동안 남쪽으로 내려가자 멀리서부터 믿을 수 없을 정도로 크고 번화한 도시가 보였다. 태어나서 처음 해보는 고생에 몸과 마음이 다 지친 소유는 내심 복잡한 마음으로 낙양성의 시가지에 접어들었다.

낙양의 거리는 고루高樓와 색색의 난간 장식, 그리고 온갖 희한한 재주꾼과 장사치들의 호객 소리로 가득한 별천지였다. 북쪽 시가지만 해도 대단히 넓고 길어, 화주성과는 비교도 할 수 없었다. 또한 도시 곳곳에 물이 흐르는 도랑이 많고 넓은 수로에는 비단 장막이 달린 놀이배가 오리처럼 둥둥 떠다녔다. 책에서만 읽었던 사치였다.

물의 도시 낙양.

그렇게 불린다는 이야기를 몇 번이나 읽고 들었다. 소유는 물이 무서워 도랑을 건널 때마다 내심 긴장했지만 곳곳에 만든 돌다리는 튼튼했다. 장사치들은 딱 봐도 이곳 사람이 아닌 데다 막 도착한 것처럼 보이는 소유의 모습에 얼른 목소리를 높였다.

"과일 꼬치! 달콤한 과일 꼬치 사세요! 낙양성에서도 우리 집에서만 먹을 수 있는 특제 과일 꼬치! 동전 세 닢이면 과일 꼬치를 먹을 수 있어요!"

"낙양 비단! 낙양 비단은 우리 집에서 사셔야 진짜예요!"

소유는 아무리 낙양이라고 해도 과일 꼬치가 동전 세 닢씩이나 하리라고 생각하지 않았고 낙양 비단에는 관심도 없었다. 그보다 낙양이 이렇게 크다면 채윤의 흔적을 찾기가 너무 힘들 것 같아 가볍게 낙담했다.

물론 '남문을 통해 성밖으로 나간 자들이 있었다'는 말 한마디에만 기대어 낙양까지 달려온 것은 아니었다. 당장 도착하면 어디부터 찾아갈지 계획도 있었다.

낙양 성주의 아들 '월'.

채윤은 이 낙양에서 머물다 올 때마다 그놈의 '월이 형' 자랑을 며칠 동안 쉬지 않고 해댔고 소유는 당연히 그가 싫었다. 채윤이 자리를 비우는 동안 혼자 쓸쓸하게 있는 것도 싫은데 채윤이 그녀 없이 다른 사람과 친하게 지내다가 왔다는 것은 더 싫었다.

더군다나 용모가 아름답고 몸가짐이 우아하며 글 솜씨는 옛 성현에 버금가네 어쩌네, 믿기 힘든 칭찬을 듣고 있다 보면 채윤이 사람에게 너무 후하다는 생각밖에 들지 않았다. 게다가 가끔 낙양 쪽에서 들어오는 뜬소문에는 낙양 성주의 아들이 아주 망나니라는 종류의 수군거림도 있었는데, 그야 실제로 만나 본 채윤의 말 쪽이 사실에 가깝겠지만 마음 같아서는 소문 쪽을 믿고 싶었다.

그날 밤 채윤이 찾아가라고 할 때는 절대로 그런 남자에게 신세지지 않을 거라고 주장했는데 어쩌다 이렇게 되었을까. 소유는 진짜 '월이 형'이 어떤 사람일지 제멋대로 상상하며 한숨을 쉬었다.

낙양성 성주의 아들이라니까 어느 정도 점잖은 사람이기야 하겠지만 채윤 만할까? 소유의 신분을 믿을까? 이번에 일어난 일에 대해 말하면 얼마나 협조해줄까?

사실 제일 중요한 것은 마지막 질문이었다. 소유는 점점 인상을 쓰며 한숨을 쉬었다. 저 앞에 적당히 조그만 객잔이 보였다. 객잔 앞에서 내려 말고삐를 쥐고 들어서자 주인이 얼른 다가왔다.

"한동안 머물 건데 마구간이 있나요?"

"그럼요, 낭자. 낙양에 마구간 없는 객잔은 없지요."

"그럼 여기서 좀 지낼게요."

숙박료가 얼마인지는 객잔 앞에 쓰여 있었다. 오는 길에 이곳 분위기를 파악하기 위해 몇 군데 다른 객잔 앞을 지나면서 간판을 유심히 봤는데, 아무래도 경쟁이 붙어서 숙박료가 싼 모양이었다. 그리 부담 가지 않는 금액이라 소유는 안도하며 주인에게 말을 넘겨주었다. 주인은 말고삐에 붉은 술을 묶고 소유에게도 조그만 나무판을 주었다.

"바로 모시겠습니다, 낭자. 이 패는 잘 가지고 계셔야지, 안 그러면 나중에 말을 찾지 못합니다."

일종의 민간 마패인 모양이었다. 화주에는 여행객이 그리 많지 않아 이런 제도가 없다. 소유는 신기해하며 패를 잘 챙겨 넣었다. 주인은 말고삐를 머슴에게 넘기고 그녀를 방 쪽으로 안내하며 물었다.

"낭자는 어디서 오셨습니까?"

"화주에서 왔지요."

"화주면 멀리서 오셨군요."

"낙양처럼 큰 도시는 처음이에요. 소문으로 듣던 것보다 훨씬 멋있네요."

약간 아첨을 섞어서 말하자 주인은 금방 웃었다.

"우리 낙양에 대해 물어볼 게 있다면 언제든 말씀하십시오, 낭자. 저희 집안은 낙양 토박이라 모르는 게 없습니다. 구경 가고 싶은 데가 있으시면 제가 다 연결해드릴 수도 있지요."

놀러 온 사람이라면 구미가 당길 만한 제안이었다. 소유는 눈을 반짝이며 순수한 호기심인 척 물었다.

"그래요? 낙양성은 아주 번화한 것 같은데 성주님이 좋은 분이신 모양이지요?"

"아이고, 그럼요."

주인은 성주에 대한 말이 나오자 노골적으로 자랑스러운 표정을 했다.

"우리 성주님은 참 훌륭한 군자시지요. 천인국 제일로 백성들을 아끼는 지혜로운 분이시랍니다."

"그것 참 좋은 일이네요. 복이 많은 분이니 자제분들도 있으시겠지요?"

"도련님이 두 분 계시긴 합니다."

주인의 얼굴이 처음으로 약간 어색하게 굳었다. 소유는 웃으며 내처 물었다.

"혹시 그중 한 분이 월이라는 도련님이신가요? 그분은 어떤 분인지요? 화주에서도 이름이 드높답니다."

"아이고, 세상에!"

주인은 대경실색했다. 너무 깜짝 놀라는 통에 소유가 먼저 민망해질 지경이었다.

"큰 도련님 소문이 화주까지 퍼졌습니까?"

그녀가 대답하기도 전에 주인은 고개를 절레절레 저었다. 그는 곧 목소리를 낮춰 비밀스럽게 속닥거렸다.

"세상천지에 그런 망나니도 또 없지요. 아무리 정실 소생이 아니라도 그렇지, 우리 성주님 밑에 어쩌다 그런 아드님이 계신지 원."

"그 도련님은 부인마님의 아드님이 아니신 모양이지요?"

"적서차별이 법으로 금지되기야 했지만 10년쯤 전부터는 그것도 유명무실하잖습니까. 아무리 뛰어나도 서자는 출세하기가 힘드니……. 젊은 혈기는 넘치는데 알아주는 사람은 없다고 울분이 쌓인 서출들이 흥청망청 놀아대는데, 그중에서도 제일 열심인 분이 월 도련님인지라."

말을 마치고도 고개를 절레절레 젓는 걸 보아하니 어지간히 질린 모양이었다. 소유도 기가 약간 질렸다.

"하시면 다른 도련님은 어떤 분이십니까? 그분도 큰도련님 같은 분이신지요?"

"아유, 어딜요. 우리 백란 도련님은 아주 낙양의 보석이지요. 자애로우신 경홍 마님 소생이시라 그런지 마음씨가 비단결처럼 고우시고 행동 하나하나가 올바르시답니다. 도련님이야말로 낙양 백성들의 자랑이고 기쁨이올시다."

아무래도 성주의 두 아들은 극과 극인 모양이었다. 화주에서도 형제의 성격이 전혀 다른 집을 몇 번 본 소유는 흥미를 느끼며 고개를 끄덕였다. 그 눈이 반짝이는 것을 보고 주인은 더 신이 나서 종알거리기 시작했다.

"월 도련님도 어릴 적에는 그렇게 총명한 분이 또 없었답니다. 그런데 자라더니 저러시는 겁니다. 과거에도 급제해서 장안에서 꽤 높은 벼슬까지 하셨다던데, 거기서 갑자기 기방에 틀어박혀 나오질 않는다는 소문이 낙양까지 흘러들어왔을 때는 못 믿는 사람이 많았답니다."

기방에 틀어박혀 나오지를 않는다니, 채윤이 말한 월이 형과 같은 사람이라는 생각이 들지 않았다. 하기야 채윤의 눈에 총명하고 아름답지 않은 사람이 어디 있으랴. 소문이 옳았던 것이다. 소유는 고개를 주인처럼 절레절레 저었다.

"낙양성 성주님씩이나 되는 분의 자제분이 어찌."

"그게 벌써 몇 년 전 일이랍니다. 그러더니 낙양에 돌아와서도 주색잡기에 여념이 없어요. 아버님 뵙기 부끄럽지도 않은지, 쯧쯧쯧. 우리 성주님은 술 한 잔도 쉬이 젓수는 분이 아닌데."

성주의 자제인데도 이 정도 평가를 듣는 것을 보면 정말 어지간한 모양이었다. 소유는 그런 사람을 만나 채윤의 이야기를 해야 한다는 사실에 속이 뒤틀렸지만 일단은 계속 웃으며 월에 대해 더 알아내기로 했다.

"낙양에 명월각이 유명하던데, 그럼 그런 곳에서……."

"예에. 오늘도 그 비싼 데서 흥청망청 마신답디다. 아이고, 해가 지면 낭자처럼 어린 아가씨는 그런 데 가까이 가시면 안 됩니다. 주정뱅이가 많아요."

"그렇겠네요. 심려해주셔서 감사합니다."

처음 본 사람에게 성주의 가족에 대해 너무 떠벌렸다는 생각이 들었는지 주인은 소유가 어쩌다 혼자 여기까지 왔는지 궁금해하기 시작했다. 소유는 대강 집에 급한 일이 생겨서 친척을 만나러 왔다고 얼버무리고 밤에 명월각에 가려면 어떻게 해야 할지에 대해 고민하기 시작했다.

주정뱅이에게 봉변을 당하는 거야 무섭지 않았지만 명월각 앞에 선 소유는 다른 의미로 주눅이 들었다. 하늘을 떠받치듯 날씬하게 솟은 지붕과 처마마다 늘어뜨린 붉은 등, 화주에서는 구경도 못 한 값비싼 장신구와 비단으로 치장한 사람들이 현란해서 눈을 어디다 두어야 할지 알 수 없었다. 화주에서도 그녀는 기방에는 발을 들인 적이 없었는데 하물며 낙양에서 가장 거대한 주루라야.

기녀도 손님도 아닌 것이 복장과 태도에서 명백하게 드러나는 소유를 지나가던 사람들이 가끔 희한하다는 듯 힐끔거렸다. 소유는 그럴 때마다 대강 웃어 보이며 자리를 피했다. 그리고 망나니 월 도련님을 어디로 가야 만날 수 있을지 생각했다. 이런 곳에 와서 작은 방을 빌려 혼자 마시고 있지는 않을 것이다. 역시 큰 방에서 친구들과 함께 놀고 있을까?

"얼른, 월이 도련님네 방 가져다 드려."

"예, 예, 언니."

마침 동기童妓로 보이는 조그만 여자아이 하나가 부엌일을 하다 나온 것 같은 여자와 나누는 대화가 들렸다. 동기는 손에 호화로운 음식 세 종류가 올라간 소반을 들고 종종걸음으로 바삐 움직였다. 소유는 잘됐다 싶어 은근슬쩍 아이의 뒤를 밟았다.

아이가 들어간 곳은 명월각에서도 가장 눈에 띄는 고루였다. 계단은 매끈하게 다듬고 난간은 갓 칠한 듯 색이 선명한 고루는 가까이만 와도 짙은 향내가 났다. 아이 말고도 고루에 들락거리는 사람이 계속 있어 계단을 오르는 소유를 막아서는 사람은 없었다.

붉고 푸른 전각 안에 들어서자 바로 호화로운 금사 은사로 수놓은 비단이 장막이 되어 사방을 구름처럼 장식했다. 꽃가지를 잔뜩 꽂아 둔 동이도 화주에서는 보기 힘든 보물이었다. 사람의 손으로 어찌 이런 걸 만들었을까, 감탄하게 하는 섬세한 향로가 여기저기 놓여 얼을 빼놓았다. 수십 명의 아리땁게 치장한 여자들이 자리에 앉아 열댓 명쯤 되는 청년들과 함께 까르르 웃었다.

그 무리의 가운데에 있는 긴 머리칼의 남성에게 이끌리듯 바로 시선이 향했다.

길고 은근한 눈매와 그윽하고 깊은 눈, 얇은 듯 붉은 입술. 이유를 알 수 없었지만 약간 얼굴이 화끈거렸다. 상투를 틀기는커녕 한 오라기도 묶지 않은 찰랑이는 머리칼이 그의 어깨와 허리를 타고 흘러내렸다. 창백한 얼굴은 매끈하여 홀로 빛을 내는 것 같았고 내리깐 속눈썹에서는 이슬이 떨어질 것 같았다.

그가 이 무리의 중심이라는 것은 누가 보기에도 명백했다. 무엇보다, 가장 예쁘고 화려한 기생 세 명이 다른 남자들은 존재하지도 않는다는 것처럼 그의 옆에 찰싹 달라붙어 있었던 것이다. 다른 남자의 옆에 앉은 기생들도 걸핏하면 그쪽으로 시선을 주었다.

"월이 도련님, 오늘은 저와 함께 계실 거지요?"

"아이, 말도 안 돼요. 설화랑은 어제 같이 계셨잖아요. 오늘은 제 차례여요."

"제가 우리 도련님 편안하시라고 새 금침을 해놓았는데 오늘은 제 게 오셔요."

"홍랑이 네 금침이야 금방 다른 사내도 누울 것 아니니? 도련님, 저는 도련님 드리려고 따로 이화주를 빼놓았어요."

과연 아리땁다 했더니 월의 옆에 달라붙은 세 여자가 그 유명한 설화, 홍랑, 매향인 모양이었다. 낙양 삼기三妓라 해서 화주에서도 그녀들의 이름은 들어본 적이 있었다. 소유는 신기한 마음으로 월의 얼굴을 보았다.

낙양의 남자라면 누구나 탐낸다는 명기 셋이 사랑스럽게 아양을 부리는데도 월은 큰 관심을 보이는 것 같지 않았다. 그는 자신과 가 장 가까운 곳에 있는 손을 잡아 그 섬섬옥수에 가볍게 입을 맞췄다.

"이렇게 꽃이 많은데 한 송이만 고르라니, 내게 어려운 선택을 강 요하는구나."

소유는 기방에서 남자들이 어떻게 행동하는지 보는 것이 처음이 었기에 깜짝 놀라 얼굴을 붉혔다. 아마도 매향일 기생이 아이, 하며 은근슬쩍 다가붙자 월은 그녀를 덥석 끌어안고 빙긋빙긋 웃었다. 그 눈꼬리에서 위험한 사내의 뜨거운 한숨이 흘렀다.

"그래, 이리하자. 내 시제를 줄 테니 대구를 읊어보아라. 마음에 드 는 시를 짓는 꽃에게 내 하룻밤을 주마."

"아이, 도련님임."

"도련님의 높으신 시재에 저희가 어찌."

기생들은 소유의 예상보다 훨씬 난색을 보였다. 낙양 삼기 정도 되 는 사람들이라면 웬만큼 글공부를 한 선비와도 충분히 시 놀음을 할 수 있는 교양이 있을 것이다. 월은 웃으며 기생을 놓아주었다. 그의 눈이 문득 소유의 모습에 꽂혔다.

"그런데 저 아이는 새로 온 아이냐?"

그의 시선은 직접 받는 입장이 되어보니 생각보다 훨씬 뜨겁고 집요했다. 소유는 괜히 가슴이 울렁이는 것을 느끼고 자존심이 상했다. 방에 있는 사람들 모두의 시선이 그녀에게 쏠리며 떠들썩하던 고루가 삽시간에 조용해졌다.

문에서 가장 가까운 곳에 앉아 있던 어른 기생이 다가와 소유에게 물었다.

"자리를 잘못 찾아온 것이 아니오? 예는 낭자 같은 분이 함부로 드나드는 곳이 아닌데."

소유는 고개를 까딱해 인사했다.

"잔치 중에 갑자기 끼어 송구합니다. 저는 저기 계신 월 공자님과 긴히 나눌 말씀이 있어 왔으니 자리를 잘못 찾은 것은 아닙니다."

남자들은 갑자기 흥미진진한 얼굴이 되었고 낙양 삼기는 불편한 표정을 지었다. 월은 나른하게 웃었다.

"내게 볼일이라? 낭자가?"

"예, 공자. 미룰 수 없는 일이니 살펴주십시오."

"무슨 일인지 알아야 하지 않겠소? 우리 아버님이 보내셨소?"

"그것은 아니옵니다, 공자."

"뉘신지 몰라도 무례하시오!"

설화가 서릿발처럼 매섭게 소유를 꾸짖었다.

"혼인 잔치도 아니고 친우들이 시 짓는 자리에 초대받지 않은 이가 찾아와 이게 무슨 행패요? 우리 도련님께 할 말씀이 있으시거들랑 서신이라도 보낼 일이지, 보아하니 규중처자인 듯싶은데 부끄러움도 모른단 말이오?"

"서신은 시간이 걸리지 않습니까?"

소유는 성큼성큼 걸어 월의 앞으로 갔다. 월은 반쯤 누운 자세 그대로 그녀를 올려다보았다. 그녀는 그 자리에 털썩 주저앉았다.

"듣자하니 시 짓는 자리라 하시는데, 비록 불청객이지만 저도 한 수 지어 바치고자 합니다. 공자의 마음에 드는 시를 제가 짓는다면 그 하룻밤을 제가 받아도 되겠습니까?"

월은 재미있다는 듯 눈을 살짝 빛내며 입꼬리를 올렸다. 홍랑이 항의했다.

"우리 도련님은 낙양에서도 시 잘 짓기로 이름 높은 분인데, 낭자가 어찌 감히 그런 말을 한다는 말이오? 우리가 지금껏 수백 수를 함께 지어도 한 번을 칭찬하신 적이 없소. 괜히 흥을 깨지 말고 물러가시오."

"그것은 지어보아야 할 일이지요. 아무튼 저는 공자와 말씀을 나누어야겠습니다."

주위 사람들이 일제히 수군거리며 웃었다. 소유는 월의 얼굴을 보았다. 그는 소유를 빤히 보다가 아무렇지도 않게 고개를 끄덕였다.

"해보시오. 대구를 지을 줄 아시오?"

"잘합니다."

월은 쿡쿡 웃었다. '자신감의 반만큼이라도 되는 실력인지 보겠다'는 얕잡음인가 해서 소유는 도끼눈을 떴다. 곧 그는 눈을 반쯤 감고 낭랑한 목소리로 첫 구를 읊었다.

붉은 먼지 향기 품고 저녁 구름 일으킬 적에

붉은 먼지? 이렇게 노는 자신이 대단히 고상하다고는 생각하지 않는 모양이라 다행이었다. 소유는 곧장 다음 구를 이었다.

푸른 술은 이슬이요 구슬 휘장 구름일세

월은 그녀가 대구할 줄 알았다는 듯 쉬지 않고 다음 구를 읊었다.

홍도화 겹매화 계월화 모란작약

과연 이 자리에 있는 사람들은 모두 그가 읊은 꽃처럼 화려하고 찬란한 차림이었다. 소유는 픽 웃으며 선비가 보다 가까이해야 할 꽃을 대구했다.

청매화 은행화 능소화 이화등화

그 비꼬는 의미를 못 알아들었을 리가 없는데도 월의 표정은 변하지 않았다. 그가 시를 읊는 목소리와 동작은 인정하기는 싫었지만 그야말로 정도正道였다. 저런 모습만을 보았다면 채윤이 그를 칭찬할 만도 했다.

거문고 타는 섬섬옥수 달 이지러지듯 하고

시의 주제가 잡혔다. 소유는 아까보다 더 빠르게 대답했다.

옥피리 부는 앳된 입술 세월을 서러워하네

월도 마찬가지였다. 그의 솜씨가 생각보다 훨씬 좋았다.

호박잔 여기 있고 진주잔 저기 있소

오늘은 권하오 내일을 모르나니
오늘은 도화원의 한림학사 젊은이고
내일은 빈 배 젓는 실없는 뱃사공이리
집에 가 무엇하리 나는 도道와 멀다네
내 따르는 도 오직 주도酒道 하나라네

끊어지지 않고 한 사람이 노래하듯 시원하게 이어진 시를 듣고 몇
명은 손뼉을 쳤다. 월은 소유의 마지막 구가 끝나자 시원하게 웃음
을 터뜨렸다.

"꽃이 지은 시가 아니라, 시가 꽃의 모습으로 내게 왔군. 이 정도
솜씨면 내가 두 손 들어야겠는걸."

낙양 삼기는 앵돌아진 얼굴이었다. 월은 종이와 붓과 먹을 가져오
라 해 방금 읊은 시를 써 내려갔다. 의외로 시를 짓는 모임이라는 것
이 거짓은 아니었는지 방에 문방사우가 갖춰져 있었는데, 붓 잡는
손이나 그 필체를 보아하니 월이 글공부를 많이 하기는 한 모양이
었다.

"틀리지 않았는지 보시게."

월이 글을 쓴 종이를 매향은 능숙한 손놀림으로 말렸다. 월은 다
마른 종이를 소유에게 내밀었다. 소유는 종이를 받아 시를 쭉 읽어
보았다. 흐르듯 써내려간 글은 똑바로 보니 더 힘차고 아름다웠는데
틀린 곳이 있었다. 은행화가 운행화로, 원래는 흰 살구꽃銀杏을 뜻
했던 대구가 구름 같은 살구꽃雲杏으로 잘못 표기된 것이었다. 월이
잘못 들은 것일까?

아무튼 자신의 대구가 남 마음대로 바뀌니 마땅치 않아 고개를 갸
웃하는데 월은 잠시 바람 좀 쐬고 와야겠다고 그대로 모두를 두고
일어나 자리를 비웠다. 소유는 그대로 자리에 앉아 어떻게 채윤의

이야기를 꺼낼지 고민했다.

월이 오늘 밤에는 이 자리에 돌아오지 않으리라는 것을 깨달을 때까지.

밤하늘에는 구름이 끼어 별이 보이지 않았다. 대신 거의 차오른 달만이 땅을 창백하게 비췄다. 소유는 씩씩거리며 세 번째로 찾아온 집을 노려보았다. 여기도 아니라면 월이 형이고 뭐고 다 두고 가버리고 싶을 지경이었다. 처음 온 낙양에서 수수께끼 풀이까지 할 것은 또 뭔가.

다행히 잘못 찾지는 않은 모양이었다. 대문은 밤이라 꽉 닫혀 있었으므로 뒷문을 찾아 골목에 면한 담을 타고 도는데 저 앞에 긴 머리를 늘어뜨린 남자가 보였다. 소유는 당장이라도 그에게 달려가 화를 내려다가 그의 옆에 웬 조그만 여자가 서 있는 것을 보고 당황했다.

"왜 왔어?"

월은 아직 소유가 다가가고 있다는 사실을 모르는 듯했다. 그는 조그만 여자에게 물었다. 그 목소리에는 기방에서 들은 것과는 전혀 다르게 걱정과 진심이 담겨 있었다.

정인일까? 저런 남자에게도 정인이 있단 말인가? 소유는 괜히 정인에게 오해를 받고 싶지 않아 잠시 골목의 그늘에 숨었다. 여자는 월에게 천진난만한 목소리로 대답했다.

"그리워서, 뵙고 싶어서 왔습니다."

여자는 작은 새처럼 가냘프고 말투가 사랑스러웠다. 월은 혀를 차며 고개를 저었다.

"오늘은 늦었으니까 자고 가거라."

"하지만 더 말씀을 나누고 싶은데……."

"밤이 깊었다. 어서 들어가거라."

명령하는 것 같으면서도 월이 그녀를 보는 눈은 무척 다정했다. 소유는 혀를 내둘렀다. 기루에서는 그렇게 아무렇지도 않게 남에게 골탕을 먹이면서, 자기가 마음을 준 사람에게는 저런 얼굴이 되는구나. 어떤 여자기에 남의 눈을 피해 만나러 와서 자고 가기까지 하는 걸까? 혹시 저 여자도 어떤 기루에 있는 기생일까?

여자는 잠시 칭얼거렸지만 금방 월이 원하는 대로 뒷문을 통해 집에 들어갔다. 소유는 언제 나설까 고민하며 숨을 죽였다. 그러나 오래 고민할 틈은 없었다.

"언제 나올 거야? 그쪽의 시 짓는 아가씨."

아까의 여자에게 보여주던 모습은 어디론가 사라지고 월은 기루에서 보았던 것처럼 나른하게 눈을 내리떴다. 목소리에서도 한숨처럼 진심이 사라졌다.

소유는 골목의 그림자에서 나와 그에게 다가갔다. 월은 한쪽 눈썹을 들었다.

"너무 늦었잖아. 기다리다 지쳐서 그냥 들어가 잘까 했어."

"그렇게 대뜸 종이 한 장 던져주고 사라졌으니, 내가 여길 찾은 것만도 감사하게 여겨."

그녀가 울컥해서 한 말에 월의 입술이 비틀렸다.

"양가 규수가 쓸 말투는 아닌데."

"양가 규수를 대하는 말투가 아니니까. 사실 사람을 대하는 태도가 아니었지."

은행화를 운행화라고 쓴 것이 월의 실수인지 아닌지 한참 고민했다. 그나마 그것도 단서랍시고 기대어 근처에서 살구나무가 구름처럼 흐드러지게 핀 집이 어딘지를 찾아 헤매다 세 번째에 여길 찾아낸 것인데.

월을 만나야겠다는 생각이 조금만 덜했더라도 이 만남은 이루어지지 않았을 것이다. 소유의 토라진 얼굴을 보고 월은 어깨를 으쓱했다. 그의 그런 동작은 대단히 우아하고 느긋했다.

"그렇게 말하는 게 편하다면 뭐, 나는 개의치 않아."

"내가 어떻게 대하든 개의치 않아야 할 거야. 난 오늘 밤 내 시를 주고 당신의 하룻밤을 샀으니까."

"뭐?"

월은 팔짱을 끼고 재미있다는 듯 웃었다. 달빛을 받은 그의 머리칼이 정말로 구름처럼 흔들렸다.

"규중처자가 기루에 와서 사내를 샀다니 재미있는 말을 다 듣게 되는군."

"파는 거라면 못 살 거 없지."

소유도 지지 않고 응답했다. 월은 손가락을 살짝 들어 그녀의 턱을 짚었다. 삽시간에 그의 분위기가 바뀌었다.

어느새 다가온 월의 얼굴은 숨이 멎을 정도로 색스러운 분위기를 뿜었다. 그는 집요하고도 은근한 의도가 담긴 시선으로 소유의 눈을 내려다보며 그르렁거리는 목소리로 속삭였다.

"그래. 그게 낭자의 의도인가? 나와 하룻밤을 보내는 것? 원한다면 못 해줄 거야 없지……."

오싹해졌다. 소유는 태어나서 처음 느껴보는 가슴의 울렁거림에 당황하면서도 그 사실에 자존심이 상했다. 그에게서는 전혀 진심이 느껴지지 않았던 것이다.

그녀는 피리로 월의 손을 밀어내고 그를 도전적으로 쳐다보았다.

"농짓거리하러 온 게 아니야. 나는 채윤이 때문에 당신하고 할 얘기가 있어서 온 거라고. 그럼 이제 말해봐. 화주의 진채윤을 알아?"

"진채윤?"

월의 얼굴에 처음으로 놀란 기색이 떠올랐다. 그는 소유를 아까와 다른 눈으로 훑어보았다.

"화주성 진 부관의 아들인 채윤이라면 내 친동생처럼 아끼는 아이 니 물론 알지."

"다행이네. 나는 채윤과 세상에서 가장 가까운 가족인 양소유라고 해."

'세상에서 가장 가까운'에 강세를 두며 소유는 본인의 이름을 소개 했다. 월은 휘파람을 불었다.

"낭자가? 어쩐지 촌스럽다고 생각했지. 화주 같은 촌구석 출신이 라 그랬군."

"뭐가 어째?"

낙양에 비할 것도 없이 화주는 외진 곳이었지만 고향을 얕잡아 보 는 말에 소유는 반사적으로 발끈했다. 월은 빙글빙글 웃으며 턱을 갸웃했다.

"채윤의 가장 가까운 가족인 양소유 낭자, 물론 채윤에게 많이 들 었지. 틈만 나면 종알 종알 불평을 해대 귀가 따가울 지경인데 남의 속도 모르고 온종일 늘어진 엿가락처럼 들러붙어 있으니 이래서야 여자 손목 한 번 못 잡아보고 노총각으로 늙어 죽을 것 같다며 한탄 하던걸. 그뿐이야? 성질이 드세기로는 천인국 제일이라 말싸움으로 든 드잡이질로든 어려서부터 당할 사람이 없다던가. 직접 보니 과연 그럴 만도 해."

소유는 기가 차 콧방귀를 뀌었다.

"직접 보니 딱 알아볼 수 있는 건 당신도 마찬가지야. 채윤이 그러 던걸? 낙양에 갈 때마다 어쩔 수 없이 마주쳐야 하는 이가 있는데 알량한 재주 하나 믿고 교만하기가 하늘을 찌르는 데다 천박하고 문 란하기로는 천인국 제일이라고. 직접 보니 과연 그럴 만도 해."

이번엔 월이 발끈했다.

112

"채윤이 그런 말을 할 리가 없잖아."

"내가 할 말이야. 사람을 보자마자 같지도 않은 단서 하나 두고 없어지더니 이제는 뭐가 어째? 그게 할 짓이야?"

소유는 눈을 부릅뜨고 대들었다. 월은 그녀의 얼굴을 잠깐 보다 금세 진정한 듯 원래와 같은 얼굴을 했다.

"내가 농이 좀 심했어. 사과하지."

이렇게 순순히 사과할 줄은 몰랐다. 소유는 잠시 뜨끔해서 그의 진의를 살피다가 고개를 끄덕였다.

"나도 미안해. 채윤은 남의 칭찬밖에 안 하는 애야."

"그렇지."

월은 쿡쿡 웃었다. 그는 어느새 반가운 눈치로 이것저것을 물었다.

"채윤의 공주님이 이 먼 낙양까지는 어쩐 일이지? 채윤은 요즘 잘 지내나? 그러고 보니 얼굴을 못 본 지 좀 됐어."

모르는구나.

얼음을 삼킨 듯 목 아래가 따가웠다. 소유는 입술을 깨물고 고개를 숙였다.

"채윤이… 지금 어디 있는지 나도 몰라. 없어졌어."

"없어지다니?"

의아한 목소리. 소유는 그러고 보니 본인의 입으로는 이 이야기를 처음 한다는 것을 깨달았다. 말을 만들어내는 혀와 입술이 미워졌다.

"얼마 전에 마적 떼의 습격을 받았는데… 채윤이 아저씨를 모시고 온다고, 나한테는 먼저 도망치라고 해서… 일이 있을 때는 같이 없었어. 돌아와보니 집은 다 탔고… 다 죽었다고……. 나도 죽었다고 장사까지 다 치렀다는데, 채윤이 같은 시신은 없었다고 어른들이 그랬대. 다 거둬서 합동 장례까지 치러버려서 이젠 더 알아볼 길도 없

113

어. 하지만 채윤이는 살아 있을지도 몰라. 나도 살았으니까……. 누군가 그때 낙양 쪽으로 가는 사람들을 봤다기에 일단 당신을 찾아온 거야. 채윤이 살아서 당신에게 왔을까봐."

무거운 침묵이 흘렀다. 소유는 입술을 깨물었고 월은 한동안 뭔가를 생각하는 것 같았다.

"화주성에 변고가 있다는 말은 풍문에 들었지만… 채윤이네와 관련된 일인 줄은 몰랐군. 날이 밝는 대로 알아보도록 하지."

위로하는 목소리는 기대보다 훨씬 다정했다. 소유가 얼굴을 드니 월은 그녀를 다정하게 바라보고 있었다.

"그래서 화주성에서 여기까지 혼자 온 거야? 고생이 많았겠네."

"응……."

후에 생각하기로는 분한 일이었지만, 감정이 어느새 격앙되어 있어서인지 소유는 고개를 우울하게 끄덕였다. 월은 바람처럼 웃는 소리를 내며 그녀에게 손짓했다.

"내일 아침에 바로 알아볼 테니까 일단은 쉬도록 해. 혼자가 돼서 남자를 사러 온 거였나? 외로워서?"

잘나가다가 갑자기 웬 천박한 농담인가. 소유는 눈물이 쏙 들어가는 것을 느끼며 월을 노려보았다. 그는 큭큭 웃었다.

"좋은 시를 받았으니 내 몸으로 갚아야지. 공주님이 원한다면 내 방에서 자고 가도 좋아."

"여자 많은 남자는 싫어. 그리고 객잔을 잡아뒀으니 거기 가서 잘 거야."

소유는 통명스럽게 말했다. 월은 고개를 저었다.

"이 시간이면 이미 위험해. 차라리 명월각은 경비하는 머슴들이 있지만 조금만 골목으로 들어가도 고향에서 내쫓겨 일용직으로 먹고 사는 자들이 즐비하지. 그중에는 굶주림 때문에 악만 남은 불량배도 있으니 건장한 남자도 밤의 낙양은 함부로 나다니지 않아."

마적 떼와 싸울 때를 떠올리니 등골이 오싹해졌다. 마음에 썩 들지는 않았지만 소유는 고개를 끄덕였다.

"그렇다면 호의를 감사하게 받아들일게."

"내 방에서 위로도 받고?"

"그건 사양이야."

월은 문을 열어주면서도 계속 큭큭 웃었다.

아침, 햇살보다 먼저 소유를 깨운 것은 새 지저귀는 소리였다. 찌르르 찌르르 우는 새 울음소리 중에는 화주에서도 익숙하게 듣던 것도 있었지만 신비하고 투명한, 처음 듣는 소리도 있었다. 귀한 새를 정원에 풀어 키우는 모양이었다.

어제 익숙하지 않은 장소에서 긴장해서인지 아직도 몸이 피로했다. 소유는 억지로 눈을 뜨고 일어났다. 간단하게 몸단장을 하고 정원으로 나섰다. 새벽 공기를 마시면 좀 정신이 들 것 같았다.

별생각 없이 정원을 거닐다 보니 새를 손에 앉혀놓고 웃는 예쁜 여자아이가 눈에 들어왔다. 여자아이는 새가 포르르 날아 살구나무 가지로 옮겨 가자 후후 소리 내서 웃었다. 그 자태와 고상한 행동이 눈에 익었다. 어젯밤 봤던 월의 정인이었다.

양가집 규수라면 혼인도 하지 않고 함부로 밤에 다닐 리가 없다고 생각했는데, 밝은 곳에서 보니 여자아이의 차림은 단정했고 얼굴에서 기품이 느껴졌다. 게다가 새를 보며 곱게 휘는 눈은 대단히 맑고 사랑스러웠다.

저렇게 예쁘고 순진하게 생긴 여자가 어제처럼 기방에서 돈을 흥청망청 쓰는 남자의 정인이라니 아까웠다. 소유는 속으로 혀를 찼다. 여자아이의 복숭아처럼 뽀얀 뺨이 웃음을 그렸다.

"어젯밤에 저희 형님과 말씀 나누시던 낭자 아니십니까?"

뽀얀 뺨 사이에 자리한 작고 도톰한 분홍색 입술도 사랑스러웠다. 때문에 소유는 여자아이의 말을 조금 늦게 알아들었다.

"예?"

여자아이는 소유에게 서슴없이 다가왔다. 그 동그란 눈이 반달을 그리며 웃었다.

"어젯밤 저희 형님을 찾아오신 낭자 맞으시지요? 저는 월이 형님의 아우인 백란이라고 합니다."

남자아이라고? 소유는 당황해 잠시 어쩔 줄을 몰랐다. 백란은 가볍게 뒷짐을 지며 소유를 바라보았다. 그의 얼굴이 약간 가까워졌다.

목소리를 듣고 생각해보니 확실히 남자의 목소리였다. 하지만 지금 입고 있는 옷차림은 명백한 규수의 차림새가 아닌가? 소유는 난처해하다 슬쩍 물었다.

"실례합니다. 백란… 공자?"

"편하게 백란이라 부르시지요. 보시다시피 저는 아직 연소하여 공자라는 호칭이 민망합니다."

남자아이가 맞는 모양이었다. 세상에! 소유는 깜짝 놀라 그가 입은 치마를 다시 보았다. 백란은 어깨를 으쓱했다.

"여장한 모습이 이상해 보이실 줄은 압니다만, 형님의 집을 찾아올 때는 이 차림이 더 편하답니다. 사내의 차림을 하고 오면 저 앞 골목에서 예쁜 낭자들이 자꾸 저를 못 가게 막으시는지라."

그럴 법도 했다. 낙양성 성주의 둘째 아들인데다 이렇게 사랑스러우니. 소유는 풋 웃음을 터뜨렸다. 백란은 방긋 웃었다.

"웃으니 더 아리따우십니다. 저는 낭자처럼 고운 분은 태어나서 처음 뵙습니다."

소유는 쿡쿡 웃었다.

"공자처럼 고운 분께 그런 말씀을 들으니 몸 둘 바를 모르겠습니다."

"저요? 저는 이래봬도 크면서 점점 더 단단한 얼굴로 변할 겁니다. 곱고 아리따우신 것은 낭자시지요. 편히 말씀하십시오. 어제 형님과는 기탄없이 말씀 나누시지 않았습니까?"

얼굴이 약간 뜨거워졌다. 소유는 쓴웃음을 지었다.

"들으셨습니까? 야심한 시각에 제 목소리가 너무 컸지요."

"아닙니다. 그저 제가 잠이 오지 않아 뒤척이다 듣게 되었습니다."

백란은 눈을 동그랗게 뜨고 고개를 저었다. 찰랑이는 가는 머리칼이 그의 뽀얀 이마 위에서 흩날렸다. 언젠가는 변할지 몰라도 지금은 여느 여자아이보다 훨씬 아리땁고 곱기만 한 그 얼굴이 더 귀여워 보였다.

"형님과 하시는 것처럼 편히 말씀해주십시오. 그리고 저도 외람되지만 누님이라 불러도 되겠습니까?"

"공자 원하시는 대로…, 아니, 네가 원하는 대로 하렴."

세 번이나 권했으니 더 사양할 수가 없었다. 소유는 결국 웃으며 편하게 말했다. 낙양성 성주의 자제 두 명과 말을 편하게 하는 사이가 되다니 기이했다. 채윤에게 말한다면 믿을까?

몇 주 전이라면 그녀 본인도 믿지 않았을 것이다. 화주 집을 생각하자 우울해졌다. 그러자 그 기색을 알았는지, 백란은 딱 적당한 때에 은근히 물었다.

"누님처럼 고운 분께는 항상 남정네들이 연서를 보낼 테지요?"

"그럴 리가 있겠니."

낯간지러웠다. 소유는 고개를 저으며 웃는 입을 가렸고 백란은 그녀의 반응에 만족한 듯 명랑하게 종알거렸다.

"누님이 오신 곳에서는 혼인하지 않은 사내들이 모조리 소경인 모양입니다. 어찌 누님 같은 가인께 연서를 보내고픈 마음을 참는답니까? 하시면 혹 저희 형님의 정인이십니까?"

소유는 살짝 정색했다.

"월 공자와는 어제 처음 만난 사이란다. 정인 같은 것이 아니야."

"다행입니다."

은근히 눈웃음을 또 보내며 백란은 후후 웃음소리를 냈다. 금방울 같은 웃음소리에 기분이 좋아졌다.

"벗을 잃으셨다고 하셨지요? 저 들으라고 하신 말씀이 아닌 줄 아오나 이왕 들었으니 말씀 올리고 싶습니다. 반드시 금방 찾으실 겝니다. 저희 형님은 여러 방면으로 발이 넓고 우정을 나눈 인사도 많으니까요."

어쩌면 이렇게 얼굴도 예쁜데 마음씨도 곱고, 듣는 사람이 원하는 말을 꼭 맞춰서 해줄까. 과연 객잔 주인이 말했던 대로 '낙양의 보석'은 백란에게 잘 어울리는 찬사였다.

"고마워, 백란아. 네 덕분에 마음이 많이 편해졌어."

백란은 빙긋빙긋 웃었다. 그때 소유의 뒤쪽에서 저벅저벅 누군가 걸어오는 소리가 들렸다. 금방 월이 백란을 불렀다.

"너 여기 있었구나. 아직 본성으로 가지 않았느냐?"

어젯밤 들은 것에 비해 쌀쌀맞은 목소리였다. 소유는 놀라 뒤를 돌아보았고 옷을 깨끗하게 차려입은 월은 백란을 차갑게 보았다. 백란은 앵돌아진 표정을 지었다.

"형님과 더 오래 담소를 나누고 싶으니 오늘은 해질녘까지 안 갈 겁니다."

"어른들이 걱정하신다."

"그래서 미리 형님과 종일 함께 있다가 늦게 들어간다고 말씀 올려두었습니다."

"이 녀석아."

월은 한숨을 쉬었다. 소유는 백란의 편을 들어주고 싶어 슬쩍 끼었다. 이곳은 보아하니 월 혼자 머무는 집인 것 같았다. 성주 가족이라면 낙양성 본성에 사는 것이 당연한데 왜 따로 나와 있는 것일까? 행실 때문에 쫓겨난 걸까?

"나갔다 왔어?"

그녀의 말에 월은 표정을 바꾸고 그녀에게 눈길을 주었다.

"그래. 알아봤더니 신월국 출신으로 큰 상단을 이끄는 자가 아는 바가 있는 것 같다더군. 아침 일찍 장안으로 떠나려는 것을 억지로 붙잡아 왔으니 와서 이야기를 나누어보지."

"뚜르 아저씨가 왔습니까? 저도 보러 가렵니다!"

"네가 상관할 문제가 아니다."

"형니임."

"여기 이 사람과 긴히 할 말이 있어 부른 것인데……."

백란은 소유가 뭐라고 하기도 전에 나서서 졸라댔고 월은 그런 동생을 꾸짖느라 정신이 없었다. 덕분에 소유는 마음을 가라앉힐 시간을 충분히 벌 수 있었다. 정말로 날이 밝자마자 월은 채윤을 찾을 단서를 가져다준 것이다.

그녀는 몇 덩어리나 되는 울음을 삼키고 대답했다.

"…고마워."

속삭였을 뿐인데도 백란과 월의 대화가 멎었다. 동생과 쓸데없는 말다툼을 주고받던 월은 아무렇지도 않게 눈썹을 들었다.

"어제는 그 사람 많은 앞에서도 대뜸 아무렇지도 않게 시를 짓더니, 오늘은 어찌 갑자기 풀이 죽었지? 신월국 사람을 본 적이 없어 무서운가?"

"사람 만나는 게 왜 무서워?"

일부러 하는 얄미운 말을 듣자 정신이 번쩍 들었다. 소유는 눈물이 쏙 들어간 눈을 반짝이며 빙긋 웃었다.

"어서 가보자. 백란이도 가고 싶으면 같이 가자. 어차피 내 이야기는 어젯밤에 다 들었다니 떼어놓아야 무슨 소용이겠니."

백란은 활짝 웃으며 만세를 불렀다. 월은 고개를 저으며 한숨을 쉬었다.

"백란이는 그러면 내 옷이라도 입거라. 네가 지금 손님을 맞을 만한 외관은 아니니."

"예, 형님!"

그러면서 즐겁게 뛰어가는 모습을 보아하니 과연 평소에 치마를 입는 사람의 걸음걸이는 아니었다. 소유는 키득거리며 그 뒷모습을 지켜보았고 월은 다시 한숨을 쉬었다.

"뚜르가이 카디르라고 합니다, 아가씨. 보시다시피 신월국 출신입니다."

신월국 사람을 처음 만나는 것은 사실이었다. 소유는 자신이 지금까지 만나온 어떤 사람들과도 차이가 확연히 나는 짙은 밤색 피부와 밝은 색 머리칼을 가진 남자를 보고 간신히 예의를 지켰다. 처음 본다고 해서 뚫어져라 쳐다보아서는 안 될 것이다.

"양소유라 합니다, 대방 어른."

"이런, 그런 과분한 말씀을. 편하게 뚜르라 하셔도 되고, 이놈저놈 부르셔도 됩니다. 저는 그냥 겨우 먹고 살 만한 작은 상단 하나를 이끄는 게 다입니다."

뚜르가이는 나이가 짐작되지 않는 얼굴이었지만 눈빛과 목소리가 힘차고 쓰는 말투도 여느 젊은이들 같았다. 하지만 머리에 넓적한

흰색 천을 두르고 몸에 같은 색 천으로 펑퍼짐한 옷을 해 입은 모습을 보니 신월국의 문화를 소중히 간직하고 있는 듯했다. 소유는 자신의 양손을 서로 주물러 피가 통하게 하면서 그의 눈을 보았다. 월이 별 감정이 느껴지지 않는 말투로 물꼬를 텄다.

"내가 아까 물어봤던 것에 대한 이야기를 해주게."

"예, 도련님."

뚜르가이는 흔쾌히 입을 열었다.

"화주성 진 부관 나으리 댁에 도적떼가 들어 일가가 의문의 변을 당한 사건을 말씀하시는 게지요? 저희 같은 놈들 사이에선 성내에 도적떼가 들었는데 물건을 털어간 게 아니라 사람을 털어갔다는 이야기로 알려져 있습지요."

소유와 월의 눈에 동시에 불똥이 튀었다. 뚜르가이는 벙글벙글 웃으며 이야기를 계속했다.

"말로야 성주의 부관 일가가 도적떼에게 몰살을 당했다고들 하는데, 살펴보면 이상한 점이 한두 가지가 아니지 뭡니까. 도적이라면 부잣집 곳간을 털어야 할 거 아닙니까? 그런데 그 댁은 뭐, 지체 높기야 했답니다만 씀씀이가 사치스럽지는 않았답니다. 저희 놈들 사이에서 그런 표현은 아무것도 없는 집이라는 뜻입니다."

소유는 뭔가 반박하고 싶었지만, 용궁은 사람 사는 곳이 아니니 그렇다 쳐도 낙양 사람들이 어떻게 사는지를 봤더니 차마 채윤과의 생활이 부유했다고는 우길 수 없었다. 부족함이 없었던 것은 사실이었지만 도적떼가 첫 번째로 노릴 만한 집인가 하면 그것은 아니었다. 말이야 바른 말이지, 그때 아이들이 꼽았던 진짜 부잣집이 몇 군데나 되는데.

"게다가 척 봐도 뭐가 없으면 그냥 도망갈 것이지, 집안 식구들을 다 죽일 건 뭐랍니까? 해서 무슨 원한을 산 게 아니냐, 뒤가 구린 일이 뭐 있는 거 아니냐 하는 얘기가 저희 사이에서도 나왔습니다."

그 대목에서 뚜르가이는 주위를 둘러보았다. 노골적인 그 눈치를 보고 월은 손을 저었다. 안심하고 얘기해도 된다는 뜻인 모양이었다.

"최근 몇몇 지역의 태수와 성주들이 반정 모의를 하고 있다는 소문이 돌아서 장안에서 은밀히 조사를 시작했었던 모양입니다. 요새 천인국 사정이 워낙 흉흉하기도 하거니와, 도둑이 제 발 저린다는 옛말도 있지 않습니까?"

반정이라고?

흉흉한 단어에 소유는 저도 모르게 눈을 동그랗게 떴다. 백란의 얼굴도 멍해졌다. 뚜르가이는 그러나 자신이 꺼낸 단어가 두렵지도 않은지 익살맞은 표정으로 어깨를 또 으쓱했다.

"나라님도 켕기는 게 많으신지 각지에 사람을 뿌려 소문을 모으고 뒷조사를 했다더군요. '천만다행'으로 대부분은 헛소문으로 밝혀졌답니다만 몇 가지는 꼬리가 잡혔다지 뭡니까. 일부 지역의 성주들이 반란을 도모했다는 확실한 증거가 있어서, 장안에서 조사원을 보내 대대적으로 발본색원하려고 했다던가요. 그중 하나가 화주성인 걸로 압니다."

소유는 자신이 아는 성주의 모습을 떠올려 보았다. …반란?

채윤의 아버지가 성에서 일한 것은 아주 오래전부터였고 물론 채윤과 소유는 성주를 볼 일이 몇 번이나 있었다. 대대로 물려받은 화주성을 지키는 것만으로도 성주는 충분히 버거워 보였고 자신의 그릇으로는 진 부관에게 많은 일을 일임하는 것이 최선이라고 공공연히 말하고 다녔었다. 그런데 반란이라고?

소유의 괴상한 표정을 본 월이 슬쩍 물었다.

"네 생각에는 어때? 있을 법해?"

그녀는 바로 고개를 저었다.

"우리 성주님은 화주성만 있으면 되는 분이야. 하지만 만약 정말로 어떤 다른 생각을 품고 계셨다면 당연히 진 부관 아저씨도 아셨을 거라고 생각해."

"만약 무고로 밝혀진다고 하더라도 반역 혐의 자체가 성주에게는 치명타일 거예요."

백란이 거들었다. 그도 성주의 아들이니 잘 알 것이다.

뚜르가이는 짐짓 본인은 모르겠다는 얼굴이었다. 소유는 가만히 생각하다가 물었다.

"마적이 습격한 날 밤에 화주성을 빠져나와 이곳 낙양으로 향한 사람들이 있었다고 들었어요."

"그건 아마 제 동료들일 겁니다. 성 안이 소란스러워지니까 괜히 귀찮은 일에 휘말리게 될까봐 성문을 걸어 잠그기 직전에 급히 밖으로 빠져나왔다고 들었거든요."

소유는 고개를 저었다.

"닫았던 성문이 한 번 열렸다고 들었어요. 닫기 전이 아니라."

이런 구체적인 설명은 월에게도 하지 않았다. 방 안의 세 남자는 의아하다는 얼굴로 소유를 보았다. 뚜르가이도 잘은 모르겠다는 태도였다.

"글쎄요. 저희가 뭐 닫은 성문을 열 재주가 있겠습니까? 아, 그러고 보니 제 동료들이 자기네들 말고도 말 타고 가는 사람들을 봤다고는 한 것 같습니다. 가다가 서쪽으로 방향을 틀었다 했으니 아마도 장안으로 향한 게 아닐까 합니다만, 쇤네야 모르지요."

"장안이요?"

들을수록 기묘한 일이었다. 백란이 천진한 목소리로 묻자 뚜르가이는 고개를 갸웃했다.

"그런 것 같다고 합니다만."

그에게 더 확실한 발언을 기대하면 안 될 것 같았다. 아니, 지금까지만 해도 충분히 기대 이상이었다. 소유는 그에게 고개를 숙였다.

"감사합니다, 대방 어른. 덕분에 많은 것을 알았습니다."

"제가 아는 건 여기까지입니다, 아가씨. 더 아는 게 없어 죄송합니다."

뚜르가이는 빙긋 웃었다.

"월이 도련님이 새벽부터 객잔과 기방을 돌면서 화주성에서 일어난 사건에 대해 알아보고 다니신다기에 와봤는데, 뭐 중요한 일이신가봅니다?"

"저에게는 무척 중요했습니다. 감사합니다."

하긴 동이 트자마자 나가지 않았다면 벌써 이렇게 사람을 데려올 수 없었을 것이다. 나가려던 사람을 붙잡았다고도 들었다. 소유는 월에게 새삼 감사함을 느끼며 그를 보았다. 월은 아무렇지도 않은 얼굴이었다.

"오느라 수고했고 말해줘서 고맙네. 일단 대충 알았으니 자네도 어서 가보게. 갈 길이 멀 것 아닌가."

"예, 도련님. 그럼 평안하시고 다음에 뵙겠습니다."

뚜르가이는 훌쩍 절하고 방을 나섰다.

활기찬 신월국 상인이 사라진 방은 오랫동안 고요했다. 월은 뭔가 생각에 잠긴 얼굴이었고 소유는 복잡한 심기를 억누르느라 힘들었다. 다만 그녀가 이제 해야 할 일은 정해져 있었다. 당연한 것 아닌가?

"누님은 장안으로 가셔야겠습니다."

소유가 생각하는 그대로 백란도 말했다. 그녀는 놀라 백란을 보았고 백란은 귀엽게 미소 지어 보였다.

"그 수밖에 없지."

월도 동의했다. 그는 소유의 불안한 얼굴을 보고 이죽거렸다.

"왜 그래? 장안으로 가는 건 무서워?"

"무서울 게 뭐가 있어? 당장이라도 갈 수 있어."

소유는 저도 모르게 발끈해서 대답했다. 고맙다고 생각한 지 일각
도 지나지 않았는데 벌써 발끈 달려들게 만드는 월도 참 대단했다.
백란은 조심스러운 얼굴이 되었다.

"외람되오나 누님, 장안으로 가는 길은 아십니까?"

소유는 솔직하게 머뭇거렸다.

"…서쪽으로 가면 되니?"

월과 백란이 동시에 인상을 찌푸렸다. 월은 이마를 짚고 물었다.

"장안으로 당장 가면, 그다음엔 어떻게 할 셈이야?"

"글쎄……."

정말로 알 수가 없었다. 낙양에야 채윤과 잘 아는 사이인 월이 있
으니 무작정 왔다. 하지만 장안으로 가면 어디부터 찾아가야 할까?
길 가는 사람을 아무나 잡고 채윤을 아느냐고 물을 수는 없는데.

소유는 한숨을 쉬다가 하릴없이 월에게 물었다.

"같이 갈래?"

월은 의외로 바로 거절하는 대신 빙긋 웃었다.

"공주님이 눈물을 글썽이며 애원해주신다면야 소인 못 가드릴 것
도 없사옵니다."

"지금이 그런 말을 할 때야?"

소유는 바락 화를 냈다. 백란이 반쯤은 웃고 반쯤은 본인도 뭔가를
궁리하는 얼굴로 나섰다.

"하시면 저와 함께 가시지요, 누님."

"백란이 네가 함께 가주려고?"

"예에."

백란의 해사한 미소를 보니 마음은 적이 따뜻해졌지만 그와 함께 가는 것이 어떤 도움이 될지는 딱히 떠오르는 것이 없었다. 소유가 어찌해야 좋을지 몰라 끙끙대는데 월이 툭 던지듯 말을 꺼냈다.

"일단 역모와 연루되어 있다면 정보 하나를 캘 때도 신중해야 할 거야. 워낙 민감한 문제니까. 뭔가 알아내고자 한다면 정보 접근이 용이한 고위 관리나 귀족에게 도움을 청하는 게 좋을 것 같은데, 지금 상황에서는 아무래도 정 승상 댁을 찾아가는 게 최선이겠지. 승상 어르신을 직접 뵙는 거야 당연히 무리일 테니 그 자제분 중 네 또래인 막내 도령을 만나는 게 가장 좋겠어."

몸은 같은 방 안에 있는데 마치 장안의 시가지를 꿰뚫어보는 것처럼 말이 청산유수였다. 소유는 감탄하며 월을 보았다.

"어쩌면 그렇게 장안의 사정을 잘 아니? 어느 댁을 찾아가 어떻게 해야 할지도 알고. 대단하구나."

"허울만 좋은 벼슬길이라도 감투는 써봤으니까."

툭 대답하는 모습을 보자 확신이 들었다. 소유는 웃으며 기대 없이 그에게 졸랐다.

"역시 너와 함께 가야 채윤의 행방을 찾을 수 있을 것 같아. 나 혼자 가서 승상 댁 막내아드님을 무슨 수로 뵙겠니? 그 댁 부엌데기 하녀도 만날 꾀가 없는걸."

월의 조건대로 울며 조르는 것도 어렵지는 않았다. 하지만 채윤을 생각하며 울면 다시는 눈물을 멈출 수 없을 것 같아 그녀는 억지로 밝은 척을 했다. 그 모습을 보던 백란이 제 형에게 함께 졸랐다.

"누님과 함께 가시는 것이 좋겠습니다, 형님. 그리고 저도 함께 가겠습니다."

"백란이 이 녀석, 말도 안 되는 소리 하지 마라."

월은 동생을 가볍게 꾸짖으며 소유를 보았다. 그의 눈을 마주보던 소유는 쓴웃음을 지었다. 이웃동네도 아니고, 머나먼 장안까지 함께 가달라는 자신의 부탁이 억지라는 사실은 알고 있었다. 아무리 매일 기방에서 노는 게 일이라고 해도 오늘 보니 그는 상황을 파악하고 제 사람을 만들어 관리할 줄 아는 사람이었다. 수확이 있을지 없을지도 모를 자신의 길에 함부로 따라오라고 할 수는 없었다.

그녀의 눈을 보던 월의 눈이 순간 찌푸려졌다.

"혹 내게 폐가 될까 해서 혼자 출발하겠다느니, 그런 생각은 하지도 마라."

아까와 하는 말이 다르지 않나. 그보다 어떻게 이쪽의 마음을 그렇게 고대로 읽었는지가 신기해서 소유는 눈을 동그랗게 떴다. 제 형의 옆에서 백란이 빙긋 웃으며 종알거렸다.

"누님은 생각하시는 것이 그대로 얼굴에 다 드러나십니다."

월이 한숨을 쉬며 이었다.

"채윤은 내게도 소중한 친구이니 당연히 나도 찾기 위해 최선을 다할 거다. 장안 정도야 바람도 쐴 겸 슬슬 다녀오면 되지."

"그리고 그 바람은 저도 같이 쐬겠습니다, 형님."

"말도 안 되는 소리 하지 말라고 했다."

월은 백란에게 눈을 짐짓 부라렸다. 백란은 그러자 일어나 소유의 옆 의자에 앉았다.

"누님, 괜찮지요? 혼기가 찬 남녀 둘이 여행하는 것보다야 저도 함께 있는 것이 안심되시지 않습니까? 그렇지요?"

소유는 월의 팔뚝을 슬쩍 살피는 자신을 말리지 못했다. 월과 싸워서 이기지 못할 것 같지는 않았지만.

"나는 네가 오고 싶다면야 좋다. 하지만 왜 함께 가고 싶은 거니, 백란아? 너도 채윤이와 친했니?"

채윤은 월의 이야기는 지겹도록 하면서도 백란의 이름은 한 번도 꺼낸 적이 없었다. 소유가 의아해져 물은 말에 백란은 입술을 모으며 웃었다.

"누님과 더 오랫동안 함께 있고 싶습니다."

의관을 정제하고 어엿한 청년의 모습을 했는데도 백란은 아직 어려서인지 그저 귀엽게만 보였다. 소유는 그만 후후 웃었고 그걸 본 백란은 더 활짝 웃었다.

"어찌 너도 함께 웃니?"

"누님이 웃으시니 저도 기쁜 게 당연하지 않겠어요?"

이 형제와 함께 여행한다면 적어도 마음이 무거울 일은 없을 것 같았다. 소유는 백란의 말에 한참을 더 웃고 여행 채비를 하기 위해 일어났다.

푹 쉬고 여물을 잘 먹은 말은 제법 힘차게 달렸다. 장안으로 가는 길은 짧지 않았지만 이번에는 동행도 있고 해서 마음이 든든했다. 동행의 신분 덕분에 저녁에 들르는 고을마다 좋은 대접을 받으며 편안히 쉴 수 있다는 것도 장점이었다.

그러나 도저히 이것은 참을 수 없을 것 같아 소유는 월에게 직설적으로 물었다.

"계속 그렇게 심통 부릴 거야?"

월은 처음부터 백란의 동행을 반대했다. 아마 부모님도 허락하지 않을 것이라 추측하는 것 같았지만, 백란은 무슨 수를 썼는지 당장 허락에 용돈까지 두둑하게 받아와서 일행에 끼었다. 소유가 보기에는 이미 결정된 일인데도 월은 백란에게 계속 쌀쌀맞게 굴며 동생의 동행을 탐탁지 않게 생각하는 티를 마구 냈다.

월은 미간을 좁혔다.

"심통이 아니라 염려야."

"염려? 당신과 같이 있는데 뭐가 그리 걱정돼? 백란이 어린아이도 아닌데."

"나 같은 놈이야 무슨 일에 휘말리건 다들 그러려니 하겠지만 저 녀석은 입장이 다르니까."

소유는 고개를 갸웃했다. 이해할 수가 없었다.

"입장이 왜 달라?"

둘 다 성주의 아들 아닌가. 비록 정실의 자식이 아니라고는 해도 월이 가족들에게 충분히 사랑받는 아들이라는 것은 백란이 가끔 해주는 이야기만으로도 충분히 짐작할 수 있었다. 백란이 이때다 싶어 형에게 아양을 떠는 것을 보면 월이 가족에게 얼마나 무심하게 구는 성격 나쁜 아들이었는지도 알 만했다.

형님, 집에도 좀 들르십시오. 어머님이 뵙고 싶어 하십니다. 언제까지 혼자 사실 겁니까, 멀쩡히 부모도 있고 집도 있는데. 형님, 혀엉니임, 저 형님이 보고 싶습니다. 아버님도 형님을 그리워하십니다.

백란이 조르는 말을 듣고 있노라면 그를 만난 지 얼마 안 되는 소유도 꼭 그 청을 들어줘야만 할 것 같은 기분에 휩싸였는데 월은 퉁명스러웠다. 나한테 상관하지 마라. 다 큰 어른이 혼자 살 수도 있지. 집에는 네가 있잖느냐.

그런 식으로 못되게 구는 것은 믿는 구석이 있기 때문이다. 어떻게 행동하든 부모가 자신을 결국 미워하지는 않으리라는 사실을 무의식중에 알기 때문에 마음껏 심통을 부릴 수 있는 것이다. 천애고아로 언제 버림받을지 몰라 노력해온 소유는 알고 있었다.

월은 그것도 모르느냐는 듯 한쪽 눈썹을 들었다.

"백란이는 차기 성주니까, 다르지."

"당신이 장남이잖아."

"나 같은 게 무슨."

어쩐지 월의 얼굴이 슬퍼 보였다. 그에게도 뭔가 남 모를 고민이 있는 것일까?

집안 사정을 캐물을 수 없으니 소유는 입을 다물었다. 그때 둘이 식사하며 대화를 나누던 방의 문을 열고 백란이 들어왔다. 계속 심통을 부리는 월과 대조적으로 백란은 명백히 여행을 즐기고 있었다. 그는 생글생글 웃으며 식탁으로 다가왔다.

"두 분, 저를 빼놓고 식사하고 계셨습니까?"

"부르러 갔더니 네가 없더구나. 어디 다녀왔니?"

백란이 별로 탓하는 투가 아니었기 때문에 소유도 부드럽게 답했다. 백란은 눈을 반짝이며 신이 나서 떠들었다.

"저자를 돌아보다가 마침 장안에서 온다는 이가 있어 이야기를 나누고 왔습니다. 누님, 장안에 그리 맛있는 것이 많답니다. 온 천하 사람이 장안에 모여드니 없는 것이 없다지 뭡니까."

"그거 듣던 중 반가운 소리구나."

소유는 눈을 반짝거렸다. 백란은 누님이 좋아하실 줄 알았다며 앉아 자기도 식사를 시작했다. 월은 쓴웃음을 지었다.

"공주님은 정말 먹을 것을 좋아하는군."

"사람이 살려면 먹어야 하지 않겠어?"

"그건 옳은 말이로군."

함께 여행하며 보니 백란과 월은 둘 모두 편식을 하지 않았지만 월은 비교적 입이 짧은 편이었다. 소유는 장안에서 뭘 먹을까 생각하다가 문득 채윤을 생각했다.

다미 만두를 먹으러 같이 가야 하는데.

기분이 가라앉았다. 채윤은 지금 어떤 상황에 놓여 있을까. 그를 생각하느라 잠 못 드는 밤은 조금씩 흘러갔지만 그것이 오히려 불안했다. 장안에서는 그에 대한 정보를 얻을 수 있을까? 정 승상의 막내 아들은 그녀에게 도움을 줄까?

그녀가 오랫동안 우울한 생각을 하면 이 형제는 그것을 귀신처럼 알아채고 함께 걱정했기 때문에 소유는 얼른 다른 생각을 하려고 노력했다. 생각해보니 장안에 들어가기 전에 알아둬야 할 것이 있었다.

"그 역모 이야기 말이야."

고민하다가 나온 단어에 백란과 월이 동시에 입을 다물었다. 백란이 검지를 제 입술에 댔다.

"쉬이, 누님. 목소리가 큽니다."

"으응."

소유는 목소리를 최대한 낮추고 속삭여 물었다.

"역모를 꾀한다는 건 지금 나라님 말고 다른 분을 내세우겠다는 거잖아. 누구를 내세우려고 했던 걸까?"

월과 백란은 거의 동시에 고개를 갸웃했다. 월은 어이가 없다는 투로 물었다.

"그걸 몰라?"

"나 같은 시골 사람이 누가 나라님이 되시는지 그런 걸 어떻게 아니? 왕위 다툼이라고 해도 우리한텐 그냥, 저 멀리 구름 위에 사는 분들끼리의 집안싸움으로만 들리는걸."

백란은 그가 자주 그러듯 금세 다 이해한다는 얼굴로 고개를 끄덕였다. 월은 잠시 눈을 내리깔았다가 신중하게 입을 열었다.

"일반적인 상황이라면 틀린 말은 아니야. 하지만 나라가 아수라장이 된다면 이야기가 달라지지."

소유는 그의 말에 입을 다물었다. 혼자 있을 때마다 계속 생각하다가 얼마 전 떠올린 것이었다. 스치듯 듣고 말았던 옛날이야기.

"금상께서 즉위하실 때 말이 많았다고는 들었어. 선대왕께서 갑자기 승하하셨는데 유서에 세자인 난양대군 마마가 아니라 아우이신 초염군께 왕위를 주라고 쓰여 있어서 조정에서 한바탕 난리가 났었다며. 그러면 그 난양대군 마마를 내세우려는 거야?"

"모른다면서 잘도 아네."

월은 기묘한 얼굴을 했고 백란은 당연하다는 듯 입술을 움직였다.

"그럴 가능성이 높겠지만, 대군 마마께선 별궁에 유폐되어 계신 것 아닙니까?"

"글쎄, 명목상으로는 어린 대군 마마를 보호한다는 거였지만 언제까지 눈 가리고 아웅 할 수 있을지는 모르지. 10년 전 세자위에서 갓 물러나셨을 때는 열 살도 안 된 연소하신 나이였지만 지금은 관례를 앞두고 계실 테니."

전에 장안에서 벼슬을 했기 때문일까, 대화를 나눌수록 월은 소유의 생각보다 훨씬 많은 것을 알고 있었고 조정의 상황에 밝았다. 낙양으로 돌아와서 기방에 틀어박힌 지도 꽤 흘렀다는 모양인데도. 이래서 채윤이 그를 자꾸 칭찬했던 것일까? 그렇게 생각했더니 오래된 질투심이 고개를 들었다.

백란이 고개를 갸웃했다.

"형님, 한데 왜 대군 마마를 주상이 따로 보호하셔야 합니까?"

"명목상으로는 당시 정쟁이 일어나 조정이 뒤집어질 뻔했으니 어린 조카가 남에게 이용당하지 않도록 한다는 거였지만 글쎄, 당시에도 가르치는 스승마다 총명하여 성군의 자질이 보인다는 평을 듣던 분이니 두려운 걸지도 모르지."

"정쟁? 선대왕께서 남기신 유지를 받들면 되는데 왜? 장자 승계의 원칙 때문에?"

당시 세자가 열 살도 안 되었다면 충분히 아우에게 왕위를 계승시킬 수 있는 것 아닌가. 소유가 그렇게 묻자 월은 기묘한 쓴웃음을 지었다.

"금상 전하를 따르는 대신들은 선대왕 때 불만을 가진 자들이 많아. 그래서 선대왕 때의 충신들은 대군 마마가 옥좌에 오르시는 게 법도상 맞다고 주장했지. 소유가 집안싸움이라고 했던 것처럼 그건 신하들끼리의 밥그릇 싸움이었어. 이긴 자가 천인국을 망하게 할 수도, 흥하게 할 수도 있었던 천하의 밥그릇 싸움."

이미 아는 이야기인지 백란은 입술을 비죽 내밀었다. 소유는 자신이 생각해본 적도 없는 큰 규모의 이야기에 질려 한숨을 쉬었다.

"그리고 금상 전하를 따르는 귀족들이 이긴 거구나."

"그래. 그리고 그렇게 공신이 된 모리배들이 자기들만 잘살겠다고 백성들에게 자꾸 세금을 거두고 재산을 받아 벼슬을 파는 거지. 망조가 든 나라가 밟는 수순이야. 천인국의 앞날도 머지않은 거겠지."

이번 말에는 백란과 소유가 둘 다 질겁했다. 소유는 한참 동안 아무 말도 하지 못하다가 월에게 속삭여 물었다.

"그래서 당신도 벼슬을 관두고 낙양으로 돌아온 거야?"

"아니, 나는 그냥 내 적성에 안 맞아서. 나는 예쁜 여자들과 술이나 마시며 사는 게 어울리잖아?"

월은 붉은 입술을 양쪽으로 당기며 아름답게 웃었다. 백란이 풀이 죽은 얼굴로 갑자기 수저를 내려놓았다.

"아까 만난 사람이 그러는데, 장안으로 가는 길에는 굶어 죽은 백성들이 많대요. 세금을 못 내서 노비로 팔려가는 사람도 많고……. 낙양에선 그런 일까지는 아직 없는데."

"화주도 그런 일은 없었어. 다른 곳은 심한가 보구나."

천인국의 모든 부가 몰려드는 곳은 결국 장안이 아닌가. 소유도 입맛이 없어져 수저를 내려놓았다. 월은 아무렇지도 않게 한숨을 쉬었다.

"몇 년 전부터 전조가 보였어. 결국 법이라는 것도 있는 자들을 위한 것이 되어버렸으니까. 지금 이 나라는 금상의 사람들이 꽉 쥐고 있으니……."

"당신은? 당신도 지위 높은 귀족이잖아."

"귀족도 귀족 나름이지. 금상께 무조건 충성하는 사람이 있는가 하면 대군 마마를 지지하는 사람도 있고, 중립도 있어."

"정 승상 나으리는? 승상이시니 금상의 편이겠지?"

"내가 알기로는 중립."

마음이 착잡해졌다. 말로는 바깥세상을 구경하고 싶다고 했지만 이런 사실을 알고 싶었던 것은 아니었다. 어서 채윤을 찾아 옛날로 돌아가고 싶었다. 형편이 어렵다고 투덜거리기는 해도 굶어 죽거나 팔려가는 사람은 없는, 버드나무를 보며 시를 짓곤 하던 그때로.

월은 빙긋 웃었다.

"두 사람, 지금 식사하지 않는다고 해서 굶어 죽는 사람들에게 이 음식이 가는 건 아니야. 공주님, 식사하시지요. 말씀만 하시면 언제든 입으로 먹여드릴 테니."

"당신, 정말!"

소유는 기겁해서 얼른 다시 수저를 들었다. 그리고 누구보다 씩씩하게 밥그릇을 비우기 시작했다. 백란은 그 모습을 보더니 자기도 쿡쿡 웃으며 수저를 들었다.

뜨락의 지는 꽃에도 풍류는 그칠 날이 없어
바람 타고 물로 구름 타고 하늘로 그렇게 흘러간다네
달빛 어린 거리에 따스한 늦봄이 내려앉을 때면
눈처럼 나풀대는 버들개지에 근심마저 흩어지는구나

검푸른 비단 위 오색 실구름 피어오르는 밤에
화주에서 온 길손이 낙양의 봄에 취하러 왔도다
일렁이는 물결 따라 은하수에 작은 조각배 띄우고
북두칠성 잔을 삼아 향기로운 술 한 잔 올리오리다
밤이슬 젖은 가지마다 황금빛 고이 물들 때면
아득한 꿈속에서도 나 홀로 그대를 그리노라
한낱 부질없는 인간사도 기쁨이 있어 슬픔이 있듯이
저 달에게도 맑음이 있어 흐림이 있는 것이니라
하늘 아래의 만남이 어렵다 한들 이별보다 더할까
하나 하늘의 달도 차오르면 다시 이지러지지 않는가
꿈결 따라 바람 따라 천상에 올라 월궁에 들어서니
백옥루 난간에 기대앉아 이별을 서러워하네
간질이듯 달콤한 향내음 쫓아 사뿐히 걸음할 적에
달 가운데 붉은 계수나무를 누가 먼저 꺾을쏜가

"누님, 형님, 대단하십니다."
지루함을 이기기 위해 누가 먼저랄 것 없이 시작한 대구는 노래가
되어 울려 퍼졌다. 첫 소절을 월이, 대구를 소유가 잇는 형식은 처음
만났을 때와 같았지만 서로의 성품을 조금 더 알게 되어서인지 시상
에 거침이 없었다. 백란은 시를 지을 줄 아는 것 같았지만 둘이 서로
지지 않고 시재를 발휘하는 것이 재미있는지 저렇게 찬사를 던지는
역할을 스스로 맡았다. 월이 물었다.
"낙양의 봄에 취하러 왔어?"
"그랬었지. 지금은 장안의 겨울을 견디러 왔고."
"낙양의 봄을 데리고?"
"응, 백란이를 데리고."

월은 계속 농담을 던졌고 소유는 그의 노골적인 추파에 쌀쌀맞게 대꾸했다. 백란이 배를 잡고 웃자 월은 피식 약하게 웃었다.

거대한 성문이 마치 대나무 자라듯 쑥 솟았다. 소유는 저도 모르게 긴장해 허리를 폈다. 장안이었다.

"정 승상 댁 막내 도령은 외출을 전혀 하지 않는다더군."

아는 사람들을 좀 만나본다며 훌쩍 외출하고 돌아온 월은 그렇게 툭 던졌다. 월이 결정한 고급 객잔에서 그를 기다리던 소유와 백란은 고개를 동시에 갸웃했다.

"왜?"

"그건 모르지. 아무튼 경원 도령은 낯선 사람, 특히 여자와의 접촉을 대단히 꺼려해서 요즘은 종일 방 안에 틀어박혀 유명한 악공이나 길거리 악사를 초대해 연주를 감상하며 시간을 보낸다고 해."

"사람을 무서워하는 걸까요?"

백란은 희한하다는 얼굴로 종알거렸다. 소유도 이해가 안 되어 눈을 깜박였다.

"정치에 실망해 몸을 사리는 걸까? 나와 동갑이면 한창 과거를 준비할 나이잖아."

"과거는 본 적도 없다던데."

월은 어깨를 으쓱했다. 백란이 명랑하게 말했다.

"그래도 우리가 만나러 왔다고 하면 문은 열어주지 않겠니까? 소유 누님은 너무 걱정하지 마시지요."

"아니, 그건 안 되겠다, 백란아."

그러잖아도 아까까지 그 생각을 하고 있었다. 소유는 고개를 젓고 최대한 목소리를 낮춰, 두 남자 모두 간신히 들을 수 있을 만큼만 작게 말했다.

"만약 이번 일에 정말로 역천의 음모가 관련되어 있다면 너희는 이 이상 연관되지 않는 게 낫겠다. 너희도 물론 중요하지만 낙양에 계신 너희 부모님과 친척들까지 모두 경을 치는 수가 있잖니."

월이 인상을 썼다.

"여기까지 함께 와 달라고 해놓고 그게 무슨 말이지, 공주님? 달이 변덕스럽다지만 공주님의 마음만 못하겠는데."

"물론 나는 계속 도움이 필요해. 하지만 정 승상 댁에 둘의 이름을 대고 들어가는 것은 반대라는 말이야."

백란은 약간 불만스러운 얼굴이었지만 월은 야살스러운 눈을 가늘게 접었다. 흥미를 느낀 모양이었다.

"우리 공주님께 그러면 무슨 수가 있나?"

"나만 믿어. 비파 한 개만 구해줘."

해랑의 피리는 이런 곳에 쓰고 싶지 않았으니 적당한 비파나 금^琴을 사용하는 편이 나을 터였다. 백란은 눈을 천진하게 반짝였다.

"누님, 누님은 피리뿐 아니라 비파도 연주하십니까?"

"나는 못하는 게 없단다."

"훌륭하십니다!"

백란은 제가 더 들떠서 즐거워했고 월은 떨떠름하게 고개를 끄덕였다.

"알았어. 그런데 비파를 구해서 뭘 할 건데?"

"백란이 말처럼 연주를 해야지. 일단은 비파부터 구해줘. 백란이는 옷 한 벌만 빌리자꾸나."

소유는 그들의 대답을 듣지 않고 자신의 방으로 올라갔다. 그리고 백란이 옷을 가져다줄 때까지 머리를 묶어 올려 사내들이 으레 그러듯 두건으로 싸맸다. 백란은 자기 옷을 가져다주면서 소유의 모습을 보고 벌써 입을 벌렸다. 소유가 무엇을 하려는지 안 모양이었다.

"누님, 설마 누님께서는 남장하여 스스로를 악공이라 하고 그 댁에 들어가려 하십니까?"

"그래. 그 수밖에 더 있겠니?"

"말도 안 됩니다. 누님처럼 어여쁘고 얌전한 사내가 세상천지 어디에 있겠습니까?"

"왜 없겠니? 너처럼 어여쁘고 얌전한 사내도 있는데."

백란은 자신은 어여쁜 것이 아니라 사내답게 잘생긴 것이며 얌전한 것이 아니라 진중한 것이라고 우겼지만, 소유는 듣고 있을 시간이 없다며 그를 방에서 내쫓았다. 그리고 백란의 옷을 입고 소년으로 꾸미고는 방에서 나왔다. 방 앞에서 기다리던 백란은 제 옷을 입은 소유를 보고 입술을 죽 내밀었다.

"남자 옷을 입으셔도 너무 아리따우십니다. 아무도 안 속을 겁니다."

"걱정 마라. 사람은 눈에 보이는 차림에 네 생각보다 훨씬 쉽게 속는단다."

아마도.

소유는 그대로 백란과 함께 월을 찾아 내려갔다. 월은 어느새 비파한 대를 안고 있었다.

"재주도 좋아. 어떻게 했기에 벌써 비파를 가져왔어?"

소유가 다가와 짜랑짜랑한 목소리로 묻자 월은 한숨을 쉬었다.

"뭘 하려나 했더니. 장안에는 길거리 악사가 많으니 웬만한 솜씨로는 주목도 못 받을 거야."

"웬만한 솜씨라면 그럴 테지. 줘봐."

월이 가져온 비파를 들고 현을 타보니 조율까지 다 되어 있었다. 소유는 혀를 내둘렀다.

"정말 대단하다. 어디서 구해왔기에 내가 옷을 갈아입는 그 짧은 새에 이렇게 좋은 물건을 가져왔어?"

"장안에도 벗들이 있으니 그들의 힘을 좀 빌렸지."

"기방에 다녀왔니?"

"마침 이 옆에 친우가 하는 곳이 있어서."

정말 여러 가지 의미로 대단했다. 소유는 더 묻지 않고 비파를 안았다.

"그럼 다녀오마."

"예? 다녀오시다니요. 누님, 저도 당연히 함께 가겠습니다."

"여기가 얼마나 흉흉한데 혼자 돌아다니려고."

백란과 월도 얼른 그녀의 옆에 따라붙었다. 소유는 어깨를 으쓱했다.

"마음대로 하렴."

객잔을 나서 모퉁이 몇 번을 돌자 수많은 사람이 오가는 저자가 나왔다. 시전 상인들이 장사하는 거리는 조금 더 궁에 가까운 곳에 있었지만, 장안은 어디나 먹거리며 장신구 따위를 파는 장사치가 가득했다. 남에게 부딪치지 않게 몸을 옹송그리며 소유는 어디에서 연주를 시작할지 따져보았다.

그때 문득, 사람들 사이에서 익숙한 뒷모습이 보였다.

아니다.

아니다.

그저 익숙한 뒷모습이 아니었다.

"채윤!"

그것은 눈에 익다 못해 가슴에 새겨지고야 만 친구의 모습이었다. 신월국의 평퍼짐한 차림을 하고 있었지만 그녀가 그를 못 알아볼 리는 없었다. 소유는 그의 이름을 부르며 당장 달려갔다. 피할 때는 가랑비 같았던 사람들이 막상 헤치려고 하자 돌벽처럼 그녀를 짓누르고 방해했다.

"채윤!"

미칠 것처럼 심장 고동이 빠르게 뛰었다. 스무 걸음도 더 떨어진 곳에서 채윤은 그녀의 목소리가 들리지 않는 것처럼 아무렇지도 않게 성큼성큼 걸어갔다. 그녀는 목청이 터지도록 소리쳤다.

"채윤아!"

아, 그러나 여전히 채윤에게는 그녀의 목소리가 닿지 않는 모양이었다. 그는 그대로 걸어 모퉁이를 돌았다. 소유는 미친 듯이 이 사람 저 사람을 밀치며 달려갔다. 그러나 간신히 그가 돌아간 모퉁이 앞에 섰을 때는 이미 채윤의 모습은 보이지 않았다.

착각이었을까?

믿을 수 없었다. 하지만 채윤이 어째서 신월국 사람의 차림을 하고 있단 말인가? 그리고 어떻게 그녀의 목소리를 못 알아들을 수가 있단 말인가?

"누님!"

어느샌가 따라온 백란이 소유의 소맷자락을 잡고 창백한 얼굴로 물었다.

"어찌 그리 놀라 달리셨습니까? 무슨 일이십니까?"

"채윤이, 채윤이를 보았어."

아직도 영문을 알 수가 없었다. 소유는 눈이 사정없이 떨리는 것을 느끼며 중얼거렸다. 조금 늦게 도착한 월이 소유에게 진지하게 따지고 물었다.

"채윤이라고? 채윤이가 있었어?"

"있었어. 신월국 사람의 차림을 하고 저리로 걸어갔어."

"신월국 사람의 차림?"

월은 인상을 썼다. 그는 그녀에게 손짓했다.

"그러면 알아볼 테니까 백란이와 함께 있어. 얼굴을 봤어? 확실히 채윤이었어?"

"얼굴은 못 봤어. 뒷모습만……."

속에서 뭐가 울컥 치밀었다.

월은 인상을 쓴 그대로 그녀를 잠깐 보기는 했지만 별다른 말없이 채윤이 들어간 골목길 안쪽으로 사라졌다. 백란이 소유를 보는 얼굴에는 안쓰러움이 가득 담겨 있었다.

"누님, 채윤 형님이 어찌 신월국 사람의 차림을 하고 계실까요?"

"모르겠구나……."

도저히 짐작이 가질 않았다. 소유는 힘이 빠져 한숨을 쉬었다. 잠시 그 자리에서 기다리자 월이 도로 나왔다. 그는 소유에게 고개를 저었다.

"그런 차림을 한 사내를 본 적들이 없다는군."

"뭐?"

이렇게 가까이 있었는데, 어떻게. 소유는 억울해서 눈물이 날 뻔했다. 월은 잠시 그녀를 내려다보다가 좋은 말로 달랬다.

"채윤과 닮기만 한 사람이었을 수도 있어. 얼굴을 못 봤으니 충분히 그럴 수 있지."

"아냐, 채윤이 맞아. 내가 그 애를 잘못 볼 리가 없어."

하지만 월의 말이 맞을지도 모른다는 생각이 들었다. 소유는 고집을 부리고 싶어 고개를 저었지만 그 몸짓에는 힘이 하나도 없었다. 월은 고개를 저었다.

"채윤이 신월국 사람의 차림을 할 이유는 없어. 그 애가 아는 신월국 사람도 없을 테고."

그건 그랬다. 소유는 잔뜩 풀이 죽어서 고개를 끄덕였다.

저잣거리로 돌아가자 사람들은 아무 일도 없다는 듯 평온하게 아까처럼 와글거렸다. 소유는 그중 그나마 주위에 가게가 없는 곳에 털썩 주저앉아 비파를 어깨에 기댔다. 그리고 손을 들어 비파를 연주했다.

등등, 등, 등. 눈부시게 맑은 음률로 현이 한탄했다. 금세 지나가던 사람들의 시선이 몰려들었다. 그녀가 있는 곳에 삽시간에 시선이 집중되었다. 물방울처럼 통통한 배와 사슴의 다리 같은 목 사이로 두 손이 자유로이 움직였다. 등, 드드드등, 그리고 심금의 떨림.

'채윤, 채윤. 어디에 있어?'

그를 생각할수록 비파는 구슬프고도 집요한 울음을 울었다. 목을 후벼파는 듯한 오묘한 진동과 기이한 가락에 그녀의 연주를 듣는 사람들은 입을 벌려 감탄했다. 월과 백란도 어딘가 못 박힌 듯 꼿꼿하게 서 음악에 귀를 기울였다.

채윤아.

아아, 채윤아. 너를 찾으러 내가 여기에 왔어.

그렇게 직접 얼굴을 보고 속삭일 수 있다면 얼마나 좋을까. 그러나 그는 이 자리에 없었고 지금 정 승상 댁에 들어갈 수 있게 된다 해도 그를 바로 만날 수 있다는 보증은 없었다. 그러니.

만약, 만약 네가 여기에 있다면. 이 연주를 듣고 내가 너를 찾는다는 사실을 알아줘.

소유는 어느새 자신도 연주에 흠뻑 빠져들었다. 산들바람처럼 현을 간질이다 맑고 선명하게 가락을 낮추면 보는 이들의 숨소리도 함께 낮아졌다. 그러다가 음을 올리고, 낮추고, 다시 올리고 격정적으로 떨어내면 울어버리고 싶은 기분과 함께 그 자리에 있는 모든 사람의 숨이 함께 막히는 것이었다.

마침내 첫 곡을 마치자 우레와 같은 박수 소리가 쏟아졌다. 약 일다경 가량 이어진 연주 때문인지 소유의 근처에는 커다란 반원이 만들어져 있었다.

"대단하다!"

"이렇게 잘생긴 청년이 악기 연주도 잘하다니, 재색을 겸비했네."

"어디서 온 거지? 이 주변에서는 처음 보는데?"

채윤의 집에서도 악기 선생님에게 칭찬을 자주 받았다. 소유는 목소리를 내면 들킬까봐 빙긋 웃고 천천히 다음 곡을 연주하기 시작했다.

약 다섯 곡을 내리 연주했을 즈음엔 거리의 통행이 아주 멎을 정도였다. 이렇게 오가기 불편하게 사람들이 몰려 있으면 어떻게 하냐고 투덜거리려던 이들도 정작 연주를 조금만 들으면 그 자리에 절로 서서 넋 나간 듯 귀를 기울이는 것이었다. 이쯤이면 충분히 소문이 될 것이다. 소유는 만족하며 자리에서 일어섰다.

"나는 방금 왔어, 조금만 더 연주해줘!"

"이름이라도 말해주고 가게. 우리 연회에서 꼭 자네가 연주해줬으면 좋겠어."

사람들의 원성이 쏟아졌다. 소유는 그저 웃고 자리를 벗어났다.

월과 백란이 어디 있는지 주위를 살피며 객잔 쪽으로 조금 걷는데 누군가 어깨를 두드렸다. 돌아보니 낯선 중년 남자 한 명이 좋은 옷을 입고 서 있었다. 소유는 최대한 무뚝뚝한 목소리로 물었다.

"어르신은 뉘신지?"

"나는 정 승상 마님 댁에서 일하는 윤 모일세. 자네가 아까 저기서 연주한 젊은이지?"

정 승상 댁이라고? 그녀는 얼른 자세를 바로하고 고개 숙여 제대로 인사했다.

"정 승상 나으리 댁 분께 실례했습니다."

"아니, 아니. 나야 마님의 덕으로 밥이나 겨우 먹고 사는 종인데 실례랄 게 뭐 있나. 그보다 자네, 괜찮다면 우리 도련님께 자네 솜씨를 좀 들려드릴 수 있겠나? 사례라면 섭섭지 않게 쳐줄 테니까."

이렇게 바로 미끼를 물줄은 몰랐다. 그야말로 바라던 바였지만 그녀는 더 확실히 하기 위해 저어하는 척을 했다.

"제 솜씨가 귀한 분위 귀를 더럽히지나 않을지……."

"아닐세. 우리 승상 마님의 자제분들 중에서도 막내이신 경원 도련님은 음악을 아주 좋아하시는데, 그분께서 소문을 듣고 데려오신 유명한 악공들 중에도 자네만큼 하는 사람이 별로 없어. 부담 갖지 말고 그저 아까 한 것처럼만 하면 되네."

그야말로 바라는 바였다. 소유는 아주 약간만 더 뜸을 들인 다음 생긋 미소 지었다.

"그리 말씀해주시니 소인은 그저 망극할 따름입니다."

승상부 정원에는 꽃나무가 대단히 많았다. 풀 한 포기까지도 정갈하게 다듬어진 모양새를 보아하니 정원 가꾸기에 공을 많이 들인 모양이었다. 특히 멀리서도 보이는 키 큰 나무 한 그루에는 소유가 본 적도 없는 아름다운 꽃이 흐드러지게 피어 향기를 뿜었다.

글로만 읽었던 무릉도원이 이런 곳일까. 늘씬하게 하늘로 들린 처마가 저마다 나무 그늘 아래 햇살로 얼룩졌다. 푸른 기와의 수막새에는 연꽃이 새겨져 있어 그 굴곡에 닿은 햇살이 더 오묘하게 일렁였다.

"막내 도련님은 낯선 사람 보는 걸 싫어하셔서, 악공을 초대할 때도 얼굴을 마주하시는 법이 없네."

정 승상 댁의 윤 모는 알고 보니 이 집의 집사였다. 그는 소유를 이끌어 후원 깊숙한 곳의 별채로 가며 단단히 일렀다.

"해서 들어가면 방 중앙에 발이 쳐져 있을 텐데, 절대로 발 안을 들여다볼 생각일랑 하지 말게. 도련님이 다 듣고 계시니 아뢸 말씀이 있거든 발 너머에서 그냥 말씀 올리게. 알았지?"

"예, 나으리."

남자 악사를 부르면서도 방에 굳이 발을 쳐놓고 만난다니. 정 승상 댁 막내 경원 도령의 성품도 어지간한 모양이었다. 소유는 속으로 혀를 내두르면서도 겉으로는 얌전히 고개를 끄덕였다. 곧 그들의 발걸음이 호젓한 별채 앞에 멎었다.

"도련님, 말씀 올렸던 악공이 도착했습니다."

별채는 꽃살문이 들어간 문을 떼어 위로 잡아매 꽃향기가 가득 차고 산들바람이 통하는 나무 건물이었다. 안쪽에서 청년의 낭랑하고 느긋한 목소리가 들려왔다.

"들라 해라."

"자, 들어가보게."

함께 들어가지는 않는 모양이었다. 윤 집사는 소유에게 손짓해 별채에 오르도록 하고 자기는 그대로 몸을 돌려 돌아갔다. 소유는 살짝 긴장되는 것을 느끼며 신을 벗고 별채에 들어갔다.

과연 집사의 말대로 그녀가 들어간 방은 중앙에 고운 발이 드리워져 있었다. 고상한 색으로 물들이고 색실로 장식한 발 너머, 긴 의자에 편히 기댄 사람의 기척이 느껴졌다. 그녀는 우선 예의 바르게 절했다.

"소인 도련님께 인사 올립니다."

"그래, 네가 어제 저잣거리에서 솜씨만으로 길 가던 사람들을 멈추게 했다는 그 악사더냐?"

발 너머에서는 다시 아까의 목소리가 흘러나왔다. 다시 들어보니 경원 도령의 목소리에서는 서늘한 고상함과 도도함이 느껴졌다. 과연 아름다운 음률을 좋아하는 사람에게 어울리는 우아한 어조였다.

소유는 빙긋 웃고 대답했다.

"소인에게 가진 것이라고는 악기를 연주하는 솜씨뿐이니 다른 것으로 멈춰 세울 수는 없습니다."

"자신이 있는 모양이구나."

경원은 흥, 하며 웃었다.

"어디에서 왔느냐?"

"소인 화주에서 왔사옵니다."

"우스운 말이로구나. 네가 입은 옷은 낙양의 비단으로 지은 것이 아니더냐? 화주 출신이 어찌 낙양의 옷을 입고 장안의 비파를 켜느냐? 혹 너는 내게 온 간자는 아니냐?"

"소인이 화주 출신이라는 말에는 한 치의 거짓도 없으며 비단옷과 비파에는 사연이 있습니다. 차후 말씀드릴 기회가 있으면 말씀 올리고자 하옵니다."

"기이한 일이 다 있구나."

경원은 다시 웃더니 곧 흥미를 잃은 목소리로 지시했다.

"자신 있는 곡을 연주해보아라. 네 사연은 곡이 마음에 들면 듣고 싶어질지도 모르나, 지금은 알고 싶지 않으니라."

경원이 이쪽의 사연을 듣고 싶게 만드는 것이야말로 그녀가 할 일이었다.

소유는 다른 말없이 비파를 어깨에 기대고 악곡을 연주했다. 손이 부드럽게 비파의 현을 퉁기며 새가 재잘거리는 듯 명랑한 음률을 자아냈다. 한 곡 안에서 꽃이 만발하고 버들가지가 흩날리는 봄의 음악이었다.

한 곡이 끝나도록 경원은 말이 없었다. 그러나 그녀가 손을 비파에서 떼고 두어 번 소리 없는 한숨을 쉬자 느릿하게 입을 열었다.

"나도 모르게 여운에 젖었구나. 훌륭한 솜씨다. 한데 이것은 꽃이 피어나고 새싹이 움트는 봄의 곡조이니 들으며 즐겁고 따뜻한 기분이 들어야 하는데, 무척이나 애절하여 듣고 있는 내가 눈물을 흘리는 것만 같았다."

과연 온갖 유명한 악사들을 불러다 즐긴다는 도령다웠다. 소유는 그가 자신이 연주한 곡을 그렇게 그대로 읽어냈다는 사실에 놀라면서 쓴웃음을 지었다.

"화주에서 헤어진 친구를 생각하니 저도 모르게 슬픈 마음이 묻어 나왔나 봅니다."

"악기는 연주자의 마음을 따르니 슬픈 마음을 가진 악사에게서 슬픈 연주가 나오는 것은 어쩔 수 없는 일이지. 혹 친구가 아니라 정인인 것은 아니냐? 단순한 친구라기에는 깊은 절망이 담겨 있구나."

경원의 말은 흐르는 시냇물처럼 막힘없고 다소 빨랐다. 과거도 보지 않았다고 해서 완전히 한량인 줄로만 알았더니 그렇지 않은 모양이었다. 소유는 한 번 다시 절했다.

"정인은 아니오나 저에게는 가족과 같은 사람이었사옵니다."

"네 기구한 사연에 그 친구와의 이별도 포함되느냐?"

"예, 도련님."

혹시 벌써 이쪽의 이야기를 들어줄 마음이 된 것일까? 그러나 경원은 한숨을 한 번 쉬고 말했을 뿐이었다.

"다른 곡도 들어보고 싶구나."

소유는 비파를 안고 다른 곡을 연주하기 시작했다. 이번에는 경원의 기분이 좋아지기를 바라 조금 더 통속적이지만 밝고 희망찬 곡조를 선택했다. 경원은 곡조가 끝나자 이번에도 바로 감상을 말했다.

"활짝 핀 꽃송이 사이로 나비와 꾀꼬리가 각각 쌍을 지어 춤추는 것 같으니 비파로 타는 선율 하나하나가 내 귓가에서 아직 맴도는구나. 훌륭하다."

"오는 길에 본 정원이 너무나 아름다워 저도 모르게 꽃과 나비를 그리는 곡을 연주했사옵니다."

"보는 눈이 있구나. 저 정원의 꽃나무는 모두 전국 각지에서 모아들인 진귀한 것이다. 이 별채에 그늘을 드리우는 저 큰 나무가 보이느냐?"

"예, 도련님. 그윽한 향에 소인이 취할 것 같사옵니다."

"내가 가장 아끼는 것으로 천인국에도 다섯 그루밖에 없는 귀한 종이니라. 꽃이 만개해 향이 만 리를 가는 이 시기가 내게도 소중한 시기다. 한데."

그의 목소리가 갑자기 날카로워졌다.

"네가 연주한 곡은 사모곡이 아니더냐?"

"예, 도련님."

통속적인 사모곡이었다. 경원은 입을 다물었다. 소유는 갑자기 그가 왜 그러는지 몰라 어리벙벙해졌다.

잠시 후 그는 벼락처럼 소리쳤다.

"사내처럼 꾸미고 왔다 해서 내 모를 줄 알았느냐! 네가 방금 연주한 곡은 사내를 향한 사랑과 부끄러움을 표현했다 하는 여인의 곡조로, 여자들이 악기를 배울 때 익히는 것이다. 너는 필시 여자 악사로구나!"

뜨끔했다. 무심코 적당히 통속적인 곡을 연주하려다가 이런 실수를 할 줄은 몰랐는데. 소유는 얼른 아니라고 하려고 했지만 경원은 벌써 벌떡 일어나 발을 걷고 이쪽의 얼굴을 보고 있었다. 드디어 보게 된 그의 얼굴은 수려하고 단정했지만 분노로 가득했다. 고양이처럼 치켜뜬 눈매와 꽉 다문 입매가 곧 파르르 떨렸다.

"네 손을 보여봐라!"

소유는 딱딱하게 굳어서 양손을 들어 보였다. 경원은 성큼성큼 다가와 그녀의 손을 보더니 다시 소리쳤다.

"일견 그럴 듯하게 꾸몄지만 네 손은 비파 악사에게 생기는 굳은 살이 적어 곱고 목은 매끈하구나! 너 또한 그 해괴한 잡설을 믿고 일부러 예 들어온 것이렷다! 게 누구 없느냐! 이 발칙한 것을 당장 끌고 나가라!"

"도련님!"

키 큰 하인이 놀라며 별채에 뛰어 들어왔다. 경원은 흥분한 얼굴로 소유를 가리켰다.

"여자가 속임수를 써서 내 별채에 들어왔다. 어서 끌고 나가라!"

"여, 여자?"

하인은 굳은 소유를 보고 자기도 당황한 것 같았지만 바로 주인의 명령에 따랐다. 하인이 팔을 붙잡고 일으키려 하자 소유는 얼른 그것을 뿌리쳤다.

"잠시만 기다려주십시오, 도련님. 저는 꼭 도련님께 말씀드려야 할 것이 있어 온 것입니다!"

"솜씨는 제법이다만 그 솜씨를 속임수에 쓰다니 괘씸하다! 뭐 하느냐, 어서 끌고 나가래도!"

하인은 얼른 소유를 꽉 잡았다. 그녀는 날카롭게 비명을 질렀다.

"알겠습니다! 제 발로 나갈 테니 놓아주십시오. 여인에게 함부로 손을 대다니요!"

그 말에 하인은 움찔하며 어쩔 줄 몰라 했다. 경원은 여전히 날카롭게 치솟은 눈매로 턱짓했다.

"제 스스로 나간다니 놓아주어라."

이렇게 된 이상 어쩔 수 없었다. 소유는 일단 비파를 안고 성큼성큼 별채의 섬돌에 내려섰다. 그리고 신발을 신고 그대로 달렸다.

"어? 어?"

"도망가는뎁쇼, 도련님?"

경원과 하인이 당황하는 목소리가 들렸다. 소유는 내달려 경원이 아낀다는 꽃나무를 타고 올랐다. 연분홍빛의 큰 꽃잎이 얼굴과 등과 다리를 스쳤고 향은 아찔하게 짙었다.

"저, 저것이! 지금 무엇 하는 게냐!"

한참 동안이나, 두 남자 모두 상황을 파악하지 못한 것이 틀림없었다. 경원은 소유가 상당히 높은 자리까지 올라간 다음에야 그녀에게 삿대질을 했다. 방 안에만 있어 뽀얀 얼굴이 붉으락푸르락해졌다.

소유는 가지를 꼭 끌어안고 소리쳤다.

"사연을 들어주시기 전까지는 못 갑니다! 속임수를 쓴 것은 사실이고 죄송합니다. 하지만 그럴 만한 연유가 있었으니 말씀 좀 들어주십시오!"

"내가 너 따위와 입을 섞을 만큼 한가해 보이느냐?"

"종일 음악 감상으로 소일하며 과거도 보지 않는 분이 어찌 한가하지 않겠습니까!"

경원은 그 말에 더 흥분한 모양이었다.

"내가 벼슬이 없다 하여 우습게 여기느냐! 무례하구나!"

"그런 것이 아닙니다! 제 부탁을 한 번만 들어주십시오!"

"나는 너에게 얼굴을 내줄 생각이 없으니 어서 물러가라! 네가 이런다 하여 내가 네게 연심이라도 품을 것 같으냐!"

"공자의 연심을 원한 적은 없습니다!"

"거짓말 마라! 대담하게도 여기까지 들어온 것은 칭찬해주겠다만, 정체가 들켰으면 썩 물러갈 일이지 이토록 무례하게 구느냐!"

한참 입씨름을 해보아도 경원은 말을 들어줄 생각이 없는 모양이었다. 보다 못한 하인이 나서 주인에게 물었다.

"도련님, 나무를 흔들어볼까요?"

소유와 경원은 동시에 기겁했다.

"누구 장사치를 일 있어요?"

"안 돼! 나무가 상하면 어쩌려고!"

와글와글, 서로 악다구니를 쓰며 피운 소란이 멀리까지도 들린 모양이었다. 문득 나무 아래서 처음 듣는 목소리가 들렸다. 맑고 나지막한 목소리였다.

"경원아, 이게 무슨 일이야?"

"청운! 너 언제 왔어?"

"저기 나무 위에 사람이 있는 것 같은데. 위험한 것 아니야?"

꽃이 안개처럼 시야를 가려 보이지는 않았지만 누가 나무 아래로 다가온 모양이었다. 경원은 흥 하고 콧방귀를 뀌었다.

"독하기도 하지. 이제 됐다. 내버려두고 들어가자! 평생 저 위에서 살 수는 없으니 제 발로 내려오면 집밖으로 던져버리지 뭐."

"공자!"

갑자기 몸을 지탱하던 가지가 휘청거렸다. 소유는 악 소리를 질렀다.

"가지가 부러질 것 같아요! 말 좀 들어주세요!"

"아 글쎄, 내 뺨에 손을 댈 생각은 말라니까!"

"그런 게 아니라고 말씀드렸잖습니까!"

청운이라는 사람은 진지하게 질겁했다.

"위에 올라가 있는 사람이 여자 분이야?"

"그래, 여자라고. 여기까지 쫓아오다니 지긋지긋해!"

경원은 치를 떨었다. 소유는 어이가 없었다.

"공자를 '여기까지' 쫓아오다뇨? 저는 다른 곳에서 공자를 따라다닌 적이 없습니다!"

"그러면 뭐해! 사람이 집에서는 안심하고 지낼 수 있도록 해주어야지, 속임수로 내 앞에 찾아오면 뭐 변하는 게 있을 줄 알았느냐?"

"잠깐만, 경원아."

청운이 경원을 제지했다. 그의 목소리는 조금 전보다 심각했다. 뚜둑, 눈에 보이지 않는 뭔가가 부러지는 소리가 났다.

"저 낭자는 정말 그런 이유로 온 게 아닌 것 같은데. 그보다 지금 가지 부러지는 소리가……."

우두두두두둑. 무시무시한 소리와 함께 순식간에 소유는 아래로 곤두박질치기 시작했다.

"까아악!"

수많은 꽃이 그녀의 몸을 스치며 짙은 향을 내뿜었다. 소유는 비명을 지르며 옆에 있는 뭐라도 잡으려 했지만 그녀를 지탱할 만한 가지는 공교롭게도 없었다. 그나마 둥치에 잠시 닿았던 손도 그대로 미끄러졌다.

점점 땅이 가까워지는 것이 느껴졌다. 소유는 눈을 꽉 감았다.

채윤!

어디선가 짙은 솔향이 났다.

눈을 떴을 때는 아까 악기를 연주했던 별채였다. 창으로 들어오는 햇살이 별다르지 않은 걸로 보아서는 아주 잠시 정신을 잃었던 모양이었다. 소유는 숨을 헐떡이며 벌떡 몸을 일으켰다.

"정신이 드셨습니까, 낭자?"

어느새 깔려 있던 요 옆에 늠름하고 성실한 얼굴의 청년이 앉아 있었다. 처음 보는 사람인데도 그는 단정한 얼굴 한가득 진지한 걱정을 품고 그녀를 곧게 바라보았다. 꽉 묶은 긴 머리채가 매끈해서 폭포수 같았다.

그의 옆에는 경원이 앉아 있었다. 그는 한쪽 눈썹을 들고 소유에게 말했다.

"대답 안 해? 청운이 널 받아주지 않았다면 크게 다쳤을 거야."

어쩐지, 그대로 땅에 떨어졌다고 하기에는 몸이 너무 멀쩡하다 싶었다. 소유는 청운에게 고개 숙여 인사했다.

"감사합니다, 공자. 덕분에 살았습니다."

"아닙니다, 낭자."

청운은 숫기가 없는지 거기까지만 말하고 눈길을 살짝 내리깔았다. 뺨도 약간 붉어진 것 같았다. 경원이 대신 다음 대화를 이었다.

"다친 데는 없느냐?"

나무에 오른 그대로 내버려두고 들어가자고 한 사람치고는 다정한 목소리였다. 괜찮은 척했어도 경원 역시 많이 놀랐던 모양이었다. 소유는 미안해졌다.

"죄송합니다, 공자. 아끼시는 나무를 제가 상하게 했습니다."

작은 꽃 한 송이가 떨어진 것도 아니고 꽤 큰 가지가 부러진 것이다. 의외로 경원은 눈썹만 살짝 들고 무심하게 말했다.

"나무가 아무리 귀해도 사람 목숨만 할까. 다치지 않았으면 되었다."

그렇게 말하니 더 미안해졌다. 경원의 말투는 쌀쌀맞았지만 여린 마음이 느껴졌다. 그는 풀이 죽은 소유 앞에서 혀를 찼다.

"하여간 대단하다. 그깟 소설이 무엇이기에 남장까지 하지를 않나, 심지어는 말을 들어달라 목숨을 걸고 거기까지 올라간단 말이냐?"

"예?"

소유는 눈을 깜박였다. 경원은 아까부터 뜻 모를 말을 했다. 뺨에다 연심이 어쩌고 하더니 이번에는 소설?

그 표정을 본 경원이 인상을 썼다.

"혹 정말로 모르느냐?"

"무슨 말씀을 하시는지 아까부터 저는 전혀 모르겠습니다."

"경원아."

청운이 담담하게 거들었다.

"이 낭자는 정말로 모르시는 것 같다."

"쳇."

경원은 혀를 차고 한숨을 쉬었다.

"오해해서 미안하게 됐다. 하도 내 뺨을 때리겠다는 여자들이 많아서, 네가 여자라는 걸 알자마자 너도 그런 걸 노리고 온 거라고 생각했다.

"뺨을요?"

소유는 고개를 갸웃했다. 승상 댁 막내 도령의 뺨을 왜 때린단 말인가? 새로운 자살 방법일까? 경원은 그녀가 자기 뺨을 빤히 쳐다보는 것을 깨닫고 얼굴을 붉혔다.

"모른 척해라. 그래서, 네가 아까부터 계속 얘기하려던 것이 뭐냐? 나한테 할 이야기가 있다고?"

"예, 공자."

쾌거였다. 경원은 그녀에게 다짜고짜 화낸 것이 민망했는지 아니면 아까 연주가 마음에 들어서였는지 소유의 말을 들어줄 태세로 얌전하게 앉아 있었다. 소유는 당장이라도 모든 것을 털어놓으려다가 옆에 앉은 청운에게 눈길을 주었다. 청운은 의아한 얼굴이 되었다.

"저, 외람되지만 공자께서는 혹 경원 공자의 친구이신지……."

"아, 예. 낭자. 손청운이라고 합니다. 인사가 늦었습니다."

그는 그렇게 단정하게 인사하고 고개를 숙였다. 소유가 경원의 눈치를 보자 경원은 한쪽 눈썹을 새침하게 들었다.

"무슨 대단한 비밀이라고 그래? 나한테 해도 되는 말은 청운에게도 해도 된다. 만약 도움을 청할 거라면 더 많은 사람이 아는 것도 좋지 않겠느냐? 청운은 무가 최고 명문인 손가家의 자제고, 본인도 왕실을 지키는 무위장군이니까."

그러고 보니 그런 가문이 있다는 말을 들은 것도 같았다. 소유는 자신에게 선택권이 없다는 사실을 받아들이고 천천히 입을 열었다.

"실은 저는 화주에서 왔는데……."

소상한 설명이 끝날 때까지 두 남자는 가만히 그녀의 말을 들어주었다. 자신이 화주에서 진씨 댁에 맡겨진 배경, 성장 과정, 어느 날 갑자기 들이닥친 마적 떼와 채윤의 실종. 하나씩 설명하며 소유는 목이 메었다. 채윤을 찾을 때까지 몇 번이나 더 이런 설명을 반복해야 하는 것일까.

마침내 낙양에서 월 형제의 도움을 받아 여기까지 온 것과 추천받은 대로 정 승상 댁 막내아들의 힘을 빌리고자 남장을 한 경위까지 밝히자 한동안 경원과 청운은 눈을 내리깔고 생각에 잠겼다. 잠시 침묵한 뒤 먼저 경원이 입을 열었다.

"고생이 많았구나."

"아닙니다."

하지만 그런 말을 들으니 울컥했다. 경원은 미간을 좁혔다.

"하지만 그런 문제라면 나보다 더 적임인 분이 계시다."

"경원아."

그 사람이 누구인지 아는 듯 청운이 타이르는 목소리를 냈다. 경원은 쌀쌀맞게 말했다.

"왜? 이런 이야기를 듣고도 안 도와줄 수는 없잖아."

"그건 그렇다만."

"대군 마마께 가서 네가 설득해봐. 네 말이라면 들어주실 확률도 높지 않겠어?"

대군 마마? 소유는 입을 벌렸다.

"대군 마마라 하시면 별궁에 계시다는 난양대군 마마를 말씀하십니까?"

"그래, 이 천인국에 대군 마마가 두 분은 아니잖아? 물론 그분이 너를 도와주실지 어떨지는 모르지만 지금 상황에서 가장 정확하고 빠르게 정보를 내줄 수 있는 분은 그분이시니까. 정 안 되면 나도 알아봐줄 수는 있지만 시일이 좀 걸릴 거야."

갑자기 왕족의 이름이 나오자 저도 모르게 불안해졌다. 소유는 저 폐세자가 자신의 말을 들어줄 거라고 상상할 수가 없어 고민했고 그것을 보다 못한 청운이 찬찬히 말했다.

"제 생각에도 낭자께서는 대군 마마를 찾아뵙는 것이 좋을 것 같습니다."

"거봐. 청운이 모시는 분이니 궁에 가서 뵙는 것도 어렵지는 않을 것이다."

경원은 다 됐다는 듯 팔짱을 끼고 고개를 끄덕였다. 청운은 한숨을 쉬며 고개를 다시 숙였다.

"낭자, 부디 저어하지 마시고 대군 마마께 말씀 올리십시오. 제가 지금 당장 궁으로 가 마마께 낭자의 사연을 아뢰겠습니다."

어떤 결정을 내리기 전 청운은 경원에게 인사하고 바로 별채를 떠났다. 소유는 사람이 한 명 줄어 갑자기 허전해진 별채에 남아 한숨을 쉬었다. 성공인가 실패인가 하면 완벽한 성공이었다. 하지만 난양대군 본인은, 그는 그녀의 이야기를 듣고 어떻게 생각할까.

그런 소유를 흘긋 본 경원은 일어섰다.

"대군 마마를 뵐 거면 그 꼴은 격식에 맞지 않는다는 것은 알겠지? 가서 의복을 단정히 하고 오도록."

안 그래도 신경이 쓰였던 소유는 약간 발끈했다.

"제 꼴이 뭐가 어때서 그러십니까. 별궁에 간다 해도 남복인 채가 좋지 않겠습니까? 낯모르는 처자가 별궁에 드나드는 모습이 보이면 소문이 날지도 모르고요."

"말이 되는 소리를 해라."

경원은 참았다는 듯 짜증을 냈다.

"대군 마마께서 네 말을 들어주실지 아닐지 아직 모르는데, 정 급하면 안쓰러워 보이기라도 해야 할 것 아니야! 지금의 씩씩한 옷차림으로 그게 될 것 같으냐? 그리고 궁 사람들의 눈썰미가 얼마나 뛰어난데 네가 남장을 한다고 모를 것 같으냐? 오히려 이상한 계집애를 남의 눈을 피해 궁에 들이려 한다는 소문이 나겠지!"

전자는 몰라도 후자는 타당한 지적이었다. 실제로 경원도 금방 그녀의 성별을 눈치챘으니까. 소유는 입을 비죽거렸다.

"공자께선 신경질증이 있으신 것 같으니 바깥출입을 조금 더 자주 하시는 편이 좋겠습니다."

"참견 마라!"

경원은 빽 소리치고 말았다.

객잔으로 돌아와 보니 백란은 자리에 없었고 월은 혼자 1층 주점에 앉아 술을 마시고 있었다. 소유는 지친 얼굴로 다가가 그의 맞은 편에 의자를 빼고 앉았다.

"낮부터 술이야?"

"여기 술 담그는 솜씨가 괜찮아."

월은 그녀를 보고 눈썹을 들며 빙긋 웃었다.

"우리 공주님 얼굴이 칙칙해졌는데. 일은 잘 됐어?"

"어휴, 말도 마."

소유는 월이 건네는 잔을 받으며 나지막하게 투덜거렸다.

"나 궁궐에 들어가게 생겼어."

월은 마시던 술을 그대로 입에 머금고 동작을 멈췄다. 소유는 그가 건넨 술을 마시고 한숨을 쉬었다. 씁쓸한 것이 목을 타고 내려가자 약간 머리가 시원해졌다.

"그게 무슨 말이야?"

잠시 후 그는 평소보다 약간 진지한 목소리로 낮게 물었다. 소유는 그의 얼굴 쪽으로 몸을 숙이고 사건 경위를 설명했다. 그는 이야기가 진전될 때마다 인상을 점점 더 찌푸렸지만 마지막에는 약하게 웃음을 터뜨렸다.

"그런 대어를 건져올 줄은 아무리 나라도 몰랐어. 대단한데?"

"몰라."

소유는 그에게 술을 한 잔 더 받아 마셨다. 월의 말이 옳았다. 이렇게까지 일이 잘 풀릴 줄을 누가 알았을까.

"경원 공자가 나한테 옷 갈아입고 오라는데, 사실 그러긴 해야지. 정 안 되면 미인계라도 써야 할 판인걸."

"미인계?"

월은 눈썹을 들었다. 그 웃다 만 얼굴을 보고 소유는 인상을 찌푸렸다.

"왜? 내가 못 쓸 것 같아?"

"아니, 너라면 충분히 쓸 수도 있겠지. 미인계는 역시 고운 자태와 사랑스러운 미소가 중요한 거 아니겠어? 고운 자태도 있고, 네 평소의 사랑스러운 미소를 보여드리면 못할 것도 없지."

그의 칭찬은 농담인지 아닌지 알기가 어려웠다. 물론 농담일 테지만. 소유는 입술을 살짝 비죽였다.

"옆구리 찔러 절 받기지만 고맙네. 어떻게 해야 할지 모르겠어. 아무리 별궁이라지만 입궐하는 건데 내 차림으로는……. 당신은 벼슬할 때 궐에 많이 드나들었을 거 아냐. 나 어떻게 입어야 해?"

"흐음."

월이 뭔가 대답하기 전 명랑한 목소리와 함께 소유가 앉은 자리 바로 옆 의자가 당겨졌다.

"누님, 다녀오셨습니까?"

백란은 상쾌한 얼굴로 눈을 반짝이며 웃었다. 그를 보자 마음이 편안해졌다. 소유는 웃으며 인사했다.

"그래, 백란이는 어디에 다녀왔니?"

"요 앞에 가서 사당패를 좀 보고 왔지요. 이국을 돌아다니는 사당패라고 하던데 과연 재미있는 게 많았습니다. 누님도 보셨으면 좋았을 것을."

소유는 웃음을 섞은 한숨을 쉬었다.

"그래, 백란이에게도 물어야겠구나. 내가 높은 분을 좀 만나 뵙게 되었는데, 차림을 어찌하는 게 좋을까? 내가 평소에 입는 옷은 예복이라고 말하기엔 좀 그렇지 않니."

백란은 고운 눈을 동그랗게 떴다.

"예? 누님, 어떤 분을 만나뵙기에 예복을 입으십니까?"

"공주님이 대궐에 입궁하신단다."

월이 느릿하게 뱉었다. 백란은 갑자기 울상이 되었다.

"예? 갑자기 그게 무슨 말씀이십니까? 누님, 대궐에는 신분이 높은 사내가 많을 텐데 누님의 화용월태를 보고 그대로 색시 삼겠다 나서면 어쩝니까? 아니면 혹 누가 벌써 누님이 하늘에서 내려오신 선녀인 줄 알아보고 색시로 삼는다고 한 겁니까? 제 옷을 마음대로 쓰셔도 좋으니 차라리 지금 이대로 가시지요. 아니, 지금도 너무 고우셔서 사내로는 아니 보이십니다만."

"왕족을 뵙는데 남복을 입고 가는 것은 너무 예에 어긋나잖니."

"미인계를 쓰려면 남복은 곤란하지, 그렇지?"

월이 놀리는 투로 거들자 백란은 당장이라도 울음을 터뜨릴 것 같은 표정이 되었다. 그 모습이 너무 귀여워 소유는 저도 모르게 웃음을 터뜨려 버렸다.

"미인계라고요? 누님, 누구에게요? 아니 됩니다!"

"농담이야, 애. 하긴 당장 예복을 내가 어디서 구하겠니."

월이 비파를 구해온 것처럼 어디서 슬쩍 비단옷을 빌려오지 못할 것도 없겠지만, 안 그래도 폐를 끼치고 있는데 그렇게까지 부탁을 많이 하고 싶지는 않았다. 소유는 술잔을 놓고 일어섰다.

"에이, 내일쯤 부르러 온다니 옷이나 깨끗이 빨아놔야겠다. 내가 내 옷을 입지, 누구 옷을 입겠어?"

"오셨습니까, 낭자."

어제 저녁 정 승상 댁의 심부름꾼이 전한 대로 아침에 나간 곳에는 검은 무복을 입은 청운이 서 있었다. 그는 늠름하게 고개 숙여 인사했다. 소유는 얼른 자신도 마주 인사했다.

"일이 이렇게 되어 참으로 감사하고도 송구합니다, 청운 공자."

"아닙니다. 낭자가 당하신 일에 어떻게 위로의 말씀을 드릴지 모르겠습니다."

그렇게 말하며 청운의 얼굴이 약간 붉어졌다. 그는 안쓰러움이 담긴 눈으로 잠시 소유를 본 뒤 예의 바르게 등을 돌렸다.

"이쪽으로 모시겠습니다."

아침 안개가 짙게 낀 궁은 고요한 잿빛이었다. 청운은 대궐 옆의 담을 끼고 돌아 한참을 걷더니 조그만 쪽문 앞으로 갔다. 쪽문 양쪽으로 큰 창을 든 군졸 두 명이 서서 엄숙한 얼굴을 하고 있었다.

"대군 마마의 손이시다."

청운은 그들에게 진중하면서도 딱 자르듯 쌀쌀맞은 목소리로 말했다. 군졸들은 고개를 숙이고 그들이 지나가도록 문을 열어주었다.

한 나라의 왕자가 지내는 곳의 출입구가 작은 쪽문이라는 것도 이상했지만 이 시간부터 청지기가 서 있다는 것은 더 이상했다. 청운은 그 뒤로도 세 개나 되는 문을 같은 방법으로 지났다. 마치 대갓집 안채로 들어가는 것처럼 곳곳이 막힌 심처深處였다.

소리를 내는 것이라고는 일찍 깨어난 새뿐이었다. 소유는 듣는 사람이 없는 곳에서 조용히 청운에게 물어보았다.

"청운 공자, 대군께서 지내시는 곳의 분위기가 어찌 이리 삼엄합니까?"

청운은 그녀를 돌아보지 않고 나지막하게 대답했다.

"이곳 설궁 곳곳에서 경비병들이 대군 마마의 일거수일투족을 지켜보고 있으니 자연히 이리 조용합니다."

그러고 보니 다른 사람들에게 이용당하지 않도록 보호한다는 핑계로 유폐된 사람을 만나러 가는 것이다.

"그러면 제가 대군 마마를 찾아뵙는 것으로 인해 마마께 폐를 끼치게 되지는 않을까요?"

"물론 낭자가 대군 마마를 찾아뵈었다는 사실은 보고가 올라갑니다만, 대군 마마께서 낭자의 사연을 듣고 흔쾌히 만나고 싶다 하시었으니 괜찮습니다. 심려치 마십시오."

겨우 하인 두엇이 마당을 쓰는 뜰을 지나 들어가니 소담한 정원이 나왔다. 정갈하고 잘 손질된 곳이었지만 어쩐지 그 산수에서 외롭고 쓸쓸한 정취가 느껴져 소유는 숨을 삼켰다. 청운은 멈춰 서서 그녀에게 당부했다.

"제가 들어가 대군 마마께 말씀을 올리겠습니다. 여기서 잠시 기다리고 계십시오."

"예, 공자."

모르는 곳에 혼자 남자니 마음이 불편했지만 그보다는 지금부터 만날 난양대군에게 어떤 모습을 보여야 하는지가 더 신경 쓰였다. 소유는 청운이 떠나자 생각에 잠겨 잠시 정원을 거닐었다. 풀어 키우는 귀한 새와 기묘한 화초가 안개 속에서 청량한 숨을 쉬었다.

피이이이이이이이이이……

어디선가 꿈결처럼 맑고 나지막한 소리가 들려왔다. 소유는 놀라 눈을 들었다.

누군가가 대금을 연주하고 있었다. 산들바람 속에서 일렁이는 잎사귀처럼 파르르 떠는 청아함.

피이, 피이, 피이이이이이이……

목구멍을 틀어쥐듯 숨 막히는 고상한 음률은 기이하게 오르내리며 정원을 가득 채웠다. 소유는 주위를 둘러보며 대금 연주자를 찾았다. 어디선가 새하얀 학 한 쌍이 날아와 그녀의 시야를 희게 채웠다.

학이 지나간 자리로 마법처럼 한 남자가 눈에 들어왔다. 소박한 정자에 앉아 홀로 대금을 부는 그 남자에게서 눈이 부실 정도로 고결한 품위가 느껴졌다. 길고 가느다란 손가락이 대금의 지공을 짚으며 곡조를 자아냈다.

흰 옷에 푸른 소매 끝동을 대고 머리에는 가벼운 관을 쓴 그의 얼굴은 대단히 아름답고 단정했다. 눈꽃처럼 싸늘하고 감흥 없는 표정이지만 음색을 들어보니 애절한 사연이 있는 모양이었다.

그 사연이 무엇인지는 깊이 생각할 필요도 없었다. 그가 바로 폐세자 난양대군이라는 것을 한눈에도 알 수 있었으므로.

긴 속눈썹을 내리깔고 대금을 연주하는 그와 어쩐지 슬픔을 나누고 싶은 마음이 들었다. 소유는 저도 모르게 해랑이 준 옥피리를 꺼내들었다. 그리고 그와 함께 연주했다.

피, 피, 피익, 피이이이이이이……

깊은 산 속의 여울물처럼 간지럽게 조잘거리는 음률이 반복되며 서로에게 섞여들었다. 남자는 소유가 연주를 시작했을 때도 놀라지 않고 그대로 자신의 연주를 계속했다. 학이 남자의 옆으로 날아들어 춤추듯 날갯짓했다.

혹시 선계란 이런 곳일까. 대금의 올올이 차고 묵직한 소리와 옥피리의 자유로운 떨림이 어우러져 시간이 얼마나 흘렀는지도 알 수 없었다. 그저 연주할수록 더 난양대군의 솜씨에 놀라게 되고, 연주할수록 더 빠져들어 소유는 무아지경으로 숨을 들이부었다.

원래대로 거문고를 연주했다면 두 현이 동시에 소리 내야 하는 곳에서 소유와 난양대군은 각각 높은 음과 낮은 음을 맡아 한껏 불었다.

"대군 마마."

청운이 달려와 소유 옆에 멈춰 서더니 정자 위의 난양대군에게 무릎 꿇고 인사했다.

"여기 계셨습니까."

난양대군은 눈을 뜨고 서늘한 눈으로 소유를 보았다.

"이 구중심처에서 이렇게 훌륭한 연주는 처음 들어보는구나."

"과찬이십니다, 마마."

소유는 그의 감정이 어떤지 전혀 읽을 수 없어 그가 칭찬을 하는 것인지 아니면 갑자기 왕족의 연주에 끼어든 대담함에 분노한 것인지 판단하지 못했다. 그저 고개 숙여 감사 인사를 하자 그는 정자에서 그녀를 내려다본 채 옷자락을 가다듬었다.

"처음 보는 얼굴이구나. 누구냐?"

"마마, 감히 제가 대신 고합니다. 제가 어제 말씀 올렸던 양소유 낭자이옵니다."

청운이 정중하게 대답했다.

난양대군은 빙긋 웃었다. 그의 아름다운 입술은 완벽한 반달이 되었다.

"손을 모시라 하고 나와 있었으니 내가 실례를 저질렀네. 심심파적으로 분 금^琴에 어울려 주어서 고맙다. 정 승상의 막내아들을 놀렸다더니 과연 대단한 솜씨일세."

어쩐지 그의 앞에서는 고개를 함부로 들어서는 안 될 것 같았다. 소유는 오랫동안 유폐되어 있던 그의 위엄에 내심 놀라며 고개를 숙였다.

"황공하옵니다."

"자, 들어가세. 가서 이야기를 나누세."

난양대군이 발걸음을 옮겼다. 그의 발이 옷자락을 차며 우아하게 움직이는 모양새에서 소유는 잠시 동안 눈을 떼지 못했다.

소유가 안내받은 별궁 사랑채도 정원처럼 대군의 성품이 드러나는 정갈한 분위기였다. 어제 청운에게서 듣기는 했지만 더 자세한 것을 알고 싶다는 대군에게 그녀는 자신이 아는 모든 것을 설명했다. 그리고 가만히 대군의 얼굴을 살폈다.

눈을 감고 잠시 뭔가를 생각하던 대군은 친절한 말씨로 말했다.

"듣자 하니 참으로 안쓰럽네. 내가 해줄 수 있는 것은 다 해주고 싶은 마음이 굴뚝 같으이. 하지만 이렇게 별궁의 담장에 둘러싸여 있으니 내가 할 수 있는 일에는 한계가 있다는 것을 총명한 자네 또한 짐작할 터."

"예, 마마."

평생 누구에게 주눅이 든 적이 없었는데, 대군은 하는 말 한마디 한마디에서 금덩이 같은 무게가 느껴졌다. 소유는 얌전히 대답하고 입술을 깨물었다. 대군은 그녀의 얼굴을 보고 입술을 당겨 웃었다.

"저런, 그리 긴장하지 말게나. 그래…, 내가 하고픈 말은 그걸세. 내가 자네 친우의 행방을 알아봐준다면 자네는 내게 무엇을 줄 텐가?"

"예?"

소유의 눈이 동그랗게 커졌다. 뭘 주겠느냐고? 왕자에게 그녀가 줄 수 있는 게 있을 리가 없잖나.

"듣지 못한 모양일세."

대군은 단단하게 웃었다.

"내가 자네를 위해 움직이도록 하기 위해 자네는 무엇을 내놓겠냐 물었네."

"마마."

소유는 난처한 얼굴로 대답했다.

"황공하오나 저에겐 아무것도 없습니다. 말씀 올린 것처럼 집도 가족도 모두 잃어 마마의 자비를 구하러 온 것이옵니다."

"하하."

대군은 가볍게 웃음을 터뜨렸다.

"어째서 그렇게 생각하나? 사람이 아무리 모든 물질을 빼앗기고 이 세상에 홀로 남았다 해도, 몸뚱이 하나는 제 것이 아닌가? 더군다나 자네는 먼 화주 땅에서 실낱같은 단서 하나를 찾아 장안의 이 별궁에까지 도달한 수완이 있지 않나?"

"황공하오나 마마."

소유는 약간 경계하며 대답했다. 몸뚱이라는 말에 청운도 잠시 대군을 보는 것 같았다.

"제가 여기까지 온 것은 좋은 사람들의 도움이 있었기 때문으로, 저 혼자였다면 결코 여기까지는 올 수 없었을 것입니다."

"하나 다른 모든 사람 또한 그러하네. 혼자 할 수 있는 일이 무엇이 있겠나?"

대군은 유쾌한 미소를 지우지 않았다. 그의 긴 눈에 이채가 어렸다.

"내게는 물질은 필요 없네. 이 담장 안에서 내가 가지고 싶은 재보는 모두 손에 넣을 수 있으니까. 다만 사람의 도움은 필요한데, 자네는 나를 위해 무엇을 할 수 있겠나?"

소유는 잠시 입을 다물었다. 두 번 생각할 것도 없었다.

"제가 할 수 있는 거라면 뭐든지 하겠습니다."

"뭐든지?"

그녀의 각오가 담긴 말에 대군은 한쪽 눈썹을 들었다.

"자네가 말하는 채윤이라는 자가 단순한 친구라면 그렇게까지 말하지는 않을 터. 자네가 찾는 자는 정인인가?"

"그것은 아니옵니다."

난양대군은 왜 그런 것을 묻는 것일까? 계속 갇혀 있느라 심심해서? 그보다 먼저, 왜 그녀에게 도움이 필요하다는 말 따위를 하는 것일까. 그에게는 부릴 수 있는 사람이 얼마든지 있을 터였다.

이해할 수 없었지만 소유는 성실하게 대답했다.

"채윤은 어릴 때부터 함께 자라왔으니 제 가족이나 다름없습니다. 오누이의 정이지 서로에게 다른 뜻은 없사옵니다."

"호오."

대군은 빙긋 웃으며 눈을 휘었다. 어쩐지 그 미소에 가슴이 서늘해졌다.

"마음 같아서야 자네 연주를 더 들려 달라고 하고 싶네만, 그보다 내게 급한 일이 있으니 그것을 청해야겠네."

"제 능력이 닿는 일이라면 뭐든 하겠습니다."

"그것 참 든든하군."

대군은 웃는 얼굴 그대로 소유를 똑바로 보았다.

"요즘 천인국 각지에서 도적떼가 들끓는 것을 알고 있나?"

"예, 마마."

"그래. 그 피해가 가장 심각한 것이 이 장안일세."

그거야 안다. 장안으로 오는 길에 보았던 모습을 떠올리며 소유는 고개를 갸웃했다. 하지만 별궁 깊은 곳에 있는 대군에게 도적과 관련해서 그녀에게 청할 일이 있을까?

"혹 궁에 도적이 들었습니까?"

"그것은 아닐세."

대군은 눈썹을 들고 웃었다.

"물론 궁에는 금붙이 대신 사람 목숨을 노리는 도적이 많긴 하지만 내겐 청운이 있지 않나. 청운이 나를 지켜줄 터이니 나는 도적떼를 겁내지 않는다네."

그렇게 말한 대군이 청운을 보았기 때문에 소유도 반사적으로 청운에게 눈길을 주었다. 청운은 어쩐지 약간 어색한 기색으로 눈을 내리깔았다.

"황공하옵니다, 마마."

대군은 시선을 소유의 얼굴로 다시 돌렸다.

"그래 나는 괜찮네만, 내가 존경하는 학자이자 옛 스승인 황 박사의 집에 도둑이 든 모양일세. 내가 꼼짝할 수 없으니 자네가 가서 도둑을 잡고 잃어버린 물건을 되찾아준다면 그간 내가 화주성 사건과 채윤이라는 자의 행방을 알아보고 있겠네. 어때, 괜찮지 않나?"

참 별일이었다. 소유는 머뭇거리며 물었다.

"말씀을 들으니 참으로 염려되는 일입니다, 마마. 스승의 일이라니 마땅히 마마께서 사람을 보내 살피심이 옳은 줄 압니다. 하온데 도둑을 잡는 일이라면 제가 아니라 금오위가 이미 알아보고 있지 않겠습니까?"

"아닐 게야."

대군은 잠시 눈을 번뜩였다가 아까처럼 친절한 미소를 지었다.

"자네도 가보면 알 테지만 아마 이러지도 저러지도 못하고 전전긍긍하고 계실 걸세."

"어째서입니까?"

"그건 가보면 알 테니 걱정하지 마시게."

대군은 길게 설명할 생각이 없는 모양이었다. 이상한 기분으로 소유는 고개를 숙였다. 대군은 우아하게 살짝 턱짓했다.

"좀도둑이라도 도적은 도적. 혼자 다니면 위험할 테니 청운과 함께 조사하게나."

"마마, 저에게는 마마를 호위하는 임무가 있사옵니다."

청운이 바로 깜짝 놀라 절했다. 그러나 난양대군은 단호하게 고개를 저었다.

"이 일의 중요성을 생각할 때 네가 가는 것이 맞다. 명령이니 양 소저를 수행해라."

확실히 장안 토박이와 함께 움직이는 것이 소유로서도 편했다. 청운은 아무래도 거부감이 드는 모양이었지만 잠시 후 얌전히 절했다.

"말씀 받잡겠사옵니다, 마마."

정 승상의 별채로 통하는 문은 열려 있었다. 청운과 함께 일단 별채로 들어선 소유는 놀라 얼빠진 목소리를 냈다.

"어?"

"어서 오세요, 누님!"

백란이 활짝 웃으며 그녀를 맞이했다. 경원의 대각선 자리에는 월이 앉아 우아하게 차를 마시고 있었다. 낯선 사람을 싫어한다던 경원은 정말이지 전혀 싫지 않은 얼굴로 새침하게 앉아 소유에게 말했다.

"낙양성 성주님의 두 자제분이 오셨다는데 대접도 하지 않을 수는 없지. 그래, 어떻게 됐어?"

소유는 백란이 가리키는 그의 옆자리에 앉으며 한숨을 쉬었다.

"일을 떠맡았습니다."

"무슨 일?"

월과 경원, 그리고 백란이 모두 의문이 담긴 얼굴로 그녀의 얼굴을 주목했다. 소유는 어깨를 으쓱하고 사정을 설명했다.

난양대군의 요청을 들은 경원은 혀를 찼다.

"도와주려면 돕고 말려면 말 것이지, 갑자기 웬 순라군 노릇을 하게 되었어?"

"경원아."

청운이 점잖게 인상을 찌푸렸다.

"마마께서도 입장이 있으시니 그리 말하지 말아라."

경원의 눈초리가 새초롬하게 쭉 올라갔다.

"네가 그분을 두둔할 입장은 아닐 텐데?"

청운은 대군을 모시는 몸이니 주인을 두둔하는 것은 자연스러운 일이었다. 소유는 경원의 말이 이해가 되지 않아 고개를 갸웃했다. 둘 사이에 무슨 사정이라도 있는 것인지, 청운도 대꾸하지 않고 침중하게 눈길을 내리깔았다.

소유는 손을 저어 분위기를 환기했다.

"아무튼 일을 맡기로 했으니 해내야지요. 황 박사님이 어떤 분인지 혹 아십니까?"

경원은 팔짱을 끼고 고개를 끄덕였다.

"두 박사와 함께 천인국에서 제일가는 대학자지. 글줄이나 읽는다면 누구나 그이 아래서 공부하길 원하고. 10년 전에는 두 박사와 함께 세자시강원의 교수였는데, 선대왕 승하 후 금상이 위에 오르시면서 벼슬을 떼였다던데. 두 박사는 진해국으로 망명했고 대군 마마의 곁에는 황 박사만 남아 있었는데 워낙 명망이 높아 대놓고 괴롭히는 자들은 없었지. 하지만 최근에 워낙 압력이 심해서 현 조정의 충신들과 자주 비밀스러운 자리를 갖는다는 소문은 있어."

소유는 무심코 감탄했다.

"외출도 하지 않는다는 분이 어찌 그리 잘 아십니까?"

경원은 눈썹을 들었다. 그녀의 칭찬이 약간 자랑스러운 눈치였다.

"한 나라의 승상부이니 소문은 듣기 싫어도 들려와."

이런 별채에서 음악이나 들으며 시간을 보낸다면서, 저 정도로 구체적으로 안다고? 소유는 그렇지 않을 거라는 짐작이 들어 저도 모르게 빙긋 웃었다. 경원은 자랑스러운 표정을 감추고 눈초리를 치켰다.

"왜? 내 말이 어디가 우스워?"

"아뇨, 그럴 리가 있나요. 경원 공자께선 자주 신경질을 부리시는데, 하루에 반 각 정도는 산책을 하시는 게 몸에도 정신에도 좋습니다. 가끔 나가시라고 전에도 말씀드렸지요?"

청운, 백란, 월이 거의 동시에 풋 소리를 내며 웃었다. 경원은 격노해 얼굴이 빨개졌지만 월이 접선을 소리 내 펼치며 소유를 곁눈질한 것이 먼저였다.

"우리 공주님이 벌써 경원 도령과 많이 친해진 모양이네?"

"그런 건 아니야."

소유가 아무렇지도 않게 자르자 경원은 어쩐지 김이 샌 것 같았다. 그는 다시 복숭앗빛으로 돌아온 뺨으로 입술을 비죽거렸다.

"아무튼 황 박사의 집에 다녀온 다음에야 네가 원하는 걸 알 수 있단 말이지?"

"네, 공자."

"흐음."

월은 나른하게 눈을 내리떴다.

"황 박사라면 나도 모르진 않지. 기회주의자는 아니지만 심지가 굳은 성품도 아니야. 등을 돌리려 한다 해도 이상하지 않아."

"그래?"

소유는 인상을 썼다. 청운은 좋지 않은 얼굴로 침음을 냈다.

월은 부채를 몇 번 접었다 펴며 따르륵 소리를 냈다.

"등을 돌리려는 속셈을 모르지 않을 텐데 널 그에게 보낸다니 수상해."

왕자에게 붙이기에는 무엄한 수식어였지만 청운이 입을 다물고 있었기 때문에 아무도 월을 나무라는 사람은 없었다. 소유는 난양대군의 모습을 떠올렸다. 그녀는 대화 중 단 한 번도 그의 속마음을 엿볼 수 없었다.

"수상해도 하는 수 없지. 일단 사건을 수사하러 가야겠어. 쇠뿔도 단김에 빼랬다고 오늘 다녀오는 게 좋겠지."

별궁에 다녀온 것이 워낙 이른 아침이라 아직 남의 집을 방문하고도 남을 시간이었다. 백란이 볼멘소리를 했다.

"누님 혼자 가시기엔 위험합니다. 장안의 길도 모르시잖습니까? 저도 함께 가렵니다."

"너는 이 일에 너무 직접적으로 얽히지 않는 게 좋다고 했잖니, 백란아. 아닌 말로 황 박사가 너에 대해 여기저기 말하고 다니기라도 하면 어떻게 하니?"

"그야 누님의 말씀이 지당하지만⋯⋯."

"그리고 혼자 가는 게 아니라 여기 청운 공자와 함께 간단다."

소유가 청운을 가리키자 모두의 시선이 이번에는 청운에게 쏠렸다. 월은 웃으려다 만 듯 찡그린 얼굴이었고 경원은 발칵 화를 냈다.

"청운, 왜 너와 함께 가?"

"마마의 명이서, 경원아."

청운이 한숨 섞인 목소리로 설명했다. 경원은 대단히 분한 듯 이를 악물었다. 소유는 그 얼굴과 감정을 알고 있었다. 채윤이 월에 대해 이야기할 때 그녀가 느꼈던 바로 그 마음이었다.

그렇게 얄미웠던 월에게 이렇게나 도움을 받고 지금은 같은 방에서 말을 주고받는 사이가 되다니 우습고 신기한 일이었다. 소유는 문득 채윤이 떠올라 울적해졌다.

대군은 채윤에 대해 얼마나 알아봐줄 수 있을까?

청운이 안내해준 황 박사의 저택은 과연 학자다운 풍모가 느껴지는 검소한 집이었다. 아니, 몇 개나 이가 빠진 기왓장을 보면 단순히 검소하기만 한 것은 아니었다.

"압력이 심하다는 게 무슨 말인지 알겠네요."

보아하니 사용인도 적은 것 같았다. 청운은 소유의 말에 담담히 고개를 끄덕였다.

"예, 낭자."

그는 궁에 갈 때도 그랬지만 황 박사의 집에 오면서도 쓸데없는 말이라고는 하지 않았다. 툭하면 종알거리는 경원과는 성격이 많이 다른 모양이었다.

무슨 말부터 꺼내야 하나 하고 대문을 기웃거리는데 마침 뜰에서 선비 같은 옷차림의 노인이 하인과 대화하는 소리가 들렸다.

"문단속 잘 하고 있거라."

"예, 마님."

"거 참, 찾아야 하는데, 찾으면 찾는다고 또 걱정이니⋯⋯."

"금오위에 신고하시는 게 좋지 않겠습니까요, 마님?"

"참⋯⋯."

소유가 청우의 귓가에 불쑥 입을 가져가자 그는 살짝 몸을 굳혔다. 그에게서는 신기하게도 솔향이 났다. 소유가 속삭였다.

"저분이 황 박사님인가요?"

그는 얼굴을 조금 붉혔지만 어색하나마 성실하게 대답해주었다.

"예, 낭자. 인덕으로는 천인국 제일이신 분입니다."

"그러면 제 말도 잘 들어주실 테니 잘되었네요."

소유는 대뜸 대문 안으로 발을 들였다. 황 박사와 하인이 놀란 얼굴로 그녀가 있는 쪽을 보았다.

"안녕하세요."

황 박사는 어이쿠, 하고 미소를 지었다. 월의 평가처럼 그는 그다지 심지가 굳어 보이지는 않았지만 인자하고 친절한 인상이었다.

"총기 넘치는 고운 처자께서 이런 누추한 곳에는 무슨 일로 오셨소?"

소유는 생긋 웃었다. 웃어서 나쁠 것은 없었다.

"평소 황 박사님의 고결한 인품에 대해 듣고 존경하고 있었사온데, 긴히 여쭙고 싶은 것이 생겼답니다. 외람되오나 대답해주실 수 있겠습니까?"

"허허, 허명이 요란하니 부끄럽소. 젊은이가 일부러 예까지 왔다는데 내가 대답 못 해줄 게 뭐가 있겠소?"

소유는 그 순간 한껏 걱정스러운 표정을 지었다.

"최근에 감히 박사님 댁에 든 간 큰 도둑이 있었다는 소문을 들었는데, 큰 피해는 없으셨는지요?"

황 박사는 약간 당황한 것 같았지만 금방 쓴웃음을 짓고 대답해주었다.

"별것이 다 소문이 되는구려. 별것 없는 학자의 집에 도둑이 들어봐야 무엇을 훔쳐 가겠소? 그저 서책이나 몇 권 없어졌을 뿐이고, 다다시 구할 수 있는 것이니 피해랄 것도 없소."

박사의 눈이 천천히, 소유의 뒤로 와서 선 청운에게 옮겨갔다. 그의 얼굴이 대번에 창백해졌다.

"⋯자네."

바로 알아본 모양이었다. 청운은 예의 바르게 고개 숙여 인사했다.

"오랜만에 뵙습니다, 황 박사님."

"청운 장군 아니신가? 허면 낭자는⋯⋯."

박사의 눈썹이 떨렸다. 소유는 천진한 목소리로 밝혔다.

"소녀 대군 마마의 명으로 찾아뵈었습니다."

"허허, 대군 마마께서⋯⋯."

어딜 어떻게 봐도 황 박사가 난양대군의 이름을 반가워하는 것 같지는 않았다. 월과 경원의 말을 생각하면 이상할 것도 없었다. 소유는 뻔뻔하게 설명했다.

"옛 스승님께서 곤란한 일을 당하셨으니 찾아뵙고 도와드릴 수 있는 것은 뭐든 도와드리라 명하셔서 왔습니다."

박사는 크흠, 하고 헛기침을 했다. 노골적으로 도망치고 싶어 하는 기색이었다. 내처 물으려던 소유를 향해 그는 손을 저었다.

"내, 내 미안하오만 나가던 길이라 그만 가봐야겠소. 돕기는 무슨. 마음만 감사하게 받겠다고 전해주시게."

"그럴 수는 없지요. 적어도 도둑맞은 물건이 무엇인지 정도는 확인할 수 있겠습니까?"

"어흠! 뭐, 굳이 하려거든야……."

박사는 불쾌하게 헛기침하고 그대로 대문을 통해 나가버렸다. 하인은 어쩔 줄 몰라 하며 소유와 청운을 번갈아가며 보았다.

집 주인이 반가워하지 않는다는 사실이 명백하다 해도 하인에겐 손가의 젊은 장군과 대군이 보낸 사절을 쫓아낼 담력이 없는 모양이었다. 소유는 빙긋빙긋 웃으며 하인에게 요구했다.

"박사님께서 허락하셨으니 도둑맞은 물건이 뭔지 더 자세하게 말씀해주시겠어요?"

하인은 눈을 두어 번 굴리다 고개를 숙였다.

"예. 서재로 모시겠습니다."

황 박사 저택의 서재는 몇 개나 되는 방과 복도를 거쳐야 나오는 깊은 곳에 있었는데 창밖에 바로 정원이 보여 시원했다. 장식된 연적과 필통에서 선비의 품격이 느껴졌다.

"일이 생긴 다음에 서재에는 어떤 사람들이 드나들었나요?"

소유의 질문에 하인은 눈을 굴리며 대답했다.

"사람은 거의 안 왔지요. 여기 드나든 사람이래야 주인마님, 저, 그리고 사립 탐정인지 뭔지 하던 젊은이 하나뿐입니다."

"사건 이후 서재 청소를 하셨나요? 자리를 옮긴 물건이 있을까요?"

"어이구, 아닙니다. 우리 마님 같은 덕 높으신 선비님 집에 도둑이 들다니 숭하잖습니까. 엄두가 안 나서 다 눈으로만 보고 손은 대지도 못했습죠."

"현장 보존이 잘 되어 있겠군요. 잘되었네요."

소유가 만족스럽게 고개를 끄덕이자 청운이 그녀에게 나지막하게 물었다.

"낭자, 원래 이런 일을 해본 경험이 많으십니까? 아주 능숙해 보이십니다."

"아뇨, 그냥 이런 걸 물어보면 될 것 같았어요."

소유는 후후 웃었다. 청운의 얼굴이 기묘하게 살짝 일그러졌다. 그녀는 하인에게 추가 질문을 했다.

"없어진 건 그래서 어떤 물건인가요?"

"예, 아가씨. 책 몇 권, 그리고 한 벌로 된 붓과 벼루가 없어졌습니다."

"책은 다 다시 구할 수 있는 거라고 아까 박사님이 그러셨죠?"

"저야 아는 게 없습니다만, 『사서삼경』처럼 애들도 보는 책이라고 그러시더군요."

"그럼 붓과 벼루가 혹시 값비싼 보물인가요? 가문에 전해 내려오는 물건이라든가?"

"어이구, 아닙니다. 두어 달 전에 제가 저자에서 사온 것인뎁쇼."

저자에서 파는 물건이라면 좋게 봐도 고급품은 아닐 것이다. 소유는 고개를 갸웃했다.

"혹 박사님께서 종이돈이나 중요한 편지를 책 사이에 보관하시는 습관이 있나요?"

"제가 함부로 서책에 손을 대지는 않아서 그런 건 잘 모르겠습니다."

하긴 그럴 것이다. 원래 어느 집에서든 서재는 하인이 함부로 드나드는 공간은 아니었다. 책장에는 먼지가 제법 쌓여 있었다. 소유는 인상을 쓰고 볼을 부풀린 채 책장과 책장 사이를 걸어 다녔다.

갑자기 이상한 모습이 눈에 들어왔다. 소유는 책이 한 권도 없는 선반 한 칸을 가리키며 물었다.

"여기, 이 자리에만 딱 잘린 것처럼 사각으로 먼지가 없는 걸 보니 네모진 걸 두셨던 것 같은데요. 나무가 눌린 걸 보니 여기 무거운 걸 오래 보관하셨나봐요."

"예, 아가씨."

하인은 잠시 머뭇거리다 대답했다.

"사방신함이 거기 있었습니다."

사방신함이라면 소유도 뭔지 알고 있었다. 한참 유행하던 신월국 식의 장난감 상자였다. 네 귀퉁이에 사방신을 상징하는 색의 사금파 리를 끼워 넣으면 열리는데, 어릴 적 진 부관의 집에서는 그 상자에 사탕을 보관했다.

어릴 때 그 보잘것없는 상자를 열려고 얼마나 머리를 썼던지. 소유 는 어쩐지 웃음이 나와 쿡쿡거리며 물었다.

"그러면 그 상자는 어디에 있나요? 비교적 최근에 자리를 옮긴 것 같은데요."

"예, 저, 그것이……."

하인의 얼굴이 좋지 않았다.

"실은 그것도 도둑맞았습니다요."

"네? 아까는 그런 말씀을 하지 않으셨잖아요."

"그게, 그게 참……."

말을 탐탁찮게 흐리는 것을 보니 뭔가 짚이는 게 있었다. 소유는 일부러 고압적으로 하나씩 짚었다.

"서재가 이리 깊은 곳에 있는데 일부러 여기까지 와서 책과 문방 구를 가져가다니 이상하지 않나요? 돈을 노린 도둑이라면 당연히 오는 길에 있던 사랑채에서 더 비싼 생활용품을 가져갔겠지요. 안채 도 바로 옆이었으니 거기로 가면 당연히 패물이 있었을 테고요. 백 번 양보해서 서재에 비싼 게 있다고 생각해서 도둑이 들었다고 해도 저라면 바로 저기 창가에 있는 연적부터 가져가겠어요. 빛이 맑은 걸 보니 값어치가 있을 것 같잖아요. 사방신함에 뭐 귀한 거라도 들어 있었나요?"

"아, 아니요. 내용물이 뭔지는 모르고… 그냥 쇠로 된 상자라 꽤나 무겁습니다."

청운은 그녀의 말을 듣고 곰곰이 생각하는 듯 고개를 끄덕였다. 하인은 불쌍한 얼굴로 질려서 소유를 바라보았다.

"바로 그래요. 사방신함은 집집마다 하나씩 있는 물건이고, 무겁기만 하지 아무도 그 안에는 귀한 걸 보관하지 않아요. 아주 고급스러운 사방신함이라면 또 모르지만 서재는 그런 물건을 두는 곳이 아니죠. 옥과 구슬로 치장한 상자라면 사랑채에 두었을 테니까요. 그런데 도둑이 하필이면 그런 걸 가져간 이유가 뭘까요?"

"예에?"

부유한 집에서야 서재에 온갖 보물을 두고 장식하기도 하지만 이 집에는 그런 여유가 있을 것 같지 않았다. 하인은 어쩔 줄 몰라 하며 눈을 굴렸다.

"이유라 하시면……."

"제가 보기에는 말이에요, 아저씨."

소유는 잔뜩 동정을 담은 목소리로 호소력 있게 속삭였다. 물론 의도된 연출이었다.

"누군가 황 박사님을 함정에 빠뜨리려고 한 것 같아요."

"예에에?"

하인의 눈이 커졌다. 관자놀이에 땀이 배어나오는 걸 보니 대단히 흥분한 모양이었다.

"우, 우, 우리 마님은 평생 당신 것이 아니면 손도 안 대는 분이신데 어떤 나쁜 놈이……! 아가씨, 그게 누굴까요? 그런 악한은 당장

물고를 내야지요! 안 그래도 우리 주인마님이 상자가 사라진 걸 아시고는 식음을 전폐하고 며칠을 앓아누우셨습니다!"

"범인이 누군지 찾으려면 조금 더 이야기를 들어봐야겠지요. 아저씨, 달리 짚이는 거 없으세요? 아는 대로 말씀해주세요."

하인의 땀이 금세 뺨을 타고 흘렀다. 그는 눈을 희번덕거리며 겁먹은 목소리로 입을 열었다.

"실은, 실은 이건 제가 잘못한 거라 주인마님께도 말씀을 못 드린 겁니다만⋯⋯."

나왔다! 소유는 한껏 경청하는 얼굴로 고개를 끄덕였다.

"네."

"저기, 실은 제가 그 도둑이 들던 날 잠결에 무슨 소리를 들었거든요."

"네. 말씀해보세요."

"잠결에 뭔가 쿵 하는 소리하고 비명 소리를 들은 것 같은데⋯ 당연히 그때 바로 일어났지요. 그래서 집 안을 살폈는데 별달리 이상한 게 없어서 그냥 다시 들어가서 잤죠. 개도 안 짖었고요."

"개가 안 짖었어요?"

"개가 안 짖었습니다."

어느새 소유와 하인은 서로의 눈을 들여다보며 결연히 고개를 끄덕이고 있었다. 소유는 물러서서 창가를 가리켰다.

"그럼 그날 밤에 비명을 지르고 당황했을 범인은 급히 도망치거나 숨었을 거예요. 그렇겠죠?"

청운이 약간 기운 빠진 목소리로 대답했다.

"예, 그렇겠지요."

"그럼 사람이 숨을 만한 곳과 문지방 따위를 다 뒤져봐요! 어떤 단서가 남아 있을지 모르잖아요?"

하인은 열성적으로, 청운은 민첩하게 서재를 수색하기 시작했다. 소유는 창살 하나하나를 살펴보며 서재에 뭔가 남은 것이 없는지 찾아보았다. 곧 청운이 그녀를 불렀다.

"양 낭자, 여기 뭔가 검고 미끈거리는 것이 묻어 있습니다만."

"그래요?"

하인과 소유는 청운이 가리키는 것을 보러 순식간에 모였다. 과연 그 말대로 병풍 뒤쪽에 검은 얼룩이 있었다. 소유는 그것을 만져보았다. 오랫동안 있던 얼룩이라기엔 묘하게 손에 잘 묻어났다.

"원래 여기 이런 게 있나요? 이 댁에선 먹에 물이 아니라 기름을 섞나요?"

하인은 식은땀을 닦으며 고개를 저었다.

"어이구, 그럴 리가요. 색을 보니 저희 집에서 쓰는 먹이 아닙니다."

소유는 손가락을 자신의 코에 가져가 냄새를 맡아보았다. 혀를 내밀어 맛까지 보려는 것을 청운은 질겁하며 말렸다.

"아니 됩니다, 낭자. 독일지도 모르잖습니까?"

"독을 이런 데 묻혀놓는 사람이 어디 있어요?"

"아무튼 무엇인지 모르니 입에 넣지는 마십시오."

그의 잔소리는 어쩐지 채윤을 생각나게 했다. 소유는 쓴웃음을 지었다. 청운은 그녀가 자기 말을 듣지 않을지도 모른다고 생각했는지 한 발짝 다가서서 엄격하게 말했다.

"조심하십시오."

놀리고 싶은 기분이 들기는 했지만 청운의 지적이 옳았다. 손가락에 묻어나온 검은 것에서 좋은 향이 나는 것 같았다. 소유는 생각에 잠긴 얼굴로 고개를 갸웃했다. 그때 가까이 있는 청운의 콧날이 문득 눈에 들어왔다.

단단한 콧날과 다부진 입술을 가진 청운은 워낙 키가 크고 몸이 든든해 대단히 믿음직한 느낌이었다. 지금 그가 따라온 것만으로도 이렇게나 마음이 편안한데, 청운에게 항상 보호받는 대군은 어떤 마음일까 싶어졌다. 다른 사람도 아닌 그를 딸려 보낸 것은 그만큼 황 박사의 일을 잘 해결해달라는 마음의 표현일까? 아니면…….

잠시 생각에 잠긴 새 청운의 곧은 눈이 그녀를 향했다. 청운은 조금은 난처한 듯 저어하며 물었다.

"…제 얼굴에 뭐라도 묻었습니까, 낭자?"

세상에, 아직 안 지 얼마 되지도 않은 남자의 얼굴을 빤히 바라보다가 들키다니. 소유는 얼른 청운의 뺨에 손을 뻗어 슬쩍 뭔가를 닦아내는 시늉을 했다.

"예, 공자. 먼지가 약간 묻어 있었는데 이제 털었으니 됐습니다."

"아…. 칠칠치 못한 모습을 보여 부끄럽습니다. 감사합니다, 낭자."

청운은 소유의 새침한 거짓말에 의심 한번 하는 기색 없이 넘어갔다. 소유는 청운에게서 눈길을 떼고 손에 묻힌 검은 것의 냄새를 몇 번 더 맡아보았다. 코를 킁킁거릴수록 확신이 들었다.

"아저씨."

멍하니 청운과 소유가 하는 양을 보던 하인이 눈을 깜박였다.

"예, 아가씨."

"이 댁에 혹시 따님이 계신가요?"

"우리 아씨는 10년도 더 전에 시집을 가셨지요. 마님도 우리 아씨 시집가시는 걸 보셨어야 했는데, 그만 혼례 치르기 전에 세상을 떠나셨으니……."

이야기가 길어질 것 같았다. 소유는 안타까워하는 표정으로 적당히 잘랐다.

"딱하네요. 그럼 이 댁에 사용인은 몇 명이나 되나요?"

"저희 집 사정 보시면 아실 테지만 몇 명 안 됩니다, 아가씨. 머슴이 두엇에 저하고 어린 계집종 하나가 있습죠."

"여자아이가 있어요? 몇 살인데요?"

청운은 아예 품에서 작은 헝겊을 꺼내 소유의 손에 쥐어주었다. 나중에 대강 손을 시냇물에 씻을 생각이었던 소유는 의외의 배려를 감사하게 받으며 헝겊에 검은 얼룩을 문질러 닦았다. 하인은 손을 꼽아보았다.

"올해 아홉 살 됐습니다."

"그렇군요."

나머지는 다 남자라는 말이다. 황 박사가 최근에 새로운 연구 소재를 발견한 것이 아니라면 이걸로도 충분했다. 소유는 고개를 끄덕였다. 어안이 벙벙해진 하인은 청운의 눈치를 슬쩍 보는 것 같았지만 청운도 영문을 모르겠다는 얼굴이었다.

"지체 높은 댁인데 일하는 사람은 적네요. 일하는 여자는 아홉 살짜리 어린애 하나면 피륙은 다 사서 쓰시나요? 기름 같은 것도 짜서 쓰려면 힘들겠네요."

"아, 예, 아가씨."

하인은 소유의 말에 성실하게 대답했다.

"기름이나 피륙 같이 필요한 물건은 가게 여는 전문 장이들에게 주문해서 다달이 들어옵니다."

"그럼 그런 사람들은 댁에 가져다주시는 거죠?"

"그렇죠, 저희는 일손이 모자라니까요. 항상 거래하는 곳이 있어서 서로 편하게… 뭐가 필요한지 언제 떨어지는지도 알고……."

그럴 줄 알았다. 소유는 고개를 끄덕였다.

"거래하는 가게들이 어딘지 좀 알려주시겠어요?"

저잣거리로 나갈 때까지 소유는 골똘히 생각에 잠겨 있었다. 청운
은 그녀가 무슨 생각인지 궁금한 것 같았지만 예의 바르게도 그녀의
상념을 방해하지 않고 가만히 따라와주었다. 소유가 문득 청운을 올
려다보았다.

"공자, 조금만 떨어져주시겠어요?"

"실례했습니다, 낭자. 제가 감히 너무 가까이 있었습니까?"

그가 소유와의 사이에 둔 거리는 남녀가 혼례 전에는 얼굴도 봐서
는 안 된다고 주장하는 극단적인 보수주의자가 아니라면 누구도 트
집 잡지 않을 정도로 벌어져 있었으나 소유는 웃으며 휘이휘이 손짓
했다. 청운은 두 걸음 더 물러났다.

"더요."

"예?"

"조금 더. 아니, 제가 괜찮다고 할 때까지 계속 뒷걸음질로 가주시
겠어요? 저 방향으로."

청운은 영문을 모르겠다는 얼굴이었지만 몸은 민첩하게 그녀의
말을 따르고 있었다. 다섯 걸음, 일곱 걸음, 열 걸음.

"이제 됐어요."

누가 봐도 일행으로 보기에는 무리가 있을 만큼 떨어지고 나서야
소유는 만족스럽게 선언했다. 청운은 난처한 표정을 지었다.

"낭자, 이 거리는 여차할 때 제가 낭자를 지키기에는 너무 멉니다."

"하지만 그 정도는 떨어져 계셔야 해요."

"어째서입니까? 아니, 혹 제가 불편하시다면 여자 호위를……."

"그런 게 아니고요."

소유는 빙긋 웃었다.

"제가 생각이 있어서 그러니까 잠깐만 그렇게 떨어져 계셔요. 예?"

청운은 하는 수 없이 고개를 끄덕였다.

"예."

그가 물러서자 소유는 바삐 주위를 둘러보며 저잣거리 구경을 시작했다. 과연 장안에는 신기하고 값비싼 물건을 파는 가게가 많았다. 다만 가끔 골목 사이사이로 얼굴을 내미는 꼬맹이들은 화주의 개구쟁이들보다 훨씬 작고 피골이 상접해 보기 안쓰러웠다.

"어이쿠!"

여러 사람이 오가는 통에 양손에 작은 단지를 들고 옮기던 남자가 소유와 부딪쳐서 휘청했다. 소유는 그대로 넘어져 뒤로 엉덩방아를 찧었다. 남자는 크게 당황해 단지를 내려놓고 얼른 그녀를 일으켜주었다. 그에게서 고소한 냄새가 났다.

"죄송합니다, 아가씨. 제가 그만……."

"아네요. 다치지도 않았는걸요."

소유는 웃으며 옷을 탈탈 털어 보였다. 그리고 호기심 어린 눈으로 남자를 올려다보며 물었다.

"짐 무거워 보이네요. 뭘 옮기시는 거예요?"

"주문받은 기름이죠."

"아, 혹시 여기 기름 가게에서 일하는 분이세요?"

소유는 마침 옆에 쪽문을 열어놓고 문 옆에는 기름이라는 글자가 쓰인 등을 매달아놓은 작은 가게를 가리켰다. 남자는 뺨이 움푹 들어갔고 눈이 희번덕거렸지만 충분히 몸이 건장했고 선하게 웃었다.

"예, 아가씨. 저희 가게예요. 기름 사시게요?"

"네. 지금 바쁘세요?"

"아이고, 손님이 먼저죠. 배달은 나중에 가도 되고요."

남자는 단지를 사람들의 발에 채이지 않는 곳에 잘 놓았다. 그가 발을 살짝 절름거리는 것을 소유는 흥미로운 눈으로 보았다.

"뭘로 드릴까요? 식용으로 드릴까요, 제사용으로 드릴까요, 아니면 화장용으로 드릴까요?"

"화장용이요. 눈썹을 그려보려고 하는데 어떻게 하는지 모르겠어요. 무슨 기름을 사야 하나요?"

"눈썹먹은 저희도 팔아요, 아가씨."

남자는 얼른 쪽문 안쪽으로 들어가더니 단지 달그락거리는 소리를 내다가 조그만 조개 모양 그릇 두 개를 가지고 나왔다.

"저희 집은 기름집이니까 진짜 좋은 유채기름, 아니면 동백기름에 고급 숯가루만 넣어서 만들어요. 기름만 사셔서 만들어도 되는데 처음 그리시는 거면 이렇게 만들어서 파는 물건도 좋습니다. 이렇게 젊고 예쁜 아가씬데, 좋은 거 쓰셔야죠."

"말씀만 들어도 감사하네요. 항상 집에서 공부만 하느라 화장도 아직 못 해봤어요. 그럼 유채기름으로 하나 주세요."

"공부하시는구나."

기름 가게 주인은 아마도 유채기름으로 만든 눈썹먹이 들어 있을 그릇을 소유에게 내밀고 반가운 표정을 지었다.

"부모님이 아주 품위 있게 잘 가르치시나봐요. 글공부를 하시는 건가요?"

"잘은 못하지만 제 이름 쓰는 법 정도는 익혔어요."

소유가 눈썹먹을 받아들며 얌전하고 천진하게 웃자 기름 가게 주인은 나머지 그릇을 집어넣고 그녀에게 가까이 오라고 손짓했다.

"그러면 궁금한 것 좀 물어봐도 될까요? 모양은 대강 알겠는데 뜻을 모르겠어요."

"제가 아는 거라면요."

기름 가게 주인은 품에서 기름으로 푹 젖은 더러운 헝겊을 꺼냈다. 그 헝겊에는 동서남북의 네 글자가 각 방위에 맞춰 쓰여 있었다. 글씨가 유치하여 글을 모르는 사람이 대강 흉내만 냈다는 것이 바로 느껴지는 모양새였다.

소유는 친절하게 그 헝겊을 받아들고 하나씩 짚어주었다.

"이쪽에서부터 순서대로 돌아가면 동녘 동, 남녘 남, 서녘 서, 북녘 북이에요. 각 방위의 수호신으로 따지자면 청룡, 주작, 백호, 그리고 현무 순이죠. 각 수호신한테는 또 상징색이 있어서 파란색, 빨간색, 하얀색, 그리고 검정색 사금파리를 넣으면 상자가 열려요. 이제 아시겠죠? 그래서 잠근다고 할 것도 없기 때문에 사방신함에는 중요한 보물을 숨기지 않는 거예요. 아무리 잘 만들었어도 그건 그냥 장난감이죠."

"예, 아가씨. 덕분에 열 수……."

기름 가게 주인은 갑자기 입을 다물었다. 그의 얼굴이 파랗게 질렸다.

소유는 다른 사람들에게 들리지 않게 다정하게 말했다.

"그래도 지체 높은 분 댁인데, 전에는 높은 벼슬을 하셨다는 분이고 이름이 널리 알려진 분인데 그런 분 댁이라면 뭐라도 있겠다 싶었죠?"

"아, 아아아아아가씨, 지금 무, 무슨……."

"숨기려고 할 거 없어요. 다 아니까. 우리 쉽게 쉽게 가요. 저는 물건을 꼭 찾아서 황 박사님께 돌려드려야 하는 이유가 있거든요."

"아니, 그게……."

"얼른 돌려주면 아저씨가 그랬다는 건 비밀로 해줄게요."

상대가 말할 틈을 주지 않고 소유가 빙긋 웃자 기름 가게 주인은 얼굴이 하얗게 질렸다 푸르죽죽해졌다 하며 한참을 어버버거렸다. 그러다 주위를 둘러보고 나서 풀이 죽어 말했다.

"…알겠습니다. 저기 집 뒷문으로 가 계시면 이따가 돌려드릴게요. 여기는 보는 눈이 많아서……."

"네, 그렇겠죠."

기름 가게 주인은 완전히 기가 죽어서는 치워둔 기름 단지를 들고 어딘가로 가버렸다. 소유는 느긋하게 돌아 뒤쪽 골목을 향했다.

사람이 적은 뒷골목으로 접어들자마자 청운이 어디선가 나타나 말했다.

"대단하십니다."

그가 경계를 늦추지 않고 잘 따라오고 있으리라는 것을 알고 있었다. 소유는 놀란 티를 내지 않고 여유롭게 대답했다.

"과찬이셔요."

"아니, 그자가 범인인 것을 어떻게 아셨습니까? 대단한 지모이십니다. 저 같은 자가 보기엔 신선의 도술 같습니다."

신선이라는 말을 들으니 우스웠다. 소유는 쿡쿡 웃었다.

"정말로 도술일지도 모르죠. 어떻게 생각하세요?"

농담이라고 생각했는지 청운은 가벼운 바람 같은 웃는 소리를 한 번 냈다.

"놀리지 마시고 가르쳐주십시오. 그자가 범인인 것을 어찌 아셨습니까?"

"궁금하면 이것 냄새 한번 맡아보실래요?"

소유는 기름 가게 주인이 값을 받을 정신도 없었던 유채기름 눈썹먹 그릇을 청운에게 내밀었다. 그는 그것을 받아들어 향을 맡아보고 뭔가 깨달은 얼굴을 했다.

"이 향은……."

"황 박사님 댁에 남몰래 눈썹을 짙은 검은색으로 칠하는 취미가 있는 사람이 사는 게 아닌 이상 범인은 외부인이겠죠. 그것도 눈썹먹을 만질 일이 있는 사람. 여자라고 무거운 걸 못 드는 건 아니지만, 일부러 그 무거운 사방신함을 골라 들고 갔다는 점에서 성인 남자가 범인일 확률이 높지 않을까 하고 어느 정도 예측은 했어요. 게다가 병풍 뒤 벽에 이마를 문지른 건 아닐 테고, 도둑질하면서 한 껏 화장을 하고 오지도 않았을 테고. 그러니 몸에 자기도 모르게 눈 썹먹이 묻어 있을 확률이 높은 성인 남자. 개가 짖지 않았다니 자주 드나드는 사람이었을 테고, 그럼 일상품을 납품하는 장사꾼이 아닐 까 했어요. 박사님을 난처하게 하고 싶은 전문가가 도둑이었다면 제 모든 추리가 물론 쓸모없는 거지만, 전문적인 도둑이 눈썹먹을 왜 묻히고 다니겠어요?"

청운은 감탄하며 눈을 크게 떴다.

"그래서 바로 기름 장수가 범인이라고 생각하신 겁니까?"

"그 댁에서 화장품 장수를 들이진 않을 것 아녜요?"

"영명하십니다."

왕족을 지키는 임무를 맡은 실력자에게 그런 칭찬을 들으니 기분 이 좋아졌다. 청운은 머뭇거리다 더 물었다.

"한데 혹시 기름 장수에게는 일부러 부딪치신 겁니까?"

"네. 보니까 다리를 절기에 사방신함을 떨어트렸을 때 다친 게 아 닐까 했죠. 역시 다친 지 얼마 안 돼서 아직 걸음이 어색한 것 같았 어요. 혹시 제 행동이 이상했나요?"

"아뇨, 저도 모르게 뛰쳐나갈 뻔했습니다. 훌륭하셨습니다."

기름 가게 뒷문은 평소 식구들이 드나들 때 쓰는지 앞문 쪽보다 훨씬 생활감이 있었지만 굳게 닫힌 상태였다. 화주에서는 이렇게 집 뒷문이 닫힌 것을 본 적이 없었다. 장안에서는 오랫동안 알아왔을 같은 골목 식구들마저 드나들지 못하게 해야 할 정도로 모두의 인심 이 그악스러운 것일까.

"그런데 너무 순순히 돌려준다고 한 것 아닙니까?"

"저도 그게 이상하다고 생각은 하는데……."

마침 기름 가게 뒷문이 삐걱 소리를 크게 내며 열렸다. 그러나 뒷문을 통해 나온 사람은 기름 가게 주인이 아닌 한눈에 보기에도 체격 좋은 남자 둘이었다. 그들은 소유와 청운을 보자마자 험악하게 인상을 쓰며 물었다.

"네놈들이 우리 형님을 괴롭혔다고?"

"괘씸하게, 자리를 봐가며 누워야지!"

어쩐지 너무 쉽다고 생각했다. 소유는 쓴웃음을 지었다. 황 박사를 안심시키려고 검을 놓고 온 상태였지만 두렵지는 않았다.

퍽, 퍽. 곧 사태는 정리되었다. 청운은 자신이 나서기도 전에 힉, 윽, 하는 비명을 지르며 고꾸라지는 두 남자를 보고 혀를 내둘렀다.

"이 여자는 뭐야?"

"윽, 우웩!"

소유는 남자들을 내려다보며 자신의 손목을 풀었다. 명치와 목젖을 제대로 때렸으니 기운을 차리려면 시간이 좀 걸릴 것이다.

"이봐, 나는 너희 형님을 괴롭힌 게 아니라고. 가져간 물건을 돌려달라고 온 것뿐이야. 게다가 본인이 온 것도 아니고 동생들을 내보내다니 심보가 고약한데? 그렇게 안 생겨서는."

"우리 형님이 뭘 가져갔다는 거야!"

"말도 안 되는 억지를 쓰다니!"

바닥에 뒹굴던 두 남자는 이를 북북 갈며 욕지거리를 했다. 그때 지붕 너머로 벽돌 한 장이 날아왔다.

"위험합니다, 낭자!"

벽돌을 보고 움찔한 소유 앞으로 어느새 청운이 나서 날쌔게 검을 뽑았다. 언제 휘둘렀는지도 모르게 초승달 같은 곡선을 그린 그의 검이 벽돌을 두 장으로 베어버렸다.

"히이익!"

집 안쪽에서 낯익은 목소리가 헛바람을 삼키는 것이 들렸다. 소유는 자존심이 상해 입술을 내밀었고 그 얼굴을 본 청운은 알아서 집 안으로 들어가 기름 가게 주인의 멱살을 잡아끌고 나왔다.

"사, 살려주세요!"

청운이 험악하게 바닥에 패대기친 힘에 그대로 무릎이 꺾인 기름 가게 주인은 벌벌 떨며 호소했다. 소유는 투덜거렸다.

"저는 좋게 좋게 하려고 했는데, 먼저 힘을 쓰려고 한 건 아저씨잖아요?"

"고, 고리대 때문에 그랬어요, 이자를 갚을 수가 없어서! 제, 제제 제제제발 용서해주세요, 두 분 나으리……!"

"형님!"

목젖을 맞았던 남자는 기름 가게 주인의 말에 오히려 놀란 얼굴이었다.

"그럼 형님이 진짜로 물건을 훔치셨어요?"

"그, 그랬어!"

기름 가게 주인은 손을 벌벌 떨고 악을 썼다.

"가가가가, 강 대감님이 이틀 내로 이자를 내지 못하면, 그러면, 집사람하고 애들을 팔아버린다고 했어요, 노비로 팔아버린다고 했어요! 그그그러면 저는 못 살아요. 집사람하고 애들을 노비로 내주고 어떻게 살아요……!"

고리대? 대체 얼마나 잘난 돈을 빌려줬기에 사람을 노비로 판다는 말인가. 소유는 어이가 없었고 청운은 인상을 찌푸렸다. 쓰러져 있던 남자들도 엎드려 죽을힘을 다해 빌기 시작했다.

"제발 한 번만 용서해주세요, 선녀 같은 아씨, 높으신 나으리……."

"저희 형님이 절대로 남의 물건에 손을 대고 발 뺄 수 있는 사람이 아닙니다."

"저하고 아내도 굶주림을 못 참고 부잣집 종으로 들어갔는데, 매일 산해진미로 밥상을 차려봐야 배부르게 밥 한 끼 먹을 돈도 없습니다."

"한 번 노비로 팔리면 딸도 아들도 다 노비가 되는데 어떻게 그 꼴을 봅니까……."

"가게도 강 대감 거라서 가게 세를 내고 나면 남는 게 없어요. 기름을 짤 때마다 피고름을 짜는 기분이에요, 나으리, 아씨……."

이렇게 되니 난처해졌다. 소유는 청운을 보았고 청운은 그녀의 시선을 피함으로써 그들의 말에 신빙성이 높음을 인정했다. 그녀는 한숨을 쉬었다.

"사정은 딱하게 됐는데요. 어차피 훔쳐간 물건은 값어치도 별로 안 나가는 거예요. 일단 그건 저한테 정말 중요한 거니까 돌려주시면 좋겠어요."

말하면서도 입안이 까끌거렸다. 자신에게 이들을 도울 수 있을 정도로 큰돈이 있었으면 얼마나 좋았을까. 소유는 속이 상했다.

그때 청운이 한 걸음 나섰다.

"남의 물건을 훔치는 것은 안 될 일이니 물건을 돌려주십시오. 그리고 여기, 이 낭자가 산 눈썹먹 값을 지불할 테니 받으십시오."

그의 손에는 척 봐도 돈이 잔뜩 든 주머니가 들려 있었다. 기름 가게 주인은 그것을 받고 엉엉 울며 주둥이를 열어보았다. 소유는 그 안에서 은빛 광채가 나는 것을 보고 깜짝 놀라 청운을 쳐다보았다.

"이, 이건 눈썹먹 값으로는 너무 많습니다."

기름 가게 주인은 어느새 눈물이 쏙 들어간 듯 깜짝 놀란 얼굴로 고개를 저었다. 청운은 담담하게 말했다.

"지금 가진 것이 그것뿐이니 그것으로 지불하겠습니다. 거스름돈은 언젠가 받으러 올 테지만 다시는 도둑질을 해서는 안 됩니다."

돌아서 나오는데 하늘이 얄미울 정도로 푸르렀다. 흰 뭉게구름이 천천히 흘러가는 모습이 평화로워 오히려 한숨이 나왔다.

소유는 말없이 그녀의 옆을 걷던 청운에게 풀 죽은 목소리로 물었다.

"고리대라는 게 정말 말처럼 비싸요?"

"예."

그의 목소리는 아까 그녀의 지혜에 찬탄하던 때와는 사뭇 달랐다.

"하지만 비싼 것보다 더 큰 문제는 요즘 억지로 고리대를 빌려주는 부자가 많아졌다는 거겠지요."

"네?"

화주에도 고리대를 빌려주는 사람이 있긴 했지만 억지로 돈을 빌려준다는 개념은 처음 들어보는 것이었다. 소유는 놀라서 눈을 동그랗게 떴다.

"어떻게 돈을 억지로 빌려줄 수가 있어요?"

"굶주린 사람들에게 사소한 핑계로 적은 돈을 빌려주면 그 뒤로는 손을 쓸 것도 없지요. 하루 벌어 하루도 못 먹는 사람들이 아무리 적은 돈이라도 갚을 길이 있을 리 없고, 한번 돈을 빌려 봤으면 아무래도 계속 더 큰돈을 빌리기 쉬워지니까요."

"그러면 돈을 못 갚는다는 거잖아요."

"예."

그게 말이 되는 건가? 소유는 인상을 쓰며 고개를 갸웃했다.

"그런데 왜 돈을 빌려줘요? 못 받을 텐데."

"처음부터 돈을 갚을 거라고 기대하고 빌려준 게 아닙니다."

"그럼 왜 빌려주는데요?"

청운은 한 번 눈을 내리깔고 깊은 한숨을 쉬었다.

"노비 장사가 목적이지요. 국법에 따라 부모 중 한 명이 노비면 그 자식도 노비가 됩니다. 영영 그 자손들까지 노비로 부릴 수 있다면 돈을 빌려준 사람 입장에서는 큰 이득이니까…….”

“말도 안 돼요!”

청운이 말을 맺기도 전에 소유가 큰 소리를 질렀다.

가슴이 답답하고 머리가 어지러웠다. 귓전에서 벌이 윙윙거리는 듯한 소리가 들렸다. 그녀의 새빨개진 얼굴을 본 청운의 눈이 흔들렸다.

“낭자?”

“말도 안 돼. 어떻게 굶주린 사람이 그 꼴이 될 때까지 아무도 안 도와줬어요? 자손까지 대대로 노비가 된다는 걸 알고도 돈을 빌려 입에 풀칠을 하도록 내버려뒀어요? 나라에서 환곡 제도는 왜 만들었는데요? 그리고 그렇게 고리대를 핑계 삼아 남을 함부로 노비 삼는 걸 규제하지도 않고 내버려뒀어요? 저렇게, 뭐가 비싼 건지 아닌지도 모르는 어리숙한 기름 장수가 기름을 짜는 게 자기 피고름 짜는 것 같다고 할 때까지?”

소유의 눈시울이 뜨거워졌다. 청운은 그녀에게 뭐라고 말을 하고 싶은 듯 입술을 몇 번 벙긋거렸지만 이내 시선을 돌렸다.

청운은 잘못이 없었다. 이렇게 그 앞에서 화를 내봐야 아무 의미도 없을 터였다. 그보다 더, 이 말을 들어야 하는 사람이 있었다. 많이 있었다. 소유는 눈물을 거칠게 문질러 닦고 화제를 바꿨다.

“그 상자 무겁죠?”

청운은 기름 가게 주인이 돌려준 사방신함과 서책 따위를 직접 끌어안아 옮기고 있었다. 그는 눈을 잠시 크게 떴다가 담담하게 고개를 저었다.

“크게 무겁지는 않습니다.”

“설마. 아까 기름 장수 아저씨도 돌려주면서 무거워했잖아요. 정말 힘이 세신가 봐요. 하긴 벽돌도 자르시는 걸 보고 정말 감탄했어요."

"왕족의 호위무사는 돌보다 더한 것도 막아야 하니 당연히 그 정도는 해야 합니다. 변변찮은 솜씨로 감히 자랑했으니 부끄럽습니다. 저보다 맨손으로 그자들을 제압한 낭자의 실력이 대단하십니다."

"운이 좋았죠."

소유는 빙긋 웃었다.

"그러고 보니 청운 공자께선 어떻게 대군 마마를 모시게 되었나요? 박사님은 공자를 장군이라고 부르셨죠? 젊으신데 대단하세요."

"아……."

청운은 눈을 몇 번 깜박이고 대답했다.

"저는 초왕 전하께 명을 받아 대군 마마를 모시게 되었습니다. 부족한 솜씨를 전하께서 높이 사주신 것뿐, 대단할 일은 아닙니다."

금상이 그를 대군의 호위로 붙였다고? 이렇게 믿음직하고 성실하고 집안 좋은 사람을 호위로 붙여놓다니, 조카를 별궁에 가둬놓고 감시하는 삼촌이 한 것치고는 희한한 인선이었다. 청운은 더 설명하지 않고 입을 다물었다. 딱히 기뻐하는 눈치도 아니라 소유도 더 캐물을 수가 없었다.

그녀는 상자를 가리켰다.

"아무튼 그 상자에 뭐가 들었는지 궁금하네요. 책, 붓, 벼루는 다 정말 흔한 물건이잖아요. 사방신함에 뭘 넣어두었기에 황 박사님이 그렇게 신경을 썼을까요?"

"글쎄요, 모르겠습니다."

청운은 그답게 전혀 궁금하지도 않다는 눈치로 대꾸했다. 소유는 빙긋 웃으며 멈춰 섰다. 기름 장수가 하필 이 사방신함을 골랐다는 점에서 그녀는 황 박사가 특별히 그것을 아끼는 모습을 보이지 않았을까 하는 의심을 하고 있었다. 어쩌면 난양대군 또한 사방신함의 내용물에 관심이 있어 그녀를 보낸 것인지도 몰랐다. 그렇다면 확인해서 나쁠 것도 없었다.

"잠깐 열어봐요, 우리."

"낭자가 원하신다면."

청운은 순순히 사방신함을 소유가 만지기 좋은 위치로 들어 올려 주었다. 소유는 사방신함 위쪽의 세공을 몇 번 만져보다가 작은 서랍이 끼워져 있는 것을 발견했다. 앙증맞은 서랍을 당겨 열자 안에서 네 가지 색의 둥근 유리구슬이 나왔다.

"확실히 이 상자는 좋은 물건인 것 같네요."

유리를 쓰다니. 그녀는 서랍을 도로 닫고 사방신함의 각 면에 맞는 색의 구슬을 끼워 넣었다. 돋을새김한 주작의 턱 아래, 청룡의 손아귀, 백호의 이마, 그리고 현무의 등껍질에 구슬이 모두 들어가자 딱 소리가 나며 잠금 장치가 열리는 소리가 들렸다.

소유는 사방신함의 묵직한 뚜껑을 들었다. 열자마자 내용물을 덮은 흰 명주가 보였다.

"잠깐만요."

소유는 뚜껑을 바닥에 내려놓고 명주를 들었다. 그리고 그 아래 든 순백의 옥패를 보고 눈을 깜박였다. 청운의 얼굴색이 변했다.

"이게 뭐죠?"

반 뼘 너비의 옥패는 복잡한 눈꽃 모양으로 세공되어 있었고 아래에는 술이 달려 찰랑였다. 척 보기에도 예사 물건이 아니었다.

청운은 천천히 입을 열었다.

"선대왕의 상징이었던 문양이니 아마 이전에 선대왕께서 직접 하사하신 옥패일 겁니다. 공적이 큰 신하가 아니면 이런 물건을 받기 어려우니 황 박사님께서 잃어버리고 식음을 전폐하실 만도 하군요."

사방신함에 비싼 물건을 숨겨두는 사람이 없다고 했던 소유의 추리가 온통 뒤틀리는 순간이었다. 옥의 값어치만 하더라도 상당할 것이다. 그녀는 얼른 명주로 다시 옥패를 덮고 사방신함의 뚜껑을 덮었다. 그리고 모래를 털어내는데 그간 무슨 생각을 하는 것 같던 청운이 몸을 돌렸다.

"황 박사님이 기다리고는 계시겠습니다만, 우선 정 승상님 댁에 들렀다 가는 게 좋겠습니다. 경원이에게 확인할 것이 있습니다."

"네, 공자."

이쪽도 궁금한 것이 있었다. 소유는 얼른 청운과 함께 정 승상의 저택 쪽으로 방향을 틀었다.

별채로 들어가기도 전에 정원을 가로질러 오는 청년의 모습이 보였다. 경원은 종종걸음으로 다가오더니 턱을 들며 물었다.

"잘 다녀왔어? 별일은 없었고?"

웬일인가. 소유는 아는 곳으로 돌아오자 어쩐지 숨이 탁 놓인다고 해야 할까, 기분이 편안해져서 감사 인사를 했다.

"걱정해주셔서 감사합니다, 공자. 잘 다녀왔습니다."

"너 말고 청운 말이야. 누가 널 걱정해?"

소유가 울컥하는 사이 청운은 슬며시 쓴웃음을 지었다.

"낭자의 지혜 덕에 일이 잘 해결됐어, 경원아. 그렇게 말하지 마."

"너 지금 내 앞에서 저 여자를 편드는 거야?"

경원은 청운의 역성에 도리어 부아가 치민 모양이었다. 소유는 그저 툭 던지듯 화제를 돌렸다.

"청운 공자, 경원 공자께 확인할 게 있다고 하셨지요?"

"아, 예. 경원아, 별채로 들어가자."

경원은 팩 돌아서 먼저 별채로 향했다. 청운과 소유는 그 뒤를 따라 별채 안으로 들어갔다. 꽃나무 그늘이 아름답게 진 별채에서 차를 마시던 월과 백란이 그들을 맞아주었다.

"오셨습니까, 누님."

"왔어?"

백란이 얼른 소유가 앉을 자리를 마련해주었다. 소유는 백란이 이
끄는 대로 그의 옆에 앉아 한숨을 푹 쉬었다. 백란은 울상이 되어 그
녀에게 물었다.

"왜 그러십니까, 누님? 무슨 일이 있으셨습니까? 역시 제가 따라갔
어야 하는 게지요?"

"애는. 그런 거 아니야."

소유는 고개를 저었다. 일을 어떻게 설명해야 하나 고민하는 것만
으로도 마음이 무거웠다.

다행히 사람들의 시선은 청운이 내려놓은 사방신함에 쏠렸다. 경
원이 고양이 같은 눈을 치켜뜨며 함을 쳐다보았다.

"사방신함 아니야? 이게 뭔데 가져왔어?"

"황 박사님이 도둑맞으셨다는 게 이거였어요."

소유의 설명에 월이 머리칼을 찰랑이며 고개를 갸웃했다.

"의뢰받은 물건을 찾았는데도 원 주인에게 돌려주지 않고 일부러
가져왔다는 건 공주님한테 뭔가 생각이 있다는 거겠지?"

"내가 아니고 청운 공자가 경원 공자에게 확인하고 싶은 게 있다
고 하셔서."

경원은 무릎에 팔꿈치를 괴고 그 위에 갸름한 턱을 얹었다.

"그래, 뭔데?"

청운은 우선 묵직한 손놀림으로 사방신함의 뚜껑을 열었다. 물결
무늬가 은은하게 감도는 명주를 걷어내자 옥패가 다시 우아한 빛을
냈다. 월은 인상을 썼고 경원은 눈썹을 들었다.

"선대왕의 옥패잖아?"

"네가 보기에도 그렇지?"

"너희 집에도 있을 거 아냐. 아버님 방에서 본 적이 있어. 흥, 과연."

청운의 조심스러운 확인에 경원은 퉁명스럽게 확인해주더니 코웃음을 쳤다. 소유는 어안이 벙벙해져 물었다.

"뭐가 과연입니까?"

"이걸 잃어버리고 금오위에 신고도 못 하고 있었으면 뻔하지. 금상에게 가져다 바치려던 거군."

"예?"

월은 차갑게 가라앉은 눈을 했지만 백란은 눈을 동그랗게 떴다.

"선대왕의 옥패를 금상 전하께 뭐 하러 가져다 드린단 말입니까?"

"금상의 편으로 돌아선 이들은 보통 선대왕에게 하사받은 물건이나 쉽게 구하기 힘든 진귀한 보물을 충성의 증표로 가져다 바친다고 들었어. 황 박사의 가세야 알 만하고, 가진 거라곤 옥패밖에 없으니 그걸 바치고 금상에게 붙으려던 거겠지."

청운은 한숨을 쉬고 고개를 끄덕였다.

"금오위에 신고하기 어려웠던 이유도 알 만하군……."

"너도 짐작했을 거 아냐?"

"너에게 확인하고 싶었어, 경원아."

"흥."

경원은 코웃음을 쳤다.

"다 알고서 일부러 널 보내신 건지도 모르지. 의뭉스러운 구석이 있는 분이야."

소유는 미간을 찌푸렸다.

"별궁에 계신 분이 잃어버린 물건이 무엇인지까지 어떻게 다 아시겠어요?"

그러나 난양대군이라면 어쩐지 경원의 말대로 모두 알고 있었다

해도 이상하지 않을 것 같았다. 경원은 눈을 치켜떴다.

"아직 대군 마마를 지지하는 사람이 천인국 곳곳에 존재해. 적절한 사람을 적절하게 움직일 줄 아는 능력만 있다면야, 이 정도 알아내는 거야 손바닥 안이지."

소유는 그래도 뭔가 반박하고 싶어 입을 열었다가 문득 떠오르는 생각에 미간을 한껏 좁혔다. 그러고 보니 아까 하인의 말에 따르면 서재를 보러 온 사람이 하나 더 있었다고 하지 않았나.

"왜? 생각나는 게 있어?"

경원은 턱을 들며 물었다. 소유는 눈을 감고 고개를 저었다.

"우리 말고도 박사님의 서재를 둘러본 사람이 있었다고 했어요."

"그럼 그렇지."

만약 그 사람이 대군의 사람이라면, 난양대군은 자신에게서 돌아서려던 황 박사에게 그녀와 청운을 보냈다는 것이 된다. 소유는 자신이 대군과 같은 상황이라면 어떻게 할까 생각해보았다.

…알 수가 없었다. 화를 낼까? 장문의 편지를 보낼까? 적어도 일부러 사람을 보내서 물건을 되찾아주는 것은 보통 사람이 할 수 있는 일은 아니었다.

그녀는 한숨을 쉬고 옥패에 도로 명주를 덮었다.

"여기서 추측해봐야 소용이 없겠죠. 일단 황 박사님께 가서 물건을 돌려드리고 다시 대군 마마를 알현해야겠어요."

다시 돌아와보니 황 박사는 외출을 마치고 돌아와 있었다. 하인은 그 소식을 전하며 청운의 손에 들린 사방신함을 보고 함박웃음을 지었다.

"찾아주셨군요! 아이고, 감사합니다, 감사합니다. 당장 저희 주인마님께 말씀 올리겠습니다요."

"아, 잠깐만요, 아저씨."

몸을 돌려 사랑채로 달려가려는 하인을 소유는 얼른 붙잡았다. 하인은 화색이 만연한 얼굴로 그녀를 돌아보았다.

"예, 아가씨."

"저희가 오기 전에 다른 사람이 들렀었다고 하셨지요? 그 사람은 어떤 사람이었어요?"

"아, 그 젊은이요?"

물건을 찾았기 때문인지 하인의 설명은 술술 나왔다.

"마님이 앓아 누우셔서 손을 들일 수 없대도 막무가내로 들어와서 서재를 둘러보더니 훌쩍 가버렸는데, 그래도 행동거지를 보면 교육을 잘 받은 예의 바른 젊은이였지요. 신월국 옷을 입고 있어서 얼굴은 못 봤지만요."

"신월국 옷이요?"

갑자기 장안의 길거리에서 보았던 채윤과 닮은 사람의 뒷모습이 떠올랐다. 하지만 설마 그런 우연이 겹쳤을 리는 없을 것이다. 소유는 쓴웃음을 짓고 고개를 끄덕였다.

"네에, 가르쳐주셔서 감사합니다. 그럼 황 박사님께 말씀 좀 전해주시겠어요?"

"예에!"

하인이 들어간 지 얼마 안 돼서 황 박사는 구르듯 달려나왔다. 그는 청운의 손에 들린 사방신함을 보고 비명 같은 신음을 질렀다.

"오오, 오오오……! 찾아주셨구려!"

"박사님의 물건이 맞는 것 같아 기쁩니다."

소유는 생긋 웃으며 청운에게 눈짓했다. 황 박사는 청운이 내미는 사방신함을 받아든 다음 갑자기 약간 겁먹은 얼굴을 했다.

"혹 이 안에 있는 물건을 봤는가?"

"저희는 아무것도 보지 못했습니다."

소유는 여전히 생긋 웃는 얼굴인 채로 그렇게 말했다. 황 박사는 그 말에 긴가민가하는 표정이었지만, 일단 사방신함을 꼭 안고 안도하는 것 같았다.

황 박사가 머뭇거리는 새 소유는 한 걸음 나서 정원 쪽으로 몸을 틀었다. 담이 작은 사람이니 눈을 보지 않고 말하는 편이 나을 것 같았다.

"그런데 대군 마마께서는 왜 제게 박사님을 도와드리라고 명을 내리셨을까요? 도둑맞은 게 있다면 금오위에 신고하실 거라고 생각하는 게 보통일 텐데 말이지요."

황 박사의 얼굴에 질린 기색이 떠올랐다. 그는 확연하게 잡아떼는 투로 말했다.

"글쎄, 모르겠소. 이 늙은이가 대군 마마의 성심을 어찌 알겠나?"

"옛말에 스승은 부모와 마찬가지라 하지 않습니까? 박사님께선 대군 마마의 스승이시니 어버이와 같은 존재시겠지요?"

황 박사는 움찔했다. 그대로 들어가야 하나 말아야 하나 고민하는 눈치였다. 그러나 그는 곧 차분하게 말했다.

"이 늙은이는 그저 한때 성심의 은총을 입어 잠시 대군 마마의 학문을 살피는 역할을 맡았을 뿐일세."

"외로운 아이는 잠시 정을 준 어른도 금세 그리워하며 찾는데, 하물며 어버이와 같은 분이라면 어떻겠습니까?"

화가 난 듯 황 박사의 눈썹이 치켜 올라갔다. 그는 떨리는 목소리로 물었다.

"낭자가 내게 그런 말을 하는 저의가 뭐요?"

"저의라니요. 저는 그저 생각나는 대로 유치한 말을 했을 뿐입니다. 소녀가 박사님의 귀를 더럽힌 모양이니 송구합니다. 신경 쓰지 마십시오."

이 이상 그녀가 할 수 있는 말은 없었다. 그녀는 그대로 다시 몸을 똑바로 돌려 황 박사에게 인사했다.

"저희가 대군 마마께 받은 의뢰는 여기까지이니 그만 물러가겠습니다. 모쪼록 평안하시길."

청운은 문방구니 서책 따위의 나머지 물건을 꺼내 하인에게 건넸다. 소유가 훌쩍 대문 쪽으로 가려 하자 잠시 생각하는 얼굴이었던 박사가 그녀를 불렀다.

"잠시 기다리시게, 낭자."

"예, 박사님."

도박이나 다름없던 도발이 먹힌 모양이었다. 소유는 아무렇지도 않게 돌아보고 박사의 부름에 대답했다.

"지금 대군 마마를 뵈러 갈 건가?"

"예, 박사님. 일을 해결했으니 최대한 빨리 알려드려야 그분께서도 마음을 빨리 놓으실 수 있지 않겠습니까?"

박사는 그 말에 짧은 순간 눈을 내리깔았지만 이내 결심한 얼굴로 말했다.

"나도 함께 가세. 가서 감사 인사를 드려야겠네. 낭자와 손 장군을 보내주셔서 이렇게 집안의 우환이 빨리 해결되었으니 직접 찾아뵙는 것만이 도리겠네."

"옳으신 말씀입니다."

소유는 오로지 반가운 감정만이 드러나게 활짝 웃었다. 지금 하고 있는 말과 행동이 노골적으로 난양대군의 편을 드는 것임을 그녀 자신도 모르지 않았다.

왜 이렇게까지 한 걸까. 황 박사에게 물건만 돌려주어도 되었을 것을. 그녀는 난양대군에 대해 아는 것이라곤 없지 않나. 그런데도.

그런데도, 저도 모르게 쓸데없는 말이 입 밖으로 나와버렸다.

먼저 대군과 독대를 청한 황 박사는 한참 동안이나 별궁 사랑채에서 나오지 않았다. 소유는 그동안 혼자 정원의 바위에 앉아 옥피리를 만지작거렸다. 고즈넉한 정원에서 이전에 본 학이 가만히 서서 꾸벅꾸벅 졸았다.

마침내 한 남자가 다가와 그녀에게 말을 걸었다.

"양소유 낭자시지요? 대군 마마께서 들라 하십니다."

"예."

소유는 얼른 일어났다. 그녀에게 말을 건 남자는 부드러운 미소를 짓고 있었는데 시종의 의복이 아닌 일반 귀족 청년들이 입는 옷을 입고 있었다. 궁의 시종이 아니라 대군의 말동무 같은 존재가 아닐까 하고 그녀는 대강 추측했다.

그의 우아한 안내에 따라 사랑채로 들어가니 황 박사는 이미 자리를 뜨고 없었다. 난양대군은 그녀의 모습을 보고 몸소 일어나 반겨주었다.

"도둑맞은 물건뿐 아니라 스승님과의 연도 되찾아주었으니 정말 고맙네. 게다가 이렇게 빨리 일을 해결하다니, 무슨 선술이라도 쓴 겐가?"

입꼬리에 웃음을 띠고 있는 것을 보니 황 박사와의 일이 잘된 모양이었다. 소유는 우선 절로 예를 표하고 빙긋 웃었다.

"처음부터 그러실 생각으로 소녀에게 이 일을 맡기신 것이 아니었습니까?"

대군은 그녀에게 앉으라 손짓하고 짐짓 눈을 동그랗게 떴다.

"그게 무슨 말인가?"

차라리 인정하면 좋을 텐데 얄미웠다. 소유는 자리에 앉아 부연했다.

"황 박사님께 간 소녀가 어떻게 하는지 보시려던 것 아니었습니까? 물건은 찾아도 좋지만, 못 찾아도 좋으셨을 테지요. 반드시 물건을 찾아야만 했다면 소녀 대신 다른 분을 보내셨을 테니까요."

"그럴 리가 있나."

난양대군은 정말 슬픈 표정을 짓고 그녀를 바라보았다.

"난 그저 스승님께 큰일이 났다 하여 걱정이 되었을 뿐이네. 이곳 설궁에서 꼼짝을 할 수 없으니 지푸라기라도 잡는 심정으로 총명한 자네에게 부탁한 것인데, 진심을 호도하니 섭섭하군."

픽이나. 소유는 쓴웃음을 지었다. 대군의 심계가 깊어 이길 것 같은 마음은 들지 않았지만, 그렇다고 해서 처음부터 물러나는 것은 그녀의 성품이 아니었다.

"이미 사람을 보내 황 박사의 서재를 다 조사하고 범인이 누군지도 알아내신 것이 아닙니까?"

"무슨 말을 하는지 모르겠군. 내게 그럴 힘이 있어 보이나?"

시치미를 뗄 생각인 모양이었다. 소유는 약간 분해졌지만 천인국 곳곳에 당신을 지지하는 사람이 있지 않느냐 따져 묻기에는 증거가 부족했다. 소하는 소유가 한 번 숨을 쉴 동안 아무 말도 하지 않자 슬픈 표정을 지우고 빙긋 웃었다.

"아무튼 청운에게 이야기는 다 전해 들었네. 뛰어난 관찰력과 판단력, 게다가 무예 실력도 출중하다지? 괜한 의심을 샀다고는 하나 자네처럼 뛰어난 인재의 활약을 보았으니 나도 손해는 아닐세."

역시 시험한 거다. 소유는 한숨을 쉬고 화제를 돌렸다.

"운이 좋아 마마의 의뢰가 해결되었으니, 이제는 제 친우에 대해 말씀해주실 수 있으십니까?"

문득 대군의 얼굴이 굳었다. 가슴속이 차가워졌다. 왜 저런 표정을 짓는 것일까?

달그락. 작고 맑은 소리를 내며 아까의 남자가 대군과 소유의 앞에 찻잔을 내려놓았다. 맑은 찻물에서는 자색의 증기가 올랐다. 남자는 퍼뜩 정신이 든 소유에게 웃어 보이며 붙임성 있게 말했다.

"양 낭자께서 여쭈신 건에 대해서는 제가 조사했으니, 제가 말씀드려도 되겠습니까?"

"아… 예. 저는 사실만 알 수 있으면 됩니다."

과연 평범한 시종이 아니라 여러 가지 일을 맡은 사람인 모양이었다. 남자는 새까만 칠이 된 탁자 옆에 서서 읍했다.

"인사가 늦었습니다. 옥현이라 합니다."

"양소유라 합니다."

"예, 양 낭자. 비루한 말솜씨입니다만 모쪼록 양해해주시면 감사하겠습니다."

그렇게 말하기는 했지만 옥현의 목소리와 말씨를 보면 대단히 말을 잘하는 사람이리라 짐작되었다. 소유는 심장이 빠르게 뛰는 것을 느끼며 입을 꾹 다물었다. 드디어 채윤의 소식을 들을 수 있다.

옥현은 심각한 표정으로 시작했다.

"거두절미하고 본론부터 말씀드리겠습니다. 최근 화주성을 비롯한 천인국 내 몇몇 성의 성주와 태수들이 소하 님을 추대하려 움직인 적이 있었습니다."

"그럼 반란 모의가 사실이었나요?"

난양대군의 이름은 소하인 모양이었다. 왕가의 성이 이 씨이니 이소하일 것이다. 대군에게 그보다 어울리는 이름을 그녀는 생각할 수 없었다. 무심코 감탄이 나왔지만 동시에 속에서 쓴물이 올라왔다.

"네. 하지만 아시다시피 실행되진 않았습니다. 모의 단계 때 이미 조정에서 눈치를 채고 은밀하게 조사에 나섰죠. 내부에 배신자가 있었을 가능성이 가장 큽니다."

무심코 찻잔으로 뻗은 손이 떨렸다. 소유는 조심스레 물었다.

"그래서 장안에서 조사원을 파견했나요?"

"네, 혐의에 대한 심증만 있고 확증은 없으니 당사자들을 직접 조사하고 심문하려고 한 거죠."

"그럼 저희 성주님도 이 사실을 알고 계셨겠군요."

"그렇습니다."

옥현은 참으로 안타까운 일이라는 듯 고개를 끄덕였다. 속이 터지려고 했다. 그 '성주님'이?

소유는 살짝 쉰 목소리로 확인했다.

"진 부관, 채윤이네 아버지도 그 모의에 가담했나요?"

"조사 초기에 작성된 보고서에 의하면 화주성의 경우 성주를 포함하여 그 밑의 부관들까지 모두 모의에 가담한 것으로 되어 있습니다."

심장이 쿵 내려앉는 기분이었다. 지금까지의 일들로 짐작하고는 있었지만, 그것이 전부 사실이라는 확언을 받는 기분은 달랐다.

"성주님께선 화주성만 있으면 되는 분이세요. 자신에게 반역 혐의가 걸려 있다는 사실을 견디기 힘드셨겠죠."

"네."

옥현은 너무 단호하지 않게 대답했다. 좋은 배려였다.

"혹시 그날 밤의 일이 전부 성주님의 계책이었나요? 자기 죄를 덮어씌우려고 아저씨를 죽인 건가요?"

소유는 찻잔을 꼭 쥐었다. 덜덜덜 떨리며 찻잔이 상에 부딪치는 소리가 났다.

"그날 집을 습격한 거 도적단이 아니었어요. 그들은 아저씨를 찾고 있었고 돈과 패물을 뒤지지도 않았어요."

진 부관을 찾아라, 계집애를 찾았다……. 그들의 목적은 분명히 집 안 식구들이었다. 채윤 또한 그들의 목표였을 것이다.

"그리고 그 집에서 성 밖으로 나가는 비밀 통로를 알고 있는 사람은 진 아저씨와 채윤, 저, 그리고 성주님뿐이었어요."

어떻게 가솔이 내통한 게 아닌가 하는 말도 안 되는 생각을 했을까? 그 통로를 아는 자가 있다는 시점에서 배신자는 성주였던 것이다. 성주에게 비밀 통로를 알려줄 때 채윤의 아버지가 품었을, 커다란 신뢰를 모조리 무시한 더러운 배반.

마지막 목숨줄을 자른 비열한 칼날.

"유감스럽게도 화주성의 성주는 증거 인멸을 위해 자객단까지 고용해 자신의 충실한 심복이었던 진 부관을 해친 것 같습니다. 집까지 전소시킨 것은 혹시 남아 있을지 모를 물증까지 모두 없애기 위한 조처로 보입니다."

"증거 인멸?"

자신이 한 말이었지만 멀리서 들려오는 것 같았다. 소유는 분노를 누르며 물었다. 옥현은 그녀의 찻잔에서 흐른 찻물을 닦으며 말했다.

"조사원이 제출한 보고서에 의하면 화주성 성주는 계속 무고함을 주장하였다고 합니다. 전부 진 부관과 몇몇 관리들이 멋대로 저지른 일이라면서요. 실제로 조사원이 입수한 증거에 의하면 화주성에서 이번 반역에 가담한 것은 진 부관을 포함해 그와 절친하게 지낸 관리들로 밝혀졌다고 합니다."

"어떻게 그런 끔찍한 짓을 할 수가 있죠?"

끔찍한 거짓말, 끔찍한 배신이었다. 당한 사람이 채윤의 아버지만이 아니라는 뜻이었다. 대군 또한 표정이 좋지 않았다.

옥현은 조용히 말했다.

"그리고 조정에서 내려진 이번 반역 모의 사건에 대한 판결은 다음과 같습니다. 화주성 성주는 혐의 없음. 그러나 직속 부관을 포함한 본성의 관리 여섯 명은 모두 모반죄로 엄벌에 처한다. 죄를 저지른 당사자 본인은 즉시 장안으로 소환하여 처형한다. 식솔 중에서 16세 이상의 남자 역시 모두 처형. 여자와 어린아이는 노비로 삼는다. 진 부관의 아들인 진채윤은 행방을 알 수 없으므로 전국에 수배령을 내린다."

쿵.

심장이 무겁게 뛰었다. 소유는 속삭이듯 확인했다.

"그럼 채윤이 반역죄로 쫓기고 있다는 말인가요?"

"예, 그렇습니다."

"대군 마마께서는 어찌 되시는 건가요?"

"대군 마마를 심문하기 위해서는 확실한 증거가 필요합니다. 하지만 지금은 정황 증거조차 없는 상태입니다."

"마마께서는 이번 모의에 대해 전혀 모르셨나요?"

소유는 그제야 대군에게 시선을 돌렸다. 난양대군은 안쓰러운 표정으로 고개를 저었다.

"나는 전혀 몰랐네."

정말일까?

아니, 정말이든 아니든 무슨 상관이란 말인가.

"그러면 저는 채윤을 어디에서 찾죠? 전국에 수배령이 내려졌다니, 설마 그사이에 관군에게 붙잡히지는 않았겠죠? 혹시 그런 소식은 없었나요?"

옥현은 침을 한 번 꿀꺽 삼켰다.

"채윤이라는 자의 행방도 찾아보았습니다."

갑자기 가슴이 조금은 편안해졌다. 소유는 저도 모르게 벌떡 일어설 뻔했다. 채윤만, 채윤만이라도 살아 있다면!

"정말인가요? 채윤을 찾으셨나요?"

"그게… 화주에서 장안으로 오는 길목을 중심으로 수소문해봤는데……."

옥현은 말을 흐렸다. 답답해 죽을 지경이 된 소유는 주먹을 말아 쥐었다.

"수소문해보았는데, 어찌되었단 말씀이세요?"

"옥현아, 내가 말하겠다."

대군은 손을 저어 옥현의 입을 다물게 했다. 두 남자의 얼굴은 대단히 불편하고 어색하게 보였다. 누군가 목을 틀어쥔 것 같아 소유는 숨을 헐떡였다.

대군은 눈꽃 문양이 수놓인 소매에서 작은 주머니를 꺼냈다.

"청하에서 신원을 알 수 없는 젊은 남자의 익사체가 발견되었다고 하네. 그리고 이것이 그 시신에서 나온 물건이라고 하더군. 혹시 알아보겠는가?"

소유는 붉은 주머니를 받아 얼른 펴보았다. 주둥이를 열면서 손가락이 떨렸다. 그리고 주머니를 뒤집자 톡 떨어져 검은 상에서 데구루루 구른 물건은 그녀가 못 알아볼 수 없는 것이었다.

채윤이 늘 달고 다니던 푸른 옥 장식이었다.

"어떻게……."

입술이 떨렸다. 소유는 눈을 의심하며 옥 장식에 손가락을 내밀어 보았다. 차갑고 단단한 촉감이 느껴졌다. 꿈도 환상도 아니었다.

"어, 어떻게……."

'그럼 나랑 쭈욱 함께 살면 되지.'

죽 함께 살기로 했으면서. 함께 시 짓고 노래하며 살기로 했으면서.

거짓말쟁이. 거짓말쟁이.

아무리 숨을 크게 쉬려 해봐도 머리가 점점 어지럽고 눈앞에서 붉은색이 점멸했다. 소유는 그대로 정신을 잃었다.

제3장

때를 만나지 못한 영웅

'채윤아. 거기 채윤이지?'

소유는 익숙한 모습을 한 그에게 다가가 조심스레 물었다. 이미 몇 번이나 착각을 했기 때문에 이번에는 창피를 당하고 싶지 않았다.

다행히 돌아본 사람은 채윤이었다. 그러나 그는 어딘가 이상했다. 그녀를 볼 때마다 항상 짓고 있던 밝고 따뜻한 미소가 없었다.

'소유.'

'채윤! 어서 이리 와!'

덜컥 불안해졌다. 소유는 어쩐지 그를 그대로 두어서는 안 될 것 같은 예감이 들었다. 붙잡아야 했다. 그와 떨어져서는 안 됐다.

'소유. 가고 싶어. 너에게 가야 하는데 몸이 움직이질 않아.'

'내가 갈게! 기다려.'

'너에게 꼭 해야 할 말이 있는데.'

손을 뻗어도 채윤에게 닿지 않았다. 이상했다. 이상했다. 이상했다.

그녀는 발걸음을 더 내디뎌 채윤을 끌어안으려 했다. 그러나 숨이 막히고 발이 움직이지 않았다.

빨리 그의 손을 잡고 데려가야 하는데. 채윤은 담담하게 말했다.

'넌 여기 오면 안 돼. 오지 마.'

'채윤!'

괜찮아, 괜찮을 거다. 누군가 그렇게 속삭였다. 목소리의 주인이 누구인지는 보이지 않았지만 이 어둠을 온통 울리며 그녀를 안심시켜주고 있음은 분명했다. 소유는 죽을힘을 다해 소리쳤다.

'채윤이 사라지려고 해요! 도와주세요!'

내가 옆에 있어줄 테니 걱정하지 말거라. 목소리의 주인은 그렇게 말하면서도 나타나지 않았다. 소유는 채윤에게 눈을 돌렸다. 채윤의 모습이 어쩐지 점점 멀어지는 것 같았다. 얼굴이 희미해지고, 어깨가 희미해지고, 다리가 희미해지고…….

"채윤!"

소리치며 깨어나자 따뜻한 무언가가 얼굴을 핥았다. 소유는 눈을 번쩍 뜨고 몸을 일으켰다.

"멍!"

개 한 마리가 침대에서 내려가 제자리를 빙글빙글 돌았다. 소유는 자신의 얼굴을 핥은 것이 그 개인 줄을 알았다.

"악몽에 시달리는 것 같더군."

침착하고 부드러운 목소리가 옆에서 들려왔다. 난양대군이 소유가 누운 침대 옆에 앉아 있었다. 그녀는 깜짝 놀랐다.

"대군 마마."

"그새 수척해졌군."

공교롭게도 소유가 일어난 자리 바로 옆에 대군이 앉은 의자가 있었기 때문에 그녀는 그의 수려한 얼굴을 지금까지 중 그 어느 때보다 가까이서 바라볼 수 있었다. 대군은 소유를 안쓰럽게 바라보았다. 그 표정에서 드러나는 동정에 갑자기 그녀는 현실로 돌아왔다.

"이곳은 어딥니까, 마마?"

"별궁의 침전일세. 자네가 정신을 잃기에 잠시 실례를 무릅쓰고 뉘였네. 괜찮은가?"

이쪽이 괜찮고 말고 할 일이 아니었다. 궁의 침전이라고? 그러면 난양대군의 침소라는 말이 아닌가.

소유는 얼른 침대에서 일어나려다가 머리가 어지러워 잠시 휘청 거렸다. 대군은 친절하게 그녀의 팔을 두드려 제지했다.

"조금만 더 누워 있게. 아니 그러면 내가 안심이 안 되니 청을 들어 주는 셈치고."

"하오나 마마, 어찌 제가 감히 마마의 침소에."

그의 목소리에는 사람이 명령을 듣게 만드는 힘이 있었다. 소유 는 그가 팔에 살짝 신호를 주자 저도 모르게 누우며 대군의 얼굴을 올려다보았다. 그의 깊은 눈에 긴 속눈썹이 만드는 그림자가 드리 웠다.

"내가 안심이 안 된다지 않나. 그리고 기왕에 내 청을 들어주는 김 에, 괜찮다면 내 청을 하나만 더 들어줄 수 있겠나?"

"이리 큰 실례를 끼치고 있는데 마마의 청을 제가 어찌 거절하겠 습니까?"

"고맙네."

대군은 눈을 살짝 휘며 빙긋 웃었다.

"내 실은 자네가 나를 소하라 불러줬으면 하네. 그게 내 이름인데, 나는 나를 이름으로 불러주는 것을 좋아하거든. 특히 내 마음에 드 는 사람이라면 더."

대군의 얼굴이 조금씩 숙여졌다. 소유는 그의 수려한 얼굴이 점점 더 다가오는 것을 의식하며 당황해 물었다.

"하, 하오나 마마, 제가 어찌 감히 왕족의 이름을 함부로 부르겠사 옵니까?"

"어차피 이리 별궁에 홀로 갇힌 몸, 이름을 부르면 어떠한가? 부모 에게 받은 이소하라는 이름을 아무도 불러주지 않으면 그 또한 쓸쓸 한 일 아닌가?"

대군의 미소가 진해졌다. 이름을 부르는 것은 어렵지 않은 일이었지만 소유는 어쩐지 마음에 걸려 머뭇거렸다.

"마음에 든다 하심은 어떤 의미이신지……."

"내 어찌 자네가 마음에 들지 않겠나?"

대군의 비단 같은 머리칼이 몇 가닥 흘러내려 이불 위에서 살랑였다.

"자네는 참 대단한 사람일세. 겉보기에는 가냘픈 어린 소녀인데도 보기 드문 기개를 지녔고, 지혜롭고 총명한데다 무예도 출중하지. 무엇보다 자네 말대로 모든 것을 잃었는데도 기지 하나만으로 여기까지 와, 나 이소하를 만나 도움을 주지 않았나. 고립무원의 처지에 자네 같은 인재를 만나게 되어 내가 얼마나 기쁜지 아나?"

다행히 그의 얼굴은 예에 너무 많이 벗어나지 않는 범위에서 멈추었다. 소유는 눈을 어디 둘지 몰라 당황하다가 침을 한번 꿀꺽 삼키고 대군의 눈을 똑바로 보았다. 그는 문득 안쓰러운 표정으로 돌아갔다.

"그런 자네에게 채윤을 만나게 해줄 수 있었더라면 나도 참으로 기뻤을 것을."

"마마……."

"내 청을 들어준다고 하지 않았나?"

"…소하 님."

그 말이 입에서 나오자 대군, 소하는 만족스러운 얼굴로 허리를 곧게 폈다.

소유는 그의 도움을 받아 천천히 몸을 일으켰다. 채윤의 옥 장식을 생각하자 마음이 답답했다. 막막해서 숨 쉬는 법을 잊은 것 같았다.

"폐를 많이 끼쳤습니다, 소하 님. 이만 물러가겠습니다."

소하는 눈썹을 살짝 들었다.

"이제 어디로 갈 셈인지 물어도 되겠나? 자네는 채윤의 소식을 찾으러 장안으로 온 것이 아닌가?"

"우선은 함께 온 사람들에게 가서 소식을 전해야지요."

"그래, 그렇겠지. 내 말은 그 뒤로는 어떻게 할 거냐는 말일세."

일부러 못 알아들은 척한 것이었는데, 소하는 호락호락 넘어가주지 않았다. 소유는 쓴웃음을 지었다.

"화주로 갈 수밖에 없지 않겠습니까."

소하는 살짝 인상을 썼다.

"화주로 가는 것은 좋은 생각이 아닐세. 화주성 성주가 자네를 가만두겠나?"

그거야 그럴 것이다. 모두 죽었다고 장례까지 치러버렸는데 이제와서 그녀가 나타난다면 성주는 무슨 수를 써서라도 없애려들 터였다. 그렇게 생각하자 가끔 보았던 성주의 친절한 얼굴이 생각나며 마음이 아파졌다.

소유가 입을 다물자 소하는 가만히 그녀를 달래듯 말했다.

"자네가 갈 곳이 없다면 별궁에 머물게나."

"아닙니다, 소하 님."

아무리 그래도 낯모르는 남자에게 그렇게까지 신세를 질 수는 없었다. 소유는 손끝에 피가 도는 것을 느끼며 고개를 저었다.

"제겐 이곳에 머물 이유가 없습니다."

소하는 쓴웃음을 지었다.

"하지만 내게는 이유가 있네."

"예?"

소유가 눈을 깜박이며 쳐다보자 소하는 그녀의 허리에 이불을 끌어다 더 두툼하게 덮어주었다.

"자네는 내 청을 들어주었는데 나는 자네에게 채윤을 찾아주지 못하지 않았나. 그게 마음에 걸려 함부로 보낼 수가 없네."

"소하 님의 허물이 아니지 않습니까."

그렇게 말하면서도 그가 덮어준 이불의 따뜻함에 어쩐지 눈물이 났다. 소유는 마음을 굳게 먹어야지, 하고 다짐하며 눈길을 내리깔 았다.

"우선은 저희 일행이 걱정하니 다녀오고 나서 생각해보고 싶습 니다. 그래도 괜찮을는지요?"

"물론일세. 천천히 생각해보게."

소하는 이불에서 손을 떼고 고개를 끄덕였다. 개가 멍, 하고 짖 었다.

"소하 님이 기르시는 개입니까? 침소에도 들어오다니 많이 아끼시 나봅니다."

개가 말간 눈으로 이쪽을 올려다보자 아까 꿈속에서 누군가 괜 찮다고 말해줬을 때처럼 안도감이 들었다. 지금 생각해보니 그 목소 리는 소하의 목소리였다.

소하는 빙긋 웃었다.

"진구를 내가 너무 예뻐해 버릇이 없지."

"그러십니까. …소하 님."

그 이름은 역시 그에게 잘 어울렸다. 소하는 친절하게 대답했다.

"왜 그러나?"

"저는 아직 채윤이 죽었다고 생각하지 않습니다. 채윤이는 그날 제 게 꼭 저를 따라올 거라고 말했고, 그 애는 저에게 거짓말을 하지 않 습니다. 믿기 어려우시다는 것은 압니다만, 부디 더 찾아봐주실 수 있겠습니까?"

이상한 눈으로 본다고 해도 할 말이 없다고 생각했는데, 소하는 시 원하게 웃음을 터뜨렸다.

"자네는 참 강한 사람이야. 그래, 물론일세. 자네가 원하는 대로 계속 채윤이라는 자의 행방을 알아보겠네."

"감사합니다."

그 말밖에 할 말이 없었다. 소유가 깊이 고개 숙여 절하자 소하는 손을 저어 그녀를 일으켜 세우며 덧붙였다.

"자네는 알수록 근사하군. 자네에 대해 더 잘 알 수 있으면 좋겠어, 양 소저."

"소하 님, 어찌 감히…. 저 또한 소유라 부르시고 편하게 말씀하십시오."

"그래, 고맙네."

꼭 기다렸다는 듯 곧장 대답하며 소하는 매끄러운 미소를 지었다.

순간 다정한 미소 뒤에서 까닭 모를 서늘함이 느껴진 것만 같았다. 그것은 아주 낯설고 두려운 느낌이었지만 소유는 어쩐지 그만큼, 그를 더 지켜보고 싶다는 충동을 느끼는 자신을 깨닫고 있었다.

채윤아, 채윤아.

그 뒤로도 채윤은 몇 번이나 꿈에 나타났고 소유는 월이 잡은 객잔에서 그대로 며칠을 앓아누웠다. 눈앞에서 울상이 된 백란의 얼굴과 걱정스러워하는 월의 얼굴을 본 것도 같았지만 그것이 꿈인지 생시인지도 분간이 되지 않을 정도로 열이 났다. 꿈에 나타나는 채윤의 얼굴이 차라리 더 현실 같았다.

물 한 모금도 넘기지 못한 채로 며칠이 지났다는 것은 방이 밝았다가 어두워졌다가 하는 변화를 통해 짐작할 수 있었지만 그 또한 그녀의 환상일지도 모를 일이었다. 소유는 몇 백 번째인지도 모르게 채윤의 이름을 부르다가 문득 사위가 고요하다는 것을 깨달았다.

방이었다. 촛불이 켜져 있고 열린 창 너머로 달이 보였다. 은은하게 솔향이 느껴지는 가운데 어른어른 청운과 백란의 얼굴이 보였다.

"누님, 정신이 드십니까?"

백란의 어여쁜 얼굴이 꿈에서 본 것과 꼭 같이 아주 울상이었다. 소유는 빙긋 웃으려 했지만 입술이 말라 곧 인상만 찌푸리고 말았다. 백란의 옆에 떠오른 청운의 얼굴에 염려가 떠올랐다.

"물을 따라드리겠습니다, 낭자."

"괜찮으십니까, 누님? 두십시오, 공자. 누님이 드실 물은 제가 따르겠습니다."

"아니, 공자께서는 낭자의 베개를 돋우어주심이 어떻겠습니까. 낭자가 물을 드시려면⋯⋯."

"그런 것은 제가 알아서 하겠습니다."

두 사람은 허둥거리며 소유를 걱정했지만 어쩐지 말다툼하는 것처럼 입씨름이 오갔다. 그녀는 그것이 우스워 웃고 싶었지만 여전히 입술은 말라 있었다. 결국 백란은 소유의 베개를 돋우어 그녀의 시야를 높여주었다.

창밖의 달은 시야 바깥쪽으로 밀려났지만 방 안의 모습은 조금 전보다 명확하게 눈에 들어왔다. 객잔의 방이었고 백란과 청운은 그녀의 침상 옆에 의자를 두고 앉아 있었다. 침의를 입은 규수의 방에 외간남자가 둘이나 있다니 이상한 일이었다. 왜 그들이 여기에 있는 것일까? 채윤은?

그리고 그제야 꿈과 생시가 구별되었다. 채윤은 이 자리에 있을 수 없었다.

입술에 묵직해서 아프게까지 느껴지는 잔이 닿았다. 소유는 턱으로 물을 몇 방울이나 흘리다가 간신히 적셔진 입술을 열고 물을 받아 마셨다. 정신이 들었다.

"괜찮으십니까, 누님?"

백란이 소맷자락으로 소유의 턱 언저리를 닦아주었다. 소유는 빙긋 웃었다.

"고맙다, 백란아. 나는 괜찮아. 청운 공자, 손수 물을 떠주시니 감사합니다."

"아닙니다."

"누님의 복숭아 같던 뺨이 핼쑥합니다. 벌써 나흘을 앓으셨으니 주인에게 이야기해 죽이라도 쑤어 오게 하겠습니다."

백란은 조금 더 허둥거리더니 얼른 방에서 뛰어나갔다. 짧은 침묵이 흘렀고 소유는 청운에게서 물잔을 받아들려다 실수로 놓칠 뻔했다.

"아……."

"아직 손에 힘이 들어가지 않으실 겁니다. 무리하지 마십시오."

"면목 없습니다. 하온데……."

백란이 이 방에 있는 것은 비교적 그럴 법했지만 청운이 왜 자신을 돌보고 있었던 것일까. 소유는 이해가 되지 않아 말꼬리를 끌었다. 청운은 어깨를 살짝 움츠렸다.

"함부로 이리 찾아온 것이 예에 어긋난다는 것은 알고 있습니다. 송구합니다, 낭자."

"아닙니다."

깨어났을 때 혼자 있었다면 물을 마시기 위해 한참 고생했을지도 몰랐다. 청운은 그녀가 빙긋 웃어주자 성실한 눈을 내리깔았다.

"설궁에서 그리 쓰러지시는 것을 뵙고 염려가 되었는데, 근무 후 다시 찾아가보니 깨어나자마자 바로 객잔으로 돌아가셨다고 옥현공이 알려주시더군요. 해서 혹 괜찮으신지 안부를 여쭈려던 것뿐이었습니다."

"감사합니다, 공자. 공자가 오셨을 때 이리 갠 얼굴을 보여드리게 되었습니다. 공자의 친절한 마음씨에 하늘이 감복하셨나 봅니다."

그야말로 살뜰한 마음씨였다. 소유는 울적한 가운데에도 감동이 일어 고개 숙여 인사했다. 청운은 쓴웃음을 지었다.

"실은 그제도 한번 찾아뵈었습니다만 그때는 저 백란 공자가 기껍게 여기지 않으시는 눈치라 금세 돌아갔습니다. 오늘은 형님이신 월 공자가 병문안 온 객에게 그러는 건 도리가 아니라고 동생 분을 꾸짖어주셔서 들어왔습니다만… 역시 제가 너무 큰 실례를 저지른 모양입니다."

"아닙니다. 걱정해주셔서 감사합니다."

환자가 있으니 저 착한 백란도 청운에게 날카로운 태도를 보였던 모양이다. 소유는 백란의 마음을 이해하면서도 미안해졌다. 아마 중간중간 보았던 백란과 월의 얼굴은 자신을 간호하는 그들의 얼굴이었을 것이다. 이 얼마나 폐를 끼쳤는가. 좋은 소식이라도 가져왔다면 또 모를까.

저도 모르게 한숨이 나왔다. 소유의 우울한 얼굴을 본 청운이 머뭇거리며 말을 꺼냈다.

"저어… 찾으시던 분이 큰일을 당하셨다는 말은 들었습니다. 낭자와 알게 된 지도 얼마 안 된 제가 함부로 말씀드릴 일이 아닌 줄 압니다만, 참으로 유감입니다."

"아닙니다. 저는 제 친우가 죽었다고 생각하지 않으니 괜찮습니다."

소유는 청운보다는 제 자신에게 그렇게 다짐하듯 말했다. 청운은 눈을 깜박였다. 의외로 할 말이 더 있는 눈치였다.

"낭자. 하시면 아직 찾던 분을 더 찾으실 요량이신지요?"

"예, 공자. 물론 당장 짚이는 곳이 있는 건 아닙니다만 할 수 있는 것은 다 해보아야지요.”

“할 수 있는 일이라 하시면.”

“화주로 돌아갈 수도 있고, 아니라면 무작정 방랑을 떠나더라도 친우가 있는 곳을 찾으렵니다.”

청운의 늘 점잖던 목소리가 약간 높아졌다.

“몸도 좋지 않으신 분이 어찌.”

“제가 이번에는 여독이 쌓여 이리 누운 것이지, 원래 대단히 건강한 체질이니 공자께서는 염려하지 않으셔도 됩니다.”

소유는 그렇게 말하고 입을 꾹 다물었다. 청운은 고개를 저었다.

“기개가 대단한 분이니 세상을 유랑하더라도 친우를 찾으시겠다는 그 말씀을 믿습니다. 하오나 낭자는 지금 이리 누워 계시고, 말씀대로 당장 실마리가 없지 않습니까. 몸조리를 하시고 낫거든 다시 생각하시지요.”

“이제 괜찮습니다. 내일이면 다 나을 겝니다.”

점점 더 정신이 또렷해져 견디기 힘들었다. 소유는 문득 몰려온 두통에 끔찍하게 피곤해졌다. 청운은 간곡하게 말했다.

“실은 낭자가 깨어나시면 제안하려던 일이 있었습니다. 낭자께서 고향 땅에 계실 적 머무시던 댁은, 외람되오나 지금은 돌아가시기 힘든 사정이 아닙니까. 저희 손가의 본가에서 머무시지요. 제게는 누님이 다섯 분 계신데 두 분은 출가하셨으나 세 분은 본가에서 생활하십니다. 또한 객을 맞이한 경험이 많고 규모가 작지 않으니 낭자가 머무시기에 불편하지 않으실 겁니다. 적어도 몸이 나을 때까지는 계시지요.”

“공자…….”

그의 제안에 먹먹해졌다. 소유는 팔에 힘을 주고 제 손으로 물잔을 들었다. 그리고 물 한 모금을 마신 뒤 말없이 자신의 무릎께를 내려다보았다.

"관대한 말씀에 몸 둘 바를 모르겠습니다. 하지만 저는⋯⋯."

"깨어났다며? 공주님. 들어간다."

문밖에서 우아하고 매끄러운 목소리가 들려왔다. 청운은 갑자기 흠칫해 고개를 숙였고 소유는 익숙한 목소리에 대답했다.

"들어와."

문이 작은 소리를 내며 달빛처럼 부드럽게 열렸다. 평소대로 머리를 편안하게 풀어 내린 월은 소유와 눈이 마주치자 눈웃음을 지었다.

"막 일어났다더니 벌써 기운차 보이네? 역시 공주님이야."

"병에 걸린 것도 아닌걸."

"큰일을 겪고 바로 낙양을 거쳐 장안까지 왔으니 병에 걸린다 해도 이상할 건 없지. 백란이는 죽 쑤러 갔으니 배고파도 기다려."

"내가 배고픈 걸 어떻게 알았어?"

"아침에 일어나면 늘 밥부터 찾았잖아. 그 먹성을 모를 수는 없지."

"할 일이 있는데 입맛이 없다고 투정 부릴 수는 없잖아?"

"그래야 우리 공주님이지."

월은 쿡쿡 웃으며 아까 백란이 두고 간 의자에 앉았다. 청운은 어쩐지 얼굴을 옅게 붉히며 헛기침했다.

"외람되지만 두 분이 나누시는 대화가 퍽 친숙한 듯한데, 혹 두 분은⋯⋯."

흐려진 말꼬리가 내포하는 것을 곧장 알아듣고 소유는 얼른 손을 저었다.

"아닙니다. 여기 월 공자도 제 친우와 아는 사이로, 두 분 형제께 제가 도움을 많이 받기는 했습니다만 그뿐이랍니다."

"아, 그러십니까. 혹 정혼이라도 하신 사이라면 제가 크게 실례되는 제안을 드린 듯하여."

청운은 안도한 듯 한숨을 쉬었고 월은 두 눈을 초승달처럼 휘며 짓궂게 웃었다.

"어떤 제안을 하셨습니까, 손 공자? 그러잖아도 백란이가 제게 어서 이 방으로 와 혹시 모를 일을 미연에 방지하라더군요."

"그 무슨…! 결단코 떳떳치 못한 행동은 하지 않았습니다."

청운의 얼굴이 완전히 새빨개졌다. 소유는 점점 피곤해 물을 다시 한 모금 마시고 일어나려 했다. 월은 그녀의 손에서 물이 흐르듯 자연스럽게 잔을 가져갔다.

"더 자. 백란이가 팔보죽을 만든다고 부엌을 뒤집어놓고 있으니 다 되려면 시간이 걸릴 거야."

그의 목소리는 자장가처럼 나지막했다. 그러나 소유는 고개를 저었다.

"아니, 정신이 있을 때 말해야지. 내가 궁에서 돌아오고 계속 자느라 제대로 말을 못 했잖아. 있잖아, 월. 채윤이가……."

언뜻 차가운 표면 아래로 부드럽고 힘 있는 손가락이 그녀의 입을 막았다. 월은 긴 속눈썹을 내리깔고 말했다.

"궁에서 옥현 공이 다 얘기해줬어. 네가 쓰러졌다는 건 여기 손 공자가 말해주셨고."

다시 울음이 나올 것 같았다. 청운은 안타까운 표정을 지었지만 월의 얼굴은 오히려 담담해 평소와 같았다. 그것을 보자 목에 문득 울컥 하고 뜨거운 것이 치솟았다.

"들었어? 들었는데… 들었는데 당신 얼굴은 왜 그래? 슬프지도 않아?"

"내가 이 자리에서 엉엉 울다 기절이라도 했으면 좋겠어?"

"만약 당신에게 무슨 일이 생겼다는 말을 들었으면 채윤은 그랬을 거야.”

“아니, 안 그랬을걸.”

“못됐어, 냉혈한!”

소유는 베개를 집어 그에게 던지려다가 휘청, 몸의 균형을 잃었다. 청운이 당황해 얼른 그녀의 몸을 받쳤다. 든든한 팔 덕분에 몸을 지탱하고 간신히 다시 몸을 누이는 신세가 서글퍼졌다.

월은 싱긋 웃었다. 쏟아져 들어오는 달빛이 그의 옆얼굴을 창백하게 비추었다.

“채윤이 죽지 않았을지도 모르니 계속 찾아달라고 했다는 네 말도 들었으니 나는 울지 않아. 슬퍼하지도 않아. 왜냐하면 네 말이 옳거든. 심지 굳은 녀석이니 살아 있을 거야.”

서글픔이 사라졌다.

몸속이 서서히 따뜻해지는 기분이 들었다. 소유는 눈을 흘기려다 언뜻 눈을 감았고, 그대로 도로 잠이 들었다. 얼마 후 따뜻하게 김이 오르는 죽을 먹이기 위해 백란이 그녀를 조심스레 깨웠을 때 청운은 다음에 다시 찾아뵙겠다며 돌아가고 없었다.

“혹시 경……”

“기다리고 계십니다.”

서한으로 미리 방문 시각을 알렸기 때문인지, 하인은 소유의 얼굴을 보자마자 그녀가 말을 맺기도 전에 별채로 안내했다. 창을 온통 열어놓은 별채의 제 방에 편하게 누워 있던 경원은 소유가 들어오자 일어나 맞이했다.

“왔어? 청운의 말을 들어보니 여독 때문에 앓아누웠다던데. 이제 좀 괜찮아?"

구체적인 이야기는 직접 할 수 있도록 배려해준 모양이었다. 소유
는 쓴웃음을 지었다. 한 번 정신을 차리고 나니 몸이 금세 가벼워져,
그간 많이 도와준 경원에게 직접 사정을 설명하러 방문한 차였다.
하지만 정작 말을 꺼내려니 어떤 이야기부터 꺼내야 하는지 막막
했다.

"몸은 많이 나았습니다. 감사합니다, 경원 공자."

"'몸은'이라면 다른 문제가 있다는 뜻이야?"

경원은 갸름한 턱을 들었다. 소유는 하인이 내주는 자리에 앉아 잠
시 별채 전체를 관통하는 산들바람 속에서 눈을 감았다. 꽃향기가
전처럼 느껴지지 않았다.

"왜 그래?"

자기 자리에 앉은 경원이 불안한 투로 채근했다. 소유는 한숨을 쉬
었다.

"그간 물심양면으로 도와주신 경원 공자께 이런 말씀을 드리게 되
어 죄송하지만……."

다음이 잠시 막혔다. 뭐라고 시작해야 할까. 나쁜 소식이 있다? 일
이 잘 풀리지 않았다? 채윤이 죽었다더라? 어떤 표현이든 혀 위에서
는 까끌거리기만 했고 실재와 몹시 먼 뜬구름처럼만 느껴졌다.

경원의 얼굴이 침중해졌다. 그의 그런 표정은 처음 보는 것이라 소
유는 내심 놀랐다.

"그래. 더 말 안 해도 알겠다. 힘든데 일부러 소상히 말하려 애쓸
것 없다."

놀랍게도 그 말에 마음이 편안해지며 의지가 다시 굳어졌다. 소유
는 쓸쓸한 내색을 드러내지 않으려 애쓰며 담담히 설명했다.

"괜찮습니다. 공자께서 소상히 아셔야지요. …화주의 관리 일대가

감히 하늘을 거스르려 하는 계획을 꾸미다가 금상께서 알게 되시어, 곧 화주로 사람이 올 예정이었다 합니다. 그전에 가장 음모에 근접했던 관리들의 집이 차례로 흉한 일을 당해 조사는 취소되었고 화주 성주님은 무혐의 처리되었으나, 역천에 가담한 것이 분명한 진 부관 일가는 모두 죄인으로 혹 생존자가 발견될 경우 처형하라는 명이 내려졌다 합니다."

"뭐?"

경원의 고양이 같은 눈이 날카롭게 치뜨였다. 명석한 그는 소유가 노골적으로 말하지 않은 의미를 바로 알아들은 모양이었다.

"화주 성주가 제 손발을 자른 거야?"

가슴이 욱신거렸다. 소유는 입술을 깨물었다.

"진실은… 저희 성주님만이 아시겠지요."

"말하는 투를 보니 이미 너는 그리 생각하는 것 같은데?"

"잘못 보신 겝니다."

경원은 픽 웃었다.

"이미 한 번 죽었다며 장사 지낸 자를, 발견되면 처형하라는 명까지 내렸어? 네 친우라는 자도 팔자가 기구하구나."

동감이었다. 소유는 한숨을 쉬었다.

"어떻게든 방법을 찾아야지요."

"여독이 아니라 그 일 때문에 앓아누웠던 모양이로구나."

경원은 혀를 쯧 찼다.

"그래서? 더 할 이야기가 있느냐? 방법을 찾는다는 걸 보니 소식은 있는 모양이구나. 난 또, 네가 들어오자마자 죽을상을 하기에 무슨 일이 있나 했다."

"예. …대군 마마께서 수소문해주신 바에 따르면, 장안으로 오는 길에 익사체가 몇 구 발견되었는데 그중 채윤이가 늘 가지고 다니던 것과 같은 옥을 지닌 자가 있었답니다."

소유는 거기까지 말하고 입을 꾹 다물었다. 경원은 그녀의 얼굴을 똑바로 보다가 눈썹을 치켰다.

"…그래서?"

"예?"

"그 옥은 네가 직접 확인한 거냐?"

"예……."

"대군 마마가 그걸 가져와 네게 확인시키신 게고? 그분은 그 채윤이라는 자를 직접 보신 일이 없는데?"

"예."

경원은 콧방귀를 뀌었다. 소유는 그의 무례함에 어이가 없고 황망해 입을 살짝 벌렸다. 그는 반질반질한 책상을 손바닥으로 탕 내리쳤다.

"그래, 그런 소식을 말이라고 가져왔어?"

순식간에 분노가 치솟았다. 소유는 경원이 아직 책상에 얹고 있는 손 옆에 자신의 오른손을 쾅! 내리쳤다.

"어찌 말씀을 그렇게 하십니까!"

상체를 내밀자 경원의 얼굴에 소유의 그림자가 졌다. 그는 토끼처럼 놀란 눈을 했다가 다시 눈을 날카롭게 치떴다.

"내가 그럼 어찌하라는 말이냐? 너처럼 죽을상을 하고 있을까?"

"누가 죽을상을 하시라 했습니까. 나쁜 일을 당한 것에 대한 위로는 바라지도 않습니다. 하지만 그런 식으로 말씀하실 것까진 없잖습니까!"

"나는 이렇게밖에 말 못하겠다!"

경원은 몸을 일으켜 소유를 내려다보았다. 그의 눈에는 이상한 감정이 어른거리고 있었다. 불신일까? 아니면 분노? 혹은 괘씸함?

"가서 잘 생각해봐라, 슬퍼서 머리가 안 돌아가는 모양이니! 이 상황에 너는 어찌 사소한 것에 정신이 쏠려 있는 게냐! 남들에게 알아달라 자랑하는 게냐? 내가 이렇게 슬프다, 내 친우가 죽었다고?"

짜악. 경원의 얼굴이 돌아갔다. 소유는 그의 뺨을 향해 손을 있는 힘껏 휘두르고는 이내 힘없이 늘어뜨렸다.

"공자가… 그런 말씀을 하시는 분인 줄 몰랐습니다. 이만 가보겠습니다."

뺨을 맞은 것이 무척 충격적인 모양이었다. 경원은 금세 붉어진 왼뺨을 감싸지도 않고 멍하니 소유의 얼굴만을 바라보았다. 분노 때문인지 그의 오른뺨도 곧 달아올랐지만 언쟁이 오가지는 않았다.

소유는 자리에서 벌떡 일어나 고개를 숙였다. 가슴속이 부글부글 끓었다. 이런 인사를 믿고 의지한 자신이 바보처럼 느껴졌다.

"그간 감사했습니다."

몸을 홱 돌려 섬돌에 내려서자 햇빛이 화사하게 들었다. 옅은 분홍색으로 물든 커다란 꽃잎이 툭, 소리를 내며 땅에 떨어졌다.

야, 야! 하며 그녀를 부르는 목소리가 뒤늦게 들려왔지만 그녀는 돌아보지 않고 정 승상의 저택을 떠났다.

"나 궁에 들어가기로 했어."

소유의 회복을 축하하며 두 남자가 잔뜩 시켜놓은 요리를 앞에 두고, 그녀는 그렇게 선언했다. 월은 눈썹을 슬쩍 들었을 뿐이었지만 백란은 기절초풍했다.

"예에? 누님, 결국 궁에서 누님의 화용월태를 알아보고 입궁하라 한 건가요? 그래서 제가 궁에 가시면 안 된다고 했던 건데……! 안 됩니다, 누님을 마음에 둔 자가 누구입니까? 제가 당장 가서 담판을 짓고 오겠습니다!"

"애는."

소유는 쿡쿡 웃었다. 경원에게 화를 제대로 내고 와서일까, 몇 시진 전과 비교하면 훨씬 웃는 얼굴이 쉽게 나왔다.

"그런 게 아니야. 이제 내가 갈 곳이 없잖니. 화주에 돌아갈 수는 없을 것 같고."

"누님이 가실 곳이 왜 없어요!"

백란은 주먹을 불끈 쥐었다.

"낙양성으로 오시면 되죠. 저희 성에서 머무르세요, 누님."

"미안해서 어떻게 그러니."

소유는 백란의 얼굴을 기특하게 들여다보며 생긋 미소 지었다.

"대군 마마께서 채윤의 행방을 계속 찾아주신다니까 어차피 장안에 있어야 해. 마침 마마께서 설궁에 머무르라 제안해주셨으니 호의를 받아들이려고."

"대군 마마가?"

월은 잠시 기묘한 표정을 지었다. 소유는 고개를 끄덕였다.

"응. 맞아, 당신은 전에 장안에 있었잖아. 대군 마마에 대해 좀 아는 것 있어?"

"아니."

월은 고개를 금세 저었다.

"연회 때 가끔 얼굴을 비쳤으니 얼굴은 알지만 그게 전부야."

"그래?"

소하에 대한 감상을 나눠보고 싶었던 소유는 살짝 실망했다. 백란은 앵돌아진 듯 도톰한 입술을 비죽거렸다.

"누님, 혹시라도 후궁으로 들어오라는 제안이라면 거절해버리셔요. 채윤 형님에 대한 단서를 더 찾을 때까지 제가 누님 옆에 계속 있겠습니다."

"그게 무슨 소리야?"

백란의 장담에 월이 눈을 부라렸다.

"너는 낙양성의 후계자잖아. 바깥에 너무 오래 나와 있는 건 좋지 않아."

"형님이 계시잖아요."

백란은 다시 입술을 비죽거렸다. 새 부리처럼 조그마하고 뾰족한 분홍색 입술이 오물거리는 것을 보고 소유는 웃음을 터뜨렸다.

"말은 고맙지만 그렇게까지 하면 내가 정말 너무 미안해서 안 되겠다, 백란아. 그리고 대군 마마의 옆에 있으면 확실히 정보가 빨리 들어오지 않겠니? 여러 가지로 생각해서 결정한 것이니 너는 네 형과 함께 낙양에 돌아가렴. 그동안 정말 고마웠어."

"누니임."

백란은 풀이 죽어 어깨를 늘어트렸다. 월이 생각에 잠긴 눈으로 물었다.

"대군 마마께서 궁에 머물라고 하신 게 어떤 의미야? 후궁에 들어오라고 하신 거야? 아니면 심부름이라도 시키시겠다는 거야?"

"확실하게 말씀은 안 하셨는데… 뒤쪽이 아닐까? 계속 나한테 용감하고 총명하다고 칭찬하셨거든."

월은 맑은 소리로 웃었고 백란은 풀이 죽은 와중에도 진지하게 고개를 끄덕였다.

"사람 보는 눈이 있는 분이시로군요."

"대단한데? 공주님. 이러다 조정에서 일하게 되는 거 아니야?"

"궁에서 뭘 하든 내 입장에선 같아."

소유는 단단하게 말했다.

"나는 채윤을 계속 찾을 거고, 대군 마마께 탐색을 도와달라고 청할 거야. 내가 납득할 수 있는 결과가 나올 때까지."

월의 웃음이 살짝 굳어졌다.

"결과가 나오면? 그다음에는?"

"글쎄."

소유는 쓴웃음을 지었다. 백란은 슬쩍 눈을 들어 제 형과 소유를 번갈아가며 보았다.

"채윤이에게 수배령이 내려졌으니 섣불리 화주로 돌아갈 수는 없겠지. 어떻게 할까?"

"낙양으로 오십시오, 누님!"

백란이 얼른 끼었다. 그는 열성적으로 눈을 반짝였다.

"저희 성에는 방이 정말로 많습니다. 채윤 형님은 사랑채에 사시고, 누님은 안채에 사시면 좋지 않겠습니까?"

"얘는. 내가 왜 안채에 사니."

청운처럼 누나들이 있으니 그들과 함께 생활하라는 것도 아니고, 형제 둘만 있는 집에 갑자기 젊은 여자 손님이 와서 안채에 머문다면 어떤 소문이 날지는 자명했다. 소유가 쿡쿡 웃자 백란은 뺨을 깜찍하게 붉혔다.

"그야… 그야, 어차피 언젠가는……."

"채윤이가 갈 곳이 없다면 내가 거처를 마련해주는 것 정도야 당연한 일이니까 미안해할 것 없어."

월이 백란의 말이 끝나기 전에 분명하게 말했다.

"내 집에서 둘이 지내도 되고, 말마따나 공주님은 본성에서 지내도 되고. 채윤이야 그렇다 치지만 과년한 처자가 미혼 남자 집에 들어와 사는 건 남 보기 그럴 수 있으니까."

"말이라도 고마워. 생각해볼게."

소유는 웃어 보였다. 월은 조금 더 생각하는 얼굴로 말을 이었다.

"공주님이 설궁에 들어갈 거라면 우리는 슬슬 낙양으로 가야겠어.

채윤이 살아 있다면 낙양으로 나를 찾아올지도 모르니까. 그때는 연락 주도록 하지."

"고마워."

월의 말은 합리적이었다. 소유가 고개를 끄덕이는데 백란이 입을 쑥 내밀었다.

"저는 안 갑니다, 형님. 누님이 장안에 계신다면 저도 장안에 더 있으렵니다."

"이 녀석."

월은 인상을 썼다. 그러나 백란은 고집이 가득한 얼굴로 우겼다.

"형님 말씀대로 소유 누님처럼 아리땁고 고상하고 성품 또한 고결한 규수가 미혼의 젊은 남자가 사는 집에 무작정 들어갈 수는 없는 일이 아니겠습니까? 대군 마마께서 어떤 분이신지 모르니 저는 누님을 못 보내겠습니다."

"내가 언제 그런 말을 했느냐?"

아리땁고…… 어쩌고에서 월은 기가 막히다는 듯 혀를 찼고 소유는 쿡쿡 웃었다. 그녀는 고개를 저었다.

"백란이 네 말이 백 번 옳다만, 나는 이미 결정했단다."

"그리 말씀하셔도 저는 장안에 있으렵니다. 누님이 궁에서 부당한 대접이라도 받으신다면 바로 제게 오십시오."

그렇게 말하고 백란은 해사하게 웃었다. 소유는 재미있어져 월을 보았다. 엄격한 형인 척해도 월이 백란의 고집에 자주 진다는 것을 그녀는 알고 있었던 것이다. 월은 이마를 짚으며 인상을 찌푸렸다.

"…하는 수 없지. 우리도 잠시 장안에 더 머물게."

❀

"이렇게 좋은 방을 제가 써도 될까요?"

시비가 안내해준 방을 둘러보는데 찾아온 옥현에게 소유는 그렇게 물었다. 설궁의 아담한 살림에는 딸린 방이 몇 개 없었다. 그런데 그중 가장 격이 높은 방을 그녀에게 내준 것이다. 소하의 침실과 가깝고 후원이 금세 내다보이는데다 작은 누각이 딸린 훌륭한 침실이었다.

옥현을 따라온 진구가 꼬리를 살래살래 저으며 소유에게 다가왔다. 옥현은 후후 웃으며 말했다.

"이왕 있는 방, 비어 있는 것보다야 주인이 드는 쪽이 좋지 않겠냐고 마마께서 그러셨습니다."

"하지만 이런 방은 후일 내당 안주인 되실 분이 쓰셔야 하지 않겠습니까."

소유는 쪼그려 앉아 진구의 목덜미를 쓰다듬어주었다. 진구는 바로 배를 보이고는 헥헥거리며 좋아했다. 그 모습이 사랑스러워 그녀는 미소를 지었다.

"그런 분은 지금 아니 계시지 않습니까. 전하께서는 소유 아씨의 편의에 필요하다면 뭐든 아끼지 말라 명하셨습니다."

"아씨라니요."

소유는 뺨을 살짝 붉혔다.

"제가 어찌 감히 공께 그런 호칭으로 불리겠습니까? 공신 가문의 후손이시라 들었습니다."

월의 귀띔에 따르면 옥현은 대단히 유서 깊은 혈통의 소유자로, 선대왕 시절에는 아주 세력이 있었던 집안의 아들이라는 모양이었다. 그래서 어릴 때 세자였던 난양대군의 놀이 상대가 되어 궁에 자주 드나들었다던가. 금상이 옥좌에 오르며 집안이 몰락했다고는 해도 왕실에 드나들며 난양대군의 일을 이것저것 봐주고 있다고 했다.

소유의 말에 옥현은 쓴웃음을 지었다.

"이런. 공신 가문의 후손이 어디 한둘입니까. 신경 쓰지 마시고 대군 마마의 시종으로만 대해주십시오. 이 설궁 안에서야 다 같은 대군 마마의 아랫사람 아닙니까."

대군의 아랫사람이라는 표현이 슬쩍 걸리기는 했지만 어떻게 보면 틀림없기도 했다. 소유는 그냥 웃어넘겼다.

"하시면 계속 옥현 공이라 불러도 되겠습니까?"

"예, 물론이지요. 소유 아씨가 필요하실 땐 언제든 편하게 불러 쓰십시오."

진구는 소유의 손에 자기 앞발을 얹고 어리광을 부렸다. 옥현은 웃으며 진구를 나무랐다.

"이 녀석, 손님께 그렇게 어리광을 부리면 쓰나."

"손님은요. 객식구지요."

소유는 손을 얼른 젓고 진구의 가슴께를 긁어주었다. 진구는 한참 어리광을 부리고 나서 제멋대로 방을 나섰다.

"혹 부족한 것은 없으신지 여쭈려 들렀는데, 진구 저 녀석만 득을 보았군요."

옥현은 진구의 꼬리가 쏙 사라지는 것을 보며 짐짓 혀를 찼다. 소유는 고개를 저었다.

"부족하긴요. 모든 것이 과분합니다. 오갈 데 없는 신세를 이리 거두어주셨으니 대군 마마께 어찌 감사를 올려야 할지 모르겠습니다."

"마마께서는 아씨가 와주시어 무척 기뻐하고 계시니, 아마 크게 마음 쓰지 않으셔도 될 겁니다."

옥현은 눈을 휘며 웃었다. 소유는 마주 미소 지었다.

"감사한 말씀이지만 그렇게 뻔뻔할 수는 없지요. 시키실 일이 있으시다면 언제든 시키세요. 혹시 당장은 도와드릴 게 없을까요?"

"그리 말씀하신다면."

옥현은 환한 표정을 지었다.

"마침 저녁 준비를 좀 할까 하는데, 함께 장에서 물건을 보아주시겠습니까? 대신 대군 마마에 대한 재미있는 이야기를 좀 들려드리겠습니다."

"기꺼이요."

소유는 옥현과 함께 나섰다. 그와 이야기를 나누는 내내 웃음이 끊이지 않았다.

설궁에서 처음 맞는 밤은 낯선 향기를 풍겼다.

낯선 잠자리, 낯선 저녁식사, 낯선 천장. 사가私家도 아닌 구중궁궐에서 잠을 청하는 것은 생각보다 훨씬 이상한 기분을 느끼게 했다. 소유는 눈을 감고 뒤척이다 결국 한숨을 쉬었다.

문득 창밖으로 인기척이 느껴졌다.

소름이 오싹 돋았다. 소유는 가까이 두었던 검에 손을 뻗고 민첩하게 몸을 일으켰다. 그리고 어둠 속에서 숨을 죽이며 인기척을 다시 확인하려 애썼다.

사위가 다시 고요했다. 잘못 느낀 것일까? 물론 설궁의 보초를 서는 병사들이 교대하며 계속 인기척을 낼 것이다. 하지만 그렇다면 초롱을 들고 다니며 발걸음 소리를 선명하게 냈을 텐데, 아까 그것은 꼭 기척을 감추려 살금살금 걷는 듯한……

역시 무시할 수 없었다. 소유는 발소리를 죽이고 방을 빠져나왔다. 그리고 벽에 등을 바싹 붙이고 주위의 기척을 파악하려 애썼다. 달그락, 하고 누군가 가볍게 기와를 밟는 소리가 들렸다.

착각이 아니었다! 정직하게 행동하는 사람이라면 누구도 이 밤중에 지붕을 살금살금 밟고 다니지 않을 것이다. 소유는 당장 정원으로 뛰쳐나갔다. 그리고 달빛을 받은 지붕 쪽을 향해 벽력처럼 외쳤다.

"누구냐! 모습을 드러내라!"

쪽문 쪽에서 웅성거리는 소리가 나고 곧 남색 옷을 입은 병사가 달려왔다. 초롱을 든 병사는 당황한 얼굴로 소유에게 물었다. 소유는 지붕에서 눈을 떼지 않았지만 이미 달빛 아래 드러나는 것은 없었다.

"무슨 일입니까, 낭자?"

"무슨 소리가 들렸어요."

"예?"

소유는 입술을 깨물었다. 병사의 되물음에는 짜증과 혼란이 섞여 있었다. 그녀는 눈을 부릅뜨고 말했다.

"방에 누워 있는데 발소리하고 기와 밟는 소리가 들렸어요. 그래서 나왔어요."

"낭자."

병사는 주위를 한번 둘러본 뒤 맥이 풀린 얼굴로 달래듯 말했다.

"아무것도 없지 않습니까? 지금 어디 발소리가 들립니까?"

"실력이……."

실력이 뛰어난 도둑일 거라고 말하려던 소유는 입을 다물었다. 이 밤바람을 맞으며 그렇게 말하려는 자신이 갑자기 바보처럼 느껴진 것이다. 착각이었을지도 모른다. 잠결에 신경이 날카로워진 나머지 잘못 들었을지도 모른다. 방금까지는 확신으로 차 있던 마음이 불안으로 녹아내리기 시작했다.

소유의 얼굴을 보고 병사는 한쪽 눈썹을 들었다.

"일단 찾아는 보겠습니다. 도둑이 들었다, 이 말씀이시지요?"

궁궐에 도둑이 들었다는 말 또한 바보 같기는 마찬가지였다. 이 설궁에 뭐가 있다는 말인가? 게다가 이곳은 병사들이 쪽문 하나까지 다 지키고 있지 않은가? 어떤 멍청한 도둑이 이런 곳을 골라서 든다는 말인가? 게다가 개도…….

거기까지 생각하자 진구가 짖지 않았다는 것이 생각났다. 병사는 채근했다.

"어느 쪽에서 소리가 났습니까?"

"저기… 저쪽인 것 같습니다."

소유는 자신이 노려보던 곳을 가리키고 한숨을 쉬었다. 병사는 에 잉, 하고 중얼거리며 휘적휘적 걸어갔다. 보아하니 소유가 잠결에 잘못 들은 것을 가지고 소란을 피운다고 생각하는 모양이었다.

잠시 안채 뒤편을 들여다본 병사는 아무것도 없었다고 투덜거리듯 한마디 던지고는 근무 장소로 돌아갔다. 소유는 기분이 상해 땅에 발을 한 번 굴렀다. 부끄럽기도 했지만 분하기도 했다. 저런 태도로 말할 것까지는 없지 않나. 이상한 소리가 들렸다면 못 들은 척하기보다는 정체를 알아보는 쪽이 좋지 않은가?

한번 몸을 움직이고 나니 들어가 자기에도 뭣했다. 소유는 정원을 향해 열린 주랑으로 올라가 조용히 한숨을 쉬었다. 차고 맑은 밤공기를 밝은 달빛이 물빛으로 비추었다.

"…그림자까지 넷이라네."

달과 술에 대한 옛 시를 아무렇게나 읊으니 옛날 생각이 났다. 어릴 때 이렇게 채윤과 달구경을 하다가, 다음 날에 고뿔이 들어 크게 혼났던 추억이 있었다.

"운치가 있구나."

문득 옆에서 차분한 목소리가 들려왔다. 소유는 놀라 어깨를 움찔했다가 웃으며 인사했다. 눈부시게 흰 침의를 입은 소하가 숨을 몰아쉬며 그 자리에 서 있었다.

"달이 참 밝습니다, 소하 님."

소하의 매끈한 뺨에 든 달빛이 둥근 원을 그렸다. 그는 눈을 가늘게 접으며 빙긋 웃었다.

"달도 밝고 하늘도 밝고 네 눈은 더욱 밝구나. 이쪽에서 큰 소리가 들린 듯해 와보았다만, 내 착각이었던 모양이다."

그 안도한 표정에 죄책감이 들었다. 소유는 쓴웃음을 지었다.

"실은 제가 잠결에 사람 발소리를 들은 듯해 나와서 소리를 쳤는데, 병사가 둘러보고는 아무도 없다고 하더군요."

"그러냐."

소하는 소유의 검을 보고 눈웃음을 짙게 지었다.

"그래 도둑을 잡으러 검을 가지고 나온 게냐? 용감하구나."

"화주에서 살던 집이 불에 탈 때도 자던 중에 당했습니다."

"그래, 그렇다면 남보다 더 민감하게 반응할 수도 있겠다."

소유는 검을 난간에 기대 세웠다.

"아무래도 괜한 소동을 일으킨 듯하여 민망합니다. 소하 님께서도 저 때문에 깨셨습니까?"

"아니다. 무슨 일이 있다면 빨리 알리는 것이 좋지."

소하는 소유의 옆에 서서 달을 올려다보았다. 부드러우면서도 산뜻한 향기가 났다. 눈을 닮은 향, 이라는 생각이 들었다.

"나는… 생각을 하고 있었다."

속눈썹이 소하의 뺨에 그림자를 드리웠다. 소유는 무심코 그의 얼굴을 올려다보며 나지막하게 물었다.

"어떤 생각을 하셨는지… 여쭈어도 되겠습니까?"

"한 사내와… 한 여인에 대해 생각했지."

"여인이라 하시면."

정혼자일까? 소유가 눈을 동그랗게 뜨자 소하는 달빛에게서 눈을 떼고 그녀를 내려다보며 가볍게 웃었다.

"채윤과 너에 대한 생각이었느니라."

"예?"

소유는 저도 모르게 입을 살짝 벌렸다. 소하는 짓궂은 표정을 지었다.

"네가 나 때문에 채윤을 잃었으니, 어서 찾아주어야 할 것이 아니냐? 어떻게 해야 네가 납득할 수 있는 방법으로 찾을까 고민했다."

"소하 님……."

미안하기도 하고 적이 감동을 받아 소유는 입술을 깨물었다. 소하는 쿡쿡 소리 내 웃고 다시 달을 올려다보았다.

"오늘 저녁 시간에 네가 많이 웃더구나. 보기 좋았다."

그것엔 이유가 있었다. 소유는 저도 모르게 오늘 낮에 옥현과 나누었던 대화가 떠올라 웃음을 흘리고 말았다. 소하는 눈썹을 들었다.

"어찌 그러느냐?"

"아니옵니다. 실은 그게 다 소하 님 덕분이었답니다."

낮에 소유를 데리고 저잣거리로 나간 옥현은 온갖 재미있는 물건을 보여주며 소하의 옛날이야기를 많이 들려주었다. 슬쩍 눈치를 보아하니 소유의 기분을 좋게 해주려고 일부러 더 넉살을 부리는 부분도 있는 것 같았다. 그것은 소하의 명령이었을까, 아니면 옥현의 배려였을까.

어느 쪽이든 상관없을 듯했다. 이런 한밤중에 소유가 소리를 질렀다고 해서 곧바로 달려와준 소하를 보니 마음이 따뜻해졌다.

"내 덕분이라?"

전혀 모르겠다는 듯 고개를 갸웃한 소하의 머리칼이 매끄럽게 찰랑였다. 소유는 장난스러운 표정을 지었다.

"옥현 공에게 재미있는 이야기를 좀 들었지요. 소하 님이 연소하셨을 적······."

"이런."

소하는 어깨를 움츠리며 바로 질색했다.

"내가 무서운 이야기를 듣고 인형을 밤새 안고 있었다는 이야기 말이냐? 옥현이 녀석, 그 이야기를 질리지도 않고 해대는구나."

놀리는 것은 본인이 질색해야 더 재미있는 법이었다. 소유는 본인의 입을 막으며 깔깔 웃었다.

"무례하다 질책하셔도 당연합니다만, 연소하실 적의 소하 님을 상상하니 그만 무척 귀여우셔서."

"귀엽기는."

확신할 수는 없었지만 소하의 뺨이 살짝 붉어진 것 같았다. 소유는 후후 웃고 자신의 손에서 입을 뗐다.

그 모습을 본 소하가 부드럽게 말했다.

"잠자리가 낯설 테지만 이제는 들어가서 자거라. 내 오늘 밤은 네 거처를 그 누구도 침범하지 못하도록 병사들에게 말해두마."

"하온데 소하 님."

갑자기 아까 병사가 보였던 태도가 생각나 소유는 입술을 비죽였다.

"아까 제게 와서 뭘 보았냐고 묻던 병사의 태도가 영 시원찮았습니다. 그래서야 소하 님의 안전을 지키겠습니까? 언제나 만전을 기하도록 타이르시지요."

"그랬느냐? 내 그리 말해두겠다."

소하는 쓴웃음을 지었다. 어쩐지 알고 있었다는 얼굴이라 소유는 약간 심술이 났다. 대군의 처소에서 수상한 발소리를 들었다는데도 시원찮은 반응을 보이는 병사라니, 그래서야 제대로 일을 한다고 말할 수 있을까. 그게 다 소하를 무시해서 그런 것이 아닌가.

소하가 이미 알 정도로 평소에도 다들 태만하게 일하고 있다는 말인가?

"혹 소하 님께서 너무 다망하시면 저라도 말하겠습니다. 물론 제가 잘못 들었을 수도 있으니, 한 사람을 책망하는 것이 아니오라……"

"그래, 알겠다. 고맙구나."

소하는 곧 낯빛을 바꾸고 그저 웃으며 고개를 끄덕였다. 그의 부드러운 표정을 보자 왠지 마음이 놓였다.

말간 바람이 스쳤다. 소유는 소하의 말대로 방으로 들어가 곧 잠을 청했다. 달빛을 받은 창호지가 바닥에 구름 같은 결을 새기는 밤이었다.

전날 밤의 소동이 거짓말이었던 것처럼, 설궁의 아침은 푸르고 고요했다. 정원에 풀어 기르는 새의 재잘거림과 산들바람에 버들잎 스치는 소리를 들으며 소유는 기지개를 켰다.

궁인의 시중을 받아 세수와 양치를 마치고 옷을 입는데 어디서 놀다 왔는지 진구가 들어와 발치에 몸을 비볐다. 그 간지럽고 따뜻한 감촉에 소유는 깔깔 웃었다.

"어디서 놀다 왔니, 진구야? 아침은 먹었어?"

진구는 그녀가 몸을 숙여 목덜미를 긁어주자 헥헥거리며 기분 좋은 표정을 지었다. 소유는 옥피리를 허리춤에 꽂고 방을 나섰다.

하늘이 높고 구름이 적은 날이었다. 노란 햇살이 나뭇잎 틈새와 창살 틈새를 타고 들어와 바닥에 눈부신 문양을 그려내며 달싹였다. 목덜미를 간질이는 듯한 따스한 감각에 소유는 잠시 회랑 한가운데 서서 아침 바람을 마셨다.

밖으로 나오자 신이 난 진구는 정원으로 뛰어나가 풀 냄새를 맡았다. 소유는 그걸 보고 웃은 다음 소하가 있을 바깥채로 향했다.

담백한 필치의 글씨가 쓰인 현판 아래로 문이 활짝 열린 조당은 하루의 시작을 준비하느라 제법 사람이 오갔다. 소하는 처음에 소유를 맞아들였던 작은 방에서 옥현과 함께 앉아 담소를 나누고 있었다. 열린 문 안으로 소유가 들어가자 두 남자의 대화가 자연스레 멎었다.

"오셨습니까, 소유 아씨."

"어서 와라."

소하는 평온한 얼굴로 빙긋 웃으며 소유를 맞이했다. 어젯밤 침의 차림일 때와 다르게 지금의 소하는 평소처럼 격식에 맞는 옷을 차려입고 있었는데, 작은 관 아래로 정돈된 머리칼이 비단처럼 매끈하게 흘러내렸다. 그 아름다운 얼굴에 어쩐지 부끄러워지는 것을 느끼며 소유는 인사했다.

"아침 문안 올립니다, 소하 님."

소하는 우아하게 손을 내밀었다.

"고개 들어라. 그래, 너도 어젯밤에는 잘 잤느냐? 낯선 잠자리라 불편하지는 않았는지 모르겠구나."

옥현은 얼른 소유가 앉을 의자를 가져다 소하와 자기 사이의 자리에 놓았다. 소유는 소하의 손짓에 따라 고개를 들고 의자에 앉았다.

"불편하다니요, 천만의 말씀이십니다. 제가 평생 누워본 어느 잠자리보다 황송했습니다."

"잠자리가 황송하면 아니 되지. 어젯밤에 그래서 깼던 게로구나."

소하와 옥현은 소리 없이 웃었다.

"어젯밤에 누가 들어온 것 같다고 말씀하셨다지요? 아침에 청운 장군이 듣고 얼굴이 창백해져서 병사들을 집합시키더군요."

"아침이라면, 청운 공자가 벌써 입시한 모양이지요?"

지금도 상당히 이른 때인데. 소하는 미소 짓는 얼굴로 고개를 끄덕였다.

"청운은 책임감이 강해서 그의 맡은 바 임무를 수행하는 데에 열심이지. 늘 일찍 등청한단다."

"그렇습니까."

하긴 그러니까 잘 알지도 못하는 소유가 갈 곳이 없는 것을 보고 집에 와서 지내라는 말을 했을 것이다. 모른 척해도 됐을 일을 몇 번이나 찾아왔다지 않나. 소유는 새삼 청운에게 고마워졌다. 아마 그에게 맡겨둔다면 소하의 안전도 확실할 것이다.

"대군 마마, 조반 들이겠사옵니다."

어느새 식사 시간이 된 모양이었다. 궁인들이 정갈한 차림의 요리를 들였다. 음식 냄새를 맡았는지 진구가 신이 난 얼굴로 들어왔다. 소하는 먹음직한 고기부터 하나 젓가락으로 집어 진구에게 던져주었다.

"옛다, 진구야. 너부터 먹어라."

고소한 참깨죽에 여러 진미가 올라온 대군의 아침상은 낙양의 기루에서 본 것처럼 대놓고 호화롭지는 않았지만 품격이 있었다. 소유는 진구가 신이 나서 고기를 먹는 걸 보고 쓴웃음을 지었다.

"소하 님께선 정말 진구를 예뻐하시나 봅니다. 수저 드시자마자 진구 먹을 것부터 챙기시니."

"나야 항상 궁 안에 있으니 배고플 일도 없다만, 저 녀석이야 항상 신나서 뛰어다니니 늘 배고플 것 아니냐."

소하는 대수롭지 않게 대답하고 식사를 시작했다. 찬을 먹기 전에는 꼭 하나씩 진구에게 맛을 보여주는 손길이 세심했다. 잠시 후 옥현의 지시로 소유의 식사도 조당에 들어왔다.

"정말 맛있습니다, 소하 님."

왕자의 식사와 일반 백성의 상이 같을 수는 없어 소유의 식사는 고명이 아주 약간 적고 종류도 적었지만, 그럼에도 불구하고 비할데 없이 맛있었다. 굳이 비교하자면 용궁에 있을 때 먹던 음식에 가깝다고 해도 과언이 아니었다. 소유의 감탄에 소하는 기분 좋게 웃었다.

"그거 잘되었구나. 주방은 옥현이 모두 관리하니 칭찬이라면 옥현에게 해다오."

"대단하십니다, 옥현 공. 정갈하고 깨끗하기가 용궁의 음식 같습니다."

소유의 시선을 받고 옥현은 자못 흐뭇한 표정을 지었다.

"맛있게 드셔주시니 감사합니다, 소유 아씨. 천천히 꼭꼭 씹어 드시면 이후 시원한 수정과도 올리겠습니다."

"용궁의 음식이라니, 꼭 용궁에 다녀온 것처럼 말하는구나."

소하도 그녀의 말이 재미있었는지 한마디 거들었다. 소유는 소하를 보고 빙긋 웃었다.

"제가 다녀왔다면 믿으시겠습니까?"

"네가 그렇다면 믿고말고."

아, 가슴속이 간지러워졌다. 소유는 저도 모르게 얼굴을 약간 붉히며 손을 저었다. 농담이었다고 해야 할까? 아니면…….

"주상 전하 드십니다!"

소유가 생각을 마치기 전 별안간 문가에서 낯선 목소리가 우렁차게 외쳤다. 소유는 깜짝 놀라 움찔했지만 소하와 옥현은 아무렇지도 않게 일어섰다. 두 남자의 등 사이로 보인 남자를 그녀는 힐끔힐끔 관찰했다.

'주상 전하'라면 금상인 초왕 이융초를 가리키는 것이 틀림없었다. 원래는 함부로 쳐다보아서도 안 되는 인물이지만 호기심이 일어 자꾸만 눈동자가 돌아갔다. 들어온 남자는 소하의 것과 비슷하지만 더 잿빛이 도는 머리칼에 금으로 된 보관을 쓰고 호화로운 옷자락을 차며 헛기침했다.

"어흠, 식사 중이었던 모양이로구나."

"오셨습니까, 주상 전하."

"소신 옥현이 인사 올립니다."

"어흠, 어흠. 숙부와 조카 사이에 뭘 그리 예를 차리고 그러느냐. 일어나거라."

소하와 옥현이 차례대로 무릎을 꿇고 인사했다가 일어섰다. 소유는 화들짝 놀라 자신도 무릎을 꿇었다. 초왕의 눈이 소유에게 꽂혔다.

"저건 뭐냐?"

'저거?'

소유는 화가 나 얼굴이 빨개졌다. 소하는 소유에게 뒷모습을 보인 채 부드럽게 말했다.

"일신의 사정이 딱해 제가 거두기로 한 아입니다, 전하. 오늘 보고를 올리고자 하였는데 먼저 걸음을 해주셨으니 민망하옵니다."

"어흐흠!"

초왕은 턱짓해 옥현과 소하를 양옆으로 물러나게 했다. 그리고 몇 걸음 다가와 소유를 내려다보았다.

"고개를 들어보아라."

"예, 전하."

이 사람이 채윤에게 수배령을 내리고, 채윤의 가족 모두를 죽음으로 몰아넣은 원인이 된 사람이다.

문득 그 생각에 참을 수 없는 분노가 치밀었다. 분노와 동요와 공포를 숨길 자신은 없었지만 거절할 도리도 없었다. 소유는 손끝을 살짝 떨며 고개를 들었다.

초왕의 얼굴은 소하와 어딘가 윤곽이 닮아 있었지만 전체적인 인상은 정반대에 가까웠다. 희끗희끗 새치가 올라온 눈썹은 잘 정돈되어 있었지만 양쪽 끝에 숱이 없어 희미했고, 코는 뾰족하면서 필요 이상으로 가늘었다. 눈은 가늘고 길어 원래 모양이 나쁘지는 않았지만 총기보다는 소름이 돋을 정도로 강한 교활함이 느껴졌다.

호감도 위엄도 느껴지지 않는 천인국의 왕은 소유의 얼굴을 찬찬히 들여다보다가 입매를 비틀었다.

"내가 너에게 어여쁜 궁인을 많이 내려주지 않았더냐? 그 애들은 모두 돌려보내더니, 어디서 첩이라고 이런 박색을 찾아서 데려왔느냐? 네 마음을 도무지 이 숙부는 알 수가 없구나, 소하야."

눈앞에서 박색이라는 말을 들은 소유는 충격을 받아서 잠시 아무 반응도 보일 수 없었다. 물건 취급에 이어서 이제는 뭐라고? 그것도 모자라서 첩?

소하는 유들유들하게 대답했다.

"전하께서 보시기에는 미약하더라도 제게는 누구보다 어여쁜 아이이니 좋지 않겠습니까. 하오나 제가 마음대로 사람을 들였으니 벌을 청합니다."

"<u>흐흐흠!</u>"

초왕은 소유에게 더는 관심을 보이지 않고 고개를 돌렸다. 소유는 저도 모르게 일그러지는 얼굴을 수습하려고 애썼지만 큰 효과가 없었다.

"벌은 무슨. 장성한 사내가 첩 하나 들이는 것으로 숙부에게 벌까지 받아야겠느냐? 안 그래도 네가 그 나이가 되어서도 아직 장가를 아니 간 것이 이 숙부의 잘못이라며 삼사가 시끄러웠으니 외려 잘됐다."

"제가 못나 아직 장가를 못 간 것이 어찌하여 전하의 허물이겠습니까? 고얀 일입니다."

소하의 천연덕스러운 말에 초왕은 노골적으로 반색했다.

"그렇지! 네가 못나… 아니, 어흠. 네가 왜 못났느냐? 내 조카이거늘. 그저 아직 네게 맞는 반려를 만나지 못한 것뿐이지. 이 숙부가 백방으로 알아보고는 있다만, 너와 나이와 재주가 어울리면서 집안까지 맞는 배필이 어디 찾기 쉬워야 말이지."

소하는 고개를 한 번 공손히 숙였다.

"전하께서 그리 생각해주시니 소질은 감격, 또 감격할 따름이옵니다."

"그럼, 그렇고말고. 세상에 이제 네 혈육은 나뿐이지 않으냐? 나만큼 널 생각하는 사람이 또 어디 있겠느냔 말이다. 그렇지?"

초왕은 아주 기분이 좋아진 것 같았다. 그는 이제 표정을 관리한 소유에게 다시 눈길을 주며 대충 손짓했다.

"일어나라. 그래, 우리 소하를 네가 잘 보필해 행여나 몸이 상하지 않게 조심해야 한다, 알겠지?"

"예, 전하."

소유는 기묘한 기분으로 대답했다. 조카를 이 설궁에 가둔 장본인이 그렇게 말하니 우스웠다. 조카를 정말 생각하는 삼촌인 척하고 있지만, 미리 알리지도 않고 식사 시간에 찾아오더니 자기 하고 싶은 말만 실컷 하고 있지 않나.

초왕은 다시 소하를 보고 눈썹을 들었다.

"그래, 내 오늘 이 아이만 보러 온 것은 아니라, 너에게 할 말이 있었단다. 소하야, 열흘 후에 자경국 사신들이 참석하는 연회가 열린다. 너도 나오너라. 지난번처럼 중요한 날에 핑계 대며 빠지려 들지 말고, 웬만하면 나와서 세상 돌아가는 물정도 좀 보고 그래야한다, 알았느냐?"

소하가 대답하는 데에는 한순간의 지체가 있었다.

"예, 전하. 말씀 받잡겠사옵니다."

"그래, 그럼 난 간다. 어흠흠!"

초왕은 만족스러운 얼굴로 돌아서 휘적휘적 조당을 나섰다. 그의 뒤를 호화로운 비단옷으로 차려입은 시종이 조르르 따랐다.

초왕의 모습이 아주 보이지 않게 될 때까지 조당에는 어려운 침묵이 깔렸다. 소하는 짐짓 아무렇지 않은 얼굴이었지만 어딘가 아까보다 딱딱해진 분위기로 자리에 앉았고 음식에 더는 손을 대지 않았다. 옥현은 소유가 자리에서 일어나 다시 의자에 앉도록 도와주었는데 내내 미간에 주름을 잡고 있었다.

소유는 식어버린 음식을 한참 내려다보다가 조용히 물었다.

"소하 님, 저에게 이 설궁에 들어오라 하셨을 때……."

"후궁이 되라는 말이 아니었다. 너는 내 후궁이 아니라 손이니 안심하거라."

소하는 그녀가 불편해 말을 끊은 순간 단정하게 대답했다. 소유는 안도하며 눈을 들어 소하를 보았다. 그는 그녀를 말끄러미 바라보고 있었다.

"하시면."

"내가 혹 섣불리 말을 꺼냈다가 네 뒷조사를 하실까봐 가만히 있었다. 미안하구나."

소유는 계속 음식을 내려다보았고 소하도 수저를 들 생각을 하지 않았다. 옥현이 이내 웃으며 분위기를 수습했다.

"음식이 다 식었군요. 이대로는 맛이 없을 테니 제가 다시 데워 오겠습니다. 두 분은 모쪼록 바둑이라도 두고 계시지요."

옥현의 손짓에 궁인 둘이 들어와 상을 치우고 바둑판을 꺼냈다. 소유는 소하를 따라 바둑판 앞에 가 앉으면서도 곰곰이 생각했다. '이 아이만 보러 온 것은 아니'라고? 소하가 아직 보고하지 않았다면, 초왕은 어떻게 소유가 이 설궁에 들어왔다는 사실을 알고 오늘 아침에 보러 온 것일까?

바둑돌이 든 작은 단지를 궁인이 열자 옥돌에서 나오는 광채가 은은했다. 소하는 소유에게 다정하게 말했다.

"전하가 하신 말씀은 신경 쓰지 말거라. 바둑이나 두자꾸나."

"예, 소하 님."

소유는 퍼뜩 놀라 바둑돌에 손을 뻗었다.

✳

설궁은 죽은 명안왕후 윤씨, 그러니까 소하의 어머니가 결혼 전에 살았던 고택으로 지금은 윤씨 집안사람이 모두 죽거나 멀리 떠나 별궁이 된 모양이었다. 본디 궁이 아니었기 때문인지 왕족이 아닌 사대부의 격에 맞춘 양식이 군데군데 눈에 띄었고, 서쪽 한편에는 소담한 초당이 있었다. 지금은 궁인들이 사용하는 궁방이 되었지만 옛날 이 가문의 딸들은 초당에서 여러 가지 교육을 받으며 미래에 대한 꿈을 키웠을 터였다.

소유의 방이 있는 안채는 소하에게 아내도 딸도 없다 보니 거의 비어 있었다. 더부살이하는 입장에서는 남을 마주치지 않아도 되어 편했지만 조금은 적적하기도 했다. 심심하면 언제나 찾아갈 수 있었던 소꿉친구가 없는 일상이 너무 기묘해 그녀는 결국 소하와 옥현에게 자주 찾아가곤 했다.

소하는 바깥채의 일부를 개축해 만든 조당에 주로 머물렀는데, 대부분의 시간을 서책을 읽거나 바둑을 두며 보냈다. 소유가 소하의 바둑 상대가 되어주자 옥현은 자신도 이제야 일할 시간이 생겼다며 기뻐했다. 소하에게 바둑으로 이긴 적이 없는 소유는 옥현 역시 바둑 실력이 대단히 뛰어날 것이라고 짐작했다.

소하의 서재에 있는 책은 양이 방대했다. 소하는 소유가 몇 권을 제외하고는 마음껏 책을 꺼내 보도록 허락해주었고 그녀는 즐겁게 그 호의를 받아들였다. 유폐되어 있다고는 해도 소하 또한 왕족으로서 할 일이 있는지 가끔 손님을 맞았고 그럴 때 소유는 책을 들고 정원으로 나갔다. 햇빛이 잘 드는 툇마루나 너른 바위에 앉아 서책을 읽으면 무척 평온한 기분이 들었다.

오늘은 손님이 오지 않았지만 옥현과 소하 사이에 뭔가 나눌 이야기가 있는 모양이었다. 소유는 서재에서 적당히 아무 책이나 뽑아들고 평소처럼 정원으로 나갔다.

아무도 오지 않는 바깥채 뒤편의 툇마루에 앉아 책을 읽는데 내용이 재미있었다. 장안의 모 승상 댁 막내아드님이 주인공이었는데 재색겸비에 취향도 훌륭하다는 설정이었다. 하지만 그렇게 모든 면에 축복받고 태어난 만큼 성격이 무던하지 못하다는 단점이 있는 주인공은 우연히 한 규수에게 몹쓸 말을 하게 되고, 그 규수는 몹시 분노해 주인공의 뺨을 때린다는 식으로 전개되었다. 놀라운 것은 뺨을 맞은 주인공이 '지금껏 내게 손을 든 여인은 네가 처음이다. 신선하구나. 네게 반했다.'라는 대사를…….

"아하하!"

소유는 거기까지 보고 배를 잡고 웃었다. 뺨을 맞았는데 왜 반하는지도 알 수 없었지만, 책 주인공의 성품도 배경도 묘하게 정 승상 댁 경원과 흡사했던 것이다. 사실상 경원의 취향이 훌륭하다는 점은 그녀도 인정할 수밖에 없었고, 얼굴도 그만하면 훌륭했다. 그녀가 뺨을 때렸을 때 경원이 신선하다는 말을 하지 않아 다행이었다.

한참 웃다가 다시 책을 드는데 어디선가 핫, 하는 기합 소리가 들려왔다. 병사들이 내는 소리일까? 소유는 고개를 갸웃했다. 기합이 두어 번 더 이어졌다.

문득 궁금해졌다. 소유는 책을 덮고 자리에서 일어섰다. 그리고 기합 소리에 귀를 기울이며 천천히 발걸음을 옮겼다.

초록색 풀이 무성한 뜰에 접어들자 겨우 기합 소리를 내던 사람의 모습이 눈에 들어왔다. 높게 올려 묶은 머리와 손에 든 검도 눈에 새 기듯 들어왔지만, 그보다 먼저.

"어머나!"

소유는 속으로 비명을 삼켰다. 윗옷이라고는 하나도 입지 않은 청운이 그을린 상체를 역동적으로 움직이며 검술 연습을 하고 있었다.

"하압!"

수정 같은 땀방울이 튀며 햇살을 눈부시게 반사했다. 소유는 자신의 입을 가렸다. 남세스럽기는 했지만 시선이 떨어지지 않았다. 곧게 벌어진 너른 어깨, 단단하게 꽉 짜인 가슴과 배.

"핫!"

길고 질긴 팔뚝이 구부러지며 두꺼운 근육이 올라왔다. 이전에 소유가 나무에서 떨어졌을 때 그가 받아주었을 적의 감각이 떠올랐다. 어쩐지 이 멀리까지 솔향이 감도는 것 같았다.

청운의 맑은 눈이 예리한 빛을 띠고 앞의 무언가를 노려보았다. 잠시 꾹 다물리는 입술은 충분히 단단했다. 소유는 난감해졌다. 다른 곳으로 가야 하나? 하지만 자리를 뜰 수가 없었다. 우아하고 늘씬하게 짜인 저 몸의 동작 하나하나가, 아름다우면서도 무인으로서의 호승심을 끓어오르게 했다······.

숨소리가 너무 컸던 것일까, 청운이 동작을 멈추고 이쪽을 보았다. 그의 눈이 잠시 동그랗게 커졌다.

"낭자······?"

힘이 들어가 넓게 벌어졌던 등과 가슴이 원래대로 돌아왔다. 청운은 검을 내리고 급히 손수건을 찾아 땀을 닦았다. 흰 손수건에 땀이 닦여나간 얼굴은 검술 훈련의 여파로 붉었다.

"송구합니다, 청운 공자. 저 때문에 연습을 멈추실 필요는……."

"아닙니다. 슬슬 쉬려던 참이었습니다."

소유는 멈칫거리며 청운에게 다가갔다. 그는 그녀를 잠시 눈부신 듯 내려다보았다. 그러나 그녀가 보기에는 그의 몸을 뒤덮은 땀이 훨씬 눈부셨다. 햇살을 받아 눈부신 빛의 편린을 반사하면서도 살아 있는 사람의 매끈한 거죽이 호흡으로 오르내릴 때마다 어두운 그림자를 드리우는.

"여긴 어인 일이십니까? 오랜만에 뵙습니다."

엄밀히는 며칠 만이지만, 낮에는 한 궁에서 생활한다는 사실을 고려하면 그의 표현이 맞았다. 소유는 빙긋 웃었다. 불쾌하지 않고 뜨거운 냄새가 주변을 감돌았다.

"소리가 나기에 호기심이 일어 와보았습니다. 청운 공자는 자주 이 자리에서 검술 연습을 하십니까?"

"예, 이 뒤뜰에는 사람이 오지 않아, 가끔 짬이 나면 연습을 하고 있습니다."

"과연 젊은 나이에 왕족의 호위를 맡으실 만합니다. 보는 것만으로도 제 실력이 느는 기분이었습니다."

"하잘것없는 실력입니다. 부끄럽습니다."

청운은 그렇게 말하고 부끄러워 어떤 표정을 지어야 할지 모르겠다는 듯 뺨을 붉히며 입꼬리만 어색하게 올렸다. 소유는 청운이 손수건을 내려놓은 자리에서 붉고 조그만 것을 발견하고 고개를 갸웃했다. 처음 보는 물건이었다.

"공자, 거기 그 붉은 것은 무엇입니까?"

"예? 아……."

청운은 벗어둔 자신의 상의 옆에 작게 비어져 나온 조그만 물건을 잠시 허둥대다 집어 들었다. 보아하니 소유의 손가락 네 개만 한 크기로 만든 그것은 무늬 있는 비단을 접어서 푸른 실로 꿴 물건으로, 한쪽에 달린 긴 끈은 지니고 다니기 편하도록 달아둔 모양이었다. 다만 바느질이 비뚤비뚤하고 땀이 일정치 않아 한눈에 보기에도 솜씨 없는 사람이 만든 듯했다.

오히려 그것이 귀여워 미소가 나왔다. 집안의 어린 종이 처음으로 만든 물건일까? 소유가 빙긋 웃자 청운은 눈을 아까처럼 동그랗게 떴다.

"어찌 웃으십니까, 낭자?"

"귀여운 물건이라는 생각이 들어 웃었습니다, 공자. 소중히 지니시는 물건 같은데 어디에 쓰는 것입니까?"

그 질문에 청운은 잠시 머뭇거리다 비단 접은 것을 그녀에게 내밀었다.

"저희 두 누님이 만들어주신 부적입니다. 본디 단풍잎을 넣어 부적을 만드는 풍습은 자경국의 것인데 요사이 자경국 사신들이 온다 하여 반가에서 유행하는 모양입니다."

"어머나."

청운의 누나라면 나이가 있을 텐데 저 정도 솜씨라니, 아무래도 소유와 비슷한 모양이었다. 길쌈 같은 것보다는 무예와 학문에 힘쓰며 자란 걸까? 소유는 뭐라고 말할까 잠시 고민하다 적당히 칭찬했다.

"두 분 누님이 청운 공자를 아끼시는 마음이 참으로 두텁습니다."

청운은 부끄러운 듯 쓴웃음을 지었다.

"가족이니까요."

그 말에는 부러운 마음이 들었다. 소유는 빙긋 웃고 이번에는 더 큰 진심을 담아 칭찬했다.

"가족 분들의 정이 깊은가 봅니다. 그래서 청운 공자가 이리 바르게 자라신 것이겠지요."

"바르다니요."

청운의 얼굴이 어두워졌다. 진심으로 한 칭찬인데, 뭐가 문제였을까? 소유는 내심 당황해 얼른 웃으며 손을 저었다.

"그저 그런 생각이 들었습니다. 개의치 마십시오."

"…송구합니다."

다행히 화가 난 것은 아닌 모양이었다. 청운은 곧 어설프나마 미소를 지어 보였다.

"낭자가 건강히 지내시는 듯해 참으로 다행입니다."

"염려해주셔서 감사합니다."

그는 정말로 사려 깊은 사람이었다. 소유가 빙긋 미소 짓자 청운은 문득 생각난 듯 손뼉을 쳤다.

"그러고 보니 어제 경원이에게 갔다가 백란 공자를 뵈었습니다. 소유 낭자를 뵙고 싶어 좀이 쑤신다고, 혹 제가 먼저 낭자를 뵙거든 꼭 전해달라고 신신당부하더군요."

"그렇습니까?"

그러잖아도 그들 형제가 잘 지내는지 궁금했다. 소유는 반가운 기분으로 고개를 숙였다.

"소식 전해주셔서 감사합니다, 공자. 소하 님께 외출 허락을 받으면 찾아가보겠습니다."

별궁의 출입은 소하의 허락이 있어야 하는 것이라, 소유는 소하가 옥현과의 대화를 마치길 기다렸다가 용건을 고했다. 소하는 소유의 말을 듣더니 눈썹을 살짝 들며 감탄했다.

"낙양 성주의 작은아들을 만나러 가겠다? 네가 예까지 오는 데 낙양 성주의 아들들의 도움을 받았다는 말이야 들었다만, 친분이 깊은 모양이로구나."

"저를 많이 돌보아주었다 말씀 올리지 않았습니까. 그이들에게는 무척 고맙게 생각하고 있습니다."

그들이 낙양에서 모른 척했더라면 소유는 지금 이 자리에 있지도 못했을 터였다. 낙양에서 길을 잃고 주저앉지 않았을까.

소유의 말에 소하는 빙긋 웃었다.

"그래, 네가 전에 그렇게 말해주었지. 낙양 성주의 큰아들은 이전에 과거에 장원으로 급제해 두각을 드러냈다지? 나도 얼굴은 한 번 본 적이 있네. 보기 드문 시재를 갖춘 미남자이던데, 아우 또한 그러하냐?"

"시재는 형이 더 뛰어나나, 아우도 잘생기기로는 못지않답니다."

소유는 그렇게 말하자마자 어쩐지 즐거워져 눈웃음을 지었다.

"아직 어려 선이 가늘어서 사내인 것이 크게 드러나지는 않습니다만, 어디 내놓아도 빠지지 않을 미모를 갖추고 있답니다."

"미모라 할 정도이더냐?"

소하는 웃음을 터뜨렸다. 그러나 그 웃음소리에 쓸쓸함이 섞인 것 같아 소유는 고개를 갸웃했다. 백란이 아름답다는 말에 어째서 소하가 유쾌함 외의 것을 느껴야 할까.

"소하 님, 어디가 불편하십니까?"

"아니?"

소하는 미소 지으며 소유를 마주 보았다. 그의 눈이 동그랗게 뜨였다.

"어찌 그런 것을 묻느냐?"

기분 탓이었을까. 소유는 눈을 깜박였다. 마주본 소하의 눈은 한없이 깊었다.

"아닙니다. 그저 갑자기 그런 생각이 들어 여쭈었습니다."

"낙양 성주의 작은아들은 낙양의 보석이라 하여 백성들도 아긴다지. 그 명성이 이 설궁에까지 들려왔으니 그러잖아도 궁금하던 차였다. 기회가 되거든 형제 모두 입궁해 한 번쯤 시름을 잊는 시간이라도 보내게 해다오."

아, 하긴 형제를 만나고 싶어도 소하가 나갈 수는 없었다. 옥현이 귀뜀한 바로는 소하가 설궁에서 한 번 나가려면 타당한 사유를 가지고 상소를 올려 삼사와 귀족 회의의 심사를 거치고, 조회에 부쳐 초왕의 최종적인 윤허가 떨어져야 하는 모양이었다.

실상을 알고 보니 멀리서 듣던 것보다 훨씬 더 답답한, 그야말로 유폐였다. 그나마 이번 자경국 사신들의 잔치에는 나갈 수 있도록 허가가 나기는 했다지만.

사실 소하의 정치적 입장을 생각하면 섣불리 그 형제를 데려올 수는 없었지만, 그만 소하가 안쓰러워진 소유는 고개를 끄덕였다.

"예, 꼭 그리 전하겠습니다. 백란이는 마음씨가 곱고 윗사람을 잘 따르니 소하 님께서도 마음의 위안을 얻으시지 않을까 합니다."

"그리 생각하느냐?"

소하는 눈을 휘며 미소 지었다.

"참으로 기대가 되는구나. 그래, 그리 어여쁘게 여기는 아이라 일부러 네가 만나러 가는 게지?"

"예에. 또한 두 형제 덕에 제가 이리 멀리까지 와서 입궁하였으니 늦지 않게 안부를 나누어야지, 그러지 않고서야 제가 은혜를 모르는 사람이 되는 것 아니겠습니까?"

"네 말이 옳다."

소하는 후후 웃었다.

"예의 작은 도령은 몇 살이냐? 아무리 어리다 하나 네 이야기를 들어보면 남녀의 구별을 모르는 나이는 아닐 듯한데. 같이 먼 길 오면서는 별문제가 없었느냐?"

"아이, 소하 님도. 가여운 이를 돕는 데 남녀가 따로 있겠습니까. 또 채윤이 월 공자와 막역했으니, 백란 공자 또한 그런 마음뿐이었을 겁니다."

소유는 소하를 보고 마주 웃었다. 소하는 눈썹을 슬쩍 들었다. 그 얼굴에 장난기가 깃들었다.

"내가 단지 너희가 남녀라 이리 말하겠느냐? 네가 이리 뛰어나니 보는 눈이 있는 자라면 이끌리는 것은 당연하지 않겠느냐? 청운도, 정 승상의 막내아들도 너를 도와 내게 보낸 것을 보면 분명하지 않으냐? 너를 돕는 사내가 이리 많으니 우리 작은마님의 마음을 붙들려면 내가 노력해야겠구나."

왕이 다녀간 후로 첩 어쩌고 하는 농담을 소하의 입에서 듣는 것은 처음이었다. 그 말은 특히나 아주 가벼운 어조로 나와 의미 없는 농임이 분명했으므로, 소유는 그만 웃음을 터뜨리고 말았다.

며칠 만에 다시 찾은 객잔은 시간이 어중간하게 일러서인지 한산하고 고요했다. 1층의 식당에도 늦은 아침을 먹는 사람 두엇이 있을 뿐이라, 소유는 주방에서 객잔 주인이 나올 때를 기다려 두 형제의 행방을 물었다. 객잔 주인은 월이 어젯밤 기루에 갔다가 막 들어와 늘어지게 자는 중임을 이른 뒤 백란을 찾으려면 뒤뜰로 나가보라고 가르쳐주었다.

투명한 개나리색 햇살이 드는 뒤뜰에는 새가 모여 지저귀고 있었다. 마침 백란이 새들에게 모이 주는 모습이 멀리서도 눈에 들어와 소유는 발걸음을 죽여 그에게 다가갔다. 새들을 놀라지 않게 하려 조용히 걸은 것인데, 백란이 새들에게 종알거리는 소리도 본의 아니게 들려왔다.

"옳지, 옳지. 맛있니? 많이 먹으렴."

백란의 날씬한 등 위로 고운 비단이 햇살을 받아 반짝거렸다. 그가 새에게 속삭이는 목소리 또한 노래처럼 곱고 조근조근했다.

"과연 장안의 새는 낙양의 새와는 좀 다르구나. 하지만 날개가 있는 것은 같아. 너희는 멀리까지도 마음껏 날아갈 수 있겠지? 궁의 담도 넘을 수 있겠지?"

째재잭, 쪼쪼쪼쪼. 작은 새들이 통통 튀며 재잘거렸다. 모이를 쪼아먹는 새들을 보며 백란은 아예 그 자리에 쪼그려 앉았다. 그리고 양손으로 제 턱을 괴고 한탄처럼 속살거렸다.

"부럽구나. 얘들아, 그걸 아니? 이 천인국에는 놀랍도록 고운 선녀가 있단다. 얼마나 고운지, 나는 보자마자 한눈에 마음을 빼앗겨버리고 말았지 뭐야. 그런데 정말로 선녀처럼 날아가버렸어. 너희는 언제든 날아가 선녀를 볼 수 있겠지?"

금시초문이었다. 마침 그림자를 드리울 수 있을 만큼 가까이 다가간 차라, 소유는 백란의 이름을 밝게 불렀다.

"애, 백란아."

"어억!"

그렇게 놀라울까. 백란은 소유의 목소리를 듣자마자 혼비백산 비명을 지르며 그 자리에 주저앉아버렸다. 별생각 없이 말을 건 그녀가 더 놀랄 지경이었다. 백란의 작고 고운 얼굴이 얼이 빠진 채 소유를 돌아보았다.

맑은 눈이 놀라움에 커졌다.

"누, 누님?"

"언제 선녀를 봤니? 네가 선녀를 그리워하는 줄 미처 몰랐구나."

소유는 후후 웃으며 쪼그려 앉아 백란의 얼굴을 바라보았다. 아무리 곱다 해도 키가 아주 작지는 않은 백란의 얼굴은 그가 주저앉은 지금도 소유의 얼굴과 비슷한 위치에 있었다.

"누님, 언제 오셨어요?"

"지금 왔지. 그래서 선녀를 언제 봤냐니까?"

소유는 눈웃음을 지으며 채근했다. 가까이서 눈을 마주한 백란의 얼굴이 곧 빨개졌다. 그는 눈을 서너 번 깜박이다가 활짝 웃었다.

"지금 보았지요. 누님, 어찌 나오셨어요?"

"대군 마마께 외출 허락을 받고 나왔지. 네가 나를 보고 싶어 한다고 청운 공자가 전해주셨단다. 그러니 나중에 꼭 감사 인사를 하렴, 알았지?"

청운이 이 객잔으로 병문안을 왔을 때 백란이 어떤 태도를 보였는지 기억나 당부한 것이었다. 소유의 말에 백란은 입술을 잠시 비죽였지만 곧 환한 얼굴로 벌떡 일어났다.

"누님이 오셨으니 그 정도는 해야지요. 잘 나오셨습니다, 누님. 제가 누님 오시면 알려드리려고 아주 맛난 떡을 파는 곳을 알아뒀어요. 고운 비단을 파는 가게도, 반짝이는 옥구슬을 파는 가게도 다 알아놨지요. 우리 밖으로 나가서 오늘은 실컷 즐거운 시간을 보내요! 네? 누님."

아침부터 사람이 많이 모인 대로에는 사당패가 와서 즐겁게 꽹과리와 소고를 울리고 있었다. 백란은 신이 나서 소유의 소매를 끌었다.

"저기 좀 보세요, 누님! 사람들이 물구나무를 선 채로 켜켜이 쌓여 있습니다!"

그의 말대로였다. 익살맞은 표정을 지은 사당패 단원들이 저희들끼리 우스운 농담을 나누며 불쑥불쑥 높이 뛰어오르기도 하고, 번쩍이는 언월도를 휘둘러 주목을 끌기도 했다. 바람잡이가 한껏 뱃심을 담아 소리쳐 흥을 돋우었다.

"잘한다! 더 해라!"

사당패의 솜씨가 제법이었다. 백란은 눈을 반짝이며 사람들 틈을 헤집고 들어갔고 소유는 그가 만든 길을 따라 어깨를 움츠리고 종종걸음쳤다. 이내 사당패를 둘러싼 원 안에 서서 두 사람은 넋이 빠진 얼굴로 재주를 구경했다.

쿵쾅쾅쾅쾅. 징소리에 북소리가 구성졌다. 물구나무 선 사람의 층이 다섯 개나 쌓이자 조마조마하면서도 신나는 마음이 들었다. 소유는 저도 모르게 손뼉 치며 웃었다. 돈 받는 주머니를 들고 다니며 단원들이 외쳤다.

"내일도 모레도, 장안에 있는 동안에는 계속 여기서 재주를 보일 것이니 언제든 와서 구경하시오!"

"글쎄, 시시하면 구경 값도 안 받는다니까 그러네!"

괘괘괘괘괘괘괘쾡. 꽹과리 소리가 빨라지며 화려한 옷을 입은 재주꾼이 등장했다. 재주꾼은 붉고 푸른 술을 휘날리며 사람들 앞에서 몇 번이나 공중제비를 넘어 보였다. 그러더니 훌쩍! 훌쩍! 훌쩍! 그대로 바람처럼 가볍게, 물구나무서서 쌓인 사람들의 층을 디디고 올라가 꼭대기에 섰다.

"와아아아아아!"

"어이쿠!"

재주꾼의 몸놀림이 하도 가벼워 구경꾼이라면 모두 혀를 내두를 수밖에 없었다. 재주꾼은 그 자리에서 장군처럼 보무당당하게 가슴을 폈다. 아래에 있던 다른 사당패 단원이 크고 너른 깃발과 긴 봉을 던져주었다. 척! 하고 봉을 받아낸 재주꾼이 불꽃처럼 기를 휘날렸다.

"대단하다."

소유는 손뼉 치며 백란과 몇 번이나 눈을 마주했다. 백란은 흥분했는지 발갛게 달아오른 뺨으로 눈을 반짝이며 소유에게 활짝 웃어 보였다.

"그런데 왜 일부러 올린 기에 아무 글자도 없을까? 그냥 노란 깃발만 휘날리는구나."

답은 백란이 아니라 마침 다가왔던 돈 받는 단원에게서 나왔다. 키가 훌쩍 크고 마른 단원은 돈 받는 주머니를 크게 벌린 상태로 속닥였다. 말이 속닥인 것이지, 목소리는 우렁우렁했다.

"모르시오? 요즘 큰 성에서 사당패가 함부로 글자나 그림 들어간 기를 날리면 경을 치게 돼 있소."

"예?"

백란은 알고 있었다는 듯 쓴웃음을 지었지만 소유는 놀라 눈을 동그랗게 떴다.

"왜요?"

"하도 나라님을 욕하는 방이 많이 붙어서 말이오. 뭐 방은 글자 아는 사람들이나 보는 거였고, 그나마 무식한 사람들은 우리라도 와서 놀지 않으면 시원하게 윗분들 욕도 할 수가 없는 건데, 이제는 그 길마저 막혔으니 백성들이 답답하지요. 그보다 아가씨 두 분이 같이 오셨소?"

단원은 표정을 바꾸며 눈을 반짝였다.

"둘 다 정말 미인인데 우리 패거리에 들어오지 않겠소? 여기 키 큰 아가씨는 정말 곱네, 고와. 난생 이런 미녀는 처음이오. 우리 패거리가 이래봬도 양반님네는 물론이고 저 자경국이니 진해국 왕궁에도 부름을 받으니 천하에 못 가본 데가 없는데 말이야."

백란은 한 대 맞은 것 같은 표정으로 입을 살짝 벌렸다. 소유는 쿡쿡 웃었다.

"그렇게 어여쁜가요?"

"그럼! 아, 섭섭하게 듣지 마시오. 여기 피리 아가씨도 정말 고우니까. 피리 아가씨는 손을 보니 악을 연주하는 솜씨가 대단할 것 같고, 키 큰 아가씨는 악기 연주하는 손은 아니라 얼굴 얘기만 하는 거요. 그래도 마디가 굵고 손가락이 긴 걸 보니까 창이나 언월도를 잘 다루겠는데? 혼례복 입고 언월도 휘두르는 역할이 있는데 그것부터 시켜봐야겠어."

백란의 얼굴이 점점 더 빨개졌다. 부아가 치미는 모양이었다. 다른 단원이 다가와서 눈을 동그랗게 떴다.

"강패 자네 돈 안 받고 뭐 하나? 어! 이게 누구야, 간밤에 꿈에서 본 선녀님이 여기 계시네?"

"단창이, 여기 이쪽 아가씨도 봐. 우리 여분이 나가면 연주자가 비잖아. 피리 아가씨. 피리는 불 줄 알 테고, 칠현금과 비파도 연주할 줄 아시오? 손을 보니까 비파 같은데."

"이야, 딱 맞네. 하늘이 우리를 위해 새 단원을 보내주셨구먼?"

어쩐지 이야기가 진행되고 있었다. 소유는 웃으며 얼른 손을 저었다.

"말씀은 감사하지만 지금은 저희가 바빠서요. 그리고 여기 키 큰 사람은 남자예요."

"아, 바쁘시오? 괜찮으니 일 끝내고 합류해도 되고, 일단은 단원들하고 인사부터 합시다. 두 아가씨를 보면 아주 그냥 다들 좋아서 입이 헤 벌어질 거요. 우리가 춤도 다 가르쳐주고……."

"아무렴. 여기 키 큰 아가씨가 우리 무희들 사이에 서서 춤을 추면, 이야아. 그야말로 도원경이 따로 없을 거라니까!"

이 실랑이를 지켜보던 구경꾼들 사이에는 '남자래' '남자라고?' 따위의 술렁임이 들어간 소요가 퍼지고 있었지만, 강패와 단창의 귀에 백란이 남자라는 말은 아예 들어가지도 않은 모양이었다. 소유는 우스운 기분으로 백란을 보았다. 백란의 얼굴은 이제 딱딱하게 가라앉아 있었다.

"두 분, 이렇게 남복을 하고 있는데도 제가 여자로 보이십니까?"

강패와 단창은 심지어 하하 웃었다.

"남자 옷, 여자 옷이 따로 있나. 여자가 입으면 여자 옷이고 남자가 입으면 남자 옷이지."

"아무렴. 요즘은 또 젊은 아가씨들이 남복하는 게 장안에서 유행이라잖소? 참으로 버릴 데가 없는 아가씨구만."

소유는 웃음이 터질까봐 자신의 입을 손으로 가렸다. 그러나 그녀의 눈이 휘어진 것을 본 백란의 눈은 당장 부리부리하게 치켜 올라갔다. 그의 목소리도 낮게 내리깔렸다.

"그리 눈이 나쁘시니 차라리 아예 보이지 않게 만들어드리는 건 어떻겠습니까? 제 손이 둔하여 가락을 연주하는 솜씨는 미천하되 검은 조금 익혔습니다. 어디."

백란의 손이 허리에 찬 작은 검의 손잡이로 갔다. 그의 으름장에 강패와 단창은 대번에 허리를 곧게 세우고 어색하게 서로에게 웃어 보였다.

"아니, 이제 보니 아가씨가 아니라 청년이었구먼 그래. 내가 그만 나이가 들어서 말도 안 되는 착각을 했지 뭐요."

"나이는 어려도 키가 훤칠하고 자세가 늠름하니 장군 복색이 어울리겠소. 흠흠, 우리는 그만 일을 좀 하겠소이다."

두 남자는 잽싸게 등을 돌리고 다른 구경꾼들에게 갔다. 백란은 기분이 상한 듯 그대로 군중을 빠져나왔고 소유는 얼른 그를 따라갔다.

꽹과리와 소고는 계속 울렸고 사람들은 곧 아까처럼 감탄에 여념이 없었다. 소유는 백란의 뒤를 종종걸음 치며 그에게 물었다. 그의 걸음이 이상하게 빨랐다.

"얘, 백란아. 화 많이 났니?"

백란은 목소리가 잘 들릴 정도로 사당패에게서 멀어지자 멈춰 서서 소유를 돌아보았다. 그의 얼굴에는 쓸쓸함과 울분이 가득했다.

"화는요."

"사당패 아저씨들이 좀 심하긴 했는데, 놀리려고 그런 건 아닐 테니까 너무 속상해하지 마. 우리 백란이가 속상하니까 나도 속상하다, 얘."

달래려고 부드럽게 말했는데도 백란의 표정은 나아지지 않았다. 그는 입술을 비죽 내밀고 소유를 원망스럽게 바라보았다.

"누님, 저는 어린아이가 아닙니다."

"그럼. 우리 백란이가 이렇게 키가 큰데 어떻게 어린아이겠니."

어지간히 감정이 상한 모양이라 소유는 그에게 한 걸음 다가서며 일부러 더 부드럽게 달랬다. 그러나 백란은 오히려 그녀의 말투에 더 충격을 받은 얼굴을 했다.

"그리 달래실 필요가 없다는 말입니다, 누님. 누님께 저는……. 아닙니다."

그는 말을 맺으며 깊은 한숨을 쉬었다. 소유는 어리둥절했다. 여자로 오해받은 것은 이 정도 나이의 사내아이들에게는 충격적인 일일지도 모른다. 하지만 저렇게까지 분해서 씩씩거릴 일일까? 그녀 본인도 남복으로 변장하고 경원의 집에 들어갔었지만 남자로 보이는 것이 그렇게까지 슬프거나 분하지는 않았던 것이다.

소유는 백란에게 한 걸음 더 다가섰다. 그와의 사이에는 이제 한 걸음 정도밖에 남아 있지 않았다. 백란의 맑고 고운 얼굴이 시야를 가득 채웠다. 아리땁고 슬픈 얼굴이었다.

백란은 소유를 그의 눈에 한가득 담고 말끄러미 바라보았다.

"…누님. 저는 사실 아까 저 사당패 단원들에게 화가 난 것이 아닙니다. 실은 그렇지요. 오늘 처음 만났고 앞으로는 만날 일이 없는 이들에게 여자로 보이면 어떻고, 남자로 보이면 또 어떻습니까? 남들이 저를 어떻게 생각하건 저에게는 큰 문제가 아닙니다."

소유는 한숨처럼 속삭여 물었다.

"그러면?"

"저는……."

백란은 주먹을 말아 쥐었다. 그의 눈이 조금 더 내리깔렸다.

"누님께서 웃으시는 것이 분했습니다. 누님 또한 저들의 오해가 당연한 것이라 생각하기에 웃으신 것이 아닙니까? 그러잖아도 저를 어린아이로만 보시는데."

"어머나, 그랬구나."

그러니까 소유가 저를 놀린 것이 싫었다는 말인 모양이었다. 소유는 화들짝 놀라 입을 가렸다가 진심을 담아 사과했다.

"내가 웃어 그리 속이 상했구나. 미안하다. 이제 아니 웃을게. 응?"

백란의 미간이 움찔했다. 사과를 받았는데도 영 만족하는 기색이 아니었다. 소유는 눈을 몇 번이나 깜박이고 백란의 얼굴을 올려다보았다.

잠시 후 백란은 한숨을 쉬었다.

"…청운 장군이나 월이 형님이 여자라 오해받을 일은 없겠지요?"

"그렇겠지?"

월의 얼굴도 선이 가는 편이었지만 그는 누가 보기에도 사내처럼 보였다. 청운은 물론 말할 것도 없었다. 소유가 당연한 듯 즉각 대답하자 백란은 불퉁하게 물었다.

"대군 마마라면 어떻겠습니까?"

"앤, 불경하게 그게 무슨 말이니. 하지만 그래, 네 말대로 대군 마마께선 여자로 오해받는 일은 없으시겠지. 하지만 연소하실 적에 어땠을지는 모르는 일 아니니? 너는 어린아이들의 성별을 보자마자 알 수 있니?"

소유는 후후 웃었다. 백란은 볼을 부풀렸다.

"그러니까, 저는 어린아이가 아니라 말씀 올렸는데."

"그럼. 우리 백란이는 어린아이가 아니고말고. 그저 너무 잘생겨서 남들보다 늦게까지 오해를 많이 받는 거지. 그렇지?"

그렇게까지 말하자 이번에야말로 백란의 표정이 누그러졌다. 언뜻 계속 화를 내야 할지 아니면 기분이 풀렸음을 드러내야 할지 망설이는 그 기색을 잡아내어 소유는 그에게 다정하게 말했다.

"그만 다른 데로 가자, 애."

"…예."

백란의 얼굴이 훨씬 부드러워졌다. 그는 갑자기 옆 골목을 보고 고개를 갸웃했다.

"어? 저기 아이가 혼자 울고 있지 않습니까, 누님?"

그가 가리킨 곳을 본 소유도 고개를 함께 갸웃했다. 아직 저잣거리인데 아이가 골목에 들어가 울고 있었다. 가슴이 따끔따끔해졌다. 이쪽 시전 상인들의 아이일까? 그녀처럼 주위 아이들에게 놀림을 받아 혼자가 된 걸까?

"한번 가보자꾸나."

소유는 성큼성큼 아이가 있는 곳으로 향했다. 백란은 얼른 그녀를 따랐다. 아이는 어른들이 다가오자 젖은 눈을 들어 보더니 두려운지 더 울기 시작했다.

가까이서 보니 피골이 상접해 있고 옷도 꼴이 말이 아니었다. 이렇게 큰 저자에서 장사하는 치들의 아이로 보이지는 않았다. 도망친 노비일까? 소유는 혀를 차며 허리를 굽히고 물었다.

"아가, 왜 여기서 혼자 울고 있니? 네 부모는 어디 있어?"

아이는 대답하지 않고 울었다. 백란이 소매에서 사탕을 주섬주섬 꺼냈다.

"이거 줄게, 울지 말렴."

백란이 아이를 대하는 목소리는 새처럼 부드럽고 명랑했다. 아마도 목소리보다는 사탕에 이끌린 것일 테지만, 아이는 그것을 받아 입에 넣고 울음을 그쳤다. 차림새로 보아 사탕을 먹어본 적도 별로 없을 듯했다.

사탕을 입에 넣자마자 울음을 뚝 그치는 것이 우습고 귀여웠다. 소유가 후후 웃는 사이, 백란은 소유 옆에 쪼그려 앉아 아이와 눈을 맞추고 물었다.

"집이 어디니? 이런 데 혼자 있으면 누가 데려가버릴지도 몰라. 어른들 계신 데로 가자."

아이는 눈을 깜박였다. 사탕을 오물거릴수록 기분이 좋아지는 것이 눈에 보였다.

"엄마… 엄마가 없어졌어."

"엄마? 어디서 잃어버렸는데?"

"쩌기."

아이는 골목 밖을 가리켰다. 그러나 그러면서 본인도 고개를 갸웃하는 것을 보니 증언의 신빙성은 떨어졌다. 소유는 쓴웃음을 지었다.

"어디 사니? 집에 데려다줄게. 그게 낫겠다."

"우리 집은 이제 없어졌어."

아이는 고분고분하게 대답했다. 소유와 백란은 서로의 얼굴을 한 번씩 보았다. 뭐라고?

"집이 왜 없어졌어?"

"몰라. 엄마가 없어졌대애. 어, 그래서, 멀리멀리 왔어. 장안에 간다고 그랬어."

심지어 장안이 아닌 다른 성 출신인 모양이었다. 소유는 한숨을 쉬며 아이에게 손을 내밀었다.

"여기가 장안이야. 아무튼 그럼 엄마가 여기 어디 있긴 하겠다, 그치? 찾아보러 가자꾸나."

둘은 아이의 손을 잡고 엄마를 찾으러 나섰다.

"혹 이 아이를 본 적이 있소?"

아이가 있던 골목에서 가장 가까운 가게인 포목점은 밀려드는 손님으로 한껏 붐볐다. 간신히 점원을 붙잡고 물어보자 점원은 백란의 차림을 흘긋 보더니 싹싹하게 대답했다.

"아닙니다요, 나리. 처음 보는 아이입죠. 혹 이 아이가 나리의 물건이라도 훔쳤습니까? 포졸을 부를까요?"

"아니, 그게 아니라."

백란은 난처하게 인상을 썼다.

"아이가 엄마를 잃어버렸다고 하기에."

점원의 얼굴에는 놀라는 기색이 요만큼도 없었다.

"이 큰 장안에서 먹고 살기도 바쁘니, 모든 아이를 어른이 돌볼 수야 없지요. 또 천인국 곳곳에서 사람들이 몰려드니 낯모르는 애가 오늘은 여기 있다 내일은 저기 있다 한답니다. 신경 쓰지 마십시오."

거기까지 빠르게 말한 점원은 이번엔 소유를 보고 자기 옆에 놓여 있던 푸른 비단을 펼쳐 들었다.

"이거, 이게 딱 부인마님께 잘 어울리겠습니다. 어떤 걸 보십니까? 이거 끊어다 치마 하셔도 되고, 나리마님이 하시는 거라면 저고리로 받쳐 입으셔도 품위 있고 좋습니다. 모란문이 워낙 섬세하고 곱게 나왔답니다."

"아니, 우리는 부부도 아니고, 아이에 대해 물어보려고 잠시 들어온 거라……."

"아휴, 애는 그냥 저기 밖에 두시면 된다니까요. 알아서 할 겁니다. 아니면 여기 새하얀 당초문단 어떠십니까. 금직이라 고급스럽습니다. 정승 댁 마나님이 부럽잖지요."

백란은 어쩔 줄 몰라 하면서도 비단에 관심이 생긴 모양이었다. 그의 눈이 비단의 찬란한 광택에 간 것을 보고 소유는 혀를 찼다.

"다음에 다시 올게요."

"누님, 이 흰 비단이 누님께 잘 어울릴 것 같은데."

"그럴 때니? 가자, 애."

점원은 어느새 다른 사람을 상대하기 시작했고 이쪽으로는 더 이상 눈길도 주지 않았다. 세 사람은 우글거리는 손님들 틈을 헤치고 포목점을 나섰다.

"넌 웬 비단에 눈길을 주고 있었니?"

"저렇게 금실이 가득 들어간 금직단은 낙양에서도 본 적이 없어요, 누님."

원래 목적을 잊고 점원의 입담에 넘어가려던 백란을 곱게 흘기며 소유가 통을 주자 그는 아직도 눈이 부시다는 표정으로 대답했다. 소유는 혀를 찼다.

"나야 촌사람이니까 저런 건 처음 보지만 너 같은 도련님들은 항상 보는 게 아니니?"

"저 정도로 값비싼 건 저희 어머니도 자주 못 입으실 걸요."

마침 목살이 두툼하게 접히는 남자가 미끈거리는 비단을 잔뜩 휘감고 나와 거리를 향해 목청 좋게 외쳤다.

"금직, 은직, 칠보수로 장식한 비단이 새로 들어왔습니다! 자경국 사신단의 물건이라 우리 곽씨 포목점 말고는 없소! 격조 있는 모임에는 격조 있는 차림새를!"

남자의 목소리는 정말 크고 시끄러웠다. 소유는 고개를 절레절레 저으며 아예 포목점에서 멀찍이 떨어졌다. 백란은 이상한 표정을 지었다.

"사신단 물건을 왜 포목점에서 거래할까요? 사신단은 조정에 바칠 물건을 가져오는 관리들이니 모든 소지품을 엄격하게 검사하고 통제하는데."

"슬쩍 찔러주고 사적으로 거래하는 거겠지. 그런 거야 늘 있는 일 아니니? 요즘은 과거도 웃돈을 찔러줘야 답안을 제출할 정도라고 옥현 공이 말씀하시는 걸 들었어."

소유는 퉁명스럽게 말하고 아이의 손을 잡았다. 사신단의 밀거래야 당연히 불법이지만, 포목점이 장사가 될 만한 물건을 파는 데에는 잘못이 없었다. 돈 있는 사람들이 자기 눈에 만족스러운 물건을 사는 데에도 잘못이 없었다. 하지만 아이의 다 떨어진 옷이 눈에 들어왔다. 기름 장수의 동생들이 한 말이 떠올랐다.

하지만 그래서 할 수 있는 일이 뭐란 말인가?

소유의 얼굴이 가라앉은 것을 보고 백란은 입을 다물었다. 그는 근처 과일 장수에게 다가가 몇 마디 나누더니 새빨간 딸기 한 줌을 사왔다. 백란이 아이에게 한 개 집어주자 아이는 그대로 씹지도 않고 딸기를 삼켰다.

"누님, 이거 맛있게 생겼지요?"

백란은 부드럽고 사근사근하게 물었다. 소유는 그녀를 달래려는 그의 의도가 노골적으로 담긴 그 목소리에 쓴웃음을 지었다.

"고마워."

"하나 드셔보셔요. 그리고 우리 같이 아이 어머니를 찾아요."

열없이 입에 넣은 딸기는 화주에서 먹던 것보다 알이 굵었지만 덜 달고 약간 시었다. 하지만 입에서 침이 잔뜩 나오자 속상해하고 있기도 힘들어졌다.

딸기 세 알을 연달아 먹어치운 소유는 백란의 입술이 딸기즙으로 붉게 물든 것을 보고 후후 웃었다. 백란은 아이에게 딸기를 잘 씹어 먹으라고 타이르다가 그녀의 웃음에 눈을 동그랗게 떴다. 그 모습이 또한 고왔다.

"어찌 웃으십니까, 누님?"

사실대로 말했다가는 백란은 또 기분이 상하고 말 터였다. 소유는 쿡쿡 웃는 채 얼버무렸다.

"아이에게 딸기를 주는 모습이 참 사이가 좋아 보여서 흐뭇하구나. 백란이 너는 동생이 있었다면 좋은 형이 되었겠어."

아이는 눈을 동그랗게 뜨고 입을 우물거렸다. 백란은 뺨을 붉히며 웃었다.

"예, 저도 어릴 적엔 동생이 아주 많이 가지고 싶었답니다."

"어릴 적엔? 지금은 동생이 안 가지고 싶니?"

"형님이 계시잖습니까. 제 형제는 형님만 계시면 됩니다."

월은 대체 얼마나 덕을 쌓았기에 이런 동생을 가졌을까. 철든 이후로 혈연을 가져본 일이 없는 소유는 부러워서 한숨을 쉬었다.

"네 형은 참으로 좋겠구나. 그리 제멋대로 살아도 따라주는 동생이 있어서."

"누님."

백란은 난처하게 웃었다.

"월이 형님에 대해 크게 오해하고 계십니다. 저희 형님이 얼마나 훌륭하신데요. 과거에 장원으로 급제하셨을 때도 그 시재는 물론이거니와 필체도 천인국에 따라갈 사람이 없다며 명성이 자자했답니다."

"어머, 그래. 내가 네 가족에 대해 눈치 없이 나쁜 말을 했구나. 미안하다, 백란아."

어린 동생과 함께 멀리 와 있으면서도 기방에 다니다 늦게까지 늘어지게 잔다는 꼴이 얄미워서 한 말이었는데, 생각해보니 백란에게 불평할 일이 아니었다. 소유가 입을 가리고 사과하자 백란은 고개를 저었다.

"형님이 부러 술 좋아하고 놀기 좋아하는 체하시는 것이지, 실은 누구보다 마음이 맑고 의협심이 강한 분입니다. 형님이 직접 글 쓰고 그림 그려주신 서화를 보시면 누님도 금방 아실 텐데."

부러는 무슨. 소유는 대뜸 그런 대꾸부터 떠올랐지만 입을 열지는 않았다. 백란은 소유를 보고 쿡쿡 웃었다.

"낙양의 보석이라는 말도 실은 저 따위와는 어울리지 않는 표현인데 말이지요. 아, 어린 시절에 형님을 보는 어른들마다 형님의 총명함과 영특함에 감탄한 나머지 낙양의 어떤 재보보다 더 귀하다 주셨던 그 이름을 과분하게도 제게 붙여주시는 분들이 계십니다. 하지만 저는 형님 말고 그 누구도 낙양의 보석이라는 호칭에 어울린다고 생각하지 않는답니다. 언제나 제게 자애롭고 상냥한 형님이셨고, 부모님께는 효성스러운 아들이셨고, 천인국에서는 나라를 이끌 인재가 되셨던 형님 말고는요."

한참 수소문해 간신히 찾아낸 아이 어머니는 장안에서도 치안이 좋지 않다는 좁은 뒷골목의 싸구려 객잔에 묵고 있었다. 아니, 정확히는 더부살이를 시작한 모양이었다. 소유와 백란과 아이가 객잔에 들어섰을 때 그녀는 바닥에 떨어진 음식을 닦느라고 정신이 없었으므로.

"어마!"

요 며칠 새 이 부근에서 아이 손을 잡고 돌아다니는 모습을 봤다는 어느 갓바치의 말이 옳았는지, 아이 어머니는 제 아이가 달려오자 파랗게 질렸다. 그녀는 아들 못지않게 피골이 상접해 있었다.

"너, 너……!"

아이는 어머니를 봐서 그저 좋은지 웃으며 안겼다. 그러나 아이 어머니는 얼룩으로 범벅이 된 가슴팍에서 아이를 그대로 차갑게 밀쳐 냈다.

"여긴 어떻게 왔어!"

아이 어머니의 새된 목소리에 백란과 소유는 동시에 움찔했다. 그들은 아이 어머니가 당연히 울면서 아이를 찾아 헤매고 있을 줄만 알았지, 자기 일을 하다가 겨우 만난 아이를 밀쳐낼 거라고는 상상해보지 못했던 것이다. 이게 어떻게 된 것일까.

"엄마. 쩌기, 쩌기 누나랑 형이 엄마 찾아줬는데?"

아이는 천진하게 백란과 소유를 가리켰다. 때마침 부엌에서 나온 객잔 주인이 아이 어머니에게 호통을 쳤다.

"이게 뭐야, 아직도 정리 안 했어? 애랑 놀 거면 일은 대체 왜 한다고 했어!"

"아니에요, 아니에요, 나으리. 이 애는 제 애가 아니에요. 청소할게요, 얼른 할게요!"

객잔 주인은 팔뚝이 두껍고 인상이 부리부리한 남자였다. 그의 호령에 아이 어머니는 불쌍할 정도로 겁에 질려 당장 바닥을 닦는 일로 돌아갔다. 아이는 불쌍하게도 우뚝 서서 어쩔 줄 몰라 했다. 눈에 눈물이 고이는 것이 멀리서도 보였다.

"자기 애가 아니라고?"

소유는 저도 모르게 중얼거렸다. 객잔 주인은 아이를 보고 인상을 썼다.

"그럼 뭐냐, 너는? 혼나기 전에 썩 나가! 우리 집엔 너 같은 녀석에게 줄 건 없다고! 조그만 도둑놈!"

백란의 얼굴이 굳어졌다. 소유는 참지 못하고 썩 나서 주인에게 항의했다.

"그 애는 우리가 데려온 아이예요! 애가 아무것도 안 했는데 왜 쫓아내려고 하고, 멋대로 도둑이라고 결론 내리고 욕하는 건가요?"

객잔 주인은 소유와 백란의 차림을 보자마자 얼른 가까이 다가오며 부드럽게 웃었다. 그러나 그의 얼굴이 가진 거친 인상 때문에 웃는 얼굴도 그다지 호감이 가지 않았다. 소유의 부릅뜬 눈을 보고 객잔 주인은 손을 비비며 허리를 숙였다.

"아이구, 나리마님, 부인마님. 두 분이 쓰시는 아랫것입니까? 제가 몰라보고 실례를 했습니다. 요즘 저만한 애들이 하도 못된 짓들을 하고 다녀서 말입니다, 제가 착각을 했습니다요."

말도 제대로 못하는 저 나이에 무슨 못된 짓을 하고 다닐 수 있다는 말일까. 소유가 반박하려는데 백란이 그녀의 앞으로 나섰다.

"심부름도 못 시킬 어린것을 어디에 쓰겠소? 아이 어미를 찾아 수소문하다 이리 왔으니 이거 받고 잠시 시간을 주시오."

어른스럽고 쌀쌀맞은 목소리였다. 백란에게서 들으리라고 생각해본 적이 없을 만큼 낮고 성숙한 음성에 소유는 저도 모르게 움찔했다. 아이는 엉엉 울기 시작했고 아이 어머니는 바닥에 철푸덕 주저앉아 한숨을 쉬었다.

객잔 주인은 백란이 은자를 내밀자 연신 허리를 숙이다가 부엌으로 다시 들어갔다. 아이 어머니가 우는 아이를 달랠 생각이 없는 것 같았기 때문에 소유가 손짓으로 아이를 불렀다. 아이는 소유에게 와서 훌쩍거렸다.

얼마나 침묵이 흘렀을까, 아이 어머니는 백란과 소유를 날카롭게 노려보며 물었다.

"왜 쓸데없는 짓을 하십니까?"

"쓸데없는 짓이라고요?"

소유는 거의 반사적으로 날카롭게 반문했다. 자신이 들은 말을 믿을 수가 없었다. 백란도 멍하니 눈을 깜박였다.

"엄마아아……."

아이는 목놓아 울었다. 소유는 머리가 아픈데 귀가 울리기까지 하자 자신도 울고 싶어졌다. 대체 이게 뭐란 말인가.

"시끄러워, 울지 마! 보아하니 대갓집 도련님하고 아가씨 같은데, 왜 쓸데없이 남의 애를 데리고 다니시냐고요!"

아이 어머니는 아이를 윽박지르고 소유와 백란에게 다시 소리쳤다. 아이는 놀란 듯 울음을 그치고 딸꾹질하기 시작했다.

가만히 있을 수는 없었다. 소유는 마주 화를 냈다.

"아이 간수를 못 하고 잃어버리고 다니니까 데려다준 건데, 감사 인사는 못할망정 그게 할 말이에요?"

"보면 몰라요? 도저히 못 키우겠어서 버리고 온 거지, 잃어버리긴 누가 잃어버렸대!"

아이의 눈이 공포로 커졌다. 아이는 어쩔 줄 모르며 자신의 어머니와 소유를 번갈아가며 보았다. 소유는 입을 딱 벌렸다.

"…당신 아이… 아니에요?"

"내 아이면 어쩔 건데요? 내가 낳은 아이라고 전부 거둬 키워요? 그러다가 내 앞에서 굶어 죽을 때까지?"

아이의 얼굴에서 눈물이 주룩주룩 흘렀다. 딸꾹거리며 우는 것은 어린아이에게는 너무 힘든 일이었다. 기운 없이 괴롭게 헐떡거리는 아이를 한참 빤히 보다가 결국 아이 어머니는 가슴을 치며 울었다.

"세금을 못 내서 집은 뺏기고… 남편은 남의 집 노비로 끌려갔다가 죽었고, 위의 세 아이가 다 굶어 죽었어요. 흑, 얘까지 내 눈앞에서 굶겨 죽이느니 차라리 그 꼴이라도 안 보는 게 낫잖아요……."

"엄마, 엄마…, 흐끅."

아이는 결국 소유의 품에 기대 늘어졌다. 소유는 깜짝 놀라 아이의 뺨을 두드렸다.

"얘, 얘! 왜 그래?"

"어?"

백란도 당황해 아이를 들여다보았다. 아이 어머니는 다가와 아이를 보고 한탄했다.

"굶다 까무러치고, 굶고 울다 까무러치고……. 못 사는 집 애들은 다 그래요. 이번 가을에 밀린 세금을 완납하지 않으면 관청에 끌고 간다기에 여기까지 무작정 올라왔는데, 흑, 아이 딸린 여자는 아무도 안 써준다고요. 그나마 머리 잘라서 판 돈으로 맹물 같은 미음이나 먹다가, 그것도 다 떨어지니까, 흐흑……."

아이를 안은 소유의 팔에 힘이 들어갔다. 아이는 살아 있는 한 명의 사람이라고는 믿기 힘들 정도로 가벼웠지만 동시에 납처럼 무거웠다. 잠시 후 아이의 눈에서 눈물이 다시 흐르기 시작했다.

"난 이 애 못 키워요. 여기서 먹고 자는데 주인이 안 받아줄 거예요. 나리님들이 주웠으니까 원래 자리에 다시 놓고 오시든가 종으로 데리고 가든가, 마음대로 하세요. 데려가시면 밥은 먹겠죠. 싫으시면, 그렇다고 잘못하는 것도 아니고요."

아이 어머니는 결국 메마른 목소리로 말하고 고개를 푹 숙였다. 소유는 백란을 보았다. 아이를 당장 데려가서 심부름꾼으로 삼는 것은 백란과 월에게 쉬운 일이었다. 월은 투덜거릴 테지만 백란이 아이에게 마음을 쓴다면 억지로 쫓아내지는 않을 터였다.

하지만 이 주변에 한가득 있다는 요만한 다른 아이들은? 그 아이들도 모두 부모에게서 이런 식으로 버림받은 것일까.

한참 아이의 얼굴을 보던 백란은 자신의 가슴팍에 달려 있던 새 모양 옥단추를 툭 떼어 아이 어머니에게 건넸다.

"좋은 옥이니 아이 데리고도 한동안은 머물 곳을 찾을 수 있을 겁니다. 그러면 여기서 쫓겨날 필요도 없고, 아이를 버릴 필요도 없겠지요."

아이 어머니의 눈에 갈등이 스쳤지만 그 손은 곧 옥을 받아 꼭 그러쥐었다. 그것이 나으리라고 판단했기 때문에 백란과 소유는 까무러친 아이를 어머니에게 안겨주고 객잔을 나섰다.

벌써 노을이 져 하늘이 붉었다. 종일 아이 어머니의 소식을 찾아 온 장안을 헤매고 다닌 덕분이었다. 뒷골목은 밥 짓는 냄새와 거친 목소리로 가득했고 첩첩 맞닿은 지붕은 이엉이 허술해 축 늘어지는 부분이 있었다. 구불구불하고 긴 골목에서 가장 조용한 몇 채의 집은 이제 하루를 시작하려는지 붉은 등을 천천히 내걸었다.

소유와 백란은 좁은 골목에서 거의 어깨가 맞닿은 채 한참이나 말없이 걸었다. 단추를 떼는 바람에 활짝 열린 백란의 겉옷은 좋은 향이 났고 깨끗했으며 단 한 군데도 기운 흔적이 없었다. 소유의 옷은 그간의 여행 때문에 해지고 찢어진 곳이 많았지만 설궁의 궁인들이 깨끗한 솜씨로 비단을 대서 고쳐 놓아 오히려 전보다 멋스러웠다.

팔 물건을 늘어놓고 목청껏 마지막 손님을 부르는 잡화상과 하루 품삯을 꼭 쥐고 어떻게든 찬거리 값을 깎으려는 일꾼들의 목소리 때문에 한동안은 허전한 기분이 들지 않았지만, 백란은 곧 깊은 한숨을 쉬고 말았다. 무거운 마음으로 백란을 위로하려던 소유는 자신이 어떤 말을 해야 할지 모른다는 사실을 깨달았다.

"백란아."

하지만 마음은 전해질 것이라 믿으며 그의 어깨를 툭 두드리는데 갑자기 웬 남자가 노파를 밀쳐 넘어뜨리는 것이 눈에 들어왔다. 소유는 깜짝 놀라 입을 벌렸고 백란도 눈이 커졌다.

"돈 가져오라고, 돈!"

"세상에……!"

남자는 심지어 발을 들어 노파를 걸어찼다. 소유는 분노해 당장 남자의 팔을 잡았고 백란도 합세했다.

"뭐야, 이 자식들아!"

가까이서 본 남자는 만취한 듯 얼굴이 붉었고 술 냄새도 났다. 소유는 울분을 담아 남자에게 소리쳤다.

"연약한 노인에게 손을 대다니, 이런 법도가 어디 있어요? 포졸을 부를 거예요!"

"아니, 아니에요, 안 돼요, 아씨!"

노파는 자기가 죄인이라도 된 듯 고개를 저으며 애원했다. 곧 주변 사람들이 우르르 달려와 노파를 부축했다. 남자는 몸부림을 쳤다. 백란도 화가 난 듯 언성을 높였다.

"제정신이 아니군요. 이 할머니가 당신에게 얼마나 빚을 졌는지는 모르지만 사람을 돈 내놓으라며 밖에서 마구 치고도 무사할 정도로 천인국의 법이 우습습니까?"

"느이들은 뭐야, 이 자식들아!"

"어이구, 나으리. 나으리. 아니에요. 그러지 마세요……. 애야, 그러지 말고 어서 사과드려. 귀족마님들이셔. 응? 응?"

애야? 노파가 남자를 부르는 이름을 듣고 소유와 백란의 손에서 저도 모르게 잠시 힘이 빠졌다. 남자는 그 틈을 타 도망쳤다. 지나가면서 제 옆에 있던 노점의 가판을 걷어차 부순 것은 덤이었다.

"저 사람 안 되겠네!"

소유는 화가 나서 팔짝 뛰었다. 그러자 몰려든 사람 중 사정을 잘 아는 듯 안쓰러운 표정을 지은 아주머니가 고개를 저었다.

"그러지 마세요, 아씨. 이 할머니 아들이에요."

"아들이 어머니를 그렇게 때려요?"

백란이 충격 받은 목소리로 물었다. 소유도 얼이 빠졌다. 이번에는 다른 아주머니가 혀를 챘다.

"전엔 이 정도는 아니었는데, 머슴 하던 집에서 쫓겨나고 마누라 도망가고선 저렇게 엄마를 패고 허구한 날 술을 마시니……."

"그러면 더 포졸을 불러야죠!"

"아이구, 아이구, 안 돼요, 아씨. 제발 용서해주세요. 아씨."

소유의 말에 노파가 기겁하며 엎드려 절했다. 소유는 깜짝 놀라 한 발 물러섰다. 노파의 더러워진 옷에 묻은 흙이 붉은 햇살을 받아 기이한 그림자를 그렸다.

"하나뿐인 아들이에요. 쟤가 속상해서 저래요, 아씨. 이 노인네는 괜찮으니까 제발 아이한테 화내지 말아주세요……."

그 말에는 대답할 수가 없었다. 소유는 황망하게 노인의 등을 내려다보았다. 백란은 소유의 옆에서 입술을 깨물었다. 그의 매끈한 미간에 깊은 주름이 졌다.

노파는 곧 땅에서 일어나 자기 아들이 망가뜨린 노점을 정리했고 노점 주인은 노파에게 한숨을 쉬며 항의했다. 사람들은 곧 흩어졌다. 그 모든 모습을 보던 백란은 조용히 속삭였다.

"그만 가시지요, 누님……. 궁에 모셔다드리겠습니다."

소하와 옥현은 내당에서 차를 마시고 있었다. 소유는 이제 저녁이 되어 닫힌 내당의 문을 열고 들어가 절했다.

"양소유, 출타를 마치고 지금 돌아왔습니다."

"어서 오너라."

소하는 찻잔을 내려놓고 반가운 표정을 지었다. 그러나 소유가 고개를 들자 그의 눈썹은 슬쩍 치켜 올라갔다.

"아니, 아침에는 즐거이 나가더니 어찌 표정이 그러하냐? 아끼는 아이를 만나러 간다더니 싸우기라도 했느냐?"

백란과 싸우는 것은 상상할 수도 없는 일이었다. 그러나 소유는 활짝 웃을 수가 없어 어색하게 입꼬리만 올렸다. 소하는 그녀의 행동에 놀란 듯 고개를 갸웃했다.

"안 좋은 일이 있던 게로구나. 일단 어서 앉아 차라도 마시거라."

"감사합니다, 소하 님."

옥현은 소하의 맞은편에 의자를 빼 주고 소유가 마실 차를 따랐다. 향긋한 김이 푸른 잔에서 엷은 안개처럼 올랐다.

차를 한 모금 마시고 몸이 따뜻해지자 그나마 기력이 돌아온 것 같았다. 소유가 한숨을 쉬자 옥현이 슬쩍 물었다.

"소유 아씨, 오늘은 어디에 다녀오셨습니까?"

"온 장안을 다 돌았습니다."

소유는 찻잔을 양손으로 쥐었다. 소하는 그녀를 안쓰럽게 보며 미소 지었다.

"그러니 지친 게로구나."

"소하 님의 말씀이 옳습니다만, 몸보다는 마음이 지쳤답니다."

"그게 무슨 말이냐?"

옥현과 소하는 소유의 말을 듣겠다는 자세로 귀를 기울였다. 소유는 잠시 머뭇거렸다. 이런 이야기를 그대로 해도 될까? 아무튼 소하는 천인국의 왕자이고 옥현은 천인국의 벼슬아치인 것이다.

　하지만 오히려, 그러니만큼 그들은 더 이런 이야기를 들어야 하지 않을까.

　"저자를 구경하다가 길 잃은 어린애를 보았습니다. 아직 제 집을 기억하고 찾아갈 나이도 아닌지라 저희가 연고를 찾아주려 하였는데, 알고 보니 장안 출신도 아니고 실수로 부모와 떨어진 것도 아니었지 뭡니까."

　한번 말을 꺼내자 가슴이 아려왔다. 그러면서도 아까 아이와 함께 있을 때 느꼈던 그 기묘한 감각은 조금도 담겨 있지 않은, 어딘가 머나먼 옛날에 쓰인 책의 해독하기 어려운 문장과도 같은 표현에 숨이 막혔다. 소유는 속으로 고개를 저었다. 이게 아니었다.

　"수소문해 아이 어머니를 찾아보았더니 이미 남편과 다른 아이들을 모두 잃고, 어린애를 데리고는 어디서도 일거리를 찾을 수가 없어 아이를 버린 거였답니다. 사정이 안쓰러워 옥단추를 떼어주고 왔습니다만, 남편 없는 여자가 연고도 없는 곳에서 그것 하나로 얼마나 더 버틸지는 모르겠습니다."

　이게 아니었다. 소유는 가슴속에서 뭔가 울컥 치미는 것을 느꼈다. 뜨겁고 단단한 응어리였다.

　"그런데 그런 아이가 한둘이 아니랍니다. 부모 없는 아이들이 몰려다니며 굶어 죽지 않기 위해 도둑질을 하고, 그것 때문에 어른들에게 욕을 먹고 쫓겨난답니다. 어린것들이, 피골이 상접해 울다 까무러치는 것들이 눈앞에서 굶어 죽는 꼴을 도저히 볼 수가 없어 어미가 버린답니다. 그렇다고 홀로 된 어미가 잘사는 것도 아니고……!"

목과 눈시울이 모두 뜨거워졌다. 소유는 어느새 자신이 눈물을 흘리고 있다는 사실을 알았다. 옥현이 흰 명주 수건을 가져와 소유에게 건넸다. 그녀는 눈물을 거칠게 훔치고 어깨를 들썩였다.

"소, 송구합니다, 소하 님. 이런 모습을 보여드리려던 것이 아니라……."

"그래, 알겠느니라."

소하는 부드럽고 다정한 목소리로 그렇게 대답했다. 동정심이나 슬픔은 느껴지지 않는 태도였다. 소유는 눈물을 계속 닦으며 믿을 수 없는 기분으로 그를 보았다. 그녀가 한 이야기를 못 들은 것일까?

"소하 님, 이리 두어서는 안 되지 않겠습니까?"

"무얼 말이냐?"

그렇게 되묻는 그의 목소리는 여전히 다정했다. 소유는 수건을 내렸다.

"백성들이 이리 못사는 것 말입니다."

"하늘이 그리하는 것을 내가 어찌하겠느냐?"

"예? 농사를 망치는 것이야 하늘에 달린 것이지만, 가난한 이들에게 최소한의 보호를 마련하는 것은 나라에 달린 것이 아닙니까?"

"제 연고지에서는 친척이든 이웃에게든 쌀겨 한 줌이라도 얻어먹었겠지. 장안에 와서 갈 곳을 못 찾는 건 제 선택이 아니냐?"

소유의 가슴이 기묘하게 뛰었다.

"세금이 호랑이보다 무서워 집도 빼앗기고 남편은 노비로 나갔다가 죽었다는데, 어찌 연고지에서 쌀겨라도 얻어먹을 수가 있었겠습니까?"

"그렇다면 세금을 내지 않고 도망친 것이 아니냐? 그것은 나라에서 정하는 법도를 어긴 것인데, 그런 자들에게도 나라에서 보호를 제공해야 하느냐?"

소유는 자신의 목과 눈에 있던 불이 모두 정수리로 옮겨 가는 듯한 오싹함을 느꼈다. 머리가 어지럽고 화가 치솟았다.

이 사람이 자신이 알던 그 난양대군이 맞을까? 채윤을 찾아주겠다고 다정하게 약속하고, 밤에 그녀가 비명을 질렀다고 침의를 입은 채 달려왔던 그 사람이 맞을까?

"소하 님, 어찌 그런 말씀을 하십니까? 천인국의 세금은 인두세와 군포, 그리고 자기가 한 해에 버는 소득의 십분지 일을 내는 것이 아닙니까? 그나마 제 땅이나 가게가 없으면 그 세금조차 낼 의무가 없고, 군포는 열여섯 살 이상부터 예순 살 이하의 사지 건강한 정남에게 걷는 것이지 않습니까? 또 나라에 기근이 들거나 경사 및 흉사가 있을 때는 모든 세금이 면제되고요. 인두세가 설령 서른 해를 밀렸다 한들 집을 빼앗길 리가 있겠습니까? 필경 탐관오리가 억지로 세금의 액수를 불려 빼앗은 것입니다."

소하는 소리 없이 웃었다.

"그것을 네가 어떻게 아느냐? 조정에 바치는 세금은 네가 말하는 대로다만, 각 지방 군영 및 관아에서 거두는 세금은 성주와 통제사의 관할이다. 네가 말한 아이 어미의 고향에서 갑자기 기근이 들거나 홍수가 나, 그걸 메우기 위해 다른 모든 사람들은 힘을 모아 세금을 냈다면 어쩔 테냐? 또, 군역을 지기 싫어 미루다가 군포가 늘어난 것이라면 어찌할 테냐?"

"그럴 리가 없습니다."

소유는 자신 있게 고개를 저었다. 너무 화가 난 나머지 눈에서 불똥이 튀었다.

"화주도 천수답이 많아 한 해의 결실이 기대에 미치지 못하는 경우가 있었습니다만, 그럴 때는 언제나 세금을 면제받고 관아에서 환곡을 꾸어 먹었지 기근 때문에 세금을 더 내다가 집을 빼앗기는 경우는 없었습니다. 또한 법대로 열여섯 살부터 예순 살 이하의 정남이 있는 집이라면 1년에 3개월의 군역을 지면 군포가 늘어날 일은 없습니다. 부상을 입거나 상을 당한 자에게는 군역 면제 또한 주어지지 않습니까?"

"잘 아는구나. 과연 성주의 부관이 길러낸 인재로다."

소하는 웃음을 터뜨렸다. 지금, 어떻게 웃을 수가 있을까. 소유는 그가 이 상황에 웃고 있다는 사실이 믿기지 않았다. 그녀는 뾰족하게 말했다.

"나라의 법도를 관리가 잘 지키지 아니하여 백성들이 곤란에 처했는데, 집도 절도 없어 살 곳을 찾아 떠났다고 어찌 법을 어겼으니 굶어도 싸다 하겠습니까? 또, 그 누구라 하여 법을 어겼다고 굶어 싸겠습니까? 법도를 어겼으면 그것은 또한 나라의 법도로 벌을 주어 앞으로는 그러지 아니하도록 계도할 일이라 생각합니다."

소하는 입꼬리를 올려 미소 지었다.

"항상 밥은 먹을 수 있어야 한다?"

"예."

소유는 자신 있게 고개를 끄덕였다.

"옛말에 나라의 근간은 백성이라 하지 않습니까? 나라의 근간이 튼튼하려면 백성들이 튼튼해야 하는 법. 그러려면 밥은 먹고, 옷은 입고, 밤에 지붕은 있는 곳에서 자야 한다고 생각합니다."

"그리고 가끔은 피리도 불고 말이지?"

"예."

소유는 새침하게 말을 마쳤다. 소하는 아까처럼 웃음을 터뜨렸다.

"하하하……. 네 말이 옳다. 백성들이 밥은 먹고, 옷은 입고, 지붕은 있는 곳에서 자야겠지."

"예, 소하 님."

소하가 그렇게 소유의 말을 받아들여주자 그녀는 기분이 약간 풀렸다. 소유의 표정이 부드러워지자 소하는 깊은 눈빛으로 물었다.

"역대 모든 왕께서 네 말처럼 나라를 운영하려 애쓰셨지만 쉽지 않았다. 네가 보기에 지금의 천인국이 네 말대로 되려면 어떤 방도를 써야 한다고 생각하느냐?"

"지금의 천인국이요?"

소유는 눈을 굴렸다. 잠시 망설여졌다.

"우선 전횡이 없도록 해야 할 것입니다. 오늘 어느 포목점 앞을 지났는데 자경국 사신들이 가져온 비단을 사적으로 거래했다며 당당하게 말하고 있었습니다. 사신들이 가져온 외국 물건의 사적 거래는 법으로 금하는 것이 아닙니까? 물론 비밀리에 조금 오가는 것을 아주 금지하는 것은 현실적으로 불가능할지 모르나, 적어도 법을 어기는 것이 공공연한 권력의 전시 수단이 되어서는 아니 될 것입니다. 그래야 세금도 규정대로 걷지 않겠습니까?"

"장안의 포목상은 숙모님의 친정 식구들이 꽉 잡고 있어, 아무리 못된 짓을 해도 처벌받지 않는다더구나. 아마도 네가 본 곳 또한 곽씨의 포목점이거나 적어도 그들에게 뇌물을 바치는 자들이 운영하는 곳일 게다."

초왕의 왕비는 자경국 왕의 언니로, 천인국으로 시집올 때 데려온 친정 식구들의 목소리가 조정에서도 크다는 점은 옥현과 소하가 대화를 나눌 때 들은 적이 있었다. 소유는 고개를 끄덕였다.

"예. 곽가라 하더군요. 하오나 외척이라 하여 법의 처벌을 받지 않게 해서야 아니 될 것입니다."

"법은 모두에게 똑같이 적용되어야 한다는 말이냐? 외척이라도?"

"종친이든 공신이든 예외는 없어야 한다고 생각합니다."

소유의 말에 옥현이 쿡쿡 웃었다.

"이거 맵군요."

"실례했습니다, 옥현 공. 하지만 천인국은 하늘의 이치를 받들어 세워진 나라가 아닙니까? 하늘이 보기에 옳은 행동과 그른 행동은 그 누구에게라도 같을 것입니다."

"어이쿠, 이거 무서워서 조심해야지 어디, 잘못하다가는 금방 지옥으로 떨어지겠군요."

옥현은 조금 더 웃고 소하를 보았다. 소하는 빙긋 웃었다.

"당돌한 말이로구나. 하지만 외척이라도 예외는 없어야 한다는 말이, 네가 뜻하는 것의 전부더냐?"

아무리 지금껏 두려움이 없는 것처럼 행동해왔다 해도 정도는 알고 있었다. 소유는 딴청을 부렸다.

"그러면 뭐가 더 있겠습니까?"

"후후. 하면 네가 보기에 전횡이 없으려면 누가 뭘 해야겠느냐? 그 이야기는 하고 싶지 않으냐?"

소름이 오싹 돋았다. 신하로서 왕을 비난할 수는 없었다. 소유는 여전히 딴청을 부렸다.

"소하 님께서 무슨 말씀을 하시는 건지, 저는 시골에서 못 배우고 자라 잘 모르겠습니다."

"방금까지 네가 펼친 국가경영론은 글공부를 하는 사람이라면 모두 아는 내용이다만, 너처럼 분명하게 이해하고 말할 수 있는 자는 벼슬아치들 중에도 적다. 왜인지 알겠느냐?"

이번에는 넘어가고 싶지 않았다. 소유는 아까까지보다 훨씬 낮고 조심스러워진 목소리로 물었다.

"돈을 주고 벼슬을 산 사람이 많기 때문입니까?"

"그래, 그렇기도 하다. 역량이 부족한데도 높은 자리에 앉은 자가 많지."

소하는 그렇게 말하고 눈을 빛냈다. 지금까지 소유가 본 적이 없는, 진지하고 깊고 반짝이는 눈이었다.

소름이 다시 돋았다. 그는 소유를 시험하고 있었다.

"하지만 또 다른 이유가 있다. 생각해보거라."

손이 살짝 떨렸다. 처음 소하를 만났을 때도 이런 두려움을 느꼈다. 며칠 함께 지내면서 난양대군에 대해 많이 알게 되었다고 생각했는데, 그런 짧은 시간으로는 턱도 없었다. 그는 그녀가 상상하지도 못할 무언가를 속에 감추고 있었다.

그것은 분노일까. 아니면.

"잘 모르겠습니다."

"총명한 너라면 알게다."

소하는 빙긋 올라간 입꼬리로 전혀 웃음 같지 않은 웃음을 지은 채 채근했다. 소유는 손을 꼭 말아 쥐고 고개를 저었다. 그리고 소하를 똑바로 마주보았다. 그 말에 대답을 하는 것은 무척이나 큰 용기가 필요한 일이었다.

"잘 모르겠습니다. 소하 님, 소하 님의 답은 때를 기다리는 영웅의 마음과 관련이 있는 것입니까?"

소하의 눈이 다시 반짝였다.

"때를 기다리는 영웅이라? 어찌 그런 생각을 하였느냐?"

"제가 처음 소하 님을 뵙던 날, '광릉산'을 들려주시지 않으셨습니까. 그것은 폭군의 학정을 거부하며 산속에 몸을 숨긴 악사가, 임금의 암살에 실패해 사형당한 영웅을 기리며 만든 곡임을 부족한 저도 알고 있습니다."

오랫동안 곱씹어보았지만 그녀가 잘못 들은 것은 아니었다.

그녀의 말에서 소하는 무엇인지 모를 답을 얻은 모양이었다. 그는 만족스러운 표정을 짓고 입을 가렸다. 우아한 손동작 너머로 짙은 미소가 보였다.

"네가 넘겨짚은 게로구나. 내가 어찌 영웅이겠느냐? 나는 어리석고 순종적인 사내라 이 설궁 안에서의 삶에 그저 만족하고, 백성들이 올린 세금으로 밥 지어 먹으며 살고 있느니라. 하지만 네가 난처하다면 답은 나중에 듣도록 하자."

그것으로 끝일 리가 없었다. 가슴이 이렇게 쿵쿵 뛰는데. 그러나 소하는 그대로 차를 마시며 밤 날씨에 대한 이야기를 꺼냈고 소유는 더는 그 화제를 꺼낼 수 없었다.

다음 날도, 또 그 다음 날에도 소하는 그 문제에 대한 말을 꺼내지 않았다. 소유는 어딘가 석연치 않다는 느낌을 받았지만 자신도 똑똑히 대답할 수 없으면서 함부로 위험한 화제를 건드려서는 안 될 것 같다고 생각했기 때문에 그 침묵에 동참했다.

설궁의 계절은 흐르는 것 같으면서도 흐르지 않는 것 같았다. 담 안의 화초는 천천히 모습을 바꾸었지만 여전히 꽃이 흐드러지게 피어 있었고 소하의 일상은 늘 비슷했다. 시기에 맞는 술과 안주를 정갈하게 담아 먹고 가지런하게 정서된 서책을 읽었지만 그뿐이었다.

"소하 님께선 1년에 몇 번쯤 출타하시나요?"

여우비가 지나가 찬란하고 푸르게 반짝이는 뜰을 내다보며 소유는 문득 그렇게 물었다. 어려운 옛날 책을 읽던 소하는 눈을 들어 잠시 생각하더니 대답했다.

"1년에 두어 번 되는 것 같구나."

소유는 뜨악해졌다. 생각만 해도 답답했다.

"그게 다입니까?"

"내가 출타할 일이 무에 있겠느냐."

소하는 아무렇지도 않게 미소 지으며 소유를 보았다. 그 미소에 그녀는 가슴이 아파졌다. 요즘 소하의 상황을 생각하면 자주 그러듯 욱신거렸다.

소하도 지금 이 나라의 상황에 관심이 없지는 않을 터였다. 아무 포부도 없지는 않을 터였다. 그런데도 이 궁 안에 갇혀, 할 수 있는 운신이라고는 연회 자리에 얼굴을 비추는 정도라니.

"담에 기회가 되면 함께 저자라도 구경하시지요."

"그래, 그럴 수 있으면 참 좋겠구나."

소하는 다시 미소 짓고는 도로 책에 눈을 돌렸다. 바둑돌을 닦고 있던 옥현이 소유에게 물었다.

"한데 갑자기 그런 것은 어찌 물으십니까?"

"소하 님의 예복을 새로 짓는다고 어제 주상 전하가 보내신 궁인들이 다녀가지 않았습니까. 요전에 입으시던 예복의 수구가 닳은 것을 보고 놀라 여쭈었습니다."

예복은 자주 입는 옷이 아니고, 소유가 지금까지 본 바에 따르면 소하는 옷을 함부로 입는 성품도 아니었다. 그런데도 수구가 닳아 너덜너덜해진 것을 보니 많이 입어 그런 것이 아니라 오랫동안 만지지 않아 옷이 상한 것이었다. 옥현은 쓴웃음을 지었다.

"제가 잘 보관하지 못해 귀한 비단이 상했으니 큰 잘못입니다."

"아닙니다, 입지 않는 옷이 상하는 것이 어찌 옥현 공의 잘못이겠습니까."

이 설궁 안에 있는 누구의 잘못도 아니었다. 소하는 결단코 초왕에 대해서 불충한 말을 하지 않았지만, 소유는 이곳에서의 생활이 길어질수록 초왕을 향한 나쁜 감정이 생기는 것을 막을 수 없었다.

소유가 입을 다물자 옥현은 다시 바둑돌을 닦기 시작했다. 바람이 불며 뜰의 젖은 나뭇잎에서 물방울이 똑똑 떨어졌다. 후드득 바닥을 적신 물방울이 쨍쨍한 햇살에 노란 비단처럼 찬연했다.

조용히 바둑돌끼리 슬슬 부딪치는 소리만 들리던 조당에 갑자기 누군가가 들어왔다. 소유는 아무 생각 없이 고개를 들었지만 금세 저 뜰 쪽이 소란스러워지는 소리에 눈을 동그랗게 떴다. 조당에 들어선 사람은 바지를 입고 머리를 두건으로 감싼 여자로 이곳에서는 처음 보는 사람이었다.

"소하 님."

잡아라! 저쪽으로 갔다! 하고 남자들이 우렁차게 지르는 소리가 들려왔다. 여자는 소하에게 성큼성큼 다가와 절했다. 소하는 기다렸다는 듯이 친절하게 그녀를 맞이했다.

"어서 와라. 가져왔느냐?"

"예, 소하 님. 여기 물건입니다."

여자는 품에서 두루마리 하나를 꺼냈다. 작지만 좋은 종이로 겉을 감싸고 심이 정교한 문서였다.

"너희는 조당으로 가라!"

소유가 기억하는 목소리가 들렸다. 밖에서 설궁의 병사들이 움직이는 소리도 뒤따랐다. 여자는 창백해진 얼굴로 소하에게 다시 절했다.

"쫓는 자들이 있으니 이만 떠나겠습니다. 모쪼록 보중하소서."

"그래, 고맙다. 어서 가거라."

병사들의 발걸음 소리가 점점 가까워졌다. 여자는 소유와 옥현에게 눈웃음을 가볍게 지어 보이고 그대로 뒷문으로 나가 사라졌다.

무슨 일이 일어난 것인지 이해할 수가 없었다. 소유는 주위를 둘러보며 어리벙벙한 표정을 지었다. 옥현은 아무렇지도 않은 얼굴로 뒷문을 닫았다. 소하는 자신의 품에 두루마리를 넣고 소유를 불렀다.

"소유야, 잠시 이리 와 나를 도와줄 수 있겠느냐?"

"예? 예, 소하 님."

아까 그 여자는 누구였을까. 소유는 소하를 이름으로 부르는 여자를 자신 외에는 처음 보는 것이라 마음이 무거워졌다. 병사들이 조당 앞으로 달려오는 것이 보였다.

소유는 소하의 앞으로 가 섰다. 소하는 그대로 그녀의 허리를 끌어안아 자신의 무릎에 앉혔다.

눈처럼 담백하고 새하얗고 청결한 향내가 그녀를 온통 감싸 머리가 어찔해졌다. 소하의 길긴 팔과 두터운 가슴이 그녀의 상체를 단단히 끌어안았다. 소유의 가슴이 그의 가슴에 눌리고 뺨은 어깨와 목 사이에 파묻혔다. 소하의 긴 머리칼이 그녀의 시야를 휘장처럼 가렸다.

한 번 숨을 크게 들이켜고 난 후에야 소유는 자신이 마치 정인처럼 소하의 품에 안겨 있다는 사실을 깨닫고 버둥거렸다. 그러나 늘씬한 겉보기와 달리 소하는 대단히 힘이 셌다. 소하가 그녀의 귀에 대고 낮게 속삭였다. 이제껏 그의 목소리를 그렇게나 가까이서 들어본 것은 처음이었다.

"쉿, 잠시만 내게 맞춰다오."

소유의 몸이 딱딱하게 굳었다. 거스를 수 없었다. 그것은 그의 목소리가 품은 태생의 위엄 때문이었을까.

아니면.

"대군 마마!"

마침 병사들 중 품계가 높은 자가 부하들을 이끌고 조당에 들어섰다. 그들은 소하와 소유의 모습을 보고 잠시 놀란 듯 멈추어 서 웅성거렸다. 소유는 부끄러워 소하의 머리칼 안에 얼굴을 푹 묻었다.

"무슨 일이냐? 내 앞에 이리도 무례하게 나아오다니."

소하는 아무것도 모르겠다는 듯 느긋하고 어리둥절한 말투로 병사들에게 말했다. 다정함보다는 불쾌함이 느껴지는, 크고 우렁우렁한 목소리였다. 소유는 소하의 그런 목소리 또한 처음 듣는 것이라 다시 놀랐다. 품계가 높은 병사가 목소리를 가다듬고 바닥에 무릎 꿇는 소리가 들렸다.

"용서하소서, 마마. 하오나 방금 수상한 자가 이 조당으로 들어오는 것을 목격하였기에 무례를 무릅쓰고 감히 마마 앞에 허가도 없이 나아왔나이다. 부디 저희로 하여금 주위를 수색할 수 있도록 윤허해주소서."

"허어, 수상한 자라? 이 조당에는 아까부터 내가 있었다만 수상한 자는커녕 쥐새끼 한 마리 보지 못했다. 칼과 창을 지니고 마구잡이로 나아와 주위를 수색하게 하라니, 네 품계가 나보다 높으냐? 무례하도다."

"송구합니다."

병사들은 쥐죽은 듯 조용해졌다. 소유는 은근슬쩍 아까 왔던 여자가 떠나가는 소리가 들리는지 귀를 기울여보았지만 아무 기척도 없었다. 이미 떠났거나 잘 숨었거나, 둘 중 하나인 모양이었다.

소하는 정말로 불쾌한 듯 혀를 찼다.

"또한 수상한 자가 정말로 있다면 그건 너희의 경비 소홀이 아니냐? 하나 좋다. 혹 이 난양의 목을 가지러 온 자객이라면 그때 후회하는 것은 나일 테니, 그래. 수색해라. 다만 내가 이 아이와 즐거운 시간을 보내는 것은 방해하지 않아야 할 것이야."

갑자기 따뜻하고 단단한 무언가가 소유의 어깨를 살살 쓰다듬었다. 그녀는 깜짝 놀라 어깨를 움츠렸다가, 자신을 쓰다듬은 것이 소하의 손이라는 사실을 깨닫고 얼굴이 붉어졌다. 심장이 너무 뛰고 숨을 어떻게 쉬어야 할지 알 수가 없었다.

"너는 참으로 사랑스럽구나."

소하는 병사들에게도 들릴 만큼 크면서 동시에 비단처럼 부드럽게 속삭였다. 소유는 무슨 말을 해야 할지 몰라 어깨를 살짝 떨었다. 소하는 코로 산들바람 같은 숨결을 쉬며 웃었다.

"떨고 있구나. 저 병사들이 무서우냐?"

"무, 무섭사옵니다."

사실 병사들은 전혀 신경 쓰이지 않았지만 소유는 떨리는 목소리로 그렇게 대답했다. 소하는 그녀의 목과 어깨를 토닥이며 다정하게 허리를 쓸어주었다. 그 손길이 지나간 곳마다 뜨거운 감촉이 남아 소유는 흠칫흠칫 숨을 들이켰다.

"너무 무서워할 것 없다. 네가 싫다니 내 금방 쫓아주마."

소하는 다시 그녀에게 부드럽게 속삭였다. 그의 숨결이 귓바퀴에 닿자 몸 전체를 관통하는 듯한 전율이 일었다. 소유는 당황해 저도 모르게 소하의 몸에 자신의 몸을 더 딱 맞댔다.

그것이 정인끼리 따뜻하고 격의 없는 시간을 보내는 것처럼 비친 모양이었다. 옥현이 웃음 섞인 목소리로 놀렸다.

"소하 님, 정인끼리의 즐거운 시간을 방해하고 싶지는 않습니다만, 병사들이 부끄러워하고 있습니다."

"남사스러워하라지. 그러게 누가 이럴 때 들어오라느냐?"

소하는 뻔뻔하게 그렇게 말했다. 소유는 옥현과 소하가 일부러 병사들을 빨리 쫓아내려고 그러는 줄 알면서도 얼굴이 점점 더 빨개져 어쩔 줄을 몰랐다. 병사들도 저들끼리 '저 여자가 대군 마마의 첩이라더니 정말 사이가 좋은 것 같네' '정승판서 댁 규수도 아닌 것 같은데 운이 좋네' 하고 작지도 않게 속닥이고 있었다.

너덧 번 더 천천히 소유의 등을 쓰다듬은 소하는 병사들이 이렇다 할 것을 찾지 못하자 위엄 있게 헛기침했다.

"다 보았으면 이제 그만 가보아라. 나와 이 아이가 함께하는 시간이 너희에게 좋은 구경거리로 보인다면 어쩔 수 없다만."

"아닙니다, 대군 마마!"

품계가 높은 병사가 이번에는 질색하는 기분이 노골적으로 느껴지는 목소리로 딱딱하게 대답했다.

"큰 무례를 범했습니다, 대군 마마! 저희는 이만 물러가보겠사옵니다."

"수상한 자는 찾지 못해도 괜찮으냐?"

"아무래도 누군가 잘못 본 모양입니다, 대군 마마!"

"그러하냐? 하면 다행이다만 앞으로도 설궁의 경비에 소홀함이 없도록 하여라. 가보아라."

소하는 소유를 쓰다듬는 것을 멈추고 그녀의 상체를 꼭 끌어안은 채 쿡쿡 웃었다. 그의 축객령에 병사들은 금세 빠져나갔다.

모든 발소리가 멀리까지 가고 나서야 소유는 입을 열 용기가 생겼다. 그녀는 소하에게 꼭 눌린 가슴을 들썩이며 깊은 숨을 쉬었다. 어지럽고 몸이 뜨거웠다.

소하는 아까처럼 부드럽게 소유에게 속삭였다.

"이런, 많이 놀란 모양이구나. 미안하다."

"소하 님, 꼭 이런 식으로 하셔야만 했습니까?"

그가 자신을 놀린다는 것을 알고 있었기 때문에 그녀는 약간 원망스러운 투로 대꾸했다. 소하의 머리칼이 싱그러운 향을 풍기며 그녀의 눈앞에서 멀어져 갔다. 그가 머리칼을 걷어 소유의 뺨이 얹히지 않은 쪽 어깨로 넘겼기 때문이었다.

"나도 급해 당장 이 생각밖에 나지 않더구나. 싫었느냐?"

소유는 침을 한 번 꿀꺽 삼켰다. 소유가 이 궁에 들어왔다고 바로 초왕이 달려온 것만 봐도, 만약 수상한 여자가 허가 없이 들어와 소하에게 중요해 보이는 문서를 넘기고 떠났다는 사실이 알려지면 소하가 어떤 취급을 당할지 눈에 선했다. 어쩌면 생명이 달려 있는 문제이니 필요하다면 생각나는 방법을 무엇이든 시도해도 화내고 싶지는 않았다. 하지만.

"싫은 것은 아니었습니다만……."

소유는 다시 침을 삼켰다.

"어찌 아직 놓지 않으십니까."

그 말을 하면서 심장이 입 밖으로 튀어나올까 그녀는 조마조마해했다. 소하는 쿡쿡 웃으며 그녀를 다시 한 번 꼭 끌어안았다.

"혹시 갑자기 다시 병사들이 몰려올지도 모르는 일 아니냐?"

"설마 그러겠습니까?"

"네가 싫다면 지금 놓겠다. 하지만 괜찮다면."

소하는 그 대목에서 한 번 깊은 숨을 쉬고, 옥현에게조차 들리지 않을 만큼 낮은 목소리로 소유의 귓가에 속삭였다.

"잠시만 더 이리 있어다오."

소하의 가슴과 어깨, 그리고 팔은 옹성처럼 단단했다. 저항해도 빠져나갈 수 없을 것만 같았다.

소유는 그대로 눈을 감았다가 한참 후 소하의 팔에 힘이 빠지자 덜덜 떨리는 다리로 일어섰다. 소하는 넘어질 뻔한 소유의 허리를 잡고 미안한 표정으로 사과했다.

"미안하구나. 그렇게나 무서웠느냐?"

"아닙니다."

적어도 소하가 말하는 두려움 때문에 다리가 흔들린 것은 아니었다. 소유는 뜨거운 응어리 같은 것이 지는 기분을 느끼며 풀이 죽어 대답했다. 소하는 자리에 앉은 채 그녀를 똑바로 올려다보았다. 맑고 깊은 눈에 빨려들어갈 것만 같아졌다.

"네 덕분에 무사히 넘어갔구나. 고맙다."

감사 인사를 듣자 기분이 조금은 나아졌다. 소유는 자신이 원래 앉아 있던 의자로 돌아갔고 소하는 품에서 꺼낸 두루마리를 펼쳐 읽었다.

어떤 내용이기에 아까와 같은 방식으로 주고받았을까. 소유는 실례가 되는 줄 알면서도 궁금해 소하를 약간씩 힐끔거렸다. 바둑돌을 닦던 옥현의 손도 멈추어 있었다.

소하의 눈에 이채가 지나갔다. 소유는 그가 만족스러운 표정을 지었다고 생각했다. 그러나 그녀가 아주 잠시 본 그 표정은 온전히 만족만을 담은 것은 아니었다. 오히려 앞으로 걸어가야만 할 기나긴 여정을 헤아리면서도 예부터 이어져온 과거를 동시에 더듬는, 복잡하고도 피곤한 심상이 담긴 것에 가까웠다.

어째서일까. 소유는 자신이 지금 처음으로 소하의 솔직한 표정을 보았다고, 이유를 모르면서도 그렇게 느끼고 말았다.

✻

자경국 사신단을 위한 연회날은 아침부터 축축한 비가 내렸다.

"콜록, 콜록. 으흠!"

그 때문일까, 오늘따라 소하는 침상에서 일어나지 못하고 계속 기침만 했다. 소하의 침실에 모인 궁인들은 각자 물을 끓여 온다, 계피를 가져온다 야단들이었지만 옥현이 그중에서도 가장 침중한 얼굴이었다.

"괜찮으십니까, 소하 님?"

옥현이 등을 쓸자 소하는 계속 기침하며 고개를 끄덕였다. 소유는 차마 옥현처럼 소하의 침대에 걸터앉을 수 없어 소하의 발치 즈음에 앉아 걱정스럽게 그를 바라보았다. 옥현은 소하의 이마에 손을 대더니 인상을 썼다.

"열이 심하십니다."

"이래서야 오늘 연회 자리에 나가시는 것은 무리가 아닙니까? 소하 님, 오늘은 쉬시지요."

소유는 걱정스레 말했다. 연회날 입을 예복과 거기 맞춰 쓸 관모에 신, 그리고 옥대까지 하사받았는데 그 모든 것들이 지금은 얄밉게만 생각되었다. 이렇게 몸이 좋지 않은데 어딜 나간단 말인가? 게다가 이렇게 날이 추운데.

그러나 소하는 기운 없이 고개를 저었다.

"아니다⋯. 나가야지. 전하가 친히 부르셨으니."

"칙령도 아니지 않습니까. 건강이 좋지 않은 상태로 연회에 참석하시는 것은 전하도 바라지 않으실 겁니다."

"그리 생각하느냐?"

소하는 힘없는 얼굴로 빙긋 웃었다. 열이 올라 벌게진 눈가가 안쓰러웠다. 소유는 그의 얼굴에 손을 대 차게 식혀주고 싶은 것을 간신히 참았다.

"당연한 말씀을 하십니까."

"누가 내게 관심이나 있다면 그럴지도 모르겠다만⋯⋯."

몸이 좋지 않아서 저런 말을 하는 것일까. 평소와 다른 소하의 약한 모습에 소유는 가슴이 세게 욱신거렸다. 그녀는 진심으로 안쓰러워하며 그를 향해 상체를 내밀었다.

"목이 마르지는 않으십니까? 죽을 올릴까요?"

"아니다. 죽은 먹고 싶지 않구, 콜록!"

소하는 두어 번 세차게 기침했다. 그때 궁인 한 명이 재빠르게 다가와 고개를 조아렸다.

"대군 마마, 어차가 도달했사옵니다."

"⋯그래. 어서 의관을 차려야겠구나."

소유는 옥현의 얼굴이 잠시 험악해지는 것을 보았지만 그것은 순식간이었고, 다시 보니 그는 평소처럼 미소를 짓고 있었다.

"의대를 대령했사옵니다."

다른 궁인 하나가 어디서 가져왔는지 소하의 예복과 기타 치레를 가져와 들이밀었다. 소하는 옥현의 손길과 이불을 힘없는 손길로 물리쳤다.

"차리자꾸나. 소유야, 내 의관을 정제해야겠으니 잠시 나가 있어주겠느냐?"

"…예."

소하가 이미 결정을 내린 것 같아 더 말릴 수는 없었다. 소유는 탐탁지 않아 하면서도 소하의 침실을 나섰다. 그리고 가슴이 답답해 바람을 쐬고자 침전 앞의 대청마루로 나갔다.

대청마루 앞의 작은 뜰에는 과연 덮개 없는 붉은색 가마가 한 대 놓여 있었고 가마꾼과 수행원들은 비를 맞으며 서 있었다. 가마는 황금색으로 그림이 그려지고 각종 길상문이 장식되어 보기에도 궁중에서 쓰는 물건의 품격이 느껴졌지만 오늘 같은 날씨에는 그것조차 미웠다.

궁중에서 나온 듯 얼굴이 낯설고 멋지게 옷을 차려입은 남자가 소유를 보고 눈썹을 들었다.

"대군 마마는 아직이시더냐?"

남자의 비단옷에 달린 흉배를 보니 정확히는 몰라도 아주 품계가 높은 관헌인 것 같았다. 소유는 고개를 숙여 인사하고 대답했다.

"오늘 마마께서 몸이 대단히 좋지 않으시어 채비에 시간이 걸리십니다."

"주상 전하께서 친히 부르신 연회에 늦을 지경이니 조속히 나오시라 말씀 올려라."

남자는 소하의 몸이 얼마나 어떻게 좋지 않은지도 묻지 않았다. 소유는 눈에서 불꽃이 튀는 것을 느꼈다.

"마마의 몸이 미령하시어 팔을 드는 데조차 시간이 걸리는 지경이니 잠시만 기다려주십시오. 의관을 정제하고 계십니다."

"무엄하다!"

남자는 인상을 썼다. 그의 동그란 얼굴에서 가장 눈에 띄는 곳은 들창코였는데 그 코가 분노 때문인지 크게 실룩거렸다.

"조속히 나오시라 말씀 올리라면 올릴 것이지, 어찌 주상 전하의 사자로 온 내게 기다리라 마라 말이 많으냐? 내가 누군 줄 아느냐?"

"…송구합니다."

하나도 송구하지 않았지만 소하에게 폐를 끼치고 싶지 않은 마음으로 소유는 일단 참았다. 설궁의 궁인 두엇이 나왔다가 남자를 보고 기겁하며 절했다.

"부사 영감!"

"곽 부사 영감."

이 남자도 곽씨라는 거지. 흥, 하고 소유는 속으로 혀를 찼다. 영감이라면 정말로 높은 사람일 테지만 그래봐야 대군보다는 낮은 신분일 텐데 소하에게 아프거나 말거나 나오라고 강짜를 부리는 태도가 마음에 들지 않았다.

그런데 그 감정이 모두 얼굴에 드러난 모양이었다. 곽 부사의 눈썹이 치켜 올라갔다.

"어허! 무엄하구나. 내가 누구인지 알았는데 어찌 절하지 않느냐? 오라, 네가 우리 왕비 전하께서 말씀하신 설궁의 측실이로구나. 대군 마마를 믿고 잘난 척할 수 있는 것도 이 조그만 울타리 안에서나 되는 게지, 어디……!"

"그만하게."

소유의 머리에 점점 열이 오르는데 소하의 낮은 목소리가 대청마루를 울렸다.

"대군 마마."

"소하 님."

곽 부사와 소유는 의관을 모두 차린 소하에게 고개 숙여 인사했다. 소유는 소하의 얼굴색이 창백한 것을 보고 흘긋 가마의 덮개 없는 꼴을 보았지만 곽 부사는 그런 것에는 신경 쓰지 않고 바로 고자질을 시작했다.

"대군 마마. 적적하여 첩을 들이시는 것은 제가 말씀 올릴 일이 아니오나, 어찌 저것이 저에게 이리 무례합니까? 궁중 예법을 전혀 모르는 천것이옵니까? 저는 왕비 마마의 오라비이니 대군 마마와도 인척이 아니옵니까? 부디 통촉하여 주시옵소서."

"곽 부사."

소하는 쓴웃음을 지으며 부드럽게 곽 부사를 불렀다. 곽 부사는 그 달래는 듯한 태도에 욱했는지 얼굴을 일그러뜨렸다.

"내가 늦게 나오는 바람에 자네가 내 사람과 서로 불쾌한 경험을 했군. 따지자면 나 때문에 이리된 것이니 내 사과하겠네. 미안하네."

왕족이 사과하는데 더 씩씩거릴 수는 없을 터였다. 곽 부사는 당했다는 얼굴이었지만 얌전히 고개를 숙였다.

"황공하옵니다, 마마."

"자, 가세. 숙부님과 숙모님을 기다리시게 할 수는 없지 않나. 자경국의 사신들은 자네의 고국 사람들이니 더더욱 자네가 얼굴을 빨리 비추고 먼 길 오느라 고생했다 위로해주어야 하지 않겠나?"

"예, 마마. 물론이옵니다."

곽 부사의 허리가 펴졌다. 그는 홱 돌아서 가마꾼들과 수행원들에게 떠날 준비를 하라고 소리쳤다. 마루를 가로지르던 소하의 발걸음이 잠시 휘청했다. 소유는 저도 모르게 소하의 팔을 붙잡고 그에게 속삭여 물었다.

"마마, 역시 쉬시는 것이 좋지 않겠습니까? 연회 자리에서 쓰러지시겠습니다."

"아니다. 괜찮다. 가다 죽더라도 이런 자리에는 왕족이 얼굴을 비추는 것이 도리이니라."

소하는 소유에게 잡힌 팔을 빼냈다. 호위 때문인지 청운도 울긋불긋한 예복을 차려입고 부하들과 함께 가마 옆에 와 섰다. 청운이 있다면 중간에 무슨 일이 있더라도 대응할 수 있으리라고 소유는 약간 안심했지만 소하가 걸어가는 뒷모습은 보기 힘들었다.

우아하게 섬돌을 내려가는 소하의 모습은 위태위태했지만 동시에 언제나처럼 우아했고 눈의 결정처럼 서늘한 아름다움이 있었다. 소하가 가마에 오르자 곽 부사는 마지막으로 소유를 한번 찌릿 흘겨보고는 휘적휘적 제 가마에 탔다.

"가자! 이여!"

가마꾼들이 이여, 하고 기합 소리를 내며 가마를 들었다. 소유는 곽 부사의 뒷모습을 세게 한번 노려보아주었다.

곽 부사가 인도하는 소하 일행이 떠나자 삽시간에 설궁이 텅 빈 듯 고요해졌다. 소유가 대청마루에 서서 계속 비가 오는 회청색 하늘을 바라보고 있는데 옥현이 그녀의 옆에 와서 섰다.

"욕보셨습니다."

옥현의 부드러운 말씨에는 놀랍도록 노골적인 분노가 깃들어 있었다. 소유는 그 분노가 자신을 향한 것이 아님을 알았기 때문에 당황하지 않고 이를 갈았다.

"저이가 그 유명한 곽씨의 대장이로군요."

"쉿, 소유 아씨. 누가 듣습니다. 저래 봬도 나는 새도 떨어트린다는 권력자이니 곽가가 마음만 먹으면 소유 아씨에게 해코지를 할 수 있습니다. 조심하십시오."

기분 탓인지 곽 부사와 초왕은 분위기가 닮은 것 같았다. 소유는 흥 하고 코웃음 쳤지만 곧 기운이 빠져 대청마루에 털썩 주저앉았다. 옥현은 그녀의 옆에 쪼그려 앉아 안쓰러운 눈초리로 물었다.

"무서우셨습니까?"

"저깟 무례하고 제 벼슬의 높음만 아는 자가 뭐가 무섭겠습니까. 다만……."

"예."

기와에서 희게 반짝이는 빗방울이 흐르듯 떨어졌다. 쏴아아 하는 빗소리가 소하와 소유의 사이를 막아놓는 장막처럼 느껴져 미웠다.

소유는 속삭이듯 말했다.

"저런 자가 소하 님을 제대로 모시겠습니까? 마음이 좋지 않습니다."

"소하 님이 연회장에 모습을 드러내시는 것은 주상 전하께 있어 당신이 조카를 아끼고 사랑하신다는 과시를 하기 위함이고, 곽가도 그 점은 잘 알고 있습니다. 가다가 혼절하시지 않도록 뫼실 겁니다."

"그게 뭡니까."

빗줄기 사이로 들어오는 회색 바람은 초여름이 되어가는데도 무척 싸늘했다. 소유는 가슴속이 텅 빈 것 같은 기분으로 다시 중얼거렸다.

"그게… 뭡니까. 소하 님은 주상 전하의 친조카가 아닙니까."

"그런 것이 중요했다면 소하 님이 설궁에서 이리 생활하시지는 않겠지요."

이런 말까지 노골적으로 하는 것으로 보아 옥현도 오늘의 일이 무척 속상한 것이 틀림없었다. 소유는 하릴없이 고개를 숙였다.

"바람이 찹니다. 안으로 드시지요, 소유 아씨."

"잠시만 더 이리 있고 싶습니다."

옥현은 본인이 걸치고 있던 포를 벗어 소유의 어깨에 걸쳐주었다. 소유는 그 온기에 감사하며 포의 앞섶을 그러쥐었다. 이윽고 비는 후드득후드득 소리를 내며 거세졌다. 바닥에 생긴 물웅덩이에 셀 수 없을 만큼의 파문이 그려졌다.

발끝과 손끝이 시렸지만 소유는 계속 소하가 떠나간 자리를 보았다. 가슴속이 울렁거리며 자기 안에 생긴 공허를 보아달라고 외치는 것 같았다. 토하듯, 뜨거운 말이 새어나왔다.

"소하 님이 잠시 다녀오시는 것인데 꼭 10년은 가 계신 듯 허전합니다."

이곳이 소하의 집이고 그녀는 손님일 뿐이기 때문일까. 주인 없는 집을 지키는 민망함일까. 아니, 소유가 생각하기에 그런 감정 때문에 이토록 속이 아리지는 않을 것 같았다.

옥현은 그녀의 옆에 아예 주저앉았다. 그리고 후후 웃었다.

"재미있군요, 소유 아씨. 소하 님도 전에 그런 말씀을 하신 적이 있답니다."

"예?"

소유는 고개를 돌려 옥현을 보았다. 옥현은 웃고 있었지만 가늘게 뜬 두 눈으로는 확실하게 그녀를 지켜보고 있었다.

"일전에 소유 아씨가 출타하셨던 날 말입니다. 소하 님이 그러시더군요. '사람 든 자리는 몰라도 난 자리는 안다더니, 오늘 저녁에 돌아온다는 걸 알아도 꼭 내 겉옷을 영영 잃은 듯 찬바람이 드는구나' 하고요."

소유는 눈을 동그랗게 떴다. 저도 모르게 얼굴이 뜨거워지며 추위가 잊혔다.

"소하 님이… 그런 말씀을 하셨습니까?"

"예. 소하 님께서 소유 아씨를 많이 아끼시는데, 소유 아씨 또한 소하 님을 마음에 두시는 듯하니 제 마음이 다 좋습니다."

"마음에 두다니요, 그 무슨……."

한 번도 정인을 가져본 적 없는 소유에게는 감당하기 어려울 만큼 민망한 표현이었다. 소유가 반사적으로 어깨를 움츠리며 부정하자 옥현은 아까처럼 후후 웃었다.

"좋은 친우로, 좋은 주군으로 마음에 둘 수 있는 게지요. 그 어떤 형태로든 소하 님을 아껴주시니 저로서는 감사할 따름입니다."

"옥현 공도 참……."

소유는 자신의 두 뺨을 만져 식혔다. 부연을 들어보니 별말도 아니었는데 가슴이 미친 듯이 뛰었다.

옥현은 그녀의 마음을 읽기라도 한다는 듯 다정하고 곧은 눈빛으로 일렀다.

"소유 아씨가 고뿔에 드시면 제가 소하 님께 크게 혼난답니다. 이제 안으로 드시지요. 이 옥현이 심혈을 기울여 달인 차를 한 잔 내드리지요."

가슴이 울렁거려서 마루에 더 나와 있기도 민망해진 참이었다. 소유는 옥현을 잠시 보다가 천천히 고개를 끄덕였다.

저녁에 비가 그친 하늘에는 불타오르듯 고운 노을이 졌다. 소유와 옥현은 조당에 앉아서 안절부절못하다가 멀리서 사람들 오는 소리가 들리자마자 당장 대문 쪽으로 달려갔다.

곽 부사는 소하를 데려다주는 역할까지는 맡지 않은 모양이었다. 비단을 깔아 젖은 바닥을 가려 놓은 가마를 여러 가마꾼이 옮겨 설궁 뜰에 내려놓았다. 옥현과 소유가 소하가 내리는 것을 도왔다. 아침보다도 안색이 좋지 않은 소하를 보고 소유는 인상을 썼다.

"하하, 술 냄새가 나서 그러느냐?"

연회에서 누가 권했는지 소하에게서는 옅은 술 냄새가 났다. 꽃향기가 섞인 좋은 냄새인 것으로 미루어보아 사신들을 대접하기 위해 궁에서 좋은 술을 많이 꺼낸 모양이었다. 소유는 소하의 농에 썼던 인상을 풀고 쓴웃음을 지었다.

"연회는 어떠셨습니까?"

소하는 가마에서 내려 옥현에게 부축을 받았다. 소유는 청운에게 고생이 많았다는 뜻에서 고개 숙여 인사하고, 소하를 따라 침전 쪽으로 걷기 시작했다. 소하는 고개를 슬쩍 돌려 소유를 보며 대답했다. 그의 눈가가 붉었다.

"금쟁반에 옥잔이 나오고 비단꽃을 든 무희들이 춤을 추더구나. 상아 젓가락으로 돈을 집어 광대에게 주는데 돈이 호수에 빠져도 아무도 개의치 않고 껄껄 웃다가, 나중에는 구슬이 빠지면 어떤 소리가 나는지 들어보자며 구슬 궤짝을 가져다놓고 놀더라."

"정말로 그랬습니까?"

고사를 배울 때 나라를 망치는 왕들이 그런 식으로 낭비했다는 전설은 들었지만, 현실에도 구슬을 이유 없이 물에 던지는 놀이를 하는 사람들이 있으리라고는 생각해본 적이 없었다. 소유는 눈을 동그랗게 떴다. 소하는 눈웃음을 지었다.

"그럼, 내가 거짓을 말하겠느냐?"

"참으로 분별없는 짓입니다. 나라에 그리 돈이 많으면 굶어 죽는 백성들에게 세금이나 감면해줄 일이지 어찌 연회에서 물 쓰듯 쓴단 말입니까?"

"그렇지. 하지만 나도 그들과 함께 구슬을 던졌으니 나 또한 같은 사람이니라."

소유는 부아가 치밀어 입을 비죽거렸다. 궁인이 소하의 구슬 신을 벗겨 섬돌에 가지런히 두었다. 소유와 옥현도 신을 대강 벗어놓고 소하를 천천히 실내로 데려갔다.

"소하 님께서 그 자리에서 거부하실 수도 없으셨겠지요. 탄식하시는 마음을 아니 자책하지 마십시오."

"네가 나에 대해 잘 아느냐?"

소하는 흠흠 하고 목 뒤로 웃었다. 소유는 다시 입을 비죽거렸다.

"제가 어찌 소하 님의 마음을 잘 알겠습니까마는, 잠시 지내며 조금은 알게 된 것 또한 있으니 심술부리지 마십시오."

"내게 그런 말을 하다니 용감하구나."

소하는 다시 아까와 같은 웃음소리를 냈다. 일단 문을 열고 실내로 들어오자 훨씬 따뜻한 느낌이 들었다. 옥현이 소유에게 부탁했다.

"소유 아씨, 외람되지만 소하 님의 관을 좀 풀어주시겠습니까?"

"네. 소하 님, 잠시 실례하겠습니다."

소유는 소하의 뒤에서 손을 뻗어 그의 턱에 묶인 끈을 풀었다. 옥 장식과 붉은 구슬이 박힌 보관은 소하의 아름답고 매끄러운 머리칼을 타고 흐르듯 금세 벗겨졌다. 따라오던 궁인에게 그 관을 넘겨준 그녀는 소하의 침실이 가까워지자 얼른 문을 열었다.

침상은 깨끗하게 정돈되어 있었다. 궁인이 이불을 한쪽으로 들추자 옥현은 소하를 천천히 침상에 눕혔다. 소하는 베개에 머리를 누이며 크게 한숨 쉬었다.

"하아. 이제야 내 방이로구나."

"물을 올리겠습니다, 소하 님. 소유 아씨, 잠시 소하 님 곁에 좀 계셔주십시오."

"예, 옥현 공."

옥현은 소하에게 이불을 덮어준 뒤 궁인과 함께 분주하게 방을 빠져나갔다. 소유는 적당한 의자를 가져와 소하의 가슴께 되는 위치에 앉았다. 소하는 눈을 감고 다섯 번쯤 크게 심호흡한 뒤 눈을 게슴츠레 떴다.

"…가는 길에 비를 많이 맞지는 않으셨습니까?"

소유는 그의 지친 얼굴이 안쓰러워 다정하게 물었다. 소하는 얼굴을 움직이지 않은 채 검은자위만을 기울여 그녀를 보았다.

"적이 맞았느니라."

"비가 오는데 어찌 가마에 차양도 아니 치고 왔답니까? 이상한 사람들입니다."

"곽 부사도 비를 맞고 있는 걸 보았잖느냐. 아마 바빠서 미처 준비를 못 했을 게다."

"사람을 비 맞히고 데려가면서 연회장에 구슬은 궤짝으로 가져다 놓다니, 우선할 것이 뭔지 잘못 안 게 아닙니까?"

그리고 자경국 사신들이나 다른 대감들, 초왕과 왕비는 비를 맞았을까? 소유는 그렇게 생각하지 않았다.

"나 대신 네가 화를 내주는 게냐?"

소하는 이번에는 턱까지 움직여 소유를 보고 빙긋 웃었다. 가슴이 문득 거칠게 뛰어 소유는 저도 모르게 소하의 시선을 피했다.

"내가 비를 맞았다고 화를 내주는 사람이 있으니, 내가 영 잘못 살지는 않은 게로구나."

"소하 님께서 잘못 사실 게 무에 있습니까."

철이 들고는 이 좁은 궁에서 거의 나가지도 못한 사람이. 소유는 그렇게 덧붙이지는 않았지만 이미 말한 것이나 다름없었다. 소하는 쓸쓸하게 웃었다.

"그래, 그렇지?"

"아닙니다……. 송구합니다, 소하 님."

제 분에 못 이겨 그러잖아도 아픈 사람에게 가슴 아플 말을 했다. 소유는 사과하고 우울하게 고개를 기울였다. 소하는 천장을 올려다보고 무언가 그리운 듯 눈을 가늘게 떴다.

"앞으로도 큰 잘못을 할 일은 없겠지……. 나는 평생 이 궁 안에 갇혀 살 테니 말이다."

"소하 님, 어찌 그런 말씀을 하십니까."

초왕 부부에게 자식이 없으니 만약 초왕에게 무슨 일이 생긴다면 소하는 바로 그 후계자였다. 소유는 소하의 말이 아주 옳지는 않다고 생각했기 때문이기도 하거니와, 그가 그런 약한 말을 하는 것이 놀랍고 슬퍼 강하게 말했다.

"언젠가 분명히 자유로이 나래를 펼치실 날이 올 것이옵니다."

소하는 그녀를 보고 다정하게 웃었다.

"그 언젠가가 언제이냐? 나는 모르겠구나."

눈물이 날 것 같았다. 소유는 안달이 나 고개 숙이고 소하와 눈높이를 비슷하게 맞췄다.

"그게 언제인지는 저도 모릅니다. 하지만 분명히, 분명히 언젠가는 소하 님께서도 원하는 곳에 가시고 원하는 것을 하실 수 있는 날이 올 겁니다. 소하 님은 훌륭한 분이시니 결코 평생 담장 안에서만 살다 가시지는 않을 겁니다. 그런 것은 옳지 않습니다."

"나를 그리 높이 사주느냐."

소하는 아찔해지는 향기를 내뿜으며 눈부시게 웃었다. 색색거리는 숨소리에 소유는 그만 그의 빰에 손을 댈 뻔했다. 끔찍한 충동을 겨우 견뎌낸 그녀는 자신의 가슴이 어떤 이유로 지금처럼 고동치는지 알았다.

소유는 거짓말을 한 것이 아니었다. 소하는 대단히 상냥했고 자비로웠으며 초왕의 백배는 되는 왕재였다. 그는 언젠가는 이 담장 너머로 나아가 큰 나래를 창공에 펼칠 것이다. 그리고 그때가 되면 그녀는 그의 옆에서 이렇게 단둘이 대화를 나눌 기회를 얻지 못할 터였다.

그렇게 생각하자 가슴이 무척 아렸다. 소유의 울적한 얼굴을 본 소하가 의아한 기색으로 슬프게 물었다.

"어찌 그런 얼굴을 하느냐. 오라, 내 말 때문에 그러는구나. 내가 한 말은 못 들은 것으로 하여라. 난 세 끼 밥 먹고 이렇게 살 수만 있으면 그걸로 족하다."

"…그런 이유가 아닙니다."

소유는 정말로 슬프게 웃었다. 휘몰아치는 감정과 깨달음 때문에 입꼬리가 부들부들 떨렸다. 엉망진창이 된 이런 얼굴로 소하의 앞에 있다는 것이 부끄럽고 속상했다. 옥현은 언제 돌아오는 것일까.

소하는 계속해서 소유의 눈을 바라보았다. 그의 곧은 눈길에 얼굴이 익어버릴 것 같았다. 곧 그의 오른손이 이불에서 나와 소유의 뺨을 향해 다가오다 멎었다.

그랬다. 분명히 소하가 소유의 뺨을 만지는 것은 잘못된 일이었다. 아무리 초왕과 그 측근들에게 소유가 설궁의 첩이라고 알려져 있다고 해도 실상은 그렇지 않았으므로. 그러나 멎은 손이 못내 아쉬워 소유는 눈을 감았다.

조금씩, 조금씩 뺨이 간지러워졌다. 뜨거운 불이 눈앞에 다가오는 것만 같았다. 소하가 손을 다시 움직인 것일까? 아니면 그저 착각일까. 소유의 얼굴은 과연 그대로도 무척 뜨거웠다.

그러나 그 뜨겁고 간지러운 느낌은 잠시 후 소하가 명백히 아까와 같은 자리에서 입을 열자 씻은 듯 사라졌다.

"네 피리 소리가 듣고 싶구나."

소유는 얼른 눈을 반짝 떴다. 소하의 손은 어느새 이불 속으로 도로 들어가 있었다. 그녀는 자신이 상상한 것이 부끄러워 얼른 허리를 곧게 폈다.

"예, 소하 님. 좋아하시는 곡이 있다면 연주해드리겠습니다."

"나는 네가 연주하는 곡이라면 뭐든 좋단다."

소하는 빙긋 웃었다. 소유는 허리춤의 피리를 빼들었다. 소하는 피리를 빤히 보더니 소유가 취구에 입을 가져다 대기 전 물었다.

"그러고 보니 항상 그 옥저를 가지고 다니는구나. 옥의 빛이 맑고 소리가 기묘하니 대단한 내력이 있는 물건인 것 같은데 어떠하냐? 혹 네 부모가 남긴 것이냐?"

"그것은 아니옵고, 얼마 전 선물을 받았습니다."

소유는 소하가 잘 볼 수 있도록 피리를 그의 눈앞으로 내밀어 잠시 천천히 돌려주었다. 소하는 눈을 동그랗게 떴다.

"선물이라? 누구에게 말이냐? 채윤에게 받은 게냐?"

"아닙니다."

소유는 고개를 젓고 웃었다. 채윤에게 이런 피리를 사서 선물할 만한 돈이 있을 리가 없었다. 소하의 미간이 좁아졌다.

"하면 정 승상의 막내아들에게서냐? 그이가 악에 관심이 많아 희귀한 악기를 많이 수집한다고 들었다."

"아쉽지만 경원 도령 또한 아닙니다. 제가 경원 도령에게 어찌 이런 선물을 받겠습니까?"

"하면, 낙양 성주의 아들들에게 받았느냐?"

정말로 궁금한지 소하는 소유가 지금까지 그에게 이야기해준 모든 지인의 이름을 하나씩 짚고 있었다. 소유는 짓궂은 미소를 지었다.

"그 또한 아니옵니다. 월 도령이라면 이런 선물을 여자에게 줄 것 같기는 합니다만."

"으음?"

소하의 미간이 더 좁아져 이제는 주름 한 줄기가 보였다. 소유는 까르르 웃음을 터뜨렸다.

"소하 님께 말씀드리지 않은 친우가 준 것입니다."

"내게 말하지 않은 친우가 있었느냐?"

소하는 노골적으로 섭섭하다는 투였다. 소유는 더 여유를 찾고 빙그레 웃었다.

"사람 사이에는 드러내지 않는 부분도 필요하지 않겠습니까. 그래야 더 친해지고 싶고, 가까워지는 맛이 있는 것 아니겠습니까?"

"어허, 내가 궁금해서 졸도해야 만족하겠느냐?"

"어찌 이런 일로 졸도를 말씀하십니까? 궁금한 것도 많고, 먹고 싶은 것도 많은 저도 아직 궁금해서 졸도한 적은 없답니다."

"하지만 나는 졸도할지도 모르지 않느냐."

생각보다 훨씬 끈질기게 소하는 소유를 졸라댔다. 하지만 뭐라고 말할까. 용왕이 직접 선물한 피리라고? 소유는 깔깔 웃다가 그냥 취구를 입에 댔다.

곧 피리의 맑고 서늘한 소리가 방을 가득 채웠다. 소하는 첫 번째 음이 나오기 전에 입을 다물었고 소유는 마음 가는 대로 손가락을 놀렸다. 명랑한 시냇물 같은 가락이 제멋대로 오르내리며 귀를 간질였다.

두어 곡을 마쳤는데도 방에는 아무도 오지 않았다. 소유는 연주에 열중하느라 붉어진 제 뺨에 손바닥을 대 식히며 의아하게 말했다.

"옥현 공이 도무지 오질 않는군요. 소하 님, 목이 마르실 텐데 제가 부엌에 가 물을 가져올까요?"

소하는 고개를 젓고 씩 웃었다.

"아니다. 옥현아!"

소하가 몸을 일으키고 나지막하게 부르자 바로 문 앞에서 옥현의 진중한 목소리가 들려왔다.

"예, 소하 님. 여기 있습니다."

"물을 가져왔으면 썩 들어오너라."

"예에."

옥현은 문을 열고 아무렇지도 않게 방에 들어왔다. 소유는 입을 살짝 벌렸다.

"오셨으면 들어오시지 어찌 문 앞에 계셨습니까?"

"연주하시는 음률에 방해가 될까 그리했지요."

옥현은 평소처럼 생글생글 웃으며 그렇게 대답하고 소하에게 물을 건네주었다. 소유는 어쩐지 그것만은 아닌 것 같다는 생각이 들었지만 함부로 묻기가 더 민망했다. 소하는 물을 마시고 나서 몇 번이나 다시 기침했다.

다른 생각이 모두 사라지고 그저 소하에 대한 걱정만이 떠올랐다. 소유는 소하의 이불을 손수 다시 덮어주며 일렀다.

"오늘 밤엔 따뜻하게 하고 푹 주무시는 게 좋겠습니다."

"그래, 알았다. 고맙구나."

소하는 미소를 지었다. 그의 얼굴이 훨씬 나아진 것 같아 소유도 기쁜 마음이 들었다.

이삼 일 지나자 소하는 언제 아팠냐는 듯 건강하게 일어나 평소처럼 활동하기 시작했다. 소유와 옥현은 기쁜 마음으로 소하의 회복을 축하했고 이내 이전과 같은 생활로 돌아갔다.

"이런, 제가 또 졌습니다."

조당에서 소하와 바둑을 두던 소유는 한 판이 끝나자 본인이 쓰던 검은 바둑돌을 쓸어 모으며 입술을 비죽였다. 바둑돌이 도자기로 된

합에 투두둑 떨어지는 소리가 맑았다.

"소하 님께는 도저히 이길 수가 없습니다."

"바둑은 수 싸움인데, 너는 솔직한 성정이니 하는 수 없지 않으냐."

소하는 쿡쿡 웃으며 자신의 흰 바둑돌을 두어 개 손아귀에 쥐고 서로 부딪쳐 울렸다. 소유는 고개를 갸웃했다.

"저도 나름대로 여러 전략을 써보려는 하고 있습니다만, 정신을 차리고 보면 항상 소하 님의 진에 걸려들어 있더군요."

"나를 혼란스럽게 하려고 돌을 엉뚱한 곳에 두면 무엇 하느냐. 네눈이 다음에 어디에 진을 칠지 다 말하는데."

소유는 입을 딱 벌렸다. 소하는 가볍게 웃음을 터뜨리고 물잔을 쥐었다. 그 물잔은 비어 있었고 소유는 물주전자를 들었다.

"고맙다."

조르르 가볍게 따른 물을 소하는 우아하게 들었다. 그의 인사가 간지러웠지만 싫지는 않았다. 소유는 얼굴을 약간 붉히며 고개를 끄덕였다.

"…예에."

소하는 잔을 입술에 대고 물을 훌쩍 넘겼다. 턱을 들어 올려 그대로 드러난 선명한 목선이 탄탄했다. 소유는 저도 모르게 잠시 그 목에 시선을 두었다가 얼른 고개를 돌렸다. 소하는 비운 잔을 내려놓았다.

"대군 마마, 조찬 올리겠사옵니다."

궁인이 들어와 아침식사가 다 되었음을 알렸다. 옥현은 다가와 바둑판과 바둑돌을 정리했다. 밖에서 놀던 진구가 발발거리며 들어와 소하의 발치에서 재롱을 부렸다.

"진구야, 내게도 좀 와보렴."

부쩍 소유와 친해진 진구는 다정한 목소리에 일어나서 그녀에게도 다가갔다. 소유의 다리에 앞발을 올리고 꼬리를 흔드는 모양새가 사랑스러웠다. 소유는 깔깔 웃으며 진구의 목덜미를 긁어주었다.

"너는 어쩜 이렇게 귀엽니?"

진구의 입이 벌어지며 꼬리가 더 세차게 살랑거렸다. 옥현은 웃으며 소유에게 수건을 건넸다.

"식사하셔야 하는데 개를 만지시니, 진구가 정말 마음에 드신 모양입니다."

"애교가 많지 않습니까. 그래도 저보다 소하 님이 진구를 훨씬 예뻐하시지요. 항상 먹을 것이 생기면 진구를 먼저 주시니. 그러다 버릇 나빠집니다."

"진구가 건강히 오래 살기만 한다면 나는 그래도 상관이 없단다."

소하는 빙긋 웃으며 대꾸했다. 소유는 웃음을 터뜨렸다. 그 상냥한 말에 가슴이 따뜻해졌다.

"한 나라의 왕자가 먹는 음식을 제일 먼저 맛보고, 이 아름다운 궁을 마음껏 뛰어다니니 진구의 팔자가 사람보다 낫습니다."

"글쎄다. 그리 생각하느냐?"

"그럼요."

모든 사람이 진구 만큼만이라도 행복할 수 있다면 세상에는 법도 필요 없을 것이다. 궁인들이 음식을 들고 들어왔다. 아침부터 고기 요리에 오색 고명이 올라간 요리에, 찬이 화려했다.

"아침부터 이게 웬 진수성찬인가요, 옥현 공?"

소유는 입을 벌리며 기뻐했다. 옥현은 후후 웃으며 대답했다.

"소하 님께서 한동안 죽만 드시다가 드디어 기운을 차리셨으니, 축하도 할 겸 양기도 보할 겸 힘을 조금 써보았지요."

"고맙구나."

소하는 환한 표정을 지었다. 진구는 소유의 무릎에 앉고 싶은지 앞발을 들고 헥헥거렸다. 그러나 전에 진구가 그렇게 했다가 상에 올라간 적이 있었기 때문에 소유는 마음을 굳게 먹고 그 반짝이는 까만 눈을 외면했다. 진구는 포기하지 않고 소유의 다리를 계속 붙잡았다.

"요녀석, 밥은 내가 줄 거다."

옥현의 말을 알아들었는지 진구는 소유에게서 떨어져 옥현의 옆으로 가 헥헥거렸다. 소하는 웃으며 옥현에게 지시했다.

"진구 먼저 챙겨줘라."

"예, 소하 님."

옥현은 소하의 은젓가락을 집어 갈빗살부터 한 조각 진구에게 던져주었다. 진구는 살이 잔뜩 붙은 작은 뼈에 신이 나 달려들었다. 순식간에 사라지는 고기를 보고 소유는 또 깔깔 웃었다.

"잘도 먹습니다."

"건강하다는 뜻이니 좋지 않으냐."

건강하지 않은 몸 상태로 정말 한동안 죽만 먹었던 소하는 쓴웃음을 지으며 평했다. 소유는 고개를 끄덕였다. 소하의 언제나 곧은 어깨가 안쓰러우면서도 눈이 부셨다.

"예에."

갈빗대의 살은 순식간에 사라졌다. 옥현은 다음으로 생선살을 갈아 만든 부드러운 완자를 진구에게 주었다. 진구는 아득거리던 뼈에 흥미를 잃고 꼬리를 세차게 흔들며 완자에 달려들었다. 소유는 그 모습을 흐뭇하게 바라보았다.

진구가 완자를 뱉어내고 컥컥거리며 거품을 물기 시작하기 전까지는.

"진구야?"

소유는 깜짝 놀라 자리에서 벌떡 일어났다. 진구는 계속 거품을 뱉었다. 쌕쌕거리는 소리를 들어 보니 예삿일이 아닌 것 같았다.

"진구야!"

소하의 얼굴이 창백해졌다. 소유는 다리가 축 늘어진 진구를 안아 들고 어쩔 줄을 몰라 했다. 잠시 후 진구의 작은 몸에서 완전히 힘이 빠졌다.

"소유 아씨. 제게 보여주십시오."

소유의 옆으로 다가온 옥현이 새하얀 얼굴로 요구했다. 소유는 그가 해결 방법을 알 것이라 여기고 공포와 안도를 동시에 느끼며 진구의 몸을 건넸다. 옥현은 진구의 입안과 배를 만져 보더니 고개를 저었다.

갑자기 이게 무슨 일인지 소유는 이해할 수 없었다. 그녀는 충격 때문에 텅 비어버린 머리로 입을 막았다. 소하가 한숨을 쉬었다.

"독이군."

"독, 이라니요?"

소유는 나무토막처럼 뻣뻣해져 소하에게 되물었다. 옥현이 침중하게 말했다.

"송구합니다, 소하 님. 제 관리가 소홀한 탓입니다. 독의 출처를 철저히 따져 범인을 가리겠습니다."

"아니다, 되었다. 어디서 왔는지야 뻔한 것 아니냐."

소하는 다시 한숨을 쉬었다. 소유는 그제야 상황을 완전히 이해하고 얼어붙는 듯한 충격을 느꼈다. 누군가 소하를 노리고 독을 넣은 것이다.

"하오나 실행한 범인은 있을 것이옵니다."

"누구인들 어쩌겠느냐. 사정을 알아보되 너무 힘쓰지는 말고, 진구나 양지바른 곳에 잘 묻어주어라."

식사를 시작할 수 있을 리가 없었다. 소하는 일어나 벽 쪽에 놓인

의자에 가 앉았고 소유는 소하에게 재빨리 다가갔다.

"소하 님, 출처가 뻔하다니요. 이대로 넘어가실 수 있는 일이 아닙니다."

"어차피 배후는 알아낸다 하여 고발할 수 있는 분도 아니니라."

'분'이라는 표현에 어쩔 수 없이, 소유는 소하도 자신과 똑같은 사람을 생각하고 있다는 사실을 알고 말았다. 초왕, 혹은 왕비 말고는 생각할 만한 사람이 없었다.

"하오나."

그녀는 입을 간신히 열었지만 말을 잇지 못했다. 어떻게 자기 조카를 가두는 것도 모자라 목숨을 노릴 수 있단 말인가. 영리하고 건강하게 장성한 것도 잘못인가. 소하는 그녀의 얼굴을 보고 웃음도 무엇도 아닌 기묘한 표정을 지었다.

그는 정말로 평온해 보였다.

"나를 옥좌에 앉히라는 목소리가 끊이지 않으니 결국 이리 되는 거겠지."

"하오나, 하오나 어찌 이리 갑자기."

오히려 마지막 단어를 말하며 소유는 깨달았다. 그녀는 번개처럼 스쳐지나간 생각에 입술을 떨며 더듬거렸다. 손가락에 감각이 없었다.

"소하 님. 소하 님께서는 혹, 이리 독이 있을 줄 알고 항상 진구에게 먼저 밥을 주신 겁니까?"

소하의 눈가가 움찔했다. 대답은 그것만으로 충분했다.

어떻게, 어떻게 말 못 하는 짐승에게.

분노하는 것은 쉬워지만 소유는 소하를 비난할 수 없었다. 자신의 목숨을 항상 노림받고, 외출마저도 정치적으로 이용되는 삶에서 살기 위해 취한 최소한의 조치였을 것이다.

초왕에게도, 아픈 소하를 데려갔던 곽가에게도, 그런 사실을 아직 모르고 그저 천진하게 소하가 진구를 아낀다고만 생각했던 자신에게도 화가 났다. 소유는 어쩔 줄 모르고 바닥을 보았다. 옥현이 자신의 옷을 벗어 진구를 감싸며 담담하게 말했다.

"소유 아씨, 진구의 '구'는 아홉째라는 의미의 구입니다."

"하시면, 이전에 이미 여덟 마리의 개가 이렇게 독을 먹고 죽었단 말입니까?"

소하 대신에.

그 말까지는 하지 못하고, 소유는 옥현을 보았다. 그러나 그녀의 시선은 금세 다시 이끌리듯 소하를 보고 말았다. 소하는 침중하게 눈을 감았지만 소유가 원하는 만큼의 슬픔이나 한스러움은 보이지 않았다. 그는 오히려 너무 침착했다.

어지러웠다. 소유는 자신의 이마에 손을 대고 눈을 감았다. 억지로 짜낸 목소리는 쉰 듯했다.

"저…, 오늘은 괜찮으시다면 잠시 궁 밖에 나갔다 오겠습니다."

머리를 식히고 싶었다. 설궁 안에 있다가는 두려워서 질식할 것 같았으므로. 그러나 그녀의 앞에서 소하는 얼음처럼 차가운 목소리로 물었다.

"내가 두려우냐?"

"어찌 그런 말씀을 하십니까."

소유는 울고 싶은 기분으로 말했다. 두려우냐고?

건강하게 오래오래 살라고 친절하게 개를 쓰다듬던 그 손으로, 언젠가 독을 먹고 요절할 걸 알면서도 수저를 들던 그가 두려우냐고?

그런 생각을 해야 한다는 것 자체가, 정말로 두려웠다.

"너는 진구를 예뻐했으니 내가 무정하다 생각할 것 아니냐. 혹은 나와 함께 있으면 언제 저런 꼴을 당할지 모른다는 생각을 할 수도 있을 게다. 그러니 내가 두려워, 밖으로 도망치고 싶은 게 아니냐?"

"그리 말씀 마십시오!"

감히 왕족에게 목소리를 높이다니, 같은 생각을 할 새도 없었다. 소유는 저도 모르게 반사적으로 소리쳤다. 이마에서 손을 떼고 바라본 소하는 눈처럼 희고 섬세하고 차가운 얼굴로 그녀를 보고 있었다. 이제 그에게서는 어떠한 감정도 느껴지지 않았다.

소하는 천천히 일어서 소유에게 한 발짝 다가섰다.

"오늘 외출은 허락할 수 없다."

그 말에 소유는 눈을 깜박였다. 소하는 그녀에게 다시 한 발짝 더 다가섰다. 한 치도 안 되는 거리에서 내려다보는 그의 눈빛은 말할 수 없이 예리했다.

"네가 보다시피 나는 목숨을 부지하는 것만으로도 누군가에게 죄인이다. 내가 살고자 따르는 짐승에게 기미를 시켰고, 너를 내 궁에 들여 나처럼 갇히게 했다. 네가 두려워한대도, 도망치고 싶다 해도 이해한다. 하지만 네가 궁 밖에 나가려는 이유는 필시 네가 신세를 졌던 자들을 만나 위로받고자 하는 것일 테지. 내 측실로 알려진 네가, 내 독살 시도가 있던 날에 당당하게 외출해 다른 남자와 거리를 걷는 모습을 숙부에게 알려 의심받도록 내가 내버려두겠느냐?"

소하의 마지막 말은 옳았다. 소유는 그러나 오싹 소름이 돋는 것을 느꼈다. 그녀는 그가 이런 얼굴과 말을 할 수 있는 사람이라고 상상해본 적이 없었기 때문이다.

소하는 그녀를 지나쳐 조당을 빠져나갔다. 그의 등 뒤에서 나부끼는 머리칼과 겉옷자락이 금세 모퉁이를 돌아 사라졌다. 소유는 소하가 일어난 자리에 주저앉듯 쓰러졌다. 그의 남은 체온이 아프게 느껴졌다.

"소유 아씨, 놀라신 것이야 당연합니다만 너무 섭섭하게 생각지는 마십시오. 소하 님도 마음이 안 좋으셔서 저러신 게지요."

"진구 이전의 개는 언제 죽었습니까?"

소유는 기운 빠진 목소리로 물었다. 진구의 몸은 옥현의 훌륭한 비단옷에 가려져 이제 전혀 보이지 않았다. 옥현은 입속으로 날짜를 세보는 것 같더니 어깨를 으쓱했다.

"한 8개월쯤 전이지요."

"계속 그런 식입니까?"

"바로 죽는 독만 들어 있는 것도 아니고, 은젓가락이 검어지면 손대지 않고 아예 버렸으니 독살 시도는 그보다 잦게 있습니다. 세자이실 적에는 잘 우시던 소하 님도 자꾸 그런 일이 있으니 점점 우는 얼굴이라곤 보이지 않게 되셨습니다. 놀랄 일은 아니지요."

맞는 말이었다. 소유는 양손으로 자신의 눈을 가렸다.

말은 그렇게 했었지만, 진구의 장례를 가볍게 치러주고 며칠이 지난 뒤 소하는 소유에게 외출해도 좋다고 허가를 내주었다. 궁인 중 두어 명이 아무도 모르게 사라지고 난 다음이었다.

일단 설궁의 문을 지나 저잣거리 쪽으로 나오긴 했지만 당장 어디로 가야 할지는 떠오르지 않았다. 옥현과 소하에게는 낙양 성주의 아들들이 묵고 있는 객잔으로 갈 것이라고 말해두었지만 그녀는 자신이 정말로 그렇게 해야 하는지 확신할 수 없었다. 이런 기분으로 그들을 만나봤자 무슨 이야기를 할 수 있을까.

그럼에도 결국 월의 객잔 쪽으로 가는 길목 언저리를 정처 없이 걸으며 생각에 빠져 있는데 어느덧 마차 한 대가 다가왔다. 혹시 길을 물으려는 건가, 하고 열없이 고개를 들었는데 마부가 낯익은 얼굴로 소유에게 인사했다.

"안녕하세요, 악사님."

"앗!"

마부는 정 승상 댁에서 일하는 하인이었다. 그렇다면 마차에 탄 사람은.

"타."

힐끗 열렸던 마차 옆 창문이 도로 탁 닫혔다. 소유는 당황스러웠지만 경원이 자신을 해칠 거라고 생각하지는 않았기에 시키는 대로 마차에 올라탔다.

소유가 마차에 오르자 마차 바퀴가 천천히 굴러갔다. 소유는 경원에게 물었다.

"어딜 가십니까?"

"어디긴? 널 찾으러 가는 길이었는데 마침 잘됐어."

혹시나 싶어 슬쩍 보아도 소유가 때린 자국은 전혀 남아 있지 않았다. 소유는 잠시 고민하다 경원에게 툭 사과했다.

"전에는… 죄송했어요."

"뭐가?"

경원은 퉁명스럽게 대답했다. 어색한 분위기에 답답했지만 이 정도는 설궁에서의 요 며칠에 비하면 별것도 아니었다. 소유는 자신의 변화를 실감하며 한숨을 섞어 부연했다.

"공자의 뺨을 때린 것 말이에요. 죄송합니다."

"그거? …나도 말이 심했어. 네가 날 때린 건 잘한 일이야."

경원은 마차 벽에 등을 기댄 여유로운 자세였지만 눈은 계속 닫힌 창에 가 있었다. 그의 오밀조밀한 입술이 그렇게 말하고 다물리자 소유는 속이 조금 시원해진 기분이 들었다. 경원은 잠시 후 슬쩍 눈을 굴려 소유에게 한 번 시선을 준 뒤 툭 뱉듯 말했다. 기분 탓인지 그의 얼굴이 약간 붉게 상기되어 있었다.

"그리고 우리는… 나이가 같으니, 편하게 말해. 월 공자하고 백란 공자한테 하듯이."

"예? 제가 어찌."

"뺨도 때렸는데 말을 편하게 못할 것도 없지 않아?"

딴에는 그랬다. 소유는 경원과 자신이 그렇게 친한 사이였는지, 그가 갑자기 친절하게 구는 이유가 무엇인지 알 수 없어 당황스러웠지만 거절하지 않았다.

"응. 그렇게 하자, 경원아."

"좋아."

경원은 그녀를 보고 씩 웃었다. 마차는 어디로 가는지 계속 느리게 움직였다. 소유는 그제야 경원이 아까 한 말에 대해 물을 수 있었다.

"나를 찾으러 간다니, 설궁에 가고 있었어? 나를 왜?"

그녀의 질문에 경원의 미간에 주름이 생겼다. 그는 소유의 얼굴을 두어 번 느린 숨을 쉴 정도의 시간 동안 보다가 말을 돌렸다.

"그건 천천히 말하지."

뭔가 중요한 볼일이 있는 모양이었다. 소유는 덩달아 인상을 썼다.

"왜? 무슨 일인데?"

"그보다, 설궁에서 잘 먹고 지내나 했더니 얼굴이 그게 뭐야? 볼은 통통해졌는데 얼굴이 죽을상이잖아."

경원은 몹시 마뜩찮다는 눈치였다. 소유는 갑자기 불안감이 밀려와 한숨을 쉬면서도 고개를 저었다.

"나는 괜찮아."

"괜찮은 얼굴이 아니잖아. 장안에 안 그래도 난양대군이 첩을 들였다는 소문이 파다하던데 너, 설마 진짜 측실로 들어간 건 아니지?"

"아니야!"

소하의 이름이 나오자 소유는 갑자기 심장이 한 번 펄떡 크게 뛰고 머리가 빠르게 돌아가는 것을 느꼈다. 그녀는 얼굴이 빨개지는 것을 들키고 싶지 않아 빽 소리쳤다. 경원은 그녀의 반응에 놀란 듯 어깨를 움찔했다가 성질을 냈다.

"아니, 왜 소리를 지르고 그래? 아니면 아닌 거지."

"시집도 안 간 처자에게 남세스러운 말을 함부로 하니까 그렇잖아. 나한테 할 일이 있는 거 뻔히 알면서 지금 첩살이 시작했냐는 질문이 나와?"

경원은 입을 다물었지만 그 다문 입을 금세 비죽 내밀었다. 소유는 뾰족한 눈으로 물었다.

"경원이 너야말로 지금 숨겨둔 첩이라도 만나러 가는 길 아니야? 승상 댁 마차라기엔 너무 초라하잖아. 너 같은 도련님이 탈 물건이 아닌걸."

그들이 타고 있는 마차는 저잣거리에 나가보면 하루에 몇 대든 볼 수 있는 물건으로, 그다지 장식이랄 것도 없었고 두른 휘장은 두꺼운 초록색 무명이었다. 내부에 둔 방석이나 기둥에 드리운 향낭은 그나마 값비싼 것이었지만 정말로 그뿐이었다.

"숨겨둔 첩은 무슨!"

이번에는 경원이 기겁하고 소리칠 차례였다. 농담이었으므로 소유는 씩 웃었다. 질겁하는 경원은 그럭저럭 귀여웠다.

"그래, 숨겨둔 첩이 아니라 날 보러 온다고 했었지. 하지만 이런 마차를 타고는 설궁 문지기가 용건을 묻지도 않고 쫓아낼걸. 무슨 일이야? 장안에서 사고라도 쳤어?"

"날 너와 같이 생각하지 마. 내가 무슨 사고를 쳤겠어?"

경원은 진저리를 쳤다. 그의 진심으로 끔찍해하는 눈빛을 보고 소유는 호기심을 느꼈다. 정말로 무슨 사정이 있는 모양이었다.

"그럼 이 마차는 뭐야? 승상부 것이 아니지? 응?"

한참 그녀의 눈길을 받던 경원은 견디지 못하고 결국 실토했다.

"아랫것들이 몸 안 좋을 때나 고향 갈 때 쓰라고 빌려주는 마차야. 우리 집안 물건 맞다고. 정 승상 댁 막내아들이 외출한다고 하면 큰 일이 되니까 조용히 출타하려고 타고 나온 거야."

"네가 나오는 게 왜 큰일이 되니?"

소유는 고개를 갸웃했다. 경원은 얼굴이 시뻘개져서 이를 갈았다.

"내가 외출만 하려고 하면 여자들이 몰려들어서 귀찮아 죽겠으니까 그렇지!"

"애 좀 봐."

소유는 흰 눈으로 경원을 보며 혀를 찼다. 그 표정에 경원은 머리가 확 뜨거워진 것 같았다. 그는 빨간 얼굴로 이를 다시 부득 갈았다.

"정말이라고. 널 처음 만났을 때도 네가 내 뺨을 때리러 잠입한 그런 여자들 중 하나인 줄 알았어."

"네 뺨을?"

때리기는 했다. 소유는 그 말을 들으니 갑자기 생각나는 것이 있어 손뼉을 쳤다.

"그러고 보니 얘, 나 궁에서 재미있는 소설을 읽었다."

"소설? 갑자기 웬 소설 이야기야?"

"잠깐만 들어봐. 옛날 어느 나라에 승상 댁 막내아들이 있었는데, 꽃이 부끄러워 꽃잎을 닫을 정도로 용모 단정한 미남자에 총명하기 이를 데 없고, 시재로는 멈추었던 물길도 다시 흐르게 할 수 있었대. 하지만 그 도령에게는 치명적인 한 가지 단점이 있었으니 그건 바로 성품이 나쁘다는 거였어."

경원의 얼굴이 기묘해졌다. 소유는 자신이 말하면서도 우스워 입을 가리고 쿡쿡 웃었다.

"그런데 그 도령이 길을 가다가 한 처자와 부딪친 거야. 그러다 다툼이 일어나니까 도령은 평소대로 못된 말을 했고, 화가 난 처자는 그만 도령의 뺨을 때려버리고 말았지. 그랬더니 도령이 하는 말이 뭔지 알아?"

경원의 얼굴은 거의 폭발하기 직전이었다. 소유는 자신이 이야기 속 도령을 빗대어 경원을 욕하고 있는 중임을 그가 알아챘다는 것을 눈치채고 완전히 이야기에 이입해버렸다. 그리고 일부러 그윽한 눈빛으로 그를 보며 우아한 양반 도령처럼 나직하게 말했다.

"지금껏 내게는 듣기 좋은 말을 해주는 이밖에 없었느니라. 그런 내 뺨을 때린 여인은 네가 처음이다. 참으로 신선하구나. 네게 반했다."

"으아아아악!"

경원은 소유가 마지막 말을 마치자마자 비명을 질렀다. 그래도 상대의 말을 끊지 않고 끝까지 들은 다음 자신의 입을 연다는 점이 과연 교육을 잘 받은 승상 댁 자제다웠다. 경원의 비명 소리에 마차가 멈추고 마부석 휘장이 들추어졌다.

"도련님, 무슨 일이십니까요? 괜찮으십니까?"

"됐어. 됐으니까 어서 말을 몰거라!"

하인의 물음에 경원은 본인의 얼굴을 손바닥으로 가리고 소리쳐 재촉했다. 하인은 찔끔해서 얼른 다시 말을 몰기 시작했고 소유는 마구 웃음을 터뜨렸다.

"재밌지? 재밌지? 나중에 한번 읽어보렴. 도령의 성격이 경원이 너와 많이 비슷하단다. 하지만 뺨을 맞았다고 반하다니, 별 특이한 발상도 다 있지 않니?"

"그런 책에 관심 갖지 마! 완전히 패설이네. 그리고 설마 뺨을 맞았다고 반했겠어? 처음 봤을 때부터 좋아하게 된 걸 대화를 나누면서 나중에 깨달은 거겠지!"

"그런가?"

하긴 납득할 만한 설명이었다. 그보다 저렇게까지 크게 반응하다니, 경원은 의외로 이야기에 관심이 많은 모양이었다. 관심이 없었다면 그냥 비웃고 말았을 테니까.

아니, 잠깐. 소유는 뭔가 깨달음을 얻고 숨을 들이켰다.

"잠깐만, 경원아. 아까 여자들이 네 뺨을 때리러 몰려든다고 했잖아. 설마 장안에선 뺨을 때리는 게 어떤 의미가 있는 거야?"

"없어! 그냥 그 소설이 유행해서, 다들 마음에 드는 남자의 뺨을 때리려 들고 있는 것뿐이야!"

"그럼 그 아가씨들이 다 널 마음에 들어 한단 말이야? 정말 별일이구나."

소유는 배를 잡고 웃기 시작했다. 경원은 붉으락푸르락한 얼굴로 그녀의 웃음 사이사이에 항의했다. 내가 뭐 어때서 그러느냐, 장안에서 나만한 신랑감이 있겠느냐, 어쩌고저쩌고. 그리고 경원이 말을 한마디씩 얹을 때마다 소유의 웃음소리는 더 커졌다.

결국 경원은 포기한 듯 소유가 웃음을 그칠 때까지 가만히 창밖만 바라보았다. 그의 붉은 얼굴은 식을 줄을 몰랐지만 소유는 배가 아프도록 웃느라 숨이 막힐수록 속이 점점 더 시원해지는 것을 느꼈다.

그래, 지속적으로 독살에 대한 대비를 해야 한다면 늘 조심하게 되는 것은 당연한 일이었다. 죽은 진구를 생각하면 속상하고 슬프고 안쓰러웠지만 소하를 잔인하다고만 하기는 힘들었다. 거기까지 생각하자 이제 오늘 저녁에는 소하를 이전과 같은 얼굴로 대할 수 있을 것 같다는 각오도 들었다.

겨우 웃음을 그친 소유는 상냥하게 경원에게 물었다.

"그래서 내가 여자라는 것을 알고 깜짝 놀랐구나?"

"그래, 집까지 들어와서 나를 때리려는 줄 알고 지긋지긋하다고 생각했지."

"그런데 결국은 때려버렸네."

경원은 소유를 잠깐 똑바로 보았다가 새침하게 시선을 도로 돌렸다.

"사과했으니까 됐어."

"고마워."

소유는 방긋 웃었다. 경원은 눈을 굴려 그녀의 웃는 얼굴을 힐끔거렸다. 그의 얼굴이 이내 무겁게 가라앉자 소유는 차분하게 그를 보았다. 이런 마차까지 타고 나서서 하려 했던 그 말을 지금 하려는 모양이었다.

사당패가 꽹과리 울리는 소리가 바깥에서 어렴풋이 들려왔다. 경원의 얼굴이 바깥에 보이지 않을 정도로만 살짝 걷은 휘장 사이로 햇살이 청명하게 들어왔다. 향주머니에서 조용한 꽃향기가 났다.

햇살이 경원의 눈을 투과해 아른거리는 불꽃을 그려냈다. 그는 소유에게 명확하게 물었다.

"네 친구의 옥에 대해서는 생각해봤어?"

어찌 생각하지 않을 수 있을까. 어찌 잊을 수 있을까. 채윤이 혹시 살아 있지는 않을까, 하는 희망에 몇 번이고 가슴속에 불씨처럼 타오르곤 했다. 소유는 가슴이 욱신거려 눈을 내리깔았다.

"으응."

"요즘은 장안으로 올라오는 사람들이 많아. 먹고 살기 힘들어 도적이 된 자도 많고. 길거리에 죽어 있는 시체는 이제 구경거리도 안 된다고들 하더군."

"맞아."

그런 광경을 장안에 오는 길에 여러 번 보았다. 소유는 풀이 죽어 고개를 끄덕였다. 심장이 불안하게 마구 뛰었다.

경원은 무척 힘들고 불편하다는 듯 음절과 음절 사이를 길게 끌며 말을 이었다.

"그중 몸에 옥 장식을 지닌 자가 과연 네 친구뿐이었을까? 애초에 그분은 어떤 방식으로, 어느 길을 누구에게 맡겨 조사하신 거지? 네가 그분께 말씀 올리기 전 객사한 시체를 지방관이 찾아냈다면 옥 같은 것은 그자가 가졌겠지. 대군 마마의 명으로 길과 길 사이를 샅샅이 조사했다면 옥이 그것만 나오지는 않았을 테고. 아니, 요즘 같은 때 위에서 조사할 때까지 옥 같은 게 남아 있기나 했을까? 그런데도 대군 마마께선 어떻게 너에게 죽은 자의 신원을 정확히 증명하는 물건을, 그것도 채윤의 옥 장식만을 보여줄 수 있었을까?"

"그런 생각도 물론 해봤어."

그가 하는 말대로라면 채윤은 살아 있을 수도 있다. 그것은 소유가 무엇보다 바라는 일이었다. 하지만.

그녀는 고개를 저었다.

"그렇다면 대군 마마께서 내게 거짓말을 하고 계시다는 거잖아. 그분이 왜? 그분이 왜 나 같은 군식구를 거두어가면서까지 채윤이 죽었다고 하시겠어? 채윤이 죽었다고 해서 그분께 가는 이익이 뭔데?"

"그거야 나도 모르지."

경원은 총명한 눈을 반짝였다.

"하지만 조심해. 누가 알아? 최악의 경우에는 반역을 꾸미던 자들의 꼬리를 자르려고 그분 본인이 손을 쓰신 걸 수도 있어."

"경원아!"

그것은 너무 심한 말이었다. 소유는 소하가 그렇게까지 할 사람이라고 생각하지 않았다. 개에게 독의 기미를 보게 하는 것은 그렇다고 쳐도, 적극적으로 명령을 내려 죄 없는 청년을 죽인다고?

경원은 한쪽 눈썹을 올렸다.

"나도 그게 사실이 아니길 바라. 내가 말한 건 최악의 경우야. 네가 믿은 것처럼 정말로 대군 마마의 손에 들어간 것이 우연히 채윤의 옥뿐이었을지 어떨지… 나는 답이 뭐든 상관도 없지. 하지만 너에겐 아니잖아? 정말로 조심해. …아마 아무리 조심해도 지나치지 않을 거야."

어느새 성 밖 들판까지 나가 있던 마차는 천천히 장안 시내로 들어와 포목점에 들렀다. 다 찢어지고 낡은 옷이 보기 싫기도 하고, 여자에게 옷감과 신을 산더미처럼 사줬다는 소문이 난다면 다른 여자들의 열기도 조금은 수그러들 거라는 경원의 열성적인 주장 때문이었다.

값비싼 금직단에 은직단, 산호 달린 비단신은 부담스러워서 도저히 못 받겠다는 소유와 그 정도는 본인에게 전혀 비싸지 않으며 소문을 빽적지근하게 내려면 그 이상 해야 한다는 경원 사이에 한참 입씨름이 오갔다. 결국 둘은 서로의 고집이 결코 만만치 않다는 새삼스러운 결론을 내리며 협상했다. 덕분에 소유는 고운 명주를 몇 필 받아들고 설궁 앞에 내리게 되었다.

나갈 때는 없던 짐을 들고 온 소유는 설궁 문지기와 대화를 나누던 청운과 마침 마주쳤다. 청운은 마차에서 내리는 소유를 맞이하며 반갑게 인사했다.

"어서 오십시오, 낭자. 한데 웬 마차를 타고 오셨습니까?"

"저기 청운 공자 친구 분이 데려다줬어요."

청운이 명주를 받아들자 소유는 발돋움해 그렇게 귀띔하고 킥킥 웃었다. 청운은 반가운 얼굴로 마차에 다가갔다.

"경원아."

궁 옆이라 지나가는 눈은 거의 없었다. 마차의 휘장이 확 걷혔다.

"청운. 꼬리치며 맞이하러 나오는 걸 보니 이 애네 집 강아지라도 된 모양이지?"

"우연히 나와 있었던 거니 오해하지 마라. 어쩌다 낭자와 함께 온 거야? 대군 마마께 아뢸까?"

"아니, 됐어. 난 그냥 오는 길에 마주쳐서 바래다준 것뿐이니까. 들어가."

말투는 쌀쌀맞았지만 경원도 청운을 보는 눈빛은 따뜻했다. 청운은 순하게 웃었다.

"알았다. 조심해서 가라."

"너나 조심해라. 별일은 없지?"

"나야 항상 그렇지."

"네 주군의 병환이 심하여 사경을 헤매신다는 소문이 장안에 잔뜩 퍼졌으니 하는 말이다. 나중에 질책당할 일 없게 해라."

휘장이 펄럭 소리를 내며 다시 드리워졌다. 소유는 혀를 쯧쯧 찼다. 그런 무책임한 소문이 있다는 것도 웃기는 일이고, 그런 말을 굳이 청운에게 와서 쏘아주고 가는 경원의 성격도 웃겼다. 마차가 천천히 궁문 앞 길목을 돌아서 빠져나가자 청운은 소유에게 안쪽을 가리켰다.

"드시지요. 웬 옷감입니까?"

"경원 공자가 자신한테 정인이 생겼다는 소문이 난다면 보다 바깥 출입을 자유롭게 할 수 있을 거라면서 선물해줬어요."

청운도 경원의 예의 고초에 대해서는 잘 알고 있는지 입꼬리를 올려 웃었다.

"효과가 있었으면 좋겠군요."

"예에. 저는 바느질을 잘 못하니 이걸로 무얼 할지는 모르겠습니다만."

"바느질을 좋아하지 않으십니까?"

"저는 어려서부터 바느질보다는 서책을 읽거나 나가서 검 수련을 하는 것을 더 좋아하다 보니, 결국 제 버선 하나도 제대로 못 꿰맨답니다."

물론 채윤의 집에는 침모가 있었기 때문에 소유가 바느질을 잘하지 못한다 해서 생활에 불편은 없었다. 청운은 소리 없는 미소를 지었다.

"궁인들에게 맡겨 새 옷을 지으라 하시지요. 저는 손 움직이는 것을 좋아하여 가끔 바느질을 하는데 괜찮으시다면 옷 짓는 법을 가르쳐드릴까요?"

"청운 공자는 그런 것도 하십니까?"

생각지도 못한 취미였지만 막상 듣고 보니 진중하고 꼼꼼한 청운에게 침선은 잘 어울리는 장기였다. 소유가 즐거워하자 청운은 뺨을 살짝 붉혔다.

"아…, 송구합니다. 제가 감히 규방의 일에 대해 잘 아는 척을 했습니다."

"규방에 여자만 있으라는 법이 있습니까? 잘하고 좋아하는 사람이 하는 것이야말로 좋은 일이지요. 저 또한 길쌈과 재봉에 내내 시달리며 자란 사람이 아니니 미안해하실 필요 없습니다."

청운의 표정이 부드러워졌다. 소유는 그의 착한 얼굴에 다시 한 번 웃어주고 조당 쪽에 눈길을 주었다.

"바로 대군 마마께 인사드리러 가실 테지요? 송구하오나 낭자, 물론 제가 낭자가 무언가 흉한 물건을 반입하시리라고 생각하는 것은 아닙니다만."

"검사를 하셔야 합니까? 예, 명주를 가져가시지요. 다만 선물을 받은 것이니 망가지지만 아니하게 해주시면 됩니다."

"제가 책임지고 살펴보겠습니다."

청운은 정중하게 고개 숙이고 돌아서 갔다. 조당이 얼마 남지 않아 소유는 열다섯 걸음 남짓만 홀로 걸으면 되었다.

문득 혼자 걷는 걸음이 무쇠처럼 무겁게 느껴졌다. 평소라면 진구가 나와서 맞아주었을 테지만 이제 그런 일은 없었다. 다른 개가 들어올까? 사람에게 기미를 시키는 것보다는 나을 테지만…….

한숨을 쉬는데 눈앞에 채윤의 옥이 어른거렸다. 조심하라는 경원의 경고가 막 귓가에 속삭인 듯 선연했다. 소유는 조당 앞에서 눈을 감았다. 그리고 최선을 다해 얼굴에 평소 같은 웃음을 지었다.

새벽, 정원을 거닐던 소유는 쪽문으로 들어온 사람의 모습을 보고 깜짝 놀랐다.

"황 박사님!"

이전의 도둑 소동 때 보았던 모습과 달리 황 박사는 얼굴에 편안한 만족감이 어려 있었다. 그 표정과 점잖은 걸음걸이는 그야말로 그를 국내 최고의 학자로 보이게 했다. 황 박사는 소유를 보고 잠시 놀란 눈치였지만 금세 반갑게 인사를 건넸다.

"이거, 총명한 처자 아닌가. 그때는 소하 님의 정인이신 줄도 모르고 실례가 많았네."

"정인이라뇨. 그저 식객으로 신세를 지고 있는 것뿐이랍니다."

큰일 날 말에 소유는 얼른 고개를 저었다. 황 박사는 고개를 갸웃했다.

"그러신가? 뜬소문을 듣고 내가 그만 착각한 모양일세. 미안하네."

"괜찮습니다. 그보다 이런 이른 시각에 설궁에는 어쩐 일로 오셨는지요."

"스승님!"

지나가던 궁인들이 알린 모양이었다. 의관을 모두 갖춘 소하가 큰 소리로 황 박사를 부르며 달려왔다. 황 박사는 소하의 모습을 보자 숨길 수 없이 반가운 표정으로 절했다.

"소하 님, 참으로 오랜만에 뵙습니다."

"어서 일어나십시오. 어느 법도에서 스승이 제자에게 절을 한단 말입니까?"

고개 숙인 황 박사의 손을 잡고 일으키며 소하는 복잡한 표정으로 웃었다. 그러나 그 표정은 황 박사가 소하의 얼굴을 바라보자 금세 위엄 있고 다정한 평소의 얼굴 속으로 사라졌다.

"어서 안으로 드시지요, 스승님. 어찌 이런 이른 시간에 찾아오셨습니까?"

"허허, 어젯밤에 영광스럽게도 궁궐에서 밤을 샜으니 저에게는 이른 시간이 아니라 늦은 시간이지요. 오히려 소하 님이 주무실까 염려했더니 이미 의관을 정제하고 계시는군요."

"선비는 이른 새벽 일어나 흐트러지지 않은 모습으로 책을 읽어야 한다고 가르치신 것은 스승님이시지 않습니까."

"그거야 할 줄 아는 거라고는 글줄 읊는 것뿐인 노인네들이 만든 말이지요. 젊은이는 잠이 많지 않습니까."

"황 박사님 오셨습니까."

옥현이 헐레벌떡 달려나왔다. 진구가 죽은 이후로 소하의 식사는 모두 옥현이 혼자 만들고 있었기 때문에 그의 소매 자락에는 여러 가지 양념이 묻어 있었다. 황 박사는 그 모습을 보고 빙그레 웃었다.

"볼 것 없는 늙은이를 뭐 하러 보신다고 이리 달려 나오십니까, 옥현 공."

"아닙니다. 황 박사님이 오셨는데 버선발로라도 달려와야지요."

소하와 옥현은 재빨리 황 박사를 조당으로 데려갔다. 소유는 따라 가도 될지 아닐지 고민하다가 황 박사가 아까 궁궐에서 밤을 샜다고 한 말이 무슨 의미인지 궁금해 그들의 뒤를 좇았다.

옥현은 다시 부엌으로 돌아갔고 소하와 황 박사, 그리고 소유는 앉 아 옥현이 주고 간 술병을 열었다. 소하는 황 박사의 잔에 직접 술을 따라주었다.

"해장으로 한 잔 하시지요, 스승님."

"그거 반가운 말이군요, 소하 님. 어젯밤 내내 술을 마셨더니 영 속 이 좋지 않습니다."

황 박사는 소하가 준 잔을 들어 단숨에 들이켰다. 그리고 딱, 맑은 소리를 내며 잔을 내려놓고 소하와 소유에게 한 잔씩 따라주었다. 소유는 자신도 술을 받는 것이 황공해서 고개를 푹 숙였다.

"감사합니다, 황 박사님."

"아닐세. 내가 어젯밤에 마신 술은 따지고 보면 자네가 준 게야."

"예?"

소하는 바로 술잔을 비웠지만 소유는 놀라 술잔을 그대로 쥐고만 있었다. 소유의 의아한 표정을 보고 황 박사는 허허 웃었다.

"소하 님. 어젯밤에 주상 전하께 가 선대왕께서 주신 눈꽃 옥패를 바쳤습니다."

소유는 술을 다 엎지를 뻔했다. 그러나 소하는 전혀 놀라지 않고 미소를 지었다.

"군왕의 징표는 충성을 다짐받지요."

"예, 소하 님. 그러니 저는 이제 주상 전하의 충신으로서 모든 힘을 바치려 합니다."

이게 말이라고 나온 소리인가? 소유는 입을 벌리고 곧장 뭐라고 소리치려 했다. 그러나 다행히 늦기 전에 그녀의 이성이 돌아왔다. 소하가 먼저 한숨 쉬며 입을 연 것이다.

"그러셔야지요."

"소하 님!"

소유는 소하에게 속삭였다. 소하는 그녀에게 고개를 저어 보이며 황 박사에게 이어 말했다.

"그 자리에 사람은 많았는지 여쭤도 되겠습니까, 스승님?"

"예, 소하 님."

황 박사는 단호한 얼굴로 하나씩 꼽았다. 소유는 황 박사가 말한 이름들을 하나도 몰랐지만 개중 손 씨가 하나 있다는 것에는 마음이 쓰였다. 그러나 물론 소하는 황 박사가 말한 이들을 모두 잘 아는지 이름 하나가 끝날 때마다 고개를 끄덕였다.

"짐작대로군요. 곽일은 없었습니까?"

"예, 소하 님. 곽 부사와 중전 마마 모두 안 계셨습니다."

그야 나랏일도 아니고 밤에 술을 마시는데 누군가는 자리에 없을 수도 있는 것이다. 소유는 얌전히 그 뒤에 나올 내용을 기다렸다. 소하는 기쁜 듯 빙긋 웃었다.

"숙부님께서도 스승님처럼 이름이 널리 알려진 분의 충성을 받았다는 사실을 측근 모두에게 알리고 싶으셨겠지요. 하지만 곽씨 가문 사람들에게 모든 일을 하나하나 알릴 필요성은 못 느끼시는 모양입니다."

"예, 소하 님. 영명하십니다. 이 늙은이 또한 그렇게 생각했습니다."

곽씨 가문 사람들이라면 왕비와 곽 부사를 이르는 말일 텐데, 초왕이 본인의 배우자와 처가 식구를 빼놓고 밤새 술자리를 가졌다는 것은 무슨 의미가 있는 일일까. 소유는 신경이 쓰여 적당한 때를 틈타

물었다.

"하시면 황 박사님, 제가 박사님께 술을 드렸다는 말씀은."

"그래, 자네가 찾아준 옥패를 바치니 주상 전하께서 기뻐하시며 술자리를 여시더군. 옥병에 유리병에 담긴 명주를 한도 없이 마시다 보니 내가 마시는 게 술인지 물인지도 알 수가 없었다네."

그것이 뭐 자랑이라고 여기에 이른 아침부터 와서 말하는 것일까. 이제 자신은 완전히 돌아섰으니 그런 줄 알라고 선언하러 온 것일까? 하지만 황 박사가 그런 말을 저토록 편안하고 만족스러운 표정을 할 수 있는 사람 같지는 않았다.

황 박사는 고개를 끄덕이며 말했다.

"주상 전하께서 제게 벼슬을 내리셨으니 이제 한 시진 후면 입궐할 차입니다. 소하 님, 주상 전하의 측근들은 대부분이 공신입니다. 주상 전하께 드리고 싶은 말씀이 많은 사람들이지요. 이 늙은이의 말이 무슨 의미인지는 물론 아실 테지요?"

"예, 스승님. 슬슬 숙부님께서도 신하들의 영향력에서 벗어나 마음대로 해보고 싶으실 때가 되었다 이르시는 게지요."

"과연 소하 님이십니다. 하지만 주상 전하께서 아무리 측근들의 영향력을 줄이고 싶으셔도 당장 움직이실 수는 없습니다. 왜냐하면 현 공신들의 벼슬이 떼이면 그 자리에 들어오는 것은 친 자경국과 인사들이기 때문일 것입니다. 이 말이 무슨 의미인지 또한 아시지요?"

"예, 스승님. 숙부님께선 숙모님의 친정 식구들과 본인의 측근들 사이에서 줄타기를 하느라 지치셨을 테니, 스승님처럼 둘 중 어디에도 속하지 않는 분을 자주 찾아 제삼 세력을 늘리고자 하실 거라는 말씀이 아닙니까?"

"영명하십니다."

소유는 입을 벌리고 두 사람의 대화를 들었다. 그때 조당 앞에서 궁인이 아뢰는 목소리가 들렸다.

"아뢰옵니다, 대군 마마. 손 장군 입시이옵니다."

"들라 해라."

아침의 일과 중 하나로 청운이 등청을 알림과 동시에 어젯밤 설궁의 경비가 어떻게 이루어졌는지 보고하는 시각이었다. 조당에 들어온 청운은 황 박사의 모습을 보고 잠시 놀라는 것 같았다.

"대군 마마, 소인 손청운. 지난밤의 경계에 이상 없었음을 보고드리러 들었사옵니다."

"그래, 수고했네. 고맙네, 청운."

"이렇게 또 뵙는군, 손 장군."

황 박사는 청운에게 전과 사뭇 다르게 부드러운 태도로 인사했다. 청운의 눈이 잠시 흔들리는 것을 소유는 본 것 같았다. 청운은 곧 고개를 숙였다.

"예, 황 박사님. 그간 무탈하신 것 같아 다행입니다."

"그래, 오늘이 보름이니 각 청의 장수들이 궐에 가서 보고를 하는 날 아닌가? 혹 손 장군도 입궐할 예정이면 이따 이 늙은이와 함께 가지 않겠나? 내 바로 일어날 테니 말일세. 어젯밤 주상 전하께서 내게 설궁 방문을 특별히 윤허하셨으니 당황할 것은 없다네."

청운의 대답에는 잠시 시간이 소요되었다.

"…예, 박사님. 그리 알고 있겠습니다."

"그럼 나가보게나, 청운."

소하의 맑은 목소리에 청운은 뒷걸음질 쳐 조당을 빠져나갔다. 황 박사는 흐뭇한 표정으로 소하에게 말했다.

"비록 손가 사람들이 머리가 딱딱하기로 유명합니다만 구성원 모두가 융통성을 발휘할 수 없는 것은 아닙니다. 손 장군은 스스로 판단할 줄 아는 훌륭한 인재라고 이 늙은이는 믿습니다. 소하 님께선 어찌 보십니까?"

"예, 스승님. 저 또한 청운을 신뢰합니다."

소하는 쿡쿡 웃었다. 황 박사는 크흠, 하고 의자에서 일어섰다.

"벌써 가십니까, 스승님? 식사라도 하고 가시지요. 옥현이 만드는 조반은 맛이 훌륭합니다."

"아닙니다, 소하 님. 조복을 갈아입어야 하니 조금 일찍 궐에 들어가고자 합니다."

확실히 황 박사가 지금 입고 있는 옷은 조복이 아니었다. 소하와 소유는 황 박사를 따라 일어났고 그가 설궁 대문으로 가는 것을 뒤따라 배웅했다. 청운도 단정한 옷을 입고 대문 앞에 서 있다가 모두에게 정중히 허리를 숙였다.

"하면 들어가겠습니다, 소하 님. 또 만나서 반가웠소, 총명한 처자."

"예, 스승님. 이리 가시니 아쉽습니다."

"들어가십시오, 박사님."

"허허, 다음에 또 뵙겠습니다."

문지기들이 이상한 눈으로 쳐다보았다. 황 박사와 청운은 깊이 허리 숙여 소하에게 절하고 대문을 나섰다. 그 뒤로 문지기들이 금세 문을 꽉 닫아버렸다.

"들어가자꾸나."

소하는 경쾌하게 돌아서 소유에게 말했다. 소유는 소하와 함께 아침 햇살 드는 뜰을 걸어 조당을 향했다. 문지기들이 이쪽의 말을 듣지 못할 정도로 떨어진 뒤에 그녀는 소하에게 슬쩍 물었다.

"소하 님, 황 박사님이 또 오실 수 있을까요?"

"그래."

소하는 의외로 확신 가득한 목소리로 대답했다. 그녀가 올려다보니 소하의 얼굴 또한 확신으로 가득했다.

“또 오실 수 있을 거다.”

그렇다면.

“또 오실까요?”

소유는 혹 소하가 상처받을까 작게 속삭이듯 물었다. 소하는 그 말에 그녀를 곁눈질해 내려다보며 쿡쿡 웃었다.

“그래. 주상 전하가 자주 찾으시는 신하가 된다는 것은 조정의 움직임을 한눈에 파악할 수 있다는 의미이니, 또 오실 거다.”

그 말에 노골적인 표현은 없었지만 소유는 확신했다. 황 박사는 소하에게 조정의 상황에 대한 정보를 주기 위해 자진해서 초왕의 아래로 들어간 것이었다. 하지만 그렇다면, 그렇다면.

“하지만 소하 님, 아무리 그래도 초왕 전하께서는 적법한 왕이시지 않습니까? 제자를 아끼는 것은 물론 중요한 일이지만 그 때문에 초왕 전하께서 원치 않으시는 행동을 하면… 성현들의 가르침에 어긋나지 않겠습니까?”

소유는 마지막 문장을 말하기 위해 단어를 조심스레 골라야 했다. 소하는 소유의 질문에 흔쾌히 웃으며 그녀의 머리칼을 쓰다듬었다. 그의 손길이 느껴지자마자 소유는 히익, 하고 뻣뻣하게 굳어버렸다.

“저런, 네가 그리 매번 당황하니 놀리는 재미가 있어 그만둘 수가 없구나.”

“소하 님, 놀리지 마십시오.”

“싫으냐?”

“그런 것은 아니지만 자꾸 깜짝깜짝 놀라니 심장이 남아나질 않겠습니다.”

경원에게 들은 말이 있는데도 소하의 손길은 달콤하고 기분 좋기만 했다. 소유는 속으로 자신을 책망했다.

마침 조당에 들어서기 직전이었다. 옥현은 음식을 차리다가 고개를 들고 소하에게 물었다.

"조반 젓수시지요, 소하 님. 황 박사님은 벌써 가셨습니까?"

"그래, 가셨다. 다시 벼슬길에 나섰으니 나랏일에 바쁘시겠지."

소하는 소유를 한 걸음 정도 뒤에 두고 앞서가 음식 앞에 앉았다. 소유는 다가와 그 옆에 서서 음식을 의심스럽게 보았다. 옥현이 자신 있게 확인해주었다.

"지금 제가 다 한 번씩 먹어보았습니다."

"대단하십니다, 옥현 공."

전에는 맛있는 것만 먹고 살았을 소하가 약간 부럽다고 생각한 적도 있었지만 이제는 아니었다. 오히려 소하에게 나오는 음식마다 의심스러웠다. 하지만 그렇다고 해도 차마 기미를 하겠다고 적극적으로 나설 용기까지는 들지 않았는데.

소하는 부드럽게 웃었다.

"옥현이에게는 항상 고맙지. …옥현아, 문을 닫고 주위를 단속해다오. 내, 소유에게 할 말이 있구나."

"예, 소하 님."

옥현은 빙긋빙긋 웃는 얼굴로 분주하게 조당 안을 돌며 문과 창문을 모두 꼭꼭 닫았다. 소유는 적이 긴장이 되어 소하를 뚫어지게 쳐다보았다. 소하는 죽을 한 숟가락 떠서 소유에게 보였다.

"소유야, 만약 내가 네게 이걸 먹으라면 먹을 수 있겠느냐?"

기분이 묘하기는 해도 옥현이 완전히 책임지고 만든 것이고 이미 먹어보았다고 하니 저 죽 한 숟가락 정도 못 먹을 것은 없었다. 소유는 고개를 끄덕였다.

"예."

"고맙다."

소하는 소리 없이 웃었다. 그리고 숟가락을 내려놓고 그녀에게 손짓했다.

"앉아라."

"예? 제가 어떻게 소하 님과 같은 상 앞에 앉겠습니까."

"뭐 어떠냐, 한솥밥 먹는 식구끼리. 그보다 정말 할 말이 있으니 앉거라. 내게 필요해서 하는 말이다."

소하가 필요하다는데 더 사양할 수는 없었다. 어차피 바둑을 두느라 자주 마주보고 앉기도 했다. 소유는 입을 비죽거리며 소하가 가리킨 자리에 앉았다. 열어두었던 창과 문이 모두 닫히고 단단히 잠겨 조당 안이 고요해졌다.

소하는 입을 열기 전에 잠시 소유를 바라보았다. 다른 감정에 대해 생각하기도 전에 가슴이 뛰었다. 어쩐지 울고 싶었다. 소하는 바로 그녀의 앞에서 죽을 뻔했고, 또 이곳에서 살게 해준 감사한 사람이었다. 그를 의심하는 자신이 아주 잘못된 것처럼 느껴졌다.

하지만 진구를 아끼며 건강하게 오래오래 살라고 말하던 그 입으로 소하는 진구를 잘 묻어주라고 했다. 의심받고 싶지 않으니 소유를 밖에 내보내고 싶지 않다고도 했다.

그러니 그를 어떻게 받아들여야 할까.

그런 생각이 모두 전해진 것일까. 소하는 문득 쓴웃음을 지었다.

"소유야, 지금부터 내가 하는 말을 네가 믿을 수 있겠느냐?"

"들어보기 전에는 모르겠습니다."

왕족 앞이니 말을 골라야 한다고 생각하기도 전에 그 대답이 자연스레 튀어나왔다. 소유는 자신이 말해놓고도 당황스러워 눈을 굴렸다. 소하는 눈을 휘며 웃었다.

"그래, 맞는 말이다. 들어본 다음에 그 말이 믿을 만하면 믿는 것이지, 어찌 듣기 전에 믿기부터 하라고 하겠느냐? 미안하구나."

"아닙니다, 소하 님."

말이 기어들어갔다. 소하는 고개를 저었다.

"미안하다. 하지만 내가 하는 말을 믿어줬으면 하고 나는 바란
단다. …지금의 이 말은 믿지 못할 구석이 없겠지?"

"…예."

소유는 속삭이듯 대답했다. 소하는 그녀의 눈을 똑바로 바라보
았다. 아름답고 모양 좋은 눈이 이쪽을 응시하자 그녀는 사로잡힌
듯 몸을 움직일 수가 없었다.

"너는 아까 초왕 전하께서 적법한 왕이라고 했었지. 어째서 그리
생각하느냐?"

"선대왕의 유서에 적힌 후계자가 초왕 전하셨기 때문입니다."

"그래, 하지만 그 유서가 거짓이었고 사실 진짜 유서는 이미 빼돌
려진 다음이었다면, 그러면 그때도 초왕 전하께서는 적법한 왕이시
겠느냐?"

소유는 그 가정에 큰 충격을 받았다. 말도 안 되는 소리였다. 게다
가 설사 그것이 사실이라 해도 이제는 증명할 수도 없을 터였다. 선
대왕이 세상을 뜬 것이 얼마나 옛날의 일인가.

하지만 그때까지 세자로서 교육받았던, 지금 이렇게 갇혀 있는데
도 총명하기 이를 데 없는 소하를 두고 왜 선왕이 자신의 어리석은
동생을 그때 와서 후계자로 지명했겠는가. 마음이 먼저 그 가정의
옳음을 변호했다. 소유의 희어진 얼굴을 본 소하는 다시 쓴웃음을
지었다.

"요전 네게 도움을 받던 날, 그때 받았던 것이 바로 그러한 내용이
적힌 문서였다. 내 숙부를 왕위에 올리도록 진짜 유서를 빼돌리고
가짜 유서를 만드는 대신 자경국은 천인국의 정치에 입김이 세졌지."

곽가가 누리는 권력이 단순히 왕비의 친정 식구들이기 때문만은
아니라는 말이었다. 어이가 없고 화가 나 소유의 손이 덜덜 떨렸다.

그녀는 입을 몇 번 빠끔거리다 간신히 물었다.

"그러면, 황 박사님은 그 사실을 아시고……?"

"스승님께서도 항상 의문을 품고 계셨지만 두 박사님, 나의 다른 스승님께서 유서의 조작 여부에 대한 의문을 제기하셨다가 그대로 쫓겨나시는 것을 보고 입을 다무셨지. 아마 옥패를 도둑맞지 않으셨더라도 정말로 숙부님께 충성하지는 못하셨을 거다."

"그걸 모두 아시고 옥패를 그냥 황 박사님께 찾아드리기만 하신 겁니까, 소하 님?"

"…나는 그저 스승님께서 가슴 아파하시는 것이 싫어 제자 된 도리를 다한 것뿐이다."

소하는 빙긋 웃었다. 소유는 답답해서 발을 살짝 굴렀다.

"소하 님. 그러면 어떻게 합니까? 진실을 알려야 더는 이렇게 생명의 위협을 받지 않을 것 아닙니까? 선대왕께서 남기신 진짜 유서는 이제 이 세상에 없을 테지요?"

"아니다. 실은 그게 어디에 있는지도 알고 있단다."

소하의 얼굴에 오랜 고통이 새겨졌다. 소유는 몸이 달아 물었다.

"어디에 있습니까?"

"자경국의 왕궁이다. 진짜 유서가 사라지지 않고 항상 손 안에 있어야만 자경국 왕가에서도 숙부님께 힘을 행사할 수 있겠지."

딴엔 그러했다. 소유는 그만 어쩔 줄 모르게 되었다. 소하는 진지하게 소유의 얼굴을 바라보았다.

"이 사실을 네게 알리는 것은 그만큼 내가 너를 믿게 되었기 때문이다, 소유야. 내가 유서에 대해 안다는 사실을 아시면 숙부님께선 더는 지체 없이 나를 죽이려 하실 테지. 마침 내가 몸이 아픈 모습도 보였으니 근시일 내로 죽는다면 난양대군이 병으로 죽은 것으로 처리할 수 있지 않겠느냐?"

"그런 끔찍한, 자신의 조카에게……!"

"권력은 끔찍한 것이지. 어린 조카에게서 왕위를 빼앗고, 바른말하는 신하들을 죽이고, 백성들이 굶어 죽어도 아무렇지도 않을 만큼 끔찍한 게다. 나는 그것을 이해한단다. 하지만 나는 죽고 싶지 않구나. 죽는 것이 억울하고 두려워."

"당연하지요!"

소하는 소유의 오른손을 들어 그 손가락 마디에 입 맞췄다. 부드러운 입술의 감촉과 봄바람 같은 숨결에 소유는 어쩔 줄을 몰랐다. 가슴속이 온통 뜨거운 용광로에서 녹아 출렁이는 것 같았다. 녹아든 이 마음은 무엇으로 되어 있을까. 굳으면 무엇이 될까.

더는 소하를 의심할 수 없었다. 이런 사정을 말할 정도라면 그의 입장에서는 얼마나 큰 각오를 한 것일까! 소유는 상상할 수조차 없었다. 그녀의 얼굴을 보고 소하는 서글프게 말했다.

"소유야. 나를 도와주겠느냐? 내 옆에 있어주겠느냐? 이 무서운 세상에서 나는 내 사람이 너무나 소중하구나. 내가 늙어 죽을 때까지 있어달라고는 아니 하겠다. 그 전에 무슨 일이 나도 나지 않겠느냐. 그저 그 전까지만, 네가 괜찮은 만큼만 곁에 있어다오. 내 믿음이 옳았다고 생각하게 해다오."

"소하 님……!"

견딜 수 없었다. 소유는 소하의 손을 끌어당겨 자신도 그의 손가락 마디에 입 맞췄다. 소하는 그녀의 입술이 떨어진 자리에 자신의 입술을 가져갔다. 그의 뜨거운 입술은 오래도록 녹아버릴 듯한 숨결을 내뿜으며 그대로 그 자리에 눌려 있었다.

처음에는 속내를 알 수 없어 두렵다는 생각마저 들었던 소하는 실은 무척 다정하고 살아남기 위해 노력하는 사람이었다. 소유는 그를 향한 자신의 마음이 나날이 분명해지고 깊어지는 것을 느꼈다. 그의 연약한 면과 강인한 면이 모두 대단하게 여겨졌다.

그토록 심한 일을 당하며 슬퍼 제 사람을 붙잡은 것은 연약한 면이요, 그토록 심한 일을 당했음에도 불구하고 망가지지 않고 자신을 유지한 것은 강인한 면이었다. 그렇게 생각하면 생각할수록 누구나 한번 소하의 사람이 되면 그를 떠날 수 없을 것이라는 생각이 들었다. 소하는 소유가 채윤을 잃고 슬퍼하며 그리워하는 마음을 이해하는 인간적인 마음의 소유자였다. 동시에 선왕의 유서에 대해 끊임없이 알아보고 결국은 진실을 알게 되는 끈기의 소유자였다. 그런 사람을 어떻게 떠날 수 있을까.

둘이 함께 식사를 하자는 소하의 제안에 둥그런 식탁 앞에 앉아 닭 요리를 먹던 소유는 문득 말을 꺼냈다. 어제 새로 데려온 5개월짜리 개가 식탁 옆에서 꼬리를 흔들었다.

"그러고 보니 소하 님, 이전 제가 소하 님을 도왔던 날, 그 문서를 찾아온 사람은 누구였습니까? 여자 분이었지요?"

소하는 소유가 먹는 것을 보다가 빙긋 웃었다.

"청하를 말하는 게로구나. 그는 청운의 누나란다. 이번에 자경국 사신들이 왔을 때 호위 부대에 속해 있었던 덕분에 밀서를 입수할 수 있었지."

"예에?"

청운에게 누나가 있다는 사실은 알고 있었지만 설마 소하를 따르는 사람일 줄은 상상도 하지 못했었다. 소유는 뜻밖의 정체에 놀라 입을 벌렸다.

물론 그 대답으로 소유의 호기심이 다 충족된 것은 아니었다.

"하온데 소하 님, 제가 누구냐고 여쭌 것은 실은 이름이나 가문이 아니오라."

"안다. 어찌하여 내 일을 돕느냐 하는 것이지?"

대충 그랬다. 소유는 얼굴을 붉히며 고기를 씹었다. 무슨 맛인지도 잘 느껴지지 않았다. 소하는 식탁에 팔을 올리고 깊은 숨을 한 번 쉬었다.

"청하는 청운과 나이 차가 꽤 많이 나서, 세자 시절의 나를 알고 있단다. 어린 내게 충성 맹세를 했던 것을 고맙게도 아직 잊지 않고 지켜주고 있지."

정말로 고마운 일이었다. 그러나 역시 신경이 쓰여 소유는 잠시 식탁을 내려다보았다. 소하는 그녀의 그런 모습을 보고 웃음을 터뜨렸다.

"혼약자는 유 대감의 장남인데 서로 일이 바빠 아직 혼인식을 올리지 못하고 있다더구나. 청하 또한 무술 실력이 뛰어나니 너와 잘 맞을지도 모르겠다. 다음에 볼 일이 있으면 인사라도 나누는 게 어떠냐?"

혼약자, 라는 단어를 듣자마자 갑자기 기분이 들뜨며 마음이 편안해졌다. 소유는 가지 튀김을 젓가락으로 집으며 명랑하게 대답했다.

"예, 소하 님. 기대됩니다."

식사를 마친 둘은 옥현이 따라주는 차를 마시며 서책을 읽었다. 옥현이 장을 보면서 계속 새로 나온 서책 따위를 들여놓았기 때문에 소하는 요즈음 유행하는 서체나 유명한 학자들끼리의 토론에 대해 능통했다. 그러나 그가 오늘 펼친 것은 그림이 많이 그려지고 두꺼운 옛날 책이었다.

"여길 한번 보아라, 소유야."

소하가 펼친 곳은 천하의 지도가 그려진 장이었다. 천하의 중심에는 천인국이 있었고, 동쪽에는 진해국이, 남쪽에는 자경국이, 서쪽에는 신월국이 있었다. 소유는 반가워 빙긋 웃었다.

"이 책은 『사국통람』이 아닙니까?"

"『사국통람』을 읽었느냐?"

"채윤의 집에 있어서 읽었습니다. 이제는 『오국통람』으로 고쳐야 하겠군요."

"그래, 네 말이 맞다. 재미있구나."

소하는 후후 웃고 지도의 윗부분을 가리켰다. 그곳에는 작은 글자로 여러 부족의 이름이 쓰어 있었다.

"여기 쓰여 있는 부족들을 통칭해 다미족이라 했었는데, 이제는 쿠란게렐 여왕이 그들을 모두 통합해 다미국을 국호로 하였다. 다미국 병사들은 천인국으로서는 골칫거리지. 그 이유를 아느냐?"

"농사짓기 힘든 곳에서 유목을 하다 보니 부족한 식량을 이웃한 우리 천인국에 쳐들어와 메우기 일쑤이기 때문이라고 배웠습니다. 북방의 선량한 백성들이 자꾸만 그들에게 피해를 입고 있다고요. 하지만 선대왕 때 불가침 조약을 맺어 국경이 비교적 조용해졌다고 알고 있습니다."

"정확하다."

소하는 고개를 끄덕였다.

"선대왕이 승하하시고 나서는 다시 천인국과 다미국의 반목이 시작되었다. 그나마 그들이 여러 부족으로 나뉘어 서로 반목할 때는 막아낼 수 있었는데, 이제 다미국의 깃발 아래 힘을 합쳤으니 만약 우리를 위협하려 한다면 대응하기 더욱 힘들어질 게다. 실제로 다미국 사람들은 모두 어릴 때부터 칼을 들고 싸우는 법을 배운다더구나. 소유야, 너는 이럴 때 군주가 어찌해야 한다고 보느냐?"

"대답하기 어렵겠습니다."

소유는 인상을 찌푸렸다. 소하는 부드럽게 물었다.

"어째서냐?"

"원래대로라면 주변국의 힘이 강성해질 경우 그에 대비할 군사를 기름과 동시에 화친을 맺어야 합니다. 하지만 지금 천인국에 군사를 키울 여유가 있다는 생각이 들지 않고, 군사력이 불균형한 상태에서 화친을 맺는 것은 조공 외교가 되어 백성들에게 부담을 줄 염려가 있다고 생각하기 때문입니다."

"잘 아는구나. 내 생각도 그렇다. 아주 현명한 군주라도 이런 상황에 한 가지의 정답을 내기는 힘들 것이다."

소하는 만족스러운 표정을 지었다.

"다미국의 문화도 문화거니와 그들이 바로 얼마 전까지만 해도 서로 죽고 죽이는 싸움을 해왔으니 병사들이 싸움에 익숙할 것은 당연지사겠지. 그것이 지금 천인국이 외국에 대해 가진 가장 큰 근심이니라."

소하의 손가락이 빠르게 내려가 다음으로는 동쪽 진해국을 짚었다.

"진해국은 내 스승 중 한 분이셨던 두 박사가 가 계신 곳이지. 진해국 왕가는 천인국 왕실과 대대로 혼인을 맺어왔고 진해국 백성들의 성품도 온순해 좋은 이웃이라 할 만하다. 매년 벚꽃이 필 때면 눈이 부시도록 아름답다더구나."

"예, 그곳에서 벚꽃 모양 과자를 만들어 판다기에 저도 꼭 한번 가보고 싶었습니다."

소유는 기뻐하며 웃었다. 소하는 눈을 반짝이며 즐거운 표정을 지었다.

"그렇구나. 나도 언젠가 기회가 되면 가보고 싶다. 그땐 꼭 나와 함께 가자꾸나."

그것은 채윤과 한 약속이었다. 소유는 한순간 속으로 갈등했지만 고개를 끄덕였다. 셋이 가면 되지 않을까.

"예."

"그리고 여기, 자경국은 얼마 전에 사신이 다녀간 곳이자 우리 숙모님의 친정 되는 나라지."

소하의 손가락이 마지막으로 남쪽의 자경국에 가 멎었다. 자경국과 진해국 사이에는 큰 바위산이 있어 사람의 힘으로 지나다닐 수 없었으므로, 그 경계선에는 뾰족한 산 모양이 많이 그려져 있었다.

"곽씨 일족의 출신지로군요."

"그렇다."

소유가 노골적으로 불쾌해하며 말하자 소하는 잠시 가벼운 콧바람으로 웃는 소리를 냈다.

"곽씨 일가는 자경국을 다스린 지 오래되어 왕가의 힘이 강하고 군사력으로도 뒤지지 않는다. 진해국과는 몇 대 전에 사소한 일이 앙금으로 쌓여 원수가 되었지. 하지만 자경국은 진해국을 침략할 수 없다. 왜 그런지는 알고 있겠지?"

"예, 소하 님."

소유는 지도 위에 그려진 산을 짚었다.

"바로 이 바위산 때문이 아닙니까?"

"맞다. 자경국과 진해국 사이의 국경을 이루는 이 바위산을 넘어 보려는 시도는 계속해서 있었지만 성공한 군대는 없지. 때문에 자경국과 진해국 사이를 오가려면 천인국 땅을 밟아야 하고. 그래서야 자경국은 천인국과 진해국을 모두 상대하는 모양이 되지 않겠느냐? 부유하고 아름다운 물의 도시 낙양이 이곳에 버티고 있으니 말이다."

그랬다. 덕분에 삼국의 상인들이 모이는 낙양이 얼마나 강력한지 소유는 직접 목격한 터였다. 소하는 상냥하게 말했다.

"이렇게 대화를 나누어보니 네 학식이 참으로 깊다는 것을 알겠다.

또 네가 좋아하는 책이 있느냐? 그렇다면 함께 읽자."

"예, 소하 님."

좋아하는 책에 대해 이야기하는 것은 기쁜 일이었다. 소유는 따뜻한 즐거움을 느끼며 미소 지었다. 그때 밖에서 한 궁인이 달려 들어와 소하에게 고했다.

"대군 마마, 주상 전하 납시옵니다. 막 대문으로 연이 들어왔사옵니다."

"뭐라?"

"예?"

초왕이 뭐 하러 여기에 또 온단 말인가? 소유는 삽시간에 일그러진 본인의 얼굴을 평범하게 보이도록 만들려 애썼고 소하는 놀라움을 감추며 담담하게 일어섰다.

"알았다. 맞이할 준비를 하거라."

"예, 마마."

궁인은 다시 달려갔고 소하는 소유에게 눈짓했다.

"너는 서재에라도 들어가 있는 것이 어떻겠느냐? 전하를 뵙기는 싫을 것 아니냐."

"…예."

그 말대로였다. 소유는 소하의 말대로 서재 쪽으로 갔다. 그래도 무슨 대화가 오가는지 알아야겠다 싶어서 문은 빼꼼 열어놓았지만 인사는커녕 얼굴 한번 안 비출 셈이었다.

얼마 지나지 않아 "어흐흠! 어흠!" 하는 요란한 헛기침 소리와 함께 여러 사람이 조당으로 들어오는 소리가 들렸다. 소유는 책이 가득한 고요한 서재의 벽에 기대서서 귀를 쫑긋 세웠다. 소하는 무척 반가워하는 목소리로 초왕에게 인사했다.

"이리 뵙게 되어 황송하기 그지없습니다, 주상 전하."

"흠! 일어나거라. 너 혼자 있었느냐?"

"예, 전하. 다른 이들을 불러와 인사 올리라 할까요?"

"아니다, 됐다. 건강해 보이니 다행이구나."

그렇게 말하면서도 초왕의 목소리에는 아쉬움이 가득했다.

흥, 안 죽어서 아쉽다는 거겠지? 소유는 그렇게 생각하며 입술을 비틀었다. 소하는 과연 감동받은 목소리로 대꾸했다.

"전하의 은덕이 하해와 같사옵니다. 이곳까지 소질의 건강을 염려해 와주신 것이옵니까?"

"엇흠! 그건 아쉽게도 아니니라. 내가 이 나라의 왕으로서 할 일이 산처럼 쌓여 있는데 어찌 아무리 내가 아끼는 조카라 해도 너 하나를 보러 예까지 오겠느냐."

그러시겠지. 소유는 또 속으로 비아냥거렸다. 소하는 평온하게 대답했다.

"전하의 말씀이 옳습니다. 소질의 생각이 짧았습니다."

"아니다. 그래도 네 얼굴이 아직 안 되어 보이니 내 이따 보약을 한 첩 내려주마. 내 그 정도는 할 수 있지."

"성은이 망극하옵니다."

소유는 그 보약을 버려야겠다고 생각했다. 아마 옥현도 동의할 터였다.

"내 바쁘니 너에게 할 얘기만 하고 가마. 소하 너는 잘 모르겠지만, 저기 우리 국경 북쪽에 다미족이라고 하는 야만족이 살고 있단다."

"그렇습니까? 처음 듣는 이름입니다."

"그럴 테지. 그놈들이 요새 자꾸 우리 국경을 넘어 들어와 백성들을 못살게 구는데, 선량한 백성들이 고통받는 걸 어찌 조정에서 두고 볼 수가 있겠느냐? 해서 이번에 군대를 파견해 다미족 놈들을 정벌하기로 했다. 야만족 놈들이니 우리 군대를 보기만 해도 흩어질 게야. 쉬운 일이지."

이게 무슨 소리일까. 소유는 어이가 없어서 입을 딱 벌렸다. 그냥 길 가던 아무나가 저런 말을 했다면 잘 몰라서 그러려니 했을 텐데, 다른 사람도 아니고 현왕이!

세상에! 정말로 군대를 보낸다면 그 병사들은 무슨 죄로 왕의 선부른 결정에 놀아나야 한단 말인가?

소하는 어리숙하게 감탄하는 목소리로 말했다.

"훌륭하십니다, 전하. 우리 백성들을 괴롭히는 못된 놈들이 있다니 응당 혼을 내줘야지요."

"그렇지! 내 그 말을 기다리고 있었다."

잠깐. 소유는 갑자기 머릿속이 차가워지는 것을 느꼈다. 이야기가 이상하게 흘러가고 있었다.

"네가 비록 이 궁 안에서 난꽃처럼 보호만 받고 자랐다만, 그래도 나랏돈으로 밥을 먹고 옷을 입으니 나라에 보답할 기회가 있어야 할 것 아니냐?"

"예, 전하. 물론입니다."

"그래, 그래."

불안하게 심장이 뛰었다. 소유는 뛰쳐나가고 싶은 충동을 참으며 주먹을 꼭 말아 쥐었다. 제발, 제발 그렇게까지는 하지 않기를.

"그래서 내가 선봉장으로 너를 추천했다. 그래도 왕족이 가야 체면이 서지 않겠느냐. 급한 일이니 소수를 데려가서 어서 해결하고 오너라. 알겠지?"

……바랐는데.

초왕은 정말로 끔찍한 인간이었다. 소유는 아무에게도 보이지 않을 것을 알아 마음껏 입을 떡 벌렸다. 할 수만 있다면 당장 명치에 주먹을 꽂아주고 싶었다.

초왕은 정말로 그 말을 하러 온 듯 몇 마디 인사치레만 덧붙이더니 그대로 휙 가버렸다. 소유는 초왕이 조당에서 나가는 소리를 듣자마자 다리에 힘이 풀려 서재에 털썩 주저앉았다. 얼마 후 뜰 쪽에서 가마꾼들이 힘을 쓰는 소리가 들렸고 소하는 서재 문을 열었다.

소하의 얼굴은 창백하고 복잡했다. 그 수려한 얼굴을 올려다보며 소유는 고개를 저었다. 힘껏 저었다.

"소하 님, 이건 안 됩니다. 누가 생각해도 함정입니다."

"나도 안다."

소하는 쓴웃음을 지었다. 조당 안쪽에서 청운의 목소리가 들렸다.

"대군 마마! 이곳에 계십니까?"

청운의 목소리가 다급했다. 소하는 소유의 팔을 부축해 그녀와 함께 조당으로 돌아갔다. 숨을 헐떡이며 조당 한가운데 서 있던 청운은 소하보다도 창백한 낯빛이었다. 소유는 의자에 앉아 청운과 소하를 보았다. 청운은 소하의 앞에 당장 무릎 꿇고 외쳤다. 그가 그렇게 이성을 잃고 소리치는 모습은 소유가 처음 보는 것이었다.

"마마, 소식을 들었습니다. 갑자기 다미국 원정이라니요. 꼼꼼한 준비와 충분한 비용이 필요한 일인데 군부에서 그런 채비를 해왔다면 제가 모를 리가 없습니다. 무모한 일입니다. 가셔서는 아니 됩니다!"

"청운."

소하의 목소리는 지독하게 평온했다. 소유는 그런 평온함이 그녀를 조금 힘들게 한다고 생각했다…….

"왜 자네가 그렇게 화를 내는 건가? 자네는 다미국에 함께 갈 필요 없네. 전하께 말씀드리게. 이제 나를 감시하는 임무는 그만두고 싶다고. 어차피 다녀오는 길에 죽을 테니 젊은 목숨을 허망하게 버리고 싶지 않다고."

소유는 자신이 헛것을 들었나 생각했다. 청운의 얼굴이 약간 벌게 졌다. 그는 소하를 잠시 바라보다가 물었다.

"알고… 계셨습니까?"

"알았지. 그리고 자네가 내게 해가 될 만한 정보는 전하께 말씀드리지 않고 있다는 것 또한 알고 있었네. 그러니 책하는 것이 아닐세. 실제로 소유가 왜 여기에 왔는지도 말씀드리지 않았잖은가?"

청운이 초왕의 편에서 소하를 감시하는 역할을 맡고 있었다면, 그에게 진씨 일가가 당한 일에 대해 모두 말한 것은 끔찍한 파멸로 이어질 수도 있는 일이었다. 적어도 소유 본인은 반역자 일가로 몰려 확실히 죽었을 것이다.

소유가 지금까지 자신이 청운에게 한 말들에 대해 생각하고 있는데 청운은 벌건 얼굴로 고개를 저었다.

"저는 그저, 소유 낭자에 대해 전하께 말씀드릴 이유가 없다고 생각했을 뿐입니다."

"그래, 좋은 판단이었다고 생각하네. 그간 고마웠으니 이제 자네의 성품에도 맞지 않는 감시 임무는 그만두고 손가의 자녀로서 훌륭한 역할을 맡으라는 것 아닌가."

"그것은 비겁한 일입니다!"

청운이 다시 소리쳤다. 소유는 그가 안쓰러워 보였다. 죽음으로 내몰린 소하보다 이제 모든 것에서 해방될 수 있는 청운이 더 안쓰럽게 느껴지는 것은 어째서일까.

청운은 곧 무릎을 꿇었다.

"데리고 가주십시오, 마마. 저는 마마를 호위하는 역할을 맡은 사람이고 그 역할을 내팽개치고 싶지 않습니다. 끝까지 할 수 있는 일을 하겠습니다."

"…그런가."

소하는 눈을 감고 한숨을 쉬었다. 그리고 청운에게 말했다.

"그렇다면 마음대로 하게."

그 목소리에 담긴 태생의 위엄에 소유는 소름이 돋았다. 그녀는 일어나 소하에게 말했다.

"저도 물론 함께 가는 것이지요? 소하 님."

"너는 안 된다. 너무 위험해."

소하는 소유를 보고 단호하게 고개를 저었다. 소유는 그러나 빙긋 웃었다.

"어차피 소하 님이 안 계시면 저는 갈 곳도 없습니다. 그리고 싸움에 능하다는 다미국 병사들과 싸우려면 한 사람이라도 더 데려가셔야 하는 것 아닙니까?"

"너는 어디로 튈지 몰라 걱정되니 한 사람이 느는 것이 아니라 걱정거리 하나가 느는 것이다."

"섭섭합니다, 소하 님."

소하가 일부러 그런 말을 한다는 것 정도는 알고 있었다. 소유는 쿡쿡 웃었다.

"소하 님이 가신다면 저도 갑니다. 아니면 소하 님도 이번 원정 건을 거절하시고 설궁에 계시지요."

"네가 이제 보니 그런 목적이 있었구나."

소하는 미간을 짐짓 좁혔다.

"이번 일이 오히려 기회다. 이때가 아니면 나는 평생 설궁 안에만 갇혀 있을 테니 반드시 갈 것이다."

"그러니 저도 함께 데려가셔야지요."

"정녕 이럴 테냐?"

"예. 저는 채윤을 찾아주시기 전까지는 절대 소하 님 곁을 떠나지 않을 테니 그리 아십시오."

채윤의 이름에 소하의 눈이 잠시 흔들렸다.

결국 소하는 고개를 끄덕이고 말았다.

"…하는 수 없구나. 같이 가자. 그래, 다 함께 가자꾸나."

※

출정일이 다가왔다.

갑옷을 입고 검을 찬 소하의 모습은 꼭 오래전부터 항상 그런 모양이었던 듯 자연스러웠다. 소유와 옥현은 소하를 보고 손뼉 쳤다.

"잘 어울리십니다, 소하 님."

"정말 잘 어울리셔요. 그런 갑옷을 원래 가지고 계셨습니까?"

소하의 갑옷은 갓 만든 새것이라기에는 가죽이 너무 부드럽게 길들어 있었다. 하지만 소하가 이전에 갑옷을 입을 일이 있었을까? 소유가 고개를 갸웃하자 옥현이 설명해주었다.

"선대왕께서 쓰시던 물건입니다. 대장간에 가서 내부를 조금 손보니 튼튼하더군요."

과연 갑옷 이곳저곳에 눈꽃 문양이 새겨져 있었다. 하지만 그 모양은 소유가 전에 보았던 선왕의 옥패에 있던 문양과는 조금 다른 것 같았다. 소하가 그녀의 마음을 읽은 듯 부드럽게 웃으며 말해주었다.

"이것은 내 문장이다. 세자 시절에 어렴풋하게 구상만 했던 것인데, 이번에 갓바치에게 새로 새기도록 했단다."

"예에."

상당히 멋있었다. 소유는 소하의 눈꽃 문양을 눈에 새기려 계속 쳐다보았다. 소하는 바람 같은 웃음소리를 냈다.

"저런, 그렇게 보고만 있어서야 언제 출발하려고. 네가 입을 갑주도 준비했으니 덧입거라. 네 것에도 내 문양을 새겨두었으니 말 타고 가면서 실컷 보면 되지 않겠느냐."

"예에?"

전장에 간다고 하면서 옥현도 소하도 따로 말을 안 해주어서, 소유는 본인에게는 갑주가 필요 없나보다 생각하고 있었다. 애초에 그녀는 평생 갑옷을 입어본 적도 없었다.

"어느 틈에 제 것을 준비하셨습니까?"

"갑주도 갖추지 않고 어찌 전장에 가겠느냐. 어차피 함께 갈 거라면 네가 가장 안전하도록 해야지."

옥현은 비단보로 감싼 큼지막한 보퉁이를 가져다 소유에게 건넸다. 들어 보니 확실히 묵직했고 안에서부터 쇠의 차가운 기운이 느껴졌다. 그녀는 보퉁이를 풀어보고 탄성을 질렀다.

"세상에!"

살펴보니 소유가 입을 갑옷은 안팎을 명주로 감싸고 안에 솜을 집어넣은 물건으로, 꼭꼭 다려놓은 솜씨나 마감의 바느질을 보아하니 보통 값비싼 물건이 아니었다. 게다가 소매단과 장식 고름에 은실로 수놓인 것은 틀림없는 소하의 눈꽃 문양이었다.

"마음에 드느냐?"

"아름답습니다."

소유는 궁인의 도움을 받아 갑옷을 걸치며 즐거워했다. 더운 날씨라 금세 땀이 나기 시작했지만 북쪽에 가면 이런 옷이 필요할 터였다. 그녀는 옥현에게 물었다.

"이 명주는 웬 겁니까? 제가 받아온 것을 가져도 되냐 하시더니, 여기에 쓰시려고 그러셨던 거로군요?"

"아닙니다, 아씨. 아씨가 정 승상 댁 경원 공자에게 받아오신 명주는 필요한 곳에 썼고 이건 소하 님께서 직접 고르신 물건입니다."

소유는 웃음을 터뜨렸다. 기쁘고 따뜻했다. 그때 청운이 갑주를 갖추고 들어와 고개 숙여 인사했다.

"손청운, 대원수께서 내리신 우장군직을 받들고 입시하였사옵니다. 떠나실 준비가 되었사옵니다."

"고맙구나."

청운이 다미국 원정에 따라가겠다는 의사를 밝힌 뒤로 소하는 청운에게 편한 말씨를 썼다. 청운은 소유에게도 말했다.

"낭자는 제 직속 오의 객장으로서 함께 가시게 됩니다. 불편하신 점이 있다면 언제든 제게 말씀하십시오."

"감사합니다, 청운 공자."

"그리고……."

청운은 약간 난처한 표정으로 품에서 종이 몇 장을 꺼냈다. 각각의 종이는 다른 색으로 물들인 것이었고 모두 고급이었다. 소하가 물었다.

"그건 웬 거냐?"

"황공합니다, 대원수 각하. 소유 낭자가 떠나기 전, 그간 신세 진 이들에게 알리겠다 서신을 전해 달라했사온데… 가보니 모두가 자리에 없고 서신들만 남겨져 있었사옵니다."

월, 백란, 경원이 전부? 소유는 갑자기 불안한 마음이 들어 인상을 찌푸렸다. 청운은 어쩔 줄 몰라 하며 소유에게 종이를 건넸다. 소유는 침을 삼키고 첫 번째 장부터 읽어 보았다.

공주님에게.

나 혼자 장안에 남아 있을 필요도 없고 해서 낙양으로 돌아가. 채윤이 혹시 나를 찾아오면 연락 전할게.

$\qquad$ 달그림자까지 둘.

월의 서체는 기상이 있고 섬세했다. 과연 월의 서화를 보면 그에 대한 평가가 달라질 거라고 백란이 말할 만도 했다. 하지만 백란과 함께 있을 텐데 혼자 남아 있다니, 이게 갑자기 무슨 말일까. 소유는 백란의 서신을 찾아 그것부터 읽었다.

소유 누님께.

갑작스럽지만 친구와 함께 자경국에 놀러 가게 되었습니다. 의논도 없이 결정한 일이라 형님께서 화를 내셨습니다만 결국은 이해해주셨습니다. 직접 찾아뵙고 말씀드리지 못하고 이렇게 서신만 남기게 되어 죄송하고 섭섭합니다. 누님께선 오늘 제 생각을 몇 번 하셨나요? 저는 항상 누님 생각을 하고 있다는 사실을 알아주시길.

가는 길이 멀고 시절이 하 수상하니 요전의 그 사당패와 어울려 함께 가기로 했습니다. 그러니 부디 이 백란이를 걱정하지 마시고 누님께서는 항상 기쁘게만 계십시오. 누님께서 좋아하실 만한 물건이 있다면 꼭 사오겠습니다. 건강히 계시길.

백란이가.

갑자기 자경국이라니, 그 멀리까지 누구와 간다는 말일까. 소유는 어이가 없어 한숨을 쉬었다. 그리고 마지막 서신을 읽기 시작했다.

바보 악사에게.

혹시 날 찾을까 해서 서신을 남기고 간다. 진해국에 갈 일이 생겼어. 너한테 내 행방을 물 사람도 없겠지만, 혹시 물어보면 내가 어디 갔는지 모른다고 해. 금방 다녀올 테니 섣부른 행동은 하지 말고 몸조심해.

정경원.

정말 쓸모없는 내용이었다. 경원의 말대로 그의 행방을 누가 소유에게 묻는단 말인가. 그녀는 그래도 혹시나 해서 청운에게 물어보았다.

"경원이 집에 없나요?"

"예? 아, 예. 유람 간다고 나갔다더군요."

"어디 갔는지는 아무도 모르고요?"

"예."

소하가 호기심 어린 눈으로 소유에게 물었다.

"왜, 경원 도령이 어디 간다고 쓰여 있더냐?"

"예."

"어디로 갔다더냐?"

"모른다고 하랍니다."

이걸로 당부 중 하나는 지킨 것이었다. 섣부른 행동을 하지 말라는 충고는 이미 돌이킬 수 없이 어긴 것을 소유 본인도 알고 있었다. 소하는 싱겁다는 듯 웃고 말았고 소유는 편지 세 장을 접어서 품에 찔러 넣었다.

옥현이 말했다.

"이제 출발하시지요, 소하 님."

소하는 고개를 끄덕였다.

"그래, 그러자꾸나."

출정하기에 좋은 날씨였다. 조당을 나서 뜰에 있는 장수들의 머리 위로 펼쳐진 푸른 하늘을 보며 소유는 그렇게 생각했다. 뭉게구름이 조금 끼어 태양 옆에서 눈부시게 빛났고 바람은 심하지 않았다. 출정을 위해 갑주를 차려입고 신분을 나타내는 표식을 착용한 장수들은 소하의 모습을 보고 허리를 숙였다.

"잘 와주었다."

그들의 앞에 선 소하는 늠름하게 가슴을 펴고 말했다. 소유는 저도 모르게 그의 얼굴에 시선을 빼앗겼다.

"고개를 들어 보아라. 좌사마와 우사마 여기 있는가?"

"예, 대원수 각하!"

"예, 각하!"

얼굴이 위아래로 길고 눈이 찢어진 좌사마와 나이 들어 보이는 우사마가 공손하게 대답했다. 소하는 고개를 끄덕이고 다음을 호명했다.

"좌장군, 우장군도 여기 있는가?"

"예, 각하!"

"예, 대원수 각하!"

좌장군은 키가 큰 노인이었지만 우장군은 청운이었다. 소유가 보기에 그 자리에 있는 장수들 중 청운이 가장 기개 있어 보이고 눈빛이 맑았다. 소하는 흐뭇하고 정련된 표정을 지었다.

"좌사마, 우사마, 좌장군, 우장군, 1부장, 2부장, 3부장, 4부장은 모두 들으라. 먼 길에 고충이 많을 테지만 이 모두 천인국의 백성들을 지키기 위한 일이라 생각하고 힘써주길 바란다."

"예!"

아, 하고 소유는 잠깐 3부장의 얼굴에 시선을 고정했다. 어깨가 남에 비해 좁은 편이고 투구에 얼굴이 가려져 있어 관심이 없었는데, 이제 보니 3부장은 여자였다. 그리고 그 사람의 이름이 무엇인지 소유는 벌써 알 것 같았다. 그녀의 얼굴을 이미 본 적 있었고, 그 눈매는 이제 보니 청운과 매우 비슷했던 것이다.

"3부장 손청하, 너는 군사들이 대기하고 있는 형원문 밖으로 가 우리의 출발을 알려라. 내가 곧 뒤따를 것이다."

"예!"

청하의 목소리는 날카롭고 선명했다. 그녀가 소하의 명에 따라 말을 타고 문 밖으로 나가는 도중 소유는 청하가 자신에게 눈웃음을 지어 보인 것 같다고 생각했다. 무척 느낌이 좋은 사람이었다.

"출발하자."

소하의 말에 어느새 갑옷을 걸친 옥현이 궁인들에게 손짓했다. 북벌군에 속한 병사들은 이미 꽤 큰 수레를 가지고 있었는데 궁인들은 그 수레 위에 이것저것 나가서 쓸 물건들을 얹었다. 저 궁인들도 한동안은 일에서 해방일 터였다.

새로 들어온 개 열동이가 소하의 발치에서 낑낑거리며 서운한 티를 냈다. 소하는 미소 지으며 열동이의 목덜미를 긁어주었다.

"맛있는 거 많이 먹고 잘 있거라."

소유는 열동이를 못 본 체했다.

소하와 옥현, 소유, 그리고 그 뒤로 여러 장수들이 따라 설궁의 대문을 나섰다. 소하가 설궁의 대문을 걸어 나서는 것은 소유로서는 처음 보는 일이었다. 그의 곧고 힘찬 다리가 문지방 밖을 디디는 순간 그녀의 마음이 신비롭게 요동쳤다.

"소유야, 너는 내 옆에서 떨어지지 말고 꼭 함께 말을 몰아야 한다."

아름다운 오추마에 오른 소하가 소유를 보며 다짐했다. 소유는 익숙하지 않은 새 말을 타고 소하의 옆에서 말을 몰 것을 생각하니 약간 불안해졌지만 고개를 끄덕였다.

"예, 소하 님."

여기까지 타고 온 말과 함께 가고 싶은 마음은 굴뚝같지만 군마가 아니면 버티기 어려울 거라는 말에 어쩔 수 없이 포기했다. 소유는 화주에서부터 고생해준 말이 여물을 잘 얻어먹기를 진심으로 소망했다. 옥현도 소하의 옆에서 말을 몰았다. 그의 자리는 소유의 반대편이었다.

"가시지요, 소하 님."

"그래, 이럇!"

소하가 말을 달리는 모습은 산들바람에 흩날리는 눈송이처럼 가벼웠다. 선두에 선 말이 달려가자 그 뒤의 말들도 이어 달리기 시작했다. 소유는 소하의 뒷모습을 보며 눈을 감았다.

때를 만나지 못한 영웅의, 자신을 위한 싸움의 시작이었다.

제4장

비극적인 종말

주위에 산과 계곡이 좀 있는 중간 지점 즈음에서 병사들과 합류했을 때, 소유는 수많은 까만 머리가 수면처럼 울렁거리며 움직이는 장면에 솔직히 감명을 받았다. 그러나 점점 땅이 평지가 되면서 보니 병사의 수는 대단치 않았고 벌판에서 어정거리는 모습은 기대 이하였다. 소하와 옥현의 눈치를 보니 그 정도는 예상했다는 듯 두 남자는 전혀 동요가 없었다.

　한참 진군하다가 밤이 되어 막사를 칠 때가 되자 소유는 소하와 떨어져 자신이 쓸 막사에 들어갔다. 빈 막사 양쪽에 간이침대 두 개가 놓인 것을 보니 누군가 같이 쓰는 사람이 있는 모양이었다.

　"이런, 먼저 와 계셨군요."

　소유는 어느 침대를 쓸까 고민하다 말고 뒤에서 들려온 목소리에 움찔 놀라며 돌아보았다. 그 자리에 서 있는 것은 아는 사람이었다.

　"아, 안녕하세요!"

　투구를 벗어 팔에 끼우고 젖은 머리칼이 검게 물든 청하는 모닥불에 비친 모습만 봐도 멋이 있었다. 청운과 꼭 닮았으면서 그보다 더 경험과 침착함과 확신이 느껴졌다. 소유의 인사에 청하는 고개 숙여 절도 있게 경례했다.

　"같은 막사를 배정받은 손청하입니다. 잘 부탁드립니다."

　"저야말로 잘 부탁드립니다."

　청하는 소유가 얼른 고개를 숙여 마주 인사하자 활짝 웃었다.

　"제 동생인 손청운 장군에게 말씀 많이 들었습니다. 듣자 하니 대단히 담대하시고 무예 또한 출중하시다는데 다음에 한 수 가르침 부탁드립니다."

서른은 되어 보이는, 게다가 무예를 실전에서 사용한 경험으로는 비할 바가 아닌 연장자에게 그런 말을 듣자 소유의 얼굴이 저절로 빨개졌다. 소유는 고개를 저으며 얼른 청하에게 안쪽으로 들기를 청했다.

"어서 들어오세요. 그리고 제가 한참 어리고 또한 나라의 녹을 먹는 몸도 아니니, 손 부장님께서는 편하게 말씀해주셨으면 합니다."

"어찌 제가 감히 그러겠습니까. 양 낭자께선 소하 님의 부인이시니 저에게는 주모님이 되십니다."

"예에?"

부인이라니, 초왕에게 대충 둘러댄 걸 청하도 알고 있었단 말인가. 소유는 얼굴을 붉히며 고개를 마구 저었다.

"아닙니다, 부인이라뇨. 제가 어떻게 감히."

"예? 하지만 두 분이 항상 다정하게 대화를 나누시고, 식사도 겸상하신다 청운이에게 들었습니다. 물 한 잔 떠다놓고 식을 올려도 부부는 부부지요."

물은커녕 숭늉 한 잔 떠다놓은 적이 없었다. 소유는 본인의 뺨을 감싸고 소곤소곤 해명했다.

"저희는 부부가 되기로 한 적이 없습니다. 소하 님께서도 그럴 만한 상황이 아니시고⋯ 저 또한 할 일이 있어 당장은 누구와도 혼인할 수 없습니다."

소하는 매일 목숨을 위협받고 있는 상황이고 소유는 채윤을 찾아야 했다. 그녀의 말에 청하는 당황한 얼굴로 얼른 사과했다.

"실례했습니다. ⋯저에 대해서는 소하 님께 말씀 들으셨습니까?"

"예, 요전에 조당에서 뵈었지요?"

"예. 그때도 참 총명함이 반짝이는 분이라는 생각이 들었습니다."

청하는 그렇게 말하고 빙긋 웃었다. 소유는 갑자기 청하에 대한 엄청난 호감이 싹트는 것을 느꼈다. 생각해 보면 한동안 소유의 옆에는 마음을 터놓을 만한 여자 친구가 없었다. 화주에서도 친한 여자아이가 없었지만, 화주를 떠난 후로는 정말 여자와 제대로 된 대화를 나눌 일조차 없었던 것이다.

"앉아서 천천히 대화라도 나눌까요?"

소유의 서투른 권유에도 청하는 언니처럼 다정하게 웃으며 대답해주었다.

"예. 먼저 무장부터 푸시지요. 무겁지 않으십니까?"

물론 더운 계절에 솜과 쇠가 겹겹이 쌓인 갑옷은 대단히 불편했다. 소유는 용을 쓰며 갑옷을 고정한 끈들을 풀었다. 청하는 소유가 붙잡고 씨름하던 몇 개의 매듭을 풀어주고 막사에서 어떻게 하면 보다 편하게 잘 수 있는지 요령을 가르쳐주었다.

병사들에게 주어진 여러 일용품이 빈약하기 그지없다는 점을 고려하면 장수의 막사는 대단히 편안한 것이었다. 물론 궁에서 자는 것에 비할 바는 아니었지만 소유는 나름대로 여유로운 자세로 간이 침대에 누웠다. 청하는 소유가 편안히 눕도록 도와준 다음 본인의 무장을 벗으며 고운 베로 된 흰 옷을 드러냈다. 곧은 등과 근육 있는 팔이 멋져 소유는 속으로 감탄했다.

이윽고 청하가 모닥불 앞에 앉자 소유는 청하에게 물었다.

"손 부장님, 손 부장님은 전쟁에 여러 번 나가보셨습니까?"

"그냥 청하 부장이라 부르십시오. 선대왕의 치세 때는 전쟁이 별로 없었고 금상 전하가 즉위하신 이후로는 제가 한동안 부상으로 군영을 떠나 있어 전쟁에 나간 경험은 별로 없습니다. 대신 여러 지방을 돌며 훈련을 받고 산적들을 잡는 임무에 여러 번 동원되기는 했습니다."

이름을 불러도 된다는 말을 들으니 기뻐졌다. 소유는 청하의 얼굴을 자신이 누운 자리에서 말끄러미 올려다보았다.

"부상이 심하셨나 봅니다."

"예. 귀를 다치는 바람에 한동안 군을 지휘하기에는 적합하지 않은 상태였지요. 치료하는 중에는 집에서 동생들과 놀아주는 게 힘들어, 차라리 빨리 복귀하고 싶다는 생각이 가득했답니다."

소유는 소리 내 웃었다.

"형제분이, 그러니까 다섯 분이셨던가요?"

"잘 아시는군요. 제 위의 두 언니는 혼인해서 따로 사는데, 아래의 셋이 혼인할 생각은 없고 저들 좋아하는 것에 푹 빠져 있답니다."

청하는 그렇게 말해 놓고 어깨를 으쓱하며 덧붙였다.

"절 보고 그러는 거라고 아버지가 그러시더군요."

"후후. 이렇듯 훌륭하게 되셨으니 본받는 거지요."

"당치도 않습니다. 저희 동생들이 훨씬 재능이 많고, 저는 그저 하고 싶은 대로 살 뿐이지요."

청하와 소유는 서로를 보고 잠시 웃음을 흘렸다. 청하의 허리띠 쪽에서 달랑거리는 붉은 비단 조각을 보고 소유는 고개를 갸웃했다.

"혹 그 붉은 비단은 뭔지 여쭈어도 될까요?"

"아, 이건 몸에 지닐 물건들을 넣으라고 작은 주머니를 만들어 묶어둔 겁니다. 청운이 솜씨지요. 보여드릴까요?"

"꼭 보여주세요. 궁금합니다."

청하는 허리에서 주머니를 떼서 소유에게 건넸다. 소유는 몸을 일으키고 주머니를 요모조모 살펴보며 감탄했다. 그야말로 천의무봉의 솜씨였다.

"이걸 청운 공자가 혼자 만드신 겁니까?"

"예, 청운이가 어려서부터 솜씨가 좋았지요. 누나들이 많아서 그런지 규방에서 조금 오래 자란 편인데, 그래선지 다 크고 나서도 취미로 바느질을 하고 수를 놓고 그러더군요."

"이렇게까지 솜씨가 좋으실 줄은 몰랐습니다."

"그럼 이제 넷째와 다섯째가 준 것도 보여드릴까요?"

청하는 그렇게 말하며 일찍이 소유가 이미 그 형태를 본 적이 있는 단풍잎 부적을 꺼냈다. 바느질이 영 엉성하여 금방이라도 뜯어질 것만 같은 모양이 역시 이전에 청운이 가지고 있던 것과 같은 솜씨였다. 소유는 청하가 계속 꺼내는 다른 물건들을 보며 자지러질 듯이 웃었다.

"아니, 동생분들이, 학, 어찌 그리 계속, 뭘 만드신답니까?"

"재미로 만들어놓고 저에게 떠넘기는 거지요. 자, 이건 넷째가 만든 팔토시랍니다. 추운 곳에 가니 쓰라고 줬는데."

"아까워서 쓰지도 못하겠습니다."

"아까워서만이겠습니까? 소매를 집어넣으면 터질 걸 이미 제가 여러 번 겪어봐서 알지요."

"아하하! 동생분들을 꼭 만나 뵙고 싶습니다. 저도 바느질을 아주 못하거든요."

"저는 못해서 아예 안 합니다."

"하하하!

모닥불이 타닥타닥 튀는 옆에서 소유와 청하는 그 뒤로도 한참 대화를 나누었다. 언제 잠들었는지, 소유가 깜박 정신이 들었을 때는 어째선지 벌써 불이 작아지고 청하는 고른 숨소리를 내고 있었다.

소유는 전장의 첫 밤을 평온하고 유쾌한 잠으로 보내기 위해 다시 눈을 감았다.

다음 날 아침, 소유는 소하의 심부름을 맡은 병사에게 지휘관의 막사로 오라는 전언을 받았다. 벌써 일어나 모든 채비를 갖춘 청하와 아침 인사를 나누고 막사를 나서니 병사들의 시선이 이쪽으로 쏠리는 것이 느껴졌다. 전날에는 비교적 조용히 앞만 보던 그들이 이제는 그들의 윗사람이 어떤 사람들인지 살피기 시작한 모양이었다.

"대군 마마의 첩이라며?"

"여기까지 데리고 오다니 같이 죽을 생각인가?"

쉿, 다 들리겠어 하고 서로를 팔꿈치로 찌르는 이들도 있었지만 들리거나 말거나 상관없다는 지친 얼굴들도 있었다. 군대를 지휘해본 적은 없었지만 구성원들이 지치고 의욕 없는 얼굴을 하면 좋지 않다는 것은 소유도 알았다. 그녀는 최대한 가슴을 펴고 걸었다.

병사들의 속삭임은 계속 이어졌다.

"우린 다 죽었어. 다미족이 얼마나 사나운데 겨우 5천으로 가라는 거야?"

"그러니까. 이게 죽으라고 보내는 게 아니면 뭐야?"

"임금이 자기 조카를 죽이려고 다미족을 핑계 삼았다는 거 알아?"

"나라님들 집안싸움에 왜 우리가 죽어야 하는 거야?"

"어제 봤지? 얼굴 허여멀건한 거."

"너도 들었지? 대군이 평생 궁 안에서 버릇없이 자랐다는 거."

"어제도 말 타는 게 힘들어서 하루 종일 아무 말도 안 했잖아."

일단은 그냥 들어 넘길 생각이었는데 계속해서 말이 심해졌다. 소유는 귀가 벌게지는 것을 느꼈다. 그때 조금 떨어진 곳에서 큰 소리가 들렸다.

"할 일들 하지 않고 무엇을 하는가!"

청운의 선명하고 힘찬 목소리였다. 그 소리에 움찔한 병사들은 얼른 흩어져 제 할 일을 하러 갔다. 그러면서도 소유를 힐끔거리는 것을 잊지 않았다.

소유가 최대한 보이지 않게 한숨을 쉬며 계속 걷는데 병사들을 흩어 놓은 청운이 다가와 가만히 말했다.

"신경 쓰지 마십시오."

"청운 공자, 아니, 손 장군."

어떻게 신경을 쓰지 않을 수 있을까. 소유는 청운에게 조금은 불안한 기색을 드러내며 그를 올려다보았다. 청운은 그녀를 소하의 막사 쪽으로 안내하며 낮게 말했다. 병사들에게 들리지 않을 만큼의 차분한 목소리였다.

"평소대로 청운이라 부르시면 됩니다. 병사들은 적은 숫자로 원정을 가니만큼 불안해서 저럽니다. 악의는 없습니다."

"그거야 저도 알지요. 하지만 소하 님을 믿지 못하는 목소리가 벌써부터 저렇게 높은 것은 좋지 않은 징조가 아닙니까?"

"바람직한 일은 아닙니다만 특별한 일도 아닙니다."

"청운 공자."

소유는 일단 걸음을 멈추고 청운을 똑바로 쳐다보았다. 당황한 듯 그의 눈이 흔들렸다.

"예? 왜 그러십니까?"

"왜 이 원정에 따라오신 겁니까?"

"예?"

청운의 눈이 아까보다 더 격렬하게 흔들렸다. 역시 호위 임무를 끝까지 완수하고 싶다는 그의 말에는 단순한 외골수적 고집 외에 다른 것도 들어 있었다. 이렇게 모두가 보는 자리에서 진심을 말할 거라는 생각은 들지 않았지만, 소유는 확인해보기로 했다.

"어차피 호위 무사로서 가시는 것이 아니라 장수로 임명을 받으셨으니 항상 소하 님 곁에 있을 수 있는 것도 아니잖습니까. 또 임무라는 것은 윗사람이 주는 것이니 소하 님이 원정에 가 계시는 동안 천인국을 위해 하실 수 있는 일이 많을 것입니다."

그리고 이어지는 말을 소유는 아주 작게, 거의 입모양만으로 발음했다.

"이 원정이 제대로 준비되지 않았다는 사실을 아시면서 어찌 굳이 따라오셨습니까?"

청운은 한참 대답이 없었다. 소유는 그가 땅을 내려다보자 먼저 다시 걷기 시작했다. 청운은 소유가 두어 걸음 걸은 뒤에 헐레벌떡 그녀를 따라잡고 조용히 걸었다.

소하의 막사가 곧 눈에 들어왔다. 비단으로 치장되고 왕령으로 파견된 것임을 나타내는 깃발이 휘날리고 있었다. 청운은 막사 입구가 일곱 걸음 정도 남았을 때 갑자기 툭 뱉듯 말했다.

"진구가 독을 먹고 죽었다 들었습니다. 정말입니까?"

"예, 소하 님의 식사를 먼저 먹다 말고 죽는 것을 제가 봤습니다."

"그러면 소하 님께서는 원래 당신이 독살 시도를 당할 것을 알고 계셨다는 말씀입니까?"

"진구 이전에도 여덟 마리가 똑같이 죽었다니 알 만도 하지요."

이제 말하면 소하에게도 들릴 만한 거리였다. 소유는 막사의 휘장을 걷기 전 청운을 마지막으로 돌아보았다. 그는 혼란스러운 표정으로 멈춰 서 있었다.

"왔느냐."

소유가 막사 안으로 들어서자마자 소하는 바로 그녀의 앞에서 맞이해주었다. 잠을 잘 이루지 못한 기색이었다. 소유는 그의 정신을 어지럽히고 싶지 않아 그냥 웃으며 인사했다.

"안녕히 주무셨습니까, 소하 님."

"그래. 함께 식사를 하자꾸나. 어서 들어오너라."

소하는 소유에게 손짓해 함께 상 앞으로 갔다. 궁에서 먹던 것과는 퍽 다른 모양새였지만 나쁘지 않은 식사가 차려져 있었다. 옥현이 소유에게 아침 인사를 했다.

"잠자리 편안하셨습니까, 소유 아씨."

"예, 그럼요. 감사합니다. 옥현 공도 편안하셨습니까?"

"저야 어디서든 잘 잔답니다."

저렇게 말은 하지만 소하의 식사부터 의복, 마구에 이르기까지 모든 것을 최종적으로 옥현이 검사하기 때문에 푹 쉴 틈도 없었을 터였다. 소유는 쓴웃음을 지었다. 소하가 옥현에게 말했다.

"옥현아, 식사가 끝나고 나서 행군하기 전에 병사들을 모두 한 자리에 모아다오. 출정식을 하자꾸나."

"예, 소하 님."

옥현은 냉큼 대답했고 소유는 소하의 얼굴을 보았다. 그녀는 소하가 병사들의 분위기를 모를 거라고 생각하지 않았다.

"쓸데없는 소문을 퍼뜨리지 않도록 한마디 하시렵니까?"

"나에게 신뢰가 없는 병사들을 꾸짖기부터 하면 어쩌겠느냐?"

소하는 빙긋 웃었다. 그의 얼굴은 확신에 차 있었다.

"병사들의 마음을 얻기 위해 지휘관이 해야 하는 일이야 많다만, 오늘은 가장 간단한 것부터 시작해야겠다."

심부름하러 따라가는 어린아이까지 다 모았다지만 벌판에 모여든 병사들은 적고 엉성하게만 보였다. 소유는 그런 생각이 드러나지 않길 바라며 애써 가슴을 폈다.

"똑바로 서라!"

"그쪽, 뭐하나!"

각 부대의 하급 장교들이 병사들을 윽박질렀지만 도무지 전체 대

오가 정연해지지 않았다. 보아하니 그것은 병사들이 이번 원정에 불만이 있기 때문이기 이전에 훈련 부족이 주 원인인 것 같았다.

소하는 그런 병사들을 보면서도 냉정한 얼굴이었다. 잠시 후 아무리 애를 써도 엄정한 사열 따위는 무리라는 것이 확실해졌을 때 그는 손을 들었다. 청운이 소리쳤다.

"전원 움직임을 멈추어라! 대원수 각하의 말씀을 들어라!"

들어라…… 어라…… 라.

한동안 비가 오지 않아 먼지가 이는 초원에 청운의 우렁우렁한 목소리가 메아리쳤다. 청운은 병사들에게 이미 상당히 영향력이 있는 모양이었다. 모든 병사가 입을 꼭 다물고 청운을 쳐다보았다.

청운이 한 걸음 물러나자 소하가 앞으로 나섰다. 단상에 오르는 발소리가 탁탁, 하고 군중에 울려 퍼졌다.

"나는 이번 원정을 이끌 이소하라고 한다."

한다…… 다…… 다.

소하의 목소리를 듣는 순간 얼음이 등골을 훑고 지나간 것처럼 머릿속이 차가워지고 몸이 굳었다. 소유는 그가 그렇게 큰 목소리를 내는 것을 들은 적이 없었으며, 하물며 그가 그토록 호소력 있는 목소리를 온 군에 울려 퍼지게 할 수 있으리라고는 상상도 하지 못했다. 평생 궁에 갇혀 살아온 사람이 어떻게 저토록 곧고 우렁찬 목소리를 낼 수 있단 말인가?

마치 이때를 위해 준비라도 해온 것처럼.

병사들도 소유와 비슷한 기분을 느끼고 있는 것이 분명했다. 제 상관들이 주의를 주고 소리칠 때는 딴청을 부리며 비뚤게 서 있던 그들은 소하가 한 번 크게 자신의 이름을 소개하자마자 허리를 곧게 폈다. 병사들의 눈이 삽시간에 소하의 얼굴에 고정되었다.

소유는 눈이 부셔 눈을 살짝 가늘게 떴다.

"이번 원정은 북으로부터 우리의 땅을 지키기 위한 것이다!"

햇살을 받으며 우뚝 선 소하는 산처럼 크고 빛나 보였다.

"저들은 오랜 세월 동안 우리의 영토를 침범하며 위협해왔다. 이를 안타까이 여기신 선대왕께서 친히 불가침조약을 맺으셨으나 그 약속 또한 어겼다! 북방의 백성들은 그들의 야만적인 행태로 인해 땅과 음식을 빼앗기고, 가족을 빼앗기고, 심지어는 목숨마저 빼앗겼다. 그들을 도저히 내버려둘 수 없어 금상께서 나를 통해 너희를 보내시는 것이다."

과연 그런 이유일지 의심스럽다고 속으로 생각하기는 했지만, 소유는 감명 받은 표정으로 소하를 보았다. 병사들의 눈이 반짝였다.

"이번 원정을 통해 그들을 벌하고 그들의 손에서 가족을 지키고 마을을 지키고, 나아가 이 나라를 지킬 것이다. 너희 손에 이 나라와 많은 이들의 운명이 달렸다! 그 사실을 잊어서는 안 될 것이다!"

이다…… 다.

소유의 가슴마저 뜨겁게 불타올랐다. 소하는 주먹을 말아쥐었다.

"너희 5천은 유람을 가기 위해 이 자리에 모였느냐? 아니다! 너희 5천을 먹이고 재우며 북으로 보내는 데에는 이 나라 백성들의 염원이 담겨 있다. 너희 5천의 목숨이 작은 것이겠느냐? 아니다! 너희는 모두 군주에게 천명으로 지워진 신민이고 자녀이다. 너희 5천이 약하고 비겁하냐? 아니다! 지금 이 자리에 너희는 나와 함께 서 있지 않으냐? 나와 함께 하늘의 뜻을 받들어, 억울하게 죽어간 우리 동포들을 위해 복수할 것이 아니냐?"

'복수'에서 많은 병사의 눈이 번뜩였다. 소하는 외쳤다.

"대답해보아라! 너희는 나와 함께 다미국으로 가, 천인국의 백성들을 지키기 위해 힘쓸 것이냐? 나의 유능한 장수들과 함께 검을 들어 복수하고 우리 땅을 지킬 것이냐? 대답하라!"

"예!"하고 사방에서 결의에 찬 대답이 쏟아져 나왔다. 천지가 울리는 것 같았다. 소유는 그제야 그녀를 둘러싼 5천 명의 병사들이 든든하게 느껴졌다. 어쩐지 얼굴이 발개졌다.

소하는 주먹을 힘차게 들었다.

"너희의 결정이 합당하다! 나와 함께 북쪽 땅의 어리석은 자들에게 우리 천인국의 힘을 보여주자! 평화를 깨뜨린 자들에게 단단히 혼을 내주자!"

대군 마마 만세, 하고 몇몇 하급 장교가 우렁차게 호응했다. 그러자 잠시 후 모든 병사들이 함께 있는 대로 입을 벌리고 소리쳤다.

"대군 마마 만세!"

"천인국을 위하여!"

와아아, 하는 함성이 한참 동안이나 이어지며 벌판 구석구석 메아리쳤다. 소하는 언제 출발할 것인지, 어떤 준비에 힘써야 하는지 등을 가볍게 지시하고 단상에서 몸을 돌려 내려왔다. 소유는 소하가 옅은 미소를 짓고 있는 것을 보고 자랑스러워져 자신도 미소 지었다. 소하는 단상에서 내려오자마자 소유와 눈을 마주치고 빙긋 마주 웃어주었다.

첫날과 둘째 날 아침의 기운 없고 적대적이었던 분위기는 상당히 누그러져 그 이후로 며칠의 진군이 순조롭게 이루어졌다. 5천 명의 군사가 먹어치우는 병량은 물론이거니와 그들이 매일 만드는 사건도 무시무시했지만 옥현과 청운은 소하의 명을 받아 유능하게 군의 살림을 해나갔다.

중간에 몇 개의 성을 지날 일이 있었지만 하나를 제외하고는 모두 작은 성이라 병사들을 들이는 일은 없었다. 대신 다미국 원정군에게 인사를 하겠다며 몇몇 성주가 진로까지 심부름꾼을 보내거나 직접 오갔다. 심부름꾼을 보낸 성주들은 각각 병환이 있다거나 급한 일이 생겨서 출타 중이라는 등 핑계를 댔지만 소유가 보기에는 버림받은 폐세자와 딱히 얼굴을 마주할 이유를 느끼지 못하는 것 같았다. 대신 몇몇 성주는 나와 소하를 보더니 감격하며 선대왕과 꼭 닮으셨다는 말을 빼놓지 않았다.

진군 중 일어난 몇 건의 큰 사고에서 소하가 직접 나서 신상필벌을 명확히 한 덕인지 소하에게 노골적인 호의를 보이며 그를 동경하는 병사들도 웬만큼 생긴 눈치였다. 항상 밤에는 청하와 함께 지내고 낮에는 소하의 옆에 있던 소유는 청하가 전해준 일반 병사들 및 하급 장교들의 반응을 기쁘게 이야기했다.

"소하 님 같은 분이 조정에 계셨다면 좋았을 거라는 말이 나온답니다. 당당한 어른이시고 아랫사람 돌보는 것이 능숙하신데 어찌 궁안에만 계셨냐 하고요."

"그것 참 고마운 말이다만, 조정에서 일하는 게 내 마음대로 되겠느냐. 다 주상 전하가 보시고 결정하시는 게지."

다른 장수들도 몇 함께하는 점심 식사 자리였기 때문에 소하는 말을 아꼈다. 좌사마 호마손이 고개를 끄덕였다.

"일반 병사들은 잘 모르지요."

"그래. 나는 다만 지금 주상 전하께서 맡기신 임무를 잘 완수할 수나 있었으면 좋겠구나. 우리 병사들이 모두 건강하게 돌아갈 수 있어야 할 텐데."

"그리고 다미국을 확실하게 혼쭐내기도 해야 할 테고요."

호마손이 덧붙였다. 그는 초왕이 직접 임명한 사람이라 발언권이 강했다. 소유는 빙긋 웃었다.

"예, 물론 그래야지요."

그때 길을 알아보라 보냈던 병사가 들어와 막사 입구에서 무릎을 꿇었다.

"소인 명하신 바를 받들어 차산성으로 가는 길을 보고 왔사옵니다."

"그래, 어떻더냐?"

청운이 보냈던 병사지만 소하는 자신이 직접 명한 것처럼 자연스레 물었다. 병사는 소하가 자신에게 말을 걸어준 것이 기쁘다는 표정을 노골적으로 드러내며 보고했다.

"예, 각하! 차산성까지는 앞으로 도보로 하루 거리로, 명릉성 측 보고와 동일하게 중간 위치에 이 근방 유목민들이 관리하는 우물이 하나 있었습니다!"

"수량은 어느 정도나 되더냐?"

"예, 각하! 대략 백 명이 하루 동안 간신히 마실 수 있을 정도였습니다!"

물론 그렇게 퍼낸 우물물은 하루 이틀 지나면 원래대로 차오를 테지만, 진군을 하면서 물이 차기를 천천히 기다렸다 갈 수는 없는 법이다. 어차피 멀지 않은 거리에 대안도 있었다. 소하는 생각하는 표정이 되었다.

"과연 북으로 진군할수록 물이 부쩍 부족해지는구나."

물이 모자라면 논농사를 지을 수 없고, 그러면 사람이 모여들기 힘든 법이었다. 우물이 작다 해도 이상할 것은 없었다. 청하가 공손히 말했다.

"차산상을 지나면 청하강이 있사옵고 당장은 보유한 물이 모자라지 않사오니 물 소비를 최소화하고 진군하면 차산성 근방까지 문제는 없을 것으로 사료되옵니다, 각하."

"문제는 앞으로도 이런 물 부족이 계속되리라는 것이지. 내가 가진 지도에는 청하강 북부의 수원水原에 대한 정보가 없네, 손 부장. 아마 그런 정보를 가진 자는 지금 천인국에는 거의 없을 테지."

소하는 턱을 살짝 당겼다. 생각에 빠진 그의 얼굴이 멋져 소유는 잠시 집중력을 잃을 뻔했다. 그녀는 얼른 자신을 다잡고 말했다.

"우물을 팔 수밖에 없겠군요."

"흔히들 그렇게 하지요."

호마손이 고개를 끄덕였다.

"아무래도 그게 제일 안전하지 않겠습니까? 맑은 물이 있는 샘을 찾으면 더할 나위가 없겠지만, 전장에 나설 때는 마른 땅만 있는 경우도 있으니까요."

"하시면 청하강 북부에서 유사시 물줄기를 찾아 우물을 팔 수 있도록 유목부족 출신 병사들을 모아 조를 짜는 것은 어떻겠습니까."

청운이 종합해서 의견을 냈다. 소하는 빙그레 웃었다.

"내가 듣기에도 그게 좋겠네. 그 건에 관해서는 우사마에게 맡기고 싶은데 어떻게 생각하나? 물론 다른 적임자를 추천해도 좋네."

우사마는 고개를 숙이고 단호한 목소리로 대답했다.

"명을 받잡겠사옵니다."

"그래, 고맙네. 혹 교육에 필요한 게 있다면 언제든 말하게."

"망극하옵니다. 소장의 수하에 병사들을 교육하기에 적임자가 있사오니 실망은 안겨드리지 아니할 것이옵니다."

"믿음직하군."

소하는 고개를 끄덕였다. 소유는 문득 자신이 마시던 차에 눈길이 갔다. 옥현이 후후 웃었다.

"병사들도 하루에 차 한 잔씩은 마시고 있으니 신경 쓰지 마시고 편안히 드십시오."

"예."

마음이 편해졌다. 소유는 빙긋 웃으며 차를 마셨다. 그 모습을 보던 호마손이 노골적으로 물었다.

"한데 양 낭자께서는 손 장군의 오에 편성되어 있으신 걸로 알고 있는데, 맞습니까?"

"예, 그렇습니다만."

호마손은 나쁜 사람 같지는 않았지만 가끔 남의 일을 뻔뻔하게 입에 올릴 때가 있었다. 소유는 약간 경계하며 대답했다. 청운이 부연했다.

"객장으로 함께 와 계십니다."

"아니, 그러니까 말입니다. 어째서 대원수 각하의 직속이 아니라 손 장군의 오에 계신지, 혹 특별한 연유라도 있으신지 궁금해서 말입니다."

호마손이 묻는 것은 어째서 소하의 시중을 드는 역할이 아닌 다른 지위를 받았냐는 것이었다. 소유가 소하의 애첩이라는 소문은 변함이 없는 상태였다. 소유는 소하를 흘긋 보았고 그가 나섰다.

"충분히 공을 세울 수 있는 아이니 어느 오에 배속되든 상관없지 않나? 청운의 오에 장수가 모자라기에 배속시켰네."

"아, 그러셨군요. 무예도 하시는 줄은 미처 몰랐습니다."

좌중의 눈이 소유에게 쏠렸다. 호마손은 예의 바르게 감탄하는 얼굴이었고 청하는 소유에게 빙긋 웃어 주었다.

식사가 끝나고 오후 행군을 위해 장수들이 막사를 비웠다. 소유가 청하와 함께 담소를 나누며 막사를 나서려는데 소하가 소유를 저지했다.

"소유는 잠시 남거라."

"예, 소하 님."

소유는 고개를 갸웃하며 청하에게 고개를 까딱해 인사했다. 청하는 후후 웃으며 의미 있는 눈짓을 하고 막사를 빠져나갔다.

"하실 말씀이라도 있으십니까?"

텅 빈 천막에 둘만 남았지만 밖에서는 병사들이 한창 점심 먹은 것을 치우느라 부산한 소리가 났다. 소유는 막사 위에 살짝 열어둔 창으로 들어오는 햇살을 받으며 소하에게 다가갔다. 소하는 막사 중간에 서서 소유에게 더 가까이 다가오라고 손짓했다.

"할 말이라면 있지."

"예, 소하 님. 말씀하셔요."

군과 관련된 일일까? 소유는 소하와 둘이만 남는 것이 기뻤지만 그와 가까이 서니 자신이 제대로 된 표정을 짓고 있는지 자신이 없어졌다. 혹시 바보처럼 막 웃고 있는 것은 아닌지 의심스러워하고 있는데 소하의 얼굴이 문득 눈에 들어왔다. 그는 뭔가 불편해 보였다.

덜컥 걱정이 되었다. 소유는 소하를 올려다보며 물었다.

"근심이 있으십니까? 어찌 그리 미간을 찌푸리고 계십니까?"

"근심이라면 있지."

"무엇입니까? 제가 할 수 있는 것이라면 뭐든 해 근심이 풀리도록 돕겠습니다."

소하는 소유를 진지하게 바라보았다. 그녀는 그의 입술이 다시 열리길 기다렸다.

"뭐든 하겠다고 하였느냐?"

"예. 제게 가능한 것이라면."

"그렇다면 다른 남자와 말을 나누지 말거라."

"예?"

의외의 말에 잠시 동안은 자신이 들은 말이 그것이 맞는지조차 확신할 수 없었다. 소유는 잠시 입을 벌렸다가 재차 물었다.

"소하 님, 그게 무슨……?"

소하는 한 걸음 다가섰다. 그의 서늘하고 깊은 눈이 소유를 가득 담았다.

"다른 남자의 시야에도 들어가지 말거라. 다른 남자를 보지도 말거라. 내가 그리 말하면 해줄 수 있겠느냐?"

얼굴이 붉어졌다. 저 말을 멋대로 해석해도 되는 걸까. 그렇게 믿어도 되는 걸까. 소유는 어쩔 줄 몰라 하다 반쯤 쉰 목소리로 고개를 저었다.

"그것은 제가 해드릴 수 없는 것입니다, 소하 님. 군중이 온통 남자인데 어찌 그러겠습니까. 또한 필요할 때면 저도 당연히 싸울 것이니 더욱 그럴 수 없습니다. 소하 님을 지키기 위해서요."

소유의 말은 이어질수록 단단했다. 그녀의 곧은 시선을 받고 소하는 쓴웃음을 지었다.

"그래, 내 생각이 짧아 실언을 했구나. 잊어라."

"예."

잊으라고는 해도 한동안은 잊지 못할 것이다.

곧 옥현이 다시 행군을 시작해야 한다며 알리러 왔고, 소유는 그 틈을 타 잠시 막사 밖으로 나가 얼굴을 식혔다.

청하의 예상대로 차산성까지의 물 보급에는 무리가 없었다. 한동안 북진했기 때문인지 아니면 요즘음 날씨가 그런 것인지 더위 또한 그다지 신경 쓸 문제가 아니었다. 오히려 이 근방에 많은 벌판은 밤에는 솜이 든 갑옷을 입어야 할 정도로 추웠다.

조금만 있으면 천인국 바깥의 땅을 처음으로 밟아볼 수 있다. 그 사실은 평생 천인국 안에서 살아온 사람들에게 기대와 두려움을 동시에 안겨주었다. 저 청하강 너머에는 눈으로 된 괴물들이 사는데 겨울에 강이 얼어붙으면 내려온다더라, 여름에도 눈이 내리는데 눈보라 치는 밤에 밖에 나갔다가는 다음 날 꽁꽁 얼어붙은 귀신이 되어 다른 사람들을 잡으러 다니게 된다더라, 따위의 온갖 괴담이 횡행했다. 반쯤은 재미로 하는 이야기였지만 어떤 것은 나름대로 심각해 몇몇 심약한 병사들의 사기를 떨어뜨리고 있었다.

청운이 병사들에게 눈 덮인 산을 넘어갈 때 필요한 요령을 가르치고 옥현이 정도를 지나친 소문을 잡으며 노력하는 와중 차산성의 사자가 도착했다. 차산성 성주는 그간 지나온 몇몇 성의 성주들처럼 '몸이 좋지 않다'는 핑계를 대며 소하를 만나러 오지 않았다.

"선대왕의 가장 빛나는 보석이시자 용감하고 뛰어나신 난양대군, 대원수 각하께 인사 올립니다."

성주가 보낸 사자는 다행히도 예의 발라 보였다. 사자는 근방의 암염 지대에서 캐온 것이라며 소금을 조금 선물했고 덕분에 소유는 그 사자가 처음부터 마음에 들었다. 지휘관의 초소에서 다른 간부들과 함께 소하를 만난 사자는 무릎 꿇고 깊이 절했다.

소하는 품위 있고 힘차게 인사를 받았다.

"선대왕의 가장 빛나는 보석이 어찌 이 못난 아들이겠나. 다미국을 마주보고 천인국 백성들을 지키고 있는 이 차산성이지. 새외 족속이 천인국을 노릴 때마다 차산성은 항상 북쪽의 1차 방어선이 되어주지 않았는가?"

"황공하옵니다, 대군 마마."

"어서 일어나게. 바쁠 텐데 군중까지 와주었으니 차나 대접하게 해주게."

"망극하옵니다, 마마."

사자는 소하의 손짓에 천천히 일어난 뒤 다시 한 번 깊이 읍했다. 소하는 옥현이 미리 마련해둔 자리로 사자를 이끌었다. 곧 소유와 호마손을 포함한 몇몇 사람이 예에 따라 자리에 합류했다.

"먼저 소개하겠네. 이쪽은 내 신뢰하는 벗인 옥현일세. 내게는 친척 형님이기도 하지."

"옥현입니다."

"이렇게 뵙게 되니 망극합니다. 우애가 참으로 좋으십니다."

사자는 직접 차를 따르는 옥현을 시종이라 생각했던 눈치였다. 소유는 저도 모르게 빙긋 웃었다. 사자의 눈이 곧 소유를 향했다. 소하는 밝은 표정으로 소유도 소개했다.

"이쪽도 내 식구일세. 이번 원정에 힘을 빌려준다기에 데려왔지. 무예가 어찌나 뛰어난지 여기 손 장군과도 호각을 이룬다네. 그렇지 않나, 청운?"

호각은 무슨. 실력 차는 확실했다. 소유는 소하의 과장에 부끄러워져 얼른 고개를 저었다. 그러나 청운은 담담하게 미소 지으며 대답했다.

"예, 각하."

그런 말을 들은 적이 없었던 다른 장수들 중 몇이 약간 기묘한 얼굴을 했다. 소하는 그 뒤로도 중요한 장수 몇을 소개하고 나서 대부분을 내보냈다. 그리고 청운과 호마손, 옥현, 소유 네 명만 배석한 자리에서 사자와 조용히 대화를 나누었다.

"청하강 북부에 대해서는 내게 최근 자료가 없네. 다른 것은 몰라도 그들의 왕이 있는 곳으로 가는 길과 수원은 알아야 정벌을 할 터인데, 차산성에서 아는 것이 있다면 뭐든 좋으니 들려주게."

"예, 대군 마마."

사자는 고개를 한 번 숙여 대답했다.

"선대왕께서 다미국과 불가침협정을 맺으신 이후로, 다미국이 쳐들어와 상호의 분위기가 경색되기 전까지는 교류가 있어 저들의 왕이 머무는 곳으로 가는 지도가 이미 그려져 있사옵니다. 하오나 저들이 원래 집을 옮기는 것을 좋아하고 계절에 따라 다른 궁을 사용하오니 그 점을 이해해주시옵소서."

"유목민들이니 집을 옮기는 것이야 당연하겠지. 그것만으로도 고맙네. 하면 그 지도에는 수원 또한 표시되어 있는가?"

사자는 자기와 함께 들어온 시종에게 손짓했다. 시종은 자기가 들고 있던 상자의 뚜껑을 열어 보였고 옥현이 그 안에 있는 두루마리를 펼쳐보았다. 두루마리의 내용을 한 번 훑어본 옥현은 쓴웃음을 지으며 소하 앞에 그것을 내려놓았다.

"지도로군요, 소하 님."

"그렇구나."

좌중의 시선이 지도에 집중되었다. 소유는 지도에 사용된 여러 표식이 군사용이라 거의 내용을 알아보지 못했지만 많은 자리가 그저 백지라는 사실은 확실히 이해할 수 있었다. 사자는 몸 둘 바를 몰라했다.

"천인국 상인들이 오갈 수 있는 길은 한정되어 있고 그나마도 눈이 오면 막히는지라 저들의 지형을 구체적으로 알지는 못합니다. 송구하옵니다."

"아닐세. 다미국이 세워진 이후로 저들의 수도가 어디인지 위치조차 제대로 몰랐는데 이렇게 차산성에서 호의를 보여주니 나로서는 천군만마를 얻은 기분일세. 성주에게 고맙다고 꼭 전해주게."

"예, 마마."

사자는 자랑스러운 표정이 되었다. 소하는 한 번 깊은 숨을 쉬고 나서 더 물었다.

"한데 이 지도에는 수원이나 평지 따위는 나타나 있지 않군. 보아하니 군사용 지도를 만들고 있던 듯한데 어찌 진군할 때 필수적인 그러한 정보가 없는가?"

"예, 마마."

사자의 자랑스러운 표정이 약간 사라졌다. 소유는 지도를 이해하려 조금 더 애쓰다가 그냥 나중에 소하에게 설명을 듣기로 했다. 쓰인 글자는 모두 아는 것인데도 암호로 표기된 듯 도저히 내용과 연결할 수가 없었다.

"송구하옵니다. 그것이, 우물은 물이 부족한 곳에 사는 저들에게 있어 보물과도 같은 것이기에 도무지 물길을 가르쳐주는 일이 없사옵니다. 상인들이 오가며 사용하던 물길은 다미국 군사가 노략질을 시작하면서 끊겨 말라버렸다 하옵고, 군이 사용할 것이 못 되는 작은 샘만 곳곳에 있사옵니다."

"그렇군."

막사 안의 모두가 심각한 표정이 되었다. 소하가 생각에 빠진 얼굴을 보고 사자가 얼른 손을 저었다.

"하오나 저들의 마을을 찾으면 물은 반드시 있을 것이옵고, 또한 백룡담도 있사옵니다."

"백룡담이라?"

소하의 물음에 사자는 고개를 조아리고 빠르게 대답했다.

"차산성 북문 가까이 있는 목교를 사용하실 것이 아니옵니까? 그대로 북북서로 진군하시다 저들의 마을 몇 개를 지나시면 흰 눈이 허리부터 쌓여 있는 산이 있사옵니다. 그 산은 높고 험해 정상에 오르기 힘드옵니다만 백룡담 옆을 지나면 저들의 왕이 있는 수도로 가는 빠른 길목이옵니다. 백룡담은 흰 용이 나오는 호수라 하온데 물맛이 아주 좋은 것으로 유명하옵고, 상인들은 근처의 눈을 녹여 먹고는 하옵니다."

"이 초여름에 눈이 있습니까?"

호마손이 고개를 갸웃했다. 소유도 다미국에는 사시사철 눈이 녹지 않는 산이 있다는 것을 읽어 알고 있었지만 실제로 말로 들으니 신기했다. 사자는 분위기가 풀린 것 같자 안도한 얼굴로 설명했다.

"예, 청하강을 건너시면 딴 세상처럼 추운 땅이온데 늦봄까지도 눈이 오고 한여름이 아니면 녹지 않습니다. 또 높은 산꼭대기는 1년 내내 땅이 얼어 있어 눈이 계속 쌓입니다."

"신기한 일이로군요."

호마손은 눈을 껌벅였다. 소하는 고개를 끄덕였다.

"그래, 그 백룡담에 대해 이따 옥현에게 자세히 말해주게. 이 지도에 그려 넣어야겠군."

"예, 마마. 최근에 만든 지도라 부족한 부분이 많은 점, 참으로 송구하옵니다."

"아닐세. 고맙네."

녹지 않는 눈이 있다니, 목이 말라 죽지는 않을 모양이었다. 대신 병사들에게 탈이 나지 않도록 물을 끓일 장작 따위를 잘 챙겨야 할 것이다. 소유는 소하와 옥현이 이따 의논할 것 같은 내용들을 상상하며 빙긋 웃었다.

청하강은 대단히 물살이 세고 깊어 보였다. 목교를 건너면서 소유는 흠칫흠칫 물을 힐끔거렸다. 소하의 체면을 위해서라도 여기서 겁먹은 모습을 노골적으로 보일 수는 없었지만 도망치고 싶은 마음이 굴뚝같았다. 왜 저렇게 짙푸른 물이 출렁이는 걸까. 한 치 아래도 보이지 않는 거센 파도를 일으키면서.

선두에서 허리를 곧게 펴고 있던 소하가 소유에게 소리쳤다. 물가라 그런지 바람이 세서 사람의 목소리도 반쯤은 실려가 그대로 사라져 버리는 것 같은 기분이었다.

"소유야, 이쪽으로 말을 가까이 붙여라!"

소하는 다리의 정중앙에 있었으므로 그에게 다가간다는 것은 물과 조금이라도 멀어진다는 의미였다. 소유는 소하의 거의 바로 옆으로 말을 단단히 붙이고 물었다.

"예, 소하 님. 무언가 명할 거라도 있으십니까?"

"네 얼굴이 좋지 않아 불렀다. 다미국에 들어가는 것이 무섭다면 차산성에 있겠느냐?"

"아닙니다."

소유는 고개를 저었다.

"그런 것은 무섭지 않습니다."

거짓말이었다. 소유는 채윤의 집에서 불이 났던 그날 이전까지는 사람을 해치려고 칼을 휘둘러본 적도 없었다. 그런데 지금은 수많은 사람의 생사가 달린 전쟁터로 달려가고 있으니 무섭지 않을 리가 없었다.

하지만 소하를 이대로 혼자 가게 내버려두기 싫었다. 소유는 새삼 그런 생각을 떠올리고 빙긋 웃었다. 소하는 그녀의 웃음을 보고 마주 빙긋 웃었다.

"허면 추운 게로구나."

"예, 바람이 불어 조금 춥습니다."

"물이 무섭기도 하고?"

소유는 놀라 소하를 보았다.

"어찌 아셨습니까? 제가 말씀 올린 적이 있었던가요?"

"네가 강을 힐끔거리다가 다리를 보았다가 하면서 얼굴이 파래지는 걸 보니 누구라도 알겠더구나."

소하는 가볍게 웃음을 터뜨렸다. 강한 물살만큼이나 따가운 햇살이 내리쬐었다. 소유는 살짝 얼굴을 붉혔다.

"어린애 같다 생각하십니까?"

"아니다. 누구나 무서워하는 게 있지 않겠느냐?"

소하는 미소 짓고 순식간에 소유의 허리를 잡았다. 소유는 자신의 몸이 강한 힘에 들리는 것을 느끼며 허둥거렸다.

"어, 어어! 소하 님!"

"춥다고 하지 않았느냐."

"하오나."

"물에 빠져도 내가 헤엄쳐 끌어올려주마."

채윤과 함께 한 말에 타본 적은 있었다. 하지만 이곳은 자리가 자리이지 않나……! 소유가 버둥거려도 소하의 팔은 꿈쩍도 하지 않았다. 그는 그녀를 단단히 붙들어 자신의 앞에 앉혔다. 청운이 말을 몰아와서 물었다.

"무슨 일이십니까, 대원수 각하?"

"아닐세. 소유가 춥다 하기에 말을 좀 함께 탈까 한 것뿐이니 자리로 복귀하게."

어지간한 청운도 그 말에는 잠시 당황한 눈치를 보였지만 그는 곧 명에 따라 본인의 자리로 돌아갔다. 소하는 자신이 걸치고 있던 포의 허리띠를 풀고 그 앞섶으로 소유의 몸을 감쌌다. 등 뒤로 느껴지는 뜨거운 체온과 따뜻한 옷에서 나는 향 때문에 소유는 정신을 차리지 못했다.

소하는 그녀의 귓바퀴에 거의 닿을 정도로 입술을 가까이 대고 나직하게 웃었다. 소유는 얼굴을 들지도 못하고 말했다.

"벼, 병사들이 보는 데서 이러시면 기강에 좋지 않을 것입니다……!"

"뭐 어떠냐. 내가 내 사람을 아끼는 것이 보기 싫으면 그게 이상한 것 아니냐?"

내 사람. 아끼는 것. 그 말들이 지독하게 달콤했다. 소유는 어깨를 흠칫하며 저도 모르게 살짝 떨었다. 소하는 그녀의 귀에 속삭였다.

"저런, 아직도 추우냐? 잠시만 있으면 따뜻할 게다. 나도 네가 품에 있으니 따뜻하구나."

소유는 그만 얼굴을 말갈기에 파묻고 말았다. 소하는 쿡쿡 웃으며 말을 몰았다. 소하의 말이 다각거리며 다리를 밟는 소리마다 소유의 심장이 함께 짓눌리는 것 같았다. 끼익, 끼익, 끼익, 끼익.

"아직 무서우냐?"

"아니요."

거짓말이 아니었다. 소유는 잠시 후 마음을 간신히 가다듬고 허리를 세웠다. 물은 여전히 무섭고 싫었지만… 소하의 팔이 그녀의 양옆에서 말고삐를 잡고 있는 한, 결코 물에 빠지거나 하는 사고는 일어나지 않을 것 같았다.

"그래, 뒤에서 병사들이 보고 있으니 너도 당당하게 행동하거라."

소하는 느긋하게 웃음소리를 섞어 다시 속삭였다. 그의 숨결이 귀에 닿을 때마다 어깨가 움찔거리고 심장이 쿵쾅쿵쾅 뛰었지만 그렇다고 해서 벗어나고 싶지는 않았다.

마침내 말이 다리에서 내려 땅을 밟았다. 소유는 강가의 찬바람 속에서 얼굴을 붉히며 손을 소매 속에 집어넣었다. 소하가 담담하게 말했다.

"다미국의 땅이다."

기분 탓인지 다미국의 땅은 강 건너보다 훨씬 빛깔이 어둡고 메말라 보였다. 소유는 저 멀리 북쪽의 산등성이까지를 한동안 말끄러미 바라보았다.

"급보! 급보!"

한밤의 군영에 땡땡땡 종이 울렸다. 밖에서 불이 확 피어오르는 것을 느끼며 소유는 벌떡 일어났다. 옆에서 청하가 구르듯 일어나는 소리가 들렸다.

"소유 낭자, 어서 갑옷을 입고 투구를 쓰십시오."

말하지 않아도 이미 그렇게 하려고 애쓰고 있었다. 청하는 과연 자다가 막 일어났는데도 적확한 동작으로 순식간에 무장을 끝마쳤다. 소유는 심장이 두근거려 손을 꼭 말아 쥐었다. 투구를 썼는데도 떠올랐다.

그날 밤. 스러지던 사람들. 반짝이는 칼날. 불타는 지붕.

하지만 그런 감상에 빠질 여유가 없다는 것은 소유도 알고 있었다. 청하의 도움으로 무장을 완성하고 급히 천막 밖으로 나와보니 이미 크게 피어오른 화톳불 앞에서 갑옷에 몇 대나 화살을 맞은 병사가 소하에게 보고하고 있었다.

"대원수 각하께 보고드립니다! 우물을 파던 병사들이 다미족의 습격을 받았습니다! 현재 교전 중입니다!"

종소리에 깨서 나온 사람들 사이로 동요가 퍼졌다. 소하는 화톳불 앞에서 단단하게 얼어붙은 표정으로 물었다.

"적의 수는 보았느냐?"

"아뢰옵니다! 사방이 어두워 파악하기 어려웠으나 대략 기병이 50기 이상 150기 이하로 추정됩니다!"

이런 밤이니 오차가 크다 해도 어쩔 수 없을 것이다. 소하는 소리쳐 불렀다.

"우사마는 들으라! 작업하던 장소로 휘하 기병 200명을 데리고 당장 가서 우리 병사들의 목숨을 구해라!"

"예!"

안 그래도 창백했던 우사마는 당장 부하들을 불러 모으며 말들이 있는 쪽으로 달려갔다. 소하는 화톳불 주위에 둘러선 사람들을 보고 엄숙하게 다시 소리쳤다.

"누가 보병 500명을 데려가 적의 앞뒤를 막겠느냐?"

"제가 하겠습니다!"

"소인을 보내주십시오!"

중급 장교 두엇이 동시에 나섰다가 서로의 얼굴을 노려보았다. 소하는 지체하지 않았다.

"주문월은 적의 앞길을, 혁진상은 적의 뒤를 막아라! 적을 되도록 많이 생포해라! 가라!"

소유는 소하가 장수들의 이름을 잘 알고 있다는 사실에 놀랐다. 장수들 본인도 놀란 눈치였지만 지체할 시간은 없었다. 그들은 부하들이 끌고 온 말을 타고 바로 본인들이 속한 부대의 막사 쪽으로 달려갔다. 호마손이 소하에게 물었다.

"대원수 각하, 이곳은 적의 땅이고 밤이라 우리가 훨씬 불리하니 우사마에게 기병을 더 주는 것이 좋지 않겠습니까?"

소하는 고개를 저었다. 구체적인 지시를 내려야 하는지 옥현이 심부름하는 병사들에게 이것저것 속삭였다.

"적의 속셈이 단순히 우물을 파는 것을 방해하는 데에 있다면 그래도 좋으나, 본대의 위치가 발각되지 않았다고 단언할 수 없다. 오히려 군영이 빈틈을 타 더 많은 수의 적이 공격해온다면 우리의 원정을 계속할 수 없지 않겠나."

"각하의 말씀이 참으로 옳습니다."

호마손은 물러났다. 소유의 얼굴을 보고 청하가 속삭였다.

"괜찮습니다. 보병을 데려간 두 장수는 저도 아는 사람들인데 아주 용감하고 야전에 능숙합니다. 그래서 자신 있게 나선 것입니다."

"아, 그래서 소하 님이 이름을 알고 계셨군요."

소유는 이해한 기분으로 청하에게 마주 속삭였다. 청하는 어깨를 으쓱했다.

"그럴지도 모르지요."

"우사마께선 말할 것도 없겠지요?"

"우사마께선…… 부하들을 아끼는 마음이 뛰어나십니다."

즉 청하가 빈말로라도 능력을 칭찬할 거리는 없다는 말이었다. 소유가 눈을 동그랗게 뜨자 청하는 빙긋 웃었다.

"안심하십시오. 소하 님께서 기병 200을 말씀하셨다면 200으로 이길 수 있을 것입니다."

땡땡때대댕. 종 울리는 소리는 끝나지 않았다. 소하는 청하와 소유 쪽을 보고 막사로 오라는 손짓을 했다. 두 사람은 얼른 그의 명령에 따랐다.

청운과 호마손, 각 부장과 청하를 포함한 몇 명이 옥현이 내어주는 간이 의자에 앉았다. 호마손이 소하에게 반신반의하는 표정으로 물었다.

"대원수 각하, 적이 본대를 공격할 확률이 높다고 생각하십니까?"

"낮다고 보네."

아까 단호하게 증원을 거절했던 것과는 대조적으로 소하의 말은 평온했다. 호마손은 눈이 튀어나올 것 같았고 청하는 쓴웃음을 지었다. 소유는 답답해 물었다.

"하시면 공격받은 쪽에 사람을 더 보내도 좋지 않았겠습니까?"

소하는 빙긋 웃었다.

"밤에 많은 병력을 움직여서 좋을 것이 없다. 또한 어둠 속에서 공격해오는 적은 많게 보였으면 많게 보이지 결코 적게 보이지는 않으니, 150기보다는 100기 이하로 보는 것이 좋으리라고 나는 생각한단다."

적의 숫자가 최대 150에서 100으로 줄어드니 갑자기 안심이 되었다. 다른 사람들도 같은 생각인 듯 안도의 분위기가 흘렀다. 소하는 생각하는 얼굴로 손가락을 뻗어 의자 손잡이를 두드렸다.

"다미국은 국경에 성벽을 쌓지도 초소를 운영하지도 않으니 우리가 국경 안으로 들어온 것을 반드시 알리라는 생각은 들지 않네. 그보다는 우물을 파던 우리 병사들을 보고 이 근방 부족에서 단순히 방해하러 온 것일 확률이 높지 않겠나. 무엇보다 그들을 되도록 많이 생포해 정보가 새지 않도록 하는 것이 좋겠네. 자네들에게 의견이 있다면 듣고자 하니 부디 말해주게나."

이견은 나오지 않았다. 각 부장 이하의 장수들은 경계 태세에 돌입하기 위해 소하의 천막을 금세 떠났다. 소유는 다른 사람들도 일어서자 소하에게 다가가 슬쩍 물었다.

"소하 님, 이런 공격이 있을 것을 아셨습니까?"

"으음?"

소하는 소유를 내려다보고 부드럽게 웃었다. 그의 그런 얼굴을 보자 적이 안심되었다. 소유는 눈을 굴리며 말을 골랐다.

"그것이, 병사가 갑자기 뛰어들어 상황을 보고했는데 지시를 바로바로 내리시기에."

"아, 그것 말이냐."

소하의 얼굴은 여전히 부드러웠다. 그는 소유의 귀에 입술을 가까이 대고 장난스레 속삭였다.

"내가 이럴 줄 알았다면 어쩔 테냐?"

"예?"

소유는 눈을 동그랗게 떴다. 어떻게 할 거냐고?

"정말로요?"

"농담이다. 나라고 이런 일이 있을 줄 어찌 알았겠느냐. 그저 소수의 병사를 따로 내보낼 때는 항상 이런 상황을 염두에 두어야 하니 준비해둔 것뿐이다."

소하는 말을 마치고 몸을 그녀에게서 뗐다. 소유는 자신의 얼굴이 붉어진 것을 느끼며 쓴웃음을 지었다. 소하는 정말로 많은 것을 준비하며 살아온 사람인 모양이었다.

결국 그날 밤 본대를 향한 습격은 없었고, 새벽이 되기 전 적은 반쯤 죽고 반은 생포되었다. 생포한 적을 데리고 돌아온 부대가 큰 칭찬과 포상을 받은 뒤에야 소유는 눈을 잠시 붙일 수 있었다.

며칠을 더 진군하니 천인국 군대가 국경을 넘었다는 소식이 다미국 조정에도 전달된 모양이었다. 정찰을 보냈던 병사들은 약 두 시진이 걸리는 위치의 골짜기에 다미국의 깃발을 사용하는 군대가 주둔해 있다는 소식을 가지고 돌아왔다.

적의 병력은 500명가량이었지만 기세가 엄정하다는 보고였고 이 지역에 원래 사는 이들이니만큼 지형을 잘 알 터였다. 소하와 옥현, 양 사마와 양 장군은 소유를 포함한 회의에서 한참 전략을 논의했고 다른 길을 모르는 만큼 천천히 전진하는 수밖에 없다는 결론을 내렸다.

한참 정찰병의 보고대로 나 있는 길을 따라간 천인국군은 멀리 골짜기를 메운 다미국의 깃발이 눈에 들어오자 술렁술렁 동요했다. 소하가 손을 들어 명령했다.

"정지!"

전군이 천천히 멈추었다. 청운이 소하에게 물었다.

"더는 나아가지 않으십니까?"

"적이 고른 전장에 일부러 들어가줄 필요는 없으니 멈춰야지."

소하는 다미국 깃발을 차갑게 내려다보았다. 처음으로 적군을 보는 소유는 긴장해서 잠시 한숨을 쉬었다.

"아군이 고지대에 있으니 이동 직후 바로 공격할 수 있겠군요."

옥현은 평소처럼 웃으면서 말했다. 그 담담한 얼굴에 소유는 속으로 혀를 내둘렀다. 소하는 옥현에게 싱긋 웃어주었다.

"적의 상당수가 기병인데 낮은 지대에 진지를 친 것은 빤히 보이는 함정이지."

"예, 소하 님."

"좌사마, 우사마. 각 4부장과 5부장을 데리고 골짜기 양쪽 위로 올라가라. 3부장 손청하는 부하들을 넓게 흩어 나무와 풀을 닥치는 대로 베고 100보마다 불을 붙여라. 자른 나무의 절반 정도는 남겨두라 전해라."

곧 명령이 각 부장 및 병사들에게 하달되었다. 우사마는 끝까지 영문을 모르겠다는 얼굴이었고 소유는 팔짱을 꼈다.

이내 소하에게 지명받은 사람들이 움직였다. 본대는 그대로 가만히 기다렸고 다미국 병사들은 상황을 보려는 듯 저 아래까지 말을 타고 왔다가 곧 돌아갔다. 한 시진이 지나고도 이쪽의 움직임이 없자 저쪽에서 털이 달린 가죽으로 갑옷을 해 입은 사자가 달려왔다.

사자는 100보 거리에서 활을 쏘았다. 화살이 땅에 꽂힌 것을 심부름하는 병사가 가지러 달려갔다가 화살에 묶인 편지와 함께 돌아왔다. 소하는 무두질한 가죽으로 된 편지를 펼쳐서 읽었다.

"감히 이 땅에 함부로 들어와 위대한 다미국의 무고한 백성들을 살해했으니 무사히 살아 나가지는 못할 것이다. 하늘을 우러러 부끄러운 줄 안다면 당장 군을 해산하고 너희 나라로 돌아가라, 라고 쓰여 있군."

소하는 쿡쿡 웃었지만 소유는 발끈했다.

"저희가 먼저 천인국에 넘어와 백성들을 자꾸 못살게 군 것 아닙니까? 뻔뻔하기 그지없습니다."

"무고한 백성들이라. 전의 그 병사들을 말하나 보군."

소하는 손을 들었다. 옥현이 소리쳤다.

"포로를 석방해라!"

우물을 파던 병사들을 공격했던 다미국 병사 중 서른일곱 명이 아직 진중에 있었다. 미리 준비했던 대로, 말과 무기가 없는 포로들이 소하의 앞으로 밀려왔다. 소하는 말 위에서 그들을 내려다보며 말했다.

"너희는 적을 붙잡지 않고 모두 죽인다고 들었다만, 우리는 포로에게 보다 인간적인 대우를 한다. 가서 너희 나라 사람들과 합류해라."

소하의 말에 포로들은 서로의 얼굴을 보았다. 그중 한 명이 소하를 노려보며 물었다.

"무슨 속셈이냐? 싸움을 기다리면서 적의 병력을 늘리느냐?"

"너희에게 줄 밥과 물은 이제 그만 쓰고 싶다는 말이다."

소하는 빙긋 웃고 그렇게 말했다. 병사들이 발을 묶은 포승을 풀어주자 포로들은 소하를 힐끔거리면서도 다미국의 깃발이 오른 곳으로 달려갔다. 소하는 그들이 다미국의 진지에 합류하는 것을 보고 고개를 끄덕였다.

"옥현아, 걸음 수를 세보았느냐?"

"예, 소하 님. 나무가 자란 모양 때문에 완만한 선의 내리막길인 줄로만 알았습니다만 중간에 한동안 오르막길이 있군요. 그냥 갔다면 요술에 걸렸다고 생각할 뻔했습니다."

어쩐지 풀려난 포로들의 걸음이 어디서는 빠르고 어디서는 느리다고 생각했다. 소유는 경탄한 얼굴로 소하를 보았다.

"알고 계셨습니까?"

소하는 고개를 저었다.

"내 여기 오는 것이 태어나서 처음인데 어찌 알겠느냐? 그저 적이 이곳을 전장으로 선택했다면 뭔가 이유가 있을 테니 만사에 주의하는 게 좋겠다고 생각했을 뿐이다."

얼마 후 골짜기의 양 옆에 있는 험한 능선을 타고 올라갔던 두 부대에서 각 위치에 매복해 있던 적을 무찔렀다는 소식이 도착했다. 거기에 청하의 부하들이 사방에서 연기를 올리기 시작하자 적은 이쪽이 자기들의 수를 모두 파악했을 뿐만 아니라 보고보다 훨씬 병력이 많을지도 모른다는 생각을 한 모양이었다. 다미국 병사들은 이쪽을 경계해가며 빠르게 후퇴했다.

아직 칼 한 번 나누지도 않은 적군이 후퇴하는 것을 보고 아군 진지에서 함성이 터졌다. 우아아아아아아아아아!

"대원수 각하 만세!"

"대군 마마 만세!"

소하는 그 외침을 들으며 쿡쿡 웃었다.

"저런. 만세라니 내게는 과분하구나. 일개 왕자에게 만세라는 말을 써서야 되겠느냐. 그건 주상 전하께서 들으실 말이지."

"실로 피 한 방울 흘리지 않고 승리를 거두셨으니 훌륭하십니다, 대원수 각하."

청운이 상당히 감명을 받은 표정으로 소하에게 말했다. 소유는 자랑스럽게 소하의 뒷모습을 보았다. 얼굴이 허여멀건하다고? 말 타는 게 힘들어서 입을 다물고 있었던 거라고?

준비된 장수. 타고난 영웅.

소하에게는 그런 말이 어울렸다. 소유는 눈이 부셨다. 소하는 정말로 뛰어난 지도자였고 그의 능력은 상상 이상이었다. 그의 적이든 아군이든 그 사실은 인정할 수밖에 없을 터였다.

정확히 소하의 적들이 그의 능력을 인정하는 날이 올 날이 머지않았다는 예감이 들었다. 혼자 가슴 뿌듯해하고 있는데 소하가 슬쩍 뒤를 돌아보며 소유와 눈을 마주쳤다. 그녀는 반사적으로 방긋 웃었다. 소하도 웃는 얼굴이었다. 시선의 마주침은 곧 끊어졌지만 그 것만으로도 가슴이 꽉 들어찼다.

몇 번의 전투에서 소하가 압도적인 승리를 거두자 정말로 병사들의 태도는 돌변했다. 용기백배한 얼굴로 적에게 덤비는 기세는 물론이거니와, 사기가 올라 평소 행군할 때의 눈빛조차 얼마나 변했는지 놀라울 지경이었다. 동시에 소유를 향한 평판도 천천히 바뀌었다.

"사실 정승판서 집안의 숙녀가 아니시라면 여기까지 따라오셨겠느냐부터, 손 씨 남매와 친한 것을 보니 손가의 숨겨진 막내따님이 아니냐는 말까지 다 나왔던 모양입니다."

청하는 그렇게 말해 놓고 즐겁게 웃었지만 소유는 어이가 없었다.

"손가에 숨겨진 막내딸이 있을 이유가 뭐랍니까?"

"우선 마음에 드는 신분을 상상하면 그 다음은 끼워 맞추기 나름이지요. 누구는 저희 아버지가 막내딸을 너무 아끼고 사랑한 나머지 집 밖에 내보내지 않고 고이 길러서 그렇답니다. 별 말이 다 나오지 않습니까? 하하!"

"청하 언니!"

그동안 함께 지내며 소유는 청하를 언니라고 부르게 되었다. 동생이 많아 그런 호칭도 익숙하다며 청하는 아무렇지도 않게 허락했지만 소유는 그렇게 친근한 호칭을 입에 올릴 때마다 속으로 약간의 설렘과 기쁨을 느끼고 있었다. 진짜 언니가 있다면 이렇게 같은 방에서 자고, 아침에 밥을 함께 먹고 재미있는 이야기를 나누며 웃을까? 아무튼 그녀는 화주에서도 자매끼리 손잡고 노는 것이 아주 부러웠던 것이다.

청하는 배를 잡고 웃다가 눈물을 찔끔거리며 소유에게 사과했다.

"죄송합니다. 아무튼 다들 소하 님께 푹 빠진 만큼 소유 낭자에게도 무조건적으로 호감이 가는 모양입니다. 옛날에 세자빈 후보였다는 소문도 나고 있답니다."

"대단들 합니다."

사람이 5천 명 있으니 아무래도 5천 종류의 상상력이 발휘되는 모양이었다. 소유는 헛웃음을 짓고 고개를 저었다.

"손가라면야 세자빈 간택 때 단자를 당연히 낼 만도 하겠지만요."

"소하 님의 세자빈 간택령을 내리기 전에 선대왕께서 졸기하셨으니까요."

가슴 아픈 일이었다. 소유가 잠시 말을 잃은 동안 청하가 빙긋 웃었다.

"소유 낭자 같은 막냇동생이라면 저는 언제나 환영이랍니다."

"감사합니다. 저도 청하 언니 같은 언니가 있었으면 하고 늘 바랐어요."

청하의 말이 정말로 기뻤다. 소유는 금세 방긋방긋 웃으며 즐겁게 말을 몰았다.

산을 올라가는 중이라 진전 속도는 무척 느렸다. 차산성 성주가 보냈던 사자의 말대로 정말 다미국의 산 위는 흰 눈으로 덮여 있었다. 길을 한 발짝씩 걸을 때마다 조금씩 더 바람이 매워지는 느낌이었다.

"산 중턱에 흰 눈에 둘러싸인 못이 보입니다!"

눈이 좋고 산에 익숙해 남보다 먼저 앞으로 가게 했던 병사가 멀리서 외쳤다. 소하가 반가운 목소리로 말했다.

"백룡담인가 보군."

"멀리서도 보인다면 그럴 확률이 높겠군요."

호마손이 반가운 목소리로 말했다. 다미국에 들어올 즈음부터 마실 수 있는 물은 보이는 대로 최대한 휴대하고 있었지만 그럼에도 불구하고 부대의 물 부족은 만성적이었다. 소하는 소유를 돌아보았다.

"소유야, 올라갈수록 춥구나. 이리 와 내 말에 타거라."

"아니 됩니다."

소하는 자주 소유에게 저런 말을 하곤 했는데 소유는 계속 거절했다. 소하는 이번에도 그가 평소 하던 대로, 짐짓 풀이 죽은 얼굴로 소유에게 물었다.

"왜 아니 되느냐?"

"군중에서 군의 기강을 해치는 행동을 할 수는 없으니까요."

청하는 쓴웃음을 지으며 소하의 반응을 살폈다. 이런 말다툼이 오가는 것에도 이제 모두가 익숙해져 있었다. 소하는 눈썹을 들고 뻔뻔하게 설파했다.

"어찌 그런 말을 하느냐? 나는 단지 좁은 산길을 말로 오르는데 선두에 나와 함께 있는 네가 감기에 걸려 낙마라도 한다면 그보다 더 기강이 흐트러질 수 없다고 생각했을 뿐이란다. 그래서 체온을 나누자는 것인데 그게 어찌 기강을 해치는 일이 되느냐?"

체온을 운운하는 말에 우사마는 얼굴을 붉히며 헛기침했고 청운도 눈을 돌렸다. 소하는 얼굴을 새빨갛게 붉히고 항변했다.

"하시면 솜옷을 입은 제가 아니라 얇은 옷을 입은 일반 병사와 체온을 나누시지요."

소하의 얼굴이 더 시무룩해졌다.

"내 말에 함께 타기 싫은 것이냐?"

"그런 것이 아니오라."

소하가 농으로 그러는 것임은 알았지만 그의 그런 표정을 보자 가슴이 아릿해져왔다. 소유는 하는 수 없이 한숨을 쉬었다.

"알겠습니다. 소하 님이 원하시는 대로 하지요."

"그래, 잘 생각했다."

소유가 말을 가까이 붙이자 소하는 소유의 허리를 단단하게 잡고 들었다. 변함없이 그는 힘이 셌다. 소유는 시야가 높아지는 것과 동시에 소하의 몸이 제 몸을 둘러 따뜻하게 감싸는 걸 느끼고 눈을 꼭 감았다. 소하는 쿡쿡 웃으며 그녀를 제 앞에 앉혔다.

몇 번이고 실랑이했던 자리지만 소하의 품은 확실히 따뜻했다. 등에서 시작해 허벅지 근처까지 모두 따뜻한 사람의 체온이 닿아 있기 때문일까, 얼굴에 와 부딪치는 바람도 어딘가 아까보다는 덜 싸늘하게 느껴졌다. 소유는 눈을 이리저리 굴리며 백룡담이 어딜지 찾아보았다.

오랫동안 헤맬 필요는 없었다. 그리 멀지 않은 높은 봉우리의 흰 비단을 쓴 듯한 설원에 눈부시게 반짝이는 것이 있었다. 보석 같은 그 광채에 탄복하며 소유는 소하에게 말을 걸었다.

"저기 저것이 백룡담인 모양입니다."

"그래, 나도 보고 있다. 나무 틈으로도 보이는구나."

"꼭 보석 같습니다. 어찌 저런 곳에서 물이 얼지 않고 있을까요? 온통 눈으로 뒤덮여 있지 않습니까."

사철 눈이 녹지 않는 곳이니 당연히 연못도 얼 것이다. 저곳에 사는 용이 제가 드나들기 위해 얼지 않도록 한다는 전설이야 차산성의 사자가 백룡담의 위치를 알려줄 때 주워들었지만, 세상에 용이 있다는 모든 못에 진짜로 용이 살지는 않는다. 저곳은 특별히 햇볕이 많이 쬐는 자리일까? 소하는 소유의 등 뒤에서 흠, 하고 잠시 생각했다.

"저 아래가 아주 깊어 그런 것이 아닐까? 보다 따뜻한 물길과 통한다면 얼지 않을 수도 있지 않겠느냐."

"어머나, 그렇게 깊다면 정말 용이 살 수 있는 크기일지도 모르겠습니다."

"용이 보고 싶으냐?"

소하는 소유의 양쪽 옆으로 뻗어 고삐를 잡은 손을 살짝 구부렸다. 결과적으로 그에게 안긴 것처럼 되어버린 소유는 심장이 두근, 뛰는 걸 느끼며 질겁했다.

"소하 님."

"왜? 아름다운 마나님과 함께 물가를 걸을 때면 용에게 빼앗기지 않게 조심해야 한다지 않느냐."

천인국의 아이들이 어릴 때 듣는 먼 전설 이야기에 소유는 풋 웃었다. 어느 지방관이 아름다운 아내와 함께 바닷가를 걷다가 용에게 아내를 빼앗겨서, 마침 그 자리에 있던 다른 사람들과 함께 나뭇가지로 해변을 때리며 노래를 불렀다던가.

"제가 용에게 잡혀가면 노래를 불러 구해주실 텐가요?"

"물론이지."

소하는 소유의 귓가에 대고 후후 가볍게 웃는 소리를 냈다.

"처음부터 잡혀가지 않도록 내 꼭 붙잡고 있을 테니 걱정 말거라. 만약 그래도 용이 너를 잡아간다면 나도 함께 수중으로 끌려가지 않겠느냐? 그러니 나만 믿고 있으면 그 자리서 당장 구해주마."

소유는 그만 어떻게 대답해야 할지 모르게 되었다. 둘의 말소리가 다 들리는 거리에 있던 장수들은 이제 소하의 그런 말에 익숙해졌지만 모두가 입을 다물고 있을 수도 없었다. 호마손이 쓴웃음을 지었다.

"두 분이 참으로 금슬이 좋으십니다."

소하는 소유를 꼭 부둥켜안은 채 호마손에게 고개를 돌렸다.

"좌사마는 가족이 어떻게 되나? 이리 멀리까지 오게 되어 식솔의 염려가 크겠네."

"하하, 저는 홀몸입니다."

소유는 호마손이 있는 곳을 돌아보았다. 소하도 잠깐 말을 멈칫했다.

"아, 그런가. 쓸데없는 소리를 해 미안하네."

"아닙니다. 부모가 돌아가신 지 꽤 오래되어 이제는 그러려니 하고 삽니다."

정말 오래된 일인지 호마손은 평소와 같은 얼굴이었다. 소유는 고개를 다시 돌리고 앞을 보았다. '가족이 어떻게 되냐'는 말에는 소유도 항상 대답하기가 곤란했다. 화주에서는 '진 부관님 댁에 사는 사람이다'라고 하면 모두가 사정을 알았다. 하지만 가끔 화주성 사람이 아닌 이들과 대화를 나누어야 할 때, 그녀가 멋모르고 채윤과 진 부관 아저씨와 그 댁 식솔들이 모두 가족이라고 하면 맞는 말이라며 동의해주는 사람도 있었지만 '왜 그들이 네 가족이냐'라는 반응을 보이는 사람도 있었다.

다시 생각해 보면 이상한 일이었다. 채윤과 진씨 아저씨가 소유의 가족인지 아닌지 정하는 것은 그 두 사람과 소유, 세 사람이었어야 하는데. 소유는 갑자기 한숨이 조금 나왔다. 소하는 소유의 귀에 상냥하게 속삭여 물었다.

"왜 그러느냐? 힘이 들면 바로 말하거라."

"아닙니다. 그냥 옛날 생각이 조금 났습니다."

"생각이라 하면?"

"저 또한 어릴 때 누가 물으면 홀몸이라 대답했으니 남 일 같지 않습니다. 채윤이 가족이었고 진씨 아저씨가 가족이었지만 누군가는 그것이 진짜 가족이 아니라 하였으니 종내는 저도 헷갈렸습니다."

소하는 아까 호마손의 가족에 대해 물었을 때보다 더 오랫동안 말이 없었다. 그는 한참 후에 소유를 안았던 팔을 풀고 얌전히 말을 몰며 속삭였다.

"네가 가족이었다 하니 채윤과 그 아비는 네 가족이었던 게지."

기분이 조금 좋아졌다. 소유는 소하가 보지 못할 것을 알면서도 빙긋 웃었다.

"예."

"그리고 언젠가는 설궁 식구들이 네 가족이 될 수도 있지 않겠느냐?"

귀가 뜨거웠다. 소유는 심장이 제멋대로 쿵쾅쿵쾅 뛰는 것을 느끼며 모른 체 대답했다.

"글쎄요."

"무엄하구나."

소하는 쿡쿡 웃었다. 소유는 생각에 잠겨 백룡담을 보았다.

"채윤을 못 찾으면 어찌할지 모르겠고, 찾으면 어찌할지도 모르겠습니다. 그러니 저는 모르겠습니다."

소하가 웃던 소리가 멎었다. 그는 한숨을 쉰 뒤 소유에게 바로 그 한숨처럼 낮게 속삭였다.

"그래. 그렇구나."

백룡담에서 마실 물은 물론 몸을 씻고 빨래하는 데 사용할 물까지 모두 보충한 부대는 경관의 아름다움에 감탄하며 그 근처에서 밤을 보내기로 했다.

혹 바람이 불 때를 대비해 나무가 있는 쪽으로 이동하기는 했지만, 거대한 백룡담과 사방으로 펼쳐진 설원은 부근 어디서나 보이는 장관이었다. 소유는 식사나 작전 회의 따위를 위해 본인의 막사 밖으로 오갈 때마다 은빛 설경에 마음을 빼앗겼다. 밤이라 새까만 먹물처럼 진해진 백룡담이 밤하늘을 눈부시게 비춰 더욱 근사한 경관이었다.

"정말 아름다운 곳이로군요."

같은 마음인 듯 청하도 자꾸만 막사의 닫힌 휘장을 흘끔거렸다. 소유는 군용 막사의 휘장을 조금만 걷어도 코끝이 얼어붙을 만큼 추우리라는 것을 알고 있었기 때문에 차마 밖에 나가서 대화를 나누자고 하지는 않았지만 영 아쉬웠다.

"여름이 다 되어가는데 이렇게 추운 곳이 있다니 그것도 신기합니다."

소유의 말에 청하는 고개를 끄덕였다.

"아주 높은 산의 꼭대기는 한여름이 되어도 눈이 녹지 않는 신비한 장소라고 듣기는 했습니다만 직접 이렇게 설원에서 자는 것은 저도 처음입니다. 태양에 더 가까운데 어찌 이리 추운지 정말 신비한 일도 다 있군요."

"그러게 말입니다."

소유는 담요를 목 바로 아래까지 꼭꼭 두른 채 빙긋 웃었다.

"어쩌면 정말로 용이 사는 곳인지도 모르겠습니다."

"참으로 귀여운 말씀을 하십니다."

청하는 쿡쿡 웃었다. 그냥 듣기에도 믿는 기색이라고는 조금도 없어 소유는 아, 하고 입을 벌렸다.

"제 말을 안 믿으시는 거로군요? 청하 언니."

"아니, 제가 어찌 소유 낭자의 말을 안 믿겠습니까? 그저 딴 것도 아니고 하필 용이라 하시니 사랑스러워서 그럽니다. 똑같은 말씀을 소하 님께 해 보셔요. 아마 그분도 귀엽다 하실 겁니다."

소유는 입술을 비죽였다.

"예에, 안 믿으실 줄 알았지요. 하지만 정말 용이 있어도 이상하지 않지 않나요? 사람이 오가는 곳이라 하는데 우리가 왔을 때는 저 눈이 아무도 밟지 않은 듯 깨끗하기만 했고, 물은 차고 단데도 얼지 않았지요. 신선들이 쓴다 해도 저는 믿겠습니다."

"예, 그래도 이상하지 않지요. 정말로 그렇다면 얼마나 아름다울지 모르겠습니다."

청하는 역시나 부드럽게 넘기기만 했다. 소유는 약간 울컥했다가 자신의 짐에 있는 옥피리를 떠올리자 약간 마음이 약해졌다. 꼭 다시 만나러 오겠다고 해랑에게 약속해놓고 그녀는 이렇게 먼 곳에 있었다. 만나고 싶으면 그를 생각하며 피리를 불라고 했는데, 그렇다면 그를 생각하며 이름을 불러도 해랑은 들을 수 있을까?

"해랑."

작게 그 이름을 읊조려 보았지만 주위에는 아무런 변화도 없었다. 하긴 당연한 일이었다. 다만 고요한 밤이라 청하가 그 목소리를 들은 모양이었다.

"예, 낭자? 뭐라고 하셨나요?"

"아니어요, 언니. 그냥 혼잣말을 조금 했어요."

청하는 또 귀엽다는 듯 쿡쿡 웃었다. 소유는 내일 아침 일어나면 무엇을 해야 할지 꼽아보았다. 우선 물이 충분히 있으니 깨끗이 씻고, 얼면 찢어지기 쉬운 가죽을 청하가 가르쳐준 요령대로 식물 기름을 발라서 관리하고…….

그때 갑자기 바깥이 소란스러워졌다. 불이 피워지거나 종이 울리는 기색은 없었지만 소유와 청하는 거의 반사적으로 몸을 일으켰다. 곧 둘의 막사 앞에 그림자가 졌다.

"손 부장님 계십니까? 일곱, 토끼."

청하만 찾는 것을 보니 그녀의 부하인 모양이었다. 청하는 검을 쥐고 막사의 입구 쪽으로 가며 암호에 대꾸했다.

"여우, 셋. 무슨 일입니까?"

"부장님, 지금 병사들의 삼분지 일이 복통을 호소하며 쓰러졌습니다."

"뭐라고?"

소유는 깜짝 놀라 인상을 썼고 청하는 막사의 휘장을 젖혔다. 투구 없이 갑옷만 입은 병사가 심각한 얼굴로 청하에게 경례했다.

"밤늦게 실례합니다. 지금 우리뿐 아니라 전 부대의 병사들이 같은 상황입니다. 아직 확인이 다 끝나지는 않았습니다만, 대부분 오늘 저녁에 연못 물을 마신 병사들인 것으로 보입니다."

소하의 얼굴은 침중했다. 아무리 항상 의연한 그라도 당연할 것이라고 소유는 깊이 이해했다. 그도 그럴 것이, 물맛이 좋은 것으로 유명하다지 않았나.

차산성 성주의 사자는 초왕의 사주를 받은 자였을까? 백룡담에 가서 병사들에게 물을 마시게 하라고 했던 것은 바로 그곳에서 모두 죽게 만들기 위한 행동이었을까? 설마 5천 명의 병사들을 싸우다 죽는 것도 아니고 탈이 나 죽게 만드는 흉계를 꿨다고는 너무 잔인해 믿고 싶지 않았다. 하지만 그럼 이게 대체 무슨 일일까.

"다미국에서 독을 푼 걸까요?"

호수처럼 보일 정도로 커다란 저 백룡담에 독을 풀려면 독사가 천 마리는 필요하지 않을까. 소유는 가능성이 낮다는 걸 알면서도 그렇게 말해보았다. 대책 회의를 하기 위해 모인 다른 사람들은 도무지 입을 열 기미가 보이지 않았던 것이다. 숨이 막혔다.

다행히 옥현이 소유의 말에 대꾸해주었다.

"지형으로 보아 백룡담의 물도 어딘가로 흘러가 강을 이룰 텐데,

그랬다가는 다미국의 백성들이 먼저 돌이킬 수 없는 피해를 입지 않을까 합니다."

"그렇군요."

소유는 고개를 끄덕였다. 호마손은 대단히 심각한 얼굴로 윗입술을 죽 당기고 있었는데 그에게는 미안한 일이었지만 그 표정은 아주 우스워 보였다. 청하가 머리가 아프다는 얼굴로 말했다.

"일단 저녁은 모두 같은 음식을 먹었고 일부만 따로 오염된 흔적은 보이지 않았습니다. 물이 문제인 것은 확실하다고 추정됩니다."

"그러면 어떻게 합니까? 저번에 채운 수통은 다 비었습니다. 당장마실 물이 필요합니다."

우사마의 얼굴이 창백했다. 청운이 침착하게 대답했다.

"우선 요전에 손 부장이 남겨오신 땔감으로 눈을 녹여 마시도록했습니다. 눈은 하늘에서 내리는 것이니 임시방편이 될 것입니다."

"역시 손 장군이십니다."

호마손이 청운을 칭찬했다. 아무래도 명문가의 자제들인데다 신분이 높다 보니 호마손은 손 씨 남매에게 항상 친절했다. 소유는 청운의 말에 안도했다.

"눈은 이 근처에 잔뜩 쌓여 있으니 모자라지는 않겠군요. 다만 저번에 남겨온 땔감이 충분한지요? 이 산에서 발견하는 물줄기는 모두 의심해야 하지 않겠습니까?"

"그나마 산기슭에 나무가 빽빽이 자란 숲지대가 있으니 어떻게든해결이 가능할 것으로 보입니다. 구체적인 것은 계산을 해보아야 알겠습니다만."

청운이 진중하게 말했다. 호마손이 제안했다.

"여기까지 오는 길이 어느 정도 닦인 것을 보니 상인들이 지나다니는 길이라는 말은 사실일 것입니다. 길을 따라가다 보면 분명히 이곳 성읍이 나올 테고, 그러면 그 성읍에 사는 백성들에게 물을 달라 하지요."

"그 수밖에 없겠군."

소하가 고개를 끄덕였다. 그때 막사 바깥에서 누군가의 급한 목소리가 들려왔다.

"대원수 각하! 급한 보고가 있습니다!"

회의에 참석하고 있던 전원의 얼굴이 심각해졌다. 이럴 때 습격이라도 받는다면 큰일이다. 병사의 삼분의 일이 쓰러져 있는 것이다. 사색이 된 우사마와 호마손이 벌떡 일어났고 휘장 옆에 시립해 있던 병사가 소하의 손짓에 따라 문을 열었다.

벌어진 휘장 사이로 뛰어 들어온 병사는 정말로 창백한 얼굴에 구슬땀을 흘리고 있었다. 소하는 지체하지 않고 물었다.

"무슨 일이냐? 적군의 습격이냐?"

"아니옵니다, 그것이 아니오라… 눈을 녹여 마신 병사들 전원, 연못 물을 마신 병사들과 같은 종류의 통증을 호소하며 쓰러졌습니다!"

막사에 있던 모두가 당장 달려나갔다. 소유는 소하의 뒷모습을 보며 심장이 불안하게 뛰는 것을 느꼈다.

안 된다.

여기서 이렇게 끝낼 수는 없었다.

막사 밖으로 나오자마자 보고하러 왔던 병사도 무릎을 꿇고 땅에 쓰러졌다. 바람도 불지 않는 차가운 하늘 아래서 정말로 병사들의 신음이 메아리쳤다. 그나마 상태가 나아 보이는 병사들이 죽을 듯 배를 붙잡고 신음하는 병사들을 부축해 누울 수 있는 곳으로 옮겼다. 우사마가 배를 움켜쥐고 끙끙거렸다.

"제길, 저도 탈이 난 모양입니다."

414

이 자리에서 아직 백룡담의 물과 눈 녹인 물을 마시지 않은 사람은 손에 꼽았다. 소하는 침착한 목소리로 우사마에게 말했다.

"자네도 어서 들어가 쉬게."

"하오나 각하, 장수인 제가 앓아누워서야 병사들의 기강이 바로 서겠습니까?"

"보아하니 기강 운운하며 억지로 데리고 내려갈 수 있는 상황이 아닐세. 여기서 치료하는 수밖에 없어."

소유는 입술을 깨물었다. 차라리 아직 병사의 삼분지 일만이 복통을 호소했을 때, 나머지 병력이 그들을 데리고 산을 내려가는 것이 나았을지도 몰랐다. 설마 눈 녹인 물을 먹고도 탈이 날 줄이야.

소하도 정확히 그 생각을 하는 것이 틀림없었다. 창백한 얼굴로 백룡담을 노려보는 그의 눈빛이 서늘했다. 소유는 소하에게 다가가 그를 위로했다.

"낯선 곳이라 물갈이를 하는 것뿐일지도 모릅니다. 건강한 자들은 딛고 일어날 테니 너무 심려 마십시오."

근거 없는 희망의 말이었지만 그에게 그런 것이라도 주고 싶었다. 소하는 소유를 잠시 보고 쓴웃음을 지었다. 그의 얼굴에 그나마 미소라도 떠오른 것에 그녀는 감사했다.

"고맙구나. 소유 너는 어떠냐?"

"저는 아직 이곳 물을 입에 대지 않았습니다. 이제 막 마시려던 차였는데 이래서야 목이 말라도 참는 수밖에 없겠군요."

"목마른 것을 얼마나 오래 참겠느냐. 그보다 병자에게 먹일 죽을 지어야 하니 어떻게든 방도를 찾아야 하는데……."

아주 잠시였지만 소하의 얼굴에 무겁고 슬픈 표정이 스쳤다. 소유는 자신도 가슴이 아프고 어찌할 바를 알 수가 없어 망연히 그만 바라보았다. 가슴속이 부글부글 끓었다. 이곳으로 그와 그녀를, 그리고 저 수많은 병사들을 이끈 모든 대상을 향한 분노가 번개처럼 파드득 튀었다.

분노로 머릿속이 하얗게 질린 뒤에는 서글픔이 찾아왔다. 이곳이 끝일 수는 없었다. 그 누구도 이런 곳에서 허망하게 생을 마감하기 위해 힘들게 걸음을 옮긴 것이 아니었다. 소하는 살아야 했다. 소유는 채윤을 찾아야 했다. 다른 병사들도 그들 나름대로의 할 일이 있을 터였다.

'저를 생각하며 이 피리를 부시면 언제든 제가 가겠습니다……'

해랑의 목소리가 귓가에 메아리쳤다. 과연 이것이 의미 있는 행동일까? 알 수 없었지만 어쩔 수 또한 없었다. 도저히 그녀의 힘으로는 버틸 수 없었던 것이다.

소유는 백룡담을 향해 걷기 시작했다. 소하가 뒤에서 그녀를 불렀다.

"소유야, 어디 가느냐?"

"도움을 청해보겠습니다."

"누구에게 말이냐?"

"용이 사는 못이라 하니 용에게 빌어보아야지요."

소하의 목소리가 다급해졌다.

"소유야."

"미친 것이 아닙니다."

소유는 허리춤에서 옥피리를 꺼내 꼭 쥐었다. 전장에서 혹 부러지는 일이 있으면 안 된다고 짐에 넣어두었던 옥피리를 어젯밤 해랑이 떠오른 덕분에 꺼내 지닌 차였다. 그녀의 뒤를 급한 걸음으로 따라온 소하가 그녀를 설득하려 했다.

"마신 것만으로도 쓰러졌으니 빠지면 어찌될지 모른다. 가까이 가지 말거라."

"아름다운 고기가 살고 있지 않습니까?"

모양이 고운 물고기가 사는 것을 보고 더 안심하고 병사들도 물을 마신 것이었다. 소하는 엄격한 얼굴로 고개를 저었다.

"고기는 사람이 마시지 못하는 물에도 살 수 있느니라. 또한 저곳의 고기는 저곳에서 태어나 자랐을 테니 이미 적응을 한 것일 테지. 그러니 저기 가까이 가지 말고 어서 막사로 들어가자."

"소하 님."

막사로 돌아간다고 해도 바뀌는 것은 없었다. 소유는 소하의 얼굴을 보았다.

"돌아가면 무엇이 달라지겠습니까? 목이 말라 죽기를 기다릴 뿐이 아닙니까?"

소하의 얼굴에 아픔이 스쳤다.

"아니다. 내가 어떻게든 할 테니 그런 생각하지 말거라. 어떻게든 나는 내 병사들과 너를 모두 무사히 데리고 이 산을 내려갈 것이다."

상냥하고 강인한 왕자님. 소유는 지금까지 그와 함께했던 그 어떤 시간보다 바로 지금 소하를 향한 애틋함이 강하게 솟아나는 것을 느꼈다. 소하는 거짓말을 하는 것이 아니었다. 그는 정말로 아직 포기하지 않고 있었다.

사람은 생각보다 너무 쉽게 죽어버린다. 소유는 그 사실을 알고 있었다. 저 사람이 '죽을 것'이라는 사실을 받아들이기도 전에 가버리는 이가 너무도 많았다.

"자진하려는 것이 아닙니다."

소유는 자신이 느낀 모든 애정과 기쁨을 담아 소하에게 웃어 보였다. 그리고 백룡담의 물가에서 조금 떨어진 곳에 무릎 꿇고 앉았다.

한겨울처럼 차가운 이곳에서 옥피리는 신기할 만큼 따뜻하게 느껴졌다. 취구에 숨을 불어 넣으며 소유는 그렇게 생각했다.

어디선가 봄처럼 따뜻한 바람이 불어왔다. 여름의 뜨겁고 메마른 바람이 아닌, 꽃이 피게 하고 잊었던 기쁨을 떠오르게 하는 그런 바람이었다.

'해랑, 듣고 있나요?'

소유는 속으로 그렇게 속삭이며 손가락을 움직였다. 신비하고 부드럽고 정순한, 바로 그 악곡이 하늘을 깰 듯 퍼져 나왔다. 영영화의 가락이 지상에서 잊힌 것은 당연한 일이었다. 이 오묘한 소리를 신선의 악기가 아니면 무엇으로 낼 수 있을까.

우우웅, 하며 백룡담이 진동했다. 나중에 생각해보면 두려울 법도 한 일이었지만 소유는 연주를 멈추지 않았다. 아무것도 떨어지지 않은 연못의 중심에서부터 동심원이 퍼져 물가에 파도를 만들었다.

먼 옛날의 기억.

가슴속 가장 깊은 곳의 어린아이를 울리는 곡조에 통증을 호소하던 병사들도 소유를 보았다. 소하는 놀란 얼굴로 소유와 백룡담을 번갈아가며 보았다. 아무런 징조가 없었는데도 그들이 있는 설원 위로 먹구름이 몰려들었다. 보통의 먹구름이 머무는 곳보다 한참 높은 하늘에서 노니며 기묘한 오색을 뿜어내는 구름이었다.

이윽고 백룡담은 부글부글 끓어올랐다. 소유는 속으로 해랑을 다시 불렀다. 지금 해랑이 오고 있는 것일까? 눈으로 보기 전까지는 알 수 없었다. 용궁의 방식을 일개 인간인 그녀가 다 알 수는 없는 것이었다. 하지만 만약 저 못에서 모르는 용이 나온다고 해도 그녀는 병사들을 살려달라고 부탁할 셈이었다. 아버지가 유명한 신선이라 했으니 그의 딸이 하는 말을 조금은 들어라도 주지 않을까.

퍼버, 펑! 물거품 터지는 것 같은 소리에 뒤이어 못에서 흰 용이 머리를 내밀고 곧게 날아올랐다. 하늘을 향해 솟아오르는 우미한 흰 선을 보고 소유는 진심으로 감탄했다. 병사들이 비명을 지르는 목소리가 들렸지만 용이 물보라를 일으키며 내는 벼락 소리에 비하면 없는 것이나 다름없었다.

먹구름 아래, 붓으로 그린 듯 희고 힘차고 부드러운 모양새의 용이 부유했다. 소유는 옥피리를 손에 들고 그 용의 얼굴을 보았다. 걱정할 필요는 없었던 모양이었다. 그 다정한 눈은 그녀가 이미 잘 알고 있는 것이었다.

"해랑? 해랑인가요?"

하늘을 웅웅 울리며 용은 반가운 목소리로 대답했다.

'예, 아가씨. 해랑입니다. 아가씨가 이렇게 저를 불러주시니 참으로 기뻐요.'

소유는 빙긋 웃었다.

"저도 해랑을 만나서 정말로 기뻐요. 그동안 잘 지냈나요?"

용의 표정을 읽기는 힘들었지만 소유는 해랑이 웃었다고 생각했다.

'예, 아가씨. 저는 항상 그렇듯 잘 지냈답니다. 다만 아가씨를 뵙지 못해 쓸쓸했지요.'

"미안해요. 바쁠 텐데 괜히 부르기도 미안하고, 그동안 많은 일이 있었어요."

해랑은 이번에는 천둥소리를 내며 웃었다. 그 소리에 자지러지며 엎드려 비는 병사들이 있었다. 다만 소하는 곧게 서서 해랑을 똑바로 올려다보았다. 소유는 해랑에게 미안한 얼굴로 부탁했다.

"그런데도 오늘 해랑에게 와달라고 한 건 제가 지금 무척 곤란한 상황에 처해 있어서 그런 거예요. 해랑, 이 못의 물은 사람이 마시면 안 되는 건가요?"

'아……'

해랑은 한순간 머뭇거렸다.

'참으로 송구하기 그지없어요, 아가씨. 백룡담의 물은 사람이 마시면 건강해지는 좋은 물인데 1년에 한 번, 큰 눈이 내리고 나면 며칠 동안 이 근처에서 물을 마시는 모든 것이 해를 입는답니다. 북해의 용왕님이 방문하시는 때거든요. 용들의 사정 때문에 아가씨의 일행에게 큰 폐를 끼쳤으니 드릴 말씀이 없어요.'

차산성의 사자가 하필 그 부분을 이야기해주지 않은 모양이었다. 소유는 고개를 저었다.

"아니에요. 그러면 어떻게 해야 하지요? 지금 우리 병사들 모두가 이 못의 물과 근처의 눈을 녹인 물을 마시고 쓰러졌어요. 지금 적이 쳐들어오면 우리는 모두 죽을 테고, 적이 쳐들어오지 않는다 해도 아픈 사람들이 이동할 수는 없으니 여기에서 앓다가 죽을 거예요."

해랑의 다음 목소리는 당황과 미안함에 가득 차 있었다. 용궁에서 보았던 그의 당황스러운 표정이 생각나 소유는 저도 모르게 옅은 미소를 지었다.

'그런 끔찍한 일이 일어나서야 안 되지요. 아가씨, 부족하지만 제 힘으로도 병사들을 낫게 하고 물을 정화하는 정도는 가능하답니다. 부디 백룡담의 물을 마음껏 사용하시고 진군하세요. 적어도 앞으로 100리 동안은 물이 부족하지 않게 항상 제가 물주머니를 채워드릴게요.'

해랑의 몸이 눈처럼 희게 반짝이며 강한 빛을 내뿜었다. 소유는 병사들이 있는 쪽을 보았다. 어느새 뒤쪽에 빽빽하게 모여들어 있던 병사들은 놀란 얼굴로 자기들의 배를 문질렀다. 그 얼굴에서 더는 아픈 기색을 읽을 수 없었다. 소유는 얼이 빠진 소하를 한번 힐끔거리고 빙긋 웃으며 해랑을 다시 올려다보았다.

"고마워요, 해랑. 항상 도움만 받네요."

'아니어요, 아가씨. 아가씨께서 저를 필요로 하시는 것이 저에게는 무엇보다 큰 기쁨이랍니다. 앞으로도 언제든 필요하실 때 부르시면 어디든 달려갈게요.'

"그렇게는 미안해서 못하지요. 해랑, 전에도 이번에도 내 목숨을 살려줬네요. 내가 뭔가 보답으로 해줄 수 있는 게 없을까요? 북해의 용왕님은 왜 이 주변의 모든 것을 못 살게 만드신 건가요? 화라도 나셨나요?"

해랑은 쓴웃음을 지을 때처럼 가벼운 바람 소리를 냈다.

'용들 사이에 항상 있는 시시한 다툼일 뿐이랍니다. 아가씨께서 걱정하지 않으셔도 얼마 안 있어 북해로 귀환하실 거예요. 걱정하지 마시고 아가씨는 아가씨의 여행을 하셔요. 아가씨가 편안하신 것만이 제 기쁨이랍니다.'

"그렇게 말해주니 정말 고마워요."

'아가씨, 저는 이제 다시 용궁으로 돌아갑니다. 아가씨가 가장 힘들고 슬프실 때도 아가씨는 혼자가 아니에요. 제가 항상 아가씨를 지켜드리기 위해 여기에 있으니까요.'

그 말에 가슴이 뭉클해졌다. 소유는 해랑에게 고개 숙여 인사했다.

"정말 고마워요. 당신은 내 은인이에요. 조심해서 들어가고, 다음에 또 만날 수 있으면 좋겠어요."

해랑은 웃고 다시 벼락같이 번쩍여 백룡담 못 속으로 뛰어들었다. 우아한 용의 몸이 순식간에 그 안으로 빨려 들어가고 먹구름이 걷히는 것을 보자 꿈을 꾼 것 같은 기분이 들었다. 소유는 옥피리를 허리춤에 도로 찔러 넣었다.

몸이 순식간에 나왔다는 사실과 방금 본 용의 모습 때문에 병사들이 시끄럽게 떠들었지만, 용이 내는 소리에 비하면 아무것도 아니었다. 꼭 온 세상이 고요해진 것 같았다. 소하를 올려다보며 소유는 빙긋 웃었다.

"미친 것이 아니라 말씀드렸지요?"

소하는 입을 딱 벌리고 있었다. 그의 그런 얼빠진 얼굴은 처음이라 소유는 까르르 웃었다.

"내가 방금 본 것이 용이 맞느냐? 용을 알고 지내느냐?"

"예."

"용을 어찌 알게 된 게냐? 나는 아직도 내가 꿈을 꾸는 것 같구나."

소하는 정신을 차리려는 듯 자신의 고개를 빠르게 저었다. 소유는 미소 지으며 말했다.

"이전에 채윤의 집에 불이 나던 날, 도적에게 잡혀 죽을 위기에 처해 있던 저를 용왕이 구해주었습니다. 제 피리도 그에게 받은 것이랍니다."

"그랬구나. 미리 말해주어도 좋았을 텐데."

소하는 많은 것이 이제 이해가 된다는 표정이었다. 그녀는 그를 관찰하듯 올려다보았다.

"제 말을 믿으십니까?"

"못 믿을 것이 무엇이냐? 방금 내 눈으로 본 것 아니냐."

"오늘 이전에 말씀드려도 믿으셨을 겝니까?"

"못 믿을 것이 무엇이냐? 네가 하는 말인데."

소유는 그의 장담을 다 믿지는 않았지만 마음이 따뜻해졌다. 그녀의 웃는 얼굴을 본 소하는 한숨을 쉬고 웃었다.

"가자꾸나. 내가 귀인을 얻었구나."

그의 얼굴에는 이제 명확한 안도와 기쁨이 떠올라 있었다.

✳

쐐애애액. 날아드는 화살비에 병사들은 방패를 단단히 들었다. 다미국 병사들이 성벽 위에서 저들끼리 소리치는 것이 들렸다.

"화살에 불을 붙여라!"

"빌어먹을 천인국 돼지들을 불태워버려라!"

이쪽에서는 청운과 청하가 용감하게 돌아다니며 부하들을 독려했다.

"화살은 언젠가 끝난다! 계속 버텨라!"

"불을 아무리 날려봐야 우리에게는 소용 없다는 것을 보여주자!"

천인국의 병사들은 물을 꺼내 방패를 적셨다. 푹 적신 방패에는 불화살이 닿아도 불이 그대로 꺼져버리고 말았다. 주위의 풀도 다 젖어 있어 불이 붙지 않았다. 다미국 측은 분노로 으르렁거렸다.

"저놈들, 물이 어디서 저렇게 계속 나오는 거야!"

"사흘 거리에는 물이 없을 텐데!"

몇 개나 되는 우물이 완전히 망가져 있는 것을 그러잖아도 오는 길에 보았다. 아마 저쪽에서도 대단한 각오를 하고 벌인 일일 터였다. 소하는 눈 하나 깜짝하지 않았다. 옥현이 소리쳤다.

"아무리 해봐야 우리는 지치지 않고, 너희의 화살은 우리 방패를 이기지 못한다! 얌전히 성문을 열고 항복해라!"

"와아아아!"

천인국의 병사들이 함성을 질렀다. 혈기왕성한 하급 장교들이 목이 터져라 소리쳤다.

"항복해라! 항복해라!"

"항복해라! 우리 대원수 각하에겐 용궁 공주님이 계신다!"

비교적 가까이 있던 병사들이 우러르는 눈으로 소유를 보았다. 호마손도 하급 장교들에게 동조해 소리쳤다.

"비바람을 마음대로 부리고 조화를 일으키는 용궁 공주님이시다! 네놈들에게 남은 건 패배뿐이니 얌전히 우리 대원수 각하께 항복하거라!"

소유는 쓴웃음을 지었다. 백룡담에서의 일 이후로 병사들 사이에서는 소유가 사실 용궁의 공주였다는 설이 유력해졌다. 손가의 숨겨진 막내딸보다 그쪽이 훨씬 '개연성이 있다'고들 하는 모양이었는데… 개연성이 무엇인지 이제 알 수 없을 지경이었다.

옥현이 소유에게 농담을 했다.

"용녀님, 벼락 한 번만 불러서 다미국 병사들에게 퍼부어주시면 안 되겠습니까?"

"옥현 공."

소유는 쓴웃음을 지었다. 호마손이 얼른 끼었다.

"그리하시면 천기를 어기시는 거겠지요? 걱정 놓으십시오. 공주님께서 인명을 해치시는 일이 없게 저희가 잘하겠습니다."

호마손은 정말로 소유가 용궁 공주라는 설을 믿고 있었다. 소유는 약간 부담스러웠지만 대충 고개를 끄덕였다. 이미 아니라고 여러 번 말했지만 누구에게도 통한 적이 없었던 것이다.

"예, 감사합니다."

"들었냐, 이놈들아!"

호마손은 주위 병사들에게 소리쳤다.

"용녀님은 선계 분이시니 함부로 살상하셔서 질책당하시는 일 없게 하는 거다! 싸워 이기자! 이 성을 떨어뜨려 대원수 각하께 바치는 거다!"

"와아아아!"

이미 적의 불화살이 통하지 않아 사기가 오른 병사들은 신이 나서 소리쳤다. 천지가 울리는 그 기세에 다미국 병사들이 움찔했다. 화살비가 띄엄띄엄해지다 결국에는 멈췄다. 청운이 소리쳤다.

"갈고리를 던져라!"

큰 방패를 든 병사들 뒤에서 몸을 낮췄던 갈고리를 든 병사들이 몸을 일으켜 달려나갔다. 방패를 든 병사들은 그 뒤에 따라붙어 그들의 머리를 지켰다. 성벽 위에서 이번에는 돌이 쏟아졌다.

"충차 돌격!"

소하의 명령에 따라 충차가 무시무시한 소리를 내며 성문으로 돌진했다. 돌과 기름이 충차에 집중되는 틈을 타 여러 병사가 갈고리를 거는 데 성공했다.

"갈고리가 걸리는 대로 올라가라!"

성벽에 갈고리를 걸고 타넘는 병사들의 선두에는 청하가 있었다. 소유는 소하의 옆에서 전황을 지켜보며 청하가 혹 다치지는 않을까 조마조마해 주먹을 쥐었다.

다미국 병사들은 성벽을 효율적으로 지킬 줄 몰랐다. 우왕좌왕하는 병사들 사이에서 그들의 하급 장교들이 어떻게든 질서를 만들려 했지만, 결국은 장교들 자신조차 무엇이 우선순위인지 모르는 것 같았다. 소하는 느긋하게 전황을 보다가 하나씩 필요한 지시를 내릴 뿐이었다.

"손 부장님!"

청하가 매달려 있던 갈고리의 줄이 끊어졌다. 그녀가 떨어지는 것을 보고 부하들이 비명을 질렀다.

"청하 언니!"

소유도 깜짝 놀라 청하를 불렀다. 땅에 떨어진 청하는 곧바로 일어나려 했지만 다리가 말을 듣지 않는 것 같았다. 다행히 옆에 있던 부하들이 청하를 바로 부축해 본대 쪽으로 데려왔다. 소유는 당장 달려가 청하를 앉히는 것을 도왔다.

"언니, 어디가 아프세요? 괜찮으셔요?"

청하의 얼굴이 파랬다. 그녀는 쓴웃음을 지었다.

"다리가 부러진 모양입니다. 저기서 떨어진 것에 비하면 큰일은 아니니 신경 쓰지 마십시오. 제가 저기서 모범을 보여야 하는데 부끄럽습니다."

"무슨 말씀이세요, 누구든 부상을 입어서 싸울 수 없으면 피해야지요. 싸움터에서 버티는 것만이 능사가 아닌 걸요."

청하를 데려다준 부하들은 살기가 등등해 다시 성벽으로 달려갔다. 소유는 군의가 청하를 돌보는 것을 잠시 돕다가 소하의 옆으로 돌아갔다. 소하가 물었다.

"청하의 상태는 어떻더냐?"

"다리가 부러진 것 같다는데, 다른 곳은 괜찮아 보였으니 다행입니다."

"그래."

소하도 안도의 한숨을 쉬었다. 이 먼 땅에서 아군을 잃는 것은 하나하나가 큰 상처였다. 하물며 청하를 잃는다면 소하 개인에게도 끔찍한 손실일 터였다.

쿠광! 충차가 성문에 부딪치며 큰 소리를 냈다. 성문 위에서 끓는 기름이 쏟아져 내렸다.

"으아아악!"

충차를 몰던 병사들이 비명을 질렀다. 끔찍한 모습에 소유는 슬프고 화가 나 발을 굴렀다.

"저도 가서 싸우겠습니다!"

"안 된다."

소하는 딱 잘랐다. 소유는 입을 딱 벌리고 소하를 보았다.

"일반 병사들이 저리 고통받는데 어찌 저는 안전한 곳에 있으라 하십니까?"

"일반 병사들이 저리 고통받는데 내가 안전한 곳에 있는 것과 같은 이치다. 전군에게 잘 보이는 위치에서 자리를 지키는 게 지금은 더 군에 도움이 될 게 아니냐? 저들이 너를 얼마나 신뢰하는지 모르겠느냐?"

맞는 말이었다. 소유는 괴로움을 얼굴에 드러내지 않으려 애쓰며 병사들을 지켜보았다. 청하의 부하들이 가세한 충차가 가공할 힘으로 성문에 부딪쳤다. 퍽, 하는 소리와 함께 나무 성문에 금이 갔다. 성벽 위로 올라간 천인국의 병사들이 뛰어다니며 다미국 병사들을 베어 넘겼다.

"주문월, 대기하고 있다가 성문이 열리자마자 진입해라!"

"예!"

요전의 야간 기습 사건 이후로 능력을 인정받아 특공대를 맡게 된 주문월은 자신이 넘치는 얼굴이었다. 그가 지휘할 기병들이 험악한 얼굴로 눈을 빛냈다.

콰앙! 성문의 돌쩌귀가 들렸다. 지금까지 점령해온 다미국의 성들은 기병이 휘젓고 다니기 좋은 형태로 되어 있었다. 이곳도 마찬가지일 터였다. 주문월은 더 지체하지 않고 부하들과 함께 달려나갔다. 이럇!

쿠과광. 천지가 진동하는 소리와 함께 기병이 돌격했다. 투구로 귀 부분이 가려져 있는데도 귀가 먹을 듯 시끄러웠다. 성문이 열리고 나면 수성하는 측과 공성하는 측의 사기는 비할 바가 못 되었다. 뒤엉킨 난전이 잠시. 그리고 잠시 후 모든 것이 끝났다.

천인국 병사가 말을 타고 성문을 빠져나와 소하에게 달려왔다. 그는 저 멀리서부터 모두가 들을 수 있게 소리쳤다.

"성주를 잡았습니다!"

와아아아아아! 본대에서 대기하던 병사들은 물론, 한창 난전 중이던 병사들까지도 하늘까지 닿게 함성을 질렀다. 소유는 안도하며 말했다.

"경하드립니다, 소하 님. 이번에도 큰 승리를 거두셨습니다."

"고맙다. 하지만 싸움은 끝까지 가보아야 아는 것 아니겠느냐."

소하는 부드럽게 대꾸하고 병사가 도착하길 기다렸다. 천인국 병사는 소하의 앞까지 그대로 말을 타고 돌진해왔다. 그리고 이제 말을 멈추어야 하는 것이 아닌가, 하고 모두가 생각했을 때 즈음 소하에게 검을 휘둘렀다.

"죽어라!"

"하압!"

소하가 한순간 늦게 반응한 것은 아마도 순수한 무예 실력의 문제였다. 소유는 소하와 자객의 사이에 끼어 검을 검집째 휘둘렀다. 천인국 병사의 옷을 입고 있던 자객은 이를 갈았다.

"너!"

"왜 불러?"

소유는 유들유들하게 대답하며 자객을 몰아붙였다. 어물어물 정신을 차린 주위 사람들이 얼른 자객을 잡기 위해 투망을 던졌다.

생포한 자객의 투구를 벗겨보니 수염이 없는 얼굴이 나왔다. 천인국에 비해 여성 병사와 여성 지휘관이 많은 다미국에서는 이상한 일도 아니었다. 자객은 기습이 실패한 순간부터 죽음을 각오했던 듯 전혀 겁먹지 않은 얼굴로 소하를 노려보았다.

"더러운 침입자 녀석, 다미국 백성들의 땅을 노략질하니 좋더냐?"

"무엄하다!"

호마손이 버럭 화를 냈다.

"네 앞에 계신 분이 누구신지 아느냐? 천인국의 위대한 선대왕의 아드님이신 난양대군이시다!"

"네놈들의 나라 따위에는 관심도 없다! 우리 왕께서 오시면 너희들 따위는 한주먹거리도 안 된다는 것을 알아라!"

자객은 악을 썼다. 소하는 자객을 차갑게 내려다보면서 입으로는 소유에게 물었다.

"소유야, 다치지는 않았느냐? 네 덕분에 살았다."

"끝까지 가보아야 안다고 소하 님께서 말씀하신 덕분에 저도 주의한 것이지요."

소유는 소하의 체면을 생각해 겸손하게 대답했다. 사실 온힘을 다한 공격을 막느라 팔이 시큰거렸지만 당장 티낼 수는 없었다.

자객은 끌려갔고 소하와 소유는 정말로 싸움이 끝나기를 기다렸다. 이윽고 정말로 성주를 잡았다는 소식과 함께 성문 위에 백기가 걸렸다. 소하는 안도의 한숨을 쉬는 소유에게 기분 좋게 말했다.

"이제 정말로 이겼구나."

"예, 소하 님. 다시 한 번 경하드립니다."

점점 더 팔이 시큰거렸지만 소유는 기분이 좋아 밝게 대답했다. 그러나 소하는 호락호락 넘어가 주지 않았다.

"고맙다. 이따 성에 잠자리를 마련하면 군의에게 그 팔을 치료받고 내게 오너라. 치료를 잘 받았는지 확인해야겠다."

소유는 이번에는 어쩔 수 없이 대답했다.

"…예."

군의는 팔이 잠시 놀랐을 뿐, 별 부상이 아니라고 했다. 소유는 가벼운 마음으로 새로 점령한 성의 복도를 걸었다. 다미국은 싸움꾼이 많다더니 정말 성주 가족이 생활하는 공간일 본성에도 곳곳에 무기가 걸려 있고 장식이 적었다.

이 성에 머무르는 한동안 소하가 주로 사용할, 원래는 이 성의 성주가 사용하던 집무실은 문이 닫혀 있었고 촛불도 켜져 있지 않았다. 소하가 집무실에 있을 것이라고 들었던 소유는 고개를 갸웃했다. 집무실 안에서 뭔가 스치는 소리가 들린 것 같았다.

"소하 님, 안에 계십니까?"

소유는 닫힌 문 앞에서 물어보았다. 안에서는 아무 대답도 들려오지 않았다. 잠시 자리를 비운 것일까? 그렇다면 안에서 기다리는 게 나을지도 몰랐다.

"아무도 안 계십니까?"

소유는 한 번 더 물어보고 문을 열었다. 집무실 안은 비어 있었다. 그녀는 안으로 들어가 촛불을 켜기 위해 부싯돌을 찾았다.

"부싯돌이 여기 어디 있을 텐데."

어차피 여러 가지 논의를 하기 위해 소하는 금방이라도 돌아올 것이고, 그렇다면 미리 불을 밝혀두는 것이 좋을 터였다. 쇠뿔을 자르고 색칠해 만든 장식품 옆에 마침 예쁜 주머니가 있었다. 그것을 여니 부싯돌이 나왔다.

"그렇지."

소유는 금세 부싯돌을 찾은 스스로가 기특해 즐거워하며 호롱불을 밝혔다. 은은하고 고운 빛이 방 안을 밝혔다. 그때 갑자기 차가운 바람이 그녀의 목덜미를 스쳐 지나갔다.

바깥에서 불어온 바람일까? 별 생각 없이 열린 집무실 문 쪽을 본 소유는 그 자리에서 굳었다. 새카만 머리칼을 검게 늘어뜨린 애꾸눈의 남자가 그녀를 바라보고 있었다.

잠시 스쳤던 사람이지만 저 차가운 얼굴과 오싹한 감각을 잊을 수 없었다. 하지만 그가 왜 여기에 있단 말인가? 소유는 차마 입도 열지 못하고 몸을 떨었다.

남자는 다가오지도 않았다. 그는 그저 한동안 소유를 물끄러미 보다가 낮게 읊조렸다.

"아닌 건가."

무엇이? 그의 목소리가 너무 차갑게 들려 심장이 얼어붙는 것 같았다. 소유는 남자를 보다가 다리가 떨려 벽을 짚었다. 남자는 다시 한참 동안 그녀를 바라보았다.

"소유!"

다정하면서도 급박한 목소리가 들려왔다. 이 목소리 또한 여기서 들릴 리가 없는 목소리였다! 소유는 흠칫했다. 애꾸눈 남자는 어느새 모습을 감추고 없었다.

어디로 간 것일까. 지휘관이 사용하는 방을 이렇게 아무나 드나들어서는 안 된다. 심지어 이곳은 방금 전투가 끝난 적의 성이었다. 소유는 암살 시도의 가능성에 대해 이성적으로 생각하려 애쓰다가도 참지 못하고 집무실 문을 돌아보았다. 막 들어와 그녀의 이름을 부른 남자가 그 자리에 서 있었다.

"소유야! 괜찮아? 방금 그 사람은 누구야?"

"…채윤아?"

믿기지 않았다. 소유는 그의 이름을 조심스럽게 불렀다. 채윤은 답답하다는 얼굴로 그녀에게 성큼성큼 다가왔다.

"괜찮냐니까."

"진짜 채윤이야?"

채윤은 그녀의 앞에 멈춰 서서 그제야 쓴웃음을 지었다. 눈물이 차올랐다. 소유는 다시 확인했다.

"진짜 채윤이야? 이게 꿈은 아니겠지?"

"자, 여기. 내가 꿈으로 보여?"

채윤은 손을 내밀어 소유의 뺨을 만졌다. 그 온기는 의심할 바 없는 실제였다. 소유는 눈을 감고 그 체온을 느꼈다. 채윤이었다.

신기루가 아닌, 진짜 채윤이었다.

"살아 있었구나."

"응."

"내가 널 얼마나 그리워했는지 아니?"

급한 대로 옆의 빈 방에 들어와 나란히 앉은 채윤과 소유는 서로에게 기대 도란도란 대화를 나누었다. 소유는 아직도 채윤이 살아 돌아왔다는 것을 믿기 힘들었지만, 그의 체온을 느낄수록 가슴속에 행복이 차올랐다.

채윤은 간곡한 목소리로 사과했다.

"미안해. 너를 찾아가고 싶었는데, 혹시라도 네게 해가 될까봐 그러지 못했어."

소유는 눈물을 흘렸다.

"네가 보고 싶었어. 꿈에서도 계속 나올 정도로."

해가 될까봐 찾아오지 못했다니. 그를 계속해서 보지 못하는 것이 그녀에게는 훨씬 해가 되었을 것이다. 생각하다 보니 화가 나 소유는 채윤의 손등을 꼬집었다.

"이 매정한 녀석!"

"아야야. 소유야, 못 본 사이 말투가 많이 거칠어졌구나."

"네가 없는 동안 내가 얼마나 고생했는데, 당연하지!"

채윤은 웃음을 섞어 비명을 질렀다. 소유는 우스움과 분노와 기쁨이 복잡하게 섞인 감정이 자제되지 않아 악을 썼다. 그러나 말투는 점점 더 부드러워지며 울음이나 진배없게 가라앉았다.

"살아 있어서 다행이야. 네가 살아 있어서 정말 다행이야, 채윤아."

채윤의 손등을 쓰다듬으며 그의 팔에 얼굴을 묻자 채윤은 그녀의 머리를 쓰다듬었다.

"미안. 미안해."

그의 목소리도 우는 듯 들렸다. 소유는 얼굴을 들고 채윤을 빤히 올려다보았다. 갑자기 걱정이 되었다.

"이거 꿈 아니지? 정말 채윤 맞지?"

"그래. 나야."

"나한테 설명해줘. 하나도 빠짐없이 전부 다."

채윤은 눈을 내리깔고 깊은 숨을 내쉬었다.

"…집이 불타던 날, 내가 널 먼저 보내고 아버지를 찾으러 돌아갔었지. 아버지를 찾았을 때는 이미 돌아가신 다음이었어."

가슴이 욱신욱신 쑤셨다. 진 어사가 세상을 떠났다는 것이야 확실시되고 있었지만, 그래도 직접 그 상황을 본 사람에게 증언을 들으니 실감이 달랐다. 소유는 울컥 눈물을 흘리며 채윤의 손을 꼭 잡았다.

채윤의 목소리는 건조하고 높낮이가 적었다. 너무 끔찍한 일을 겪었기 때문에 이제는 어떤 감상을 담기가 힘든 것일까.

"아버지를 죽인 놈들은 아직 그 자리에 있었어. 그놈들이 나도 죽이려고 했고, 나도 꼼짝없이 죽는다고 생각했어. 그때 날 구해준 사람이 바로 옥현 공이야. 정확히 말하자면 옥현 공을 보내신 소하 님이시지."

"뭐?"

여기서 옥현과 소하의 이름이 나오다니? 소유는 울면서도 의아해 눈을 동그랗게 떴다. 채윤은 소유의 눈물을 다정하게 닦아주며 말했다.

"소하 님께서는 성주님이 아버지를 해칠 것임을 짐작하셨던 것 같

아. 그래서 우리 가족을 구하려고 옥현 공을 보내셨는데, 도착했을 때는 이미 자객이 우리 집을 습격한 뒤였지. 나만 구사일생으로 살아남은 거야."

소유는 그의 팔을 끌어안았다. 어릴 적부터 보아온 진 부관의 다정하고 친절한 모습들이 머릿속을 스쳐 지나갔다. 진 부관에 대한 애도는 이미 여러 번 해와서인지 감정이 격렬해지지는 않았다. 다만 순수하게 슬펐다.

채윤은 소유의 눈물을 소매로 닦아주었다.

"여전히 울보구나."

"나한테 아버지 같은 분이 돌아가셨다는데 내가 울지도 못하니?"

"아버지 돌아가신 거 몰랐어?"

"알았지만 그래도 너한테 직접 확인받는 건 다르잖아. 다들 시체의 신원을 알 수가 없어서 모두 죽었다고 간주하고 장례를 치렀다고 했단 말이야. 너도 살았는데, 다른 누가 또 살았는지 어떻게 알아."

채윤은 쓴웃음을 지었다. 그의 다정한 눈빛은 이전 그대로였다. 그는 소유의 어깨를 토닥여주고 나서 다시 이야기를 이었다.

옥현은 부하들과 함께 집 안을 되는 대로 수색했지만 산 사람은 그 혼자로 밝혀진 모양이었다. 그 뒤 채윤은 신월국 상인으로 변장해 장안으로 와 소하를 만났다고 했다.

"소하 님께서 그러시더라. 정말 미안하다고. 전부 다 자신 때문에 일어난 일이니 사과하겠다고. 그분의 모습을 보니 알 것 같았어. 아버지가 왜 그런 위험한 일에 뛰어드셨는지."

"응. 아저씨는 분명히 소하 님께 천인국의 미래를 걸고 싶으셨던 거겠지."

항상 나라의 미래를 걱정하던 진 부관이라면 분명히 그랬을 것이다. 그는 이미 초왕이 어떤 사람인지도 알고 있었을 테니 더더욱.

소유는 고개를 끄덕였다. 채윤은 그녀를 보고 빙긋 웃었다.

"그래서 나도 소하 님께 전부 다 걸어보기로 했어. 그리고 그 후로 난 소하 님 곁에서 그림자로 지내왔어."

가슴이 또 욱신거렸다. 소유는 원망을 숨기지 않고 물었다.

"왜 나에게 살아 있다는 사실을 숨겼어?"

채윤은 뜨끔한 얼굴로 입을 다물었다. 소유는 얼굴을 일그러뜨렸다. 물론 그녀도 알고 있었다.

"혹시라도 네가 살아 있다는 사실을 알면 어디 있는지 찾을까봐 그랬지? 그러다 잘못하면 나까지 위험에 처할 테니. 하지만 결국 이렇게 만났잖아. 바보."

그가 죽었다고 생각했다면 그녀는 모든 것을 포기하고 해랑의 곁으로 돌아갔을 것이다. 하지만 그럴 수 없었다. 끝까지 그가 죽었다고는 생각할 수가 없었다. 소유는 주먹을 쥐고 채윤을 때렸고 그는 아야, 아야, 하면서도 얌전히 맞아주었다. 이윽고 너무 우는 바람에 힘이 빠진 소유는 주먹을 내려놓고 채윤의 어깨에 머리를 기댔다.

그는 한숨을 쉬고 물었다.

"소하 님 곁에 있겠다는 건 목숨을 걸겠다는 의미라는 거… 너도 알고 있는 거지?"

"당연히 알지. 네가 없는 동안 이런저런 일이 있었어. 나도 느낀 점이 많아."

소유는 어두운 천장을 올려다보았다. 다미국의 건물은 천장에 태양을 그려놓은 경우가 많았다. 지금은 그 태양이 꼭 정말로 빛을 내는 것만 같았다. 채윤을 찾았기 때문일 것이다.

"아무것도 모르는 시골 아가씨는 이제 싫어. 나도 소하 님 곁에서 천인국을 좋은 세상으로 만들고 싶어."

채윤은 감탄하는 목소리였다.

"그렇구나. 네 마음을 이미 정했구나."

소하가 왕으로서 적임자임을 소유는 잘 알고 있었다. 그녀는 약간 부끄러워져 입술을 비죽 내밀고 채윤을 보았다.

"아무튼 네가 살아 있어서 좋아. 정말 다행이야."

채윤은 빙긋 웃었다.

"걱정 끼쳐서 미안해."

"괜찮아. 네가 무사하니까. 이렇게 살아 있으면 됐어."

살아만 있으면. 채윤이 살아 있으니 이렇게 그동안의 걱정에 대한 사과도 받았고, 앞으로는 같이 있을 수도 있었다. 소유는 지친 입꼬리를 올려 웃었다. 채윤의 얼굴이 갑자기 심각해졌다.

"그런데 아까 그 남자는 대체 누구지? 아는 사람이야?"

"예전에 화주에서 한 번 봤던 남자야."

"면식이 있는 자야? 그 방은 소하 님이 쓰실 곳인데. 설마 소하 님을 노린 건가?"

"모르겠어. 이름도 몰라. 네가 들어오니까 갑자기 사라져버렸어. 자객에 주의하도록 해야겠어."

안 그래도 낮에 한 차례 자객 소동이 있었던 참이다. 소유가 그렇게 말하자 채윤이 실쭉 웃었다.

"소하 님 걱정을 많이 하는구나? 네가 나 말고 다른 사람을 이렇게 걱정하는 모습은 처음 봐. 조금 섭섭하다."

"그럼 네가 내 옆에 계속 있었어야지."

"미안해."

채윤은 앵무새처럼 미안하다는 말을 반복했다. 이쯤 되었으면 사과는 다음에 더 받는 게 좋겠다. 소유는 부드러운 얼굴을 했다.

가만.

"채윤, 그동안 소하 님의 그림자로 지내왔다고 했지?"

"응. 모습을 감추는 김에 음지에서 그분께 필요한 일들을 조금씩 하면서 지내왔어. 왜 그래?"

그러니까 경원의 말이 옳았던 것이다. 소하가 채윤의 옥을 보여준 것은 순전히 그녀에게 거짓말을 하기 위해서였다. 우연히 손에 넣은 단서가 아니었다.

채윤이 살아 있다는 것을 알면서도 소하는 그녀에게 아무렇지도 않게 거짓말을 해왔다. 그녀가 채윤이 그리워 아파하는 것을 알면서도 그러했다. 그런데 그가 해왔던 또 다른 말들은 거짓이 아니었다고, 어떻게 보장할 수 있단 말인가.

그녀에게 보여주었던 다정함은 거짓이 아니라고, 어떻게 믿을 수 있다는 말인가.

가슴이 무척 따끔따끔했다. 소유는 희게 질린 얼굴로 고개를 저었다.

"아니야. 그럼 내가 전에 길에서 본 사람도 네가 맞나보다. 가면 쓴 신월국 사람이 지나가는데, 난 그게 너인 줄 알았어."

채윤의 눈이 흔들렸다. 그는 소유의 손을 꽉 잡았다.

"응, 네가 나를 부르면서 따라오는 걸 봤어. 알면서도 내가 도망쳤어. 미안해. 정말 미안해."

"아니야. 살아 있으니까 됐어. 다 용서해줄게. 앞으로는 사라지지 마, 응?"

소유는 채윤에게 기대 이마를 그의 팔에 비볐다. 채윤의 손은 따뜻했지만 그녀의 손끝은 점점 감각이 없어졌다.

소유는 소하를 보자마자 저에게 채윤의 일을 숨겼던 것을 따지고 싶었지만, 막상 그가 다른 장교들과 함께 피곤한 얼굴로 성의 점령 및 군사 보급과 앞으로의 전략 등을 논의하는 모습을 보고 나자 입을 열 수가 없었다. 기나긴 회의가 끝나고 다른 이들이 모두 자리를 떠났을 때 먼저 말을 꺼낸 사람은 소하였다.

"내게 할 말이 있지 않으냐?"

소유는 채윤이 소하에게 이미 보고했음을 짐작했다. 그녀는 소하가 먼저 그 이야기를 꺼내 놀라면서도 그 당당한 표정에 울컥했다.

"예, 있습니다."

"그러면 해보아라."

"왜 제게 숨기셨습니까?"

보다 분명하고 근엄하게 따질 생각이었는데, 정작 나온 목소리는 소유 본인도 놀랄 정도로 분노와 혼란에 차 있었다. 소하는 담담하게 물었다.

"영리한 너라면 내게 묻지 않아도 이미 알고 있지 않느냐?"

소유는 울컥했다.

"예, 압니다. 채윤의 존재를 숨기셨던 이유를 저도 알지요. 이해합니다. 채윤이가 살아 있는 것을 알면 저까지 위험에 처할까봐 숨긴 거라고, 그래서 소하 님께도 꼭 그렇게 부탁드렸다고 채윤이 그랬습니다. 질문을 바꿔야겠습니다. 어떻게 제게 숨기실 수가 있었습니까?"

뒤로 갈수록 목소리가 높아졌다.

머리로는 알았다. 채윤의 생존을 숨기는 것은 소하를 위해서도 필요한 일이었다. 반역자의 아들을 살려낸 것도 모자라 그림자로서 데리고 있었다니. 초왕이 알았다면 전쟁까지 내보내지 않고도 옳다구나 하고 소하까지 역모죄로 내몰았을 것이다. 하지만 그것은 채윤의 생존을 '남들에게' 숨겨야 하는 이유였다.

어째서 저에게까지 거짓말을 했을까. 어떻게 그렇게까지 감쪽같이 속였을까. 소하의 앞에서 채윤이 죽었다는 말을 듣고 기절했을 때,

438

소하는 어떤 동정심도 느끼지 않았을까?

그는 필요를 위해서라면 누구에게든 눈 하나 깜짝하지 않고 거짓말을 할 수 있는 사람이었을까.

소하는 음울한 얼굴이 되었다.

"어떤 말을 하든 변명처럼 들릴 것을 안다."

"예, 그렇겠지요!"

그 말은 사실이었지만 소유의 화를 푸는 데에는 적절하지 않았다. 그녀의 눈에서 불똥이 튀었다.

"소하 님은 그런 분이시지요. 저에게는 아무것도 제대로 말씀해주지 않으시고, 깨닫고 보면 저는 소하 님의 뜻대로 움직였는데도 아무 말을 할 수가 없어요. 따지고 보면 소하 님께선 잘못하신 게 없으니까요. 예, 이해한다고 말씀드렸지요. 소하 님께서 그리하신 이유를 다 이해하고 납득하고 있습니다. 그런데도 화가 납니다."

소하는 잠시 입을 다물었다. 그녀가 보기에 그는 약간 억울한 것 같았다. 그런데도 담담한 척 감정을 숨기려는 모습에 소유는 도리어 어쩔 줄 모르게 되고 말았다.

"이 말이 이상하게 들리십니까? 다 이해하는데도 화가 난다는 말이요."

"…아니다."

소하는 한 박자 늦게 대답했다. 소유는 그를 생경하게 보았다. 처음부터 그는 소유에게 모르는 척해왔던 것이다. 처음 경원의 도움으로 입궁해 채윤의 이야기를 털어놓았을 때도 소하는 채윤을 자신의 그림자로 데리고 있었다. 황 박사의 집에 소유보다 먼저 갔던 사람도 채윤이었을 것이다.

그렇게 긴 시간 동안.

소유는 눈을 꼭 감고 상념을 털어내듯 고개를 저었다.

"우리 사이에 신뢰라는 것이 있기는 한가요? 소하 님께서 제가 용과 아는 사이라는 말을 믿으시는 이유는 실제로 보셨기 때문이지요. 하지만 다른 것은 어떻겠습니까?"

"다른 것이 무엇이냐?"

소하의 목소리가 아주 조금이지만 격렬해졌다. 소유는 그를 도전적으로 보았다.

"제 부모에 대해 제대로 말씀드린 적이 없지요. 사실 제 아버지가 인간이 아니라면 믿으시겠습니까?"

"믿는다."

그 대답은 아주 빨랐다. 소유는 돌아섰다. 소하가 하는 말이 진실인지 아닌지 지금은 판단할 수가 없었다. 머리가 혼란스러웠다.

"가겠습니다. 내일 아침에 뵙겠습니다."

"소유야."

소유는 부름에 대답하지 않고 그대로 걸어 집무실을 나서려 했다. 소하는 뒤에서 가만히 말을 던졌다.

"치료받았다는 보고는 들었다. 부디 팔이 아프지 않게 오늘 밤에 따뜻하게 하고 자거라."

울컥 눈물이 다시 나려고 했다. 소유는 달려서 그 자리를 떠났다.

소유는 밤새 생각을 해보았지만 도저히 소하에 대한 생각을 정리할 수가 없었다. 소하도 그 사실을 아는 듯 그녀에게 며칠 동안 전투 이외의 건에 대해서는 말을 걸지 않았다.

병사들은 '금슬 좋던 대원수와 용궁 공주'가 하룻밤 사이 다퉈 서로에게 냉랭해진 이유에 대해 있는 대로 쑥덕거렸고, 자기들 나름대로의 상상력을 발휘했다. 그들은 곧 이 상황을 설명할 만한 적당한 문제를 찾아낼 수 있었다. 하룻밤 사이 갑자기 나타나 소유의 옆에서 떨어지지 않는 남자가 있었기 때문이다.

앞으로도 복권될 때까지는 소하의 그림자로서 움직여야 한다는 채윤은 병사들의 뜨거운 관심이 부담스러운 눈치였지만 소유는 그런 그의 난처함을 모른 체했다. 그녀는 어딜 가든 채윤과 함께 다녔고, 채윤이 보이지 않으면 무척 불안해하며 그의 행방을 찾았다. 채윤에게 의지하는 모습과는 대조적으로, 소하가 있는 자리에서는 얼굴이 점점 차가워졌다.

결국 행군하던 중 채윤은 소유에게 슬쩍 속삭여 물었다.

"왜 그래, 소유? 소하 님께 뭐 화난 거라도 있어?"

"화가 났냐고?"

그렇게 단순한 단어로 표현될 수 있는 감정인가. 처음에는 그랬을지 몰라도 이제는 아니었다. 소유는 눈썹 사이를 모으며 인상을 썼다. 그녀가 당한 것은 배신이었다. 서로의 믿음의 기반이 흔들렸는데 어떻게 관계를 유지한다는 말인가.

하지만 정작 채윤은 소하의 덕분에 이렇게 살아 있는 것이다.

그 생각을 하자 또다시 판단을 할 수 없게 되어 소유는 한숨을 쉬었다. 요즘은 계속 같은 생각이 머릿속에서 반복되었다. 문득 채윤이 이쪽을 가만히 바라보는 것이 느껴졌다.

소유는 갑자기 부끄러워 얼굴이 붉어졌다. 무슨 생각을 했는지 채윤이 눈치챘으면 어떡하나. 특별히 부도덕한 생각을 한 것은 아니었지만 어쩐지 부끄러웠다.

"왜?"

소유는 일부러 아무렇지 않게 물었지만 채윤은 그녀를 빤히 바라보며 빙긋 웃었다. 그 미소가 꼭 뭔가를 알고 있다고 말하는 것 같아 소유는 심술이 났다.

"왜 싱겁게 웃고 그래, 내 얼굴에 뭐라도 묻었니?"

채윤은 말간 미소를 지은 채 다정하게 말했다.

"네가 예전과는 많이 달라졌다 싶어서."

그 말에 까닭 모르게 눈물이 치밀었다. 그런 자신이 스스로 생각하기에도 이상해 소유는 태연한 체 고개를 들고 장담했다.

"달라진 건 아무것도 없어. 이 일이 다 끝나면 우리 화주로 돌아가자, 채윤아. 그래서 옛날처럼 즐겁게 살자."

남에게 들리지 않도록 작게 한 말에 채윤은 웃으며 고개를 끄덕였다.

"그러자. 네가 그때도 나와 같이 가고 싶어 할지는 모르겠지만."

"당연히 가고 싶지. 난 그러려고 여기까지 온 거야."

소유는 단호하게 말하고 콧방귀를 뀌었다. 채윤은 잠시 쓴웃음을 짓다가 나직하게 소곤거렸다.

"소유, 네가 왔을 때 나는 죽은 걸로 해달라고 소하 님께 내가 먼저 부탁드렸어. 그래서 내 옥도 일부러 그분께 드린 거야."

"그래서?"

"소하 님은 몇 번이나 네게는 진실을 말하는 게 좋지 않겠냐고 나한테 권하셨어. 그런데도 네가 안전하길 바란 욕심에 내가 고집을 부린 거야."

"그래서?"

소유는 아까와 똑같이 대답하며 고집스레 입술을 내밀었다. 채윤은 한숨을 쉬었다.

"이유 없이 거짓말을 하실 분이 아닌 거 너도 알잖아. 소하 님께 왜 그래? 정작 나는 금방 용서했으면서."

"너도 살아 있는 공으로 봐주는 거지, 아니었으면 아주 혼쭐을 내쳤을 거야."

채윤의 얼굴이 기묘해졌다.

"정말?"

그럼, 정말이지 하고 바로 받아치려는데 갑자기 말이 막혔다. 소유는 자신을 돌아보았다. 채윤이 살아 있는 것이 너무 기뻐 그를 용서한다면, 어째서 소하에게는 같은 관대함이 적용되지 않는 것일까.

소유는 앞에서 말을 타고 가는 소하의 뒷모습을 보았다. 그의 아름답고 늠름한 뒷모습에 가슴이 울렁거렸다. 그녀는 그에게서 눈을 떼지 못하며 작게 중얼거렸다.

"나도 모르겠어. …소하 님의 행동 하나하나가 내게 너무 큰 파문을 일으켜. 내 감정을 나도 주체할 수가 없어."

말하면서 가슴이 아파왔다. 소유는 살짝 풀이 죽었다. 그러면서도 채윤이 무슨 생각을 할지 못내 신경이 쓰여 슬쩍 곁눈질로 친구를 보니 그는 웃고 있었다.

"왜?"

"뭐가?"

"왜 웃니?"

소유의 뾰족한 말투에 채윤은 다정하게 대꾸했다.

"그냥, 조금 쓸쓸해서."

소유는 말문이 막혔다. 그녀는 흥, 하고 괜히 콧방귀를 뀌고 고개를 돌렸다. 그때 눈이 좋은 병사가 소리 높여 외쳤다.

"흰 기가 보입니다!"

흰 기라고? 모두가 깃발을 찾아 눈을 굴렸다. 확실히 눈이 좋은 병사의 말대로 5리 정도 앞에 흰 기를 든 기수 스무여 명이 보였다. 기수들은 갑옷을 입지 않은 사람을 수십가량 데리고 있었다.

기수들은 이쪽을 기다리고 있었던 것이 분명했다. 이쪽의 행군이 느려지다 곧 멎자, 흰 기를 가진 기수 중 절반이 이쪽을 향해 기를 펄럭이며 달려왔다. 천인국 측에서도 말을 잘하는 하급 장교가 부하를 두엇 데리고 그들을 맞이하러 갔다.

본대와 한참 떨어진 곳에서 만나 대화를 나누던 그들은 서로에게 고개를 끄덕이고 각자의 진영으로 돌아왔다. 장교가 소하에게 다가와 말했다.

"대원수 각하, 저들은 다미국의 왕 쿠란게렐의 금군에 속하는 자들로 각하께 선물을 드리러 왔다고 합니다."

전쟁 중이라도 양측의 대장끼리 대화를 나눌 겸 선물을 나누는 것은 이상한 일이 아니었다. 호마손이 감탄했다.

"대원수 각하의 위명을 듣고 항복하려는 모양이로군요."

소유는 그렇게 생각이 되지 않았다. 표정을 살짝 일그러뜨리는데 소하가 물었다.

"어떤 종류의 선물이라고 하던가?"

"예, 각하. 요전에 풀어주신 인질에 대해 보답하는 의미로 천인국 출신의 포로 몇을 인계하겠답니다."

소유의 얼굴이 더 이상해졌다. 다미국에서는 포로를 잡지 않는다고 전에 소하가 그러지 않았던가? 소하도 정확히 같은 의문을 품은 모양이었다.

"어디서 잡은 포로라고 하던가?"

이야기를 나누고 온 장교가 약간 불편한 얼굴을 했다.

"예, 각하. 그것이, 저들의 주장에 따르면 저희 별동대라고 합니다."

물론 소하의 군대에 별동대는 없었다. 근처의 장수 하나가 발끈했다.

"어디서 감히 간자를 데려와 잠입시키려는 것이 아니옵니까? 대원수 각하, 저들의 거짓에 놀아나셔서는 안 됩니다."

"일단은 데려와보라고 하자꾸나."

소하는 심드렁하게 턱짓하며 대답했다. 장교가 다시 백기의 기수들에게 달려갔다. 옥현이 소하에게 물었다.

"소하 님, 어찌하실 생각이십니까?"

"다미국 병사들은 우리 천인국 병사들보다 덩치가 크고 말씨가 거친데다 머리 모양이 다르니 천인국의 별동대라 하여 다미국의 간자를 잠입시키기는 힘들 것이다. 설마 쿠란게렐이 그 정도의 생각도 못하지는 않을 테니 뭐가 오는지 한번 보자."

호마손은 있지도 않은 별동대의 포로를 선물이라고 받는 것이 불만인 듯 소유를 보았다. '말려달라'는 속뜻이 노골적으로 보였지만 소유는 모른 척했다. 그녀도 무엇이 오는지 보고 싶었던 것이다.

잠시 후 백기의 기수들은 갑옷 없는 포로들을 넘겨주고 자리를 떠나버렸다. 정말로 포로를 건네는 것만이 목적이었던 듯했다. 다시 행군을 시작하기 전 소하는 채윤을 돌아보았다.

"채윤, 포로들이 어디 군적에 속해 있는지 자세히 알아보고 전후 사정을 취합해 보고하도록 해라."

"예, 소하 님."

소유가 보이지 않는 곳에서 채윤은 소하를 위해 많은 일을 해온 모양이었다. 소하는 채윤을 상당히 신뢰하는지 그에게 다양한 일을 맡기곤 했다. 소유는 그 사실에 대해 어떤 감정을 느껴야 할지 혼란스러워 입을 비죽였다.

고개를 다시 돌린 소하와 소유의 눈이 마주쳤다. 그녀는 흠칫해서 시선을 내리깔았다. 곧 천인국군은 움직이기 시작했다.

"보고드립니다, 각하."

청운과 옥현, 소하, 그리고 소유만이 자리한 막사에서 채윤은 조심스레 말을 꺼냈다.

"다미국 측에서 보내온 포로의 조사를 마쳤습니다."

"그래, 어디 소속이라더냐?"

소하는 흥미롭다는 말투로 물었다. 소유도 귀를 쫑긋 세우고 채윤의 입을 보았다. 그는 품을 뒤져 작은 주머니 십 수 개를 꺼냈다. 채윤이 주머니를 탁자 위에 올려놓자 청운이 입을 살짝 벌렸다.

"이것은……."

소유도 그 물건을 알아보았다. 청운의 누나들이 만든 것과는 솜씨가 아주 다르긴 했지만 분명히 자경국의 단풍잎 부적이었다. 그러나 채윤은 단풍잎 부적의 유행에 대해서는 잘 몰랐던 듯 그것에 대해 설명하기 시작했다.

"포로들이 제 소속을 확실히 말하지 못하고 중언부언하거나 있지도 않은 군영을 대기에, 소지품 조사를 해 보았더니 다수가 이런 물건을 속저고리 품에 지니고 있었습니다. 일종의 부적으로 보여서 알아보니 자경국 사람들이 전통적으로 좋아하는 단풍잎 부적이라고 합니다."

소유와 청운의 얼굴이 딱딱하게 굳었다. 청운은 잠시 후 정신을 차리려는 듯 고개를 휘휘 저으며 말했다.

"하지만 저 멀리 자경국 사람이 왜 다미국까지 온단 말입니까? 그리고 우리 군의 별동대라는 말은 뭐랍니까?"

채운이 심각한 얼굴로 대답했다.

"그것이 아무래도 그자들이 계속 본인들을 천인국 소속의 군인이라 하며 주변을 노략질했던 모양입니다. 다미국에서는 그들을 처형하려다가 요전에 소하 님께서 풀어주신 포로들에 대해 인사하는 의미로 이쪽에 인계한 것으로 보입니다."

"산적일까요?"

옥현이 드물게 웃지 않는 얼굴로 고개를 갸웃했다. 채윤은 고개를 저었다.

"손에 생긴 굳은살의 위치가 모두 비슷했습니다. 같은 무기를 같은 방식으로 오랫동안 사용한 자들입니다. 적어도 누군가의 아래에서 오랫동안 함께 일해 온 사병이고, 어쩌면 실제로 자경국 군영에 속한 병사일 수도 있습니다."

청운은 더 큰 충격을 받은 얼굴이었다. 소유도 어이가 없어서 입을 벌렸다.

"그러면 탈영병일까? 먹고 살기 힘들어서 여기로 올라온 거야?"

"그럴 수도 있지만."

채윤은 소하를 보았다. 소유도 소하의 얼굴에 눈길을 주었다. 요즘 행군할 때 그의 말을 타거나 종알종알 농을 나누는 일이 없다 보니 소하의 얼굴을 볼 기회가 많지 않았다. 화가 났음에도 그의 얼굴을 보는 시간이 소중하게 느껴졌다. 그러나 소하는 그녀를 보지 않고 눈을 내리깔며 생각하는 표정을 지었다.

"다양한 가능성을 열어두는 것이 좋겠구나. 행실이 좋지 않아 자경국에서 쫓겨난 병사들이 무리지어 여기까지 흘러들었고, 살기 힘들어 산적질을 시작했다는 것도 충분히 발생 가능한 일이다. 하지만 그렇다면 어째서 저들은 자기가 천인국의 병사라는 주장을 했단 말이냐?"

다미국이나 신월국에 비교하면 천인국과 자경국은 서로 문화가 비슷한 편이니 포로들의 주장에 이 북부의 주민들이 속는 것은 이상하지 않았다. 소유는 인상을 썼다.

"채윤아. 포로들이 있지도 않은 군영을 댔다고 했지? 자기들이 직접 자기들이 천인국 군사라고 말한 거야? 너에게도?"

소유는 일단 확인하기 위해 채윤에게 물었다. 채윤은 고개를 끄덕였다.

"그래. 내력을 명확하게 말하지 못하고 자꾸 이랬다저랬다 하긴 하는데, 자기들이 천인국 조정의 명령으로 여기에 왔다는 주장은 일관적이더라."

그것은 참으로 비열한 일이었다. 청운의 얼굴이 보기 드물게 일그러졌다. 소하는 빙긋 웃었지만 그 얼굴은 쌀쌀맞게 굳어 있었다.

"뻔히 드러날 거짓말을 하느라 그들이 고생이 많은가보구나. 채윤아, 이 일은 네게 맡길 테니 잘 조사해다오. 저들이 어째서 쿠란게렐에게 잡힌 것인지 그 앞뒤의 정황 또한 상세하게 살펴야 한다."

"예, 소하 님."

채윤은 고개 숙여 믿음직하게 대답했다.

밤에 올려다보는 다미국의 하늘은 별이 총총 박혀 아름다웠다. 소유는 손을 호호 불며 달을 올려다보았다. 휘영청 밝은 달이 빛을 쏟아 부으며 곳곳에 쌓인 눈을 반짝반짝 비추었다.

고향에 돌아갈 날 언제이련가
달빛은 똑같이 밝기만 한데

입술이 움직이며 저절로 시구를 지었다. 소유는 막 생각해낸 구절로 콧노래를 부르며 손가락을 서로 비볐다. 입김이 희게 올랐다. 다른 목소리가 대구를 이었다.

내 사는 곳 어디든 달빛은 똑같이 밝구나
하나 마음속 깊이 그리는 그곳은 나 태어난 고향이로다

바스락. 발걸음 소리가 들려도 소유는 놀라지 않았다. 그 대구를 지은 사람의 목소리를 그녀는 알고 있었다.

"어찌 혼자 나와 있느냐?"

꼭 숲에서 솟아난 것처럼 소하가 그녀에게 다가와 물었다. 그와 사적인 대화를 나누는 것이 오랜만이라 약간 어색했지만 소유는 성실하게 대답했다.

"청하 언니가 없으니 잠이 오지 않아 잠시 달구경을 하러 나왔습니다."

말을 마친 소유는 혹시나 해서 귀를 기울여보았지만 옥현이나 청운 등이 근처에 있는 기척은 없었다. 그녀는 걱정이 되어 소하에게 간언했다. 집무실에서 보았던 애꾸눈의 남자는 결국 소재가 밝혀지지 않았다.

"소하 님, 이곳은 전장이니 더 조심하셔야 합니다. 언제 어떤 자객이 올지 모르지 않습니까?"

"항상 조심만 하다 보면 지치는 법이지 않으냐. 정말 잠시만 나온 것이다."

소하는 쓴웃음을 지었다. 그는 자리를 뜰지 말지 고민하는지 가만히 한숨을 쉬었다. 그리고 소유에게 물었다.

"옆에 앉아도 되겠느냐?"

소유는 일부러 잠시 고민하는 척했다. 그녀는 결국 새침하게 자신의 옆자리를 가리켰다. 병사들이 사용하려고 베어놓은 나무더미에 대강 걸터앉아 있던 참이었다.

"소하 님 마음 가시는 대로 하십시오."

"그러면 내 앉으마."

소하는 부드럽고 온화하게 대답하고 소유가 가리킨 곳에 털썩 앉았다.

두 사람의 흰 입김이 연기처럼 하늘로 가볍게 떠올랐다. 소유와 소하는 한동안 말없이 앉아 하늘만 보고 있었다.

소유의 머릿속은 복잡해졌다. 소하가 그녀에게 먼저 말을 걸어오기를 그동안 기다리지 않은 것은 아니었다. 하지만 실제로 이런 상황이 되니 그가 무슨 말을 하기를 원하는지, 그녀 자신도 알 수 없게 되고 말았다.

한참 동안 주위의 소리라고는 둘의 숨소리밖에 나지 않았다. 그러던 중 소하가 불쑥 입을 열었다.

"…아바마마가 돌아가시던 날도 이런 밤이었다."

별 내용 아니었는데도 가슴속이 요동쳤다. 소유는 가라앉은 목소리로 물었다.

"어떤 밤이었습니까?"

"이렇듯 고요하고 아름다운, 특별할 것이 없는 밤이었단다."

잠시 또 숨소리만이 이어졌다. 소유의 숨소리와 소하의 숨소리가 동시에 약간 작아졌다. 흰 입김이 달빛을 받아 반짝이며 날아올랐다.

"연소하실 적인데 기억하시는군요."

"어떻게 잊겠느냐? 그날 이후로 모든 것이 변했는데."

소하는 쓴웃음을 지었다. 그는 달을 보며 천천히 말을 이었다.

"아바마마가 돌아가신 슬픔에 빠져 있을 겨를도 없이 숙부가 즉위하시고 나는 순식간에 폐세자가 되었지. 항상 내 옆에서 내 편을 들던 사람들이, 나를 보호하려던 어른들이 처음에는 한직으로 밀려났다. 그 다음으로는 먼 귀양지로 밀려나고, 종내는 누구라 할 것 없이 죽어 넘어가기 시작했지. 급히 태세를 바꿔 숙부에게 충성을 맹세한 사람들은 살아남았다만 그들도 이제 내 옆에 없는 것은 마찬가지였어."

가슴이 따끔거렸다. 소유는 소하를 보고 눈을 깜박였다. 메마른 눈이 뜨거워졌다. 소하는 그녀를 보고 쓸쓸한 웃음을 지었다. 그의 그런 표정은 정말로 흔치 않은 것이었다.

"처음에는 세상을 모두 원망했다. 그리고 배신감도 들었지. 항상 옳은 말만 해야 한다고 가르치던 내 주위의 신하들이, 항상 나를 헌신적으로 돌보아주던 궁인들이 나는 세자로서 적합하지 않다는 상소를 올리고 숙부에게 뇌물을 바쳤다. 배신당했다고 느끼지 않으면 그게 사람이겠느냐? 어떻게 그럴 수 있냐고, 상처받고 슬퍼하지 않는 사람이 있겠느냐?"

소유는 채윤이 그녀를 배신하는 것을 상상할 수 없었다. 소하는 소유를 보고 이상하다는 얼굴을 했다.

"어찌 우느냐?"

"제가 울고 있습니까?"

"모르겠느냐?"

"모르겠습니다."

소하의 옷소매가 다가와 소유의 눈가를 살며시 닦아주었다. 그녀는 그제야 자신의 얼굴이 젖어 있다는 사실을 알았다. 가슴이 아팠다. 그녀는 이 감정이 무엇인지 알았다.

"소유야."

소하는 한숨처럼 그녀의 이름을 불렀다.

"나는 그 무엇도 함부로 믿을 수 없다. 그래서는 안 된다는 것을 몇 번이나 아프게 배우며 자라왔느니라. 내게 슬쩍 혈서를 주던 아는 사람들이, 그 혈서에 서명한 동료의 밀고로 인해 피에 젖은 채 광장에 걸려 있는 모습을 보고 나니 더는 원망도 할 수 없더구나. 내가 어떻게 믿겠느냐? 무엇이 확실하겠느냐? 내가 함부로 믿으면, 누가 내 사람들을 지키겠느냐?"

이번에는 자각이 있는 눈물이 흘렀다. 소유는 자신의 두 눈을 소매로 가리고 꾹 눌렀다. 소하가 다정하고 낮은 목소리로 물었다.

"괜찮으냐?"

"괜찮, 지 않습, 니다."

소유는 가슴이 너무 아파서 한참 자신의 숨을 진정시켜야 했다. 그녀가 눈물이 흐르는 얼굴을 들어 소하를 보자 그는 제 소매로 그녀의 눈가를 또 닦아주다가 쓴웃음을 지었다.

"많이 우는구나. 네가 울길 바라고 한 말이 아니다."

"그러시면 왜 하셨습니까."

소유는 최대한 통명스럽게 물었다. 눈물이 나는 것이 그녀 자신도 부끄러웠기 때문이었다. 소하는 그녀의 눈을 한참 들여다보았다.

"부탁이니 울음을 그쳐다오. 하고 싶은 말이 있는데, 네가 우니 가슴이 아파 꺼낼 수가 없구나."

얼굴이 뜨거워졌다. 소유는 소하를 말끄러미 올려다보았다.

"제가 우는 것이 어찌 소하 님의 가슴을 아프게 합니까?"

"네가 모르느냐?"

"모르겠습니다."

"그래, 지금은 그런 걸로 해주마."

아무튼 소유는 울음을 그치기 위해 노력했다. 그나마 눈물이 조금 덜 흐르자 소하는 한숨을 쉬며 다시 이야기를 시작했다.

"처음 볼 때부터 너는 특별했다. 누구도 믿기 힘든 나인데도 너만은, 너만은 그토록 빨리 완전히 믿고 싶더구나. 이런 기분은 처음이다."

소유는 멍하니 입을 벌렸다. 그녀의 얼굴을 본 소하는 쓴웃음 지은 표정 그대로 그녀의 얼굴을 쓰다듬었다. 그의 따뜻한 손은 곧 눈물에 젖었다.

"나는 너를 믿는다. 네가 용궁의 공주가 아니라 신선의 딸이라 해도 믿는다. 하지만 지금 내 상황을 생각하면 널더러 나를 무조건 믿고 이해해달라고는 할 수가 없구나. 그러니 솔직하게만 말해다오."

신선의 딸? 소하가 알고 한 말이 아니었을 테지만 소유는 그 말에 충격을 받았다. 그녀의 눈이 흔들리는 것을 어떻게 받아들였는지, 소하의 아름다운 눈이 슬프게 일렁였다.

"너는 나를 어떻게 생각하느냐?"

"소하 님……."

이런 곳에서는 도망칠 수가 없었다. 소유는 소하의 어깨에 머리를 기댔다. 감히, 하고 주저하는 마음이 들었지만 소하는 그녀를 책하긴커녕 더 편하게 기댈 수 있도록 몸을 살짝 틀어주었다.

"처음에 소하 님을 뵈었을 때부터 마냥 다정하기만 한 분이 아니라는 것은 알았지요. 말로는 설궁 안에 갇혀 있다 하시면서도 황 박사님 댁의 모든 사정을 손바닥 들여다보듯 알고 계셨으니까요."

소하는 바람이 살짝 빠지는 듯한 웃음소리를 냈다.

"스승님을 방해할 생각은 아니었다."

"예, 그래서 더 잘되었으니까요. 그리고 선대왕께 충성을 바쳤던 이들이 계속 금상 전하께로 돌아서고 있다는 사실을 알고는 이분이 이런 일을 당할 분이 아닌데, 라는 생각이 들었습니다. '광릉산'을 들었기 때문에 더욱이요. 그래서 힘이 되어드리고 싶었습니다. 비록 제가 할 수 있는 일은 없더라도."

"너는 나에게 이미 큰 힘이다, 소유야."

소하의 얼굴이 부드러워졌지만 쓸쓸함은 여전했다. 소유는 자신의 마음을 확실히 깨달았다. 비록 화가 났을지언정 그녀는 그의 상황을 여전히 슬프고 부당하다 생각했고, 이 상황을 바꾸고 싶었다.

"소하 님은 단순한 제게는 너무도 어려운 분이십니다. 소하 님이 안고 계시는 것을 이해하기에 저는 너무 많은 것을 모릅니다. 소하 님이 무섭다고 생각할 때도 있고, 소하 님이 가여울 때도 있습니다.

무엇보다 소하 님께서 저를 아낀다고 말씀하셔도 저는 그 말을 믿기가 저어됩니다. 소하 님의 거짓말을 제가 어찌 꿰뚫어보겠습니까?"

말이 이어질수록 소하의 얼굴은 조금씩 더 괴로워졌다. 소유는 그의 눈을 말끄러미 올려다보았다.

"하지만 곁에 있고 싶습니다."

가슴이 쿵, 쿵, 부드럽게 뛰었다. 각오하고 뱉은 진실은 혀와 가슴 모두에 달콤하면서도 쓰디썼다. 소유는 슬픈 눈을 했다.

"소하 님을 이해하고 싶습니다. 끝까지 이해하지 못할지도 모르지만, 그럼에도 시도하고 싶고 노력하고 싶습니다. 계속 곁에서 소하 님과 함께하고 싶습니다."

말이 끝났을 때는 심장을 베이는 것 같은 기분이었다. 소유의 말에 소하는 그녀를 가만히 끌어안았다. 다정하고 느릿한, 그녀의 의사를 살피는 조심스러운 포옹이었다.

그에게서 다른 말은 없었지만 그것으로 충분했다. 소유는 소하가 만족하기로 한 것을 알고 눈을 감았다.

추운 밤인데도 소하가 끌어안은 곳은 대단히 따뜻했다.

"다시 쳐라!"

"침입자 놈들에게 지지 마라!"

이번에 점령해야 할 성은 작고 약해 보였는데도 기세가 대단했다. 포기하지 않고 쏟아지는 기름과 돌 때문에 소하의 군대는 고전했다. 청운이 나서서 병사들을 진두지휘한 덕분에 그나마 당장의 사기는 유지할 수 있었지만 이대로 물러간다면 내일의 사기는 좋지 않을 것이다.

무슨 수가 없을지 소유가 골몰하는데 곧 둥둥둥둥, 다미국 측에서 북소리가 들렸다.

"뭘까요?"

"글쎄."

소유는 날카로운 눈으로 주위를 살폈다. 소하는 인상을 썼다. 부대 왼쪽에서 큰 소리가 들렸다.

"서쪽에서 적의 원군이 다가오고 있습니다!"

소유는 목소리가 들린 쪽을 보았다. 과연 서쪽의 언덕을 넘어 빽빽하게 군기를 올린 병사들이 다가오는 것이 보였다. 소하는 혀를 차고 손을 들었다.

"물러가자."

"예! 퇴각하라!"

옥현의 외침에 북소리와 나팔 소리가 울리며 천인국 병사들은 질서정연하게 퇴각 준비를 했다. 소하는 병사들 사이에서 꼿꼿하게 서 원군 쪽을 보았다.

"원군의 수가 많구나."

"예, 소하 님."

소유도 동의했다. 지금 점령하려던 성의 전원을 합쳐도 2, 3천이 안 될 텐데, 원군의 수는 적어도 그 절반은 되어 보였다. 수적인 차이가 줄어들면 공성 측이 불리했다.

"가시지요, 대원수 각하, 용녀님."

호마손이 적당한 시점에 소하와 소유를 재촉했다. 소유는 돌아서 말을 몰며 원군을 이끄는 사람을 보려 애썼다. 빠른 속도로 가까워진 원군의 대장은 덩치가 컸고 바로 옆에 황금색 기를 올리고 있었다.

얼마 후 대장의 얼굴은 알아볼 수 있을 정도의 거리까지 다가왔다.

소유는 원군의 대장이 가진 덩치에 압도당했다. 큰 키까지 감안하면 소유의 체격 네 배는 되는 여자인 것 같았다.

"소하 님. 적장이 아주 용맹하게 생겼습니다."

소유는 소하에게 소곤거렸다. 역시 적장을 관찰하고 있었던 듯 소하도 바로 동의했다.

"그래. 깃발을 보니 어쩌면 저 자가 다미국을 하나로 묶은 쿠란게렐 왕일지도 모르겠구나."

원군은 왕이 이끄는 정예인 듯 빠르고 정연하게 움직였다. 천인국의 군대는 그들이 쫓아오지 못할 만큼의 거리에 가까스로 들어가 회군할 수 있었다. 소유는 퇴각을 하면서도 내내 쿠란게렐을 더 잘 보려고 몇 번이나 뒤를 돌아보았다.

과연 예상대로, 다음 날부터 성문에는 금빛 깃발이 몇 개씩 걸려 있었다. '다미국왕 쿠란게렐'이라고 쓰인 각 깃발은 새것처럼 깨끗했고 장엄했다. 성벽 근처에서 보이는 경비대의 기세도 엄정하기 그지없었다.

"골치 아프군요."

옥현은 그 특유의 웃음이 약간 사라진 얼굴로 평가했다. 청운이 생각하는 얼굴로 말했다.

"수성의 배치도 더할 나위 없어 어제까지와는 딴판입니다. 다양한 전장을 경험해 본 장수가 있는 모양입니다."

"쿠란게렐 본인이든, 아니면 측근의 장수든 수많은 전장을 헤쳐 나온 사람이 있는 것일 테지."

소하가 한숨처럼 말했다. 소유는 괜히 성을 노려보았다. 기병이 많은 다미국군은 한 번 움직이면 순식간에 가까워지기 때문에 천인국군은 상당히 먼 거리를 유지하고 있었다.

"성벽 위로 누가 나옵니다."

눈이 좋은 병사가 소하에게 아뢰었다. 장수들은 모두 눈을 찌푸리거나 크게 뜨거나 하면서 성벽을 쳐다보았다. 원체 덩치가 좋은 다미국군 사이에서도 특히 눈에 띄는 엄청난 몸집의 장수가 모습을 드러냈다.

"왕 본인의 행차로군요."

호마손이 얼이 빠진 목소리로 말했다. 쿠란게렐의 덩치 때문에 갑자기 성벽이 훨씬 가깝게 느껴졌다. 소유는 감탄했다.

"오는 길에 들은 소문으로는 호랑이도 맨손으로 때려잡는다지요? 적이라 아쉽군요. 천인국 사람이었다면 후세에 길이 남을 영웅으로 칭송받았을 겁니다."

"다미국 사람들 사이에서는 이미 전설이라고 합니다."

청하가 웃으며 덧붙였다. 우사마는 약간 불쾌한 얼굴이 되었다.

"같은 여자라고 적을 칭찬하는 게요?"

"우사마께선 적이 남자가 아니라 칭찬하지 않으시는 겁니까? 저는 능력이 아쉽다는 의미로 한 말일 뿐입니다."

우사마는 속이 좁았다. 그의 꽁한 얼굴을 보고 소유는 쓴웃음을 지었다. 소하가 명징한 목소리로 분위기를 잡았다.

"적장의 기개에는 나도 감복하는 바이나, 저들은 어디까지나 우리 천인국에 툭하면 쳐들어와 선량한 백성들의 목숨을 빼앗았다는 사실을 잊어서는 아니 될 테지. 적이 강하니 우리도 더 마음을 굳게 먹으세."

"예, 각하."

"예, 소하 님."

장수들은 결의에 차 대답한 후 입을 굳게 다물었다. 그때 성벽에서 나팔 소리와 북 소리가 들렸다. 청운이 손을 들었다.

"혁진상, 앞으로!"

혁진상은 중앙 방어진을 맡은 2부장의 부관 자리에 올라 있었다. 보병들은 인망 있는 2부장과 실력 있는 혁진상을 따라 단단한 벽을 이루었다. 소유는 슬쩍 고개를 들어 멀리 성 뒤편의 언덕을 보았다.

"잘 접근하는 것 같구나."

소하가 소유를 안심시켜주었다. 청하가 그곳에 가 있었기 때문에 소유는 내심 걱정을 하고 있었던 것이다. 다리가 부러진 사람이 사다리차를 지휘해서 성벽을 공격해도 괜찮을까? 하지만 소하가 그렇게 다짐해주니 모든 일이 순리대로 흘러가고 있는 것만 같았다. 그녀는 소하에게 미소 지어 보였다.

"예, 그런 것 같습니다."

"돌파력이 강한 다미국의 기병이 전원 본대로 달려들게 할 수는 없지. 성주에게도 충분히 고민거리를 줄 셈이다."

소유도 작전을 이해하고 있었다. 그녀는 심호흡하고 눈을 치켜떴다.

"물론입니다."

"믿음직하구나."

소하는 빙긋 웃었다. 성벽에서 들려오는 소리가 점점 더 커지더니 이내 성벽이 열렸다.

쿠구궁. 쿠란게렐이 탄 거마를 선두로 한 다미국의 기병이 화살처럼 빠른 속도로 성벽을 빠져나왔다. 그들의 발소리가 천지를 울렸다. 소유는 저도 모르게 침을 꿀꺽 삼켰지만 자신을 보는 병사들을 생각해 동요를 숨겼다.

"천인국의 용감한 병사들아!"

소하가 벽력처럼 소리쳤다. 그의 목소리는 낮고 다정하면서도 필요할 때는 얼마든지 선명하게 울릴 수 있었다.

"긴 원정의 끝이 보인다. 저자가 다미국의 왕이다! 적은 수가 적고 개인의 힘에 의존한다. 그것이 군대냐? 너희가 지금까지 거두어온 승리를 생각해라! 나를 믿고 하나가 되어 행동하면 반드시 이긴다!"

"대원수 각하 만세!"

"천인국 만세!"

하급 장교들의 우렁찬 목소리에 이내 일반 병사들의 눈이 뜨겁게 불타올랐다. 방어진을 만든 보병들의 벽은 뾰족한 창을 앞으로 세우고 밀집해 고슴도치 같았다. 천인국의 궁병들이 방패 뒤에서 활을 쏠 준비를 하는데 다미국 기병들이 활을 꺼냈다.

쐑, 쇄쇄쐑! 북부 유목민들의 장기인 기사騎射였다. 말도 안 될 정도로 긴 호를 그리는 화살들이 일제히 천인국의 병사들에게 날아들었다. 청운과 옥현의 얼굴이 순간 파랗게 질렸다. 저렇게 사정거리가 긴 활은 처음 보는 것이었다. 솔직히 말하자면 방심했다고 해야 할 것이다.

"쿠란게렐의 출신 부족이 쓰는 물건일지도 모르겠군. 저건 뭘로 만든 거지?"

소하가 혀를 찼다. 그 낭패한 목소리를 들으며 소유는 움찔했다. 바로 뛰어나갈 준비를 하느라 방패를 성기게 들고 있던 병사들이 피를 흘리며 순식간에 넘어졌다.

한 차례 활을 쏜 뒤 질풍처럼 달려온 쿠란게렐의 기병이 중앙 방어진에 기세 좋게 부딪쳤다. 빠다다닥! 방패와 창이 깨지고, 무너지고, 또 말들이 멈춰서 다치고, 넘어지고……. 천인국의 궁병들이 활을 쏘았다. 이제는 천인국의 군대에서 표준 무기로 쓰는 목궁의 사정거리 안에 적이 있었다. 피융, 피빙! 깃에서 신속하고 시원한 소리를 울리며 길고 색 밝은 화살이 적의 몸에 꽂혔다.

주위 병사들이 쓰러져 넘어지는 것을 보면서도 쿠란게렐과 그녀의 장수들은 저어하는 기색이 없었다. 그들은 무시무시한 힘으로 보병들을 밟고 베어 길을 냈다. 파도 속에서 나아오는 큰 배처럼, 속도는 느리지만 착실하고 분명하게 다가오는 거대한 힘을 보며 소유는 주먹을 꽉 쥐었다. 대단한 기백이었다.

점점 다가온 쿠란게렐의 얼굴은 몸처럼 험악했다. 그러나 그 눈 속에 담긴 현명함과 기백은 소유로 하여금 어떤 종류의 감동을 느끼게 했다. 혁진상이 쿠란게렐에게 다가가 언월도를 휘둘렀다.

째앵! 혁진상도 보통 사람의 몇 배나 되는 덩치였기 때문에 그나마 쿠란게렐의 힘에 바로 넘어가지 않을 수 있었을 것이다. 가공할 소리와 함께 무기가 서로 부딪쳤다. 그러나 덩치에 맞는 말을 가지고 있는 쿠란게렐이 확실히 우위였다.

"우습구나! 네놈이 제일 강한 놈이냐?"

쿠란게렐이 노호했다. 그 우렁찬 목소리가 소유에게까지 들려왔다.

"이제까지 우리에게 온갖 누명을 씌워놓더니 급기야 제 발로 들어왔구나. 각오는 되어 있겠지?"

누명? 소유는 고개를 갸웃했다. 혁진상이 악을 쓰는 것이 어렴풋이 이어 들려왔다. 누명이라니 무슨 터무니없는 소리냐, 정도의 말을 한 것 같았다. 쿠란게렐이 격분한 표정으로 소리쳤다.

"비열한 흉계 따위는 넌덜머리가 난다! 시끄러우니 헛소리하지 말고 죽어라!"

쿠란게렐은 대검을 크게 휘둘렀다. 혁진상은 검에 맞아 비틀거리다 말에서 떨어졌다. 소유는 깜짝 놀라 숨을 들이켰다. 다행히 잠시 후 꿈틀거리며 물러나는 걸 보니 죽지는 않은 모양이었다.

"이야아!"

"죽어라!"

다음으로 세 명의 장수가 한번에 달려들었지만 쿠란게렐은 그들 또한 던지듯이 날려버렸다. 입이 딱 벌어지는 광경이었다. 청운이 즉시 소하에게 말했다.

"각하, 저를 보내주십시오. 병사들의 사기가 떨어지고 있습니다. 막아내야 합니다."

"안 된다. 부하들을 지휘하려면 네 통솔력이 필요해."

소하가 지휘관의 말투로 잘라 말하자 청운은 움찔해 물러났다. 소유는 빙긋 웃었다.

"소하 님의 말씀이 옳습니다. 그러니 부하들을 지휘하지 않고 있는 제가 나가겠습니다."

청운과 소하가 모두 깜짝 놀란 표정을 지었다. 소하는 당장 인상을 썼다.

"절대로 안 된다."

"왜요?"

"너무 위험하다."

"여기에 위험을 감수하지 않고 온 이가 누가 있겠습니까?"

경악에서 조금 벗어났는지 호마손도 얼른 거들었다.

"맨손으로 호랑이도 때려잡는 장사라고 말씀하시지 않았습니까? 여럿이서 잡게 두시지요."

"쿠란게렐이 함정을 향해 가는 멧돼지도 아니고, 잡기는 어떻게 잡는다는 말입니까?"

심장이 뛰며 호승심이 일어났다. 소유는 쿠란게렐이 자신보다 두어 급은 높은 상대라는 사실을 멀리서도 알 수 있었지만 고개를 저었다.

"일 대 일로 이기겠다는 것이 아닙니다. 계속 이쪽을 향해 오고 있지 않습니까? 기세를 막아야 이번 전투에서 이길 수 있습니다."

"소유야."

소유가 마음을 정했다는 것을 깨달았는지 소하의 얼굴이 진지해졌다. 그가 잡기 전 소유는 멋대로 말을 몰았다.

"아무리 대단해도 용왕이 절 지켜주니 걱정하지 마십시오. 그럼 다녀오겠습니다, 이럇!"

"소유야!"

등 뒤로 소하의 절박한 목소리가 들렸다. 소유는 그 소리를 못 들은 척하고 계속 말을 몰았다. 뒤에서 다가오는 그녀의 소리를 듣고 돌아본 천인국 병사들은 기묘한 표정으로 길을 열어주었다.

마침내 쿠란게렐의 앞에 도달했을 즈음 주위의 시선은 소유에게 집중되고 있었다. 쿠란게렐은 소유를 보고 기가 차다는 듯 웃음을 지었다.

"천인국 계집애들은 연약하고 가냘프기 그지없다더니 정말이로구나. 넌 뭐냐? 아까 네가 일산 아래 있는 것을 보았다. 네가 총사령관이냐? 대원수라는 그것이냐?"

저렇게 묻는 것은 천인국과 다미국의 문화가 크게 다르기 때문일 것이다. 소유는 솔직히 겁이 났지만 빙긋 웃어 보였다.

"저희 대원수께선 저 뒤에 계시는 남자분입니다."

"하! 저것 역시 가냘프기는 마찬가지가 아니냐?"

쿠란게렐은 눈을 번뜩였다. 증오와 살기가 가득한 그 눈빛을 정면으로 받은 소유는 오금이 저리는 것을 느꼈다. 여기에서 싸우던 사람들은 정말 대단했다. 누가 봐도 사람보다는 곰에 가깝지 않은가?

"그래, 뭐 하러 왔느냐? 네 목을 바치러 왔느냐?"

"아쉽지만 저에게는 중요한 목이니 드릴 수는 없겠고, 하신 말씀 중에 궁금한 것이 있어 이렇게 여쭈러 왔습니다."

"까불지 마라!"

쿠란게렐은 칼을 붕 휘둘렀다. 소유는 침착하게 온 힘을 다해 그것을 비껴냈다. 비껴냈는데도 손목이 시큰거렸다. 정말로 말도 안 되는 힘이었다.

"난 대화는 검으로밖에 하지 않는다. 비열한 흉계 따위는 넌덜머리가 난다고 했을 텐데!"

"마침 그 이야기였습니다. 누명이라니 어떤 말씀이신지, 흉계라니 어떤 말씀이신지. 핫!"

어차피 막힐 줄은 알았지만 소유는 쿠란게렐을 정면으로 공격했다. 쿠란게렐은 실력자의 여유로운 표정으로 그 공격을 막아냈다. 충분히 다른 수를 쓸 수 있음에도 불구하고 확실한 실력 차를 드러내기 위해 느리게 받아낸 것이었다.

"나쁘지 않구나."

쿠란게렐은 눈을 반짝였다. 살기와 증오가 순식간에 옅어졌다.

"나쁘지 않아. 어디 내게 궁금한 것이 있으면 직접 실력으로 알아내봐라!"

소유는 빙긋 웃고 손을 뒤틀어 측면을 공격했다. 쿠란게렐은 그 뒤로 다섯 번 연속으로 이어진 소유의 공격을 흐르는 듯한 동작으로 모두 막아내고 힘을 썼다.

"흐압!"

"윽!"

소유의 검이 끔찍한 반동을 주인에게 전하며 뒤로 튕겨나갔다. 간신히 검을 잡기는 했지만 식은땀이 흐르는 상황이었다.

신중하게 행동해야 했다. 소유가 투지를 불태우며 찬찬히 쿠란게렐의 눈을 보자 문득 그 눈이 가늘어졌다. 쿠란게렐은 무기를 내렸다.

"마음에 드는 아이로구나."

전장에서 무기를 내리다니, 그것도 적진을 뚫던 와중에? 소유는 놀라 어물거렸다. 쿠란게렐은 자기에게 날아오는 투망과 창을 모조리 날려버렸다. 그리고 가슴을 펴고 크게 소리쳤다.

"검을 나눠보면 성정을 알 수 있지. 너는 솔직하고 용감하니 흉계를 꾸밀 거라는 생각이 들지 않는다. 그래, 묻고 싶은 걸 다시 물어봐라. 내키면 대답해주마!"

"감사합니다."

놀라운 행운이었다. 소유는 얼른 검을 집어넣고 예의 바르게 고개를 숙였다.

"저희는 저희 조정에서, 다미국이 매번 불가침조약을 어기고 국경을 넘어와 선량한 백성들을 약탈하니 그 점에 대해 항의하라는 명령을 받고 온 것입니다. 하온데 누명이라 하심은 어떤 점을 말씀하십니까?"

"뭐라?"

쿠란게렐은 다시 화가 난 것 같았다. 그녀는 무기를 잡은 손에 힘을 꽉 주고 으르렁거렸다.

"말도 안 되는 오명이고 모략이다! 매번 약속을 어기고 국경을 넘어온 것은 너희가 아니냐? 네놈들이 하도 약탈을 해대는 통에 남부 산간 지방의 다미국 부족들이 살 수가 없을 지경이다!"

"그것은 저희가 아는 것과 다릅니다."

마음속에서 조각들이 맞아 들어갔다. 소유는 자신의 얼굴이 약간 창백해지는 것을 느끼며 쿠란게렐을 똑바로 응시했다.

"우린 네놈들의 나라 따위 관심도 없다. 뭣하러 약속을 어기기까지 하면서 내려가겠느냐? 약탈? 웃기는 소리다. 한판 붙고 싶으면 정정당당히 나오면 될 것을!"

"예, 맞습니다. 다미국의 국왕 폐하. 저도 그리 생각합니다. 정정당

당해야지요.”

참으로 옳은 말이었다. 소유는 속이 들끓는 것을 느끼며 빙긋 웃었다. 쿠란게렐은 이상하다는 듯 고개를 갸웃했다.

“대화는 그것으로 끝이냐?”

“예. 다음에 다시 전장에서 뵙겠습니다.”

소유는 눈인사를 하고 몸을 돌려 소하가 있는 쪽으로 돌아갔다. 천인국의 병사들은 이해가 되지 않는다는 표정으로 소유를 보았다.

한판 붙고 싶으면 정정당당하게 나와야 한다. 그렇지 않다면 죽어 나뒹굴게 된 병사들이 억울할 테니까.

그때 성 측에서 와와, 하는 소리가 들렸다. 다미국 병사들이 저들끼리 당황하는 목소리가 사방에 울렸다. 소유는 그들을 뒤로 하고 소하에게 다가갔다.

소하의 시선은 소유에게 못박혀 있었다. 그를 둘러싼 다른 장수들은 난처한 얼굴이었다. 그들이 만든 원이 머뭇거리듯 천천히 길을 열었다.

겨우 다섯 발자국 정도 남았을 때 소유는 말에서 내렸다. 전장에서 사령관의 말을 듣지 않고 함부로 이탈했으니 당연히 사죄해야 할 일이라 그런 것인데, 놀랍게도 소하 또한 말에서 내려섰다.

“소하 님.”

소유는 소하의 얼굴이 너무 창백해 놀라서 머뭇거렸다. 걸음을 멈춘 그녀에게 소하가 비틀거리며 다가섰다. 잠시 후 그녀를 그의 팔이 감쌌다.

단단한 갑옷이 사이에 있었지만 그의 품은 기묘하게 포근했다. 가슴속이 가득 들어차는 기분으로 소유는 눈을 살짝 감았다. 소하의 머리칼이 그녀의 이마와 뺨을 쓸었다. 그녀의 등을 꼭 누르고 어깨를 붙잡은 그의 팔이 부들부들 떨렸다. 더 꽉 안고 싶은데, 더 세게 끌어안아버리고 싶은데도 그녀가 느낄 아픔을 생각해 억지로 정도를 조절하는 그런 단단한 떨림이었다.

"소유야."

귓가에서 소하의 목소리가 거칠게 울렸다. 소유는 눈을 감고 사과했다.

"심려를 끼쳐 죄송합니다."

"심려……. 그래, 심려지."

소하의 목소리는 웃는 것도 같고 우는 것도 같았다. 그는 한참 동안 그대로 소유를 안고 있었다. 그렇게 숨을 열두어 번쯤 쉬었을까, 호마손이 난처한 목소리로 보고했다.

"각하, 적이 퇴각하고 있습니다. 손 부장을 지원하는 것이 좋지 않겠습니까?"

"그래."

소유의 목 뒤쪽에서 소하의 목이 울렸다. 그는 그녀를 부드럽게 놓았다. 그녀가 슬쩍 살펴보았지만 그의 얼굴은 어느새 평소와 완전히 똑같아졌다. 심지어 창백한 기운마저 이제 가시고 없었다.

"손 장군은 가서 손 부장을 지원해라. 오늘은 이만 퇴각해 저들의 왕에 대한 대책을 세우는 것이 좋겠구나."

전투가 서서히 마무리되고 있었다.

"많이 아프냐?"

전투를 수습한 뒤, 소하는 점령한 성으로 돌아오자마자 군의를 불러 소유를 진찰시켰다. 군의는 며칠 동안 뜨거운 찜질을 하고 잘 쉬면 문제없을 것이라 안심시키고 금세 자리를 떴다. 그래도 확실히 팔 쪽이 불편해 인상을 쓰는 소유에게 소하는 걱정스럽게 물었다.

"괜찮습니다."

소유는 웃으며 대답했다. 쿠란게렐 같은 강자에게 무작정 덤벼놓고 이 정도가 부상의 전부라면 오히려 기적이나 다름없었다. 소하는 조금은 안심한 표정이 되었지만 여전히 얼굴에 먹구름이 끼어 있었다.

그가 이렇게 오랫동안 불편한 심경을 드러내는 것은 처음이었다. 이번에는 소유가 걱정이 되었다. 소유는 의자에 앉은 채로 소하를 올려다보며 조심스레 물었다.

"어찌 그러십니까? 혹 소하 님이야말로 어디가 불편하신 것은 아닙니까?"

"불편하지. 마음이 매우 불편하구나. 결국 너를 위험에 처하게 하였으니."

"제가 마음대로 나간 것 아닙니까. 오히려 송구합니다."

소유는 마주 쓴웃음을 지었다. 소하는 얼굴을 일그러뜨리고 그녀를 내려다보았다.

"그래, 내 너의 사죄를 받아야겠구나. 어찌 네 마음대로 움직였느냐? 내가 너를 걱정하는 줄을 모르느냐?"

"어찌 모르겠습니까?"

소유는 그가 이해하길 바라며 입술을 모았다.

"하지만 위험에 처해 있는 것은 모두 마찬가지가 아닙니까? 또 저쪽은 여왕이 나섰으니 이쪽도 같은 여자가 나서면 말을 들어줄 확률이 올라가리라 생각했습니다."

첫눈에 쿠란게렐에게 호감이 가 대화를 나눠보고 싶었던 것 또한 큰 이유였지만 소유는 굳이 그 말까지 덧붙이지 않았다. 소하의 표정이 무너졌다. 그는 아까 낮에 그랬던 것처럼 소유를 끌어안았다.

"네 뒷모습을 보고 있는 모든 순간이… 내 목을 졸랐다. 내 생각은 정히 아니하는구나. 이리 애가 탈 것이라면 내가 직접 쿠란게렐과 대치하는 것이 나을 뻔했다. 네가 조금만 늦게 왔다면 나는 이성을 잃고 전군에게 쿠란게렐을 공격하라고 명했을지도 모른다."

소유의 가슴이 미친 듯이 뛰었다. 그녀는 이유 없는 서글픔과 믿을 수 없는 기쁨을 느끼며 더듬거렸다.

"…하지만 소하 님의 무예는……."

"그렇다고 내가 가만히 너를 잃으랴?"

"소하 님……."

어쩌면 지금 그가 하고 있는 모든 말도 거짓일지 몰랐다. 하지만 이렇게 둘만 있는 시간까지 소하가 저를 끌어안고 가짜 감정을 속삭일 이유가 있을까? 이런 행동이 그에게 어떤 이득을 준다는 말인가?

소유는 믿고 싶었다. 따뜻한 숨결과 저 힘찬 포옹이 진심이기를 바랐다. 소유의 손이 머뭇머뭇 위로 올라왔다. 천천히 소하의 등에 두 손이 닿을까말까 한 그 순간.

"소하 님. 채윤입니다."

소하의 방 밖에서 채윤의 목소리와 함께 인기척이 들렸다. 소유는 얼른 팔을 내렸고 소하는 그녀를 천천히 놓으며 담담하게 말했다.

"들어오너라."

채윤이 문을 벌컥 연 것은 아니었지만, 그가 안으로 들어와 등 뒤에서 문을 닫을 때까지도 소하와 소유는 꽤 가까운 거리에 있었다. 채윤은 순간 묘한 표정을 지었지만 곧 소하처럼 아무렇지도 않은 얼굴이 되어 보고했다.

"말씀하신 자들을 몇 확보했습니다."

"그래, 심문했느냐?"

소하는 몸을 돌려 채윤을 똑바로 보았다. 채윤은 뭔가 불편한 듯 눈을 가늘게 뜨고 대답했다.

"예, 과연 소하 님이 생각하시는 대로였습니다."

소유는 고개를 갸웃했다.

"소하 님, 무슨 일이 있습니까?"

소하는 흘긋 고개를 돌려 그녀를 보고 쓴웃음을 지었다. 그러나 이번의 쓴웃음에는 만족감이 상당히 담겨 있었다.

"있다면 있겠지. 자, 채윤아, 가서 옥현에게 이야기해 양 사마와 양 장군을 부르거라. 모두가 있는 자리에서 한 번에 밝히는 것이 좋겠구나."

엉망진창이었던 전투의 뒤처리를 하느라 정신이 없었을 장교들은 피곤한 얼굴로 모여들었다. 그들은 방에 들어오자마자 내일 어떤 수를 써야 쿠란게렐의 기병들을 저지할 수 있을 것인지 한마디씩 꺼내기 시작했다. 그러나 소하의 방 한쪽에 무릎 꿇려져 있는 다미국 병사들이 눈에 들어오자 한 사람씩 입을 다물었다.

채윤이 안내하는 대로 자리에 앉으며 호마손이 불쾌한 얼굴을 했다.

"대원수 각하, 저들은 무엇입니까? 포로를 심문하고 계셨습니까?"

"심문은 이미 끝났네."

소하는 침착한 얼굴로 말했다. 소유는 소하의 옆에 앉아 다미국 병사들을 흘끔거렸다. 채윤이 끌고 온 다미국 병사들의 복장은 분명히 다미국의 것이었지만, 그들의 생김새나 머리 모양은 어딘가 더 남쪽의 익숙한 것이었다.

호마손과 우사마가 이상하다는 얼굴을 했다.

"심문이 끝난 포로들을 어찌 이곳에 아직 두십니까?"

"혹 저 중에 귀한 신분을 가진 자라도 있습니까?"

"오늘 전투에서 사로잡은 포로가 아닐세."

소하는 고개를 저었다. 그는 천천히 포로들에게 손짓했다.

"자, 이 자리에서 말해보거라. 너희는 원래 어디 출신의 무엇하는 자들이냐?"

포로들은 서로 눈치를 보다가 입을 열었다.

"양주에서 농사 지어 먹고 살다가 땅을 빼앗겨, 지금은 유랑하며 용병 일을 하고 있습니다."

"광주 출신이고 용병입니다."

"저는 자경국 강남 출신입니다. 노비로 살다가 주인에게 맞아죽을 지경이 되어 도망친 이후 용병 일을 하고 있습니다."

몇 명이 더 출신을 밝혔다. 죄다 천인국 출신이거나 자경국 출신에 갈 데 없는 유민으로 지금은 용병 일을 한다고 밝혔다. 소유는 어이가 없었다. 그런데 왜 그런 자들이 다미국 병사의 옷을 입고 있단 말인가.

당연히 똑같은 것이 궁금했을 호마손이 포로들에게 호통을 쳤다.

"예가 어디라고 거짓을 아뢰느냐! 너희가 천인국, 자경국 출신이면 어째서 이 멀리까지 와 다미국의 병사가 된단 말이냐?"

포로들은 찔끔해서 기가 죽었다. 소하가 부드럽게 손을 저었다.

"그것도 이미 물었네. 양주 출신이라는 네가 대답해보아라. 너희는 어째서 다미국의 옷을 입고 있느냐? 그리고 너희는 내가 너희를 데려오라 명하기 전까지는 어디에서 무엇을 하고 있었느냐?"

지명을 받은 포로는 소하를 차마 보지 못하고 눈을 내리깐 채 대답했다. 이미 채윤이 충분히 설득을 했는지 주저하거나 뭔가를 숨기는 기색은 없었다.

"저희는 용병이라 정해진 거처 없이 일이 있는 곳으로 천하를 유랑합니다. 각자 다른 곳에서 일을 하다가 3개월 정도 전에 청하강 유역에 불려와 다미국 병사의 행세를 하며 천인국의 백성들을 노략질 해왔습니다."

청운이 숨을 들이켰다. 소유는 입을 딱 벌렸다. 속에서 뜨거운 것이 울컥 올라왔다.

"괘씸한 놈들!"

우사마의 수염이 바르르 떨렸다. 소하가 손짓으로 우사마를 진정시켰다.

"우선은 이야기를 더 들어보게."

"아니, 이게 무슨 말입니까? 대원수 각하."

호마손도 분통이 터지는 얼굴이었다. 그는 소하가 바로 대답하지 않자 포로들을 험악하게 노려보았다.

"같은 천인국 사람끼리 어찌 노략질을 한단 말이냐? 용병으로서 불려왔다면 너희에게 그런 명령을 내린 자가 있을 것인데 그게 누구냐? 썩 말하지 않으면 성한 몸으로 나갈 수 없을 것이다!"

태어난 고향에서 인두세를 내며 살지 않고 유랑하는 것도, 용병으로 고용되어 사사로이 남을 노략질한 것도, 그 대상이 천인국의 백성이라는 것도 모두 엄벌감이었다. 포로들은 겁을 한껏 집어먹고 딱딱하게 굳었다. 양주 출신이라는 포로가 머리를 땅에 부딪쳐 절하며 빌었다.

"살려주십시오! 저희에게 명을 내린 것은 자경국의 장군이었습니다."

"맞습니다. 여기 이 친구의 고향과 같은 말씨를 썼고 자경국의 돈을 줬습니다."

광주 출신 포로도 자경국 출신 포로를 가리키며 거들었다. 소유는 생각의 많은 부분이 맞아 들어가는 기분에 창백해졌다. 설마, 설마 그렇지는 않을 것이라고 지금까지 애써 믿으려 하고 있었는데.

"자경국?"

우사마는 전혀 이해가 되지 않는다는 표정으로 되물었다.

"자경국에서 왜 너희를 고용해 천인국 백성들을 노략질하라 했다는 말이냐?"

"혹 노략질한 돈은 너희의 고용주에게 보냈느냐?"

청운이 깊이 생각하는 눈으로 물었다. 포로들은 도리질을 쳤다.

"아닙니다. 약탈한 물건은 저희가 마음대로 쓰라고 했습니다. 대신 다미국 병사의 흉내를 철저히 내달라고만 했습니다."

"선량한 백성들을 괴롭히는 짓이 잘못된 줄 알면서도, 목구멍이 포도청이라 그만……. 잘못했습니다. 살려만 주신다면 뭐든 하겠습니다."

소하를 제외한 모두의 얼굴이 일그러졌다. 채윤이 품에서 작은 주머니를 꺼내더니 내용물을 모두가 볼 수 있도록 협탁에 쏟았다.

"저들의 소굴에서 수거한 물건입니다. 확실히 자경국에서 최근에 발행한 돈이 대량으로 나왔습니다."

채윤이 쏟은 물건은 다양한 나라의 돈이 섞인 더미였다. 소유가 본 적 없는 엽전이 반 이상이었다. 아마도 그 모양 다른 엽전이 자경국의 돈인 모양이었다.

우사마와 좌장군이 자경국의 엽전을 들고 요모조모 들여다보는 사이에 소하는 오히려 느긋한 목소리로 포로들에게 물었다.

"너희와 같은 자들이 혹 천인국 병사의 옷을 입고 다미국을 노략질한 일은 없느냐?"

포로들은 얼른 대답했다.

"알고 지내는 다른 용병들은 그런 의뢰도 받은 것으로 알고 있습니다."

"다미국을 노략질하면 돈을 더 많이 준다고 했는데, 진짜 다미국 병사들은 날쌔고 힘이 세 두려워서 저희는 받아들이지 않았습니다."

"저희 사이에 도는 소문에 의하면 다미국을 노략질하는 사람 중에는 자경국의 병사들도 있다고 합니다."

소유는 차갑게 식은 손끝으로 입을 막았다. 끔찍한 분노가 제멋대로 소용돌이쳤다. 호마손도 크게 충격을 받은 얼굴이었다.

"그러면… 그러면, 대원수 각하. 다미국에서 국경을 침범했다는 것은……."

"이자들이 한 짓일 테지."

소하가 대답하는 목소리에서는 별다른 분노가 느껴지지 않았다. 소유는 그것이 가슴 아파 그를 쳐다보았다. 호마손은 입을 뻐끔거렸다.

"그러면 다미국 측에서 보낸 포로도……."

"다미국에서는 우리가 먼저 약속을 깨고 노략질했다고 생각할 테지. 오늘 쿠란게렐 왕이 한 말이 무슨 의미인지 이제 알겠군."

"…이럴 수가……."

좌장군은 자경국의 엽전이 가짜이길 바란다는 듯이 한 닢을 뚫어지게 노려보았다. 청운이 입을 열었다.

"그러면 이번 전쟁은… 자경국이 일으킨 것이라는 말씀이십니까?"

"상황상 그렇게도 보이는군."

청운의 얼굴이 벌개졌다. 우사마가 협탁을 탕 내리쳤다.

"그렇다면 대체 이 전쟁은 무엇을 위한 것이었단 말입니까? 자경국의 술수에 놀아나는 바람에 우리 병사들이 얼마나 많이 다치고 죽었습니까?"

오늘 전투에서는 특히 속수무책으로 밀려 병사들이 떼죽음을 당했다. 소유는 구토하고 싶은 기분이 치밀어 침을 꿀꺽 삼켰다. 소하는 지금까지 포로들을 보던 얼굴을 돌려 담담하게 자신의 장수들을 둘러보았다.

그의 입술이 납처럼 차갑게 열렸다.

"날 제거하기 위한 거겠지."

짤그랑. 그 말이 가진 무게감에 순식간에 모든 사람의 입이 얼어붙었다. 좌장군은 들고 있던 엽전을 떨어뜨렸다. 호마손은 이내 말까지 더듬으며 물었다.

"왜, 왜, 왜 자, 자경국에서 대원수 각하를 해치려 하겠습니까?"

소하는 쓴웃음을 지었다.

"그들과 친한 누군가에게 내 목숨이 방해가 되니까."

소하는 이미 그 모든 것을 짐작하고, 증거를 잡기 위해 채윤을 보내 저 포로들을 확보한 것이다. 소유는 소하가 그렇게 아무렇지도 않게 자신의 암살 계획에 대해 말한다는 것이 크게 부당하게 느껴졌다. 소하가 담담한 이유는 알았다. 하지만 그것은 옳지 않았다.

호마손은 불쌍할 정도로 주눅 든 얼굴이 되었다.

"설마 중궁전에 대해 말씀하십니까? 각하, 그분은 각하의 숙모님 되십니다."

"물론 모든 게 내 착각이라면 나도 더할 나위 없이 좋겠네."

더는 누구도 포로에게 질문할 마음을 낼 수 없었다. 이미 소하에게 필요한 모든 증언이 나왔을 것이다.

소유는 자경국의 엽전을 노려보며 속으로 분노했다. 아무 힘도 없는 사람 하나를 제거하기 위해, 그리고 오로지 그것만을 위해 이토록 수많은 사람을 사지로 몰아넣다니. 초왕 부부는 정말로 징그러운 사람들이었다.

한참 후 좌장군이 화제를 돌렸다.

"다미국의 왕은 당장 내일이라도 이 성 앞에 다다를 수 있는 기동력이 있었습니다. 어떻게 대비할까요?"

"모든 것이 오해였음을 알았으니 이제 서로 아까운 목숨을 버리며 싸울 이유가 없어졌네. 대화를 나눠봐야겠어."

청운이 우울하게 물었다.

"대화에 응할까요?"

다미국의 입장에서는 일방적으로 봉변을 당한 것이니, 이제 와서 대화를 나누고 싶다고 해도 받아들일지 의문이었다. 소하는 한숨을 쉬며 짧게 선언했다.

"내가 나서보지."

당장 다음 날 아침, 작전 회의를 위해 장수들이 모인 소하의 방에 성벽 망을 보던 병사가 뛰어 들어왔다.

"적의 기병이 접근하고 있습니다!"

지체할 시간이 없었다. 소하를 위시한 장수들은 바로 성벽으로 나갔다. 소유는 성벽에 도착하자마자 보인 적의 위용에 기가 질렸다.

수많은 황금 깃발을 날리는 다미국군은 상당수가 거구라 실제로 어느 정도 떨어져 있는지 가늠하기가 힘들 정도였다. 그들은 다미국 특유의, 비교적 다리가 짧지만 힘이 센 말을 타고 무시무시한 속도로 다가오고 있었다. 말떼 뒤로 보이는 먼지가 구름처럼 자욱했다.

"소유야."

소하는 생각에 빠진 목소리로 물었다.

"어제 겨뤘을 때 쿠란게렐에 대해 너는 어떤 느낌을 받았느냐?"

"무인으로서의 실력을 말씀하십니까?"

소유는 고개를 갸웃했다. 소하는 쿠란게렐을 바라보며 말했다.

"무인으로서든, 장수로서든, 그냥 한 사람으로서든. 네가 느낀 대로 다 말해다오."

어제 쿠란게렐이 모두에게 남긴 인상이 그토록 강렬한데도, 직접 대화를 나눠본 소유의 감상이 더 듣고 싶은 모양이었다. 소유는 기억을 더듬으며 조심성 있게 말했다.

"무인으로서든 장수로서든 저와는 비할 바가 아닌 실력자였습니다. 무예 실력은 어제 전군이 본 바이고, 적진에 들어와서도 저를 시험하고 대화를 나눌 수 있는 여유는 보필하는 부하들의 실력을 완전히 믿기 때문에 나올 수 있었던 것이겠지요."

"여기 손 장군과 비교하면 어떻겠습니까?"

우사마가 물었다. 그는 속이 좁기는 했지만 아군에게 깊은 정을 품는 사람이라 미워하기 힘들었다. 지금도 청운이 당연히 훨씬 강할 거라는 태도로 자랑스럽게 묻는 그 목소리에 소유는 속으로 웃음을 참았다.

"쿠란게렐 왕이나 손 장군이나 저보다 실력이 위라 감히 말씀드리기 조심스럽습니다만, 쿠란게렐 왕은 손 장군의 역량에 수많은 전쟁 경험까지 모두 가지고 있다는 생각이 들었습니다."

"저보다 다미국 왕의 실력이 훨씬 위입니다."

청운이 겸손하게 덧붙였다. 우사마는 기분이 약간 상한 것 같았다. 소하는 고개를 끄덕이고 다음을 재촉했다.

"그래, 성품은 어떤 것 같으냐? 어제 보니 대단히 직선적인 것 같더구나."

"저도 그렇게 느꼈습니다."

소유도 고개를 끄덕였다.

"적이라 해도 믿을 만하다는 판단이 들면 대화에 응하는 호탕한 인물이라고 감히 말씀 올리고 싶습니다. 어제는 솔직히 말씀드려 그 수밖에 없다는 생각으로 대화를 하자고 덤빈 것이지 쿠란게렐이 제 질문에 성실하게 대답해주리라는 자신은 없었습니다. 실제로 처음에는 수에 놀아나기 싫다며 검으로 대화하자고 하지 않았습니까? 그런데도 검을 몇 번 나누고 나자 시원하게 말을 해주었습니다."

"저희는 그때 정말 깜짝 놀랐습니다."

호마손이 고개를 저었다. '걱정했다'는 의미임을 알아듣고 소유는 미소를 지었다.

"다시 한 번 물의를 일으켜 죄송합니다. 하지만 용왕의 힘이 있으니 너무 심려치 마십시오."

다미국군은 금세 가까워졌다. 그들은 적당히 이쪽 성의 사정거리에서 벗어난 곳에 진지를 치기 시작했다. 청하가 소하에게 물었다.

"어찌하실 겁니까, 소하 님?"

"어제 말한 대로, 대화를 나눠봐야겠지."

소하의 말이 끝나기도 전에 멀리서 우렁우렁한 목소리가 들려왔다. 먼 거리인데도 귀에 꽂히는 것처럼 분명하게 들리는 성량에 소유는 잠시 입을 벌렸다.

"다미국 국왕 쿠란게렐, 이 자리에 왔다! 천인국 침략자 놈들은 당장 나와 목숨을 바쳐라!"

쿠란게렐의 말이 끝나자 다미국 군사들이 우와아아, 하고 크게 외쳤다. 소하는 턱을 살짝 당겼다.

"대단하군. 여기까지 들리다니."

"바로 옆의 장수들은 귀를 막았군요."

청하도 순수하게 감탄하는 눈치였다. 이제 화친의 가능성이 생겨서인지 우사마도 뻔뻔하게 거들었다.

"저 정도면 기록에도 남을 만한 대단한 기량이긴 합니다."

소유는 소리 없이 웃었다. 소하가 옥현에게 물었다.

"내 목소리가 저기까지 닿을까?"

"안 닿겠지요."

소하의 목소리는 어디까지나 상식적인 선 안에 있었다. 소유가 제안했다.

"사자를 보내시는 것이 좋지 않겠습니까? 친서와 선물을 곁들여서 말입니다."

"그래, 그게 좋겠구나. 누가 지필묵을 가져오너라."

소하의 명령에 심부름하는 어린 병사가 성 안으로 필요한 물건을 가지러 뛰어 다녀왔다. 소하는 가장 가까운 병사가 들고 있던 방패를 책상 삼아 달필로 서신을 써 내려갔다. 바람이 부는 날이라 먹물은 금세 말랐다.

"군영이 빈한하니 선물로 보낼 만한 적당한 것이 떠오르지 않는구나. 옥현아, 무슨 선물을 보내야 쿠란게렐에게 우리가 대화할 의지가 있음을 보여줄 수 있을까?"

"가져오신 상품上品 명주를 보내시지요, 소하 님. 다미국은 비단이 귀하다 들었습니다."

소유는 입을 살짝 벌렸다.

"어떤 명주입니까? 우리가 그런 것을 가져왔습니까?"

경원이 준 명주는 이미 썼다고 하지 않았던가. 옥현은 짓궂은 표정으로 말했다.

"군수품으로 징발한 것도 쓴 것 아니겠습니까? 이 모든 것이 소유아씨의 인덕이니 대단하십니다."

역시 '그' 명주였다. 소유는 웃음을 터뜨렸다. 경원도 기껏 준 선물을 낭비했다고 할 수는 없을 것이다. 모두의 목숨을 구하는 일에 쓰였으니.

서신이 오가는 데에는 잠시 시간이 걸렸다. 성벽 위에 오른 천인국 지휘부는 다미국군 측에 서신과 명주가 든 함이 전달되는 것을, 그리고 그 함을 열어본 쿠란게렐이 인상을 쓰는 것을 보았다. 그녀는 다시 소리를 지르고 싶은 눈치였지만 주변에서 저들의 왕을 말리는 분위기였다. 이윽고 쿠란게렐의 옆에 있던 얌전해 보이는 장수가 글을 써서 천인국의 사자에게 넘겨주었다.

사자는 꽁무니가 빠지게 천인국군 측으로 돌아와 소하에게 보고
했다.

"일단 그간 점령한 성들부터 돌려받고 이야기하겠답니다."

그야 그럴 것이다. 소하는 웃으며 쿠란게렐 측의 서신을 펴 보
았다. 소유도 그 옆에서 어깨 너머로 내용을 살폈다. 다미국 식인지
특이한 모양과 필체로 쓰인 편지는 그럭저럭 다음과 같은 내용이
었다.

다미국 국왕이자 위대한 통치자이며… 쿠란게렐은 말한다… 너희가 남
의 땅을 함부로 침략해 약탈해 왔으니 그 죄가 작지 않으며… 이제 와
서 미미한 조공을 보낸다 하여 우리가 너희를 신뢰하기 어렵고… 항복
하고 싶으면 무기를 버리고 절하며 왕의 앞에 서라….

아무튼 상당히 모욕적인 내용이고 감정이 담겨 있어서 호마손은
얼굴이 시뻘게졌다. 그러나 소하는 소유가 짐작했던 대로 싱겁다는
듯 빙긋 웃었다.

"성격이 불과 같으니 지금은 이럴 줄 알았지. 요는 신뢰 아닌가?
내가 직접 맨몸으로 가서 대화를 나누고 오겠네."

"예에?"

우사마의 입이 체통을 잊고 딱 벌어졌다. 주위의 병사들이 극구 말
리기 시작했다.

"대원수 각하, 그게 무슨 말씀이십니까."

"안 될 말씀입니다. 적군이 다른 마음이라도 품으면 어떻게 하실
작정이십니까?"

"다미국 놈들을 어떻게 믿으십니까?"

어제 심문의 내용은 극비에 부쳐졌기 때문에 일반 병사들에게는

다미국 사람들을 절대로 믿을 수 없다는 것이 중론이었다. 선대왕과의 조약을 깨고 쳐들어와 백성들을 노략질한 비겁하고 치사한 족속이라는 것이 그들의 생각이었고, 소유도 얼마 전까지 그렇게 믿고 있었으니 비난할 수는 없었다.

소하는 단호했다.

"먹을 다시 갈아라. 내 너희가 믿는 용궁 공주와 함께 다녀올 것이니 심려치 말아라. 소유의 무예가 어떠한지는 어제 너희가 본 바가 아니냐? 검이 없어도 충분히 나를 지킬 수 있을 게다."

소유에게는 어제 쿠란게렐에게 처참히 밀린 기억밖에 없었지만 놀랍게도 병사들은 입을 다물었다. 소유는 그녀를 위험에 처하게 할 수 없다고 고집을 부리던 소하가 그렇게 말한 것에 놀라 토끼눈을 떴다. 소하는 소유의 얼굴을 한참 들여다보다가 빙긋 웃었다.

"…마냥 혼자 기다리는 마음이 어떤 것인지 나도 아니, 어쩔 수가 없구나."

소하는 소유가 혼자 기다리며 걱정할 마음을 생각해준 것이었다. 그녀는 기뻐서 활짝 웃었다.

"예, 소하 님. 함께 가지요."

양쪽으로 늘어선 다미국의 정예 장수들은 위압감이 대단했다. 그 사이로 난 좁은 틈을 가로질러 가며 소유는 곧은 자세를 간신히 유지했다. 그나마 그녀가 계속 앞을 보고 나아갈 수 있었던 것은 그 길의 끝에 앉은 쿠란게렐의 눈빛과, 자신의 앞에서 당당하게 나아가는 소하의 뒷모습 덕분이었다.

푸른 하늘 아래 세운 황금빛 일산은 태양처럼 술을 펄럭였다. 그 아래, 눈표범의 가죽을 깐 자리에 앉은 쿠란게렐은 자신의 앞에 도착한 소하와 소유를 보고 휘하 장수에게 눈짓했다. 쿠란게렐의 휘하 장수 중 한 명이 소하와 소유에게 날카롭게 명령했다.

"말에서 내리시오! 다미국의 왕 앞에 나아오는 자, 그 누구든 말을 탄 채로 말할 수 없소!"

그것은 이 땅을 지배하는 왕에 대한 합리적인 예의이기도 했지만 위세를 부리는 것이기도 했다. 생긴 지 얼마 되지 않은 나라임에도 불구하고 왕을 향한 경외감과 자국에 대한 자존심이 상당했다. 소유는 속으로 혀를 내둘렀다.

어차피 더 말을 타고 나아갈 일도 없었기 때문에 소하와 소유는 천천히 말에서 내렸다. 쿠란게렐은 턱을 들고 말했다.

"나와 대화를 나누고 싶다는 게 사내, 너냐?"

소하는 한 걸음 나서 쿠란게렐의 눈을 똑바로 응시하며 말했다.

"그렇소. 천인국의 왕자인 이소하요."

"그러면 너는 그의 아내냐?"

쿠란게렐의 시선이 소유에게 옮겨 갔다. 쿠란게렐이 대화를 나누고 싶은 상대는 소하가 아닌 소유라는 점이 노골적인 태도였다. 소유는 난처한 기분이 되었지만 예의 바르게 대답했다.

"아닙니다. 저는 소하 님의 부하로 소하 님을 돕고 있을 뿐입니다."

"네가 돕는다는 일이 구체적으로 무엇이냐?"

소하는 한 걸음 비켜 소유가 쿠란게렐과 편안하게 대화를 나눌 수 있게 했다. 다미국의 장수들도 소유에게는 딱히 적대적인 시선을 보내지 않았다. 소유는 자신이 적절하지 않은 단어를 고르지 않을지 걱정하면서도 최선을 다해 대답했다.

"한 가지에 한정해 돕는 것이 아니옵고, 소하 님의 원이라면 가급적 뭐든 이루어지도록 하고 있사옵니다."

"즉 충성 맹세를 한 게냐? 아깝구나."

쿠란게렐은 씩 웃었다. 그 입술의 강인한 호가 더할 나위 없이 호쾌하고 아름다워 소유는 큰 감명을 받으며 마주 미소 지었다.

"충성 맹세는 아니옵고, 개인적으로 돕는 것일 따름입니다."

"네 말은 이상하구나. 개인적으로 이 사내를 도와 전장에까지 함께 왔으면서, 아내는 아니라니. 하면 종이냐? 그렇다면 내가 널 데려와 야겠구나. 돈이라면 네 주인에게 얼마든 내줄 테니 불러보아라."

쿠란게렐의 시선이 소하에게 가자 소유는 얼른 고개를 저었다.

"저는 종의 신분이 아닙니다. 그냥 자유롭게, 제가 원해서 소하 님을 돕고 있을 뿐입니다."

"그러하냐?"

쿠란게렐은 정말로 아깝다는 얼굴이었다. 소하가 쓴웃음을 지었다.

"들었다시피 내 마음대로 거취를 정해줄 수 있는 아이가 아니오. 또 만약 그게 마음대로 되었다 하더라도 이 아이는 줄 수 없소."

소하의 말에 휘파람이 쏟아졌다. 소유는 얼굴이 붉어졌고 쿠란게 렐은 파안대소했다.

"하하하! 사내, 너는 운이 좋은 줄 알아라. 네가 이 아이와 함께 온다는 말이 없었다면 네가 황금을 펴서 비단처럼 둘둘 말아 보냈다 하더라도 내 만나줄 생각 따위는 없었다!"

자신이 소하에게 도움이 되었다는 확실한 증언에 소유는 기쁘면 서도 소하의 눈치를 슬쩍 보았다. 소하는 산들바람처럼 유유하게 웃는 얼굴이었다. 발끈한 기색은 없었다.

"대화에 응해준 것을 진심으로 고맙게 생각하는 바요."

쏟아지던 휘파람이 멎었다. 쿠란게렐이 오른손 검지를 살짝 들었기 때문이었다.

순식간에 사위가 고요해지는 것을 보고 소유의 등에 가벼운 식은 땀이 흘렀다. 쿠란게렐은 몹시 냉정하게 사람을 꿰뚫는 눈으로 소하

를 보았다. 소하의 얼굴에 그대로 구멍이 뚫리지 않는 것이 신기할
정도로 집중된 시선이었다.

"나는 시간 낭비를 싫어한다. 할 말을 해라."

"시간 낭비를 싫어하는 것은 나 또한 마찬가지이니 용건부터 말하
리다. 귀국과의 화친을 원하오."

"뭐라?"

아마도 선물을 보내며 이렇게 저자세로 대화를 요청하는 데에서
이미 예측했을 테지만, 쿠란게렐과 그녀의 장수들은 소하를 이상
하다는 얼굴로 쳐다보았다. 소하는 쓴웃음을 지었다.

"내가 싸워야 할 이유가 사라졌소. 남의 계략에 놀아나 우리끼리
서로 죽일 필요는 없는 것 아니오? 그러니 우선 주위를 조금만 물려
주면 안 되겠소? 내 말의 의미를 충분히 설명하겠소."

쿠란게렐의 막사는 주인의 성정을 드러내듯 호쾌하고 대담한 장
식으로 꾸며져 있었다. 천장에는 태양을 그려놓고 겉은 눈표범 가죽
으로 덮은 훌륭한 모양에 소유는 저도 모르게 주위를 둘러보았다.
작은 기둥 하나하나까지 훌륭한 조각이 되어 있고, 여러 가지 편리
한 장치가 된 막사의 차림새를 보아하니 과연 유목의 전통이 깊은
부족이라는 감탄이 절로 나왔다.

자기가 신뢰한다는 측근 몇을 앉혀놓은 쿠란게렐에게 소하는 그
동안 양국 간에 있었던 불화는 모두 제삼자의 음모였으며, 그러므로
화친을 맺고 이만 돌아가고 싶다는 말을 대단히 유려하고 믿음직하
게 했다. 다미국 사람들은 이상하다는 얼굴을 했다.

이윽고 소하의 말을 곱씹던 쿠란게렐이 말했다.

"무기 하나 없이 단 둘에서 남의 군영까지 왔으니 농을 지껄이는
거야 아닐 테지."

"그렇소. 그러니 이제 오해를 풀고 양국 간에 화평을 다지는 것이 좋지 않겠소?"

"네 말이 그럴 듯하구나."

쿠란게렐은 고개를 끄덕였다. 그러나 그녀의 눈에는 금세 싸늘한 분노가 일었다.

"하나 불쾌하다. 전부 오해였으니 이제 끝내자? 그간 우리가 입은 피해는 생각지 않느냐? 네놈들이 죽인 다미국 백성들은 어쩔 셈이고, 네놈들 때문에 망가진 우물과 땅은 어쩔 셈이냐? 무엇보다 나는 네 말이 그럴 듯하다고는 여겨도 완전히 신뢰하지는 않는다."

전쟁 중에 망가진 땅과 죽은 사람들에 대해서는 할 말이 없었다. 소유는 쿠란게렐이 아픈 데를 찌른다고 생각했다. 쿠란게렐은 소하를 보고 콧방귀를 뀌었다.

"아직 내게 숨기는 게 있지 않으냐?"

소하는 담담하게 고개를 저었다.

"숨기는 건 아무것도 없소."

쿠란게렐의 눈이 가늘어졌다. 순식간에 몸을 누르듯 위압적으로 변한 분위기에 소유는 눈도 제대로 깜박일 수 없었다.

"정말이냐? 이런 분쟁을 일으켜 우리를 이간질하려던 자가 누군지 정말로 모르는 게냐?"

소하는 물론 이번 일의 배경이 조카인 자신을 죽이고 싶어하는 초왕 부부의 음모라는 것까지는 밝히지 않았으므로, 쿠란게렐의 질문은 정당했다. 소하는 고개를 다시 저었다.

"이 난양의 이름을 걸지. 그것까진 모르오. 내가 안다면 그대들에게 무엇 하러 숨긴단 말이오?"

"혀가 잘 굴러가는구나."

쿠란게렐의 눈이 다시 평소처럼 뜨였다 그녀는 픽 웃고 소유를 보았다.

"네가 말해 보아라. 네가 따르는 이 난양이라는 자의 말이 정녕 사실이냐?"

소유는 최대한 자신에게 확신을 가지고 말했다.

"저희 대군께선 오직 평화를 지키고 싶다는 일념으로 국왕 폐하 앞에 나선 것입니다. 서신의 약조대로 무기 없이 저희 둘만이 왔다는 점, 그리고 지금까지의 진격에서 다미국 백성들에게 필요 이상의 고통을 주지 않았다는 점을 유념해주시기 바랍니다."

소유는 자신이 일부러 거짓말을 한다면 쿠란게렐이 그것을 꿰뚫어보지 못할 것이라 생각하지 않았다. 대충 얼버무리더라도 마찬가지였다. 그러니 할 수 있는 탄원이라고는 이 정도 말밖에 없었다.

쿠란게렐은 의자 등받이에 몸을 묻고 던지듯 물었다.

"내가 왜 너희와 화친을 맺어야 하지? 내가 갖는 이득이 무엇이냔 말이다."

소유는 얼른 답했다.

"평화보다 더 큰 이득이 있습니까?"

"평화는 한쪽이 다른 쪽을 제압했을 때도 생기지. 내가 너희 군대를 모조리 죽여 다른 놈들에게 본을 보인다면 어쩔 셈이냐?"

어깨가 저절로 펴졌다. 소유는 압도당한 것을 숨기지도 않았지만 겁먹은 모습을 보이고 싶지도 않아, 쿠란게렐을 똑바로 바라보았다.

"아까운 목숨들을 잃으실 겁니다. 저희가 다미국 병사들보다 몸집이 작고 힘이 약하다 해도 아무 저항 없이 죽으리라 생각하지는 않으시지요?"

"맹랑하구나."

쿠란게렐은 소유를 마주 바라보며 씩 웃었다. 심장이 두근, 하고 뛰었다. 소유는 쿠란게렐과 같은 사람이 있다는 사실에 마음껏 속으로 찬탄했다. 쿠란게렐의 장수 중 한 명이 투덜거렸다.

"국왕 폐하, 이들의 제안을 받아들이실 생각이십니까? 제 조카가 저 난양이라는 자의 계교에 빠져 죽었습니다."

"그래, 그 값은 받아야지."

소유는 식은땀이 흘렀다. 쿠란게렐의 얼굴은 감정이 정직하게 드러났지만 무슨 생각을 하는지까지 보여주지는 않았다. 어느 쪽 의견에도 솔깃한 느낌이 없으니 그녀가 어떤 판단을 내릴지 짐작할 수가 없었다.

잠시 후 쿠란게렐은 소유에게 물었다.

"항상 너희는 우리를 북부의 야만족이라 하여 핍박했지. 그 사실을 알고 있느냐?"

"예."

소유는 최대한 예의 바르게 고개를 숙였다.

"와서 보니 어떠하냐?"

"천인국과 다른 역사를 가지고 다른 문화를 일구어 온 땅이지, 야만적인 땅은 아니라고 생각합니다."

"네가 생각하는 야만이 무엇이기에? 우리는 너희처럼 글줄을 좋아하지도 않고 힘의 논리로 많은 것을 결정한다. 그것은 너희가 야만이라고 부르는 게 아니냐?"

쿠란게렐은 천인국 사람들이 생각하는 방식에 대해서도 많이 알고 있는 모양이었다. 소유는 점점 더 쿠란게렐에 대한 경외심이 커지는 것을 느끼며 조심스럽게 말을 이었다.

"글은 사람이 살아가는 도리를 알기 위해 읽는 것입니다. 사람이 살아가는 도리를 안다는 것은, 즉 다른 사람을 이해한다는 것입니다. 제가 와서 직접 본 다미국 사람들은 천인국 사람들과 다름없이 서로를 이해했습니다."

오히려 천인국이 근래에 맞은 사정을 생각한다면 다미국의 안정된 상황은 부러울 정도였다. 소유의 말에 쿠란게렐은 크게 웃음을 터뜨렸다.

"많이도 생각했구나. 그래, 너희도 사람이고 우리도 사람이다?"

정리하자면 그럴지도 모른다.

"예."

"하하하!"

쿠란게렐이 시원하게 웃자 주위에 있던 그녀의 부하들도 함께 큭큭거리고 웃었다. 소유는 그들의 웃음이 호기로워 조금은 안도하면서도 소하의 안색을 살폈다. 소하는 소유를 보며 잘했다는 듯 부드럽게 웃고 있었다. 다행이었다.

"그래."

웃음을 그친 쿠란게렐이 말했다.

"그래, 평화 협정인지 뭔지 한번 해보자. 대신 조건은 충분히 만족스러워야 할 것이다. 내가 아끼는 부하의 조카가 죽었으니 저 집안에는 금을 많이 보내라. 우리는 목숨 값을 충분히 쳐주지 않으면 원수가 된다. 그 점을 잊지 마라!"

구체적인 협정 조항은 다미국의 승상과 옥현이 의견을 나누기로 하고, 그간의 전쟁에 지친 군사들을 위로하는 연회가 열렸다. 서로에 대한 적대감을 일소하고 앞으로 우정이 계속되기를 도모하는 대연회였다.

많은 사람이 초대되어 진수성찬을 대접받는 흥겨운 연회 자리, 소유는 소하와 쿠란게렐의 옆에 앉아 만두를 집어먹었다. 그 유명한 다미 만두는 육즙이 풍부하고 재료가 다양해 아주 맛있었다.

"만두를 좋아하느냐?"

쿠란게렐은 소유에게 명백하게 호의를 보였다. 그 질문에 소유는 고개를 끄덕이며 행복하게 웃었다.

"예. 다미 만두를 전부터 꼭 먹어보고 싶었는데 이렇게 맛보게 되어 정말로 기쁩니다."

"다미 만두가 어떻게 만들어졌는지 아느냐?"

소유는 으음, 하고 눈을 굴렸다. 분명히 책에서 읽기로는.

"북쪽 산간 지역에서는 쌀보다 밀이 잘 자라고 유목을 할 때엔 무거운 짐을 많이 싸들고 다닐 수 없기에 육포로 국물을 내어 먹는 요리가 발달하면서, 물에 삶는 만두를 먹게 되었다고 배웠습니다."

"그래, 잘 아는구나. 하지만 그것 말고도 이 다미 만두에는 특별한 의미가 있다."

쿠란게렐은 크게 웃었다. 옆에서 듣고 있던 쿠란게렐의 측근들도 자랑스러운 얼굴을 했다. 군복을 벗고 연회를 위한 예복으로 갈아입은 그들은 이제 보니 다양한 형태의 옷을 입고 있었다. 다미국의 조정에서는 제 출신 부족의 옷을 그대로 입을 수 있는 모양이었다.

"나도 궁금하군. 어떤 의미가 있소?"

소하가 관심을 보였다. 쿠란게렐은 기분 좋은 표정으로 설명했다.

"다미국의 전신은 다미족이라 불리는 수많은 부족의 집합체지. 유목민끼리는 큰 무리를 이뤄 살지 않고, 자식도 장성하면 먼 곳으로 내보내는 것이 상례이다 보니 각 부족 간에 풍습의 차이가 심했네. 해서 우리끼리 단결해야 할 때는 다양한 재료가 어우러져야 더 훌륭한 맛을 내는 만두를 먹게 된 게야."

"그렇습니까."

소유와 소하는 감탄한 얼굴로 만두를 내려다보았다. 듣고 보니 과연 그런 특별한 의미를 담을 수도 있겠다는 생각이 들었다. 소하가 빙긋 웃었다.

"알고 보니 대단히 귀한 의미가 있는 음식이었군. 나도 앞으로는 만두를 먹을 때마다 화합에 대해 생각하게 될 것 같소."

"그래야지."

쿠란게렐은 다미국의 독한 마유주를 홀쩍 마셨다. 꼴깍꼴깍 술이 넘어갈 때마다 움직이는 그녀의 목이 하도 멋있어서 소유는 저도 모르게 대놓고 쿠란게렐을 쳐다보았다. 소하가 쓴웃음을 지으며 속삭였다.

"어지간히 멋있는 모양이로구나."

소유의 시선을 눈치채지 못했을 리 없는 쿠란게렐의 측근이 기분 좋게 던졌다.

"우리 국왕 폐하를 처음 보면 누구나 눈길을 빼앗기지. 이렇게 근사한 분은 어딜 가도 없다고."

"간지럽구나."

쿠란게렐은 쓴웃음을 짓고 다시 술을 들이켰다. 쿠란게렐의 측근은 소유를 보고 눈을 빛냈다.

"우리 국왕 폐하께 충성을 바치고 싶으면 언제든 찾아와라. 네가 나 어릴 적을 꼭 닮았구나. 하지만 여기 난양 공이 있으니 안 올 테지?"

소유는 어쩔 줄 모르고 웃음만 흘렸다. 소하는 소유가 무슨 대답을 하려는지 보기라도 하겠다는 듯 반짝이는 눈으로 그녀의 눈을 보았다. 쿠란게렐이 맞장구를 쳤다.

"그래, 하지만 혹 마음이 바뀌면 꼭 와라. 무예도 훌륭하고 언변도 훌륭하니 천인국 여인네들 중에 이런 인재가 있을 줄 나는 몰랐다. 아니지, 아예 화평의 의미로 네가 볼모로 와 살겠느냐? 재미날 것 같지 않으냐?"

"예에?"

볼모라는 말에 소유는 어쩔 줄 모르고 당황했다. 그러나 쿠란게렐이 슬쩍 눈짓하는 것을 보니 같은 자리에 있던 사람들의 시선은 소하에게 쏠려 있었다.

그러니까 그들이 정말로 놀리고 있는 대상은 소하였던 것이다. 소유는 갑자기 심장이 마구 뛰는 것을 느끼며 조마조마해했다. 소하는 이런 말을 어떻게 생각할까. 그는 이미 쿠란게렐에게 소유는 줄 수 없다고 한 적이 있었다. 하지만 화평을 위한 볼모로서라면…….

소하는 놀림이 아무렇지도 않다는 듯, 마유주를 쿠란게렐처럼 아무렇지도 않게 들이키고 나서 빙긋 웃었다.

"천하를 다 준대도 나는 반대요."

같은 자리에서 술을 마시던 사람들은 즐거워하며 잔을 부딪쳤다. 좋을 때지, 혼인할 때는 선물을 보낼 테니 소식을 알려달라 따위의 무책임한 말들이 쏟아졌다. 소유는 얼굴이 불탈 것 같은 기분에 슬쩍 일어섰다.

"어디 가느냐?"

소하가 소유에게 나지막하게 물었다. 소유는 바깥을 향해 눈짓했다.

"잠시 바람 좀 쐬고 오겠습니다."

"그래라."

바깥으로 나가는 길에는 채윤이 술을 마시고 있는 자리도 있었다. 소유는 옆을 지나치며 채윤에게 슬쩍 말했다.

"같이 바람 쐬러 나가자, 채윤아."

같은 자리에 있던 병사들이 흥미진진하게 둘을 보았다. 채윤은 놀란 듯 눈을 동그랗게 떴다.

"소하 님은?"

"중요한 자리인데 나랑 같이 바람 쐬러 나가게 자리를 비우시라고 할 수는 없잖니."

"혼자서는?"

"민망해."

"알았어."

채윤은 쿡쿡 웃으며 일어섰다. 그의 손을 잡고 함께 바람을 쐬러 나가며 소유는 작게 속삭였다.

"채윤아, 난 지금 너와 함께 있다는 게 꿈만 같아."

그 말에 채윤은 빙긋 웃으며 그녀를 내려다보았다.

"그래, 나도 지금이 꿈만 같아. 나 없으면 맨날 엉엉 울기나 하던 녀석이 이제 다 컸구나 싶어서. 이번에 정말 큰 공을 세운 거잖아. 그렇지?"

소유 자신이 생각하기에도 그랬다. 그녀는 채윤에게 마주 웃어주며 고개를 끄덕였다.

"응. 너도 큰 공을 세운 거고, 그렇지?"

"나야 뭐, 수배령이 풀리기 전까지는 어디에도 내 이름을 댈 수 없는 신세잖아."

소유는 입을 비죽였다. 채윤은 지금 가짜 신분과 이름을 쓰고 있었다. 화주의 산골짜기에서 살다가 온 신채윤이라던가.

"소하 님께서 해결해주실 거야."

"응, 나도 그렇게 믿어."

채윤의 목소리가 더 다정해졌다. 그는 찬바람이 부는 곳으로 나와 별이 보이자 제 포를 벗어 소유에게 덮어주었다. 그리고 하늘을 보며 바람처럼 말했다.

"어쨌든 다미국에 같이 온 거네, 그렇지?"

"응. 다미 만두도 먹었어. 같은 자리에 앉아서 먹은 건 아니지만, 같은 연회에서 먹었어. 그러니까 같이 먹은 거야, 그렇지?"

'그렇지' 하고 묻는 것이 재미있었다. 옛 약속을 하나하나 지키고 있다고 다짐하는 기분이었다. 소유는 웃으면서 빙글빙글 돌았다. 두꺼운 솜을 넣어 누벼서 만든 포가 묵직하게 날렸다.

"너 소하 님하고 같이 있기 민망해서 나온 거지?"

별들이 내려다보는 침묵 속에서 채윤은 문득 짓궂게 물었다. 소유는 입술을 또 비죽였다.

"어떻게 알았어?"

"난 네가 생각하는 건 다 알잖아."

올려다보니 채윤의 눈은 과연 다정하고 부드러운, 이해심이 가득한 빛을 띠고 있었다. 소유는 그 시선을 받으며 익숙한 안정감을 느꼈다. 그녀는 뭐라고 변명하려다 쓴웃음을 지었다. 채윤은 기지개를 한 번 켰다.

"으아아, 추우니까 정신이 번쩍 드네. 나 먼저 들어간다? 고뿔 들지 않게 내 포 단단히 입고 있어."

"벌써? 지금 나왔잖아."

"내 포를 너한테 줬잖아. 추우니까 들어갈래."

그러면 처음부터 주지 않으면 되잖냐는 항변을 하기도 전에 채윤은 몸을 돌려 성큼성큼 가버렸다. 소유는 불평하면서도 포의 앞섶을 꼭 쥐었다. 새하얀 입김이 뭉게구름처럼 하늘로 올랐다.

얼마 동안이나 별구경을 하고 있었을까. 슬슬 마음이 차분해져 들어가려는 즈음 뒤에서 가벼운 발소리가 들려왔다. 소유는 그런 발소리를 내는 사람이 누구인지 알고 있었다. 아마 백 명이 동시에 걷는다 해도 알 것이다.

"바람이 시원하구나."

역시 맞췄다. 소유는 뒤를 돌아보고 미소 지었다. 연회를 위해 멋지게 차려입은 소하가 달빛을 받아 왕처럼 빛나고 있었다. 그의 수려한 모습은 달의 선녀가 직접 빚었다 해도 믿을 만큼, 그저 심장을 꼭 잡고 놓아주지 않았다.

"어찌 나오셨습니까?"

소하는 소유에게 아무렇지도 않게 다가왔다. 소하에게서 항상 풍기는 고아한 향이 좋은 술의 향기와 섞여 소유의 얼어붙은 코끝을 간질였다. 두근, 두근. 심장이 콩콩콩 소리를 내며 마구 뛰었다.

"너와 마찬가지로 술을 깨러 나왔다. 채윤은 어디 있느냐?"

"벌써 자기 자리로 들어갔지요."

"그렇구나."

소하의 눈썹이 아주 잠시지만 올라갔다. 소유는 쿡쿡 웃었다. 소하는 그녀의 눈웃음을 보고 의아한 듯 물었다.

"어찌 웃느냐?"

그를 보면 웃음이 절로 나온다고 어찌 말할까. 이렇게 평화로운 가운데 둘이 함께 있어본 것이 하도 오랜만이라, 그것이 좋아서 함박웃음이 지어진다고 어찌 말할까.

"술기운 때문에 그런가봅니다. 자꾸 웃음이 나옵니다."

"그렇구나."

소하는 미소를 지었다. 그는 소유의 옆에 서서 별을 올려다보았다. 그가 지은 한숨이 희고 긴 끈이 되어 파닥거리며 하늘을 향해 올랐다.

"내 너에게 고맙다고 해야겠구나."

"예?"

소하의 목소리는 나지막하고 다정했지만 소유의 귀에 화살처럼 선명하게 꽂혔다. 그녀는 소하를 힐긋 보았다. 소하는 눈만을 움직여 그녀를 내려다보고 웃었다.

"이 화친은 네가 이룬 것이나 다름없지 않으냐."

"소하 님께서 모든 증거를 빈틈없이 모아 설득하신 것이지 않습니까. 소하 님이 이루신 것이지요."

소유는 고개를 살래살래 저었다. 차가운 날씨에 얼굴이 발갛게 달아오르는 느낌이 싫지 않았다. 한참이라도 이곳에 있을 수 있을 것 같았다. 소하도 그녀처럼 고개를 저었다.

"쿠란게렐 왕은 내가 말하지 않은 것을 다 꿰뚫어보는 것 같더구나. 아마 내 말을 믿었다기보다 너를 보아 믿어준 것일 게다."

소유는 입을 다물었다. 이번에는 소하가 작게 웃었다. 소유는 눈을 동그랗게 뜨고 그를 올려다보았다.

"어찌 웃으십니까?"

"아니, 생각해보니 우스워서 말이다."

소하는 다정한 눈빛으로 소유의 눈을 들여다보았다.

"무엇이요?"

"중요한 자리에서 네가 다른 남자와 손을 잡고 나가는 것을 보자마자 내가 이렇게 따라왔다는 것이."

심장이 더 빠르게 뛸 수가 없을 정도로 미친 듯이 내달렸다. 소유는 추위도 잊고 소하의 얼굴을 올려다보았다. 지금 이 말은 그런 뜻일까. 그녀가 생각하는, 그녀가 원하는 그런 뜻일까.

소하는 천천히 고개를 저었다. 진심으로 놀라워하는 표정이었다.

"너를 처음 봤을 때부터 네가 특별한 줄 알았다는 말은 했지. 하지만 네가 이렇게까지 내 안에서 커질 줄은 몰랐다."

소하의 '특별하다'는 무슨 뜻일까. 물론 소유가 지금 가진 위치는 소하의 다른 부하들과 다르기는 했다. 쿠란게렐에게 말한 것처럼, 충성 맹세도 하지 않았고 그를 따른 지도 얼마 되지 않았고……. 하지만 지금 그 '특별하다'가 그런 '특별하다'는 아닐 것이 아닌가?

소유가 소하를 뚫어져라 보다가 쑥스러워 시선을 내리기를 반복하는데, 소하는 점점 소유의 얼굴에 가까워지도록 고개를 숙였다. 그는 작게 속삭였다.

"나는 궁금하다, 소유야."

"무엇이 궁금하십니까?"

잔뜩 찬바람을 맞고 다시 부끄러워져 딱딱하게 굳은 소유의 입술은 간신히 그런 질문을 발음해 냈다. 소하는 웃음 같지 않은 옅은 미소를 짓고 그녀의 눈을 들여다보았다. 달을 받은 소하의 두 눈은 요요한 광채와 짙은 그림자를 동시에 띠고 있었다. 그녀는 그 눈에 잡아먹힐 것만 같은 기분이 들었다.

소하는 가만히 팔을 뻗어 그녀를 끌어안았다. 그리고 부드럽고 매끈한 뺨을 그녀의 귓바퀴에 대고 신음하듯 속삭였다.

"네 손의 따스함은 어떤지, 네 입술의 부드러움은 어떤지… 궁금해서 견딜 수가 없구나."

소유는 어쩔 줄 모르고 완전히 굳었다. 지금 이건 꿈일까? 환상일까? 그에 대한 생각을 너무 많이 한 나머지 말도 안 되는 망상이 구체화된 것일까? 소하의 손은 천천히 소유의 등을 쓰다듬다가 그녀의 뒤통수를 받쳤다.

"또 네 목덜미에서는 무슨 향기가 나는지, 네 품에서 잠이 들면 얼마나 포근할지… 참으로 궁금하다. 시험해보고 싶을 정도란다."

소유의 다리에 힘이 풀렸다. 소하는 소유의 몸을 꽉 안아 그녀가 쓰러지지 않도록 했다. 그의 포옹이 너무나 단단해 벗어나려 해도 벗어날 수 없을 정도였다.

소하의 입술이 천천히 소유의 귓바퀴를 따라 그렸다. 그 부드러운 입술이 닿은 곳마다 홧홧했다.

천천히 소유의 귓바퀴를 덧그린 소하의 입술은 그녀의 귓불에서 잠시 머물렀다. 그의 숨소리와 입술의 뜨거운 열기가 소유의 머릿속을 가득 채웠다. 귀가 멀 것만 같았다. 그녀는 소하가 귓불을 잠시 입술로 물자 히익, 하고 숨을 들이켰다. 심장이 쿵쾅거리며 팔에서 까지 힘이 빠졌다.

"흑……."

소하의 입술이 귓불을 놓고 천천히 미끄러지며 소유의 목덜미를 따라 입을 맞췄다. 빗장뼈가 있는 곳까지 그녀의 옷깃을 벌리고 입술을 댄 소하는 그대로 입술과 혀를 움직였다.

"네 목덜미에서 무슨 향기가 나는지를 이제 알았구나."

"소하, 님……."

살결에 대고 직접 하는 말은 반쯤은 웅얼거리는 것 같았지만 그만큼 곧장 심장을 떨게 했다. 소유는 혼란스러워 자신의 눈을 꼭 감았다. 이제껏 그 누구도 그런 곳에 입을 맞춘 적은 없었다. 하물며 이런 곳에서.

소하는 쿡쿡 웃었다.

"아무도 안 본다."

"그런, 것이 문제가 아니오라……."

이런 방식의 입맞춤은 이제껏 상상해본 적도 없다. 입술이나 뺨이 아니라, 귀와 목이라니. 심지어 그 입맞춤이 몸에 일으키는 이 이상한 반응은.

소유의 몸이 바르르 떨리자 소하는 목덜미에서부터 다시 입을 맞추며 위로 올라오기 시작했다. 그리고 마침내 그의 입술은 소유의 입술과 턱 사이에 닿았다. 촉촉 소리를 내며 다가올 다음을 생각하고 소유는 감은 눈에 힘을 더 주었다.

문득 소하의 입술이 떨어져나갔다.

소유는 잠시 가만히 있다가 당황해 눈을 슬쩍 떴다. 소하는 한 치 정도의 거리에서 소유의 눈을 냉정하게 들여다보고 있었다. 그녀는 얼어붙었다.

"하지만 내가 지금 제일 궁금한 건 따로 있구나."

그게 무엇일까. 짐작할 수조차 없어 말을 않는데 소하는 눈을 가늘게 떴다. 그 얼굴에 떠오른 괴로움에 그녀는 적잖이 놀랐다. 그가 그런 표정을 짓는 것은 정말로 처음이었다.

"소유야, 나는 질투가 많은 사내라 힘들다. 채윤은 네게 어떤 의미냐? 청운은 또? 낙양 성주의 아들들은? 채윤은 네 정인이 아니라 말했다만 그것은 나 또한 마찬가지이지 않으냐. 너희가 그간 시간을 나누고 웃음을 나누고 친애의 정을 나누었을 것을 생각하면 질투로 가슴이 희게 타오른다. 그런 나를 너는 불쌍히 여겨주지 않을 테지만, 털어놓지 않고는, 견딜 수가 없어."

소유는 소하 님, 하고 입속에서 중얼거렸다. 목소리가 되지 않은 그 이름은 옅은 바람이 되어 입속에서 사라졌다.

소하는 괴로운 얼굴로, 한 글자 한 글자를 씹어뱉듯이 말했다.

"…너를 연모한다, 소유야."

소유의 가슴속이 희열로 차올랐다. 그녀는 지금 들은 말을 몇 번이나 곱씹고 나서야 자신이 들은 단어가 정말로 '연모'임을 믿을 수 있었다.

"소하 님……!"

소유는 힘이 빠진 팔을 들어 올려 소하의 등을 힘껏 끌어안았다. 다가온 얼굴을 보고 소하는 조심스럽게 물었다. 그의 얼굴은 아직 괴로움에 차 있었다.

"내 상황이 안정적이지 않아 네게 그간 확실히 말하지 못했다만, 네게 묻지 않고는 도저히 참을 수가 없었다. 나를 이렇게 만드는 것은 진실로 네가 처음이다."

소하 님, 하고 소유는 다시 한 번 소리 없이 그를 불렀다. 소하는

답을 기다리는 얼굴로 소유를 뚫어지게 보았다. 그 거칠고 격렬한 감정에 소유의 가슴도 잔뜩 들떠 부풀었다. 그녀는 더듬거리며 말을 짜냈다.

"제가 마음속에 그리는 분은 오직 소하 님 한 분뿐임을 정히 모르십니까?"

"소유야……!"

소하는 소유를 아까처럼 꽉 끌어안았다. 이번에는 소유도 그를 있는 힘껏 마주 안아주었다. 추위 따위는 전혀 느껴지지 않았다. 그저 온몸이 뜨겁고 얼굴이 뜨거웠다.

긴 포옹 뒤 소하는 소유를 문득 떼어놓고 물었다.

"정말이냐? 네 말이 정말이냐? 너도 나를 연모하느냐?"

"제가 하는 말은 다 믿기로 하신 것이 아니었습니까?"

소유는 작게 웃음을 터뜨렸다. 소하는 울음 반, 웃음 반이 섞인 얼굴로 사과했다.

"그랬지. 미안하다. 네 말을 다 믿는다."

"소하 님은 제게 새로운 세상입니다. 소하 님 곁에 항상 있고 싶습니다."

화주와는 다른 세상을, 천인국과도 다른 세상을 소하의 옆에서 그녀는 보고 있었다. 소하는 그녀를 다시 한 번 꽉 끌어안아 가슴을 부딪친 다음 소유의 뺨에 입술을 눌렀다. 그 입술은 그녀의 의사를 타진하듯 천천히, 아주 조금씩 위치를 바꾸었다. 거듭되는 입맞춤이 마침내 입술 끝에 닿았을 때 소유는 눈을 부드럽게 감고 기다렸다.

이내 두 사람의 입술이 서로를 누르며 겹쳐졌다. 소하의 입술은 촉촉했다. 소유는 자신의 약간 마른 입술이 그의 숨결로 따뜻하게 젖어드는 것을 느꼈다. 소하의 숨이 그녀의 코에 닿았다. 촉, 촉, 몇 번이나 입이 맞춰졌다.

소하의 살결이 닿을 때마다 소유의 몸속은 기묘한 떨림으로 뜨거워졌다. 그녀는 점점 거칠어지는 소하의 숨소리를 들으며 그의 품에 매달렸다. 그의 혀가 그녀의 입술 사이로 살짝 들어왔다. 이야기로만 들은 행동이었지만 그가 무엇을 원하는지는 알 수 있었다. 소유는 입술과 이를 살짝 벌려 그의 혀가 마음껏 침입하도록 허락했다.

천천히 그녀의 혀끝을 누른 그의 혀끝이 부드럽게 움직이며 소유의 이와 입술 사이를 쓸었다. 흑, 하고 소유는 저도 모르게 숨을 들이켰다. 그가 콧소리 섞인 낮은 웃음소리를 냈다. 소하의 혀는 윗입술과 아랫입술의 안쪽을 모두 진득하게 핥은 다음 더 안쪽으로 들어갔다.

혀와 혀가 얽히며 서로를 갈구하는 소리가 점점 노골적으로 났다. 소하는 소유의 혀를 입술로 집고 빨다가 촉촉 소리 내어 입을 맞추곤 했다. 그녀는 이런 행위가 언제까지 이어지는지도 알 수 없었다. 그저 소하에게 몸을 맡기고 매달려 필사적으로 응할 따름이었다.

얼마나 시간이 지났을까. 소하는 소유의 입술에 세게 두어 번 제 입술을 누른 뒤 떨어졌다. 그리고 한 걸음 떨어져서 소유를 똑바로 보았다. 그의 눈은 새빨갛게 달아오른 눈가의 기운과 기쁨으로 반짝이고 있었다.

"일에는 순서가 있는 법인데 내가 그 순서를 지키지 못했구나."

혼인도 하지 않은 사람끼리 이렇게 노골적인 행동을 한다는 말은 확실히 들어보지 못했다. 소유는 얼굴이 빨개져 고개를 숙였다. 소하는 그녀의 양쪽 팔을 다부지게 잡았다.

"정식으로 말하마. 널 내게 다오. 네 머릿속에, 내 가슴속에 담는 유일한 사람이 앞으로도 계속 나이게 해다오."

"…소하 님."

소유는 반쯤 울고 반쯤 웃었다.

"저는 아무런 세력도 없습니다."

"상관없다."

소하는 다시 소유를 끌어안았다. 이토록 격정적이고 감정이 드러나는 포옹을 한 것은 오늘이 처음인데도, 소유는 마치 자신이 항상 있던 장소에 돌아온 것처럼 기분이 좋아졌다. 저 밖에서 어떤 일이 일어난다 해도 상관이 없을 듯 안전하게 느껴졌다.

"네가 아니면 안 된다. 어느 나라의 어떤 잘난 공주라고 해도 너만큼 내게 필요하지는 않을 게다."

"소하 님께 제가 필요합니까?"

"지금까지 그 이야기를 하고 있지 않았느냐?"

소유는 소하의 눈을 한참이나 올려다보았다. 소하는 애가 타는 듯 일그러진 얼굴로 물었다.

"내 말을 받아줄 테냐? 너를 내게 줄 테냐?"

이런 청혼을 거절할 수는 없다. 소유는 고개를 끄덕였다. 처음에는 머뭇거림이 섞였던 짧은 끄덕임은 이내 격렬한 동의가 되었다.

소하는 다시 고개 숙여 자신의 혼약자에게 입을 맞췄다.

혼약을 했다고 해서 소하와 소유 사이의 관계에 당장 큰 변화는 없었다. 군영 내에서 두 사람은 원래 부부나 다름없는 대접을 받고 있었고, 정인다운 망중한을 즐기기에 그들이 가야 할 길은 아직 멀었다.

화친의 즐거운 들뜸 속에서 병사들은 행군했다. 올 때 가져온 짐은 상당수 망가지거나 이미 사용해 없어졌지만, 대신 다미국에서 받은 선물이 병사들의 등을 눌렀다. 혹 긴장이 풀린 자들이 평화에 해가 될 만한 행동을 하지는 않는지, 부상자들이 충분한 돌봄을 받고 있는지 등을 확인하느라 군 수뇌부는 여전히 바빴다. 그나마 큰 공을 세웠다는 생각 때문에 병사들의 기분이 좋은 것이 다행이었다.

그런 부상자들 속에서 청하의 부러진 다리는 묘하게 낫지 않고 있었다. 조금 가라앉았나 싶더니 오히려 얼마 전부터 다시 부어오르고 있어, 소유는 청하에게 걱정스럽게 물었다.

"계속 말을 타도 괜찮으시겠어요, 청하 언니? 수레에라도 타고 계시는 게."

"그럴 것까진 아니니 괜찮습니다, 주모님."

소하와 소유의 혼약에 대해 슬쩍 귀띔 받은 바가 있는 청하는 이제 소유를 즐겁게 주모님이라고 불렀다. 소유는 뺨을 붉히며 웃었다.

"아직 혼인하려면 멀었으니 그냥 이름을 불러주셔요, 언니. 언니가 제게는 친언니처럼 느껴져서 그래요."

"어째서요? 돌아가자마자 혼인을 올리시는 게 좋지 않겠습니까? 소하 님이 기다리기 힘들어하실 텐데요."

청하는 마지막 말을 하며 짓궂은 표정을 지었다. 소유는 웃으며 손을 내저었다.

"소하 님은 외출 한 번도 조정의 품의를 받으셔야 하는데, 혼인은 오죽하겠습니까."

물론 조카의 인생에 도움 한 번이 안 된 초왕이 소하와 소유의 혼례에 말참견을 한다면, 그녀는 강행돌파도 불사할 요령이었고 남들이 뭐라고 하든 정화수 한 그릇 떠놓고 부부의 연을 맺을 의지도 충분히 있었다. 그러나 초왕이 자기 사람을 소하의 아내로 만들려는 수작이라도 부린다면 그때는 일이 복잡해질 것이다.

소유의 얼굴이 약간 어두워진 것을 보고 청하는 쓴웃음을 지으며 위로했다.

"소하 님이 청혼을 하실 때 아무 대책 없이 말씀만 꺼내시지는 않

501

으셨을 겁니다. 잠시만 믿고 기다리시면 다 해결될 거라 생각합니다."

소하를 오랫동안 알아온 청하의 그 말이 무척 기뻤다. 소유는 진심으로 감사 인사를 했다.

"고마워요, 언니. 저 정말로 열심히 할 생각이에요."

소하와 혼인한다는 것은 명실공히 천인국의 왕자비가 된다는 뜻이기도 했지만, 실질적으로는 그와 함께 항상 음모에 휘말릴 각오를 해야 한다는 뜻이기도 했다. 소유는 속으로 다시 각오를 다졌다.

못된 초왕 부부가 아무리 터무니없는 계교로 소하를 해치려 해도 그녀는 최선을 다해 그를 돕고 끝까지 함께할 생각이었다. 채윤을 찾은 지금은 더욱더 그래야 했다. 그래야만 채윤이 원래의 신분을 찾아 다시 옛날처럼 살아갈 수 있을 테니까.

도도한 청하강은 다미국 측을 향해 건너갈 때보다 잔잔해져 있었다. 다미국의 눈 덮인 산악 지방을 다니다 와서 그런지 벌써 다시 더워진 기분이었다. 많은 병사들이 대강 무장을 풀고 가벼운 차림을 하고 있었다. 아직 행군 중이므로 원래는 그래서는 안 되었지만 단속해야 할 하급 장교들부터 살아 돌아간다는 생각에 기분이 좋아 남 말 할 처지가 아니었다.

"차산성이 보입니다!"

한 장교가 소리쳤다. 일행의 선두에서 소하와 청하, 그리고 옥현과 가까이 말을 몰던 소유에게도 물론 차산성의 드높은 모양이 보였다. 처마가 부드러운 곡선을 그리며 올라간 차산성은 웅장한 돌 성벽을 드러내며 원정군을 내려다보았다.

소유는 오랜만에 천인국의 땅에서 쉴 생각을 하고 기분이 들떴다. 비록 떠날 때는 홀대를 받았지만 이번에는 공을 세우고 돌아오는 군대이니 차산성에서도 환대를 해주지 않을까. 아무튼 선대왕 이래 처음으로 다미국과의 동맹을 공고히 맺고 귀환했다는 공로가 있는 것이다.

"우리가 오는 것은 잘 알 테니, 어디 어떤 환영이 준비되어 있나 볼까요."

옥현이 빙긋 웃으며 말했다. 소유는 맞장구를 쳤다.

"이렇듯 우리가 다미국과의 우정을 다지고 무사히 돌아올 줄은 다들 몰랐을 겁니다. 우리가 보낸 장계를 보고 차산성에서도 기뻐했겠지요?"

"다미국과 마주하며 갈등에 가장 고통받은 것도 차산성일 테니 그렇겠지요."

청운도 평온하게 웃으며 동의했다. 소하는 옥현과 비슷하게 미소 지었다.

"그래, 나도 그러면 좋겠구나. 지금쯤이면 조정에도 장계가 올라간 지 좀 되었을 텐데, 차산성에서 우리를 어떻게 받아줄까?"

"군사들에게 좋은 상이 나오면 좋겠습니다."

소유는 희망사항을 말했다. 소하에게 대단한 걸 주리라는 기대는 하지도 않았다. 하지만 군사들은 이번 일이 끝났으니 무사히 집으로 돌아갈 수 있게 된 것 아닌가. 그렇다면 죄 없는 장병들에게는 그만 고향으로 돌아갈 수 있는 권리와, 가져갈 상급이 나온다면 정말로 기쁠 터였다.

이 즈음에서 당연히 호들갑을 떨며 끼어들 줄 알았던 호마손은 조용했다. 사실 그는 요 며칠 말이 없었다. 그 말고도 긴장이 풀리는 바람에 고뿔이 들거나 앓아눕는 병사들이 조금 있었기 때문에 소유는 걱정스럽게 호마손을 보았다.

"호 사마님, 혹 몸이 안 좋으시거든 군의에게 몸을 보이시지요."

"아, 공주님."

호마손은 뭔가 생각에 빠져 있었는지 움찔하며 소유를 보았다. 이제 따뜻한 곳으로 내려와서인지 그의 이마에는 땀이 송골송골 맺혀 있었다.

"아닙니다. 염려해주셔서 감사합니다.

소유는 호마손을 딱히 좋아하지는 않았지만 이제 이 군대 전체에 어느 정도의 동질감과 전우애를 느끼고 있었다. 누군가가 아프기를 바라지 않았다. 차산성이 점점 가까워지며 하늘 높이 솟았다.

"어어?"

점점 뭔가 이상하다는 생각이 들었다. 소유는 성에 올라간 것이 왜 천인국 병사들을 환영하는 데 쓰는 알록달록한 깃발이 아닌지, 왜 붉은 깃발이 대신 빽빽하게 흩날리는지, 또 차산성 앞의 벌판에는 왜 차폐물로 보이는 것이 가득 나와 있는지 궁금해졌다.

"언니."

소유가 청하의 얼굴을 보니 청하도 인상을 쓰고 있었다.

"이상하군요. 돌아오는 자국 군대를 맞이하는 모양새가 아닙니다."

설령 패주한 군사들이라 해도 저런 식으로 차폐물을 앞세워 맞이하지는 않을 것이다. 병사들 사이로도 동요가 번지는 것이 느껴졌다. 소하가 담담하게 말했다.

"우선은 가서 사정을 물어보지."

지금까지 천인국군을 승리로 이끌어온 소하의 목소리에는 모두를 당연한 듯 안심시키는 효과가 있었다. 병사들이 입을 다물고 척척 걸었다. 소유와 소하는 다리에서 땅으로 내려서 계속 앞으로 나아갔다.

차폐물 앞에 도달했을 때였다. 성벽 위로 좋은 비단옷을 입고 관을 쓴 남자가 나왔다. 목소리가 큰 하급 장교 하나가 청하의 눈짓에 말을 타고 앞으로 나아갔다.

"우리는 다미국에서 원정을 마치고 돌아온 군대요. 문을 여시오!"

"역도들이 예가 어디라고 오는 것이냐?"

비단옷을 입은 남자는 쌀쌀맞게 소리쳤다. 목소리가 큰 하급 장교는 어안이 벙벙한 듯 되물었다.

"뭐라고?"

비단옷을 입은 남자는 허리띠나 관의 모양으로 보아 차산성 성주인 것 같았다. 그의 옆에는 전에 본 부관이 서서 난처한 표정을 짓고 있었다. 성주는 제멋대로 떠들었다.

"다미국은 적국이거늘 그들을 벌하고 오기는커녕 제멋대로 화친을 맺고 오다니! 게다가 다미족의 수령을 왕이라 부르며 존대했다고? 그게 천인국을 배반한 반역이 아니고 무엇이냐! 주상 전하께서 진노하시어 너희를 반역자라 규정하셨다."

소유는 어이가 없어 숨을 들이켰다. 청운은 얼이 빠진 모양이었다. 호마손이 말을 타고 나서 소리쳤다.

"다미국과의 일은 모두 오해로 벌어진 일! 원정을 통해서 달성해야 하는 것은 모두 이루었소!"

성주는 콧방귀를 뀌었다. 소리가 들리지는 않았지만 소유가 보기에는 그런 것 같았다.

"마지막 한 사람이 죽을 때까지 나라의 명예를 위해 싸우는 것이 당연한 것 아니냐? 감히 전하의 어심을 마음대로 짐작하고 달성할 일이 무엇인지를 함부로 지껄이다니! 궁병!"

성벽 뒤에 숨어 있었는지, 일련의 활을 든 병사들이 성벽에 늘어섰다. 그들의 손이 화살을 활에 매기는 속도는 이미 마음의 준비가 끝난 듯 신속했다. 소하는 소리쳤다.

"내가 누구인지 네가 모르느냐? 원정 건에 대해 전하께 말씀을 올리더라도 내가 올릴 것이니 문을 열어라!"

505

"역도들을 돕는 모든 행동 또한 반역임을 모르느냐? 옛 폐세자 따위가! 꺼지지 않으면 쏘겠다!"

지금까지 소하에게 그런 폭언을 하는 사람을 소유는 본 적이 없었다. 그녀가 발끈해서 뭐라고 쏘아붙이려는데 성주가 손을 들었다. 횟횟횟, 경고 사격으로 보이는 화살이 날아왔다.

"이놈들!"

우사마가 수염을 부르르 떨며 분노했다. 소하는 미간을 좁히며 앞에 나가 있는 두 사람을 불러들였다.

"나서지 말라! 일단 퇴각하라!"

그나마 모두가 다리를 건넌 뒤라는 것이 다행이었다. 다미국 원정군은 말머리를 돌려 자리를 떴다. 소유는 소하의 옆에서 말을 몰며 차산성을 올려다보았다.

다음 화살을 매긴 채 이쪽을 쳐다보는 차산성 군사들의 무표정이 납처럼 차갑게 느껴졌다.

차산성 측은 이쪽을 적극적으로 공격할 생각은 없는 것 같았지만, 통과시킬 생각 또한 절대로 없음을 분명히 했다. 차산성 북문은 꼭 닫혀 있었고 차폐물 앞에는 이제 구덩이를 파기 시작한 모양이었다.

평복으로 나가 사정을 알아보고 온 병사가 침울하게 보고했다.

"회군 중인 우리 원정군을 모두 반역 도당으로 규정하였다 합니다."

우사마는 입을 딱 벌렸고 1부장은 분통을 터뜨렸다.

"이게 무슨 소리입니까? 우릴 전장에 내몰아놓곤 이제 와서 반역 죄를 씌우다니!"

2부장도 맞장구를 쳤다.

"이제까지 고생한 것은 대체 뭘 위한 것이었단 말입니까?"

소유는 입술을 깨물었다. 즐겁고 들떴던 기분은 이제 온데간데없었다. 속으로는 이렇게까지 할 줄이야, 하는 말이 몇 번이나 맴돌았다. 소하가 한숨을 쉬었다.

"다 내 탓이다."

"예?"

장수들의 이목이 소하에게 집중되었다. 소하는 담담하게 말했지만 그 목소리에는 한탄이 배어 있었다.

"주상 전하께서 이 원정의 지휘를 맡기신 것은 이 난양을 제거하기 위해서였던 것 같소. 솔직히 별궁에 갇혀 지내왔던 내가 뭘 할 줄이야 아셨겠소. 먼 길 가는 중에 병을 얻거나 전투 중에 죽길 바라신 거겠지."

이전에 소하가 자경국의 이간질에 대해 생각하는 바를 밝혔을 때는 믿지 않던 사람들도 이런 말도 안 되는 상황에 처하고 보니 노골적으로 분노하지 않을 수 없었다. 우사마는 이를 갈며 물었다.

"대원수 각하, 아니, 이제는 임무가 끝났으니 대군 마마라 여쭙겠습니다. 대군 마마께서는 진정으로 그리 생각하십니까?"

"애당초 나에게 군대를 주실 리 없다는 걸 지금에서야 깨달았소. 내 시체를 갖고 가 전하께 바치면 그대들은 살 수 있을 것이오."

소하의 목소리가 더 씁쓸해졌다. 우사마는 말도 안 된다는 표정으로 벌떡 일어섰다.

"이럴 순 없습니다. 저는 마마를 따르겠습니다."

한참 뭔가를 생각하는 얼굴이었던 호마손도 한숨을 쉬며 함께 일어섰다.

"저도 마마를 따르겠습니다. 마마의 말씀이 옳습니다."

장수들은 놀라 호마손을 보았다. 호마손의 말투는 '소하의 말이므로 신뢰한다'는 투가 아니라, '소하의 말이 진실임을 원래부터 알고 있었다'는 투였던 것이다. 소하는 눈을 가늘게 뜨며 물었다.

"그게 무슨 말이오?"

호마손은 앉아 있던 의자에서 내려와 바닥에 꿇어앉았다.

"사실대로 아뢰옵니다. 소인은 출정 전에 전하로부터 대군 마마의 암살을 사주받았습니다. 소인은 부모를 잃은 뒤 가난하여 가는 곳마다 천덕꾸러기였습니다. 해서 이 나이가 되도록 가정을 꾸리기는 커녕 고향에도 돌아갈 수 없었나이다. 하온데 대군 마마께서 전장에 나가 계신 동안 암살해 목을 가지고 돌아오면 높은 벼슬도 주고 고래등 같은 기와집도 주겠다는 약속을 받았나이다. 죽을죄를 지었으니 용서하지 못하시겠거든 용서하지 마소서."

그렇게 말하고 호마손은 바닥에 머리를 찧어 절했다. 우사마는 아연해진 얼굴이었고 소유는 가슴이 아팠지만 충분히 납득했다. 초왕이라면 충분히 그럴 수 있을 것이다. 전쟁에서 누가 죽었다 해서 암살을 의심할 이유는 없으니까.

"되었소. 내가 암살 위협을 받은 것이 지금이 처음이라 생각하시오? 내 오히려 호 사마가 그간 아군을 위해 노력해준 것을 아니 그대는 은인일 따름이오. 고개를 드시오."

"마마."

호마손은 고개를 들었다. 그의 눈에 눈물이 그렁그렁했다. 소유는 뭔가 울컥하고 속에서 올라오는 것을 느꼈다. 옥현이 물었다.

"하지만 그렇다면 지금까지 좌사마께선 얼마든지 소하 님을 해칠 기회가 있으셨을 텐데, 어찌 행동하지 않으시다가 지금에 와서 밝히십니까?"

옥현의 질문은 옳았다. 호마손은 입술을 깨물었다.

"처음에는 전하의 명대로 할 생각이었는데 단순히 기회를 잡지 못했던 것이 사실입니다. 하오나 행군하는 내내 부당하다는 생각이 들었습니다. 아무리 어명이라지만 조카를 사지에 몰아넣고 해치라는 것이 어떻게 나라를 위한 일입니까? 그것이 어찌 한 나라의 왕이 내릴 명입니까? 그렇게 고민하고 있던 차, 마마를 계속 보다가 깨달았습니다. 전하께선 마마가 진실한 왕재임을 알고 경계하셨던 겁니다."

소유의 가슴이 따끔거렸다. 그녀는 말없이 호마손을 보다가 소하의 얼굴로 시선을 옮겼다. 그의 표정은 언제나처럼 담담했다. 그러나 그의 미간은 미약하게 일그러져 있었다.

"내가 진실한 왕재라 생각하시오?"

"누구든 그리 생각할 것입니다. 마마가 아니라면 우리가 다미국에서 어찌 살아남을 수 있었단 말입니까?"

"옳습니다."

우사마가 큰 소리로 동의했다. 그때 바깥에서 우우 하고 시끄러운 소리가 들렸다. 청운은 괴로움을 감추려는 듯 기묘하게 인상을 쓰고 막사의 휘장을 걷었다.

"무슨 일이냐?"

막사 밖에는 놀라울 정도로 많은 병사들이 모여 있었다. 끝없이 이어지는 투구의 술을 보니 전군이 다 모이기라도 한 것 같았다.

"각하! 공주님!"

"대원수 각하!"

"저희는 이대로 죽을 수 없습니다."

소유는 심란함을 소하에게 보이고 싶지 않아 청운의 옆으로 갔다. 소유가 모습을 드러내자 병사들은 저마다 눈에서 불을 뿜으며 소리쳤다.

"이건 말도 안 됩니다. 부당합니다!"

"저희가 이런 욕을 당하려고 저 다미국까지 다녀온 것이 아니지 않습니까!”

“대원수 각하처럼 훌륭하신 분을 차산성 성주 따위가 모욕하는 것을 화가 나서 볼 수가 없습니다!”

너무 많은 사람이 한꺼번에 소리치는 바람에 소유는 귀를 막을 뻔했다. 청운은 얼른 소유의 앞에 나섰고 소하도 막사 밖으로 모습을 드러냈다.

“무슨 일인가?”

소유를 보았을 때는 있는 대로 목소리를 높여대던 병사들은 소하가 정작 무슨 일이냐고 묻자 조용해졌다. 소하는 그들이 자신을 조용히 바라보자 가까이에 있던 주문월을 지목했다.

“주문월, 자네가 말해보게. 이게 무슨 소란인가? 내 다음 지시가 있을 때까지 잘 먹고 쉬어두라 하지 않았나?”

지목받은 주문월은 아주 잘됐다는 듯 썩 나섰다.

“대원수 각하. 이 원정은 처음부터 각하를 죽이기 위해 왕이 계획했다는 말이 사실입니까?”

빠르게도 소문이 돈 모양이었다. 하긴 병사들에게도 처음 듣는 소문은 아닐 터였다. 소유가 눈을 내리깔자 그녀를 보던 병사 하나가 흥분해서 소리쳤다.

“맞네! 맞아! 공주님이 놀라셨어!”

병사들에게 이런 식으로 확신을 줄 생각은 없었지만, 주문월이 입에 올린 소문은 병사들에게 이제 진실이 되어 파도처럼 퍼졌다. 소하는 괴로운 얼굴이 되었다.

“숨길 수도 없을 것 같고, 더 숨길 이유도 없으니 말하겠네. 그래, 자네 말이 옳아. 그러니 내 목을 가져다 전하께 바치시게. 그러면 자네들은 해칠 이유가 없으니 살려주실 게야.”

소하의 모습은 덩치 큰 장병들의 앞에서 파도를 맞이하는 작은 모래알 같았다. 그러나 소유는 그 한 명이 5천 명의 병사들을 모두 압도하는 것 같다고 생각했다. 목소리를 높이지도 않고 한 그의 말은 순식간에 예리한 칼날처럼 병사들의 끝에서 끝까지 퍼져나갔다. 이윽고 칼날은 불길이 되어 벌겋게 타올랐다.

"처음부터 저희를 죽이려고 보낸 못된 왕에게 마마와 같이 훌륭하신 분을 어찌 넘기겠습니까!"

"역적으로 몰려서 욕을 당하느니 끝까지 싸우다 죽겠습니다."

다미국군에게 첫 승리를 거두었을 때도 이렇게까지 사기가 충천하지는 않았었다. 소유는 기가 질리는 기분이었지만 동시에 이상하게 눈물이 나왔다. 소하의 입술에 옅은 쓴웃음이 스쳤다.

"…자네들의 마음은 고맙네. 내 지금 자네들이 가급적 많이 살 수 있는 방향으로 거취를 정할 테니 이만 물러가 있게."

"저는 각하를 위해서라면 죽어도 상관이 없습니다!"

어디선가 혁진상의 목소리가 들려왔다. 옳소, 맞다, 하며 병사들은 다시 한 차례 소리쳤다. 소하는 아까와 같은 쓴웃음을 짓고 고개를 끄덕였다.

"고맙네. 내 자네들의 마음을 잊지 않겠네."

잔뜩 흥분해 몰려들었던 병사들을 막사로 돌려보내고, 밥을 먹이고 잠까지 재운 후로도 소유는 소하의 막사를 떠나지 않았다. 옥현이 슬쩍 눈치를 보다가 자리를 비운 뒤로도 그랬다. 소하는 『사국통람』을 보다가 가끔씩 한숨을 지었고 소유는 조금 떨어진 의자에 앉아 그런 소하를 바라보았다.

마침내 소하는 책을 덮고 소유를 보았다.

"늦었으니 이제 그만 들어가거라."

"소하 님이 침수 드시면 가겠습니다."

"나는 아직 생각할 것이 많으니 느지막이 잘 생각이다. 잠이 부족하면 너는 많이 피곤해하지 않느냐."

소하의 미소는 언뜻 보기에 평소와 같았지만, 소유는 그 안에 깃든 피로를 알아볼 수 있을 정도로는 그를 알았다. 그녀는 소하가 못내 안쓰러워 그가 앉은 의자 쪽으로 몸을 기울이며 물었다.

"소하 님, 마음이 어지러우시지요?"

소하는 쓴웃음을 지었다. 피로가 조금 더 명확하게 드러났다. 그녀는 마음이 좋지 않아 어쩔 줄을 몰랐다.

"차라도 올릴까요?"

"아니다. 예 있으니 네가 움직일 것 없다."

소하는 옥현이 가득 채워두고 간 찻주전자를 가리켰다. 소유가 내심 실망하자 그는 한 번 눈을 깜박인 다음 새삼스러운 듯 소유에게 물었다.

"네 잔을 채워주랴? 군중에 술은 아니 될 말이니 차로 대작해주겠느냐?"

가슴속에 짜릿한 것이 들어찼다. 소유는 기쁘게 고개를 끄덕였다.

"예, 소하 님. 재치 없어 소하 님의 즐거움이 되어드릴지는 모르겠습니다만 기꺼이 함께 차를 마시겠습니다."

찻물 따르는 소리가 쪼르륵 하고 낭랑하게 울렸다. 소유는 소하가 준 잔을 받아 고개를 한 번 꾸벅 숙인 다음 차를 마셨다. 옥현이 준비해둔 차는 불평할 바 없이 훌륭했다.

비교적 평온하게 차를 마시는 소유와 다르게 소하는 가끔 한숨을 쉬었다. 소유는 그것을 세 번 정도 가만히 듣다가 조심스레 물었다.

"무슨 생각을 하고 계십니까?"

소하는 소유를 보고 알 수 없는 표정을 지었다.

"글쎄다. 내가 무슨 생각을 하는지 궁금하냐?"

"예."

"맞춰보아라."

소하는 옅은 미소를 지었다. 그의 휘어진 눈이 너무나도 아름다운 반달 모양을 그려 소유는 저도 모르게 약간 부끄러워졌다.

"소하 님, 저는 진지하게 위로해드리고 있지 않습니까."

"안다. 하지만 네가 너무 귀여워 놀리지 않을 수가 없구나."

소유는 소하가 여느 사내와 같은 수작을 건다는 것에 놀랐고, 그 수법이 뻔하다고도 생각했지만 어쩔 수 없이 웃어버렸다.

"예, 그러면 한번 맞춰보겠습니다."

지금 그가 할 만한 생각이야 정해져 있었다. 소유는 소하의 얼굴을 고요히 바라보며 말했다.

"슬프고 힘드실 테지요. 저 많은 사람의 목숨이 이제 소하 님께 온전히 달려 있으니. 이제 싸움은 피할 수 없는 것이 아닙니까?"

당연히 그렇게만 생각하고 있었는데 소하의 얼굴에 떠오른 슬프고 답답한 기색에 소유는 잠시 놀랐다. 그는 아무튼 고개를 끄덕였다.

"그래, 그런 생각도 하고 있다."

"다른 생각도 하고 계십니까?"

그의 말대로 이미 늦은 시각이었다. 번을 서는 병사들을 제외하고는 모두가 잠들었을 때였으므로. 그것이 아니라면 소하가 저렇듯 쓸쓸한 표정으로 잠을 이루지 못하는 이유가 무엇일까. 저 안타까운 미소는 어디서 온 것일까.

소유는 슬픈 마음으로 그의 눈을 응시했다. 소하는 천천히 소유의 한쪽 손에 자신의 손을 뻗어 올려놓았다. 따뜻한 날씨와 찻물 때문에 그의 손은 뜨거웠다.

"내가 무슨 생각을 하는지 어찌 궁금하냐?"

"저는 소하 님의 생각이 모두 궁금합니다. 소하 님은 그렇지 않으십니까?"

소하는 눈을 휘며 웃었다.

"그리 말하니 할 말이 없구나. 나도 그렇다."

"그러면 말씀해주시지요."

소하의 눈이 호롱불을 받아 한순간 이채를 발했다.

"굳이 말하자면 실망이다."

"예?"

무엇에 대한 실망일까. 소유는 눈을 깜박였다. 소하는 한숨을 쉬었다.

"조금쯤 내 예상을 벗어나도 좋았을 텐데 말이다."

등골이 오싹해졌다. 소유는 한동안 말을 잇지 못했다.

"…이 모든 것도 다 예상하셨습니까?"

"그래, 예상하고 있었기 때문에 준비를 할 수 있었다. 하지만 내 예상이 빗나가기를 마음 한편에서는 진심으로 바랐다."

"준비요?"

"그래. 그러니 너도 너무 염려 마라. 나는 네가 생각하는 것보다 훨씬 더 오랫동안 이 순간을 맞이할 준비를 하고 있었으니."

소유의 머릿속에서 상념이 내달렸다. 초왕은 지금까지 여러 방식으로 소하를 죽이려 해왔지만, 소하가 모든 음식에 기미를 보아가며 몸조심을 했기 때문에 음독 암살의 효과는 보지 못했다. 이번에 사신들이 참석한 공식 연회에서 앓는 모습을 보였으니 좋은 기회라 생각하고 또다시 해온 음독 살해 시도가 좌절되었을 때, 초왕이 참을성을 잃었으리라는 점은 충분히 예측 가능한 일이었다.

그러니 병사를 제외하고, 초왕 본인이 의심받지 않을 또 다른 사유로 소하가 죽게 만들기를 획책했을 것이다. 이번 전쟁의 총사령관이 소하가 아니었다면, 다미국에 원정을 다녀오면서 오합지졸 5천 명이 쿠란게렐의 강력한 군대에게 죽는 것은 당연한 일이었다. 설마 이렇게까지 소하의 일이 잘 풀리리라고 예상하지 못한 초왕은 5천 명의 군사를 소하에게 주면서도 위협을 느끼지 않았을 것이다. 그리고 놀랍게도 소하가 성공해서 돌아오자 이번에는 원정군을 역도로 규정했다. 어려운 길을 다녀오며 소하의 능력을 본 병사들은 억울하게 죽기보다는 소하에게 목숨 걸고 충성하는 그의 군대가 되었다.

초왕이 예상하지 못한 방식으로, 모든 것이 소하가 그려놓은 궤도대로 움직이고 있었다. 가슴속 한구석이 서늘해졌다. 소유는 소하가 '정말로' 이 순간을 오랫동안 기다려 맞이했다는 사실을 깨달았다. 소하가 그녀의 얼굴을 보고 조용히 물었다.

"도망치고 싶으냐?"

소유는 깊이 생각하지 않았다. 그럴 필요가 없었다.

"아니요."

문득 설궁에 들어갔을 때의 일이 떠올랐다. 밤에 인기척을 듣고 깨어난 소유가 방 밖으로 달려나왔을 때, 경비병은 아무것도 아닌 일을 가지고 호들갑이라는 반응을 보였다. 소하가 바로 뛰어와주었기 때문에 불안은 금세 가라앉았다. 설궁에서 지내는 동안 그녀는 그 기척 또한 초왕이 보낸 자객이 아니었을까 하고 짐작하고 심증을 굳힌 상태였다.

그런데 정말로 그랬을까? 그날 밤 소유가 들은 인기척은 정말로 소하에게 해를 끼치려던 사람이었을까? 어쩌면 그 사람은 청하였을 수도 있지 않을까?

소유의 비명을 듣고 바로 달려와준 소하는, 그녀에게 해가 되는 것이 없음을 알면서도 자신을 제 사람으로 만들기 위해 그렇게 침의 차림으로 나타났던 것은 아닐까?

혼란스러워졌다. 소하가 자기 사람을 만들 때 얼마나 확실하게 상대편을 사로잡는지 소유는 이제 충분히 알고 있었다. 그는 그 자체로도 빛나는 왕이었고 상대의 모든 것을 알고 행동했다. 무엇을 보고 감동받을지, 무엇을 보고 차마 배반하지 못할지에 대해서도.

소하는 어떻게 주문월과 혁진상의 이름을 미리 알고 있었을까. 어쩌면 처음부터 중용할 생각으로 조사해두었던 것은 아닐까.

사실은 소유 또한 소하의 장기말 중 하나라고 생각하지 못할 이유는 뭔가.

그녀의 긴 생각이 눈에 선연히 드러난 모양이었다. 소하는 그녀를 보고 정말로 슬픈 얼굴을 했다.

"나는 강제로 붙잡지 않는다. 하지만 네가 나를 그런 눈으로 보는 것은 견디기 힘들구나."

소유는 그의 말에 눈물을 흘리고 싶어졌다. 요즈음 소하와 함께 있으면 심장의 고동 소리와 풀이 바람에 스치는 소리 하나까지 달콤했다. 지금 불안하고 섬뜩하게 흔들리는 마음의 파동마저도 그러했다.

그녀는 어쩔 줄 모르다가 결국 일어나 소하의 어깨에 얼굴을 묻었다. 소하는 팔을 뻗어 그녀의 어깨를 힘주어 안아주었다.

"조카에게 어쩌면 이리 매몰차답니까."

울음을 참기 위해 나온 말은 초왕에 대한 불평이었다. 소하는 부드럽고 나지막하게 말했다.

"그것이 권력의 속성이라지 않으냐."

"소하 님께서도 권력을 얻으시면 이리하실 겁니까?"

"글쎄, 잘 모르겠구나."

"그리 말씀하지 마십시오. 권력이 있든 없든, 사람이 정말로 악한 행동을 할지 말지는 선택과 의지의 문제입니다. 소하 님께서 자리에 오르셨다 하여 금상과 같이 못되게 구실 거라면 저는 안 도우렵니다."

소유는 투덜거리며 말을 맺었다. 소하는 코끝으로 웃었다.

"방자하구나."

"저는 원래 그렇습니다."

"그래."

소하는 속삭였다.

"너는 원래 그렇지."

❋

하늘이 푸르고 높았다.

병사들은 그 어느 때보다 신뢰에 찬 눈빛으로 든든하게 허리를 펴고 섰다. 높은 단에 말을 타고 오른 소하는 임시로 예장한 병사가 씌워준 일산을 물리쳤다. 그의 비단실 같은 머리칼에 찬란한 햇살이 쏟아졌다. 선대왕의 갑옷은 옥현의 솜씨로 첫날처럼 깨끗했다.

몇몇 장수는 소하의 눈꽃 문양이 들어간 옥패를 가지고 있었다. 소유도 허리춤에 옥패를 잘 보이게 착용했다. 하급 장교나 병사들에게까지 돌아갈 물건은 준비되어 있지 않았기 때문에 소문이 빠른 병사들만 어설프게 손등에 눈꽃을 그려 넣고 있었다. 서투르지만 진지한 얼굴의 면면을 소하는 잠시 가만히 내려다보았다.

소하의 다문 입매를 보는 것만으로도 병사들은 고양되었다. 소하의 말이 멈춰 서자 장수들은 숨을 들이켰다. 소하의 손이 하늘을 향해 순간 솟았다.

와아! 병사들은 기운차게 함성을 질렀다. 막 원정을 마치고 돌아와 박대를 마주한 병사들이라고는 생각할 수 없을 만큼 우렁찬 환호

였다. 소유는 가슴이 떨리는 것을 느끼며 소하를 보았다. 그가 입을
열었다.

"나는 선대왕의 유일한 아들, 적장자, 천인국의 대군인 이소하다!
나는 어려서부터 백성을 제 몸처럼 아끼고 사랑하라 배웠으며 군주
의 임무는 백성을 살게 하는 것이라 알았다! 그런데 선대왕이 붕어
하시고 일어난 일은 무엇이냐?"

군주! 군주! 하고 병사들이 소리쳤다. 눈치 빠른 하급 장교들의 솜
씨인 것 같았다. 혹은 옥현이 미리 가르쳐둔 것일까?

"지금 너희에게 밝힌다. 초염군 이용초는 왕의 자리에 앉을 명분이
없다! 선대왕의 후계자는 나 난양대군 이소하였으며 유언장에도 같
은 어의가 적혀 있었다. 이용초가 외세와 영합해 선대왕의 유언장을
조작하고 제가 옥좌를 함부로 탐한 것이다! 그게 역적이 아니고 무
엇이냐!"

이번에는 역적! 역적! 하고 병사들이 흥분해 소리쳤다. 점점 공기
가 뜨거워졌다. 소유는 숨이 가빠 심호흡했다. 소하의 등이 높이
솟은 산처럼 거대하게 보였다.

"이제 나는 그동안 잘못된 모든 것을 되돌리려고 한다. 이는 결코
천인국의 질서를 거스르려는 것이 아니다. 이용초와 그의 신하들이
펼친 학정, 지방 관리들의 가렴주구! 아무리 일해도 결국은 빚이 늘
고 밭을 빼앗기며, 노비로 팔려가는 백성들을 너희는 알고 있다! 너
희가 그들이고, 너희 형제자매가 그들이다! 실정이 이러한데 어찌
이용초에게 하늘의 뜻이 있다 하겠느냐?"

쿵, 쿵, 쿵.

쿵, 쿵, 쿵.

병사들은 어느새 발을 구르고 있었다. 소하는 손을 옆으로 뿌렸다.

"저기 우리의 고향이 있다. 우리의 천인국이 있다! 우리가 피땀 흘

려 지킨 땅에 돌아가 가족과 친지의 얼굴을 보지 못할 이유가 무엇이냐? 거짓 군주를 끌어내리고 천인국을 원래의 모습으로 되돌리자! 나를 따라 가자! 올바른 옥좌가 내게 있고 하늘의 뜻이 내게 있으니, 우리는 승리할 것이다!"

쿵, 쿵, 쿵.

쿵, 쿵, 쿵.

발구르기는 계속되었다. 심장 끝까지 떨리는 것 같은 기분에 소유는 자신의 양손을 소매 속에서 꽉 잡았다. 그때 갑자기 청운이 앞으로 나서는 것이 보였다. 그는 분노한 장수들이 소하를 따르겠다고 이구동성으로 외칠 때도 가만히 아픈 표정만을 짓고 있었으므로 그것은 대단히 의외의 행동이었다.

"대군 마마!"

병사들이 발을 구르는 가운데 청운은 소하의 앞에 무릎 꿇고 절했다. 소하는 청운을 위엄 있게 내려다보았다.

"무슨 일인가? 청운."

"저는 아직 대군 마마께 충성 맹세를 하지 않았습니다. 본디 금상의 명을 받아 행동했던 제게 그럴 자격이 있는지, 또 평화롭게 모든 일이 끝날 수는 없는지 고민하고 있었기 때문입니다. 하지만 이제는 고민하지 않겠습니다. 제 충성 맹세를 받아주십시오. 어린 조카를 여러 차례 죽이려 한 인면수심을 더는 두고 보고 싶지 않습니다!"

소유는 저도 모르게 청하의 얼굴을 보았다. 다리가 급속도로 부어 청하는 요즘 두통이 있다고 했다. 그러나 따뜻한 햇살을 받으며 동생과 주군을 보는 청하의 자랑스러운 얼굴은 드물게 건강해 보였다.

청운은 스스로 판단할 수 있는 인재라고 황 박사가 했던 말이 떠올랐다. 강하고 수하들의 신뢰가 두터운 그를 모두가 보는 앞에서 얻었으니 소하에게는 대단히 좋은 일이었다. 소하는 말에서 내려 청운을 끌어안았다.

"이제 나를 따르는 자는 나를 이름으로 불러라. 다른 무엇보다 이 소하라는 인간으로 먼저 너희에게 다가가고 싶다. 청운, 너도 마찬가지다!"

쿵, 쿵, 쿵. 발을 구르며 병사들은 크게 환성을 질렀다. 정연한 대오와 높이 솟은 창날의 빛이 설원처럼 눈부셨다. 소유는 그들의 모습을 눈에 새겨 넣었다.

이제 소하는 나래를 펼 것이었다. 초왕이 상상한 것보다 훨씬 더 큰 붕鵬의 날개를.

차산성은 국경 지대에서 오랫동안 천인국을 지켜온 기지라 병사들이 용맹했고 성 또한 견고했다. 단순히 군사의 숫자만 놓고 보자면 소하의 군대가 우위에 있었지만 그 외의 많은 요소에서는 소하가 불리했다.

작전을 세우는지 반나절쯤 막사에서 가만히 차를 마시거나 지도를 만지던 소하는 별안간 각 부대에 따로 지시를 내렸다. 그리고 그 모든 지시를 다음 날 동시에 이행하라고 명했다. 장수들은 서로의 명령 내용을 알지 못했으므로 아무 의문도 없는 얼굴이었지만 소하의 옆에서 전체적인 내용을 다 들은 소유는 슬쩍 그에게 물었다.

"소하 님, 이 작전은 차산성에 들어간 후여야 실행 가능한 것이 아닙니까? 문을 열어줄 내통자가 있습니까?"

"없다."

소하는 담담한 미소를 지으며 대답했다. 소유는 고개를 갸웃했다.

"하시면 간자를 보내시렵니까?"

"그럴 필요 없다."

소하는 미소 그대로 고개를 저었다. 소유는 이번 작전에도 소하가 앞일을 내다보며 뭔가 준비를 마쳐두었다는 것을 알았지만 그의 심계를 짐작할 수가 없었다. 소유가 뾰로통한 표정을 짓자 소하는 진한 미소를 지었다.

"널 못 믿어 말하지 않는 게 아니라 놀라게 해주고 싶어 이런다. 잠시만 기다리면 성에서 쉴 수 있을 게다."

소유는 그의 장담대로 되리라는 것은 추호도 의심하지 않았다. 다만 자신이 알지 못하는 데서 자꾸 소하가 일을 진행시키는 것이 신경 쓰여 눈을 살짝 내리깔았다. 그러자 소하는 그녀에게 다가와 뺨에 입을 맞췄다.

"소하 님."

지금은 막사 안에 둘뿐이었지만 언제 다른 장수가 보고를 하거나 명령을 받으러 올지 알 수 없는 일이었다. 소유는 얼굴을 붉히며 그를 질책하듯 말했다. 소하는 그녀의 눈앞에서 거부할 수 없는 아름다운 웃음을 지었다.

"싫으냐?"

싫지 않다는 것을 알면서, 또 그녀가 그의 미소를 보면 아무것도 거부하지 못하고 그저 시선을 빼앗길 뿐이라는 것을 알면서, 소하는 본인의 강점을 마음껏 이용했다. 소유는 입술을 괜히 비죽이며 고개를 저었다.

"싫지는 않습니다만, 체통이 없다고 병사들이 욕해도 저는 모릅니다."

소하는 눈을 가늘게 휘며 후후 웃었다.

"부모 사이가 좋다고 욕하는 자식이 있다더냐? 오히려 좋아할 게다."

소유는 그의 말이 맞다고 인정할 수밖에 없었다. 다미국 원정군이 소하를 따르는 반란군이 된 이후, 병사들은 소유를 볼 때마다 힘이 난다는 얼굴을 했다. 하기야 평생 동안 나라에 충성하라는 가르침을 받고 자라났는데, 이제 와서 역도로 몰렸으니 어찌 불안하지 않을까. 그들이 보기에 '용궁 공주' 소유는 그들을 돕는 강한 힘일 뿐 아니라 '하늘의 뜻' 자체일지도 몰랐다.

어쩔 수 없었다. 소유는 웃음 섞인 한숨을 푹 쉬고 소하의 뺨에 자신도 입을 맞췄다. 소하는 웃으며 그녀의 허리에 팔을 둘렀다. 그때 막사의 휘장 밖에서 크흠, 하는 헛기침 소리가 들렸다.

"소하 님, 소유 아씨. 옥현입니다. 보고할 것이 있사온데 들어가도 되겠습니까?"

옥현은 소하와 소유가 막사 안에 함께 있을 때 최대한 자리를 피해주고 있었다. 소유는 얼굴을 붉히고 얼른 소하에게서 떨어졌다.

"들어와라."

소하의 말에 옥현은 천천히 막사에 들어왔다. 그는 기쁜 얼굴을 하고 있었다.

"소하 님, 진해국으로 보낸 원군 요청이 받아들여졌다 합니다."

"그러하냐?"

소하의 표정이 조금 밝아졌다. 소유는 소하를 살짝 흘겨보았다. 또 이렇게 그녀가 모르는 곳에서 모든 일이 처리되고 있었다. 멀리 진해국까지 원군 요청을 보내 지금 그 소식이 여기까지 올 정도라면 다미국 원정을 떠나기 전에 이미 움직였다는 뜻이었다.

"감축드립니다, 소하 님. 하온데 어떤 원군입니까?"

설마 다미국 원정을 돕는 원군을 진해국에 요청한 것은 아닐 터였다. 소유의 기묘한 얼굴을 보고 소하는 쓴웃음을 지었다.

"우리 대업을 도울 원군이다. 진해국에는 어릴 때 나를 가르친 박사 두 분이 계시니 좀 도와달라 했지."

"그 도와달라는 말씀을 새에게 시켜 전하지는 않으셨을 테지요?"

"그래."

소하는 그 대목에서 잠시 끊었다가 장난스러운 미소를 지었다.

"정 승상의 막내아들이 외출을 아니 한다기에 바람 좀 쐬라고 진해국에 유람을 다녀오라 권했다."

그럴 줄 알았다. 항상 집에만 있던 경원이 갑자기 그 멀리까지 유람을 나간 데에는 다 이유가 있었던 것이다. 소유는 고개를 내저었다.

"정말 대단하십니다. 어떻게 그런 임무를 경원이에게 맡기셨습니까? 본인이 순순히 받아들였을 것 같지가 않습니다만."

"큰 어려움은 없었다. 정경원은 원래 공명심이 있는 청년인데 은퇴한 조부의 제지로 정치에 나서지 못해 답답해하고 있었지. 나는 뛰어나가고 싶어 하는 공을 한번 살짝 차줬을 뿐이란다."

소하는 참으로 천연덕스럽게 말했다. 소유는 과연 경원 본인도 그렇게 생각할지 궁금해졌다. 경원은 결코 바보가 아니었다. 소하가 처음부터 끝까지 계산하고, 경원이 넘어갈 수밖에 없는 제안을 받아들일 수밖에 없는 시기에 했다는 것을 분명히 파악하고 있을 터였다. 그런데도 진해국에 가서 원군을 요청하고 그 보고까지 올린 것을 보니 경원 역시 주군을 정한 것일까.

"자, 이제 천천히 움직이자꾸나. 앞뒤가 막히면 누구든 위축되는 법이니."

초왕을 위축시키는 데 성공했으니 이제 거칠 것 없이 움직이겠다는 뜻일까. 소유는 가슴속 한구석이 불안으로 살짝 떨리는 것을 느꼈다. 소하가 예전부터 여러 인재에게 눈독을 들이고 있었음은 분명했다.

그중에 다른 여자는 없을까. 소유보다 더 그에게 도움이 되는 사람은 없는 것일까.

그런 불안이 소하가 손을 잡고 입 맞추면 한순간 잊혀졌다가도 끊임없이 점멸했다.

하지만 지금 그녀가 할 수 있는 일은 그를 믿는 것뿐이었다. 소하에게 속는다 해서 무엇이 달라질까. 어차피 이 자리에 있는 것은 그녀의 뜻이었다……. 소유는 저도 모르게 소하의 손등을 손끝으로 살짝 쓸었다. 소하는 그녀를 보고 의아한 미소를 지었다.

"왜 그러느냐?"

"아닙니다."

소유는 황급히 미소 지으며 고개를 저었다. 그때 막사 바깥에서 다급한 청운의 목소리가 들려왔다.

"소하 님! 차산성에 연기가 오르고 있습니다! 큰 백기도 걸렸습니다! 아무래도 성 내부에서 내분이 일어난 것 같습니다!"

소유는 소하의 얼굴을 퍼뜩 쳐다보았다. 그녀가 놀라 눈을 동그랗게 뜬 것을 보며 소하는 전혀 놀라지 않은 얼굴로 다정하게 말했다.

"내 금세 성에서 쉴 수 있을 것이라 했지? 오늘만 참거라. 내일은 차산성 내의 성주파를 색출하고 병사들을 거둘 곳을 마련한 다음에 안전하게 쉬자꾸나."

다음 날, 거짓말처럼 차산성의 문은 활짝 열렸고 소하의 수하들은 주군의 선견지명에 감탄하며 성주파 관료들을 잡아들였다. 듣자하니 차산성 내부에서 다미국과의 향후 관계에 대한 의견은 물론 선대왕의 유지에 대한 의견이 분분하다 못해 전날 밤 피를 보는 사태가 일어났다는 모양이었다.

반성주파의 수장은 전에 차산성 성주의 대리로 왔었던 사자였다. 그는 소하가 입성하자 눈물을 흘릴 듯한 얼굴로 무릎을 꿇더니 길게 읍했다.

"난양대군께 차산성 성주 부관 유임태가 인사 올립니다."

"이리 맞아주니 고맙네. 고개를 들게."

소하는 품위 있게 그 인사를 받았다. 유임태는 그나마 진정된 표정으로 고개를 들고 소하를 보았다가 다시 눈물을 터뜨릴 듯 격정적인 얼굴이 되었다.

"차산성에는 사진현이라는 작은 고을이 있사온데 얼마 전 다미국 병사들에게 야습을 당해 많은 사람이 부상을 입고 재산의 피해가 컸사옵니다. 해서 차산성 사람들은 다미국을 전보다 더욱 싫어하고 두려워하였사온데, 실은 그 야습에 이상한 점이 많았사옵니다. 다미국 사람들은 약탈을 부끄럽게 생각하지 않고 말의 밤눈이 어둡기 때문에 반드시 낮에 움직이옵니다. 또한 저항할 수 있는 사람이 적었는데도 다미국 사람들이 좋아하는 양과 소를 가져가지 않았으니 이 또한 이상하다는 소문이 무성했사옵니다. 그런데 알고 보니 그 야습을 한 것은 다미국의 옷을 입은 자경국의 병사들이라 하지 뭡니까."

"그런 일이 있었군."

소하는 천연덕스럽게 대답하며 걱정스러운 표정을 지었다. 소유는 평정을 가장하느라 많은 힘을 썼다. 유임태가 말을 이었다.

"변방의 차산성이 부유할 리 없사온데 조정에서는 검은 소의 뿔을 내놓아라, 광산에서 은을 캐와라, 무리한 요구가 이만저만이 아니었사옵니다. 그런데 심지어 자경국이라면 왕비 마마의 친정이 아니옵니까? 이야말로 조정이 차산성의 백성들을 무참히 도륙한 것이나 마찬가지 아닙니까? 저희는 여하한 사정에 따라 하늘이 주신 왕의 뜻은 대군 마마께 있다 믿고 이렇게 성을 바치나이다. 부디 저희를 다스리시고 폭군을 몰아내주시옵소서."

'폭군을 몰아낸다'! 소유는 마음 속으로 놀랐다. 그저 눈앞의 군대를 피하기 위해 저들끼리 싸우다 항복한 것이 아니었다. 차산성 사람들은 그간 고통받아온 천인국의 한 단면이었고 이미 각오를 마친 상태였다. 그녀의 가슴이 뜨거워졌다.

"자네들이 옳네."

소하는 위엄 있게 말했다.

"하늘의 뜻은 나에게 있으니, 오늘 자네들이 내린 결단에 대한 보답이 충분히 있을 걸세."

사자를 제외하면 소하의 이런 모습을 실제로 보는 것은 차산성 사람들에게는 처음일 터였다. 사자와 함께 성주를 몰아낸 승리자들이건, 소하를 구경하려 몰려든 차산성의 병사 및 백성들이건 그의 말에 감명받은 표정을 짓지 않는 사람이 없었다. 그들은 만세, 만세, 하고 저들끼리 소리치며 환호했다. 소유도 결국은 자랑스러운 표정을 드러내며 소하의 모습을 지켜보았다.

어느 정도 환성이 잦아들자 소하는 소유를 가리켰다.

"소개하겠네. 이쪽은 내 혼약자인 양 소저일세. 우리 군에서는 여러 가지 재미있는 칭호로 불리고 있지."

소유는 가볍게 웃음을 터뜨리며 한 발짝 나섰다. 차산성의 각료들은 놀란 얼굴로 얼른 고개를 숙였다. 고개를 숙이고도 흘긋거리는 눈초리를 보니, 그녀가 어느 가문 출신인지 상당히 궁금한 눈치였다.

사자는 잠시 말을 잇지 못하다가 소유가 있는 방향으로 이마를 땅에 대고 절했다.

"일전에는 귀하신 분인 줄도 모르고 감히 무례를 범하였습니다."

"아닙니다. 신경 쓰실 것 없습니다."

"옥처럼 맑은 기개가 있으시니 과연 고개가 절로 숙여집니다. 혹 전전대 이부상서를 지내신 양정 공의 친지가 되시는지?"

"아닙니다. 저희 집안은 한미하여 아실 만한 것이 못 됩니다."

대충 얼버무리면 어차피 차산성 사람들은 이틀 내로 소유가 용궁의 공주라는 소문을 귀가 아프도록 들을 터였다. 그러나 이런 자리에서는 좀 더 믿을 만 한 배경을 밝혀야 하지 않을까. 그런 생각이 들어 소유는 말을 하다 말고 잠시 멈칫했다. 소하가 웃으며 나섰다.

"사람의 품계로 재기에는 너무 고귀한 가문의 따님이니 그냥 그런 줄 알고 있게나."

각료들은 어리둥절해했지만 더 묻지 못하고 입을 다물었다. 다음으로 소하는 중요한 심복들을 소개했다. 채윤이 신 씨가 아닌 진 씨로 소개되어 소유는 감회가 새로웠다. 처음 그를 찾아 화주를 떠났을 때와 비교하면 이제 얼마나 멀리 왔는가. 채윤이 제 이름으로 고향에 돌아갈 날도 이제 멀지 않은 것이다.

차산성 성주는 도망치다 붙잡혀 감옥에 갇혔지만 그의 가족들은 죄가 없기 때문에 저택에 연금된 상태였다. 사자는 성주의 저택을 비워 소하가 머물게 하려 했지만 소하는 단호하게 그것을 거절했다. 반드시 성주의 저택을 써야만 하는 이유도 없는데 괜히 죄 없는 가족들을 지금 이상으로 고통받게 하고 싶지 않다는 이유에서였다.

"어차피 나중에 성주는 처형할 것이 아닙니까?"

차산성 각료들이 물러간 뒤 소유는 소하에게 그렇게 에둘러 물었다. 그는 쓴웃음을 지으며 소유를 보았다.

"처형하면 좋겠느냐?"

"아니요. 하지만 그것이 상례가 아닙니까?"

소유는 소하가 이런 식으로 자신을 떠보는 데에 익숙했기 때문에 그냥 솔직한 감상을 말했다. 어차피 소하의 마음속에는 정해둔 답이 있을 터였다. 그는 소유의 대답에 쓴웃음이 아닌 다정한 미소를 지었다.

"나중에 천천히 처리하자꾸나. 성주의 가족은 물론 성주 본인에게도 해를 입히지 말고 잘 지키기만 하라 해두었다. 너무 걱정하지는 말거라."

'너무 걱정하지는 말거라.' 소유는 요즈음 자신이 소하에게 그 말을 부쩍 많이 듣고 있다는 생각이 들었다.

그의 말 중 어느 것을 믿고, 어느 것을 믿지 말아야 할지 여전히 그녀는 구별할 수 없었다. 하지만 의미가 있을까. 결국 모든 것은 소하의 뜻대로 되곤 했던 것이다.

결국 성주의 가족들과는 얼굴을 마주할 일조차 없게 되면서 그녀의 머릿속에서 그들의 운명은 곧 잊혀졌다. 곧바로 다음 문제가 닥쳐왔던 것이다.

"조정에서 토벌군을 파견한다 합니다."

청운은 진지한 얼굴로 보고했다. 소유는 약간 침울해졌다. 반군이 성을 점령했으니 조정에서 토벌군을 파견하는 것이야 당연했지만 막상 닥치고 보니 눈앞이 캄캄했다. 소하에게 물론 대책은 있을 테지만, 그 과정에서 또 얼마나 많은 사람이 다칠까.

"토벌군의 사령관은 정해졌나?"

소하는 평온하게 물었다. 청운의 얼굴이 살짝 울적해졌다.

"손 병부상서가 책임자라 합니다."

그 자리에 있던 모두가 청운의 얼굴이 왜 울적한지 이해했다. 손 병부상서라면 청운의 아버지이자 유명한 맹장인 손 장군이었다. 소하의 표정도 마침내 약간 바뀌었다.

"자네에게는 미안한 마음일세. 혹 아버님과 싸우기 힘들거든 전투에서 빠져도 좋네."

청운은 소하를 똑바로 보았다.

"가족의 정을 위해 그릇된 일도 못 본 척하라는 가르침은 손가에 없습니다. 청컨대 소하 님께선 부족한 신하를 시험하지 마십시오."

"그런가."

소하는 빙긋 웃었다. 호마손이 몰래 한숨을 쉬는 것을 보아하니 내심 걱정을 하고 있었던 모양이었다. 소유도 고개를 끄덕였다.

"손 장군이 얼마나 올곧은 심성을 가지고 있는지는 우리 모두 익히 아는 바가 아닙니까? 걱정은 무용하니 이제 나머지 보고를 들으시지요."

"감사합니다."

청운은 소유에게 가볍게 고개를 까딱해 보인 뒤 토벌군의 규모 및 편성에 대해 알려진 대로 이야기했다. 반군의 수를 생각한다면 토벌군은 제법 위협적인 규모였다. 소유는 장수들이 생각에 빠진 사이 청운에게 물었다.

"청운 공자, 아버님은 어떤 성품이십니까? 청운 공자처럼 불의를 싫어하고 올곧은 성품이십니까?"

청운은 가슴을 펴고 자랑스럽게 말했다.

"저희 집안에서 항상 보고 배우도록 하고 있는 것이 송죽, 소나무와 대나무입니다. 계절이 변해도 절개는 변하지 않고 부러질지언정 휘어지지는 말라고, 저든 누님들이든 항상 아버지께 배우고 자랐습니다."

호마손은 기묘한 표정으로 청운을 보았다. 소유는 청운이 그런 시선을 받는 것이 신경 쓰였지만, 나서서 막기도 전에 청운이 먼저 시무룩해졌다.

"지금 아버님은 금상이 적법한 왕이라 생각하시니 회유는 힘들 겁니다. 자식들과 싸우게 된다 해도 물러설 분 또한 아닙니다."

"난처하군."

소하는 쓴웃음을 지었다. 청하가 의지 굳은 표정으로 말했다.

"하지만 저희 남매 또한 아버지 앞이라 해 물러서지는 않을 겁니다."

"자네들을 믿네."

소유는 소하가 진심이라는 것을 알았다. 그녀 또한 손 씨 남매의 성품을 알았으므로 그들을 믿었다. 소유는 인상을 쓰며 말했다.

"선대왕의 진짜 유언장이 있으면 좋을 텐데요."

"그런 것이 남아 있겠습니까?"

소하의 아버지가 남긴 유언장이 자경국에 있다는 사실은 아직 몇 명만 아는 비밀이었다. 소유는 소하의 옆얼굴을 슬쩍 보았다. 물론 소하는 그쪽에도 손을 썼을 터였다. 아니었다면 청하가 조당에 숨어 들었던 날 그렇게 기뻐하지 않았을 테니까.

호마손이 말도 안 된다는 듯 고개를 젓는데 우사마가 생각에 빠져 입술을 내밀었다.

"우리가 만들면 어떻겠습니까?"

몇 장수는 혹한다는 표정으로 눈을 번뜩였지만 소하는 고개를 저었다.

"아바마마의 진짜 유언장이 지금 이 자리에 있기를 누구보다 바라는 사람은 나일세. 하지만 아무리 급하다 해도 백성들에게 거짓을 말할 수는 없네. 또, 아바마마의 옥새가 없이 왕의 유언장을 만들 수 있겠는가?"

유언장이 가짜임이 밝혀진다면 그때는 걷잡을 수 없을 것이다. 소유는 일반 백성들이 소하를 한 번 보기만 하면 다들 그에게 마음을 줄 것임을 의심하지 않았다. 하지만 조정의 신료들은 조심스럽고도 확실한 방법으로 회유해야 했고 그들에게는 유언장의 진위 여부를 가려낼 눈썰미가 있을 터였다.

어차피 소하는 그의 선견지명으로 진짜 유언장을 찾아 공개할 것

이다. 가짜 유언장처럼 위험 부담이 큰 것을 만들 필요는 없다. 소유
도 소하를 거들었다.

"저도 그리 생각합니다. 소하 님께선 진정한 후계자이시니 저들처
럼 거짓된 행보를 보일 필요가 없습니다."

"하지만 저들은 그 사실을 모르지 않습니까."

우사마는 방어적으로 말하긴 했지만 그 목소리를 들어보니 소하
의 말에 설득당한 모양이었다.

당장 쓸 수 있는 군사와 병량은 명확했다. 소하는 근처 성의 성주
들에게 보낼 항복 권유 서신을 작성하도록 옥현에게 명령하고, 장수
들에게는 각 부대를 어떻게 정비해야 할지 알려주었다.

소유는 소하의 눈이 오랫동안 머무른 지도를 보았다. 다미국과의
우정을 기려 이번에 새로 작성한 오국도五國圖는 선명한 색으로 곳
곳이 꾸며져 있었다. 길한 상징으로 꾸며진 지도가 부디 언젠가 천
인국의 조정에 걸리기를.

소하가 실패한다면 다미국과 천인국은 다시 반목할 것이다. 소유
는 소하가 이끄는 반군은 물론이고 쿠란게렐의 아래에 있던 사람들
을 생각하며 성공을 기원했다.

"쳐라!"

"반드시 사다리를 걸어야 한다!"

어떤 성주들은 소하의 반역 소식을 알자마자 협조하겠다는 밀서
를 보내왔고, 어떤 성주들은 죽을 각오로 막겠다며 그의 앞에서 버
텼고, 어떤 성주들은 가족끼리 이래선 안 된다며 소하를 달래려 들
었다. 소하는 그중 협조하겠다는 자들의 원조는 받아들였지만 적들
에게는 확실한 제재를 가했다.

많은 지방 성주들이 초왕의 폭정에 질려 있었다. 그들이 가세하자

군사의 수는 순식간에 불어났다. 가을이 가까우니 한동안은 군량을 걱정할 필요도 없을 터였다. 소하의 반군은 막힘없이 나아갔다.

마침내 손 병부상서, 청운과 청하 남매의 아버지가 이끌고 온 대군은 소하의 반군이 머무는 지점에 도달했다. 소하가 전략적 요충지 몇 군데를 이미 제 편으로 돌려놓았기 때문에 토벌군도 마음 편히 시간을 끌 수는 없었다. 손 병부상서는 단단한 육릉성을 걸어 잠그고 봉화를 올렸다.

소하는 매일같이 성을 공격했다. 진해국의 원군이 있으니 조정에서도 함부로 원군을 더 보낼 수는 없으리라는 설명에 장수들은 용기백배했다. 하지만 육릉성의 병사들 또한 저들을 이끄는 손 병부상서의 위명과 역량에 힘입어 항상 성을 지켜냈다.

"걸렸다!"

육릉성의 미끄럽고 높은 성벽에 갈고리를 걸려 나선 병사들은 성위에서 쏟아지는 화살과 돌에 맞아 스러지면서도 끊임없이 벽에 달려들었다. 소유는 수많은 사람이 장난처럼 쉽게 죽는 모습에 도저히 익숙해지지 않았다. 그러나 억지로라도 그들을 보며 독려했다. 외면한다고 해서 그들의 죽음이 없던 일이 되는 것은 아니었다.

"올라라!"

오랫동안 소하와 함께한 다미국 원정군 출신 병사들은 이제 여러 전투에서 살아남은 용사가 되어 있었다. 청운도 빠지지 않고 전선에서 싸웠다. 그는 부하들의 신뢰가 두터워 전선에서 사기의 중심이되곤 했다.

"청운이 잘하고 있군."

소하는 담담한 목소리로 말했다. 벌써 며칠째 육릉성을 공격하면서도 진전이 없으니 초조할 만도 한데 그는 그런 모습을 보이지 않았다. 호마손이 청하에게 투덜거렸다.

"손 부장의 아버님이 너무 뛰어나셔서 이런 것 아닙니까."

거친 피가 튀기는 현장에서는 농담이 필요했다. 청하는 쿡쿡 웃었다. 그녀의 다리 상태가 계속 나빠져 소유는 어서 그녀를 장안으로 데려가고 싶었다. 장안에는 좋은 의원이 있을 텐데, 전장에서 군의에게 어쩌다 가끔씩만 다리를 보이며 계속 고생하니 몸이 낫지 않는 것이 틀림없었다.

"송구합니다."

"손 부장의 동생 또한 뛰어나니 나로선 불만이 없네. 어디 청출어람이 맞는 말인지 볼까."

소하도 농을 했다. 언뜻 육릉성의 성벽 위로 병사를 잔뜩 거느린 중년의 남자가 나타났다. 소유는 눈을 찌푸리며 그 남자가 누구인지 보려고 했다. 얼굴은 잘 보이지 않았지만 옷차림으로 보아 아마 그가 이번 토벌군의 대장을 맡은 손 병부상서일 터였다.

"이 못난 아들놈!"

과연 남자는 전장을 한참 내려다보다가 벽력처럼 호통을 쳤다. 청운은 움찔하다가 뒤로 물러났다. 그는 고개를 높이 들고 자신의 아버지에게 소리쳤다.

"오랜만에 뵙습니다, 아버님!"

"불초 딸 또한 여기에 있습니다!"

잘 들릴지 아닐지 알 수 없는 거리에서 청하도 소리쳤다. 아마도 들렸는지, 손 병부상서는 청하가 있는 방향으로도 고개를 돌렸다.

"나라에 도움이 되어 국가의 은혜에 보은하라 일렀거늘, 어찌 하늘을 거스르는 죄를 짓느냐!"

손 병부상서의 목소리에는 추상같은 위엄이 있었다. 지켜보고 있노라니 그가 서 있는 자세 따위가 청하와 비슷한 것 같아 소유는 그만 미소를 지어 버렸다. 청하는 소유에게 물었다.

"제가 대답할까요, 주모님?"

"청운 공자가 더 가까우니 청운 공자가 하시는 것이 낫겠지요."

소유는 합리적인 판단을 내렸다. 청운은 제 누나와 소유 쪽을 힐끗 본 뒤 고개를 다시 높이 쳐들고 아버지에게 외쳤다.

"나라에 도움이 되는 것은 왕 개인에게 도움이 되는 것입니까, 아니면 백성들에게 도움이 되는 것입니까!"

평생 조정을 섬겨온 신하에게 하기에는 대담한 말이었다. 손 병부상서는 노성을 질렀다.

"이놈! 어느 안전이라고 그따위 말을 하느냐! 신하란 한 나라의 왕을 도움으로써 백성들을 이롭게 하는 것이다!"

"왕이 백성을 돌보지 않으면 어떻게 합니까!"

청운은 절규처럼 고함쳤다. 손 병부상서는 동요하지 않고 바로 마주 호통쳤다.

"그걸 어째서 네가 판단하느냐!"

소유의 가슴이 분노로 뜨거워졌다. 청운이 소리를 높였다.

"제가 아니면 누가 판단합니까! 모실 주군이 누구인지, 누가 백성을 위하는 왕인지 어찌 모릅니까!"

"금상께선 선대왕의 유지를 이어받은 적법한 왕이시니, 그분께 거스르는 것은 곧 하늘을 거스르는 것이요, 대대로 수치스러울 역모 죄다!"

"금상께선 선대왕의 유지를 거짓으로 꾸며낸 위僞왕입니다! 왕의 재목이자 선대왕의 아드님이신 난양대군께서 계신데, 어찌 삼촌이 조카의 왕위를 찬탈합니까! 그거야말로 하늘을 거스르는 일이 아닙니까!"

소유는 청운이 그렇게 말을 많이 하는 것을 처음 보았기 때문에 내심 놀라며 감탄했다. 청하도 놀란 모양이었다.

"저 애가 저런 말도 하는군요."

"그러게 말입니다, 청하 언니. 금상에 대해서는 나쁜 말을 하지 않으려 애쓰시더니."

물론 손 병부상서는 다른 의견을 가지고 있을 터였다. 손 병부상서는 노기 띤 목소리로 자녀들을 꾸짖었다.

"너희 둘이 어릴 때는 병법과 경전을 읽고 올바른 말을 해 내게 기쁨을 주더니, 이제는 저희가 잘났다고 가문에 먹칠을 하는구나! 너희에게 벼슬을 내리고 아끼신 주상 전하를 욕보이다니! 선대왕의 유지를 거짓으로 꾸며내? 너희가 무슨 증거를 가지고 그런 참람한 말을 하느냐!"

이제껏 제 의견에 확신을 가지고 소리치던 청운도 '증거'라는 말에는 반박할 수 없었다. 청운은 입을 다물었고 청하도 쓴웃음을 지었다.

"자경국에 있는 유언장을 당장 가져다 보일 수가 없으니 이거 난처하군요."

"손 병부상서는 확실하지 않으면 움직이지 않을 테지. 아무리 마음이 있어도 말이야."

소하는 그렇게 말하고 인상을 살짝 찌푸렸다. 소유는 이대로 언쟁이 끝나면 병사들의 사기가 떨어질 것을 걱정해 앞으로 나섰다. 소하는 그녀에게 물었다.

"어디로 가려느냐?"

"칼이 오가는 곳에 가지는 않겠습니다. 다만 저도 몇 마디 하고 싶어 그럽니다."

"간다면 청하와 함께 가거라."

소유는 청하를 돌아보며 잠시 고민했다. 저들이 청하를 공격하기 주저할까? 청하는 선선히 고개를 끄덕였다.

"함께 가지요. 저도 무인입니다. 그 정도는 한쪽 다리가 없어도 할 수 있습니다."

둘은 함께 말을 타고 성벽으로 다가갔다. 손 병부상서는 청운과의 대화가 끝났다고 생각했는지 큰 소리로 성벽의 군사들에게 지시를 내렸다. 기름을 더 끓여라, 화살을 쏴라……. 소유는 적당히 손 병부상서에게 자신의 목소리가 들릴 것 같은 위치에 멈춰 섰다. 싸우던 반군들이 소유의 모습을 보고 용기백배해 소리쳤다.

"용궁 공주님이 오셨다!"

"공주님을 위해 길을 열어라!"

조금 더 가까이서 본 손 병부상서는 청운과 얼굴이 무척 비슷했다. 청운이 몇 십 년 정도 나이를 먹으면 정확히 저렇게 될 것이라는 생각이 들어 소유는 잠시 미소를 지었다. 손 병부상서는 병사들의 이목이 집중되자 소유와 청하를 보았다. 그의 눈길이 잠시 청하의 다리에 스친 것 같았다.

"처자는 누구시오?"

손 병부상서가 잠시 후 소리쳐 물었다. 소유는 가슴을 펴고 본인이 낼 수 있는 가장 큰 목소리를 냈다.

"저는 양소유라 합니다. 따님과 아드님께 신세를 많이 지고 있는데 이제 인사드립니다."

"양 낭자라면 혹 설궁에서 지냈다는 그 처자요? 대군 마마와 혼인한다는 말도 들었소."

"예, 맞습니다. 이런 일로 뵙게 되어 참으로 안타깝게 생각합니다."

손 병부상서는 다시 청하를 보았다. 날카롭고 위압적이었던 그의 눈이 잠시지만 부드러워졌다.

"나도 마찬가지요. 장안에서 혼인식 때나 뵈었으면 좋았을 것."

"아직 그럴 수 있습니다. 조카의 왕위를 빼앗고 죽이려 들기까지

한 폭군을 물리친 다음에요."

"말을 쉽게 하는군."

손 병부상서의 목소리는 매몰찼다. 소유는 쓴웃음을 지었다. 그는 소하가 있는 방향으로 멀리 한 번 시선을 주었다가 우렁차게 말했다.

"조정을 거슬러 무슨 이득이 있소? 끝내는 모두 죽고 가족이 욕을 당할 뿐인 것을!"

"올바른 일을 하는 데에 무슨 이득을 바라겠습니까?"

"내 막내가 역도가 되었고 내 딸은 크게 다쳤소. 당신들의 올바른 일 때문에 많은 가정이 슬픔을 안아야 한단 말이오?"

손 병부상서의 가치관은 확고했다. 소유는 결국 그녀가 좋아하지 않는 말을 해야만 했다.

"더 큰 평화를 위해서입니다! 지금의 천인국은 사람이 태생으로 차별받고 부자가 가난한 자를 억압합니다. 뒷골목의 장사치들이 부자에게 자녀를 노비로 파느라 슬퍼하는 것을 모르십니까? 저희 대군께선 무너진 의를 바로 세우기 위해 일어나신 것입니다. 또 저희 대군께서 항상 작은 궁에 갇혀서 숙부에게 목숨을 위협받은 것을 모르십니까? 그것은 비극이 아닙니까? 손 병부상서의 가정이 화목하기 위해서는 가난한 자들의 비극을 모른 체해도 괜찮습니까?"

손 병부상서는 잠시 대답하지 않았다. 소유는 자신이 작은 승리를 거두었음을 알았다. 다른 말보다 아마 소하의 처지에 대한 말이 그를 입 다물게 했을 것이다. 청하가 소유에게 속삭였다.

"그만 가시지요, 주모님. 행여나 다치시면 제가 소하 님을 뵐 낯이 없습니다."

"예, 청하 언니. 할 말을 했으니 물러나도 되겠습니다."

소유는 뒤돌아 다시 말을 몰았다. 소하에게 다가갈수록 등 뒤로 시

선이 따가웠다. 소하는 술이 펄럭이는 일산 아래 서서 소유를 보다
가 그녀가 가까이 다가오자 마중을 나왔다.

"고생 많았다. 무섭지 않더냐?"

소유는 빙긋 미소 지었다.

"다미국의 쿠란게렐 국왕과 한 번 대치하고 나니 아무것도 두렵지
않습니다."

혹 그 말이 청하에게 거슬릴까 걱정했는데, 다행히 등 뒤에서는 웃
음소리가 나왔다. 그때 옥현이 드물게 파래진 얼굴로 다가와 소하에
게 귓속말을 했다. 소란스러운 전쟁터에서도 메아리치듯 선명하게
들리는 말이었다.

"소하 님, 낙양이… 낙양이 자경국에 함락되었답니다."

❀

낙양이 함락되었다는 소식은 곧 전군에 퍼졌다. 소유와 채윤은 무
엇보다 월의 소식을 기다렸지만, 며칠이 지나도 성주 부부가 난리통
에 죽었다는 소식만 들릴 뿐 망나니 월 공자나 낙양의 보석 백란 공
자가 어떻게 되었는지는 아무도 알지 못했다.

소유는 백란이 자경국으로 놀러가겠다고 했던 말을 기억했다. 어
쩌면 월도 자경국에 동생을 잡으러 갔을지도 모른다는 희망 섞인 상
상을 하기도 했다. 그러나 누가 안단 말인가?

낙양이 자경국에 함락되었다면 진해국의 원군도 무산된 것이나
다름없었다. 낙양이라는 완충지대를 잃은 진해국의 왕은 자기 방어
에 최선을 다할 것이다. 문제는 자경국이 낙양을 점령한 뒤 어디로
군사를 움직일지였다. 천인국으로 향해 자국의 공주를 도울까? 그렇
지 않으면…….

"한동안 아니 움직일지도 모르지. 그것만으로도 충분한 효과를 발휘할 테니."

소하의 말이 옳았다. 진해국과 소하의 반군 사이에 천인국을 끼워 압박하려던 소하의 작전은 완전히 역이용당하고 말았다. 진해국 군사가 나라를 비우면 자경국은 진해국으로 쳐들어갈 수 있었다. 그리고 진해국의 원군이 없으면 천인국 조정은 반군에 대해 확실한 군사적 우위를 가지게 된다.

"어떻게 하지요?"

호마손은 이마를 감싸쥐고 있었다. 채윤이 의견을 밝혔다.

"자경국이 함부로 낙양을 침략한 것에 대해 조정이 명백한 입장을 밝히지 않는다면 지방 성주들은 우리에게 더 호의적이 될 수 있으니 돌파구가 있을지도 모릅니다. 원래대로라면 자경국군이 낙양을 공격한 그 순간에 천인국에서 엄중히 항의하고 낙양군을 지원해야 합니다."

그것이 충성을 맹세한 성주에 대한 조정의 당연한 대응이었다. 소유는 한숨을 쉬었다.

"평소라면 그렇습니다만, 내전 중인 국가는 진영 논리에 따라 뭉치기 쉽습니다. 자경국군의 움직임이 우리 군에게 손해가 된다는 점과 왕비 마마의 친정에서 보낸 군사라는 점을 생각하면, 자경국이 '침략'을 한 게 아니라 '파병'을 했다고 받아들이는 자들도 있을 겁니다."

"역적 놈들이 아닙니까?"

"어쨌든 표면상 자경국은 천인국의 동맹국이니까요."

호마손은 기묘하기 그지없는 표정으로 심기가 불편함을 드러냈다. 청운이 조용히 물었다.

"낙양 점거의 명분은 뭐랍니까? 아무리 동맹국이라도, 아니, 동맹국이라면 더더욱 명분 없이 함부로 군사 침략을 할 수는 없습니다."

옥현이 쓴 얼굴로 답했다.

"낙양성에서 자경국에 적대 행위를 했다고 하더군요."

"어떤 적대 행위입니까?"

"간자를 보내 자경국 왕궁을 염탐했다 합니다."

호마손은 어이가 없다는 표정을 지었다.

"그럴 리가 있습니까? 낙양성에서 왜 그런 짓을 한단 말입니까?"

호마손에게는 안타깝지만 소유가 보기에는 그럴 만한 이유가 있었다. 물론 자경국이 정말로 그것을 이유로 군사를 움직이지는 않았을 테지만. 그녀는 옥현을 노려보았고, 옥현은 씁쓸하게 고개를 끄덕였다.

확실했다. 백란이었다. 백란이 자경국의 왕궁으로 간 것이다. 아마도 소하의 명령으로 선대왕의 진짜 유서를 찾으러.

여리고 사랑스러운 백란의 얼굴을 떠올리자 가슴이 답답했다. 소유는 원망을 담아 소하를 쏘아보았다. 소하는 짐짓 영문을 모르겠다는 표정을 지었다. 그 모습에 조금 더 화가 났다. 그녀는 침울하게 물었다.

"간자가 어떻게 되었다는 말은 없었습니까?"

"그것이, 확실하지가 않습니다."

"간자이니 바로 처형하지 않았겠습니까? 혹 용녀님께서 아는 자입니까?"

호마손이 고개를 갸우뚱했다. 소유의 손이 떨렸다. 그녀는 고개를 저었다.

"그저… 궁금했을 뿐입니다. 예, 그렇지요. 간자이니 바로 처형했겠지요."

차라리 그게 나을지도 모르겠다. 마음씨 곱고 감수성 풍부한 백란이 낙양의 함락과 부모의 죽음을 알면 어떤 기분을 느낄까!

회의는 별다른 수확 없이 끝났다. 장수들은 다수가 슬픈 표정이었지만 소하를 믿어서인지 큰 동요가 없었다. 그들이 자리를 뜨고도 마지막까지 소유는 소하의 방에 남아 있었다. 소하는 소리 없는 한숨을 쉬었다.

소하가 심란할 것임을 알면서도 소유는 그를 마주보고 싶지 않았다. 그녀는 가만히 벽을 등진 의자에 앉아 바닥을 보았다. 머리가 어지러웠다. 그녀는 소하의 얼굴을 피해 자리에서 일어서며 말했다.

"먼저 물러가겠습니다. 쉬소서."

그녀 자신이 걷는 소리가 너무도 크게 삐걱거려 견디기 힘들었다. 뻣뻣한 나무토막이 된 기분으로 소하의 옆을 스쳐 지나가는데 갑자기 손목을 잡혔다. 소하는 소유를 보지 않고 눈을 내리깐 채 말했다.

"어딜 가느냐."

"제 침소로 가렵니다."

"잠시만 더 있다가 가거라."

그것은 괴로운 요청이었다.

"날이 저물었습니다. 고단하니 들어가 쉬게 해주십시오."

소유는 이 자리에 더 머무는 것이 두 사람 모두에게 좋지 않을 것이라고 판단하고 고개를 저었다. 여전히 그들은 서로의 눈을 보지 않았다.

소하는 곧은 입매를 굳게 짓눌렀다. 그리고 잠시 후 가늘면서도 살짝 쉰 목소리가 터지듯 흘러나왔다.

"나를… 떠날 테냐?"

소유는 소하의 그토록 연약한 목소리를 들은 적이 없었다. 그녀는 놀라 소하의 얼굴을 퍼뜩 바라보았다.

그의 눈이 상처로 떨리고 있었다. 평소에는 예리한 빛이 반짝이던 얼굴에 거칠고 정제되지 않은 감정이 해일처럼 일렁였다. 가슴속에 뭔가 북받쳐 올라 소유는 고개를 세게 내저었다.

"아닙니다. 제 방으로 돌아가고자 할 뿐인데 어찌 그런 생각을 하십니까? 마음이 약해지셨습니다."

"안다."

소하는 앉은 채 소유를 끌어안았다. 그의 얼굴이 배에 닿아 소유는 잠시 어쩔 줄 모르고 굳었다. 그는 표정이 전혀 보이지 않도록 얼굴을 파묻고는 그녀에게 매달렸다.

"미안하다. 말도 안 되는 생각인 것을 안다. 하지만 네가 나를 보지 않으니 그만 불안해졌다."

소유의 눈에서 뜨거운 눈물이 쏟아져 나왔다.

"이건 소하 님이 계획하신 것이 아니지요?"

한참 후에 소하는 고개를 아주 살짝 끄덕였다. 소유는 그의 머리를 끌어안았다.

"소하 님, 저는 분노와 슬픔으로 마음이 무척 불편합니다. 하지만 소하 님을 원망하지 않습니다. 백란이 성공하기를 누구보다 바라셨을 분 또한 소하 님이시니, 성공하도록 모든 상황을 만든 뒤에 그 애를 보내셨을 것을 압니다."

아마 예상치 못한 일이 생겼거나, 정말로 아주 작은 실수 하나로 벌어진 사태일 것이다. 하지만 그럼에도 슬퍼할 수는 있었다. 한없이 사랑스러웠던 아이의 고운 웃음을 기억하며 울어줄 수는 있었다.

백란의 부모와 월이 이 자리에 없었기 때문에 소유는 그들을 대신해 한참 동안 울음을 삼켰다.

낙양성 사태의 결과는 다양한 방식으로 나타났다. 조정에서는 자경국이 천인국을 구하기 위해 발 벗고 달려와준 맹우라고 선전하는 모양이었다. 행방불명된 낙양성 성주 일가에 대해서는 아무 언급도 하지 않았다. 다른 지방 성주들은 낙양성의 패망에 불안을 느꼈는지 소하를 따르겠다는 밀서가 속속 도착했지만 직접적인 원군은 적어졌다. 자경국과 가까운 지방의 성주들이 특히 그랬다. 반군의 원조보다는 자기 지역의 방어에 주력하기 시작한 모양이었다.

그렇게 얼마 동안이나 군중이 침울함에 빠져 있었을까. 육릉성은 성공적인 수성을 이어가고 있었음에도 불구하고 어느 날부터 술렁거렸다. 그리고 얼마 후, 남몰래 소하에게 정보를 보내던 정부 각료의 밀서에 의해 손 병부상서가 토벌군 원수의 자리는 물론이거니와 병부상서의 자리에서도 해임되고 그 자리를 곽일이 맡게 되었다는 사실이 알려졌다.

"조정 내에서 손 상서님을 의심하는 목소리가 높아졌다 합니다."

옥현은 모두가 모인 자리에서 밀서의 중요 부분을 읽었다. 청하의 얼굴에 쓴웃음이 떠올랐다.

"부족한 자식들 때문에 아버지가 고초를 당하시는군요."

"단순히 이융초가 충성을 받을 만한 자격이 없는 자이기 때문입니다."

옥현은 청하에게 부드럽게 잘라 말했다. 소유도 동의했다.

"이융초는 제 살을 깎아먹은 게지요. 육릉성이 불안정해지면 좋을 사람은 우리뿐이잖습니까?"

우사마가 엄숙하게 고개를 끄덕였다. 소하가 차분하게 지시했다.

"곽일은 제 동생들에게 열등감이 많은 자다. 또한 자경국이 낙양을 점령했으니 조정 내에 그의 집권에 대해 말이 많을 것은 당연지사. 제 권력을 유지하기 위해서라도 적극적으로 공격해올 게다. 빈틈을 보아 바로 치고 나갈 수 있도록 해라."

"예!"

장수들이 우렁차게 대답했다.

칼날을 갈던 반군은 곽일이 이끄는 추가 병력이 장안을 출발했다는 소문과 육릉성 성벽에 손 상서가 보이지 않게 되었다는 보고를 동시에 접했다. 소하는 한시도 지체하지 않았다.

유능한 지휘관을 억울하게 잃고 뒤숭숭한 육릉성은 그간 계속 보여주었던 견고한 방어가 거짓말이었다는 듯 당장 소하의 손에 떨어졌다. 문은 처참하게 부서졌고 토벌군 병사들은 수수깡처럼 베여 넘어갔다. 손 상서의 부하들 중 몇은 내심 반군에 동조하는 행동을 보이기도 했다.

곧 육릉성에는 소하의 깃발이 휘날렸다. 천인국 왕자의 깃발이자 소하를 위해 새로 만들어진 아름다운 깃발이었다. 며칠 뒤 육릉성으로 달려온 새 토벌군은 평소 화살이 닿을 만한 거리보다 약간 벗어난 정도의 자리에서 분통을 터뜨렸다.

"더러운 역도들이!"

새 토벌군의 대장인 곽일은 금으로 장식된 훌륭한 갑옷을 입고 있었다. 그는 제 성질을 참지 못하겠는지 부하 몇 명만 이끌고 육릉성 성벽 쪽으로 달려왔다. 소하는 성벽 한가운데에서 그를 내려다보았다. 호마손이 물었다.

"소하 님, 화살을 쏠까요? 저놈은 백성의 고혈을 빨아먹은 탐관오리의 괴수가 아닙니까."

"물론 그러면 가슴 시원해 하는 병사들이 많을 줄은 내가 아네."

소하는 빙긋 웃었다. 소유는 내심 대단히 고소했다. 그녀는 소하가 앓아누웠던 날에 느꼈던 그 굴욕감을 아직 잊지 않았던 것이다.

"하지만 하는 말은 끝까지 들어보세."

"예, 소하 님."

호마손은 순순히 대답했지만 입이 튀어나왔다. 상대가 저 악명 높은 곽 씨 일가의 수장이라는 것을 아는 일반 병사들은 수상한 듯 눈을 빛냈다. 곽일은 얼굴이 시뻘개져서 고래고래 소리쳤다.

"우리 왕비님께서 조카라고 아껴주신 은혜도 모르고! 위아래도 몰라보는 놈! 배신자! 감히 역도 주제에 어디서 천인국 왕자의 깃발을 거느냐!"

소유는 웃으며 소하에게 졸랐다.

"소하 님, 뭐든 재미있는 대답을 해주십시오."

"네가 원한다면야 못할 것도 없지."

소하는 소유를 보고 귀엽다는 투로 웃었다. 그리고 곽일을 내려다보며 위엄 있게 말문을 열었다. 웅성거리던 병사들은 소하가 입을 열자 물을 끼얹은 듯 조용해졌다.

"곽 부사, 오랜만일세. 한데 내가 알아들을 수 없는 말을 하는군. 내가 천인국의 왕자가 아니면 누구란 말인가? 또 우리 숙모님께서 언제 나를 아껴주셨단 말인가? 나는 한 줌의 병사를 이끌고 가서 힘센 다미국 병사들과 싸우고 오라는 명령을 받은 기억밖에 없네만. 아, 아니면 나를 평생 조그만 궁에 유폐해놓은 것 말인가? 연약한 나를 지켜주시려고 그러셨다는 것 말이지?"

다미국 원정군 출신이었던 병사들은 노골적으로 웃음을 터뜨렸고, 그렇지 않은 병사들은 환호했다. 소유는 소하가 조금 더 거칠게 말하기를 내심 원했지만 왕위 후계자의 정통성을 주장하고 나선 이상 그가 위엄을 유지해야 한다는 것을 알고 있었으므로 만족했다. 곽일은 길길이 날뛰었다.

"게서 목 씻고 기다려라, 이 더러운 애새끼! 너희 집안엔 모조리 막돼먹은 놈들밖에 없느냐! 나 또한 어릴 적 너를 귀여워했거늘!"

"곽 부사."

소하는 웃음 섞인 목소리로 곽일의 말을 끊었다.

"자네가 어릴 적 나를 귀여워했던 일은 기억나네. 자네가 준 과자를 먹고 죽을 뻔했으니까 말일세. 서로 상처만 남는 이야기는 그만하고 칼로 대화하세나. 하지만 자네가 자네 고국으로 돌아가서 자경국이 다미국, 천인국, 진해국, 이 삼국을 위협한 것을 사죄하고 반성하게 한다면 내 참작해줄 용의도 없지는 않네."

"헛소리!"

곽일은 이를 박박 갈았다. 그리고 그대로 등을 돌려 부하들의 방패에 보호를 받으며 떠나갔다. 소유는 왠지 아쉬워졌다. 반드시 맞추지는 못하더라도 화살 한 대 정도는 쏘아붙여도 좋지 않았을까.

"이제 바로 공격해 올 테지. 이제 마음껏 화살비를 내려주세."

소하는 상대의 약을 잔뜩 올려놓고는 산들바람처럼 아무렇지도 않은 말씨로 말했다. 청하가 웃음을 터뜨렸다.

잠시 후 벌어진 전투에서 곽일은 보기 좋게 대패했다. 그러나 소유는 마냥 좋은 일이 생겼다고 기뻐하기만 할 수는 없었다. 장안의 정승상 가문이 막내아들의 반역 혐의로 인해 멸문당했다는 소식이 전해진 것이다.

경원, 월, 백란.

셋 모두 죽은 것을 보지 못했으니 어쩌면 살아 있을지도 모른다고, 채윤처럼 어디선가 훌쩍 나타날 거라고. 그렇게 속으로 자신을 위로하면서도 소유는 그 뒤로 이어진 전투에서 정신을 차리지 못했다.

소하에게 화를 낼 수도 있었다. 위험한 일을 하게 만들었다고 원망할 수도 있었다. 하지만 소유는 소하에게 그들이 정말로 필요했음을 알았고, 소하 역시 목숨을 걸고 그들에게 일을 맡겼음을 알았다. 사람들이 없는 곳에서 소하는 가끔 멍하니 한숨을 쉬었다. 아무리 소하라고 해도 이런 비극까지 그가 그린 궤도는 아님이 분명했다.

초왕에게는 이제 화도 나지 않았다. 초왕 부부는 소유의 안에서 끔찍한 전염병 같았다. 그들이 밉고 싫었지만 지금보다 더 화를 내기에는 소유의 가슴이 가진 한계가 있었다. 그들을 죽일 수 있을까? 소유는 제 손으로 사람을 죽인다는 생각이 두려웠지만 그들은 죽일 수도 있을 것 같았다.

분노는 언뜻언뜻 점멸하는 불꽃 같았고 슬픔은 불어난 강물처럼 밀려왔다. 소유는 지독한 상실감과 죄책감, 그리고 슬픔 속에서 밤에 혼자 울었다. 가끔 채윤이 소유에게 월은 괜찮을 거라고, 그래 보여도 대단히 강하고 친구가 많으니 어디서든 잘 살 것이라고 위로했지만, 그 또한 확신도 증거도 없이 하는 말이었다. 채윤이 월의 실종 소식에 어떤 표정을 지었는지 소유는 잘 기억하고 있었다.

아끼는 사람들이 하나하나 사라져간다. 그런 느낌에 소유는 점점 말수가 적어졌다. 일반 병사들은 지금처럼 승승장구하는데 어째서 용궁 공주님의 얼굴이 좋지 않으냐며 걱정했다. 소유는 그들의 사기를 생각해 병사들 앞에 잘 나타나지 않게 되었다.

소하도 소유가 바깥출입을 줄인 데 대해 불만이 없었다. 아니, 그는 오히려 그것을 환영하는 눈치였다. 사람이 많아져 간자를 구별하기 어렵다는 이유에서였다.

곽일로부터 육릉성을 방어하는 한편 소하의 반군은 계속 장안을 향해 진격했다. 장안에 가까워질수록 백성들의 분위기는 점점 나빠졌다. 새로 성을 점령할 때마다 창고에 남은 군량은 줄어들었고, 싸울 수 있는 사람은 모두 징병되어 토벌군으로 끌려가 노인과 아이만 남아 있었다.

장안이 코앞에 남은 지점이었다. 소하의 반군은 장안에서 수비에 들어간 초왕파에게 선전포고를 하고 근처의 작은 성에서 예기를 새로이 다졌다.

가을에 접어들었다지만 아직은 무더웠다. 소유는 열린 창문 너머로 흘러들어오는 피 같은 노을을 보며 가만히 한숨을 쉬었다. 생각해보니 이틀 동안 방에서 나가지 않았다. 식사할 때는 소하가 와서 함께했고, 낮에는 바람도 쐬기 싫었다. 열린 창으로 들어오는 바깥의 소리마저 힘겹게 느껴질 때가 있었다.

문득 가벼운 바람 한 줄기가 들어와 소유의 머리칼을 스쳤다. 시원한 공기를 들이마시고자 소유는 심호흡했다. 등 뒤로 문 열리는 소리가 들렸다.

"소유야."

소하의 한숨 소리가 들렸다. 사르륵 사르륵 하고 긴 옷깃 끌리는 소리와 함께 소하는 다가와 소유의 어깨에 가만히 손을 얹었다. 그는 허리를 숙이고 소유의 귓가에 속삭였다.

"즉위식을 하는 것이 어떻겠냐는 말이 나왔다."

"선대왕의 옥새 없이 말입니까?"

소하의 무기는 선대왕의 친아들이라는 정통성이었고, 옥새 없는 즉위는 그 정통성을 보다 단단하게 확립하기에 좋은 무기가 아니었다. 소유는 그런 생각을 하며 눈을 감았다.

"전례는 있으니 가능하다."

소하는 몸을 좀 더 숙여 소유의 목덜미에 입술을 묻었다. 소유는 크게 심호흡하고 작게 대꾸했다.

"저는 왕실의 전례는 잘 모르니, 옥현 공과 상의해 가다 여기시면 즉위하시는 것도 좋지 않겠습니까."

"그리 생각하느냐."

"예."

소하의 머리칼에서 짙은 향기가 났다. 꽃처럼 싱그러우면서도 눈처럼 희고 담백한, 그의 향이었다.

"어찌 이리 기운이 없느냐."

"소하 님도 마찬가지시지 않습니까."

소하의 입술이 움직였다. 소유는 그 감촉을 느끼고 그가 웃은 모양이라고 생각했다.

"내가 기운이 없어 보이느냐?"

"예."

"이거 큰일이구나. 다른 사람들도 아느냐?"

"옥현 공은 알겠지요."

소하는 표정을 감추는 데 정말로 능했던 것이다. 반군이 '승승장구'하고 있다고 생각하는 병사들을 계속 이끌기 위해서는 무슨 일이 있어도 위엄을 지켜야 하니 좋은 일이었다.

소유의 대꾸에 소하는 한참 가만히 가슴을 들썩였다. 그의 숨결이 빗장뼈와 목덜미, 그리고 귓가를 동시에 간질였다. 소유는 눈을 뜨고 노을 든 꽃병을 바라보았다. 이르게 핀 국화가 노랗게 피어 푸른 청자 위를 장식했다. 그 옆에서 빛의 파편이 가만히 가라앉는 모습도 보인 것 같았다.

한숨을 쉰 소하는 입술을 떼고 또 물었다.

"내가 즉위하면 네 신분도 바뀔 테지. 너는 예비 국모가 될 테고, 내가 너를 맞이하려면 너를 왕비에 봉하는 금책을 내려야 할 게다. 너는 그것을 받고 내게 오겠느냐?"

아버지가 없는 왕족의 아내는 종친부의 소관이었지만, 왕의 아내는 그 누구의 소관도 될 수 없는 지고의 위치였다. 실질적으로는 그렇지 않더라도 법도상으로는 왕과 동등한 이 나라 유일한 사람인 것이다.

왕과 같은 지위에 봉하는 금책을 받고, 왕비가 혼례할 때 입는 자주색의 예복을 입고, 누구에게나 절을 받으면서 가마를 타고……

그 일련의 과정을 소유는 상상해본 적이 있었다. 어릴 때 왕실 가례를 묘사한 책을 읽고 흉내를 내며 놀았던 것이다. 그때 신랑의 역할을 해준 것은 채윤이었지만.

하지만 정말로 본인의 일이 된다고 생각하니 어색했다. 소유는 생각보다 훨씬 심드렁한 자신의 기분을 깨닫고 이유를 생각해보았다. 오래 고민할 필요는 없었다.

"소하 님."

소유는 소하를 돌아보았다. 그는 소유의 어깨를 안고 그녀의 얼굴을 가까이에서 들여다보았다. 그 눈이 흔들리는 것이 폭풍처럼 선명했다.

"거사가 성공하지 못할지도 모른다고 생각하고 계시지요?"

소하는 대답하지 않았다. 소유는 왈칵 두려움이 밀려와 이를 악물었다가 억지로 웃었다.

"소하 님께도 마음처럼 풀리지 않는 일이 있군요. 철들고서는 처음이시지요?"

"나는 항상 풀리지 않는 일에만 둘러싸여 있었는데, 무슨 소리냐."

미소에 효과가 있는 듯했다. 소하는 소유의 눈을 마주보며 눈을 살짝 접어 웃었다. 소유는 고개를 끄덕였다.

"하긴 그렇군요. 하지만 성공할 것이라 생각하고 계획했는데도 계획처럼 되지 않은 건 처음이시지 않습니까?"

소하의 단정한 얼굴이 반쯤은 일그러졌다.

"그건 네 말이 맞구나."

"이제라도 경험해보시니 다행입니다. 모든 사람은 소하 님보다 훨씬 어릴 때부터 자기 생각이 어긋나는 경험을 많이 하면서 자라난답니다."

"아니, 잠시만 생각해보자. 네 말이 틀렸다."

"이런 일에서 제게 이기셔야겠습니까?"

"아니, 틀렸기에 틀렸다 하는 것이다. 다미국 원정에 나서기 전부터 이미 잘되리라 생각하고 시작했는데도 생각대로 되지 않아 곤란한 경험을 했다."

의외였다. 소유는 순수한 호기심을 느끼고 물었다.

"그게 뭡니까? 어떤 일이 있었는지요?"

"여기, 이렇게 네가 눈앞에 있잖느냐."

소유는 소하가 다음에 할 말이 갑자기 짐작되어 얼굴을 붉혔다. 신기한 일이었다. 두렵고 슬픈 와중에도 가슴속이 따뜻해지며 행복감이 드니 말이다. 아, 하지만 이 일을 어쩌면 좋은가.

소하는 소유의 왼뺨을 손으로 감싸고 다정하게 말했다.

"너를 처음 설궁에 들일 때, 널 내 사람으로 만드는 게 어려우리라는 생각은 하지 않았다. 결국 너는 내 사람이 되어주었고. 하지만 생각보다 훨씬 시간이 걸렸고 너는 내 부하 중 하나가 아니라 아내가 되는구나."

가슴이 뛰었다. 소유는 소하를 마주보고 쿡쿡 웃음을 흘렸다.

"시간이 오래 걸리지는 않았습니다."

"그러하냐?"

소하는 눈썹을 살짝 들었다. 소유는 다정하게 속삭였다.

"예, 저는 금세 소하 님에 대해 더 알고 싶어 견딜 수가 없어졌으니 말입니다. 아마 제가 먼저 소하 님을 사모했을 겁니다."

"그럴 리는 없다. 내가 너를 먼저 연모했지."

"아닐 겁니다."

소하는 입을 또 열려다 가벼운 웃음을 터뜨렸다.

"네가 생각하고 싶은 대로 생각하거라."

소유는 짐짓 눈썹을 치켰다.

"소하 님께서는 의외로 지기 싫어하시는 것을 아십니까? 승부욕이 강하십니다. 그리 말씀하시면 제가 이겼다고 할 수 없지 않습니까."

"내게 이기려 하였더냐?"

"진실은 항상 이깁니다."

농담 섞인 소유의 대꾸에 소하는 다시 웃었다. 그의 얼굴에 조금은 기운이 돌아온 것을 보고 소유는 가슴속 깊이 안심했다.

그는 소유의 귀에 속삭였다.

"떠나거라."

가슴이 쿵 내려앉았다.

소유는 아까의 불안감이 몇 십, 몇 백 배나 되어 그녀를 잡아먹는 것을 느끼며 고개를 저었다.

"싫습니다."

소하는 얼굴을 소유에게서 떼고 엄격한 표정을 지었다.

"조정에서 회유책을 펼치기 시작했다. 내일 우리 군이 얼마나 남아 있을지 나도 모르느니라. 그러니 떠나라 했다. 지금 떠나면 너는 살 수 있을지도 모른다."

하지만 죽은 것이나 다름없을 것이다. 채윤이 없어졌을 때와는 다르다. 소하를 두고 떠나면, 그 다음에는 무엇을 찾아 어디로 가란 말인가. 물론 채윤도 소하의 옆을 떠나지 않을 터였다.

소유는 강경하게 고개를 저었다. 그녀가 사랑해온 모든 사람이 이곳에 있었다.

"싫습니다. 지금 가서 무얼 합니까? 갈 곳도, 할 것도 없습니다."

소하는 소유의 한쪽 어깨를 잡았다. 그 힘은 강하고 단호했다. 소유가 아픔을 느끼지 않을 한도 내에서 가장 분명한 의지를 전하는 그런 손아귀였다.

"그런 말 말거라. 살아만 있으면 나중에 무엇이든 할 수 있다. 살아만 있으면, 살고 싶은 이유도 찾을 게다."

"아닙니다."

소유는 가슴이 너무 아파서 눈물을 참지 못했다.

"살고 싶은 이유가 없는데 어찌 삽니까?"

"숨을 쉬면 쉬어지고, 밥을 먹으면 들어간다. 살고 싶은 이유가 없어도 살아 있을 수 있다."

"그것이 사는 겁니까? 오로지 살아있기 위해서 사는 겁니까?"

"그러다 보면 좋은 날도 오는 거다. 내가 너를 만난 것처럼."

소하의 눈에 아픔이 스쳤다. 아주 심각한 상황이 아니라면 그는 저런 말을 꺼내지 않았을 것이다.

"우리가 그렇게 불리합니까?"

"내가 너무 늦었다. 판단을 잘못했다. 자경국에 있는 아바마마의 유서의 존재를 빨리 공개했더라면 손 병부상서에게 막히지 않고 빨리 장안으로 올 수 있었을 거다. 자경국은 낙양을 칠 명분을 늦게 찾았을지도 모르고, 그러면 진해국의 원군을 얻었을지도 모르고, 그러면 숙부님의 머리가 식어 회유책을 반포하기 전에 장안의 유력자를 모두 우리 편으로 끌어들일 수 있었을지도 모른다. 하지만 지금 우리는 병력의 수에서나 경험 많은 무장의 수에서나 열세다. 나는 이번 싸움에 미리 쳐둔 수가 없으니 이길지 질지 모르겠구나."

백란이 자경국 왕궁에서 무사히 선대왕의 유서를 가져왔다면. 자경국이 낙양을 치려는 계획을 미리 알고 낙양 측에서 방어했다면. 정 승상 일가에서 경원뿐 아니라 다른 사람들도 소하에게 힘을 실어줬다면. 그래서 초왕파가 아닌 모든 신하들이 소하의 기치 아래 힘을 빨리 모아줬더라면. 손가에서 소하의 말을 믿어줬더라면.

그러나 이미 그런 가정은 의미가 없었다.

"이미 지난 일을 꺼내 무엇합니까. 장안에서 이기지 않으면 소하 님을 배신하지 않고 내일 함께할 동지들이 죽습니다. 포기하기엔 아직 우리 손에 쥔 것이 많습니다."

"포기한다고 하지 않았다."

소유는 소하의 눈을 보고 그의 말이 사실임을 알았다. 그는 장안에 사활을 걸 생각이었다. 누가 선대왕의 진짜 후계자든 초왕이 죽는다면 결국 모든 논란은 잠잠해질 것이다. 실패하면 소하의 목숨이 위험했다.

그러나 그가 계획한 이 거대한 내기판 안에 소유는 없었다. 그녀는 그 사실에 슬퍼하기보다는 화를 내기로 했다.

"살아도 같이 살고, 죽어도 같이 죽으렵니다."

소하의 손에 잠시 힘이 조금 더 들어갔다.

"그런 각오는 필요 없다. 살아갈 각오만 하거라."

그것은 부당한 요구였다. 소유는 자리에서 일어나 소하를 똑바로 보았다. 끼익, 밀려난 의자가 결국 바닥에 넘어져버렸다.

"제가 언제부터 그리 소하 님의 말을 잘 들었습니까? 전 소하 님의 원에 따라 이 자리에 있는 것이 아닙니다. 처음부터 제 원에 따라 좇았고 끝까지 제 원에 따라 행동할 겁니다."

소하는 잠시 멍하니 소유를 보았다. 그리고 그녀를 갑자기 꽉 끌어안았다.

"너는 참으로 나를 미치게 하는구나."

마찬가지였다. 소유는 소하를 마주 안지 않고 깊이 심호흡했다. 그러지 않으면 숨이 막혀 그대로 쓰러질 것 같았던 것이다.

✸

장안의 성문이 멀리 보이는 벌판은 온통 초왕군의 진지로 가득했다.

천인국 국왕이 친정하는 군대임을 의미하는 천인기, 금군이 왔음을 의미하는 금군기를 비롯해 각 군의 표식이 푸른 하늘 가득 날렸다. 말은 셀 수가 없을 지경이었고 사람은 세기 시작할 수도 없을 지경이었다.

쿵, 쿵, 쿵, 쿵.

반군이 발을 굴렀다. 수적 열세 앞에서도 소하의 반군은 침착했다. 숫자로는 밀렸지만 그들이 모시는 사람은 천인국을 새로운 모습으로 바꿔줄 사람이었고 진정한 왕이었다. 초왕이 만든 천인국의 끔찍한 지경을 그들은 더 견딜 수 없었다.

올바른 지도자가 필요했다. 위대한 군주였던 선대왕의 친아들인 난양대군 이소하는 아버지를 꼭 닮아 아랫사람의 존경을 한몸에 받았다. 이소하의 아래에서 싸운 병사들은 누구나 그를 믿고 따랐다. 천박하기 그지없는 초왕 이용초와는 비교할 수가 없었다.

반군 병사들은 발을 굴렀다. 말이 투레질하고 궁병들이 화살을 매기는 벌판에서 쿵, 쿵, 쿵, 쿵 울리는 소리는 병사들의 심금을 울렸다. 심장에 그대로 전달되는 듯한 우렁찬 구령이었다.

"궁병, 앞으로!"

이소하는 침착하게 소리쳤다. 훌륭한 오추마를 타고 일산 아래 서 병사들을 굽어보는 그는 참으로 늠름했다. 태양과도 같은 그 모습에 병사들의 가슴이 뜨거워졌다. 궁병들의 활이 하늘을 향해 치솟았다.

궁병들의 조준을 방해하지 않기 위해 반군 병사들은 발 구르기를 멈췄다. 약속이나 한 듯 한순간에 벌판을 메운 정적의 무게감은 천둥보다 컸다.

국왕군의 무장이 나섰다. 초왕은 일산 아래 서서 상태를 보기보다는 막사 안에 들어가 있는 것을 택했다. 초왕의 명령을 아래에 하달하는 사람은 토벌군 원수이자 병부상서인 곽일이었다. 무장은 투구 아래로 무표정하게 반군을 노려보았다. 무장의 입에서도 벽력같은 노성이 터졌다.

"궁병, 앞으로!"

국왕군의 병사들은 활에 화살을 매겼다. 그때 국왕군 무장의 눈에 특이한 것이 들어왔다. 반군의 궁병들이 들고 있는 활이 천인국에서 쓰는 것과 달랐던 것이다. 제멋대로 다미족과 화친을 맺고 돌아왔다더니, 그들의 병력을 원군으로 데려온 것일까? 참으로 악랄한 역도들이었다.

소하의 입꼬리가 양 옆으로 당겨졌다.

"쏴라!"

홰홰홰홰홱. 쉼없이 이어지던 잔인한 소리는 국왕군 병사들의 비명으로 대미를 장식했다. 무서운 사정거리를 가진 다미국풍 활의 위력에 국왕군 무장들은 깜짝 놀랐다.

"방패, 방패를 들어라! 흩어져라!"

"물러날 생각하지 마라! 등을 보이면 그때야말로 화살의 먹이가 된다! 이놈들, 훈련 때 익힌 것을 잊었느냐!"

국왕군 병사들이 단단한 방패로 몸을 채 지키기도 전에 2차 화살비가 날아들었다. 반군 병사들은 쓰러지는 적을 보고 기뻐하며 무기 쥔 손에 힘을 주었다. 그들의 선택은 옳았다. 난양대군 이소하가 진짜 하늘이 택하신 왕이었다.

홰홰홰홰홰홱! 화살비가 내리는 중 소하가 흰 부채를 들어 앞으로 뻗었다.

"기병!"

부채와 깃발 신호를 본 기병의 대장 주문월이 그의 깃발수에게 신호했다. 깃발수가 한껏 흔든 눈꽃무늬 삼각 깃발을 보고 기병들이 우렁찬 발굽 소리를 울리며 전진했다. 천지가 흔들렸다. 국왕군 무장은 부하들을 독려했다.

"화살 공격은 끝났다! 밀집해라!"

"쐐기가 박히면 바위도 깨지는 걸 모르느냐! 절대 적 앞에 두려워하지 마라! 천인국을 지켜라!"

그때 반군 기병의 선두 부대가 활을 꺼내 손에 들었다. 분명히 천인국의 옷을 입고 있는데 말을 타고 활을 쏘겠다고? 그것은 천인국의 금군에서는 잊혀진 지 오래된 기술이었다. 천인국 병사들은 두려움에 떨었다. 두려워 말고 밀집하라며 장수가 외치는 말은 옳았지만 그들도 좋아서 굳어 있는 것이 아니었다.

그때, 하늘을 찢을 듯한 비명 소리와 함께 반군 기병들이 하나씩 사라지기 시작했다.

국왕군 무장들은 쾌재를 불렀다. 이곳은 그들이 훈련하고 지키는 땅이었고 적을 아무 준비 없이 맞이하지 않았다. 공들여 구덩이를 파고 덮어둔 함정 지대에 반군의 기병들은 말 그대로 땅으로 꺼지듯 무너져 뒹굴었다.

"놈들!"

반군의 도끼 부대를 지휘하는 우사마는 이를 갈았다. 주문월을 비난할 수는 없었다. 국왕군의 함정은 정말이지 감쪽같았던 것이다.

"봤냐, 이놈들아! 밀집해라! 도끼병, 준비!"

"조바심 내지 말고 기다려라! 기병의 돌진을 방해해선 안 된다!"

국왕군의 무장과 반군의 무장은 거의 동시에 외쳤다. 국왕군의 도끼병 부대가 절도 있는 동작으로 움직였다. 그 거대한 흐름은 홍수 같았다.

"소하 님, 어찌하지요?"

호마손이 물었다. 그는 주문월이 이끄는 기병의 폭발력을 믿고 있었으므로 상당히 실망한 눈치였다. 소하는 평소와 같은 담담한 얼굴로 말했다.

"기병의 돌진을 방해해서는 안 된다는 말이 맞네. 기다리게."

"그러면 적의 도끼병에게 기병을 잃습니다."

"아네. 버텨주길 바라는 수밖에."

소하의 눈이 차갑게 가라앉았다.

어딜 봐도 빨강, 빨강, 빨강이었다.

붉은 깃발 아래 붉은 옷을 입고 붉은 피를 흘리는 병사들이 쓰러져 있었다. 소유는 문득 눈이 부푸는 듯한 압박감을 느끼고 손바닥으로 눈두덩을 눌렀다. 채윤이 걱정스럽게 물었다.

"괜찮아, 소유?"

"응."

채윤은 담담해 보였다. 소유는 일부러 가슴을 펴고 비린내 나는 공기를 깊이 마셨다.

"나는 괜찮아."

반군의 기병은 개개인의 무용으로 간신히 명맥을 유지했지만 상당수의 구성원을 잃었고 이는 뼈아픈 손실이었다. 그리고 이제는 우사마가 그 보복을 하겠다는 듯 도끼를 들고 미친 듯이 적을 도륙하고 있었다.

평소라면 소유를 옆에 두었을 소하는 전군에 용궁 공주가 아프다는 둥 핑계를 대 가며 그녀를 후방 부대 구석에 배치했다. 그리고 그녀의 옆에 당연하다는 듯 채윤을 호위로 붙였다. 여차하면 그녀를 설득할 수 있을 확률이 가장 높은 인선이었다.

"싸우고 싶니?"

채윤은 소유의 눈이 계속 우사마의 도끼에 가 있는 것을 보고 부드럽게 물었다. 소유는 고개를 끄덕였다.

"응."

"나는 소하 님께 네가 혹 전투에 뛰어들려 하면 말리라는 지시를 받았어."

설득할 수 있을 확률이 높다고 해서 반드시 설득에 성공할 수 있는 것은 아니었다. 소유는 딱 잘라 말했다.

"네가 날 말릴 수 없다는 사실은 모르시나보구나. 소하 님도 모르시는 게 있네."

소유의 말에 채윤은 후후 웃었다.

"그러게."

"너는 항상 내가 원하는 대로 해주잖아."

"내 마음으로는 항상 네가 안전했으면 좋겠지만, 소하 님을 두고 네가 도망치지 않으리라는 걸 알아."

채윤의 말은 진실이었다. 소유는 채윤의 얼굴을 보고 쓴웃음을 지었다.

"그래도 억울하게 누명을 쓰고 죽는 것은 아니구나. 내 의지로 조정에 반기를 들고 칼을 들이밀었다가 죽는 거니까."

"그러게."

채윤은 부드럽게 웃었다. 그는 잠시 후 문득 흔들리는 눈으로 소유를 보았다.

"네가 안전했으면 좋겠다는 말은 진심이야. 포기하지는 마, 소유야. 모든 걸 잃었다는 생각이 들었다고 해서 정말로 네가 모든 걸 잃었다는 의미가 되지는 않아. 살아 있다 보면 좋은 날이 올 거야."

가슴이 욱신거렸다. 하지만 아직 전장의 향방은 결정도 나지 않았다. 소유는 자신뿐만 아니라 채윤도 용기를 얻기를 바라며 자신만만하게 웃었다.

"소하 님과 같은 말을 하네. 혹시 그 말로 설득하라고 하신 거니?"

"아니."

"아저씨가 목숨을 걸고 소하 님의 복권을 꾀한 이유를 우리 둘 다 이제 알잖아. 어떤 것은 삶보다 중요하다는 걸. 내가 살아갈 세상이 이대로인 건 싫어."

채윤의 눈썹이 올라갔다. 소유는 우사마의 도끼병이 국왕군을 찍어내는 것을 응시했다. 사람은 정말로, 짧고 단순한 공격만으로도 허무하게 스러졌다. 무참하고 끔찍했지만 점점 무심한 기분이 들었다. 생명은 처음부터 그렇게 덧없는 것이었던 모양이다.

이것이 끝이라면 그동안의 삶은 무엇이었나.

둥둥둥둥둥. 국왕군이 북을 쳤다. 우사마는 피로 젖은 이마를 훔치며 인상을 썼다. 국왕군의 보병이 반으로 갈라지며 중간에 틈을 만들었다. 높이 솟은 깃발 수십 개가 물결치며 움직였다.

국왕군의 기병이 말방울을 절걱대며 달렸다. 그들이 움직이는 방향을 본 소하의 얼굴이 변했다. 그는 심부름하는 병사에게 소리쳤다.

"포위하고 깔아뭉갤 셈이다! 손청운을 내보내 도끼병을 지원하게 하라!"

병사는 주군의 그런 얼굴을 처음 본 것이라 겁을 더럭 집어먹었다. 그는 얼른 깃발을 흔들었지만 손이 떨리는 바람에 정확한 신호를 보내기까지는 그가 생각한 것보다 두어 박자 정도가 더 걸렸다. 그동안 국왕군의 기병은 보병과 연합해 반군의 도끼병을 삼면으로 포위했다.

청운이 지휘하는 정예 부대가 급히 움직였다. 지휘관의 말발굽 소리 뒤로 극을 꼬나든 병사들이 가슴을 폈다. 투구를 쓴 병사들의 시야가 지진처럼 아래위로 격렬하게 흔들렸다.

우사마는 국왕군의 움직임이 정연한 것을 보고 그들이 처음부터 이 상황을 염두에 두었음을 짐작했다. 지금의 모양새를 염두에 둔 것은 국왕군뿐만이 아니었다. 소하는 상대가 도끼병을 포위하려 할 때 어떻게 해야 하는지 슬쩍 귀띔해주었었다. 상황을 이렇게 이끌지 않는 것이 최선이라는 말 또한 덧붙였다.

"병丙! 병의 전법이다!"

우사마가 피에 젖은 수염을 부르르 떨며 목청 높여 소리치자 반군의 하급 장교들이 물결처럼 그와 가까운 곳에서부터 부하들을 다잡았다.

"구름 제4조! 서쪽으로!"

"땅 제2조! 동쪽으로!"

반군 도끼병 부대는 반으로 갈라져, 이미 반으로 갈라서 제 기병에게 길을 열어주던 적군을 밀어붙였다. 국왕군은 슬슬 정지할 요량이었지만 반군이 미는 힘과 관성에 실려 속절없이 밀려났다.

그 사이로 청운의 정예부대가 돌진했다.

충돌에서 발생한 힘은 국왕군의 기병을 아주 절반으로 갈라버렸다. 천인국 세자의 이름이 쓰인 깃발을 휘날리며 청운은 계속 달렸다. 그의 뒤를 따르는 부하들도 노련하게 몸을 낮추고 극을 단단히 잡았다. 쐐기 모양의 폭풍이 피보라를 일으키며 빠르게 전진했다.

우사마는 적절하다고 판단될 즈음 검을 높이 들고 다시 있는 힘껏 외쳤다.

"난양대군 만세!"

그가 부른 이름은 동료를 잃고 부상 입은 병사들의 마음을 크게 흔들었다. 난양대군! 난양대군! 눈치 빠른 장교 몇이 소리 높여 부르

561

짖었다. 반군 병사들은 눈에 핏발이 서도록 소리쳤다.

"난양대군 만세에!"

"쳐라! 소하 님이 보고 계신다!"

국왕군은 기가 질렸다. 반군은 미친 듯이 달려들었다.

멀리서 그 모습을 보던 소하는 손에 땀을 쥐었다. 그런 기분이 얼마 만인지 기억도 제대로 나지 않았다. 지금까지 그가 잘못 맞춰 온 짝패들이 우르르 몰려 그를 짓누르는 기분이었다. 그러나 그는 그런 기색을 드러내서는 안 되었다.

비록 열세인 그의 군이 수많은 국왕군의 틈바구니로 돌진하고 있다 해도.

"소하 님."

어느새 청하가 가까이 다가와 있었다. 소하는 놀란 티를 숨기고 이야기했다.

"전투 중인데 어찌 여기까지 왔나, 청하 장군? 자네 부하를 보냈어야 하는 것 아닌가."

"부하에게 하고 싶지 않은 말인지라."

청하는 피곤하고 검게 물든 얼굴로 빙긋 웃었다. 그녀는 소하를 배신하지 않고 오랫동안 함께 있어준 사람이었다. 그는 그녀에게도 진심으로 미안했다.

"그래, 하고 싶은 말이 있으면 하게."

오랫동안 같은 고통을 견디는 시간을 보내왔으므로 소하는 청하가 할 말이 무엇인지도 정확하게 짐작하고 있었다. 그에게 가까이 다가온 청하는 남에게 들리지 않게 물었다.

"청운이가 초왕을 잡지 않으면 실패하는 거지요?"

입술이 열리는 순간 무슨 말이 나올지 알고 있었지만 소하는 청하를 똑바로 볼 수 없었다. 청하는 그가 억지로 그녀에게 잡아맨 시선을 받다가 쓴웃음을 지었다.

"제 부족한 막냇동생에게 큰 임무를 맡기셨으니."

"청운은 20년쯤 후에는 병부상서도 했을 걸세."

젊은 목숨을 계속 잡고만 있었다면 충분히. 소하는 멀리 동쪽을 보았다. 그쪽에서 밥 짓는 연기가 많이 보인다는 보고를 이미 받은 바 있었다.

"소하 님!"

얼마 전 합류한 지방 유력자가 부하 몇과 함께 말을 타고 달려왔다. 그는 소하가 보던 방향을 가리키며 경악한 얼굴을 하고 있었다.

"자, 자경국의 원군이 20리 앞이라고 합니다!"

소하는 고개를 끄덕였다. 대강 그 정도이리라고 생각하고 있었다. 자경국 원군이 오는 길에 훼방을 놓도록 명령해두었던 성주는 배반한 모양이었다.

"알겠네."

"어떻게 하지요?"

어떻게 할 것도 없었다. 갈 길은 하나 아닌가?

소하는 익숙한 기분을 느꼈다. 선대왕이 죽은 뒤 그가 걸어야 했던 길은 대부분 외길이었다. 고개를 굽히는 것, 어리석은 자의 흉내를 내는 것, 역도로 몰려 죽은 신하들을 위한 울음을 들키지 않는 것.

퇴각하라고 명령하기 위해 입을 연 순간, 소하는 자신에게 보고를 하러 다가왔던 지방 유력자가 창을 높이 드는 것을 보고 기시감을 느꼈다. 청하가 비명을 질렀다.

"소하 님!"

한순간이었다. 청하는 소하의 앞을 막아섰다. 유력자는 청하를 지나지 않고서는 소하를 해칠 수 없다는 것을 단숨에 판단한 듯 인상을 썼지만 여유로운 얼굴이었다. 그가 데려온 부하들도 창을 가지고 있었던 것이다.

소하의 눈앞에서 청하의 배를 창날이 꿰뚫었다. 유력자는 소리쳤다.

"널 죽이면 나는 공신이 된다! 선왕의 실패한 아들놈, 죽어라!"

곧 소하의 배에도 끔찍한 통증이 찾아왔다.

그는 아무래도 요즘 자신의 경계심이 흐려진 모양이라 생각했다. 모든 것은 자신이 부족한 탓이었다. 자신의 잘못이었다. 언제나 철저했는데, 항상 의심했는데.

모르는 새 들떴던 것일까? 설궁을 떠나, 매일 음식을 개에게 먹이며 몸을 사리지 않아도 되니 어린아이처럼 자신의 처지를 잊었던 것일까?

소유의 얼굴이 눈앞에 떠올랐다.

"소하 님!"

소유는 자신도 나가 싸우겠다고, 더는 보고만 있지 못하겠다고 소하에게 말하러 오던 중이었다. 그녀는 소하를 둘러싼 남자들을 보고 대경실색했다. 두 번 생각하지도 않고 달려가 소하의 배에 창을 찌르고 웃던 남자의 등을 갈랐다.

"어르신!"

남자가 말에서 힘없이 꺼지듯 떨어지는 것을 보고 그 부하로 보이는 자들이 비명을 질렀다. 소유는 그들에게도 검을 휘둘렀다. 주위에 있던 병사들이 울부짖으며 소유와 함께 배신자들을 벴지만 그렇다고 해서 이미 일어난 일이 되돌아오지는 않았다.

"소하 님!"

소유는 소하를 다시 부르며 말에서 뛰어내렸다. 소하는 심부름하던 병사의 부축을 받아 간신히 낙마를 면했지만 엄청나게 많은 피를 흘리고 있었다.

"소유… 야……."

소하가 그녀를 보는 눈은 맑았지만 고통에 차 있었다. 소유는 비명이 나오지 않는 자신의 목이 이상하다고 생각했다. 비명뿐만이 아니었다. 목이 콱 막혀서 호흡도 할 수 없었다. 그대로 머리가 펑 터져서 죽을 것 같았다.

소유는 소하의 말 옆에 쓰러져 있는 청하를 보고 겨우 입을 열었다.

"처… 청하, 언니가……."

"아깝게… 되었구나. 큰일을 할… 사람이었는데."

소하는 쓴웃음을 지었다. 그의 옷 아래로 붉은 피가 쏟아졌다. 소유는 이제야 비명을 질렀다. 호마손이 다가와 절규했다.

"소하 님! 이게 어떻게 된 일입니까!"

전장의 절규, 칼과 창이 부딪치는 소리, 모든 것이 찢어지고 부서져 끝내는 스러지는 소리. 소유의 귀에는 여전히 그런 소리가 들렸지만 그녀는 소하의 작은 숨소리 하나까지도 메아리치듯 명확하게 들을 수 있었다. 소하는 기운 없이 지시했다.

"지금… 나에게 신경 쓸 틈이… 없네. 청운에게 북서쪽에 도망칠 곳이 있으니 뚫고 나와 회군하라 해 두었네…. 자네는, 채윤과… 함께……."

소하는 말을 잇지 못했다. 소유는 덜덜 떨리는 다리로 소하에게 다가갔다. 그리고 구르듯이 소하의 말 등에 올라탔다. 병사가 천천히 소하의 몸을 소유에게 기대주었다.

소하의 몸은 아직 뜨거웠다. 소유는 그것을 희망이라고 생각했다. 이렇게 따뜻한데 죽을 리가 없었다. 보기에만 야단스럽지 별 문제 없는 상처일 것이다. 그녀가 고삐를 잡자 소하는 다시 힘을 차린 듯

숨을 들이마시고 말을 이었다.

"전속력으로… 퇴각하게. 북쪽이 가장… 안전, 할… 테지. 투항, 할 사람은 모두… 투항하라, 하게."

소유의 머릿속이 엉망으로 헝클어졌다. 소하는 마치 모든 일이 끝난 것처럼 말하고 있었다. 그녀는 눈을 꼭 감고 고개를 저었다.

"퇴, 퇴각을 소하 님이 지휘하셔야지, 무슨 말씀을 하십니까."

호마손은 눈물로 범벅이 된 얼굴로 격렬하게 고개를 끄덕여 소유에게 동의했다.

"예, 소하 님. 퇴각은 소하 님이 지휘하셔야요. 소장은 부족해 아까운 목숨들을 버릴까 걱정입니다."

소하의 얼굴이 점점 창백해졌다. 그는 입꼬리를 살짝 올리며 옅게 웃었다.

"숨을 쉬기, 가… 점점 힘들군. 애석하지만 나는……."

와아아아, 하고 국왕군이 소리치며 기뻐하는 소리가 들렸다. 소유는 고개를 돌리지 않았다. 자경국의 원군이 낙양을 벗어나 올라오고 있다는 이야기는 이미 소하에게 귀띔받은 바가 있었다. 이제 아무래도 좋았다.

정말로, 이제 아무래도 좋았다.

"힘드시면 말하지 마십시오. 군의! 군의는 어디 있지요?"

소유가 주위를 둘러보았을 때 이미 군의는 병사들에게 떠밀려 이자리에 와 있었다. 군의도 새하얗게 질린 얼굴이었다. 그는 소하의 배에 꽂힌 창을 빼고 그의 갑옷을 벗겼다. 이음매 하나하나에 묶은 끈을 풀 때마다 그 손이 덜덜 떨려 결국 소유는 신경질적으로 소리를 쳤다.

"여기 누구 끈을 제대로 풀 수 있는 자는 없습니까!"

군의를 데려온 병사가 화드득 소하의 갑옷을 벗기는 데 동참했다.

갑옷이 확 벌어지자마자 풍긴 피비린내에 소유는 졸도할 것 같아졌다. 소하의 몸이 점점 무겁게 느껴졌다. 그가 힘을 잃고 점점 소유에게 몸을 기대고 있다는 의미이리라.

"소하 님."

군의는 꺼질 듯한 목소리로 물었다.

"졸리지는 않으십니까?"

"조금… 졸리군."

소하의 목소리가 아직 선명해 소유는 다시 자신을 안심시켰다. 괜찮을 것이다. 저렇게 말을 할 수 있는데. 들을 수 있는데. 그러면 살아 있는 것 아닌가. 살아 있으면, 상처는 나을 수 있는 것 아닌가. 그러면 앞으로도 계속 더 살 수 있지 않겠는가.

"눈앞이 흐릿하거나 귀가 먹먹하지는 않으십니까?"

"눈… 은… 잘 보이는데……. 귀도… 이만하면."

거기까지 말하고 소하는 괴로운 듯 신음했다. 소유는 고삐를 더 꼭 잡고 온힘을 다해 그의 몸을 지탱했다. 군의는 점점 더 얼굴이 창백해졌지만 눈은 번뜩였다. 그는 소유에게 말했다.

"당장 절대 안정하고 치료하셔야 합니다."

"그건 나도 압니다. 하지만 이번 싸움이 끝나야 안정을 하든 말든 할 것 아닙니까?"

군의는 고개를 저었다.

"싸움과 상관없이 지금 당장, 한시도 지체하지 않고 쉬셔야 합니다."

"하지만 퇴각을 하더라도 소하 님이……."

"잘 들으십시오, 공주님."

이 군의는 다미국까지 함께 다녀온 사람이었기 때문에 소유를 용궁 공주님이라고 불렀다. 소유는 눈물이 마르는 것을 느끼며 그의 말을 기다렸다. 군의는 자기 옷을 벗어 소하의 얼굴을 가렸다.

"소하 님은 퇴각을 지휘하실 수 없습니다. 그리고 소하 님의 목숨은 이제 공주님께 달려 있습니다."

목숨이라는 말에 소유의 심장이 쾅쾅 뛰었다. 그녀는 파리한 손으로 소하의 얼굴을 가린 옷을 무심코 만지작거렸다. 군의는 서쪽을 가리켰다.

"실은 움직이셔서도 안 되지만 여기 계실 수도 없겠지요. 소하 님을 모시고 무조건 달리십시오. 가까운 성 어디든 우리 편 성에 들어가시자마자 소하 님을 편한 침대에 눕히고 그 성의 의원을 불러 보이십시오. 소하 님의 용태가 위중하니 시간 싸움임을 절대 잊지 마십시오."

소유는 군의의 시간 싸움이라는 말에 초조해지고 입안이 말랐지만 한편으로는 안심했다. 군의의 말대로 하면 살 수 있으리라는 희망이 생겼기 때문이었다. 어차피 살 수 없다면 저런 말도 하지 않았을 것이다.

이왕 자리를 이탈할 것이라면 지휘관의 부재와 부상은 일반 병사들에게 숨기는 편이 나았다. 소유는 군의가 준 옷으로 소하의 얼굴과 갑옷을 잘 가리고 호마손에게 부탁했다.

"저는 지금 자리를 뜰 테니 호 장군이 퇴각을 돌보아주십시오."

"지금 퇴각하면 끝입니다."

호마손은 눈물 가득한 얼굴로 호소했다.

"지금 퇴각하면 다시는 이런 기회가 없을 겁니다. 배신자가 하나라는 법은 없습니다. 차라리 지금 손 장군이 적진 깊숙이 들어간 틈을 타, 약간의 희생을 감안하면……."

"호 장군."

소유는 고개를 저었다. 삶과 죽음 외에 그 무엇이 중요할까.

"배신하고 싶은 사람은 배신하고 자기 목숨을 이어가라 하십시오. 손 장군도 목숨 걸지 말고 살라고 하십시오. 병사들도 살라고 하십시오. 호 장군이 보기에 끝까지 싸우는 것이 살 확률이 높아 보이면 그리하되 그렇지 않다면 당장 퇴각하세요."

더는 지체할 수 없었다. 소유는 소하의 무게 때문에 휘청거리는 상체에 단단히 힘을 주고 말의 배를 찼다.

"이랴!"

북쪽으로 가라는 소하의 지시는 합리적이었다. 소유는 계속 북진하다가 소하의 상처가 조금 나으면 다미국으로 가야겠다고 계산하며 계속 말을 달렸다. 그리고 가장 가까운 반군의 성에 닿았을 때였다.

성문은 닫혀 있었다. 소유는 이 성에서 장안 전투에 병력을 얼마나 보냈는지 기억할 수 없었다. 그녀는 성문으로 다가가 소리쳤다.

"문을 여세요!"

성문 위의 방벽에서 이쪽을 내려다보는 병사들이 있었다. 소유는 그들이 자신을 못 알아보리라고 생각하지 않았다. 설궁에서 받았던 명주 갑옷은 제법 눈에 띄었고 눈꽃 문양이 선명하게 수놓여 있었다. 성문 위의 병사들은 저들끼리 수군거렸다.

잠시 후 소유는 분노와 당황을 동시에 느꼈다. 병사들이 일제히 그녀를 향해 활을 겨눈 것이다.

"이게 무슨 짓입니까? 내가 누군지 모릅니까? 당장 문을 여세요! 부상자가 있습니다!"

소유는 자신이 보일 수 있는 최대한의 위엄을 담아 노호했다. 얼마 후 성의 경비대장으로 보이는 사람이 아래를 내려다보며 모습을 드러냈다. 그는 웃음 짓고 있었다.

"폐세자와 혼인하신다는 용궁 공주님 아니신가?"

"당신, 이러고도 무사할 것 같습니까? 장난칠 시간이 없습니다!"

소유는 가슴이 지끈거리고 두려워 몸이 굳었다. 그녀의 목소리는 원치 않았음에도 떨렸다. 경비대장은 웃음을 얼굴에서 지우고 쌀쌀맞게 말했다.

"아, 그래. 문? 당연히 열어드려야지. 병사들이 싸우면서 목숨 버리는 중에 공주님은 도망쳐 오셨으니 무슨 일인지 자세히 들어볼까?"

소하가 했던 말이 떠올랐다. 아마 오늘 일어난 일도 소하의 예상 범위 내에 있지 않았을까. 그래서 청운에게 생문生門의 위치를 미리 알려주었던 것은 아닐까.

등골이 오싹해졌다. 소유는 말을 돌렸다. 그리고 머리를 숙이고 달렸다. 화살이 쏟아졌다. 화살 하나가 소유의 귀를 스치고 땅에 툭 박혔다. 말에게 걷어차인 화살은 금방 부러졌지만 귀의 아픔은 저릿하고 생생했다.

"죽을 때까지 계속 쏴라!"

소유의 세계가 기우뚱하다가 세로로 일어났다. 온몸과 뺨을 덮치는 아픔에 비명을 지르고 싶었지만 그러기보다는 우선 벌떡 일어났다. 다행히 소하는 그리 멀리 떨어지지 않은 곳에 쓰러져 있었다.

넘어진 말은 화살을 두어 대 더 맞고 바르작거리며 입에서 거품을 흘렸다. 소유는 그 옆에 축 늘어진 소하를 들여다보았다. 그는 눈을 감고 있었다.

"소하 님!"

저도 모르게 새된 비명이 나왔다. 소유는 질겁해 소하의 얼굴을 만졌다. 차가웠다. 저녁 해가 그의 얼굴에 긴 그림자를 드리웠다.

성문이 열리는 소리가 들렸다. 소유는 소하를 안아들려고 낑낑거렸다. 어떻게든 젖 먹던 힘까지 발휘해 그를 잠시 들어 올릴 수는 있었지만 도망까지 치는 것은 불가능했다. 병사들의 발소리가 들렸다.

"대군이다!"

소하를 감쌌던 천이 벗겨져 병사들에게도 그가 누구인지 보인 모양이었다. 소유는 소하를 내려다보았다. 심장이 급하게 뛰어 이대로 문득 멎을 것 같았다. 주변은 소음으로 시끄러웠지만 그녀에게는 세계가 고요했다.

소하는 눈을 살짝 떴다.

"소하 님."

소유는 그를 불렀다. 소하는 쓴웃음을 지었다. 그러나 조금 벌어지던 그의 입술은 그대로 멎어 버렸다. 병사들의 목소리가 들렸다.

"이건 어떻게 할까요?"

"죽여라. 포상금이 걸린 건 대군의 목뿐이다. 저것은 이상한 요술을 부린다니 귀찮은 일을 자초할 필요는 없다."

어느새 소하는 시야에 없었다. 잠시 후에 소유의 가슴에 큰 충격이 찾아왔다. 그녀는 자신이 칼을 맞아 하늘을 보고 쓰러졌음을 알았다.

채윤. 채윤아. 네가 간 줄 알았던 곳에 내가 가는구나.

잠시 후 죽음이 소유를 찾아왔다.

〈2권에서 계속〉

구운몽 1 어느 소녀의 사랑 이야기

초판 1쇄 인쇄 2019년 2월 28일
초판 1쇄 발행 2019년 3월 8일

글 전유림
기획 세시소프트
감수 공나연
펴낸이 연준혁

출판2본부 이사 이진영
뉴북 팀장 조한나 **책임편집** 김재은
표지 일러스트 정하
표지 · 본문 디자인 손봄코믹스

펴낸곳 | (주)위즈덤하우스 미디어그룹
출판등록 | 2000년 5월 23일 제13-1071호
주소 | (10402) 경기도 고양시 일산동구 정발산로 43-20 센트럴프라자 6층
전화 | (031) 936-4000 **팩스** | (031) 903-3893
홈페이지 | www.wisdomhouse.co.kr

ⓒ전유림, 세시소프트, 공나연, 2019
값 16,500원
ISBN 979-11-89938-02-4 04810
    979-11-89938-18-5 (세트)

※이 책의 전부 또는 일부 내용을 재사용하려면 사전에 저작권자와 ㈜위즈덤하우스 미디어그룹의 동의를 받아야 합니다.
※인쇄·제작 및 유통상의 파본 도서는 구입하신 서점에서 바꿔드립니다.

이 도서의 국립중앙도서관 출판예정도서목록(CIP)은 서지정보유통지원시스템 홈페이지(http://seoji.nl.go.kr)와
국가자료종합목록시스템(http://www.nl.go.kr/kolisnet)에서 이용하실 수 있습니다.(CIP제어번호 : CIP2019007132)